AF706969

Das eigene Leben offen, schonungslos und radikal zum Gegenstand des Schreibens zu machen – dies ist das Konzept, zu dem sich Karl Ove Knausgård in einem furiosen Mammutprojekt entschlossen hat. Radikal ehrlich und mit unglaublicher sprachlicher Kraft nähert er sich in »Sterben«, dem ersten Roman einer sechsbändigen Serie, seinem schwierigen Verhältnis zum Vater, das ihn grundlegend geprägt hat. Der Sog, der von Knausgårds direkter Art des Erzählens schon mit den ersten Sätzen ausgeht, macht seinen Roman zu einer faszinierenden und erschütternden Lektüre. Gerade weil er so radikal persönlich schreibt, gewinnt sein Text eine schmerzliche Allgemeingültigkeit. Selten ist in einem Stück Literatur so greif- und fühlbar geworden, was jeder Mensch ist: ein einmaliger und unerschöpflicher innerer Kosmos.

KARL OVE KNAUSGÅRD wurde 1968 geboren und gilt als wichtigster norwegischer Autor der Gegenwart. Die Romane seines sechsbändigen, autobiographischen Projektes wurden weltweit zur Sensation. Sie sind in über 30 Sprachen übersetzt und vielfach preisgekrönt. 2015 erhielt Karl Ove Knausgård den WELT-Literaturpreis, 2017 den Österreichischen Staatspreis für Europäische Literatur. Er lebt in London.

KARL OVE KNAUSGÅRD

Sterben

Roman

Aus dem Norwegischen
von Paul Berf

btb

TEIL EINS

FÜR DAS HERZ IST DAS LEBEN EINFACH: Es schlägt, solange es kann. Dann stoppt es. Früher oder später, an dem einen oder anderen Tag, hört seine stampfende Bewegung ganz von alleine auf, und das Blut fließt zum niedrigsten Punkt des Körpers, wo es sich in einer kleinen Lache sammelt, von außen sichtbar als dunkle und feuchte Fläche unter der beständig weißer werdenden Haut, während die Temperatur sinkt, die Glieder erstarren und die Gedärme sich entleeren. Diese Veränderungen der ersten Stunden geschehen so langsam und werden mit solcher Sicherheit vollzogen, dass ihnen fast etwas Rituelles innewohnt, als kapitulierte das Leben festen Regeln folgend, in einer Art *gentlemen's agreement*, an das sich auch die Repräsentanten des Todes halten, indem sie stets abwarten, bis sich das Leben zurückgezogen hat, ehe sie ihre Invasion der neuen Landschaft beginnen. Dann jedoch ist sie unwiderruflich. Die riesigen Bakterienschwärme, die sich im Inneren des Körpers ausbreiten, hält nichts mehr auf. Hätten sie es nur ein paar Stunden früher versucht, wären sie augenblicklich auf Widerstand gestoßen, doch nun ist ringsum alles still, und sie dringen fortwährend tiefer in das Feuchte und Dunkle vor. Sie erreichen die Haversschen Kanäle, die Lieberkühnschen Drüsen, die Langerhansschen Inseln. Sie erreichen die Bowman-Kapseln in der Niere, die Stilling-Clarkes'sche Säule im Spinalis, die schwarze Substanz im Mesencephalon. Und sie erreichen das Herz. Noch ist es intakt; aber der Bewegung beraubt, auf die seine gesamte Konstruktion abzielt, wirkt es eigentümlich verlassen, wie eine Fabrikanlage, zum Beispiel, die von den Arbeitern in Windeseile geräumt werden musste, die still liegenden Fuhrwerke, die sich gelb abheben vor dem Dunkel des Waldes, die leer stehenden Baracken, die Loren an der Seilbahn, die voll beladen, in Reih und Glied, parallel zur Felswand hängen.

Wenn das Leben den Körper verlässt, gehört dieser im selben Moment zum Toten. Die Lampen, Koffer, Teppiche, Türklinken, Fenster. Die Felder, Moore, Bäche, Berge, Wolken, der Himmel. Nichts von all dem ist uns fremd. Die Gegenstände und Phänomene der toten Welt umgeben uns kontinuierlich. Dennoch gibt es nur wenige Dinge, die uns unangenehmer berühren, als einen Menschen in ihr gefangen zu sehen, zumindest wenn man die Mühen bedenkt, die wir auf uns nehmen, um die toten Körper unseren Augen zu entziehen. In größeren Krankenhäusern werden sie nicht bloß in eigenen, unzugänglichen Räumen vor uns verborgen, nein, auch die Wege dorthin sind verdeckt, haben eigene Aufzüge und Kellergänge, und selbst wenn man sich zufällig in einen von ihnen verirren sollte, sind die toten Körper, die vorbeigeschoben werden, doch immer verhüllt. Sollen sie vom Krankenhaus abtransportiert werden, geschieht dies von einem gesonderten Ausgang aus, in Wagen mit rußigen Scheiben; auf dem Friedhofsgelände gibt es für sie einen eigenen, fensterlosen Raum; bei der Bestattungszeremonie liegen sie in verschlossenen Särgen, bis sie schließlich in die Erde hinabgesenkt oder in Öfen verbrannt werden. Es fällt einem schwer, in dieser Vorgehensweise einen praktischen Sinn zu entdecken. So könnten die toten Körper ebenso gut offen durch die Krankenhausflure geschoben und in einem gewöhnlichen Taxi abtransportiert werden, ohne eine Gefahr für andere darzustellen. Der ältere Mann, der während eines Kinobesuchs stirbt, könnte genauso gut auf seinem Platz sitzen bleiben, bis der Film vorbei ist und die komplette nächste Vorstellung noch dazu. Der Lehrer, der auf dem Schulhof einen Hirnschlag erleidet, muss nicht zwingend auf der Stelle weggeschafft werden, es passiert nichts Schlimmes, wenn er liegen bleibt, bis der Hausmeister die Zeit findet, sich um ihn zu kümmern, selbst wenn dies erst am Nachmittag oder Abend der Fall sein sollte. Wenn sich ein Vogel auf ihn setzt und pickt, was macht das schon? Soll das, was ihn im Grab erwartet, besser sein, nur weil wir es nicht sehen? Solange die Toten einem nicht im Weg liegen, besteht kein Grund zur Eile, sie können ja nicht erneut sterben. Insbesonders winterliche Kältewellen müssten so gesehen eigentlich von Vorteil sein. Penner, die auf Parkbänken und in Hauseingängen erfrieren, Selbstmörder, die von Hochhäusern und Brücken springen, ältere Frauen, die in Treppenhäusern ums Leben kommen, Unfallopfer, die in ihren Autowracks eingeklemmt sind, der Junge, der nach einem Abend in der Stadt angetrunken in den See fällt, das kleine Mädchen, das unter die Räder eines Busses gerät, warum diese Eile, sie unseren Augen zu entziehen? Anstand? Was wäre anständiger, als dass die Eltern des Mädchens es dort ein oder zwei Stunden später sehen dürften, im Schnee neben der Unglücksstelle liegend, sowohl ihre blutbesudelten Haare als auch die saubere Steppjacke? Offen für die Welt, ohne Geheimnisse, so würde sie dort liegen. Doch selbst diese eine Stunde im Schnee ist undenkbar. Eine Stadt, die ihre Toten nicht aus dem Blickfeld entfernt, in der man sie auf Straßen und Gassen, in Parks und auf Parkplätzen liegen sieht, ist keine Stadt, sondern eine Hölle. Dass diese Hölle unsere Lebensbedingungen realistischer und letztlich wahrhaftiger widerspiegelt, spielt keine Rolle. Wir wissen, dass es so ist, wollen es aber nicht sehen. Daher rührt der kollektive Akt der Verdrängung, für den das Wegschleusen der Toten ein Ausdruck ist.

Was genau verdrängt wird, lässt sich dagegen nicht so leicht sagen. Der Tod an sich kann es nicht sein, dazu ist seine Präsenz in unserer Gesellschaft zu groß. Wie viele Tote täglich in den Zeitungen oder Fernsehnachrichten genannt werden, schwankt den Umständen entsprechend etwas, aber auf ein Jahr hochgerechnet dürfte die durchschnittliche Zahl einigermaßen konstant sein, und da sie auf zahlreiche Informationskanäle verteilt ist, erscheint es praktisch unmöglich, ihr zu entgehen. *Dieser* Tod wirkt allerdings nicht bedrohlich. Im Gegenteil, er ist etwas, was wir haben möchten, und wir bezahlen gern, um ihn zu sehen. Nimmt man die immensen Mengen von Tod hinzu, die fiktional produziert werden, fällt es umso schwerer, das System zu verstehen, das die Toten unserem Blickfeld entzieht. Wenn uns der Tod als Phänomen nicht ängstigt, woher rührt dann dieses Unbehagen angesichts der toten Körper? Es muss entweder bedeuten, dass es zwei Arten von Tod gibt, oder dass ein Widerspruch existiert zwischen unserer Vorstellung vom Tod und dem Tod, wie er in Wahrheit beschaffen ist, was im Grunde auf dasselbe hinausläuft: Entscheidend ist, dass unsere Vorstellung von ihm so fest in unserem Bewusstsein verankert ist, dass wir nicht nur erschüttert sind, wenn wir die Wirklichkeit davon abweichen sehen, sondern dies auch mit allen Mitteln zu verbergen suchen. Nicht als Folge einer irgendwie gearteten, bewussten Überlegung, wie es bei Riten geschieht, zum Beispiel der Beerdigung, deren Inhalt und Sinn heutzutage verhandelbar sind und somit von der Sphäre des Irrationalen in die des Rationalen überführt, vom Kollektiven zum Individuellen – nein, die Art und Weise, in der wir die Toten entfernen, ist niemals Gegenstand von Diskussionen gewesen, es war schon immer etwas, was wir einfach getan haben, aus einer Notwendigkeit heraus, die keiner begründen kann, aber jeder kennt: Stirbt dein Vater an einem stürmischen Sonntag im Herbst draußen auf dem Hof, deckst du ihn zumindest zu. Dies ist jedoch nicht der einzige Impuls, der uns im Umgang mit den Toten ereilt. Ebenso auffällig wie das Verbergen aller Leichen ist die Tatsache, dass sie schnellstmöglich auf Erdbodenniveau gebracht werden. Ein Krankenhaus, das seine Toten nach oben verfrachtet, seine Obduktionssäle und Leichenhallen in den obersten Etagen des Gebäudes unterbringt, ist nahezu undenkbar. Die Toten bewahrt man möglichst weit unten auf. Und das gleiche Prinzip wird auf die Firmen übertragen, die sich ihrer annehmen: eine Versicherung kann ihre Räumlichkeiten getrost in der achten Etage einrichten, ein Beerdigungsinstitut dagegen nicht. Alle Bestatter haben ihre Büros möglichst nahe am Erdgeschoss. Woher das kommt, ist schwer zu sagen; man könnte versucht sein zu glauben, dass es an einer alten Konvention liegt, die ursprünglich ein praktisches Ziel verfolgte, etwa, dass der Keller kalt war und deshalb am besten zur Aufbewahrung der Leichen geeignet, und dass dieses Prinzip bis in unsere

Zeit der Kühlschränke und Kühlräume erhalten blieb, und sollte dies nicht so sein, dass der Gedanke, die Toten in Gebäuden nach oben zu transportieren, *widernatürlich* erscheint, als schlössen Höhe und Tod einander gegenseitig aus. Als verfügten wir über eine Art chtonischen Instinkt, irgendetwas tief in uns, das unsere Toten zu jener Erde hinabführen muss, aus der wir gekommen sind.

Es mag folglich den Anschein haben, als würde der Tod über zwei unterschiedliche Systeme vertrieben. Das eine ist mit Geheimhaltung und Schwere, Erde und Dunkelheit verknüpft, das andere mit Offenheit und Leichtigkeit, Äther und Licht. Ein Vater und sein Kind werden getötet, als der Vater versucht, das Kind in einer Stadt irgendwo im Nahen Osten aus der Schusslinie zu ziehen, und das Bild der beiden, eng umschlungen, während die Kugeln ins Fleisch einschlagen und die Körper gleichsam erbeben lassen, wird von einer Kamera eingefangen und zu einem der tausenden Satelliten gesendet, die unseren Planeten umkreisen, und von dort auf Fernsehapparate in aller Welt verteilt, wo es sich als ein weiteres Bild von Tod oder Sterben in unser Bewusstsein schiebt. Diese Bilder haben kein Gewicht, keine Ausdehnung, keine Zeit und keinen Ort und auch keine Verbindung zu den Körpern, aus denen sie einmal kamen. Sie sind überall und nirgendwo. Die meisten von ihnen gleiten lediglich durch uns hindurch und verschwinden, einige wenige bleiben aus unterschiedlichen Gründen gegenwärtig und leben in der Dunkelheit unseres Gehirns. Eine Abfahrtsläuferin stürzt, und die Schlagader in ihrem Oberschenkel wird durchtrennt, Blut strömt hinter ihr in einer roten Linie den weißen Hang hinunter, und sie ist bereits tot, noch ehe der Körper zum Stillstand kommt. Ein Flugzeug hebt ab und beim Aufsteigen der Maschine schlagen Flammen aus den Tragflächen, der Himmel über den Häusern der Vorstadt ist blau, das Flugzeug explodiert darunter in einem Feuerball. Ein Fischerboot sinkt eines Abends vor der nordnorwegischen Küste, die siebenköpfige Besatzung ertrinkt, am nächsten Morgen berichten alle Zeitungen über das Ereignis, da es sich um ein so genanntes Mysterium handelt, das Wetter war ruhig, und das Boot hatte keinen Notruf abgesetzt, es verschwand einfach, was die Fernsehredaktionen am Abend zusätzlich betonen, indem sie mit einem Hubschrauber die Unglücksstelle überfliegen und Bilder von der leeren See zeigen. Der Himmel ist bewölkt, die graugrüne Dünung ruhig und schwer, gleichsam im Besitz eines anderen Temperaments als die jähen, weithin schäumenden Kämme, die an manchen Stellen hochschlagen. Ich sitze alleine davor und sehe es, vermutlich irgendwann im Frühling, denn mein Vater arbeitet im Garten. Ohne zu hören, was der Reporter sagt, starre ich auf die

Meeresoberfläche *und plötzlich tauchen die Umrisse eines Gesichtes auf.* Ich weiß nicht, wie lange es da ist, ein paar Sekunden vielleicht, jedenfalls lange genug, um mich ungeheuer zu beeindrucken. Als das Gesicht verschwindet, stehe ich auf, um jemanden zu suchen, dem ich davon erzählen kann. Meine Mutter hat Spätdienst, mein Bruder ist bei einem Fußballspiel, und die anderen Kinder in unserer Siedlung wollen mir nicht zuhören, bleibt also nur Vater, denke ich und eile die Treppe hinunter und laufe ums Haus herum. Wir dürfen auf unserem Grundstück nicht rennen, weshalb ich, bevor ich in sein Blickfeld gelange, abbremse und gehe. Er steht auf der Rückseite des Hauses, mitten in dem, was einmal der Gemüsegarten werden soll, und schlägt mit einem Vorschlaghammer auf einen Felsbrocken ein. Obwohl die Ausschachtung nur einen Meter tief ist, haben die schwarze, hochgeschaufelte Erde, auf der er steht, und die Gruppe von Vogelbeerbäumen, die gleich jenseits des Zauns hinter ihm wachsen, dafür gesorgt, dass die Abenddämmerung dort unten bereits weiter fortgeschritten ist. Als er sich aufrichtet, liegt sein Gesicht fast vollständig im Dunkeln.

Trotzdem verfüge ich über mehr als genug Informationen, um zu wissen, woran ich bei ihm bin. Man erkennt es nicht am Gesichtsausdruck, sondern an seiner Körperhaltung, und diese deutet man nicht mit Gedanken, sondern intuitiv.

Er stellt den Hammer ab, zieht die Handschuhe aus.

»Und?«, sagt er.

»Ich habe im Fernsehen ein Gesicht im Meer gesehen«, sage ich und bleibe auf dem Rasen über ihm stehen. Unser Nachbar hat am frühen Nachmittag eine Fichte gefällt, und der intensive Harzgeruch, den die Holzscheiben verströmen, die auf der anderen Seite der Steinmauer lagern, hängt in der Luft.

»Einen Taucher?«, sagt mein Vater. Er weiß, dass ich mich für Taucher interessiere, und kann sich wahrscheinlich nicht vorstellen, dass ich etwas anderes spannend genug finden könnte, um zu ihm zu kommen und ihm davon zu erzählen.

Ich schüttele den Kopf.

»Es war kein Mensch. Es war eine Art Bild in der See.«

»Eine Art Bild«, sagt er und zieht die Zigarettenschachtel aus der Tasche auf seiner Hemdbrust.

Ich nicke und mache kehrt, um zurückzugehen.

»Warte mal kurz«, sagt er.

Er lässt ein Streichholz aufflammen und schiebt den Kopf ein wenig vor, um die Zigarette anzuzünden. Die Flamme gräbt ein kleines Loch aus Licht in das graue Zwielicht.

»So«, sagt er.

Nachdem er einen tiefen Zug genommen hat, setzt er einen Fuß auf den Fels und starrt zum Wald auf der anderen Straßenseite hinüber. Vielleicht starrt er aber auch den Himmel über den Bäumen an.

»War das, was du da gesehen hast, ein Bild von Jesus?«, sagt er und sieht zu mir hoch. Wäre seine Stimme noch freundlich gewesen und hätte es die lange Pause vor der Frage nicht gegeben, hätte ich angenommen, dass er mich auf den Arm nehmen will. Er findet es ein bisschen peinlich, dass ich gläubig bin; sein größter Wunsch ist, dass ich mich nicht von den anderen Kindern unterscheide, und unter all den Kindern, von denen die Siedlung nur so wimmelt, gibt es niemanden sonst als seinen jüngsten Sohn, der sich als Christ bezeichnet.

Aber er möchte es tatsächlich wissen.

Ich verspüre einen Anflug von Freude, weil es ihn wirklich interessiert, bin aber auch ein bisschen beleidigt darüber, dass er mich so unterschätzt.

Ich schüttele den Kopf.

»Es war nicht Jesus«, sage ich.

»Es freut mich fast, das zu hören«, erwidert Vater und lächelt. Oben auf dem Hang hört man das schwache Wispern von Fahrradreifen auf Asphalt. Das Geräusch wird schnell lauter, und es ist so still in unserer Siedlung, dass der leise, singende Ton, der in dem Rauschen entsteht, klar und deutlich zu hören ist, als das Fahrrad im nächsten Moment auf der Straße hinter uns vorbeirollt.

Vater zieht noch einmal an seiner Zigarette, wirft sie halb geraucht über die Steinmauer, hustet ein paar Mal, zieht die Handschuhe an und greift wieder nach dem Hammer.

»Denk nicht mehr daran«, sagt er und blickt zu mir hoch.

Ich war an jenem Abend acht, mein Vater dreißig. Auch wenn ich selbst heute noch nicht behaupten kann, ihn zu verstehen oder zu wissen, was für ein Mensch er war, ergibt sich aus der Tatsache, dass ich mittlerweile sieben Jahre älter bin, als er damals war, dass mir einzelne Dinge leichter verständlich erscheinen. Zum Beispiel, wie groß der Unterschied zwischen unseren Tagen war. Während meine Tage bis zum Rand mit Sinn gefüllt waren und jeder Schritt mir neue Möglichkeiten eröffnete und jede Möglichkeit mich restlos ausfüllte, und zwar in einer Weise, die mir heute letztlich unverständlich ist, war der Sinn seiner Tage nicht in einzelnen Begebenheiten gebündelt, sondern über so große Flächen verstreut, dass es kaum möglich ist, ihn mit etwas anderem als abstrakten Begriffen greifbar werden zu lassen. »Familie« war so einer, »Karriere« ein anderer. Wenige oder auch gar keine unvorhergesehenen Möglichkeiten dürften sich ihm im Laufe seiner Tage geboten haben, er muss immer in groben Zügen gewusst haben, was sie ihm bringen würden und wie er dazu stehen sollte. Er war seit zwölf Jahren verheiratet, von denen er acht Jahre als Lehrer in einer Gesamtschule gearbeitet hatte, er hatte zwei Kinder, ein Haus und ein Auto. Er war in den Gemeinderat gewählt worden und saß als Vertreter der Partei Venstre im Gemeindevorstand. Im Winterhalbjahr beschäftigte er sich durchaus erfolgreich mit Philatelie, binnen kurzer Zeit war er einer der kundigsten Briefmarkensammler der Region geworden, während er seine Freizeit im Sommerhalbjahr mit Gartenarbeit verbrachte. Was er an diesem Frühlingsabend dachte, weiß ich nicht, ebenso wenig, welches Bild er von sich hatte, als er sich mit dem Hammer in den Händen im Zwielicht aufrichtete, aber ich bin mir einigermaßen sicher, dass es in ihm das Gefühl gab, die Welt, die ihn umgab, recht gut zu verstehen. Er kannte alle Nachbarn in unserer Siedlung und wusste, wo sie im Verhältnis zu ihm selbst gesellschaftlich standen, und vermutlich wusste er auch einiges über Dinge, die sie lieber für sich behalten hätten, zum einen, weil er ihre Kinder unterrichtete, zum anderen, weil er einen Blick für die Schwächen anderer Menschen hatte. Als Mitglied der neuen, gut ausgebildeten Mittelschicht wusste er zudem viel über die große Welt, über die ihn Zeitung, Rundfunk und Fernsehen täglich auf dem Laufenden hielten. Er wusste einiges über Botanik und Zoologie, da er sich in seiner Jugend dafür interessiert hatte, und auch wenn er in den übrigen naturwissenschaftlichen Fächern nicht so bewandert zu sein schien, waren ihm doch ihre grundlegenden

Prinzipien aus dem Gymnasium bekannt. Besser stand es um seine Kenntnisse in Geschichte, da er das Fach neben Norwegisch und Englisch studiert hatte. Er war mit anderen Worten kein Experte für irgendetwas, abgesehen von Pädagogik vielleicht, konnte jedoch von allem etwas. So gesehen war er ein typischer Lehrer, wohlgemerkt zu einer Zeit, in der es noch mit einem gewissen Status verbunden war, an einer Gesamtschule zu unterrichten. Unser Nachbar hinter der Steinmauer, Prestbakmo, arbeitete als Lehrer an derselben Schule, genau wie der Nachbar, der oberhalb des bewaldeten Hangs hinter dem Haus wohnte, Olsen, während ein anderer Nachbar, der am anderen Ende der Ringstraße wohnte, Knudsen, stellvertretender Direktor an einer anderen Gesamtschule war. Als mein Vater an jenem Frühlingsabend Mitte der siebziger Jahre den Vorschlaghammer über den Kopf hob und ihn auf den Fels hinabsausen ließ, tat er dies folglich in einer Welt, die er kannte und die ihm vertraut war. Erst als ich selbst in das gleiche Alter kam, begriff ich, dass man dafür auch einen Preis bezahlt. Wenn der Überblick über die Welt größer wird, schwindet nicht nur der Schmerz, den sie verursacht, sondern auch der Sinn. Die Welt zu verstehen heißt, einen bestimmten Abstand zu ihr einzunehmen. Was zu klein ist, um mit dem bloßen Auge wahrgenommen zu werden, wie Moleküle und Atome, vergrößern wir, und was zu groß ist, wie Wolkengebilde, Flussdeltas, Sternbilder, verkleinern wir. Wenn wir den Gegenstand so in die Reichweite unserer Sinne gebracht haben, fixieren wir ihn. Das Fixierte nennen wir Wissen. In unserer gesamten Kindheit und Jugend streben wir danach, den korrekten Abstand zu Dingen und Phänomenen einzunehmen. Wir lesen, wir lernen, wir erfahren, wir korrigieren. Dann gelangen wir eines Tages an den Punkt, an dem alle notwendigen Abstände bestimmt, alle notwendigen Systeme etabliert sind. Es ist der Punkt, ab dem die Zeit schneller zu vergehen beginnt. Sie stößt auf keine Hindernisse mehr, alles ist festgelegt, die Zeit durchströmt unser aller Leben, die Tage verschwinden in einem rasenden Tempo, und ehe wir uns versehen, sind wir vierzig, fünfzig, sechzig… Sinn erfordert Fülle, Fülle erfordert Zeit, Zeit erfordert Widerstand. Wissen ist Abstand, Wissen ist Stillstand und der Feind des Sinns. Mein Bild von Vater an jenem Abend 1976 ist mit anderen Worten eine Doppelbelichtung: Einerseits sehe ich ihn, wie ich ihn damals sah, mit den Augen des Achtjährigen, unberechenbar und beängstigend, andererseits sehe ich ihn als einen Gleichaltrigen, durch dessen Leben die Zeit weht und unablässig größere Stücke Sinn mit sich reißt.

Der Klang eines Hammers auf Stein hallte durch die Siedlung. Ein Wagen fuhr von der Hauptstraße kommend den sanften Anstieg herauf, passierte mit eingeschalteten Scheinwerfern. Die Tür des Nachbarhauses öffnete sich, und Prestbakmo blieb auf der Türschwelle stehen und zog sich Arbeitshandschuhe an, während er gleichzeitig die klare Abendluft einsog, ehe er die Schubkarre nahm und diese vor sich herschiebend über den Rasen ging. Es roch nach Pulver von dem Fels, auf den Vater einschlug, nach Fichte von den Holzklötzen hinter der Mauer, nach frisch umgegrabener Erde und Wald, und in der schwachen Brise aus Norden hing der Duft von Salz. Ich dachte an das Gesicht, das ich im Meer gesehen hatte. Obwohl nur wenige Minuten vergangen waren, seit es mir zuletzt in den Sinn gekommen war, hatte es sich bereits verändert. Jetzt sah ich das Gesicht meines Vaters.

Unten in der Senke hörte er auf zu schlagen.

»Stehst du da immer noch herum, Junge?«

Ich nickte.

»Nun geh schon rein.«

Ich setzte mich in Bewegung.

»Und du?«, sagte er.

Ich blieb stehen und drehte mich fragend zu ihm um.

»Diesmal wird nicht gerannt.«

Ich starrte ihn an. Woher wusste er, dass ich gelaufen war?

»Und mach den Mund zu, es zieht«, sagte er. »Du siehst aus wie ein Idiot.«

Ich gehorchte, schloss den Mund und ging langsam um das Haus herum. Als ich zur Vorderseite kam, war die Straße voller Kinder. Die ältesten standen in einer Traube zusammen, auf Fahrrädern, die in der Dämmerung wirkten, als wären sie Teil ihrer Körper. Die jüngsten spielten Verstecken. Wer gefangen worden war, stand in einem Kreidekreis auf dem Bürgersteig, die anderen lagen ringsum im Wald unterhalb der Straße versteckt, für den Suchenden, der gleichzeitig die bereits Gefangenen bewachen musste, nicht zu sehen, wohl aber für mich.

Über den schwarzen Baumwipfeln leuchteten rot die Lichter an den Brückenpfeilern. Auf dem Anstieg näherte sich erneut ein Auto. Im Licht der Scheinwerfer wurden erst die Fahrradfahrer deutlich sichtbar, ein kurzes Aufblitzen von Reflektoren, Metall, Steppjacken, schwarzen Augen und weißen Gesichtern, danach die spielenden Kinder, die nur den notwendigen Schritt seitlich ausgewichen waren, damit das Auto passieren konnte, und nun geisterhaft dastanden und es anstarrten.

Es war das Ehepaar Trollnes, die Eltern von Sverre, einem Jungen aus meiner Klasse. Er schien nicht bei ihnen zu sein.

Ich wandte mich um und sah den roten Rücklichtern nach, bis sie über die Hügelkuppe verschwanden. Dann ging ich hinein. Eine Weile versuchte ich auf dem Bett liegend zu lesen, aber es wollte sich nicht die nötige Ruhe einstellen, so dass ich stattdessen in Yngves Zimmer trottete, von wo aus ich auf Vater hinabschauen konnte. Wenn ich ihn sah, wusste ich, wo er war, und im Grunde war diese Gewissheit das Wichtigste. Ich kannte seine Launen und hatte längst gelernt, sie mit Hilfe eines unterbewussten Kategorisierungssystems vorherzusehen, wie mir später klar wurde, bei dem das Verhältnis zwischen wenigen festen Größen ausreichte, um zu entscheiden, was mich erwartete, so dass ich die nötigen Vorkehrungen treffen konnte. Eine Art Meteorologie des Gemüts … Die Geschwindigkeit des Wagens auf dem sanften Anstieg zu unserem Haus, die Zeit, die er benötigte, um den Motor auszuschalten, seine Sachen zu packen und auszusteigen, die Art, wie er sich umsah, wenn er die Autotür abschloss, die Nuancen in den unterschiedlichen Lauten, die aus dem Flur hochdrangen, wenn er den Mantel ablegte – das alles waren Zeichen, das alles ließ sich deuten. Ergänzt wurde es durch Informationen darüber, wo er und wie lange er und mit wem er zusammen gewesen war, ehe die Schlussfolgerung, der einzige Teil des Prozesses, den ich bewusst wahrnahm, gezogen wurde. Am meisten fürchtete ich mich deshalb, wenn er einfach *kam* … Wenn ich aus irgendeinem Grund *unaufmerksam* gewesen war …

Woher in aller Welt hatte er gewusst, dass ich gelaufen war?

Es war nicht das erste Mal, dass er mich in unerklärlicher Weise ertappt hatte. So hatte ich an einem Herbstabend eine Tüte Süßigkeiten unter dem Plumeau meines Betts versteckt, weil ich schon ahnte, dass er in mein Zimmer kommen und mir nie und nimmer glauben würde, wie ich an das Geld geraten war, um sie mir zu kaufen. Als er wie erwartet hereinkam, sah er mich einige Sekunden an.

»Was hast du da im Bett versteckt?«, sagte er.

Woher *wusste* er das?

Draußen schraubte Prestbakmo die starke Glühlampe fest, die über der Platte angebracht war, an der er regelmäßig arbeitete. Das neue Auge aus Licht, das aus der Dunkelheit hervorstach, war voller Sachen und Dinge, die Prestbakmo stehend, vollkommen reglos anstarrte. Stapelweise Farbtöpfe, Gläser mit Pinseln, Holzklötze, Bretterenden, zusammengelegte Planen, Autoreifen, ein Fahrradrahmen, ein paar Werkzeugkästen, Boxen voller Schrauben und Nägel in allen Größen und Formen, Bretter mit Milchtüten voller üppig sprießender Blumen, Säcke mit Kalk, ein aufgerollter Gartenschlauch und an die Wand gelehnt eine Platte, auf der sich alle möglichen Werkzeuge abzeichneten, wahrscheinlich war sie für den Hobbykeller im Haus gedacht.

Als ich erneut zu Vater hinübersah, ging er mit dem Hammer in der einen Hand und dem Spaten in der anderen über den Rasen. Rasch wich ich zwei Schritte zurück. Im selben Moment wurde die Haustür geöffnet. Es war Yngve. Ich sah auf die Uhr.

Zwei Minuten vor halb neun. Als er unmittelbar darauf in jener charakteristischen, fast ruckartigen, ein wenig gespenstischen Gangart die Treppe heraufkam, die wir entwickelt hatten, um uns im Haus schnell, aber lautlos bewegen zu können, war er außer Atem und hatte einen roten Kopf.

»Wo ist Papa?«, sagte er, nachdem er ins Zimmer gekommen war.

»Im Garten«, antwortete ich. »Aber du bist nicht zu spät. Schau, *jetzt* ist es halb neun.«

Ich streckte den Arm mit der Uhr aus.

Er ging an mir vorbei und zog den Schreibtischstuhl heraus. Er roch noch nach draußen. Kalte Luft, Wald, Kies, Asphalt.

»Hast du meine Kassetten angerührt?«, sagte er.

»Nein.«

»Was tust du dann in meinem Zimmer?«

»Nichts«, erklärte ich.

»Kannst du das nicht in deinem eigenen Zimmer machen?«

Unter uns wurde die Haustür geöffnet. Diesmal waren es Vaters schwere Schritte, die dort unten über den Fußboden gingen. Die Stiefel hatte er sich wie immer vor dem Haus ausgezogen, und nun war er auf dem Weg in die Waschküche, um sich dort umzuziehen.

»Ich habe in den Nachrichten ein Gesicht im Meer gesehen«, sagte ich. »Hast du was davon gehört? Weißt du, ob andere es auch gesehen haben?«

Yngve sah mich halb fragend, halb abweisend an.

»Was laberst du da?«

»Das Fischerboot, das gesunken ist?«

Er nickte kaum merklich.

»Als sie in den Nachrichten die Stelle gezeigt haben, an der es gesunken ist, habe ich im Meer ein Gesicht gesehen.«

»Eine Leiche?«

»Nein. Es war kein echtes Gesicht. Es war das Meer, das eine Art Bild von einem Gesicht gemacht hat.«

Einen Moment lang sah er mich wortlos an. Dann kreiselte sein Zeigefinger an der Schläfe.

»Du glaubst mir nicht?«, sagte ich. »Es ist wirklich wahr.«

»Die Wahrheit ist, dass du eine Null bist.«

Als Vater unten im selben Augenblick Wasser laufen ließ, dachte ich, dass es das Beste sein würde, jetzt in mein Zimmer zu gehen, um nicht Gefahr zu laufen, ihm im Flur zu begegnen. Gleichzeitig wollte ich nicht, dass Yngve das letzte Wort behielt.

»Du bist hier die Null«, sagte ich.

Er machte sich nicht einmal die Mühe, mir zu antworten. Drehte sich nur um, schob den Oberkiefer vor und blies zwischen den Zähnen Luft ein und aus wie ein Kaninchen. Die Pantomime spielte auf meine vorstehenden Zähne an. Ich wandte mich ab und beeilte mich, aus dem Zimmer zu kommen, bevor er sehen konnte, dass mir die Tränen kamen.

Solange ich alleine war, machte es mir nichts aus zu weinen. Und diesmal war es ja auch gutgegangen, oder? Er hatte es doch nicht etwa gesehen?

Ich blieb hinter meiner Zimmertür stehen und überlegte einen Moment, ob ich ins Badezimmer gehen sollte. Dort konnte ich mir das Gesicht mit kaltem Wasser waschen und die Spuren entfernen. Aber Vater war bereits auf der Treppe auf dem Weg nach oben, so dass ich mich darauf beschränkte, meine Augen mit dem Ärmel des Sweaters trocken zu wischen. Die dünne Schmiere, die der trockene Stoff über die Oberfläche des Auges zog, ließ die Flächen und Farben des Raums ineinander verschwimmen, als wäre er plötzlich gesunken und befände sich nunmehr unter Wasser, und diese Vorstellung war so verlockend, dass ich die Arme hob, einige Schwimmzüge machte und langsam zum Schreibtisch ging. In Gedanken trug ich einen metallenen Helm aus den Anfängen des Tauchens, als sie noch in Schuhen mit Bleisohlen und dicken elefantenhautartigen Anzügen über den Meeresgrund gingen – an einem Luftschlauch hängend, der am Kopf wie eine Art Schnabel befestigt war. Ich atmete leise zischend durch den Mund und stapfte eine Weile mit den schwerfälligen und trägen Bewegungen der Taucher früherer Zeiten umher, bis das Grauen, das mit dieser Vorstellung verbunden war, langsam in mich einsickerte wie kaltes Wasser.

Ein paar Monate zuvor hatte ich die Fernsehserie *Die geheimnisvolle Insel* nach dem gleichnamigen Roman von Jules Verne gesehen, und die Geschichte von den Männern, die mit einem Ballon auf einer verlassenen Insel im Atlantik strandeten, hatte vom ersten Bild an einen überwältigenden Eindruck auf mich gemacht. Alles war spannungsgeladen gewesen. Der Ballon, der Sturm, die Männer in ihrer Kleidung aus dem 19. Jahrhundert, die raue, unfruchtbare Insel, auf der sie gelandet waren, die wahrscheinlich doch nicht so verlassen war, wie sie glaubten, denn laufend geschahen um sie herum mysteriöse und unerklärliche Dinge … Aber wer waren die anderen, die sich dort aufhielten? Die Antwort kam unvermittelt am Ende einer Folge. Jemand hielt sich in den Unterwasserhöhlen auf … menschenähnliche Geschöpfe … im Lichtschein der Laternen, die sie trugen, sah man flüchtig glatte, mit Masken bekleidete Köpfe … Warzen … sie ähnelten einer Art Echsen, gingen jedoch aufrecht … und auf dem Rücken trugen sie Behälter … einer von ihnen drehte sich um, er hatte keine Augen …

Ich schrie nicht, als ich es sah, aber die Angst, mit der die Bilder mich erfüllten, ließ sich nicht abschütteln; selbst mitten am helllichten Tag übermannte mich das Grauen, wenn ich an die Froschmänner in der Höhle dachte. Und jetzt waren meine Gedanken dabei, mich in einen von ihnen zu verwandeln. Mein Zischen wurde zu ihrem Zischen, die Schritte zu ihren Schritten, die Arme zu ihren Armen, und als ich die Augen schloss, waren es ihre augenlosen Gesichter, die ich vor mir sah. Die Höhle, das schwarze Wasser … die Reihe von Froschmännern mit Laternen in den Händen … Die Sache ging so weit, dass es nicht einmal mehr half, die Augen wieder zu öffnen. Obwohl ich sah, dass ich mich in meinem Zimmer befand, umgeben von meinen eigenen, vertrauten Sachen, ließ mich das Grauen nicht los. Aus Furcht, dass etwas passieren könnte, wagte ich kaum zu blinzeln. Steif setzte ich mich aufs Bett, zog den Ranzen zu mir heran, ohne ihn anzusehen, warf einen Blick auf den Stundenplan, Mittwoch, und las, was dort stand, *Mathe, Sachkunde, Musik*, hob den Ranzen auf meinen Schoß und blätterte mechanisch in den Büchern. Als das getan war, nahm ich das aufgeschlagene Buch vom Kissen, setzte mich, lehnte mich an die Wand und begann zu lesen. Die Sekunden, die vergingen, weil ich regelmäßig aufschaute, wurden nach und nach zu Minuten, und als Vater uns Punkt neun zum Abendessen rief, hatte nicht die Angst mich in ihrer Gewalt, sondern das Buch. Sich von ihm loszureißen, kostete Kraft.

Es war uns nicht erlaubt, uns selbst Brotscheiben abzuschneiden, und es war uns ebenso wenig erlaubt, den Herd zu benutzen, so dass immer Mutter oder Vater das Abendessen für uns machten. Hatte Mutter Spätdienst, übernahm Vater alles: Wenn wir in die Küche kamen, standen zwei Gläser Milch und zwei Teller mit vier fertig bestrichenen Broten auf dem Tisch und warteten auf uns. Die Brote hatte er meist schon vorher zubereitet und anschließend in den Kühlschrank gestellt, und dass sie kalt waren, machte es schwierig, sie hinunterzubekommen, selbst wenn sie mit etwas belegt waren, was ich mochte. War Mutter zu Hause, wurde der Brotbelag auf den Tisch gestellt, von ihr oder von uns, und dieser kleine Kniff, durch den wir selbst bestimmen konnten, was auf dem Tisch stehen würde und was wir auf unseren Scheiben haben wollten, und darüber hinaus, dass die Brote Zimmertemperatur hatten, reichte aus, um in uns eine Art Freiheitsgefühl auszulösen: Konnten wir die Schranktüren öffnen, die Teller herausholen, die immer ein wenig klirrten, wenn sie aneinanderschlugen, und sie auf den Tisch stellen; konnten wir die Besteckschublade aufziehen, die immer ein wenig raschelte, und die Messer neben die Teller legen; konnten wir die Gläser abstellen, den Kühlschrank öffnen, die Milch herausholen und einschenken, dann konnten wir auch den Mund aufmachen und reden. Das eine führte irgendwie zum anderen, wenn wir mit Mutter zu Abend aßen. Wir sprachen über alles, was uns in den Sinn kam, und sie interessierte sich für die Dinge, die wir ihr erzählten, und wenn wir ein bisschen Milch verschütteten oder uns vergaßen und den gebrauchten Teebeutel auf die Tischdecke legten (denn sie setzte manchmal Tee für uns auf), war das nicht weiter schlimm. Doch so, wie unsere Mitarbeit an der Mahlzeit diese Schleuse zur Freiheit öffnete, regulierte der Grad von Vaters Anwesenheit andererseits deren Ausmaß. War er außer Haus oder unten in seinem Büro, redeten wir so laut und unbefangen und mit so ausladenden Gesten, wie wir wollten; kam er die Treppe herauf, sprachen wir automatisch leiser und wechselten das Gesprächsthema, falls wir uns über etwas unterhalten hatten, das ihm vermutlich unpassend erschienen wäre; betrat er die Küche, verstummten wir ganz, saßen steif und aufrecht am Tisch, wie in Konzentration auf das Essen versunken; setzte er sich dagegen ins Wohnzimmer, unterhielten wir uns weiter, allerdings leiser und vorsichtiger.

An diesem Abend erwarteten uns die Teller mit den vier fertigen Broten, als wir in die Küche kamen. Eins mit braunem Molkenkäse, eins mit gelbem Käse, eins mit Sardinen in Tomatensauce, eins mit Kümmelkäse. Sardinen mochte ich nicht, weshalb ich mir das Brot als Erstes vornahm. Fisch widerte mich an, von gekochtem Kabeljau, den wir mindestens einmal in der Woche aßen, wurde mir übel; vom Dampf aus dem Topf, in dem er zog, von seinem Geschmack und seiner Konsistenz. Gleiches galt natürlich auch für gekochten Pollack, gekochten Seelachs, gekochten Schellfisch, gekochte Scholle, gekochte Makrele und gekochten Rotbarsch. An den Sardinen war nicht der Geschmack das Schlimmste, die Tomatensauce bekam ich hinunter, indem ich mir einredete, es wäre eine Art Ketchup, sondern die Konsistenz des Fischs, vor allem die kleinen, glatten Schwänze. Sie waren widerlich. Um den Kontakt mit ihnen zu minimieren, biss ich sie immer als Erstes ab, legte sie auf meinem Teller zur Seite, schob ein wenig von der Tomatenmasse zur Kruste am Ende der Scheibe, steckte die Schwänze in die Mitte dieses Haufens und klappte die Rinde gleichzeitig um sie herum. Auf die Art konnte ich mehrmals kauen, ohne mit den Schwänzen in Berührung zu kommen, und das Ganze anschließend mit Milch hinunterspülen. Wenn Vater nicht dabei war, wie an diesem Abend, bestand natürlich auch die Möglichkeit, die kleinen Schwänze einfach in die Hosentasche zu bugsieren.

Yngve runzelte die Stirn und schüttelte den Kopf, als ich das machte. Dann grinste er. Ich grinste auch.

Im Wohnzimmer bewegte sich Vater im Sessel. Es raschelte kaum hörbar in einer Streichholzschachtel; im nächsten Moment ertönten das kurze Ratschen des Schwefelkopfs, der über die Reibefläche gezogen wurde, und das zischende Geräusch, als das Streichholz aufflammte, das in die nachfolgende Stille der Flamme quasi hineinfiel. Als einige Sekunden später der Zigarettengeruch in die Küche sickerte, lehnte Yngve sich vor und öffnete, so leise er nur konnte, das Fenster. Die Laute, die aus der Dunkelheit hereintrieben, veränderten die gesamte Atmosphäre in der Küche. Plötzlich war sie ein Teil der Landschaft vor dem Haus. *Wir sitzen hier wie im obersten Rang*, dachte ich. Bei dem Gedanken sträubten sich die Haare auf meinen Unterarmen. Der Wind strich säuselnd durch den Wald, wehte raschelnd über die Sträucher und Bäume auf dem Rasen unter uns. Von der Kreuzung drangen die Stimmen der Jugendlichen zu uns herein, die immer noch über ihren Fahrrädern hingen und sich unterhielten. Auf der Auffahrt zur Brücke schaltete ein Motorrad. Und in der Ferne, wie über alles andere erhoben, hing das Wummern eines Schiffs, das vom Sund hereinkam.

Er hatte mich natürlich *gehört*! Meine Schritte, als ich über den Kies lief!

»Wollen wir tauschen?«, sagte Yngve leise und zeigte auf die Scheibe mit Kümmelkäse.

»Können wir machen«, erwiderte ich. Ermuntert davon, das Rätsel gelöst zu haben, spülte ich den letzten Bissen der Sardinenscheibe mit einem winzigen Schluck Milch hinunter und ging zu dem Brot über, das Yngve auf meinen Teller gelegt hatte. Es war wichtig, die Milch zu dosieren, denn wenn man zur letzten Scheibe kam und keine mehr hatte, war es fast unmöglich, das Ganze hinunterzubekommen. Am besten war natürlich, sich ein bisschen was aufzusparen, bis alle Scheiben gegessen waren, denn nie schmeckte die Milch so gut wie in diesem Moment, wenn sie keine Funktion mehr erfüllen musste, sondern ganz für sich genommen die Kehle hinunterlief, rein und unverfälscht, was mir jedoch leider praktisch nie gelang; das momentane Bedürfnisse überwog stets die Verheißungen der Zukunft, ganz gleich, wie verlockend sie auch erscheinen mochten.

Yngve schaffte es dagegen. Er war ein Meister im Aufsparen.

Oben bei Prestbakmo schlug jemand seine Stiefelabsätze gegen die Türschwelle. Dann durchschnitten drei kurze Rufe den Abend.

Geir! – Geir! – Geir!

Die Antwort kam von dem Hof vor dem Haus, in dem John Beck wohnte, exakt so verzögert, dass jeder, der sie hörte, begreifen musste, dass er es sich erst einen Moment überlegt hatte.

Ja-ha!, rief er.

Unmittelbar darauf hörte man seine schnellen Schritte vor dem Haus. Als sie die Mauer zu Gustavsens Grundstück erreichten, stand Vater im Wohnzimmer auf. Irgendetwas an der Art daran ließ mich den Kopf einziehen. Auch Yngve zog den Kopf ein. Vater kam in die Küche, ging zum Tisch, lehnte sich wortlos vor und schloss das Fenster mit einem Knall.

»Bei uns bleibt das Fenster abends geschlossen«, erklärte er.

Yngve nickte.

Vater sah uns an.

»Jetzt seht zu, dass ihr fertig werdet«, sagte er.

Erst als er sich im Wohnzimmer wieder hinsetzte, begegnete ich Yngves Blick.

»Ha, ha«, flüsterte ich.

»Ha, ha?«, entgegnete er flüsternd. »Dich hat er genauso gemeint.«

Er hatte fast zwei Brote Vorsprung und konnte kurz darauf aufstehen und in sein Zimmer verschwinden, während ich noch ein paar Minuten kauend sitzen bleiben musste. Ich hatte vorgehabt, nach dem Abendessen zu Vater hinüberzugehen und ihm zu sagen, dass sie in den Abendnachrichten bestimmt den Bericht mit dem Gesicht im Meer senden würden, aber unter den gegebenen Umständen würde es sicher besser sein, darauf zu verzichten.

Oder nicht?

Ich beschloss, es darauf ankommen zu lassen. Wenn ich die Küche verließ, lugte ich immer kurz ins Wohnzimmer hinein und wünschte ihm eine gute Nacht. War seine Stimme dann neutral oder, bestenfalls, wohlwollend, würde ich es erwähnen. Sonst nicht.

Leider hatte er sich jedoch auf die Couch gesetzt, die am hinteren Ende des Wohnzimmers stand, und nicht in einen der beiden Ledersessel vor dem Fernseher wie sonst. Um Kontakt zu ihm aufzunehmen, konnte ich mich also nicht einfach wie beiläufig zu ihm umdrehen und ihm eine gute Nacht wünschen, sondern musste mehrere Schritte ins Zimmer hinein gehen. Dadurch würde er natürlich erkennen, dass ich auf etwas Besonderes aus war. Und daraufhin würde es keinen Sinn mehr haben, sich vorzutasten, dann musste ich unabhängig davon, in welchem Ton er mir antwortete, heraus mit der Sprache.

Dies wurde mir jedoch erst bewusst, als ich die Küche bereits verlassen hatte, und weil die Unsicherheit mich innehalten ließ, hatte ich plötzlich keine Wahl mehr, denn er hörte natürlich, dass ich stehen blieb, woraufhin ich ihm unverzüglich sagen musste, dass ich etwas von ihm wollte. Also machte ich die noch erforderlichen vier Schritte und trat in sein Blickfeld.

Er hatte ein Bein über das andere geschlagen, den Ellbogen auf die Rückenlehne der Couch gestützt, den Kopf in der Hand ruhend leicht in den Nacken gelegt. Sein Blick, der offenbar schräg zur Decke hinaufgegangen war, richtete sich auf mich.

»Gute Nacht, Papa«, sagte ich.

»Gute Nacht«, sagte er.

»In den Abendnachrichten zeigen sie bestimmt nochmal dasselbe Bild«, sagte ich. »Ich hab mir nur gedacht, dass ich dir das sagen sollte. Damit du es dir mit Mama ansehen kannst.«

»Was für ein Bild?«, fragte er.

»Das von dem Gesicht«, antwortete ich.

»Dem Gesicht?«

Mein Mund stand anscheinend offen, denn plötzlich ließ er den Unterkiefer nach unten fallen und starrte mich mit gähnendem Mund an, so dass ich begriff, er ahmte mich nach.

»Von dem ich dir erzählt habe«, sagte ich.

Er schloss den Mund wieder und richtete sich auf, ohne mich aus den Augen zu lassen.

»Jetzt ist aber mal Schluss mit diesem Gesicht«, sagte er.

»Ja«, erwiderte ich.

Als ich mich umdrehte und in Richtung Flur ging, spürte ich, dass sich seine Aufmerksamkeit von mir abwandte. Ich putzte mir die Zähne, zog mich aus und den Schlafanzug an, machte die Lampe über dem Bett an, bevor ich die Deckenlampe löschte, legte mich hin und begann zu lesen.

Eigentlich durfte ich nur eine halbe Stunde lesen, bis zehn, aber in der Regel las ich, bis Mutter gegen halb elf nach Hause kam. So auch an diesem Abend. Als ich den Käfer von der Hauptstraße aus herauffahren hörte, legte ich das Buch auf den Fußboden und löschte das Licht, um in der Dunkelheit zu liegen und zu lauschen: die Autotür, die zugeschlagen wird, ihre Füße auf dem Kies, die Haustür, die geöffnet wird, Mantel und Schal, die ausgezogen werden, die Schritte auf der Treppe … Das Haus wirkte verändert, wenn sie sich darin aufhielt, und seltsamerweise konnte ich dies *merken*; war ich beispielsweise eingeschlafen, bevor sie nach Hause kam, und wachte nachts auf, spürte ich, dass sie da war, denn die Atmosphäre hatte sich verändert, ohne dass ich hätte sagen können, wie, nur so viel, dass es beruhigend wirkte. Gleiches galt, wenn sie früher als geplant heimkam, während ich noch draußen gewesen war: Sobald ich den Flur betrat, wusste ich, dass sie da war.

Ich hätte natürlich gerne mit ihr gesprochen, denn wenn jemand das mit dem Gesicht verstehen würde, dann sie, aber zwingend notwendig erschien es mir nicht. Wichtiger fand ich, dass sie hier war. Ich hörte, wie sie den Schlüsselbund auf das Telefontischchen legte, nachdem sie die Treppe heraufgekommen war, dann die Schiebetür öffnete, etwas zu Vater sagte und sie anschließend wieder hinter sich schloss. Ab und zu, vor allem nach den Spätdiensten am Wochenende, hatte er für sie gekocht, wenn sie heimkam. Dann legten sie manchmal Platten auf. In seltenen Fällen hinterließen sie eine Flasche Wein auf der Arbeitsplatte in der Küche, immer dieselbe Marke, der Rotwein aus dem Monopol, und ganz selten Bier, ebenfalls immer dieselbe Marke, zwei oder drei Flaschen Pils von Arendals Brauerei, die braunen 0,7-Literflaschen mit dem gelben Segelschifflogo.

An diesem Abend war dies jedoch nicht der Fall, worüber ich froh war. Wenn sie zusammen aßen, schauten sie nämlich nicht fern, und das mussten sie, wenn ich meinen Plan in die Tat umsetzen wollte, der so simpel wie gewagt war: Ein paar Sekunden vor elf würde ich mich aus dem Bett und in den Flur hinausschleichen, die Schiebetür öffnen und mir die Abendnachrichten im Fernsehen anschauen. Etwas Derartiges hatte ich nie zuvor getan, nicht einmal in Erwägung gezogen. Was mir nicht erlaubt war, machte ich nicht. Niemals. Nicht ein einziges Mal hatte ich etwas getan, was Vater mir verboten hatte. Jedenfalls nicht mit Absicht. Doch das hier war etwas anderes, weil es nicht um mich ging, sondern um sie. Ich hatte das Bild von dem Gesicht im Meer ja schon gesehen und musste es folglich nicht noch einmal sehen. Ich wollte nur herausfinden, ob sie dasselbe sahen wie ich.

So lag ich da und überlegte in der Dunkelheit, während meine Augen die grünlichen Zeiger des Weckers verfolgten. Wenn es so still war wie jetzt, konnte ich die Autos hören, die unten auf der Hauptstraße vorbeifuhren. Eine akustische Schneise, die anfing, sobald sie beim B-Max, dem neuen Supermarkt, über die Hügelkuppe kamen, dann die Böschung bei Holtet hinunter weiterging, an der Einfahrt zu Gamle Tybakken vorbei und die Auffahrt zur Brücke hinaufführte, wo sie ebenso spurlos verschwand, wie sie eine halbe Minute zuvor aufgetaucht war.

Neun Minuten vor elf ging die Tür des Hauses

auf der anderen Straßenseite auf. Ich kniete im Bett und lugte aus dem Fenster. Es war Frau Gustavsen, sie lief mit einer Mülltüte in der Hand die Einfahrt hinunter. Welch seltener Anblick dies war, erkannte ich erst, als ich es sah. Frau Gustavsen zeigte sich nämlich praktisch nie außer Haus; man sah sie entweder im Haus oder auf dem Beifahrersitz ihres blauen Ford Taunus, aber obwohl ich dies gewusst hatte, war es mir vorher doch nie bewusst gewesen. Nun jedoch, als sie vor der Mülltonne stehen blieb und den Deckel öffnete, die Tüte hineinhob und die Tonne wieder zumachte, alles mit der leicht trägen Grazie, die so vielen dicken Frauen eigen ist, schoss es mir durch den Kopf. Sie hielt sich niemals im Freien auf.

Die Straßenlaterne, die vor unserer Hecke stand, warf ihr hartes Licht auf sie, aber im Gegensatz zu den Dingen, von denen sie umgeben war – der Mülleimer, die weißen Wände des Wohnwagens, die Steinplatten, der Asphalt –, die das Licht ausnahmslos scharf und kalt reflektierten, war es, als modulierte und absorbierte ihre Gestalt es. Die nackten Arme glänzten schwach, der Stoff ihres weißen Pullovers schimmerte, die vollen, graubraunen Haare schienen fast golden zu sein.

Sie blieb einen Moment stehen und schaute sich um, erst zu Prestbakmo hinüber, dann zu Hansens hinauf und anschließend zum Wald auf der anderen Straßenseite hinunter.

Eine abwärts trippelnde Katze hielt inne und betrachtete sie einen Moment. Frau Gustavsen strich sich mit einer Hand mehrmals über den Arm. Dann wandte sie sich um und ging ins Haus.

Ich warf nochmals einen Blick auf die Uhr. Vier Minuten vor elf. Ich fror ein wenig und überlegte kurz, ob ich einen Pullover anziehen sollte, kam jedoch zu dem Schluss, dass dadurch alles zu geplant aussehen würde, falls ich entdeckt werden sollte. Außerdem ging es ja nur um ein paar Minuten.

Vorsichtig trat ich zur Tür und legte ein Ohr dagegen. Das einzige gravierende Risiko bestand darin, dass die Toilette diesseits der Schiebetür lag. Sobald ich an ihr stand, würde ich sie im Blick behalten und mich zurückziehen können, falls sie im Zimmer aufstünden, aber solange die Schiebetür geschlossen war, würde ich sie, wenn sie bereits unterwegs waren, zu spät entdecken.

Aber dann konnte ich natürlich immer noch so tun, als wollte ich aufs Klo!

Erleichtert über diese Lösung öffnete ich vorsichtig die Tür und trat aus dem Zimmer. Alles war still. Ich schlich mich durch den Flur, spürte den trockenen Teppichboden unter meinen schwitzenden Fußsohlen, blieb vor der Schiebetür stehen, hörte nichts, zog sie eine Spur zur Seite und lugte durch den Spalt hinein.

Der Fernsehapparat stand in einer Ecke. Die beiden Ledersessel waren leer.

Dann saßen sie also beide auf der Couch.

Perfekt.

Dann schwirrte der Erdball mit dem N-Zeichen über den Bildschirm. Ich betete zu Gott, dass sie dieselbe Reportage zeigen würden, damit Mutter und Vater sehen konnten, was ich gesehen hatte.

Der Nachrichtensprecher berichtete gleich zu Anfang der Sendung über den vermissten Fischkutter, und mein Herz schlug schnell. Aber die anschließende Reportage war eine andere: Statt der Bilder von einem unberührten Meer kamen Bilder von einem Polizisten, der auf einem Anleger interviewt wurde, gefolgt von einer Frau mit einem kleinen Kind auf dem Arm, und von dem Reporter selbst, der vor dem Hintergrund eines wogenden Meeres sprach.

Als der Bericht vorbei war, ertönte im Zimmer die Stimme meines Vaters, danach Gelächter. Das Schamgefühl, das sich in mir ausbreitete, war so stark, dass ich nicht mehr klar denken konnte. Mir schien, als wäre mein Inneres vollkommen leer. Die Kraft dieser plötzlichen Scham war in meiner Kindheit nur vergleichbar mit der intensiven Angst, die ich manchmal empfand, und dem Jähzorn natürlich, und allen gemeinsam war, dass ich *selbst* wie ausradiert wurde. Nur dieses eine Gefühl zählte. Als ich mich umwandte und in mein Zimmer zurückging, nahm ich deshalb nichts wahr. Ich weiß, das Fenster an der Treppe muss so dunkel gewesen sein, dass sich das Bild des Flurs darin spiegelte, ich weiß, die Tür zu Yngves Zimmer muss genauso zu gewesen sein wie die zum Schlafzimmer meiner Eltern und die zum Bad. Ich weiß, der Schlüsselbund meiner Mutter muss aufgefächert auf dem Telefontischchen gelegen haben wie eine Art ruhendes kleines Fabelwesen mit seinem Kopf aus Ton und dem Gewimmel aus Metallbeinen, ich weiß, die kniehohe Keramikvase mit getrockneten Blumen und Stroh muss daneben auf dem Fußboden gestanden haben, ohne irgendeine Verbindung zu dem synthetischen Stoff des Teppichbodens. Aber ich sah nichts, hörte nichts, dachte nichts. Ich ging in mein Zimmer, legte mich ins Bett und löschte das Licht, und als die Dunkelheit mich umschloss, holte ich so tief Luft, dass mein Atem anfing zu zittern, während sich die Bauchmuskeln gleichzeitig spannten und die wimmernden Töne herauspressten, die so laut waren, dass ich sie in den weichen und schon bald durchnässten Stoff des Kissens lenken musste. Es half so, wie es einem half, sich zu übergeben, wenn einem übel war. Noch lange, nachdem die Tränen versiegt waren, lag ich schluchzend im Bett. Auch das tat gut. Als die wohltuende Wirkung verraucht war, drehte ich mich auf den Bauch, legte den Kopf auf den Arm und schloss die Augen, um zu schlafen.

DA ICH HIER SITZE UND DIES SCHREIBE, sind über dreißig Jahre vergangen. Im Fenster vor mir sehe ich vage den Widerschein meines Gesichts. Abgesehen von den leuchtenden Augen und der Partie unmittelbar darunter, die matt ein wenig Licht reflektiert, liegt die gesamte linke Hälfte im Schatten. Zwei tiefe Furchen durchziehen meine Stirn, eine tiefe Furche führt auf jeder Wange nach unten, jede von ihnen mit Dunkelheit gefüllt, und wenn die Augen so ernst sind und stieren und die Mundwinkel nach unten zeigen, ist es völlig ausgeschlossen, dieses Gesicht nicht düster zu finden.

Was hat sich darin eingebrannt?

Heute ist der 27. Februar 2008. Es ist 23.43. Ich, der ich dies schreibe, Karl Ove Knausgård, wurde im Dezember 1968 geboren und bin folglich im Augenblick der Niederschrift 39 Jahre alt. Ich habe drei Kinder, Vanja, Heidi und John, und bin in zweiter Ehe mit Linda Boström Knausgård verheiratet. Alle vier schlafen in den Zimmern ringsum, in einer Wohnung in Malmö, wo wir seit anderthalb Jahren leben. Mit Ausnahme einiger Eltern von Kindern in Vanjas und Heidis Kindertagesstätte kennen wir hier niemanden. Wir vermissen deshalb nichts, jedenfalls ich nicht, denn die Gesellschaft anderer Menschen gibt mir ohnehin nichts. Ich sage nie, was ich wirklich denke, nie, was ich wirklich meine, sondern passe mich unweigerlich meinem jeweiligen Gesprächspartner an und tue so, als würde es mich interessieren, was er oder sie erzählt, es sei denn, ich trinke, denn dann verfalle ich meist in das andere Extrem, um anschließend voller Furcht zu erwachen, die Schwelle des Erlaubten überschritten zu haben, eine Angst, die mit den Jahren immer größer geworden ist und mittlerweile wochenlang anhalten kann. Wenn ich trinke, habe ich zudem Blackouts und verliere völlig die Kontrolle über mein Tun, das oft verzweifelt und idiotisch ist, manchmal aber auch verzweifelt und gefährlich. Deshalb trinke ich nicht mehr. Ich will nicht, dass jemand an mich herankommt, ich will nicht, dass jemand mich sieht, und so ist es mittlerweile auch: Niemand kommt an mich heran, und niemand sieht mich. *Das* muss sich in mein Gesicht eingebrannt haben, das muss es so steif und maskenhaft gemacht haben, wodurch es mir kaum möglich ist, es mit mir selbst in Verbindung zu bringen, wenn ich auf der Straße in einer Fensterscheibe zufällig darauf stoße.

*

Das Einzige, was im Gesicht nicht altert, sind die Augen. Sie sind am Tag unserer Geburt so klar wie am Tag unseres Todes. Sicher, Äderchen können in ihnen platzen, sicher, der Augapfel kann trüber werden, aber das Licht in ihnen verändert sich nie. Es gibt ein Gemälde, das ich mir jedes Mal ansehe, wenn ich in London bin, und das mich jedes Mal aufs Neue anrührt. Es ist ein Selbstporträt des späten Rembrandt. Die Bilder des späten Rembrandt sind normalerweise von fast schon unerhörter Grobheit, in ihnen ist alles dem Ausdruck des einen Augenblicks unterworfen, schimmernd und heilig zugleich, bis heute unübertroffen in der Kunst – eventuell mit Ausnahme dessen, was Hölderlin in seiner späten Dichtung erreicht, so wenig sich beides vergleichen lässt, denn wo Hölderlins Licht, heraufbeschworen in der Sprache, ätherisch und himmlisch ist, da ist Rembrandts Licht, heraufbeschworen in der Farbe, das der Erde, des Metalls, der Materie – aber dieses eine Bild in der National Gallery ist einen Hauch klassisch realistischer und wirklichkeitsnäher gemalt, steht dem Ausdruck des jungen Rembrandt näher. Was das Bild jedoch darstellt, ist der Alte. Es ist das Alter. Alle Details seines Gesichts sind zu erkennen, alle Spuren, die das Leben darin hinterlassen hat, lassen sich verfolgen. Es ist zerfurcht, faltig, aufgedunsen, von der Zeit gezeichnet. Doch die Augen sind klar, wenn auch nicht jung, so doch außerhalb der Zeit stehend, die dieses Gesicht ansonsten prägt. Es ist, als sähe uns, von einem Ort im Inneren des Gesichts, ein anderer Ort an, an dem alles anders ist. Näher an eine andere menschliche Seele heranzukommen, dürfte schwerlich möglich sein. Denn alles, was Rembrandts Person betrifft, seine Gewohnheiten und schlechten Angewohnheiten, seine Körperausdünstungen und Körpergeräusche, seine Stimme und seine Wortwahl, seine Gedanken und Sätze, seine Verhaltensweise, die Schwächen und Gebrechen seines Körpers, all das, was einen Menschen in den Augen anderer ausmacht, ist weggefallen, das Bild ist über vierhundert Jahre alt, und Rembrandt starb in dem Jahr, in dem es gemalt wurde, und was hier folglich abgebildet worden ist, was Rembrandt gemalt hat, ist das Dasein dieses Menschen, zu dem er jeden Morgen erwacht, und das sofort Besitz ergreift von den Gedanken, ohne selbst Gedanke zu sein, das sofort Besitz ergreift von den Gefühlen, selbst jedoch kein Gefühl ist, und aus dem man Abend für Abend entschlummert, am Ende für immer. Das im Menschen, was die Zeit nicht anrührt und woher das Licht in den Augen kommt. Der Unterschied zwischen diesem und den anderen Gemälden des späten Rembrandt ist der Unterschied zwischen sehen und gesehen werden. Will sagen, in diesem Bild sieht er sich selbst sehen, während er selbst gesehen wird, und nur im Barock, mit seiner Vorliebe für Spiegel im Spiegel, play within the play, für Inszenierungen und den Glauben an den Zusammenhang aller Dinge, in dem das handwerkliche Geschick zudem auf ein Niveau gehoben wurde, das keiner vorher oder nachher jemals wieder erreichen sollte, war ein solches Bild möglich. Aber es ist unsere Zeit, in der es existiert, wir sind es, für die es sieht.

*

In jener Nacht, in der Vanja geboren wurde, lag sie da und sah uns stundenlang an. Ihre Augen waren wie zwei schwarze Laternen. Ihr Körper war blutverschmiert, die langen Haare klebten am Kopf, und wenn sie sich rührte, geschah es mit den bedächtigen Bewegungen eines Kriechtiers. Als sie so auf Lindas Bauch lag und uns anstarrte, sah sie aus wie etwas aus dem Wald. Wir konnten von ihr und ihrem Blick einfach nicht lassen. Aber was lag in ihm? Ruhe, Ernst, Dunkelheit. Ich streckte die Zunge heraus, es verging eine Minute, dann streckte sie ihre Zunge heraus. Nie hat es so viel Zukunft in meinem Leben gegeben wie damals, nie so viel Freude. Inzwischen ist sie vier, und alles ist anders. Ihre Augen sind hellwach, füllen sich ebenso schnell mit Eifersucht wie mit Freude, mit Trauer wie mit Wut, sie ist bereits in die Welt getrieben worden und kann so frech werden, dass ich völlig die Beherrschung verliere und sie anbrülle oder schüttele, bis sie in Tränen ausbricht. Oft lacht sie jedoch auch nur. Als es zuletzt so war und ich so wütend wurde, dass ich sie rüttelte und sie bloß lachte, hatte ich eine Eingebung und legte eine Hand auf ihre Brust.

Ihr Herz hämmerte. Oh, wie es hämmerte.

*

Es ist ein paar Minuten nach acht Uhr morgens. Es ist der 4. März 2008. Ich sitze in meinem Büro, vom Boden bis zur Decke von Büchern umgeben, und höre die schwedische Band Dungen, während ich daran denke, was ich geschrieben habe und wohin es führen wird. Linda und John liegen im Nebenzimmer und schlafen, Vanja und Heidi sind im Kindergarten, wo ich sie vor einer halben Stunde abgeliefert habe. Am riesigen Hotel Hilton, das noch im Schatten liegt, gleiten die Aufzüge in ihren drei Glasschächten an der Fassade pausenlos auf und ab. Daneben steht ein rotes Backsteingebäude, das allen Erkern, Bögen und Schnörkeln nach zu urteilen Ende des 19. oder Anfang des 20. Jahrhunderts erbaut worden sein muss. Hinter diesem sieht man wiederum eine kleine Ecke des Magistratparks mit seinen kahlen Bäumen und dem grünen Gras, wo ein grau verputztes Haus mit Siebzigerjahreausstrahlung die Aussicht beendet und den Blick gen Himmel zwingt, der zum ersten Mal seit Wochen klar und blau ist.

Da ich hier seit anderthalb Jahren wohne, kenne ich diese Aussicht und all ihre Facetten von Tag zu Tag und im Jahresverlauf, aber verbunden fühle ich mich ihr nicht. Nichts von all dem, was ich hier sehe, bedeutet mir etwas. Vielleicht habe ich es genau darauf angelegt, denn diese Unverbundenheit ist etwas, was mir gefällt, was ich möglicherweise sogar brauche, eine bewusste Entscheidung ist es dagegen nicht gewesen. Vor sechs Jahren schrieb ich in Bergen, und obwohl ich keineswegs die Absicht hegte, mein ganzes Leben in dieser Stadt zu verbringen, hatte ich doch auch keine Pläne, das Land oder die Frau zu verlassen, mit der ich damals verheiratet war. Im Gegenteil, uns schwebte vor, dass wir Kinder bekommen und vielleicht nach Oslo ziehen könnten, wo ich neue Romane schreiben und sie weiter für Rundfunk und Fernsehen arbeiten würde. Aber aus dieser Zukunft, die im Grunde nichts anderes war als eine Fortführung unserer damaligen Gegenwart mit ihrem Alltag und ihren Abendessen mit Freunden und Bekannten, ihren Urlaubsreisen und Besuchen bei Eltern und Schwiegereltern, alles bereichert von den Kindern, die wir uns vorstellten, wurde nichts. Es passierte etwas, und von einem Tag auf den anderen ging ich nach Stockholm, anfangs nur, um ein paar Wochen fortzukommen, und dann wurde daraus auf einmal mein Leben. Nicht nur die Stadt und das Land wurden darin ausgetauscht, sondern auch alle Menschen. Es mag seltsam erscheinen, dass ich dies tat, noch seltsamer ist jedoch, dass ich so gut wie nie darüber nachdenke. Wie bin ich hier gelandet? Warum haben sich die Dinge *so* entwickelt?

Als ich nach Stockholm kam, kannte ich dort zwei Menschen und keinen von beiden gut: Geir, dem ich während einiger Wochen im Frühjahr 1990 in Bergen begegnet war, also zwölf Jahre zuvor, und Linda, die ich auf einem Seminar für junge Literaten, die ihr erstes Buch veröffentlicht hatten, auf Biskops-Arnö an ein paar Tagen im Frühjahr 1999 kennen gelernt hatte. Ich schrieb Geir eine Mail und fragte ihn, ob ich bei ihm übernachten könne, bis ich eine eigene Bleibe gefunden hatte, das ließ sich machen, und einmal dort angekommen gab ich Wohnungsanzeigen in zwei schwedischen Tageszeitungen auf. Ich bekam über vierzig Zuschriften, aus denen ich zwei auswählte. Die eine Wohnung lag in der Bastugatan, die andere in der Brännkyrkagatan, beide im Stadtteil Södermalm. Nachdem ich sie besichtigt hatte, entschied ich mich für Letztere, bis ich im Treppenhaus den Blick über die Tafel mit der Liste der Hausbewohner schweifen ließ, auf der ich Lindas Namen fand. Wie groß standen die Chancen für so etwas? Es leben eineinhalb Millionen Menschen in Stockholm. Hätte ich die Wohnung durch die Vermittlung von Freunden und Bekannten gefunden, wäre der Zufall nicht ganz so groß gewesen, denn alle literarischen Milieus sind, unabhängig von der Größe der Stadt, relativ klein, doch dies hatte sich auf Grund einer anonymen Zeitungsannonce ergeben, die von mehreren Hunderttausend gelesen wurde, und die Frau, die sich auf die Anzeige hin gemeldet hatte, kannte natürlich weder Linda noch mich. Ich überlegte es mir augenblicklich anders, es war besser, die andere Wohnung zu nehmen, denn wenn ich in diese einzog, würde Linda womöglich denken, dass ich sie verfolgte. Ein Zeichen war es trotzdem. Und Bedeutung erlangte es, denn heute bin ich mit Linda verheiratet, und sie ist die Mutter meiner drei Kinder. Nun teile ich mein Leben mit ihr. Die einzige Spur meines früheren sind die Bücher und Platten, die ich mitnahm. Alles andere ließ ich zurück. Und während ich damals viel Zeit damit verbrachte, an die Vergangenheit zu denken, fast schon krankhaft viel Zeit, wie ich heute erkennen muss, und deshalb Marcel Prousts Roman *Auf der Suche nach der verlorenen Zeit* nicht nur las, sondern regelrecht verschlang, ist die Vergangenheit in meinem Denken heute kaum noch gegenwärtig. Es liegt wohl vor allem an den Kindern, nehme ich an, daran, dass mein Leben mit ihnen hier und jetzt allen Raum einnimmt. Selbst die unmittelbare Vergangenheit wird von ihnen verdrängt: Wenn Sie mich fragen, was ich vor drei Tagen gemacht habe, erinnere ich mich nicht. Wenn Sie mich fragen, wie Vanja vor zwei Jahren war, Heidi vor zwei Monaten, John vor zwei Wochen, erinnere ich mich nicht. Es passiert viel im kleinen, alltäglichen Leben, aber alles ereignet sich beständig innerhalb des Gleichen, und mehr als alles andere hat das meine Auffassung von der Zeit verändert. Sah ich sie früher als eine Strecke, die zurückgelegt werden muss, mit der Zukunft weit voraus am Horizont, gerne glänzend und keinesfalls langweilig, ist sie nun in ganz anderer Weise mit dem Leben im Hier und Jetzt verwoben. Wollte ich ein Bild dafür finden, wäre es das von einem Boot in einer Schleuse: Ebenso langsam wie unausweichlich wird das Leben von der Zeit angehoben, die stetig von allen Seiten hereinrieselt. Abgesehen von Details ist alles immer gleich. Und mit jedem neuen Tag wächst die Sehnsucht nach dem Augenblick, in dem das Leben den Rand erreicht, nach dem Augenblick, in dem sich die Tore öffnen und es wieder vorwärtsgleitet. Gleichzeitig erkenne ich, dass gerade die Wiederholung, das Hermetische, das Unveränderliche notwendig ist und mich schützt, denn die wenigen Male, die ich es verlasse, kehren meine alten Qualen zurück. Plötzlich werde ich wieder von allen möglichen Grübeleien geplagt, was gesagt, gesehen, gedacht wurde, irgendwie hineingeschleudert in dieses unkontrollierbare, unfruchtbare, oftmals demütigende und auf Dauer zerstörerische Feld, in dem ich so viele Jahre gelebt habe. Die Sehnsucht ist dort ebenso stark wie hier, der Unterschied besteht jedoch darin, dass sich das Ziel der Sehnsucht dort verwirklichen lässt, hier jedoch nicht. Hier muss ich mir andere Ziele stecken und mich mit ihnen zufriedengeben. Es ist die Kunst zu leben, von der ich spreche. Auf dem Papier ist das alles kein Problem, auf ihm kann ich mit Leichtigkeit zum Beispiel ein Bild von Heidi heraufbeschwören, wie sie um fünf Uhr morgens aus ihrem Gitterbettchen klettert und in der Dunkelheit durch die Wohnung tapst, um in der nächsten Sekunde das Licht anzumachen, sich vor mich zu stellen, der ich im Halbschlaf zu ihr hochblinzele, und »Küche!« zu sagen. Ihre Sprache ist noch idiosynkratisch, die Worte haben eine andere als ihre übliche Bedeutung, und »Küche« heißt bei ihr Müsli und Sauermilch mit Blaubeergeschmack. Im gleichen Stil heißen Kerzen »Hoch soll sie leben!«. Heidi hat große Augen, einen großen Mund und großen Appetit und ist ein in jeder Hinsicht gieriges Kind, aber die robuste und unverletzliche Freude, in der sie während ihrer ersten anderthalb Jahre lebte, ist in diesem Herbst, seit Johns Geburt, von anderen, bislang unbekannten Gefühlsregungen in den Schatten gestellt worden. In den ersten Monaten nutzte sie jede sich ihr bietende Gelegenheit, um zu versuchen, ihn zu verletzen. Kratzspuren in seinem Gesicht waren eher die Regel als die Ausnahme. Als ich letzten Herbst von einer viertägigen Reise nach Frankfurt heimkehrte, sah John aus, als wäre er im Krieg gewesen. Es war eine schwierige Situation, denn wir wollten sie auch nicht von ihm fernhalten, so dass wir ihre Stimmung abzulesen versuchten, um ihren Zugang zu ihm dementsprechend zu regulieren. Doch selbst wenn sie bestens gelaunt zu sein schien, schoss ihre Hand manchmal blitzschnell nach vorn und schlug oder kratzte ihn. Parallel dazu begann sie zudem, Wutanfälle von einer Wucht zu bekommen, die ich ihr nur zwei Monate zuvor niemals zugetraut hätte, während gleichzeitig eine bis dahin ebenso unbekannte Verletzlichkeit bei ihr auftauchte: Lag die kleinste Andeutung von Härte in meiner Stimme oder meinem Verhalten, senkte sie den Kopf, drehte sich um und begann zu weinen, als wäre ihre Wut etwas, was sie uns zeigen wollte, ihre Empfindsamkeit dagegen etwas, was sie vor uns zu verbergen suchte. Während ich dies schreibe, denke ich voller Zärtlichkeit an sie. Aber das ist auf dem Papier. Im realen Leben, wenn es wirklich darauf ankommt und sie so frühmorgens vor mir steht, dass die Straßen draußen still sind und im Haus kein Mucks zu hören ist, freudig strahlend, weil sie einen neuen Tag in Angriff nimmt, und ich mit einer Willensanstrengung auf die Beine komme, in die Kleider vom Vortag schlüpfe und ihr in die Küche folge, wo sie diese vermaledeite Sauermilch mit Blaubeergeschmack und das zuckerfreie Müsli erwarten, empfinde ich keine Zärtlichkeit, und wenn sie dann meine Geduld überstrapaziert, zum Beispiel, indem sie immer weiter um einen Film bettelt oder versucht, in das Zimmer zu kommen, in dem John schläft, kurzum, jedesmal, wenn sie ein Nein nicht als Nein akzeptiert, sondern es immer wieder aufs Neue versucht, endet es nicht selten damit, dass meine Gereiztheit sich zu Wut steigert, und wenn ich dann laut werde und sie in Tränen ausbricht und den Kopf senkt und sich mit hängenden Schultern wegdreht, denke ich, dass es ihr recht geschieht. Denn die Einsicht, dass sie erst zwei ist, stellt sich erst abends ein, wenn die Kinder schlafen und ich noch auf bin und darüber nachdenke, was ich hier eigentlich mache. Doch in dem Moment bin ich außerhalb des Ganzen. Innerhalb habe ich dazu keine Chance. Innerhalb geht es darum, den Morgen zu überstehen, die drei Stunden mit Windeln, die gewechselt, Kleidern, die angezogen, dem Frühstück, das gemacht, Gesichtern, die gewaschen, Haaren, die gekämmt und hochgesteckt werden müssen, Zähnen, die geputzt werden sollen, Streit, der abgewendet werden muss, Schlägen, die verhindert, Overalls und Stiefel, die angezogen werden sollen, bis ich, den zusammenklappbaren Doppelbuggy in der einen Hand haltend, die beiden kleinen Mädchen mit der anderen vor mir herschiebend, den Aufzug betrete, in dem es auf dem Weg nach unten nicht selten zu Knuffen und Theater kommt, bis ich sie im Eingangsflur in den Buggy bugsiere, ihnen Mützen und Handschuhe anziehe und sie auf die Straße hinausfahre, die bereits voller Menschen auf dem Weg zur Arbeit ist, um sie zehn Minuten später in der Kita abzuliefern, damit ich die nächsten fünf Stunden frei habe, um zu arbeiten, bis die für

Kinder erforderlichen Abläufe von Neuem anlaufen.

Es war mir immer schon sehr wichtig, für mich zu sein, ich benötige große Flächen des Alleinseins, und wenn ich diese wie in den letzten fünf Jahren nicht bekomme, nimmt meine Frustration zuweilen beinahe panische oder aggressive Formen an. Und wenn das, was mich während meines gesamten Lebens als Erwachsener angetrieben hat, der Ehrgeiz, einmal etwas Einzigartiges zu schreiben, in dieser Weise bedroht wird, ist mein einziger Gedanke, der wie eine Ratte an mir nagt, mich aus dem Staub zu machen. Dass mir die Zeit davonläuft, wie Sand zwischen meinen Fingern zerrinnt, während ich … tja, was mache ich eigentlich? Putzen, waschen, essen kochen, spülen, einkaufen, mit den Kindern auf dem Spielplatz tollen, sie hereinholen und ausziehen, sie baden, sie beaufsichtigen, bis sie ins Bett müssen, sie zu Bett bringen, Kleider zum Trocknen aufhängen, Kleider zusammenfalten und in Schränke legen, aufräumen, Tische, Stühle, Schränke abwischen. Es ist ein Kampf, und auch wenn er nicht heroisch ist, wird er doch gegen eine Übermacht ausgefochten, denn egal, wie viel ich zu Hause arbeite, die Zimmer sind trotzdem von Schmutz und Müll übersät, und die Kinder, die in jeder Minute ihrer wachen Zeit betreut werden müssen, sind trotziger, als ich andere Kinder jemals gesehen habe, phasenweise ist das hier das reinste Tollhaus, vielleicht, weil es uns niemals gelungen ist, die notwendige Balance zwischen Distanz und Nähe zu finden, die umso wichtiger zu sein scheint, je mehr Temperament im Spiel ist. Und davon gibt es hier genug. Als Vanja etwa acht Monate alt war, fing sie an, heftige, manchmal fast anfallartige Wutanfälle zu bekommen, während derer sie eine Weile praktisch nicht ansprechbar war und einfach immer weiterschrie. Uns blieb nichts anderes übrig, als sie festzuhalten, bis es vorbei war. Woher das kam, ist schwer zu sagen, aber es passierte häufig, wenn sie mit vielen neuen Eindrücken konfrontiert gewesen war, zum Beispiel, wenn wir zu ihrer Großmutter auf dem Land in der Nähe Stockholms gereist waren oder sie viel Zeit mit anderen Kindern verbracht hatte oder wir einen ganzen Tag in der Stadt gewesen waren. Völlig außer sich stand sie dann da und schrie, untröstlich, aus vollem Hals. Empfindsamkeit und Willensstärke sind keine einfache Kombination. Als Heidi auf die Welt kam, wurde es für Vanja nicht unbedingt leichter. Ich wünschte, ich könnte von mir sagen, dass ich mich damals ruhig und vernünftig verhalten hätte, aber so war es leider nicht, denn auch meine Wut und Gefühle wurden in diesen Situationen freigesetzt, die dadurch noch eskalierten und das nicht selten in aller Öffentlichkeit: Es kam vor, dass ich sie außer mir vor Wut hochriss, wenn sie in einer Stockholmer Einkaufspassage auf dem Boden lag, sie mir wie einen Sack Kartoffeln über die Schulter warf und durch die Stadt trug, während sie wie eine Besessene trat und schlug und heulte. Es kam auch vor, dass ich ihren Tränen begegnete, indem ich sie anschrie, auf ihr Bett warf und festhielt, bis sie aufgab, was sie ritt. Sie war noch nicht sonderlich alt, als sie herausfand, was mich zur Weißglut reizte, eine bestimmte Art von Schrei, kein Heulen oder Schluchzen oder Hysterie, sondern situationsunabhängige, zielgerichtete, aggressive Schreie, die mich gelegentlich jegliche Selbstbeherrschung verlieren, aufspringen und zu dem armen Mädchen laufen ließen, das angeschrien oder geschüttelt wurde, bis ihre Schreie in Tränen übergingen und ihr Körper erschlaffte und sie sich endlich trösten lassen konnte.

Wenn ich zurückblicke, fällt mir auf, dass sie, als knapp Zweijährige, so unser ganzes Leben zu prägen vermochte. Denn so war es, eine Zeit lang drehte sich alles nur noch darum. Linda und ich leben am Rande des Chaos oder des Gefühls von Chaos, alles kann jederzeit ins Unklare rutschen, und zu allem, was das Zusammenleben mit kleinen Kindern erfordert, müssen wir uns zwingen. Planung ist für uns ein Fremdwort. Dass wir für die Mahlzeiten einkaufen gehen müssen, überrascht uns täglich aufs Neue. Dass am Ende jedes Monats Rechnungen bezahlt werden müssen, ebenfalls. Würden nicht diverse Instanzen in unregelmäßigen Abständen Geld auf mein Konto überweisen, zum Beispiel Honorare für Auslandslizenzen und aus

Buchclubverkäufen oder ein paar Kronen aus einer Schulbuchausgabe, oder, wie im Herbst, die zweite Rate eines Auslandshonorars, das ich völlig vergessen hatte, würde die Sache gründlich schiefgehen. Doch diese ständigen Improvisationen erhöhen die Bedeutung des Augenblicks, der so natürlich extrem lebendig wird, da nichts in ihm selbstverständlich ist, und empfindet man das Dasein daraufhin als unbeschwert, was es natürlich auch sein kann, ist die Präsenz enorm und die Freude entsprechend groß. Oh, dann strahlen wir. Alle Kinder sind voller Leben und finden ganz natürlich den Weg zur Freude, und wenn man etwas überschüssige Energie hat und sie zu nehmen weiß, vergessen sie ihren Trotz oder ihre Wut binnen weniger Minuten. Leider nützt mir die Erkenntnis, dass man sie nur zu nehmen wissen muss, überhaupt nichts, wenn ich mittendrin bin, hineingesogen in einen Sumpf aus Tränen und Frustration. Und stecke ich erst einmal in diesem Sumpf, führt jede neue Handlung nur dazu, dass ich noch eine Drehung tiefer hineingebohrt werde. Und mindestens genauso schlimm ist es zu wissen, dass ich es mit *Kindern* zu tun habe. Dass es *Kinder* sind, die mich hinunterziehen. Das hat etwas zutiefst Entwürdigendes. In Situationen wie diesen bin ich so weit von dem Menschen entfernt, der ich sein möchte, wie es nur geht. Nichts von all dem ahnte ich, bevor ich Kinder bekam. Damals dachte ich, es würde schon alles klappen, wenn ich nur gut zu ihnen sein würde. Und so ist es wohl im Grunde auch, aber nichts von all dem, was ich bis dahin gesehen hatte, warnte mich vor der Invasion des eigenen Lebens, die mit Kindern einhergeht. Die ungeheure Nähe, die zu ihnen entsteht, wie das eigene Temperament und die eigenen Launen mit ihrem Temperament und ihren Launen verwoben werden, und zwar so, dass man seine schlechtesten Seiten nicht mehr für sich behalten, verbergen kann, sondern sie irgendwie außerhalb von einem Gestalt annehmen und zurückgeschleudert werden. Das Gleiche gilt natürlich auch für die besten Seiten. Denn abgesehen von den hektischsten Phasen, als erst Heidi und dann John geboren wurde und das Gefühlsleben aller, die es miterlebten, sich in einer Weise verschob, für die es keine bessere Bezeichnung als das Wort Krise gibt, ist ihr Leben hier im Grunde stabil und übersichtlich, und obwohl sie mich manchmal in den Wahnsinn treiben, fühlen sie sich dennoch bei mir geborgen und suchen meine Nähe, falls sie welche brauchen. Wenn die ganze Familie gemeinsam etwas unternimmt, ist das für sie das Größte, und sie verlangen nichts als die allereinfachsten Dinge, die für sie voller Abenteuer sind: ein Spaziergang in den Westhafen an einem sonnigen Tag, erst durch den Park, wo ein Stapel Baumstämme ausreicht, um sie eine halbe Stunde zu beschäftigen, danach an den Segelbooten im Hafen vorbei, für die sie großes Interesse entwickeln, anschließend Mittagessen auf einer der Treppen am Meer, wo wir unsere Panini aus dem italienischen Café essen, denn an Proviant haben wir natürlich nicht gedacht, und danach eine Stunde, in der sie nur herumlaufen und spielen und lachen, Vanja mit dem für sie typischen baumelnden Laufstil, den sie schon mit anderthalb hatte, Heidi mit ihren eifrigen, stapfenden Schritten, immer zwei Meter hinter ihrer großen Schwester und allzeit bereit, die seltenen Geschenke von Gemeinschaft anzunehmen, die sie von ihr bekommen kann, bis wir denselben Weg zurück nehmen. Wenn Heidi im Wagen einschläft, setzen wir uns mit Vanja in ein Café, die diese Augenblicke liebt, in denen sie uns für sich hat, und mit ihrer Limonade am Tisch sitzt und drauflos plappert und uns alles Mögliche fragt, zum Beispiel, ob der Himmel festsitzt oder ob etwas den Herbst aufhalten kann oder Affen ein Skelett haben. Auch wenn die Freude, die ich dann zuweilen empfinde, nicht unbedingt überwältigend ist, sondern eher Zufriedenheit und Ruhe ähnelt, ist es doch eindeutig Freude. Vielleicht sogar, in besonderen Augenblicken, Glück. Und ist das nicht genug? Ist das nicht genug? Doch, wenn Glück das Ziel gewesen wäre, dann wäre es genug. Aber Glück ist nicht mein Ziel, ist noch nie mein Ziel gewesen, was soll ich damit? Auch die Familie ist nicht mein Ziel. Wäre sie es gewesen und ich könnte ihr all meine Zeit und überschüssige Energie widmen, würden wir ein fantastisches Leben führen, davon bin ich überzeugt. Dann hätten wir irgendwo in Norwegen leben können und wären im Winter Ski und Schlittschuh gelaufen, mit Broten und einer Thermoskanne im Rucksack, wären im Sommer mit dem Boot hinausgefahren, hätten gebadet, gefischt, gecampt, hätten mit anderen Familien im Ausland Urlaub gemacht, hielten Ordnung zu Hause, hätten Zeit darauf verwendet, wohlschmeckende Mahlzeiten zuzubereiten und glücklich und fröhlich Zeit mit Freunden zu verbringen. Nun ja, das hört sich jetzt an wie eine Karikatur, aber ich sehe täglich Familien, die es schaffen, dass ihr Leben mit Kindern so funktioniert. Die Kinder sind sauber, ihre Kleider hübsch, die Eltern gut gelaunt, und wenn sie ausnahmsweise mal die Stimme erheben, schreien sie ihre Kinder niemals an wie Idioten. An den Wochenenden machen sie Ausflüge, im Sommer mieten sie Häuser in der Normandie, und ihr Kühlschrank ist niemals leer. Sie arbeiten in der Bank oder im Krankenhaus, in IT-Firmen oder in der Stadtverwaltung, am Theater oder an der Universität. Warum soll die Tatsache, dass ich Schriftsteller bin, mich von dieser Welt ausschließen? Warum soll der Umstand, dass ich schreibe, dazu führen, dass unsere Kinderwagen allesamt aussehen wie etwas, das wir auf einer Müllhalde gefunden haben? Warum soll mein Schreiben dafür verantwortlich sein, dass ich mit irren Augen und einem Gesicht, das zu einer grotesken Fratze der Frustration erstarrt ist, in den Kindergarten komme? Warum soll mein Schreiben dazu führen, dass die Kinder ganz auf ihren eigenen Willen setzen, egal, welche Konsequenzen das hat? Woher kommt all diese Wirrnis in unserem Leben? Ich weiß, dass ich sie ausradieren kann, ich weiß, dass auch wir eine solche Familie werden können, aber dazu müsste ich es wollen, und anschließend müsste sich alles nur noch um dieses Leben drehen. Und das will ich nicht. Für die Familie tue ich alles, was ich tun muss, das ist meine Pflicht. Wenn mich das Leben eins gelehrt hat, dann es zu ertragen, es nie in Frage zu stellen, und die Sehnsucht, die dadurch entsteht, in meinem Schreiben zu verbrennen. Woher dieses Ideal kommt, ist mir schleierhaft, und wenn ich es schwarz auf weiß vor mir sehe, erscheint es mir fast pervers: warum Pflicht vor Glück? Die Frage des Glücks ist banal, was jedoch nicht für die nachfolgende Frage gilt, die nach dem Sinn. Mir kommen die Tränen, wenn ich ein schönes Gemälde sehe, jedoch nicht, wenn ich meine Kinder sehe. Das heißt nicht, dass ich sie nicht liebe, denn das tue ich, von ganzem Herzen, es bedeutet nur, dass der Sinn, den sie schenken, kein Leben ausfüllen kann. Jedenfalls nicht meins. Bald bin ich vierzig, und wenn ich vierzig bin, bald fünfzig. Bin ich fünfzig, bald sechzig. Bin ich sechzig, bald siebzig. Und das wird es dann gewesen sein. Dann könnte meine Grabinschrift lauten: *Der hier liegt, blieb immer im Lot. Das brachte ihm am Ende den Tod.* Oder vielleicht lieber:

Hier ruht ein Mensch, der sich in alles fand
und dessen Leben so zerrann wie Sand.
Seine letzten Worte, bevor es krachte
Und der Tod ihm den Garaus machte,
lauteten, o Herr, es ist so kühl hier,
reicht mir mal jemand des Lebens Elixier?

Oder vielleicht doch lieber:

Hier ruhet ein Schriftsteller,
wenn man so will, ein Prachtstück,
doch zum Lachen ging er in den Keller,
und er kannte kein Glück.
Einst war sein Mund wortreich
Jetzt ist er voller Erdreich.

Kommt ihr Larven, kommt ihr Maden,
sorgt für Schwung in diesem Laden.
Könnt hier ruhig ein Auge essen,
wird man wohl einfach vergessen,
lang ist's her, dass sie gesehen haben.

Aber wenn noch dreißig Jahre vor mir liegen, ist natürlich nicht gesagt, dass ich derselbe bleibe. Also vielleicht lieber etwas in dieser Art?

Von uns allen für dich, großer Gott,
bekommst du ihn mit allem Schrott,
Karl Ove Knausgård ist endlich tot,
lang genug aß er von unserem Brot.
Er schlug die Hand seiner Freunde aus,
Um in Ruhe zu schreiben in seinem Haus,
er wichste und schrieb, aber es wollte nichts gelingen,
es fehlte ihm ein Stil, und so musste er weiter ringen.
Dann aß er einen Keks, dann noch mehr.
Dann aß er Kartoffeln, bis der Topf war leer.
Dann nahm er ein Schwein und briet es am Stück,
verspeiste es und rülpste Heil Glück!
Ein Nazi bin ich nicht, aber ich liebe das Braune.
Deshalb sind es Runen, die fortan ich raune!

Oder vielleicht eine etwas weniger persönliche?

Hier ruhen ein Mann, der im Bett gern schmauchte,
und seine Frau, die gleich mit verrauchte.
Das heißt,
das hier sind nicht die beiden,
sondern Asche, die auf der Wiese auftauchte.

ALS MEIN VATER IM GLEICHEN ALTER WAR wie ich heute, gab er sein altes Leben auf und fing ein neues an. Ich war damals sechzehn und ging in die erste Klasse von Kristiansands Kathedralschule. Am Anfang des Schuljahrs waren meine Eltern noch verheiratet, und falls sie Probleme hatten, ließen sie es mich nicht merken, so dass ich nicht ahnte, in welche Richtung sich ihre Beziehung entwickeln würde. Damals wohnten wir in dem Dorf Tveit, zwanzig Kilometer von Kristiansand entfernt, in einem alten Haus am hintersten Rand der Bebauung in diesem Tal. Es lag hoch, hatte den Wald im Rücken und vorne Blick auf den Fluss. Auf dem Grundstück standen außerdem noch eine große Scheune und ein Schuppen. Als wir dorthin zogen, in dem Sommer war ich dreizehn, hatten meine Eltern Hühner gekauft, ich glaube, sie blieben ein halbes Jahr, ehe sie wieder verschwanden. Auf einem Ackerstreifen neben dem Rasen setzte Vater Kartoffeln, und unterhalb des Gemüsegartens lag die Muttererde, die angeliefert worden war. Einer der vielen Berufe, die mein Vater nannte, wenn er darüber fabulierte, etwas anderes zu machen, war Gärtner, und er besaß tatsächlich ein gewisses Talent dafür – der Garten rund um das Haus in der Siedlung, aus der wir kamen, war üppig und nicht ohne exotische Elemente wie beispielsweise ein Pfirsichbaum gewesen, den mein Vater an der Sonnenseite des Hauses gepflanzt hatte und auf den er maßlos stolz war, als er tatsächlich Früchte trug – so dass der Umzug aufs Land damals voller Optimismus und Zukunftsglaube geschah, in die sich langsam, aber sicher Ironie mischte, denn zu den wenigen konkreten Dingen, die mir aus dem Leben meines Vaters in jenen Jahren im Gedächtnis geblieben sind, gehört eine Bemerkung, die er fallenließ, als wir an einem Sommerabend im Garten am Tisch saßen und grillten, er und Mutter und ich.

»Wisst ihr was, jetzt geht es uns so richtig prima!«

Die Ironie war simpel, selbst ich hörte sie heraus, aber auch kompliziert, weil ich den Grund für sie nicht verstand. Für mich *war* ein solcher Abend wirklich klasse. Die Bedeutung der Ironie lief wie eine Unterströmung durch den restlichen Sommer: Wir gingen vom frühen Morgen an im Fluss schwimmen, wir spielten Fußball auf schattigen Brachen, wir radelten zum Campingplatz Hamresanden und badeten und beobachteten Mädchen, und im Juli fuhren wir zum Norway Cup, wo ich mich zum ersten Mal betrank. Jemand kannte jemanden, der eine Wohnung hatte, und jemand kannte jemanden, der für uns Bier kaufen konnte, und dann saß ich dort und trank an einem Sommernachmittag in einem fremden Wohnzimmer, und es war wie eine Explosion der Freude, nichts war mehr schlimm oder es auch nur wert, sich deswegen Sorgen zu machen, ich lachte und lachte nur noch, und mitten in all dem, den fremden Möbeln, den fremden Mädchen, dem fremden Garten draußen, dachte ich, so will ich es haben. Genau so. Einfach nur lachen und lachen und allen Einfällen folgen, die mir in den Sinn kommen. Es existieren zwei Fotos von mir, die mich an jenem Abend zeigen, auf dem einen liege ich in einem Gewimmel von Körpern mitten im Zimmer und halte einen Totenschädel in der Hand, während mein Kopf fast ohne Verbindung zu meinen Händen und Füßen zu sein scheint, so wie er dort auf der anderen Seite, das Gesicht zu einer freudestrahlenden Grimasse verzogen, herauslugt. Auf dem zweiten Bild bin nur ich zu sehen, ich liege auf einem Bett und halte eine Bierflasche in der einen Hand und in der anderen den Totenschädel über meinen Schritt, ich trage eine Sonnenbrille, mein Mund steht vor Lachen weit offen. Das war im Sommer 1984, ich war fünfzehn und hatte etwas entdeckt: Trinken war fantastisch.

In den nächsten Wochen ging mein Kinderleben weiter wie zuvor, wir lagen auf den Felsen unter dem Wasserfall und dösten, sprangen ab und zu in den Kolk, nahmen am Samstagvormittag den Bus in die Stadt, wo wir Süßigkeiten kauften und in Plattengeschäfte gingen, wobei die Erwartungen an das Gymnasium, in das ich nun bald gehen würde, stets unterschwellig mitschwangen. Es war nicht die einzige Veränderung in unserer Familie: Meine Mutter hatte sich von ihrer Arbeit an der Fachschule für Krankenpflege beurlauben lassen und wollte noch in diesem Jahr mit einem Studium in Bergen beginnen, wo Yngve bereits wohnte. Geplant war folglich, dass mein Vater und ich dort oben in Tveit alleine wohnen sollten, was wir in den ersten Monaten auch taten, bis er mir eines Tages vorschlug, höchstwahrscheinlich, um mich loszuwerden, dass ich in dem Haus wohnen könnte, das meine Großeltern in der Elvegaten besaßen und in dem Großvater all die Jahre seine Kanzlei als Wirtschaftsprüfer gehabt hatte. Alle meine Freunde wohnten in Tveit und die neuen Schulkameraden, die ich im Gymnasium kennen gelernt hatte, kannte ich meines Erachtens noch nicht gut genug, um nach der Schule Zeit mit ihnen zu verbringen. Wenn ich nicht trainierte, was ich damals fünfmal die Woche tat, saß ich deshalb alleine im Wohnzimmer und sah fern, machte meine Hausaufgaben am Schreibtisch im Dachgeschoss oder lag auf dem Bett daneben und las, während ich Musik hörte. Ab und zu fuhr ich nach Sannes, so der Name unseres Hauses, um Kleider oder Kassetten oder Bücher zu holen, und manchmal übernachtete ich dort auch, aber ich bevorzugte die Wohnung meiner Großeltern, denn unser Haus hatte etwas Kaltes bekommen, was vermutlich daran lag, dass dort nichts mehr gemacht wurde: Mein Vater aß meistens außer Haus und erledigte daheim nur ein Minimum an Hausarbeit. Dies lagerte sich in der Aura des Hauses ab, und als es auf Weihnachten zuging, wirkte es zunehmend verlassen. Kleine eingetrocknete Klümpchen Katzenkot lagen auf der Couch vor dem Fernseher in der ersten Etage, alter Abwasch stand in der Küche in der Spüle, mit Ausnahme eines Heizstrahlers, den er in das jeweilige Zimmer mitnahm, in dem er sich gerade aufhielt, waren alle Heizkörper abgedreht. Er selbst war innerlich zerrissen. Als ich eines Abends, es muss Anfang Dezember gewesen sein, hinkam und die Tasche in meinem eiskalten Zimmer abgestellt hatte, begegnete ich ihm im Flur. Er kam aus der Scheune, in deren unterem Teil eine Wohnung eingerichtet worden war, und seine Haare waren ungekämmt und seine Augen finster.

»Können wir nicht die Heizung aufdrehen?«, sagte ich. »Hier ist es so kalt.«

»Aufthehen?«, sagte er. »Hier wird verdammt nochmal nichts aufgetheht.«

Ich konnte kein *R* sprechen, hatte das *R* noch nie aussprechen können, es war eines meiner Traumata in dieser letzten Phase meiner Kindheit. Mein Vater äffte mich häufig nach, wenn er mir vor Augen führen wollte, dass ich den Buchstaben nicht aussprechen konnte, um so den wenig hilfreichen Versuch zu machen, mich dazu zu bewegen, mich zusammenzureißen und *R* zu sagen, wie anständige Südnorweger es taten, oder wenn ihm an mir, wie jetzt, etwas nicht passte.

Ich drehte mich bloß um und stieg wieder die Treppe hinauf. Die Freude, Tränen in meinen Augen zu sehen, gönnte ich ihm nicht. Die Scham darüber, im Alter von fünfzehn, knapp sechzehn Jahren fast zu flennen, war größer als die Schmach, von ihm nachgeäfft zu werden. Normalerweise weinte ich nicht mehr, aber mein Vater hielt mich in einem eisernen Griff, aus dem ich mich nicht befreien konnte. Nur demonstrieren konnte ich dagegen. Ich ging in mein Zimmer, schnappte mir ein paar neue Kassetten und stopfte sie in die Tasche, nahm diese mit in das Zimmer neben dem Flur, in dem die Kleiderschränke standen, legte ein paar Pullover hinein, zog mich im Eingangsflur an, warf mir die Tasche über die Schulter und ging auf den Hof hinaus. Er war verharscht, und das Licht der Laterne über der Garage spiegelte sich in dem glänzenden Schnee, der direkt unter den Lampen ganz gelb war. Die Wiese zur Straße hinunter war ebenfalls lichterfüllt, denn es war ein sternenklarer Abend, und der Mond hing fast voll über den Hügeln am Flussufer gegenüber. Ich ging abwärts. Meine Schritte knirschten in den Reifenspuren. Unten am Briefkastenständer blieb ich stehen. Vielleicht hätte ich ihm doch lieber Bescheid sagen sollen, dass ich mich davonmachte. Andererseits wäre damit der ganze Effekt zunichte gewesen. Immerhin wollte ich ihn dazu bringen, darüber nachzudenken, was er getan hatte.

Wie viel Uhr war es eigentlich?

Ich zupfte den linken Handschuh halb ab, zog den Ärmel meiner Jacke ein wenig hoch und sah nach. Zehn nach halb acht. In einer halben Stunde ging der nächste Bus. Ich hatte genügend Zeit, noch einmal hochzulaufen.

Aber nein. Von wegen.

Ich warf mir erneut die Tasche über die Schulter und ging weiter bergab. Als ich einen letzten Blick zum Haus hinauf warf, sah ich, dass aus dem Schornstein Rauch aufstieg. Offenbar glaubte er, dass ich noch in meinem Zimmer lag. Anscheinend hatte er es sich also anders überlegt, Holz geholt und den Ofen angefeuert.

Es knackte im Eis auf dem Fluss. Das Geräusch entfernte sich in Wellen und schob sich die sanft ansteigenden Talhänge hinauf.

Dann krachte es.

Mir lief ein Schauer über den Rücken. Dieser Laut erfüllte mich immer mit Freude. Ich blickte zu den Sternen hoch. Zu dem Mond, der über dem Höhenzug hing. Zu den Scheinwerfern der Autos, die große Striemen Licht in die Dunkelheit rissen. Den Bäumen, die schwarz und stumm, aber nicht unfreundlich, das Flussufer säumten. Den zwei hölzernen Fußballtoren auf der weißen Fläche, die der Fluss im Herbst überschwemmte, während sie nun, da er nur wenig Wasser führte, nackt und schimmernd dalag.

Er hatte Feuer im Kamin gemacht. Damit wollte er sagen, dass es ihm leidtat. Wegzugehen, ohne ihm vorher Bescheid zu sagen, hatte deshalb keinen Sinn mehr.

Ich machte kehrt und ging wieder hinauf. Betrat das Haus und begann, die Winterschuhe aufzuschnüren. Ich hörte seine Schritte im Wohnzimmer näher kommen und richtete mich auf. Er öffnete die Tür, stand mit der Hand auf der Klinke vor mir und sah mich an.

»Du willst schon wieder gehen?«, sagte er.

Dass ich schon gegangen, nun aber zurückgekommen war, konnte ich ihm unmöglich erklären. Also nickte ich bloß.

»Hatte ich vor«, sagte ich. »Muss morgen früh los.«

»So, so«, meinte er. »Ich denke, ich schaue morgen Nachmittag mal vorbei. Nur, dass du es weißt.«

»Okay«, erwiderte ich.

Er sah mich sekundenlang an. Dann schloss er die Tür und entfernte sich ins Wohnzimmer.

Ich öffnete sie wieder.

»Papa?«, sagte ich.

Er wandte sich um und sah mich wortlos an.

»Morgen ist Elternsprechtag. Um sechs.«

»Tatsächlich?«, sagte er. »Tja, dann werde ich wohl hingehen müssen.«

Er drehte sich wieder um, um weiterzugehen, und ich schloss die Tür, band die Winterschuhe zu, warf mir die Tasche über die Schulter und machte mich auf den Weg zur Bushaltestelle, an der ich zehn Minuten später stehen blieb. Unterhalb lag der Wasserfall, der in großen Bögen und Adern aus Eis gefroren war, schwach erhellt vom Licht der Parkettfabrik. Hinter ihr und hinter mir erhoben sich die Hügel. Sie umgaben die vereinzelte, aber leuchtende Bebauung im Flusstal mit Dunkelheit und Nicht-Menschlichem. Die Sterne über all dem schienen auf dem Grund eines zugefrorenen Meeres zu liegen.

Der Bus kam mit seinen schweifenden Scheinwerfern, ich zeigte dem Fahrer meine Karte und setzte mich, wie immer, wenn sie frei war, in die vorletzte Bank links. Es war nur wenig Verkehr, wir sausten an Solsletta und Ryensletta vorbei, fuhren am Ufer entlang durch Hamresanden, in den Wald Richtung Timenes, auf die E 18, über Varoddbroa, am Gymnasium in Gimle vorbei und in die Stadt.

Die Wohnung lag am Flussufer. Wenn man das Haus betrat, lag links Großvaters Kanzlei. Rechts die Wohnung. Zwei Zimmer, Küche und ein kleines Bad. Auch die obere Etage war zweigeteilt, auf der einen Seite befand sich ein geräumiger Dachboden, auf der anderen ein Zimmer, das ich bewohnte.

Dort hatte ich ein Bett, einen Schreibtisch, eine kleine Couch und einen Couchtisch, einen Kassettenrekorder, ein Kassettenregal, einen Stapel Schulbücher, ein paar Zeitungen und Musikzeitschriften und im Schrank einen Haufen Kleider.

Es war ein altes Haus, das früher Vaters Großmutter gehört hatte, also meiner Urgroßmutter, die darin gestorben war. Wenn ich mich recht erinnerte, hatte Vater ihr in seiner Jugend nahegestanden und viel Zeit hier unten verbracht. Für mich war sie eine Art mythologisches Wesen, entschlossen, eigenständig, Mutter von drei Söhnen, darunter mein Großvater. Auf den Bildern, die ich von ihr gesehen hatte, trug sie stets schwarze, hochgeschlossene Kleider. Gegen Ende ihres Lebens, das in den siebziger Jahren des 19. Jahrhunderts begann und sich fast über hundert Jahre hinweg erstreckt hatte, war sie senil geworden, oder, wie es in unserer Familie hieß, ein wenig »schusselig«. Mehr wusste ich nicht über sie.

Ich zog meine Winterschuhe aus, ging die Treppe hinauf, die steil wie eine Leiter war, und in mein Zimmer. Es war kalt, ich schaltete den Heizlüfter ein. Machte den Kassettenrekorder an. Echo and the Bunnymen, Heaven Up Here. Legte mich aufs Bett und begann zu lesen. Bram Stokers *Dracula*. Ich hatte das Buch ein Jahr zuvor schon einmal gelesen, aber es war wieder genauso intensiv und fantastisch. Die Stadt mit ihrem gleichmäßigen leisen

Rauschen von Autos und Gebäuden verschwand aus meinem Bewusstsein, um ab und zu von Neuem darin aufzutauchen, als wäre ich in Bewegung. Aber das war ich nicht, ich lag vollkommen still und las, bis es halb zwölf war und ich mir die Zähne putzte, mich auszog und zu Bett ging.

Es war ein ganz eigenes Gefühl, dort morgens aufzuwachen, ganz allein in einer Wohnung, es kam mir vor, als umgäbe mich die Leere nicht nur, sondern als wäre sie auch in meinem Inneren. Bevor ich aufs Gymnasium ging, war ich immer in einem Haus aufgewacht, in dem Mutter und Vater bereits aufgestanden und auf dem Weg zur Arbeit waren, mit allem, was an Zigarettenkonsum, Kaffeetrinken, Radio hören, Frühstück und Automotoren, die in der Dunkelheit warm liefen, dazugehörte. Das hier war etwas anderes, und ich liebte es. Den knappen Kilometer durch das alte Stadtviertel zum Gymnasium zu gehen, liebte ich auch, denn der Weg ließ mich immer Dinge denken, die mir gefielen, zum Beispiel, dass ich jemand war. Die meisten auf dem Gymnasium stammten aus der Stadt oder aus stadtnahen Gegenden, nur ich und eine Handvoll anderer kamen vom Land, was ein klarer Nachteil war. Es bedeutete, dass die anderen sich von früher her kannten und nach der Schule trafen, in Cliquen zusammenhingen. Diese Cliquen galten auch während der Schulzeit, und man konnte sich nicht einfach an sie hängen, so dass in jeder freien Minute ein Problem auftauchte: Wo sollte ich mich aufhalten? Wo sollte ich stehen? Ich konnte mich in die Bibliothek setzen und lesen oder im Klassenzimmer sitzen und so tun, als würde ich lernen, aber damit hätte ich signalisiert, dass ich einer von denen war, die nicht dazugehörten, und das ging auf Dauer nicht, und so fing ich im Oktober jenes Jahres an zu rauchen. Nicht weil es mir schmeckte, und auch nicht, weil es cool war, sondern weil es mir einen Ort gab, an dem ich sein konnte: Jede freie Minute hing ich nun zusammen mit den anderen Rauchern vor der Tür herum, ohne dass mir deshalb jemand Fragen gestellt hätte. Wenn die Schule aus war und ich zu meiner Bude zurückging, bestand das Problem nicht mehr. Erstens weil ich dann meistens nach Tveit fuhr, um zu trainieren oder Jan Vidar zu treffen, meinen besten Freund aus der Gesamtschulzeit, zweitens weil mich keiner sah und keiner wissen konnte, dass ich den ganzen Abend alleine in meiner Wohnung hockte.

Auch in den Schulstunden war es anders. Ich ging in eine Klasse mit drei anderen Jungs und sechsundzwanzig Mädchen, und in der Klasse hatte ich eine Rolle, einen Ort, dort konnte ich reden, Fragen beantworten, diskutieren, Aufgaben lösen, jemand sein. Dort wurde ich mit anderen zusammengeführt, und das galt für alle, ich drängte mich niemandem auf, und es gab nichts dazu anzumerken, dass ich dort war. Ich saß ganz hinten in der Ecke, neben mir hatte ich Bassen, vor mir saß Molle, ganz vorn in der gleichen Reihe Pål, die restliche Klasse war voller Mädchen. Sechsundzwanzig sechzehn Jahre alte Mädchen. Einige mochte ich lieber als die anderen, aber keine von ihnen so, dass ich hätte behaupten können, in sie verliebt zu sein. Da war Monica, deren Eltern ungarische Juden waren, sie war blitzgescheit, belesen und verteidigte Israel stets standhaft und verbissen, wenn wir über den Nahostkonflikt diskutierten, wofür ich keinerlei Verständnis hatte, denn es lag doch auf der Hand, Israel war ein militaristischer Staat, Palästina ein Opfer. Da war Hanne, ein hübsches Mädchen aus Vågsbygd, das im Chor sang, gläubig und ziemlich naiv war, aber jemand, bei dem man sich schon darüber freute, sie einfach nur anzusehen und im selben Raum zu sein wie sie. Da war Siv, blond, braungebrannt und groß, die an einem der ersten Tage gesagt hatte, die Gegend zwischen der Kathedralschule und der Handelsschule ähnele einem amerikanischen Campus, was sie in meinen Augen zunächst auszeichnete, da sie etwas wusste, was ich nicht wusste, über eine Welt, von der ich gerne ein Teil gewesen wäre. Sie hatte in den letzten Jahren in Ghana gelebt und prahlte zu viel, lachte zu laut. Da war Benedicte, mit markanten, fast schon fünfzigerjahrehaften Gesichtszügen, lockigen Haaren und Kleidern mit einem Anstrich von Oberschicht.

Da war Tone, so graziös in ihren Bewegungen, dunkelhaarig und ernst, sie zeichnete und wirkte selbständiger als die anderen. Da war Anne, die eine Klammer trug und mit der ich auf einer Klassenfete im Herbst im Friseurstuhl von Bassens Mutter herumgeknutscht hatte, da war Hilde, mit hellen Haaren und roten Wangen, bestimmt in ihrem Wesen, aber dennoch in gewisser Weise anonym, die sich mir oft zuwandte, da war Irene, die bei den Mädchen im Mittelpunkt stand und auf jene Art schön war, die in einem einzigen Blick entstand und sich wieder auflöste, da war Nina, die so kräftig und männlich gebaut war, gleichzeitig jedoch eine zerbrechliche und verschämte Ausstrahlung hatte. Da war Mette, klein und spitzzüngig und intrigant. Sie mochte Bruce Springsteen und trug immer Jeanskleider, sie war so klein und lachte die ganze Zeit, sie kleidete sich ebenso provokant wie prollig und roch immer nach Rauch, und wenn sie grinste, sah man ihr Zahnfleisch, abgesehen davon war sie hübsch, aber ihr Lachen, eine Art konstantes Kichern, das alles begleitete, was sie sagte, und all die dummen Dinge, die sie zu sagen müssen glaubte, sowie ein leichtes Lispeln setzten ihre Schönheit in gewisser Weise herab oder hoben sie auf. Ich war umgeben von einem ganzen Schwall von Mädchen, einem Strom aus Körpern, einem Meer aus Brüsten und Schenkeln. Dass ich sie ausschließlich in einer formalen Umgebung sah, an ihren Pulten, verstärkte ihre Präsenz sogar noch. In gewisser Weise bekamen meine Tage dadurch einen Sinn, ich freute mich darauf, ins Klassenzimmer zu kommen und zu sitzen, wo ich das Recht hatte zu sitzen, zusammen mit all diesen Mädchen.

An diesem Morgen ging ich zuerst in die Kantine hinunter, kaufte mir ein Schulbrötchen und eine Cola, setzte mich auf meinen Platz und verzehrte meine Mahlzeit, während ich in einem Buch blätterte und sich das Klassenzimmer allmählich mit Schülern füllte, die sich hereinschoben und deren Gesichtszüge und Bewegungen vom nächtlichen Schlaf noch matt waren. Ich wechselte ein paar Worte mit Molle, der in Hamresanden wohnte, wir waren in der Gesamtschule in dieselbe Klasse gegangen. Dann kam die Lehrerin herein, es war Berg, sie trug ein Flanellhemd, wir hatten Norwegisch. Neben Geschichte war das mein bestes Fach, ich stand zwischen fünf und fünf plus, schaffte den Schritt nach oben nicht, hatte aber beschlossen, dies im Examen nachzuholen. In den naturwissenschaftlichen Fächern war ich am schwächsten, in Mathe lag ich momentan ganz unten bei einer Zwei, ich lernte nicht und hinkte dem Unterrichtsstoff deshalb bereits weit hinterher. Die Lehrer, die uns in Mathe und den Naturwissenschaften unterrichteten, waren noch vom alten Schlag, in Mathe hatten wir Vestby, er hatte jede Menge Tics, sein Arm bog und drehte sich die ganze Zeit. In seinen Stunden legte ich die Beine auf den Tisch und unterhielt mich mit Bassen, bis Vestby, dessen kompaktes, fleischiges Gesicht rot angelaufen war, gellend meinen Namen schrie. Daraufhin nahm ich die Beine herunter, wartete, bis er sich umgedreht hatte, und redete danach weiter. In den naturwissenschaftlichen Fächern hatten wir Nygaard, einen kleinen und hageren, regelrecht verschrumpelten Mann mit einem diabolischen Grinsen und kindischen Gesten, der kurz vor der Pensionierung stand. Auch er hatte eine ganze Reihe von Tics, schloss ständig ein Auge, zuckte mit den Schultern und warf den Kopf in den Nacken wie die Parodie eines gequälten Lehrers. Im Sommerhalbjahr trug er einen hellen, im Winterhalbjahr einen dunklen Anzug, und einmal hatte ich ihn den Tafelzirkel als Gewehr benutzen sehen: Wir saßen über eine Arbeit gebeugt, er starrte uns an, klappte den Zirkel zusammen, setzte ihn an die Schulter und bewegte ihn ruckartig schwenkend, begleitet von einem boshaften Grinsen. Ich traute meinen Augen nicht, hatte er den Verstand verloren? In seinen Stunden schwätzte ich auch, und zwar so oft, dass ich mittlerweile unabhängig davon, wer geredet hatte, dafür büßen musste: Knausgård, sagte er, wenn er irgendwo ein Murmeln gehört hatte, und hob die flache Hand: Das hieß, dass ich für den Rest der Stunde neben meinem Pult stehen musste. Das tat ich nur zu gern, denn in mir meldete sich das Verlangen aufzubegehren, ich sehnte mich danach, auf alles zu scheißen, zu schwänzen, zu saufen, Leute herumzukommandieren. Ich war Anarchist, Atheist und wurde täglich antibürgerlicher. Ich schmiedete Pläne, mir Ohrlöcher stechen und den Kopf kahlrasieren zu lassen. Naturwissenschaften, was sollte ich damit? Mathe, was sollte ich damit? Ich wollte in einer Band spielen, frei sein und so leben, wie ich wollte, nicht, wie ich musste.

Doch bei diesem Plan machte keiner mit, damit stand ich alleine, so dass sich dies vorläufig nicht verwirklichen ließ und noch zur Zukunft gehörte und so gestaltlos war wie alles Zukünftige.

Keine Hausaufgaben zu machen, in den Stunden nicht aufzupassen, gehörte auch zu dieser Haltung. Ich hatte immer in allen Fächern zu den Besten gehört, und zwar gern, nun jedoch nicht mehr, nun haftete guten Noten etwas nahezu Beschämendes an, weil sie bedeuteten, dass man zu Hause saß, lernte und ein Miesepeter, ein Verlierer war. Norwegisch war etwas anderes, das Fach verband ich mit Schriftstellern und einem Leben als Bohemien, außerdem konnte man dafür nicht lernen, es ging um etwas anderes, um Feeling, Geschick, Persönlichkeit.

Ich kritzelte mich durch die Stunde, rauchte in der Pause vor der Eingangstür, und in diesem Rhythmus, während der Himmel und die Landschaft darunter sich langsam öffneten, verging der Tag, bis es um halb drei zum letzten Mal klingelte und ich mich auf den Heimweg zu meiner Bude machte. Es war der fünfte Dezember, der Tag vor meinem Geburtstag, ich wurde sechzehn, und meine Mutter würde aus Bergen nach Hause kommen. Darauf freute ich mich. In gewisser Weise war es schön, mit Vater allein zu sein, weil er sich möglichst fernhielt, auf Sannes wohnte, wenn ich in der Stadt war und umgekehrt. Wenn Mutter kam, würde das ein Ende haben, bis ins neue Jahr hinein würden wir dort oben zusammen leben, aber der Nachteil, Vater jeden Tag begegnen zu müssen, wurde von Mutters Gegenwart fast völlig aufgewogen. Mit ihr konnte ich reden. Über alles konnte ich mit ihr reden. Zu meinem Vater konnte ich nichts sagen. Nein, nichts konnte ich zu ihm sagen, nur Dinge, die praktische Belange betrafen, etwa, wo ich hinwollte und wann ich zurückkommen würde.

Als ich zur Wohnung kam, stand sein Auto vor dem Haus. Ich ging hinein, der ganze Flur hing voller Bratenduft, aus der Küche drangen klappernde Geräusche und die Laute eines Radios.

Ich steckte den Kopf zur Tür hinein.

»Hallo«, sagte ich.

»Hallo«, erwiderte er. »Hast du Hunger?«

»Ja, und ob. Was gibt's denn?«

»Koteletts. Setz dich, sie sind fertig.«

Ich trat ein und setzte mich an den runden Esszimmertisch. Er war alt, und ich nahm an, dass er Vaters Großmutter gehört hatte.

Vater legte zwei Koteletts, drei Kartoffeln und einen kleinen Haufen gebratener Zwiebeln auf meinen Teller. Setzte sich und tat sich selbst auf.

»Und?«, sagte er. »Was Neues in der Schule?«

Ich schüttelte den Kopf.

»Du hast heute nichts gelernt?«

»Nein.«

»Dann also nicht«, sagte er.

Wir aßen schweigend weiter.

Ich wollte ihn nicht verletzen, ich wollte nicht, dass er dachte, die Beziehung zu seinem Sohn sei gescheitert, so dass ich überlegte, was ich sagen könnte. Aber mir fiel nichts ein.

Er war nicht schlecht gelaunt. Er war nicht wütend. Nur geistesabwesend.

»Bist du in letzter Zeit mal bei Oma und Opa gewesen?«, sagte ich.

Er sah mich an.

»Aber ja«, antwortete er. »Ich war gestern Nachmittag auf einen Sprung bei ihnen. Warum fragst du?«

»Nur so«, sagte ich und spürte, wie meine Wangen leicht rot wurden. »Ich dachte nur.«

Ich hatte alles Fleisch abgeschnitten, das sich schneiden ließ. Jetzt hob ich den Knochen zum Mund und begann ihn abzunagen. Vater tat das Gleiche. Ich legte den Knochen weg und leerte das Wasserglas.

»Danke fürs Essen«, sagte ich und stand auf.

»Wann ist der Elternsprechtag, um sechs?«

»Ja«, sagte ich.

»Bist du hier?«

»Denke schon.«

»Dann komme ich hinterher vorbei, hole dich ab und wir fahren nach Sannes. In Ordnung?«

»Sicher.«

Als er zurückkam, schrieb ich an einem Aufsatz über eine Reklame für ein Sportgetränk. Die Tür, die geöffnet wurde, das lauter werdende Rauschen der Stadt, das Wummern auf dem Fußboden im Flur. Seine Stimme.

»Karl Ove? Bist du fertig? Los geht's.«

Ich hatte alles, was ich benötigte, in Tasche und Ranzen gepackt, beide waren vollgestopft, denn im nächsten Monat würde ich dort oben wohnen, und ich wusste nicht genau, was ich alles brauchen würde.

Als ich die Treppe herunterkam, sah er mich an und schüttelte den Kopf. Aber er war nicht wütend. Es war etwas anderes.

»Wie ist es gewesen?«, fragte ich, ohne ihn anzusehen, obwohl das etwas war, was er auf den Tod nicht ausstehen konnte.

»Wie es gewesen ist? Nun, das will ich dir sagen. Dein Mathelehrer hat mir eine Standpauke gehalten. Das ist passiert. Vestby, so heißt er doch, oder?«

»Ja.«

»Warum hast du mir nichts davon gesagt? Ich wusste doch nichts. Ich bin völlig überrumpelt worden.«

»Was hat er denn gesagt?«, fragte ich, zog meine Jacke an und war unglaublich froh, dass Vater nicht die Fassung verlor.

»Er meinte, du würdest in den Schulstunden die Füße auf den Tisch legen und seist aufmüpfig und frech, dass du quatschst und nicht lernst und keine Hausaufgaben machst. Wenn das so weitergeht, will er dich durchfallen lassen. Das hat er gesagt. Ist das wahr?«

»Ja, in gewisser Weise schon«, antwortete ich und richtete mich fertig angezogen auf.

»Weißt du, er hat mir die Schuld gegeben. Er hat mich ausgeschimpft, weil mein Sohn ein solcher Störenfried ist.«

Ich wand mich.

»Und was hast du gesagt?«

»Ich habe ihm eine Standpauke gehalten. Für dein Benehmen in der Schule ist er verantwortlich. Nicht ich. Aber angenehm war es natürlich nicht. Das wirst du verstehen.«

»Ich verstehe«, erwiderte ich. »Entschuldige.«

»Das bringt nichts. Das war jedenfalls der letzte Elternsprechtag, zu dem ich gegangen bin, so viel steht fest. So. Wollen wir?«

Wir traten auf die Straße und gingen zum Auto.

Vater setzte sich hinein, beugte sich über den Beifahrersitz und entriegelte auf meiner Seite.

»Kannst du bitte auch hinten aufmachen?«, sagte ich.

Er antwortete nicht, tat es aber. Ich legte Tasche und Ranzen in den Kofferraum, schloss ihn vorsichtig, um ihn nicht wütend zu machen, setzte mich auf den Beifahrersitz, zog den Sicherheitsgurt über die Brust, ließ die Steckzunge einrasten.

»Es war einfach nur peinlich«, sagte Vater und ließ den Motor an. Das Armaturenbrett wurde beleuchtet, genau wie der Wagen vor uns und ein Stück die Böschung zum Fluss hinunter.

»Wie ist dieser Vestby denn eigentlich als Lehrer?«

»Ziemlich schlecht. Er hat Probleme mit der Disziplin. Keiner nimmt ihn ernst. Und erklären kann er auch nicht.«

»Er hat eins der besten Universitätsexamen vorzuweisen, die jemals abgelegt worden sind, wusstest du das?«, sagte Vater.

»Nein«, antwortete ich.

Er setzte einen Meter zurück, schwenkte auf die Straße, wendete und fuhr aus der Stadt hinaus. Die Heizung rauschte, die Spikes der Reifen schlugen mit einem gleichmäßigen sirrenden Laut auf den Asphalt. Er fuhr wie üblich schnell. Eine Hand auf dem Lenkrad, eine neben dem Schaltknüppel auf dem Sitz. In meinem Magen kribbelte es, pausenlos schossen kleine Freudenfunken in den Körper, denn das war bisher nie passiert. Er hatte mich noch niemals verteidigt. Er hatte sich niemals entschlossen, Nachsicht walten zu lassen, wenn es an meinem Verhalten etwas zu kritisieren gab. Schon Wochen vorher graute es mir davor, ihm vor den Sommer- und Weihnachtsferien mein Zeugnis zeigen zu müssen. Jede kleine Anmerkung, und er ließ seine Wut an mir aus. Für Elternsprechtage galt das Gleiche. Der kleinste Kommentar darüber, dass ich viel schwätzte oder meine Sachen nicht in Ordnung hielt, ließ ihn hinterher wutentbrannt heimkehren. Ganz zu schweigen von den wenigen Malen, bei denen ich mit einem Brief an die Eltern nach Hause gekommen war. Der Tag des Jüngsten Gerichts. Die Hölle.

Behandelte er mich so, weil ich allmählich erwachsen wurde?

Wurden wir allmählich ebenbürtig?

Ich hatte große Lust, ihn anzusehen, während er auf die Straße starrte, auf der wir dahinrauschten. Aber das ging nicht, dafür hätte ich ihm etwas zu sagen haben müssen, und das hatte ich nicht.

Eine halbe Stunde später fuhren wir den letzten Hügel hinauf und gelangten auf den Hof vor unserem Haus. Bei laufendem Motor stieg Vater aus, um das Garagentor zu öffnen. Ich ging zur Haustür und schloss sie auf. Dann fiel mir mein Gepäck wieder ein, und ich kehrte um, während Vater den Motor ausschaltete und die roten Rücklichter erloschen.

»Machst du mir bitte den Kofferraum auf?«, sagte ich.

Er nickte, steckte den Schlüssel ins Schloss und drehte ihn.

Der Deckel hob sich – wie die Fluke eines Wals, schoss es mir durch den Kopf. Als ich ins Haus kam, sah ich sofort, dass er geputzt hatte. Es roch nach Schmierseife, die Zimmer waren aufgeräumt, die Fußböden glänzten. Und der eingetrocknete Katzendreck auf der Couch oben war verschwunden.

Das hatte er natürlich getan, weil Mutter nach Hause kommen würde. Aber auch wenn es einen konkreten Grund dafür gab und er es folglich nicht aus eigenem Antrieb getan hatte, nur weil es so unglaublich dreckig und ungemütlich gewesen war, reagierte ich erleichtert. Die Ordnung war wiederhergestellt worden. Nicht, dass ich besorgt gewesen wäre, es war vielmehr so, dass es mich verwirrt hatte, vor allem, da dies nicht alles war. Er hatte sich im Laufe des Herbsts verändert. Vermutlich lag es daran, wie wir lebten, dass nur er und ich da waren, und nicht einmal das immer gleichzeitig. Er hatte niemals Freunde gehabt, abgesehen von der Familie nie Besuch bekommen. Seine einzigen Bekannten waren Nachbarn und Kollegen; das heißt, so war es auf Tromøya gewesen, hier kannte er nicht einmal die Nachbarn. Aber nur ein paar Wochen, nachdem

Mutter nach Bergen gezogen war, um zu studieren, hatte er einige seiner Kollegen in unser Haus eingeladen, um eine kleine Party zu geben, und er fragte mich, ob ich an dem Abend eventuell in der Stadt bleiben könne? Wenn ich mich alleine fühlte, könne ich ja immer noch zu Großmutter und Großvater gehen, wenn ich wollte. Doch allein zu sein war das Letzte, wovor ich mich fürchtete, und so schaute er am Vormittag vorbei und brachte mir eine Tüte mit einer Tiefkühlpizza, einer Cola und Chips, die ich vor dem Fernseher aß.

Am nächsten Vormittag nahm ich den Bus zu Jan Vidar, verbrachte ein paar Stunden bei ihm und stieg anschließend erneut in den Bus und fuhr weiter zu unserem Haus. Die Tür war abgeschlossen. Ich öffnete die Garage, um nachzuschauen, ob er nur einen Spaziergang machte oder das Auto genommen hatte. Sie war leer. Ich kehrte zum Haus zurück und schloss auf. Im Wohnzimmer standen ein paar Weinflaschen auf dem Tisch, die Aschenbecher waren voll, aber dafür, dass er noch nicht aufgeräumt hatte, sah es gar nicht so übel aus, und ich überlegte, dass es eine kleine Feier gewesen sein musste. Die Stereoanlage stand normalerweise in der Scheune, aber nun hatte er sie auf einem Tischchen neben dem Ofen platziert, und ich ging vor dem kleinen Haufen Platten auf die Knie, die teils in einem Stapel an einem Stuhlbein lehnten, teils auf dem Fußboden verstreut lagen. Es waren die Platten, die er gehört hatte, solange ich denken konnte. Pink Floyd, Joe Dassin. Arja Saijonmaa. Johnny Cash. Elvis Presley, Bach. Vivaldi. Letztere hatte er sicher vor der Party aufgelegt oder vielleicht auch an diesem Morgen. Die übrige Musik war allerdings auch nicht sonderlich fetentauglich. Ich stand auf und ging in die Küche, wo ein paar Teller und Gläser ungespült im Becken standen, öffnete den Kühlschrank, der bis auf zwei Flaschen Weißwein und einige Flaschen Bier so gut wie leer war, und stieg die Treppe in die obere Etage hinauf. Die Tür zu Vaters Schlafzimmer stand offen. Ich schaute hinein. Das Bett aus Mutters Schlafzimmer war hereingetragen worden und stand neben Vaters mitten im Zimmer. Es war also spät geworden, und da sie getrunken hatten und das Haus so abgelegen lag, dass ein Taxi in die Stadt oder nach Vennesla, wo Vater arbeitete, zu teuer geworden wäre, hatte jemand bei uns übernachtet. Mein Zimmer war unangetastet geblieben, und ich suchte zusammen, was ich benötigte, und obwohl ich eigentlich vorgehabt hatte, in Sannes zu übernachten, fuhr ich wieder in die Stadt. Alles dort oben in Tveit war mir fremd geworden.

Als ich ein anderes Mal dorthin kam, hatte ich mich vorher nicht angekündigt, es war Abend und ich hatte keine Lust, nach dem Training in die Stadt zurückzufahren, so dass Tom aus meiner Mannschaft mich nach Hause gefahren hatte. Ich sah Vater im Licht der Küchenlampe sitzen, den Kopf in die Hände gestützt, vor sich eine Flasche Wein. Auch das war neu, er hatte früher nie getrunken, jedenfalls nicht, solange ich lebte, und erst recht nicht allein. Ich sah es und wollte nichts davon wissen, aber zurück konnte ich nicht fahren, so dass ich auf der Türschwelle fest und vernehmlich den Schnee von meinen Schuhen abtrat, die Tür mit einem Ruck öffnete und mit einem Knall zuschlug. Damit er nicht im Unklaren blieb, wo ich hinging, öffnete ich im Bad beide Wasserhähne, während ich auf dem Toilettensitz saß und ein paar Minuten wartete.

Als ich in die Küche kam, war er weg. Das Glas stand leer auf der Arbeitsplatte, die Flasche stand leer im Spülenunterschrank, Vater war in der Wohnung in der Scheune. Als wäre das alles nicht schon mysteriös genug, sah ich ihn eines frühen Nachmittags an dem Geschäft in Solsletta vorbeifahren. Ich hatte die letzten drei Schulstunden geschwänzt und war vor dem abendlichen Training in der Kjevik-Halle zu Jan Vidar gefahren, saß auf der Bank vor dem Geschäft und rauchte, als sich Vaters rotzgrüner Ascona, der eindeutig erkennbar war, näherte. Ich warf die Zigarette weg, sah ansonsten aber keinen Grund, mich zu verstecken, und starrte den Wagen an, als er an mir vorüberfuhr, und hob sogar die Hand zu einem Gruß. Aber er sah mich nicht, weil neben ihm auf dem Beifahrersitz jemand saß, mit dem er sich unterhielt. Am nächsten Tag schaute er bei mir vorbei, und ich sprach ihn darauf an, und er sagte, es sei eine Kollegin gewesen, sie seien mit einem gemeinsamen Projekt beschäftigt und hätten nach Schulschluss bei uns zu Hause ein paar Stunden gearbeitet.

Überhaupt hatte er damals viel Kontakt zu seinen Kollegen. Ein Wochenende verbrachte er mit ihnen auf einem Seminar in Hovden, und er ging zu mehr Partys, als er es meiner Erinnerung nach je zuvor getan hatte. Wahrscheinlich weil er sich langweilte oder weil er keine Lust hatte, so viel allein zu sein, und ich freute mich darüber, denn damals hatte ich begonnen, ihn mit anderen Augen zu sehen, nicht mehr mit denen des Kindes, sondern mit denen eines Menschen, der allmählich erwachsen wird, und mit diesem Blick wollte ich, dass er sich mit Freunden und Kollegen traf, wie andere Leute dies auch taten. Gleichzeitig gefiel mir diese Veränderung nicht, denn sie machte ihn unberechenbar.

Dass er mich auf dem Elternsprechtag tatsächlich verteidigt hatte, passte in dieses Bild. Ja, war vielleicht sogar das deutlichste Zeichen von allen.

In meinem Zimmer packte ich meine Sachen aus und legte sie in den Schrank, steckte die Kassetten nacheinander in den Ständer auf dem Schreibtisch, legte die Schulbücher auf einen Stapel. Das Haus war Mitte des 19. Jahrhunderts erbaut worden, die Fußböden knarrten, und die Geräusche gingen durch alle Wände, weshalb ich nicht nur wusste, dass Vater sich direkt unter mir im Wohnzimmer aufhielt, sondern auch, dass er auf der Couch saß. Ich hatte vorgehabt, *Dracula* auszulesen, fand aber, dass ich das nicht tun konnte, ohne vorher die Situation zwischen uns zu klären. Will sagen, dass er erfahren sollte, was ich tun würde, und ich erfahren sollte, was er tun würde. Andererseits konnte ich nicht einfach hinuntergehen und ihm sagen: »Hallo, Papa, ich sitze oben und lese.« Warum sagst du mir das, würde er mich fragen oder es zumindest denken. Aber das Ungleichgewicht musste beseitigt werden, und so ging ich die Treppe hinunter und machte einen Abstecher in die Küche, vielleicht etwas mit Essen, ehe ich die letzten Schritte ins Wohnzimmer ging, wo er mit einem meiner alten Comics in der Hand saß.

»Möchtest du zu Abend essen?«, sagte ich.

Er blickte kurz auf.

»Nein, aber nimm dir ruhig was«, erwiderte er.

»Okay«, sagte ich. »Ich bin dann hinterher in meinem Zimmer.«

Er antwortete nicht und las unter dem Lichtschein der Lampe neben der Couch weiter in seinem *Agent X9*. Ich schnitt mir ein großes Stück von einer Wurst ab, das ich am Schreibtisch sitzend verspeiste. Er hat mit Sicherheit kein Geburtstagsgeschenk für mich gekauft, schoss es mir durch den Kopf, Mutter bringt es bestimmt aus Bergen mit.

Für einen Kuchen würde er aber doch hoffentlich sorgen? Ob er daran wohl gedacht hatte?

Als ich am nächsten Tag aus der Schule kam, war Mutter zu Hause. Vater hatte sie vom Flughafen abgeholt, und als ich kam, saßen die beiden am Küchentisch, ein Braten war in der Röhre, wir aßen mit Kerzen auf dem Tisch zu Abend, ich bekam einen Scheck über fünfhundert Kronen und ein Hemd, das sie mir in Bergen gekauft hatte. Ich brachte es nicht übers Herz, ihr zu sagen, dass ich es nie anziehen würde, denn immerhin war sie in Bergen in Geschäften gewesen und hatte nach etwas für mich gesucht und daraufhin dieses Hemd gefunden, das sie schön fand und von dem sie glaubte, es würde mir gefallen.

Ich zog es an, und wir aßen im Wohnzimmer Kuchen und tranken Kaffee. Mutter war gut gelaunt, mehrmals wiederholte sie, wie schön sie es fand, wieder daheim zu sein. Yngve rief an, gratulierte mir und meinte, er werde wahrscheinlich erst Heiligabend nach Hause kommen, mein Geschenk würde ich dann bekommen. Ich ging zum Training, und als ich gegen neun nach Hause kam, waren sie in der Wohnung in der Scheune.

Ich hätte mich mit Mutter gern allein unterhalten, aber daraus schien nichts zu werden, und nachdem ich eine Weile gewartet hatte, ging ich ins Bett. Am nächsten Tag hatte ich eine Prüfung in der Schule, die letzten zwei Wochen waren voll davon, ich gab bei allen früh ab, ging in die Stadt, um in Plattengeschäften oder Cafés herumzuhängen, manchmal zusammen mit Bassen, manchmal mit einem Mädchen aus meiner Klasse, wenn es sich zufällig ergab und nicht so aufgefasst werden konnte, dass ich mich aufdrängte. Aber bei Bassen war es okay, wir hingen mittlerweile auch so zusammen, ich hatte einen Abend bei ihm verbracht, und wir hatten nichts anderes getan, als in seinem Zimmer Platten zu hören, aber ich freute mich riesig, denn ich hatte einen neuen Freund gefunden. Keinen Bauern, keinen Heavy-Metal-Fan, sondern jemanden, der Talk Talk und U2, die Waterboys und die Talking Heads mochte. Bassen, oder Reid, wie er eigentlich hieß, hatte dunkle Haare, sah gut aus und übte eine einmalige Anziehungskraft auf Mädchen aus, ohne dass ihm dies jemals zu Kopf gestiegen wäre, denn er hatte nichts Angeberisches, nichts Selbstzufriedenes, er nahm nie so viel Raum ein, wie er es hätte tun können, war aber auch nicht bescheiden, seine nachdenkliche und in sich gekehrte Art schien ihn vielmehr immer ein wenig zu bremsen. Er gab niemals alles. Ob es so war, weil er es nicht wollte oder weil er es nicht konnte, weiß ich nicht, aber oft sind dies ja zwei Seiten derselben Medaille. Am auffälligsten an ihm war für mich jedoch, dass er eigene Ansichten entwickelte. Während ich in einem abgesteckten Rahmen dachte, zum Beispiel beim Thema

Politik, wo ein Standpunkt automatisch den nächsten gebar, oder in Geschmacksfragen, bei denen die Tatsache, dass man eine Band mochte, zur Folge hatte, bestimmte andere Bands auch zu mögen, die ähnlich klangen, und in Bezug auf Menschen, bei denen es mir nie gelang, mich von den existierenden Haltungen freizumachen, dachte er selbständig, von seinen eigenen, mehr oder weniger idiosynkratischen Einschätzungen ausgehend. Doch auch das war nichts, was er zur Schau stellte, im Gegenteil, man musste ihn schon eine Weile kennen, um es zu merken. Folglich war es nichts, was er benutzte, sondern etwas, das er war. Wenn ich stolz war, Bassen meinen Freund nennen zu dürfen, lag das nicht nur an seinen vielen guten Eigenschaften, lag das nicht nur an der Freundschaft selbst, sondern auch, und nicht zuletzt, an der Vorstellung, dass sein Ansehen bei den anderen mir zugutekommen würde. Eine bewusste Beziehung hatte ich auch dazu nicht, aber rückblickend ist insbesondere *das* offensichtlich: Ist man ausgeschlossen, muss man jemanden finden, der einen hereinholen kann, zumindest wenn man sechzehn ist. In diesem Fall war ich nicht metaphorisch, sondern buchstäblich und konkret ausgeschlossen. Ich war von Hunderten Jungen und Mädchen in meinem Alter umgeben, fand aber keinen Zugang zu dem Zusammenhang, der für sie galt. Jeden Montag fürchtete ich die Frage, die alle stellten, also: »Was hast du am

Wochenende gemacht?« Einmal konnte man sagen: »War zu Hause und habe ferngesehen«, ein anderes Mal auch: »Hab mit einem Freund Platten gehört«, aber dann sollte man möglichst etwas Besseres zu bieten haben, wenn man nicht abgeschrieben werden wollte. Manche waren vom ersten Augenblick an abgeschrieben und blieben es während ihrer gesamten Gymnasialzeit, aber ich wollte um nichts in der Welt so sein wie sie, ich wollte da sein, wo etwas los war, ich wollte zu ihren Feten eingeladen werden, mit ihnen in die Stadt gehen, ihr Leben führen.

Die große Nagelprobe, die größte Fete des Jahres, war Silvester. In den letzten Wochen war überall darüber gesprochen worden. Bassen wollte zu jemandem, den er in Justvik kannte, so dass ich keine Chance hatte, mich dranzuhängen, und so war ich Anfang der Weihnachtsferien von niemandem eingeladen worden. Mit Jan Vidar, der vier Kilometer weiter unten in Solsletta wohnte und in diesem Herbst eine Konditorausbildung begonnen hatte, diskutierte ich zwischen den Jahren unsere Möglichkeiten. Wir wollten auf eine Fete, und wir wollten uns betrinken. Letzteres würde sicher kein Problem sein; ich spielte in der A-Jugend, und Tom, unser Torhüter, war jemand, der solche Dinge regelte. Er würde sicher nichts dagegen haben, für uns Bier zu kaufen. Die Fete dagegen … Ein paar Neuntklässler der halbkriminellen, dropout-artigen

Sorte wollten sich in einem nahegelegenen Haus treffen, aber das kam für mich überhaupt nicht in Frage, da hockte ich lieber zu Hause. Es gab auch noch eine Clique, die wir gut kannten, ohne zu ihr zu gehören, sie kam aus Hamresanden und bestand aus Leuten, mit denen wir entweder in eine Klasse gegangen waren oder Fußball gespielt hatten, aber sie hatten uns nicht eingeladen, und selbst wenn wir uns ihnen irgendwie hätten anschließen können, standen auch sie in meinen Augen nicht hoch genug. Sie wohnten in Tveit, machten Berufsausbildungen oder arbeiteten, und die unter ihnen, die ein Auto besaßen, hatten dessen Sitze mit Fell bezogen, und am Spiegel baumelte ein Wunderbaum. Das waren die Alternativen, denn zu Silvesterfeten musste man eingeladen werden. Andererseits zogen die Leute um zwölf Uhr durch die Straßen und sammelten sich auf Plätzen und an Kreuzungen, um Raketen abzuschießen und auf das neue Jahr anzustoßen. Um sich daran zu beteiligen, bedurfte es keiner Einladung. Viele von meiner Schule wollten zu einer Fete im Kristiansander Vorort Søm, das wusste ich, warum also nicht dorthin gehen? Daraufhin fiel Jan Vidar ein, dass der Schlagzeuger unserer Band, den wir notgedrungen genommen hatten, ein Achtklässler, der in Hånes wohnte, ihm erzählt hatte, dass er an Silvester nach Søm wollte.

Zwei Telefonate später war alles klar. Tom würde uns Bier besorgen, und wir würden mit Acht- und

Neuntklässlern feiern, bis Mitternacht in ihrem Partykeller hocken, danach zu der Straßenkreuzung hochlaufen, an der sich alle trafen, jemanden suchen, den wir aus der Schule kannten, und uns ihm oder ihr für den Rest der Nacht anschließen. Es war ein guter Plan.

Als ich am Nachmittag nach Hause kam, ließ ich meinen Eltern gegenüber beiläufig fallen, dass ich Silvester eingeladen sei, jemand aus meiner Klasse feiere in Søm eine Fete, ob es okay sei, wenn ich hinginge? Zu Hause würde eine Party stattfinden, meine Großeltern und Vaters Bruder Gunnar mit Familie wollten kommen, aber weder Mutter noch Vater hatten etwas dagegen einzuwenden, dass ich woanders feierte.

»Klingt doch gut!«, sagte Mutter.

»Das geht schon in Ordnung«, meinte Vater. »Aber um eins bist du wieder zu Hause.«

»Aber es ist doch Silvester«, wandte ich ein. »Können wir nicht zwei sagen?«

»Doch, können wir. Aber dann kommst du auch wirklich um zwei und nicht erst um halb drei. Verstanden?«

Silvester fuhren wir vormittags mit dem Rad zu dem Geschäft in Ryensletta, vor dem Tom uns erwartete, gaben ihm Geld und bekamen dafür zwei Tüten mit jeweils zehn Flaschen Bier. Jan Vidar versteckte die Tüten im Garten vor dem Haus seiner Familie, und ich radelte heim. Dort waren Mutter und Vater vollauf damit beschäftigt, zu putzen und alles für die Party vorzubereiten. Draußen stürmte es. Ich stand eine Weile in meinem Zimmer am Fenster und sah den Schnee vorbeiwirbeln und den grauen Himmel, der sich zwischen den schwarzen Bäumen im Wald herabgesenkt hatte. Dann legte ich eine Platte auf, griff nach dem Buch, das ich gerade las, und legte mich aufs Bett. Nach einer Weile klopfte Mutter an die Tür.

»Jan Vidar ist am Telefon«, sagte sie.

Der Apparat stand im Erdgeschoss in dem Zimmer mit den Kleiderschränken. Ich ging hinunter, schloss die Tür und nahm den Hörer.

»Ja?«, sagte ich.

»Es hat eine Katastrophe gegeben«, sagte Jan Vidar. »Dieser verdammte Leif Reidar …«

Leif Reidar war sein Bruder. Er war Anfang zwanzig, fuhr einen frisierten Opel Ascona, arbeitete in der Parkettfabrik. Sein Leben orientierte sich nicht nach Südwesten, in Richtung Stadt wie meins und das der meisten anderen, sondern nach Nordosten, in Richtung Birkeland und Lillesand, was in Kombination mit seinem Alter dazu führte, dass ich nie wusste, woran ich bei ihm war, wer er war, was er eigentlich trieb. Er hatte einen Bart und trug oft Pilotensonnenbrillen, war aber kein durchschnittlicher Hinterwäldler, denn irgendetwas an seiner adretten Art, sich zu kleiden, und an seinem Benehmen, schien etwas anderes anzudeuten.

»Was hat er getan?«, sagte ich.

»Er hat die Tüten im Garten gefunden. Und konnte es damit verdammt nochmal nicht gut sein lassen. Dieser Dreckswichser mit seiner verdammten Doppelmoral. Er hat mich fertiggemacht, verstehst du, ausgerechnet *der.* Ich wäre erst sechzehn und so weiter. Dann hat er von mir verlangt, dass ich ihm erzähle, wer das Bier gekauft hat. Ich habe mich natürlich geweigert. Das geht ihn doch echt nichts an. Aber dann hat er gemeint, wenn ich keinen Namen herausrücke, erzählt er es meinem Vater. So was von scheißscheinheilig. Dieser … hol ihn der Teufel. Ich musste es ihm also sagen. Und weißt du, was er dann gemacht hat? Weiß du, was dieser Sack getan hat?«

»Nein.«

Schnee stob von den Windstößen wie ein Schleier vom Dach der Scheune. Das Licht aus den Fenstern in der unteren Etage leuchtete sanft, fast geheimnisvoll vor der langsam einsetzenden Dämmerung. Ich sah flüchtig eine Bewegung hinter den Fenstern und dachte, das muss Vater sein, und richtig, in der nächsten Sekunde nahm sein Gesicht hinter der Fensterscheibe Gestalt an, er sah genau in meine Richtung. Ich schlug die Augen nieder, wandte den Kopf halb ab.

»Er hat mich gezwungen, mit ihm und den Tüten zu Tom zu fahren.«

»Echt?«

»Scheiße, er ist so ein verdammter Arsch. Das macht ihm so richtig Spaß, das Ganze. Es kam mir echt so vor, als würde er sich darin sonnen. Jetzt auf einmal ist er so ein verdammter Musterknabe. *Er.* Ich könnte ausflippen vor Wut.«

»Und was ist dann passiert?«, sagte ich.

Als ich erneut zu den Fenstern hinüberlinste, war das Gesicht verschwunden.

»Was passiert ist? Was glaubst du wohl? Er hat Tom eine Standpauke gehalten. Dann sollte ich Tom die Tüten mit dem Bier geben. Das habe ich getan. Und dann sollte Tom mir das Geld zurückgeben. Als wäre ich bloß ein verdammtes Scheißbaby. Als hätte er nicht das Gleiche getan, als er selber sechzehn war. So eine Scheiße, eh. Das hat ihm Spaß gemacht, verstehst du? Es hat ihm so richtig Spaß gemacht, sich aufzuregen, es hat ihm Spaß gemacht, mich dahin zu fahren, es hat ihm Spaß gemacht, Tom anzumachen.«

»Und was machen wir jetzt? Etwa ohne Bier losziehen? Das geht doch nicht.«

»Da hast du Recht, aber als wir gegangen sind, habe ich Tom zugezwinkert. Er hat kapiert, was los ist. Als ich nach Hause gekommen bin, habe ich ihn sofort angerufen und mich entschuldigt. Er hat keine große Sache daraus gemacht. Jedenfalls will er mit dem Bier zu dir fahren, holt mich aber auf dem Weg ab, damit ich ihn bezahlen kann.«

»Ihr kommt *hierher*?«

»Ja, er kommt in zehn Minuten vorbei. Dann sind wir in einer Viertelstunde bei dir.«

»Warte mal, ich muss kurz nachdenken«, sagte ich. Erst in diesem Moment entdeckte ich, dass unser Kater auf dem Stuhl neben dem Telefontischchen lag. Er sah mich an, leckte sich die Pfote. Im Wohnzimmer sprang der Staubsauger an. Der Kater drehte blitzschnell den Kopf. In der nächsten Sekunde entspannte er sich wieder. Ich lehnte mich vor und kraulte seine Brust.

»Ihr könnt nicht bis zu unserem Haus fahren. Das geht nicht. Aber wir könnten die Tüten natürlich einfach irgendwo am Straßenrand ablegen. Hier oben findet sie schon keiner.«

»Am Fuß des Hügels, vielleicht?«

»Unterhalb vom Haus?«

»Ja.«

»Am Fuß des Hügels unterhalb vom Haus in fünfzehn Minuten?«

»Ja.«

»In Ordnung. Tom musst du noch sagen, dass er bei uns nicht wenden kann, und unten bei den Briefkästen auch nicht. Weiter oben gibt es aber auch noch eine Wendemöglichkeit. Die kann er nehmen, okay?«

»Okay. Bis später.«

Ich legte auf und ging ins Wohnzimmer zu meiner Mutter. Als sie mich sah, schaltete sie den Staubsauger aus.

»Ich bin mal kurz bei Per«, sagte ich. »Will ihm nur einen guten Rutsch wünschen.«

»Tu das«, erwiderte Mutter. »Wenn du seine Eltern siehst, grüß sie von uns.«

Per war ein Jahr jünger als ich und wohnte zweihundert Meter unterhalb von uns, im Nachbarhaus. Ich hatte die meiste Zeit, die wir hier wohnten, mit ihm verbracht. Wir spielten möglichst oft Fußball, nach der Schule, an den Wochenenden, in den Ferien, und häufig drehte sich alles darum, genügend Leute für ein richtiges Spiel zusammenzutrommeln, aber wenn das nicht klappte, spielten wir eben stundenlang zwei gegen zwei, und wenn auch das nicht klappte, waren es eben nur ich und Per. Er schoss auf mein Tor, ich schoss auf seins, ich schlug Flanken für ihn, er schlug Flanken für mich, oder wir spielten Zweier, wie wir es nannten. Tagein, tagaus machten wir so weiter, auch nachdem ich aufs Gymnasium gewechselt war. Ansonsten gingen wir schwimmen, entweder in dem Kolk unter dem Wasserfall, wo das Wasser so tief war, dass man von einem Felsen hineinspringen konnte, oder unten bei den Stromschnellen, wo wir von den Wassermassen mitgerissen wurden. Wenn das Wetter zu schlecht war, um draußen zu sein, sahen wir uns in ihrem Partykeller Videos an oder hingen in der Garage herum und redeten. Ich war gerne dort, er hatte eine warmherzige und großzügige Familie, und obwohl sein Vater mich nicht leiden konnte, war ich trotzdem herzlich willkommen. Aber auch wenn ich mit Per mehr Zeit verbrachte als mit allen anderen, war er in meinen Augen trotzdem kein Freund, ich erwähnte ihn nie in anderen Zusammenhängen, zum einen, weil er jünger war als ich, was nicht gut war, zum anderen, weil er so ein Bauer war. Er interessierte sich nicht für Musik und kannte sich überhaupt nicht aus, genauso wenig interessierte er sich für Mädchen oder Alkohol, ihm reichte es völlig, die Wochenenden zu Hause mit seiner Familie zu verbringen. Er hatte kein Problem damit, in Gummistiefeln in die Schule zu kommen, trug ebenso gerne Strickpullover und Cordhosen wie Jeans mit Hochwasser und T-Shirts mit der Aufschrift *Tierpark Kristiansand*. Als ich in die Stadt zog, war er noch nie alleine dort gewesen. Ein Buch hatte er wahrscheinlich niemals gelesen, er stand auf Comics, wie ich letztlich auch, allerdings immer nur zusätzlich zu der endlosen Reihe von Büchern von MacLean, Bagley, Smith, Le Carré und Follett, die ich verschlang, wozu ich ihn schließlich auch überredete. Jeden zweiten Samstag gingen wir zusammen in die Bücherei und jeden zweiten Sonntag zu den Heimspielen von Start, zweimal in der Woche trainierten wir im Verein, im Sommerhalbjahr hatten wir außerdem jede Woche ein Spiel, und darüber hinaus gingen wir täglich zusammen zum Schulbus und zurück. In derselben Reihe saßen wir jedoch nicht, denn je näher wir der Schule und dem Leben dort kamen, desto weniger war Per mein Freund, bis wir auf dem Schulhof schließlich überhaupt keinen Kontakt mehr miteinander hatten. Seltsamerweise machte ihm das nichts aus. Er war immer fröhlich, immer offen, hatte viel Sinn für Humor, und war, wie alle in seiner Familie, ein warmherziger Mensch. Zwischen den Jahren war ich zweimal bei ihm gewesen, wir hatten ein Video geguckt und waren auf dem Hang hinter unserem Haus Ski gelaufen. Ihn an Silvester einzuladen, mich zu begleiten, wäre mir niemals in den Sinn gekommen, ich hätte es nicht einmal ansatzweise in Erwägung gezogen. Jan Vidar hatte eine Nicht-Beziehung zu Per, sie kannten sich natürlich, wie sich hier oben alle kannten, aber er war nie zu zweit mit ihm unterwegs und sah wohl auch keinen Grund dazu. Als ich hierhergezogen war, hing Jan Vidar mit Kjetil zusammen, einem Gleichaltrigen, der in Kjevik wohnte, sie waren damals die besten Freunde und gingen beim anderen ein und aus. Kjetils Vater war Soldat und hatte, wenn ich es recht verstand, häufig umziehen müssen. Als Jan Vidar anfing, sich vor allem wegen unseres gemeinsamen Interesses an Musik mit mir zu treffen, versuchte Kjetil ihn zurückzugewinnen, rief ständig an und lud ihn ein und riss Insiderwitze, die nur die beiden verstanden, wenn wir in der Schule zu dritt zusammenstanden; als das jedoch nicht funktionierte, senkte er seine Ansprüche und lud uns beide zu sich ein. Wir radelten auf dem Flugplatz herum, lümmelten im Flughafencafé umher, fuhren nach Hamresanden hinaus und klingelten bei einem der Mädchen dort, Rita, für das sich Jan Vidar und Kjetil interessierten.

Kjetil hatte eine Tafel Schokolade dabei, die er sich mit Jan Vidar auf dem Weg den Hügel hinauf teilte, ohne mir etwas davon abzugeben, aber das brachte ihm auch nichts, denn Jan Vidar ließ sich nichts anmerken, teilte sein Stück und reichte mir die Hälfte. Dann gab Kjetil auf und wandte sich anderen zu, aber solange wir auf die Gesamtschule gingen, fand er keine Freunde mehr, die ihm so nahestanden, wie Jan Vidar es einmal getan hatte.

Kjetil war ein Mensch, den alle nett fanden, insbesondere die Mädchen, aber mit ihm gehen wollte keins von ihnen. Rita, die sonst frech und hart war und niemanden verschonte, hatte einen Narren an ihm gefressen, und die beiden lachten immer viel und unterhielten sich in einem ganz eigenen Ton, aber mehr als Schulfreunde wurden sie nie. Für mich sparte Rita sich ihre spitzesten Bemerkungen auf, und ich war immer auf der Hut, wenn ich in ihrer Nähe war, denn ich konnte nie wissen, wann oder wie der Angriff erfolgen würde. Sie war klein und dünn, ihr Gesicht war schmal, der Mund spitz, aber ihre Züge waren wohlproportioniert, und die Augen, die oft so voller Hohn waren, leuchteten mit seltener Intensität; fast funkelnd waren sie. Rita war hübsch, wurde aber noch nicht so wahrgenommen und konnte andere so bissig behandeln, dass es vielleicht immer dabei bleiben würde.

Eines Abends hatte sie mich zu Hause angerufen.

»Hallo, Karl Ove, hier ist Rita«, meldete sie sich.

»Rita?«, sagte ich.

»Ja, du Dummkopf. Rita Lolita.«

»Hallo«, sagte ich.

»Ich wollte dich was fragen«, meinte sie.

»Ja?«

»Willst du mit mir gehen?«

»Was hast du gesagt?«

»Noch einmal. Willst du mit mir gehen? Das ist eine simple Frage. Es ist allgemein üblich, dass du darauf mit Ja oder Nein antwortest.«

»Ich weiß nicht …«, erwiderte ich.

»Ach, nun komm schon. Wenn du nicht willst, dann sag es.«

»Ich glaube eher nicht …«, sagte ich.

»Also nicht«, sagte sie. »Dann sehen wir uns morgen in der Schule. Mach's gut.«

Damit legte sie auf. Am nächsten Tag verhielt ich mich wie immer, und sie verhielt sich auch wie immer, war vielleicht nur noch ein bisschen mehr darauf erpicht, mir eins auszuwischen, falls sich die Möglichkeit dazu bot. Sie erwähnte es nie, ich erwähnte es nie, auch nicht Jan Vidar oder Kjetil gegenüber, mit so etwas wollte ich nicht die Oberhand gewinnen.

Nachdem ich Mutter Bescheid gesagt und sie den Staubsauger wieder eingeschaltet hatte, zog ich im Flur Jacke und Schuhe an und ging, gegen den Wind geduckt, nach draußen. Vater hatte das eine Garagentor geöffnet und holte gerade die Schneefräse heraus. Der Kies in der Garage war vollkommen schneefrei und trocken, und irgendetwas daran weckte in mir stets vages Unbehagen, denn Kies gehörte zu den Dingen, die im Freien waren, und was im Freien war, sollte von Schnee bedeckt sein, damit ein Ungleichgewicht zwischen drinnen und draußen entstand. Wenn das Tor geschlossen war, dachte ich nicht daran, kam es mir nie in den Sinn, aber wenn ich es sah …

»Ich bin nur mal kurz bei Per«, rief ich.

Vater, der sich mit der Fräse abmühte, drehte den Kopf und nickte. Ich bereute ein wenig, dass ich den Hügel als Treffpunkt vorgeschlagen hatte, unter Umständen war das zu nah, denn wenn es um Regelverstöße ging, hatte mein Vater normalerweise einen sechsten Sinn. Andererseits war es schon eine ganze Weile her, dass er sich gedanklich mit mir beschäftigt hatte. Als ich den Briefkastenständer erreichte, hörte ich weiter oben die Schneefräse anspringen. Ich blickte hinauf, um zu überprüfen, ob er mich sehen konnte. Als das nicht der Fall war, ging ich den Hügel auf der Straßenseite hinunter, die am Hang entlangführte, um so das Risiko zu verringern, beobachtet zu werden. Unten angekommen blieb ich stehen und schaute wartend auf den Fluss. Drei Autos fuhren am anderen Ufer hintereinander her. Die Lichtkegel ihrer Scheinwerfer waren wie kleine gelbe Stiche in dem riesigen Grau. Der Schnee auf der Ebene hatte die Farbe des Himmels angenommen, dessen Licht vom Netz der einsetzenden Dämmerung wie zugeschnürt wurde. Das Wasser in der Wake war schwarz und glänzte. Dann hörte ich einige hundert Meter entfernt in der Kurve ein Auto herunterschalten. Das Motorengeräusch klang spröde und gehörte mit Sicherheit zu einem alten Auto. Das war zweifellos Tom. Ich blickte die Straße hinunter und hob die Hand zum Gruß, als sie in der Kurve auftauchten. Der Wagen bremste und blieb neben mir stehen. Tom kurbelte das Fenster herunter.

»Hallo, Karl Ove«, sagte er.

»Hallo«, sagte ich.

Er grinste.

»Man hat dir eine Standpauke gehalten?«, fragte ich.

»Dieser verdammte Arsch«, warf Jan Vidar auf dem Beifahrersitz ein.

»Halb so wild«, erklärte Tom. »Ihr wollt heute Abend ausgehen?«

»Ja. Und du?«

»Eine kleine Runde werde ich wohl drehen.«

»Und sonst?«

»Alles okay.« Er sah mich mit seinen freundlichen Augen an und grinste.

»Eure Sachen liegen im Kofferraum.«

»Ist er offen?«

»Klar.«

Ich ging nach hinten, hob den Kofferraumdeckel an und holte die beiden weißroten Plastiktüten heraus, die inmitten eines Durcheinanders aus Werkzeug, Werkzeugkästen und diesen Riemen mit Haken am Ende, mit denen man Dinge auf dem Dach befestigen kann, lagen.

»Ich hab sie«, sagte ich. »Vielen Dank, Tom. Das werden wir dir nicht vergessen.«

Er pfiff.

»Bis nachher«, sagte ich zu Jan Vidar.

Er nickte mir zu, und Tom kurbelte die Scheibe hoch und hob fröhlich die Hand zum Gruß an die Stirn, wie es seine Art war, legte den Gang ein und fuhr den Anstieg hinauf. Ich machte einen Satz über den Schneewall und lief zwischen die Bäume, folgte dem verschneiten Bachlauf ungefähr zwanzig Meter aufwärts und legte die Flaschen unter einem leicht wiedererkennbaren Birkenstamm ab, während ich das Auto auf dem Weg nach unten erneut vorbeifahren hörte.

Ich stand am Waldsaum und wartete noch einige Minuten, damit mein Abstecher nicht verdächtig kurz ausfiel. Dann ging ich den Hügel hinauf zu unserem Grundstück zurück, wo Vater den Weg zum Haus breiter fräste. Er hatte weder eine Mütze noch Handschuhe an, ging in seiner alten Lammfelljacke hinter der Maschine her und hatte sich einen dicken Schal lose um den Hals geschlungen. Der aufgefräste Schnee, den der Wind nicht mitriss, fiel in Kaskaden einen Meter weiter auf den Acker. Ich nickte ihm im Vorbeigehen zu, und seine Augen streiften mich flüchtig, aber sein Gesicht blieb regungslos. Als ich in die Küche kam, nachdem ich im Flur Jacke und Schuhe ausgezogen hatte, saß dort Mutter und rauchte. Am Fenster brannte mit flackernder Flamme eine Kerze. Auf der Uhr am Herd war es halb vier.

»Alles unter Kontrolle?«, sagte ich.

»Ja klar«, antwortete sie. »Es wird sicher nett werden. Möchtest du was essen, bevor du gehst?«

»Ich mache mir ein Brot«, sagte ich.

Auf der Arbeitsplatte lag ein großes weißes Paket mit gelaugtem Stockfisch. Das Becken daneben war mit dunklen, ungewaschenen Kartoffeln gefüllt. Das Lämpchen der Kaffeemaschine in der Ecke leuchtete. Die Kanne war noch halb voll.

»Aber ich denke, damit warte ich noch ein bisschen«, sagte ich. »Vor sieben bin ich ja nicht weg. Wann kommen sie eigentlich?«

»Papa holt Oma und Opa ab, ich denke, er wird bald fahren. Gunnar kommt gegen sieben.«

»Dann sehe ich sie noch«, meinte ich und ging ins Wohnzimmer, stellte mich ans Fenster und blickte auf das Tal hinaus, ging zum Couchtisch, nahm mir eine Orange, setzte mich auf die Couch und schälte sie. Die Lichter am Weihnachtsbaum brannten, die Flammen im Kamin flackerten, und auf dem gedeckten Tisch am anderen Ende des Zimmers funkelte das Licht der Lampen in den Kristallgläsern. Ich dachte an Yngve und fragte mich, wie er diese Dinge während seiner Gymnasialzeit in Angriff genommen hatte. Jetzt hatte er jedenfalls keine Probleme; er war mit Freunden in der Vindil-Hütte im Binnenland der Provinz Aust-Agder. Zu uns war er möglichst spät gekommen, an Heiligabend, und hatte sich wieder aus dem Staub gemacht, sobald ihm dies möglich erschien, am zweiten Weihnachtstag. Er hatte hier nie gewohnt. Im Sommer unseres Umzugs kam er in die dritte Klasse des Gymnasiums und wollte weiter dieselbe Schule besuchen, bei seinen Freunden bleiben. Vater war außer sich gewesen. Aber Yngve hatte nicht nachgegeben und einen Schülerkredit aufgenommen, weil Vater ihm jede finanzielle Unterstützung verweigerte, und ein Zimmer unweit unseres alten Hauses angemietet. An den wenigen Wochenenden, die er bei uns verbrachte, sprach Vater kaum mit ihm. Zwischen den beiden herrschte eisige Kälte. Im Jahr darauf ging Yngve zum Militär, und ich erinnere mich, dass er an einem Wochenende mit Alfhild, seiner damaligen Freundin, nach Hause kam. Es war das erste Mal, dass er dies tat. Vater hatte sich natürlich ferngehalten, nur Yngve und Alfhild, Mutter und ich waren da. Erst als das Wochenende vorbei war und sie den Hügel hinunter zum Bus gingen, näherte sich Vater mit dem Wagen. Er bremste, kurbelte die Scheibe herunter und grüßte Alfhild lächelnd. Den Blick, mit dem er das tat, hatte ich bei ihm nie zuvor gesehen. Er war voller Freude und Intensität. Einen von uns hatte er so noch nie angesehen, so viel war sicher.

Dann schaute er nach vorn, legte den Gang ein und verschwand den Hügel hinauf, während wir weiter zum Bus gingen.

War das unser Vater gewesen?

Mutters Freundlichkeit und Fürsorglichkeit Alfhild und Yngve gegenüber an diesem Wochenende wurde von Vaters vier Sekunden langem Blick in den Schatten gestellt. So war es vielleicht im Grunde auch an den Wochenenden, die Yngve ohne Freundin bei uns verbrachte, wenn Vater sich möglichst lange in der unteren Etage der Scheune aufhielt und nur zu den Mahlzeiten auftauchte, bei denen die Tatsache, dass er Yngve keine Fragen stellte und ihm bloß minimale Aufmerksamkeit schenkte, trotz aller Bemühungen Mutters, dafür zu sorgen, dass Yngve sich bei uns heimisch fühlte, als der bleibende Eindruck des Wochenendes haften blieb. Vater war entscheidend für die Stimmung im Haus, keiner von uns hatte dem etwas entgegenzusetzen.

Draußen verstummte das Dröhnen der Schneefräse abrupt. Ich stand auf, griff nach den Orangenschalen und ging in die Küche, wo Mutter inzwischen im Stehen Kartoffeln schälte, sah Vater die Auffahrt hochkommen, wobei er sich mit einer für ihn typischen Geste mit der Hand übers Haar strich, und stieg die Treppe zu meinem Zimmer hinauf, wo ich hinter mir die Tür schloss, eine Platte auflegte und mich wieder aufs Bett legte.

Wir hatten eine ganze Weile überlegt, wie wir nach Søm kommen sollten. Jan Vidars Vater und meine Mutter würden uns mit Sicherheit anbieten, uns hinzufahren, was sie wie erwartet auch taten, als wir ihnen von unseren Plänen erzählten. Aber angesichts der beiden Tüten voller Bierflaschen ging das natürlich nicht. Die Lösung, auf die wir verfielen, bestand darin, dass Jan Vidar bei sich zu Hause erzählen sollte, meine Mutter werde uns fahren, während ich sagte, dass Jan Vidars Vater uns fahren würde. Die Sache war ein wenig riskant, denn es kam gelegentlich vor, dass unsere Eltern sich begegneten, aber die Gefahr, dass dabei die Fahrerfrage zur Sprache kommen würde, erschien uns so gering, dass wir das Risiko eingingen. Als dies geklärt war, musste nur noch die Fahrt selbst geplant werden. Busse gingen am Silvesterabend bei uns nicht, aber wir fanden heraus, dass draußen, an der zehn Kilometer entfernten Timenes-Kreuzung, einer fuhr. Also mussten wir dorthin trampen – wenn wir Glück hatten, mit einem Auto, das die ganze Strecke fuhr, wenn wir Pech hatten, würden wir von dort aus den Bus nehmen müssen. Um Fragen oder Verdächtigungen aus dem Weg zu gehen, musste dies alles geschehen, nachdem unsere Gäste gekommen waren. Also gegen sieben. Der Bus ging um zehn nach acht, so dass es, mit etwas Glück, klappen sollte.

Sich zu betrinken erforderte Planung. Getränke mussten unbeschadet ans Ziel gebracht werden, ein sicherer Ort zum Trinken musste beschafft werden, Hin- und Rückfahrt mussten organisiert werden, und wenn man nach Hause kam, musste man seinen Eltern aus dem Weg gehen. Nach meinem ersten, glückseligen Rausch in Oslo hatte ich mich deshalb erst zwei Mal betrunken. Beim letzten Mal war die Sache beinahe schiefgegangen. Jan Vidars Schwester hatte sich gerade mit Stig verlobt, einem Soldaten, den sie im Schulungszentrum der Luftwaffe am Flughafen Kjevik kennen gelernt hatte, wo auch ihr Vater arbeitete. Sie wollte jung heiraten, Kinder bekommen und Hausfrau werden, ein eher ungewöhnlicher Zukunftstraum für ein Mädchen in ihrem Alter. Obwohl sie nur ein Jahr älter war als wir, lebte sie in einer völlig anderen Welt. An einem Samstagabend luden die beiden uns zu einer kleinen Party bei einem ihrer Freunde ein. Da wir nichts anderes vorhatten, nahmen wir die Einladung an und saßen ein paar Tage später irgendwo in einem Haus auf einer Couch, tranken selbst gekelterten Wein und sahen fern. Es sollte ein gemütlicher Abend daheim sein, auf dem Tisch standen Kerzen, und es wurde Lasagne serviert, und es hätte sicherlich ein solcher Abend werden können, wenn da nicht dieser Wein gewesen wäre, den es in rauen Mengen gab. Ich trank und wurde genauso unfassbar fröhlich wie beim ersten Mal, hatte diesmal jedoch einen Filmriss und erinnerte mich an nichts mehr zwischen meinem fünften Glas Wein und dem Augenblick, in dem ich auf dem Fußboden eines dunklen Kellers aufwachte, bekleidet mit einer Jogginghose und einem Collegepullover, die ich noch nie gesehen hatte, auf einem mit Handtüchern bedeckten Federbett liegend. Meine eigenen Kleider lagen in einem Bündel neben mir und waren über und über mit Erbrochenem bespritzt. Ich erhaschte einen Blick auf eine Waschmaschine an der Wand, einen Korb mit dreckiger Wäsche daneben, eine Gefriertruhe an der anderen Wand, diverse Regenhosen und Regenjacken auf ihrem Deckel. Darüber hinaus gab es dort auch noch einen Stapel Krebsreusen, einen Kescher, eine Angelrute und ein Regal mit Werkzeug und Schrott. Diese Umgebung, so neu für mich, nahm ich mit einem einzigen schweifenden Blick wahr, ehe ich ausgeruht und mit einem vollkommen klaren Kopf erwachte. Ein paar Schritte hinter mir stand eine Tür einen Spaltbreit offen. Ich öffnete sie und gelangte in die Küche, wo Stig und Liv mit ineinandergeflochtenen Händen saßen und glücklich glühten.

»Hallo«, sagte ich.

»Na, wenn das nicht Garfield ist«, erwiderte Stig. »Wie geht es dir?«

»Gut«, sagte ich. »Was ist passiert?«

»Du erinnerst dich nicht?«

Ich schüttelte den Kopf.

»An nichts?«

Er lachte. Im selben Moment kam Jan Vidar aus dem Wohnzimmer herein.

»Hi«, sagte er.

»Hi«, sagte ich.

Er grinste.

»Hi, Garfield«, meinte er.

»Was soll das mit Garfield eigentlich?«, fragte ich.

»Erinnerst du dich nicht?«

»Nein. Ich erinnere mich an gar nichts. Aber mir ist klar, dass ich mich übergeben haben muss.«

»Wir haben ferngesehen. Einen Garfield-Film. Dann bist du aufgestanden und hast dir auf die Brust geschlagen und gerufen, *I'm Garfield.* Dann hast du dich wieder hingesetzt und gelacht. Und dann hast du das nochmal gemacht. *I'm Garfield! I'm Garfield!* Und dann hast du gekotzt. Im Wohnzimmer. Auf den Teppich. Und danach bist du verdammt nochmal eingeschlafen. Knall auf Fall. In einer Pfütze. Und warst absolut nicht mehr wachzukriegen.«

»Oh, Scheiße«, sagte ich. »Tut mir leid.«

»Halb so wild«, meinte Stig. »Den Teppich kann man reinigen. Jetzt müssen wir erst einmal zusehen, dass ihr nach Hause kommt.«

Erst da packte mich die Angst.

»Wie viel Uhr ist es?«, sagte ich.

»Fast eins.«

»Erst eins? Super. Um eins sollte ich zu Hause sein. Dann komme ich ja nur ein paar Minuten zu spät.«

Stig hatte nichts getrunken, und wir folgten ihm zum Auto, setzten uns hinein, Jan Vidar vorne und ich hinten.

»Erinnerst du dich wirklich an nichts?«, sagte Jan Vidar, als wir losfuhren.

»Nein, verdammt, an nichts.«

Das machte mich stolz. Die ganze Geschichte, was ich gesagt und was ich getan hatte, sogar das Kotzen, machte mich stolz. Es kam dem Menschen nahe, der ich sein wollte. Als Stig jedoch am Briefkastenständer anhielt und ich den dunklen Weg in fremden Kleidern hinaufging, während meine eigenen in einer Tüte an meiner Hand baumelten, hatte ich Angst.

Hoffentlich waren sie schon im Bett. Hoffentlich waren sie schon im Bett.

Und es sah tatsächlich ganz danach aus. In der Küche brannte jedenfalls kein Licht mehr, und das löschten sie immer als Letztes, bevor sie schlafen gingen. Als ich die Tür öffnete und mich in den Flur schob, hörte ich jedoch ihre Stimmen. Sie saßen im ersten Stock, auf der Couch vor dem Fernseher, und unterhielten sich. Das taten sie sonst nie.

Hatten sie auf mich gewartet? Wollten sie mich kontrollieren? Meinem Vater war es durchaus zuzutrauen, dass er mich bitten würde, ihn anzuhauchen. Das hatten seine Eltern jedenfalls bei ihm getan, worüber sie heute lachten, aber damals mit Sicherheit nicht.

Sich an ihnen vorbeizuschleichen war schlicht unmöglich, da die Treppe direkt neben ihnen endete. Also konnte ich den Stier genauso gut bei den Hörnern packen.

»Hallo?«, sagte ich. »Ihr seid noch auf?«

»Hallo, Karl Ove«, meldete sich Mutter.

Ich stieg langsam die Treppe hinauf und blieb stehen, als ich in ihr Blickfeld gelangte.

Sie saßen nebeneinander auf der Couch, Vaters Arm lag auf der Couchlehne.

»War es schön?«, sagte Mutter.

Sah sie es nicht?

Ich konnte es nicht fassen.

»Es war okay«, antwortete ich und machte ein, zwei Schritte. »Wir haben ferngesehen und Lasagne gegessen.«

»Schön«, sagte Mutter.

»Aber jetzt bin ich ziemlich müde«, erklärte ich. »Ich glaube, ich gehe sofort ins Bett.«

»Tu das«, sagte sie. »Wir gehen auch gleich ins Bett.«

Ich stand vier Meter von ihnen entfernt in einer fremden Jogginghose, einem fremden Collegesweater, mit meinen eigenen bekotzten Kleidern, die nach Suff stanken, in einer Plastiktüte. Trotzdem sahen sie es nicht.

»Na dann, gute Nacht«, sagte ich.

»Gute Nacht«, erwiderten sie.

Damit war die Sache erledigt. Ich wusste nicht, wie mir geschah, aber ich nahm das Geschenk dankbar an. Die Tüte mit den Kleidern versteckte ich im Schrank, und als ich das nächste Mal alleine zu Hause war, wusch ich die Klamotten in der Badewanne aus, hängte sie zum Trocknen in den Schrank in meinem Zimmer und legte sie anschließend wie üblich in den Wäschekorb.

Nicht ein Wort von irgendwem.

Das Trinken tat mir gut, es setzte Dinge in Gang. Und ich gelangte in etwas hinein, ein Gefühl von … nicht unbedingt von Unendlichkeit, aber doch von, tja, etwas Unerschöpflichem. Etwas, in das ich immer weiter hineingehen konnte. Das Gefühl war vollkommen klar und deutlich.

Hindernislos. Das war es, wohin ich vorstieß, in einen hindernislosen Zustand.

Deshalb war ich voller Vorfreude. Und obwohl es damals letztlich gutgegangen war, hatte ich diesmal ein paar Vorkehrungen getroffen. Ich würde Zahnbürste und Zahncreme mitnehmen und hatte Eukalyptuspastillen, Freshmint und Kaugummi gekauft. Außerdem würde ich ein zweites Hemd mitnehmen.

Im Wohnzimmer unter mir ertönte die Stimme meines Vaters. Ich setzte mich auf, streckte die Arme über dem Kopf aus, bog sie nach hinten und reckte sie danach so weit, wie es eben ging, erst den einen, dann den anderen. Die Glieder schmerzten, sie hatten mir schon den ganzen Herbst über wehgetan. Ich wuchs. Auf dem Klassenfoto der neunten Klasse, im Spätfrühling aufgenommen, war ich von durchschnittlicher Größe gewesen. Nun näherte ich mich plötzlich einem Meter neunzig. Meine große Sorge war, dass dort nicht Schluss sein würde und ich einfach immer weiter wachsen könnte. In der Stufe über mir gab es einen, der fast zwei Meter zehn groß und dürr wie eine Bohnenstange war. Mehrmals täglich dachte ich mit Schrecken daran, dass ich so enden könnte wie er. Manchmal betete ich zu Gott, an den ich nicht glaubte, dass es nicht so kommen möge. Ich glaubte zwar nicht an Gott, aber ich hatte zu ihm gebetet, als ich klein war, und wenn ich es jetzt tat, kam es mir vor, als erwachte etwas von der Hoffnung des Kindes zum Leben. Lieber Gott, lass mich aufhören zu wachsen, flehte ich. Lass mich ein Meter neunzig groß werden, lass mich einen Meter einundneunzig oder zweiundneunzig groß werden, aber nicht mehr! Wenn du dafür sorgst, verspreche ich, so gut zu sein, wie ich nur kann. Lieber Gott, lieber Gott, hörst du mich?

Oh, ich wusste, es war dumm, aber ich tat es trotzdem, denn die Furcht war nicht dumm, sie war bloß schmerzlich. Ein anderes, noch größeres Grauen zu jener Zeit stellte sich ein, als ich entdeckte, dass mein Schwanz schräg aufwärts zeigte, wenn ich einen Ständer hatte. Ich war missgebildet, er war verbogen, und unwissend, wie ich war, wusste ich nicht, ob man daran durch eine Operation etwas ändern könnte oder welche anderen Möglichkeiten es geben mochte. Nachts stand ich auf, ging ins Badezimmer hinunter und brachte ihn zum Stehen, um zu schauen, ob er sich verändert hatte. Aber nein, nie. Zum Teufel, er lag ja fast auf dem Bauch! Und war er nicht auch ein bisschen krumm? Krumm und schief wie eine verdammte Wurzel im Wald, was bedeutete, dass ich niemals mit jemandem schlafen können würde. Da dies jedoch im Grunde das Einzige war, was ich wirklich wollte oder wovon ich träumte, war meine Verzweiflung entsprechend groß. Mir kam natürlich der Gedanke, dass ich ihn nach unten ziehen könnte. Also versuchte ich es und presste ihn so fest hinab, wie ich konnte, bis es wehtat. Er wurde gerader. Aber es tat weh. Und man konnte ja wohl kaum so die Hand auf den Schwanz gelegt mit einem Mädchen schlafen? Was zum Teufel sollte ich tun?

Konnte ich überhaupt etwas tun? Die Sache nagte an mir. Jedesmal, wenn ich einen Ständer hatte, wuchs meine Verzweiflung. Lag ich irgendwo auf einer Couch und knutschte mit einem Mädchen und hatte vielleicht auch die Finger unter ihren Pullover geschoben, und der Schwanz drückte steif wie ein Stock gegen das Hosenbein, wusste ich, dies war das Äußerste, was ich erreichen konnte, und es würde immer das Äußerste bleiben, was sich je erreichen ließe. Das war schlimmer als Impotenz, denn es machte mich nicht nur handlungsunfähig, sondern war außerdem grotesk. Aber konnte ich Gott im Gebet darum bitten, dass es aufhören möge? Ja, am Ende konnte ich Gott auch darum bitten. Lieber Gott, betete ich. Lieber Gott, mach, dass sich mein Geschlechtsorgan begradigt, wenn es sich mit Blut füllt. Ich bitte dich darum nur ein Mal. Also tu mir bitte den Gefallen und lass meinen Wunsch in Erfüllung gehen.

Als ich dann ins Gymnasium kam, wurden alle Erstklässler eines Morgens in der Gimle-Halle auf der Tribüne versammelt, ich weiß nicht mehr, aus welchem Anlass, aber einer der Lehrer, ein in Kristiansand berüchtigter Nudist, der sein Haus, erzählte man sich, in einem Sommer nur mit einer Krawatte bekleidet gestrichen hatte, und ansonsten nachlässig, provinzbohemienartig gekleidet war und weiße, lockig zerzauste Haare hatte, las uns ein Gedicht vor, ging an den Reihen der Tribüne entlang und deklamierte und besang plötzlich, zur allgemeinen Erheiterung, den Schwanz, der sich schräg aufrichtete.

Ich lachte nicht. Ich glaube, mir fiel die Kinnlade herunter, als ich die Worte hörte. Mit offenem Mund und leeren Augen saß ich da, während die Erkenntnis in mir langsam Gestalt annahm. Alle Ständer sind schräg. Und wenn schon nicht alle, dann doch immerhin so viele, dass dies in einem Gedicht besungen werden konnte.

Woher kam das Groteske? Nur zwei Jahre vorher, als wir hergezogen waren, war ich ein kleiner Dreizehnjähriger mit glatter Haut gewesen, der kein *R* sprechen konnte und mehr als zufrieden war, an seinem neuen Wohnort, an dem mich vorläufig noch niemand auf dem Kieker hatte, schwimmen zu gehen und Rad zu fahren und Fußball zu spielen. Im Gegenteil, an den ersten Schultagen wollten alle mit mir reden, ein neuer Schüler war dort ein seltenes Phänomen, alle fragten sich natürlich, wer ich war und was ich konnte. An den Nachmittagen und Wochenenden kamen manchmal Mädchen den ganzen weiten Weg von Hamresanden mit dem Fahrrad, nur um mich zu treffen. Ich spielte Fußball mit Per, Trygve, Tom und William, und dann kam jemand auf der Straße angeradelt, zwei Mädchen, wo wollten sie hin? Unser Haus war das letzte, dahinter gab es nur Wald, dann zwei weitere Höfe, dahinter Wald, Wald und nochmal Wald. Sie sprangen von ihren Fahrrädern, schauten zu uns herüber, verschwanden hinter den Bäumen. Kamen bergab radelnd wieder näher, hielten, spähten zu uns herüber.

»Was wollen die?«, sagte Trygve.

»Die sind gekommen, um sich Karl Ove anzusehen«, antwortete Per.

»Das soll ja wohl ein Witz sein«, sagte Trygve. »Die sind doch nicht deshalb den weiten Weg von Hamresanden gekommen. Das sind zehn Kilometer!«

»Warum sollten sie sonst hier hochkommen? Jedenfalls sind sie bestimmt nicht gekommen, um dich anzusehen«, erwiderte Per. »Du bist ja immer schon hier gewesen.«

Wir betrachteten die beiden, die sich einen Weg durch die Sträucher bahnten. Die eine trug eine rosa Jacke, die andere eine hellblaue. Große Haarmähnen.

»Ach, was soll's«, sagte Trygve. »Kommt, wir spielen.«

Und so spielten wir weiter auf unserer Landzunge im Fluss, wo der Vater von Per und Tom zwei Tore gezimmert hatte. Als die Mädchen den Schilfgürtel erreichten, der hundert Meter hinter uns lag, blieben sie stehen. Ich wusste, wer sie waren, aber sie waren nicht besonders hübsch, also ignorierte ich sie, und nachdem sie etwa zehn Minuten dort hinten im Schilf gestanden hatten wie seltsame Vögel, kehrten sie um und radelten heim. Ein anderes Mal, eine Woche später, kamen drei Mädchen zu uns herauf, als wir in der großen Lagerhalle der Parkettfabrik waren und jobbten. Wir stapelten kleine Bretterenden auf Paletten, jede Lage durch Latten getrennt, es war Akkordarbeit, und als ich lernte, jedesmal einen Armvoll so auszuwerfen, dass sie sich von selbst nebeneinander legten, sprang dabei tatsächlich ein bisschen Geld heraus. Wir konnten kommen und gehen, wie wir wollten, so dass wir oft auf dem Heimweg von der Schule vorbeischauten und eine Palette machten, nach Hause gingen und aßen, zurückkehrten und für den restlichen Abend blieben. Wir waren so geldgierig, dass wir am liebsten jeden Abend und an allen Wochenenden gearbeitet hätten, aber oft gab es keine Arbeit für uns, entweder weil wir das Lager vollgestapelt hatten oder weil die Fabrikarbeiter selbst in ihrer normalen Arbeitszeit tätig geworden waren. Pers Vater arbeitete in der Verwaltung, so dass uns entweder durch ihn oder durch William, dessen Vater Lkw-Fahrer in der Fabrik war, die erlösende Nachricht erreichte: Es gibt Arbeit. An einem solchen Abend kamen die drei Mädchen zu uns in die Halle. Auch sie wohnten in Hamresanden. Diesmal war ich vorgewarnt, denn es ging das Gerücht, eins der Mädchen in der siebten Klasse sei an mir interessiert, und nun stand sie also hier, um einiges freimütiger als die beiden hühnerhaften Mädchen im Schilf, denn Line, wie sie hieß, kam geradewegs auf mich zu, legte die Arme auf den Rahmen um die Palette, stand vor mir, kaute selbstsicher auf einem Kaugummi und beobachtete mein Tun, während ihre beiden Freundinnen im Hintergrund blieben. Als mir zu Ohren gekommen war, dass sie sich für mich interessierte, hatte ich überlegt, dass ich zuschlagen musste, denn auch wenn sie erst in die siebte Klasse ging, war ihre Schwester doch ein Fotomodell, und auch wenn sie selbst noch nicht so weit war, würde sie doch sicher bald gut aussehen. Alle sagten über sie, dass sie in naher Zukunft gut aussehen würde, alle priesen ihr Potenzial. Sie war schlank und hatte lange Beine und lange, dunkle Haare, war blass, hatte hohe Wangenknochen und einen unverhältnismäßig großen Mund. Dieses Langgliedrige, leicht Baumelnde und Käferartige an ihr machte mich skeptisch. Aber ihre Hüften waren hübsch, genau wie der Mund und die Augen. Es sprach auch noch gegen sie, dass sie kein *R* sprechen konnte und etwas leicht Dümmliches oder Schwerfälliges an sich hatte. Dafür war sie bekannt. Gleichzeitig war sie in ihrer Klasse beliebt, die anderen Mädchen waren gern mit ihr zusammen.

»Hallo«, sagte sie. »Ich komme dich besuchen. Freust du dich?«

»Das sehe ich«, erwiderte ich, wandte mich zur Seite, legte mir einen Stapel Bretter auf den Unterarm, warf sie in den Rahmen, wo sie sich hübsch anordneten, schob die herausstehenden Enden hinein und griff nach einem neuen Stapel.

»Wie viel verdient ihr denn hier in der Stunde?«, sagte sie.

»Wir arbeiten im Akkord«, antwortete ich. »Wir bekommen zwanzig Kronen für einen Stapel mit zwei, vierzig für einen mit vier Lagen.«

»Aha«, sagte sie.

Per und Trygve, die in ihre Parallelklasse gingen und sich wiederholt abfällig über sie und ihre Clique geäußert hatten, standen ein paar Meter entfernt und arbeiteten. Mir schoss durch den Kopf, dass sie wie Zwerge aussahen. Kleinwüchsig, gebückt, verbissen standen sie inmitten dieser riesigen Halle voller Paletten an allen Seiten, die bis zur Decke gingen, und arbeiteten.

»Magst du mich?«, sagte sie.

»Was heißt hier mögen?«, erwiderte ich. Als ich sie zur Tür hatte hereinkommen sehen, hatte ich im selben Moment beschlossen, mich auf sie einzulassen, aber jetzt, als sie vor mir stand und der Weg frei war, schaffte ich es trotzdem nicht, ihn einzuschlagen, schaffte ich es trotzdem nicht, das Notwendige zu tun. Sie war in einer Weise, die ich nicht wirklich verstand, aber dennoch spürte, weitaus kultivierter als ich. Okay, ein bisschen dumm war sie möglicherweise auch, aber sie war kultiviert. Und mit dieser kultivierten Art von ihr konnte ich nicht umgehen.

»Ich mag dich«, sagte sie. »Aber das hast du sicher schon gehört.«

Ich bückte mich, rückte eine der Latten gerade und lief völlig unerwartet rot an.

»Nein«, erwiderte ich.

Daraufhin sagte sie eine Weile nichts mehr, hing nur über den Rahmen gebeugt und kaute Kaugummi. Ihre Freundinnen neben dem Bretterstapel wirkten ungeduldig. Schließlich richtete sie sich auf.

»Na, dann eben nicht«, sagte sie, drehte sich um und ging.

Dass ich meine Chance vertan hatte, war halb so wild, schlimmer fand ich, wie es geschehen war, dass ich mich unfähig gezeigt hatte, das letzte Stück des Wegs zu gehen, diese letzte Brücke zu überqueren. Und als sich das Interesse an mir als etwas Neuem gelegt hatte, wurde mir nichts mehr geschenkt. Im Gegenteil, die alten Urteile über mich schlichen sich langsam wieder ein. Ich ahnte, dass sie in der Nähe waren, hörte ihren Nachhall, obwohl es keinen Kontakt zwischen den beiden Orten gab, an denen ich gewohnt hatte. Schon seit dem ersten Schultag hatte ich ein ganz bestimmtes Mädchen im Auge, sie hieß Inger, hatte schmale, schöne Augen, einen dunklen Teint und eine kindlich kleine Nase, die sich von den ansonsten langen, abgerundeten Zügen ihres Gesichts absetzte, und strahlte Unnahbarkeit aus, es sei denn, sie lächelte. Sie hatte ein befreiendes und sanftes Lächeln, das ich bewunderte und unendlich attraktiv fand, zum einen, weil es mich oder Leute wie mich nicht einschloss, sondern Teil ihres innersten Wesens war, an dem nur sie und ihre Freunde Anteil hatten, und zum anderen, weil ihre Oberlippe sich dabei eine Spur verzog. Sie ging in die Klasse unter mir, und im Laufe der zwei Jahre, die ich diese Schule besuchte, wechselte ich kein einziges Wort mit ihr. Stattdessen ging ich mit ihrer Cousine Susanne. Sie war in der Parallelklasse und wohnte in einem Haus auf der anderen Seite des Flusses. Sie hatte eine spitze Nase, einen kleinen Mund und etwas hasenartige Schneidezähne, aber ihre Brüste waren üppig und hübsch, die Hüften von perfekter Breite und die Augen herausfordernd, irgendwie war ihnen immer klar, was sie wollten. Es ging oft darum, sich mit anderen zu messen. Während Inger in all ihrer Unnahbarkeit voller Geheimnisse und Mystik war und ihre Anziehungskraft fast ausschließlich darauf beruhte, was ich nicht wusste, nur ahnte oder mir erträumte, war Susanne eher eine Ebenbürtige, Gleichgesinnte. Ihr gegenüber hatte ich weniger zu verlieren, weniger zu fürchten, allerdings auch weniger zu gewinnen. Ich war vierzehn, sie war fünfzehn, und im Laufe weniger Tage kamen wir zusammen, wie es in diesem Alter eben manchmal so ist. Kurze Zeit später ging Jan Vidar dann mit ihrer Freundin Margarethe. Unsere Beziehungen spielten sich an einem

Ort zwischen Kinder- und Jugendwelt ab, und die Grenzen zwischen beiden waren fließend. Morgens im Schulbus saßen wir zusammen, wenn die ganze Schule bei der freitäglichen Morgenversammlung anwesend war, saßen wir zusammen, wir radelten gemeinsam zum Konfirmationsunterricht, der einmal in der Woche in der Kirche stattfand, und wir hingen hinterher gemeinsam an einer Straßenkreuzung oder auf dem Parkplatz vor dem Geschäft herum, alles Situationen, in denen die Unterschiede zwischen uns heruntergespielt wurden und Susanne und Margarethe eine Art Schulkameraden waren. An den Wochenenden war das jedoch anders, denn dann gingen wir in der Stadt ins Kino oder saßen in irgendeinem Partykeller und aßen Pizza und tranken Cola, während wir eng umschlungen fernsahen oder Musik hörten. Dann rückte näher, woran alle dachten. Was nur ein paar Wochen zuvor ein Riesenschritt gewesen war, der Kuss, angesichts dessen Jan Vidar und ich verschiedene Vorgehensweisen diskutiert hatten, praktische Details, zum Beispiel, ob man sich besser links oder rechts von ihr setzte, was wir sagen konnten, um den Prozess einzuleiten, der zum Kuss führen sollte, oder ob es womöglich besser wäre, es zu tun, ohne ein Wort zu sagen, war längst erreicht und inzwischen fast mechanisch festgelegt worden; nachdem wir Pizza oder Lasagne gegessen hatten, saßen die Mädchen auf unserem Schoß, und wir begannen zu knutschen. Ab und zu legten wir uns auch auf die Couch, ein Paar auf jeder Seite, wenn wir uns sicher waren, dass niemand kommen würde.

Eines Freitagabends war Susanne alleine zu Hause. Jan Vidar radelte am Nachmittag zu mir herauf, und von uns aus gingen wir am Fluss entlang bergaufwärts, überquerten die schmale Fußgängerbrücke und erreichten das Haus, in dem sie wohnte und die beiden uns nun erwarteten. Ihre Eltern hatten Pizza gebacken, wir aßen sie, Susanne setzte sich auf meinen Schoß, Margarethe auf Jan Vidars, die Stereoanlage spielte Dire Straits' *Telegraph Road*, und wir knutschten so lange im Wohnzimmer, dass es mir wie eine Ewigkeit vorkam. *Ich liebe dich, Karl Ove*, flüsterte sie mir schließlich ins Ohr. *Sollen wir in mein Zimmer gehen?* Ich nickte, und wir standen auf und hielten uns an den Händen.

»Wir gehen in mein Zimmer«, sagte sie zu den beiden anderen. »Dann habt ihr hier ein bisschen eure Ruhe.«

Sie blickten zu uns auf und nickten. Dann küssten sie sich weiter. Die langen schwarzen Haare Margarethes bedeckten fast vollständig Jan Vidars Gesicht. Die Zungen kreisten und kreisten in ihren Mündern. Er strich ihr über den Rücken, auf und ab, saß ansonsten regungslos. Susanne lächelte mich an, drückte meine Hand fester und führte mich durch den Flur in ihr Zimmer. Dort war es dunkel und kälter. Ich war nicht das erste Mal dort und war gerne bei ihnen, obwohl ihre Eltern immer zu Hause gewesen waren und wir im Prinzip nichts anderes getan hatten als das, was Jan Vidar und ich sonst auch immer machten, will sagen zusammenzusitzen und uns zu unterhalten, ins Wohnzimmer zu gehen und mit den Eltern fernzusehen, in der Küche ein paar Brote zu essen und lange Spaziergänge am Fluss zu unternehmen, denn es war nicht Jan Vidars dunkles, nach Schweiß riechendes Zimmer mit seinem Verstärker und seiner Stereoanlage, seinen Gitarren und Platten, seinen Gitarrennoten und Comics, in dem wir saßen, es war Susannes helles, nach Parfüm duftendes Zimmer mit der weißen Blümchentapete an den Wänden, der bestickten Decke auf dem Bett, dem weißen Regal mit den Schmuckgegenständen und Büchern, dem weißen Schrank, in dem ihre Kleider säuberlich aufgestapelt und aufgehängt waren. Wenn ich eine ihrer Jeans darin sah oder über dem Stuhlrücken daneben hängend, musste ich schlucken, denn diese Hose würde sie tragen, über Schenkel und Hüften ziehen, sie würde den Reißverschluss schließen und die Jeans zuknöpfen. Ihr Zimmer war voll solcher Verheißungen, die ich innerlich kaum in Worte zu fassen vermochte, es war vielmehr so, dass sie Gefühlswellen durch mich rollen ließen. Es gab aber auch noch andere Gründe dafür, dass ich sie gerne besuchte. So behandelten mich ihre Eltern immer freundlich, und etwas im Ton dieser Familie ließ mich erkennen, dass sie auf mich zählten. Ich war ein Mensch in Susannes Leben, jemand, von dem sie ihren Eltern und ihrer jüngeren Schwester erzählte.

Jetzt ging sie durchs Zimmer und schloss das Fenster. Draußen hing Nebel, sogar die Lampen im Nachbarhaus waren fast im Grau verschwunden. Auf der abwärts führenden Straße fuhren einige Autos vorbei, ihre Stereoanlagen wummerten. Dann wurde es wieder still.

»Tja«, sagte ich.

Sie lächelte.

»Tja«, sagte sie und setzte sich auf die Bettkante. Ich erwartete nichts, bloß dass wir hier liegen konnten statt aufeinander zu sitzen. Einmal hatte ich eine Hand unter ihre Steppjacke geschoben und sie auf ihre Brust gelegt, woraufhin sie Nein gesagt und ich sie wieder fortgenommen hatte. Ihr Nein war nicht schneidend oder vorwurfsvoll gewesen, eher bestätigend, als hätte es auf ein Gesetz verwiesen, das über uns stand. Wir knutschten, das war alles, und obwohl ich immer dazu bereit war, wenn wir uns trafen, hatte ich doch schnell genug davon. Nach einer Weile stellte sich ein fast erstickendes Gefühl ein, denn dieser Knutscherei haftete etwas Blindes und Unerlöstes an, alles in mir sehnte sich nach einem Weg hinaus, den es gab, das wusste ich, der aber nicht beschritten werden konnte. Ich wollte weiter, musste aber die ganze Zeit dort bleiben, im Tal der rotierenden Zungen und der ständig in mein Gesicht fallenden Haare.

Ich setzte mich neben sie. Sie lächelte mich an. Ich küsste sie, und sie schloss die Augen und sank auf das Bett zurück. Ich schob mich auf sie, spürte ihren weichen Körper unter meinem, sie stöhnte leise, war ich ihr etwa zu schwer? Ich legte mich stattdessen neben sie, mit einem Bein auf ihren Beinen. Strich mit der Hand über ihre Schulter und den Arm. Als meine Hand ihre Finger erreichte, drückte sie diese fest. Ich zog den Kopf zurück und öffnete die Augen. Sie sah mich an. Ihr Gesicht, im Zwielicht weiß, war ernst. Ich lehnte mich vor und küsste ihren Hals. Das hatte ich noch nie getan. Ließ den Kopf auf ihrer Brust ruhen, strich mit der Hand über ihre Hüften. Sie wand sich ein bisschen. Ich hob ihren Pullover an und legte die Hand auf ihren Bauch. Lehnte mich vor und küsste ihn. Sie griff nach dem Saum ihres Pullovers und zog ihn sachte hoch. Ich traute meinen Augen nicht. Dort, direkt vor mir, lagen ihre nackten Brüste. Im Wohnzimmer wurde wieder *Telegraph Road* aufgelegt. Ich zögerte nicht, sondern schloss den Mund um sie. Erst um die eine, dann um die andere. Ich rieb meine Wangen an ihnen, leckte sie, saugte an ihnen, legte schließlich meine Hände auf sie und küsste Susanne, die ich für Sekunden völlig vergessen hatte. Weiter als bis zu diesem Punkt hatten sich meine Träume und Fantasien niemals erstreckt, und jetzt hatte ich ihn erreicht, aber nach zehn Minuten entstand die gleiche Sättigung, plötzlich war es nicht mehr genug, selbst das nicht, egal, wie groß es war, ich wollte weiter, wohin auch immer, und machte einen Versuch und begann am Knopf ihrer Hose zu nesteln. Er ging auf, sie sagte nichts, blieb weiter mit geschlossenen Augen liegen, den Pullover bis unters Kinn gezogen. Ich öffnete den Reißverschluss. Der weiße Slip darunter wurde sichtbar. Ich schluckte schwer, packte die Hose an den Hüften und zog sie herab. Sie sagte nichts. Wand sich nur ein wenig, damit die Hose leichter auszuziehen war. Als sie an den Knien hing, legte ich die Hand auf ihren Slip. Spürte die weichen Haare darunter. *Karl Ove*, sagte sie. Ich legte mich wieder auf sie, wir küssten uns, und während wir uns küssten, zog ich den Slip herunter, nicht viel, aber weit genug, um einen Finger hineinzubekommen, der über die Haare nach unten glitt, und als ich das Feuchte und Glatte an meiner Fingerspitze spürte, war es im selben Moment, als würde etwas in mir zerbersten. Ein Schmerz schoss in meinen Bauch, und Krämpfe durchzuckten meinen Unterleib. In der nächsten Sekunde war alles, worin ich mich befand, fremd. Vom einen Augenblick zum nächsten verloren die nackten Brüste und ihre nackten Schenkel jeglichen Sinn. Aber ich sah ihr an, dass sie es nicht so empfand, sie lag wie zuvor, mit geschlossenen Augen, halb geöffnetem Mund, schwer atmend, mitten in dem, worin ich kurz zuvor auch gewesen war, nun aber nicht mehr war.

»Was ist?«, sagte sie.

»Nichts«, antwortete ich. »Aber sollen wir vielleicht wieder zu den anderen gehen?«

»Nein«, meinte sie. »Wir warten noch was.«

»Okay«, sagte ich.

Also machten wir weiter. Wir küssten uns, aber das löste in mir nichts mehr aus, ich hätte genauso gut eine Scheibe Brot abschneiden können, ich küsste ihre Brüste, es löste nichts aus, alles war eigenartig neutral, ihre Brustwarzen waren Brustwarzen, ihre Haut war Haut, der Nabel war ein Nabel, doch dann, zu meiner Verblüffung und Freude, verwandelte sich alles an ihr plötzlich wieder zurück. Und wieder gab es nichts, was ich lieber tun wollte, als dort zu liegen und alles zu küssen, was sich mir bot.

Das war der Moment, in dem jemand an die Tür klopfte.

Wir setzten uns auf, sie zog die Hose schnell hoch und den Pullover herunter.

Es war Jan Vidar.

»Kommt ihr?«, sagte er.

»Ja«, antwortete Susanne. »Wir kommen gleich. Einen Moment noch.«

»Es ist nämlich schon halb elf«, sagte er. »Mir wäre es ganz lieb, weg zu sein, wenn deine Eltern nach Hause kommen.«

Während Jan Vidar seine Platten wieder in die Hüllen steckte und in die Plasiktüte legte, begegnete ich Susannes Blick und lächelte sie an. Als wir fertig angezogen im Flur standen und den Mädchen einen Abschiedskuss geben wollten, zwinkerte sie mir zu.

»Bis morgen!«, sagte sie.

Draußen nieselte es. Das Licht der Straßenlaternen, unter denen wir gingen, vereinte sich irgendwie mit jedem einzelnen der kleinen Wasserpartikel in großen, glorienartigen Kreisen.

»Und?«, sagte ich. »Wie ist es gelaufen?«

»Wie immer«, antwortete Jan Vidar. »Wir haben geknutscht. Ich weiß nicht, ob ich noch lange mit ihr zusammen sein will.«

»Nein«, sagte ich. »Du bist ja auch nicht richtig verliebt.«

»Bist du denn verliebt?«

Ich zuckte mit den Schultern.

»Vielleicht nicht.«

Wir erreichten die Hauptstraße und folgten ihr das Tal hinauf. Auf der einen Seite lag ein Hof, die durchnässte Erde, die entlang der Straße im Licht glänzte, verschwand dahinter in der Dunkelheit und tauchte erst wieder an der Scheune auf, die hell erleuchtet war. Auf der anderen Seite standen am Fluss zwei alte Häuser mit Gärten.

»Und wie ist es bei dir gelaufen?«, erkundigte sich Jan Vidar.

»Ziemlich gut«, sagte ich. »Sie hat ihren Pullover ausgezogen.«

»Was sagst du da? Ist das wahr?«

Ich nickte.

»Du lügst, du Arsch! Das hat sie nicht getan.«

»Doch.«

»Susanne doch nicht?«

»Doch.«

»Und was hast du dann gemacht?«

»Ihre Brüste geküsst. Was denn sonst?«

»Du Schwein. Das hast du nicht getan.«

»Doch.«

Ich hatte nicht das Herz, ihm zu erzählen, dass sie auch den Slip ausgezogen hatte. Wenn er bei Margarethe weitergekommen wäre, hätte ich es ihm gesagt. Aber da dies nicht der Fall gewesen war, wollte ich nicht überheblich wirken. Außerdem hätte er mir ohnehin nicht geglaubt. Nie im Leben.

Ich konnte es selbst kaum glauben.

»Und wie waren sie?«, sagte er.

»Was?«

»Na, ihre Brüste!«

»Sie waren schön. Nicht zu klein und fest. Obwohl sie lag, standen sie hoch.«

»Du dreckiges Arschloch. Das ist nicht wahr.«

»Doch, verdammt.«

»Verdammt.«

Daraufhin schwiegen wir eine ganze Weile. Gingen über die Hängebrücke, wo der Fluss, so glänzend und schwarz, lautlos anschwoll, über das Erdbeerfeld und auf die asphaltierte Straße, die nach einer scharfen Kurve einen steilen Engpass hinaufführte, in dem sich die schwarzen Fichten über sie neigten, und dann, nach zwei Kehren auf der Kammhöhe, an unserem Haus vorbeilief. Alles war dunkel und schwer und nass, außer dem Wissen um das Geschehene, das alles durchschnitt und meine Gedanken perlend ins Licht hob. Jan Vidar hatte sich mit meiner Erklärung zufriedengegeben, und in mir brannte die Lust, ihm zu erzählen, dass ihre Brüste nicht alles gewesen waren, dass noch mehr passiert war, aber als ich seine finstere Miene sah, hielt ich mich zurück. Andererseits war es auch schön, dass Susanne und ich auf die Art ein gemeinsames Geheimnis hatten. Gleichzeitig beunruhigten mich diese Krämpfe. Ich hatte kaum Haare auf dem Schwanz, nur ein paar lange, schwarze, ansonsten war dort vor allem Flaum, und es gehörte zu den Dingen, die ich fürchtete, dass dies den Mädchen und natürlich vor allem Susanne zu Ohren kommen könnte. Ich wusste, dass ich erst mit jemandem schlafen konnte, wenn genügend Haare da waren, weshalb ich die Krämpfe als eine Art falschen Samenerguss deutete, dass ich mehr getan hatte und weiter gegangen war, als mein Pimmel eigentlich erlaubte. Deshalb hatte es wehgetan. Ich hatte eine Art »trockenen« Erguss gehabt. Soweit ich wusste, konnte dies gefährlich sein. Andererseits war meine

Unterhose nass. Das mochte zwar Pisse sein, aber es konnte auch Sperma sein. Vielleicht sogar Blut? Die beiden letzteren Möglichkeiten erschienen mir unwahrscheinlich, da ich ja nicht geschlechtsreif war, und von Bauchschmerzen hatte ich bis zu dem Augenblick nichts gemerkt. Aber wehgetan hatte es, und das beunruhigte mich.

Jan Vidar hatte sein Fahrrad vor der Garage abgestellt, und wir blieben dort stehen und unterhielten uns noch ein bisschen, bis er nach Hause fuhr und ich hineinging. Yngve war an dem Wochenende zu Hause, ich sah durchs Fenster, dass er mit meiner Mutter in der Küche saß. Vater war bestimmt in seiner Wohnung in der Scheune. Nachdem ich Jacke und Schuhe ausgezogen hatte, ging ich auf die Toilette, schloss die Tür ab, zog meine Hose bis zu den Knien hinunter, hob den Saum der Unterhose an und steckte den Zeigefinger in den feuchten Stoff. Er war klebrig. Ich hob den Finger hoch und rieb ihn am Daumen. Glänzend und klebrig. Er roch nach Meer.

Meer?

Musste das nicht Sperma sein?

Natürlich war das Sperma.

Ich war geschlechtsreif.

Innerlich jubelnd ging ich in die Küche.

»Möchtest du Pizza? Wir haben ein paar Stücke für dich aufgehoben«, sagte Mutter.

»Nein, danke. Wir haben da gegessen.«

»War es schön?«

»Ja«, sagte ich und konnte mir ein Lächeln nicht verkneifen.

»Er wird ja ganz rot«, sagte Yngve. »Was meinst du, vor Glück?«

»Du kannst sie ja mal zu uns einladen«, schlug Mutter vor.

»Mache ich«, erwiderte ich und lächelte einfach weiter.

Zwei Wochen später endete meine Beziehung zu Susanne. Mit Lars, meinem besten Freund auf der Insel Tromøya, hatte ich vor langer Zeit abgesprochen, Bilder von den hübschesten Mädchen dort mit Bildern von den hübschesten Mädchen hier zu tauschen. Fragt mich nicht, warum. Ich hatte die Sache völlig vergessen, als ich eines Nachmittags einen Umschlag mit Bildern in der Post fand. Passfotos von Lene, Beate, Ellen, Siv, Bente, Marianne, Anne Lisbet und wie sie alle hießen. Das waren die hübschesten Mädchen auf Tromøya. Nun galt es für mich, Bilder von den hübschesten Mädchen in Tveit zu besorgen. Tagelang diskutierte ich die Frage mit Jan Vidar und erstellte eine Liste, anschließend mussten die Fotos besorgt werden. Manche konnte ich direkt fragen, zum Beispiel Susann, die Freundin von Jan Vidars Schwester, die so alt war, dass es mich nicht kümmern musste, was sie dachte, bei anderen brachte ich Jan Vidar dazu, Freundinnen nach Bildern von ihnen zu fragen. Mir selbst waren die Hände gebunden, denn nach einer Aufnahme zu fragen, hätte geheißen, Interesse an ihnen zu zeigen, und da ich mit Susanne zusammen war, wäre ein solches Interesse so unpassend gewesen, dass es sich möglicherweise herumgesprochen hätte. Aber es gab andere Wege. Per, zum Beispiel, hatte er vielleicht Bilder von Kristin, mit der er in eine Klasse ging? Die hatte er, und auf die Art hatte ich am Ende sechs Bilder zusammengekratzt. Zahlenmäßig reichte das, aber das eigentliche Prachtstück, die Schönste von allen, Inger, die ich Lars wirklich zu gerne zeigen wollte, fehlte noch. Und Inger war eine Cousine von Susanne …

Eines Nachmittags holte ich das Fahrrad aus der Garage und fuhr zu Susanne. Wir waren nicht verabredet, und sie schien sich zu freuen, als sie herunterkam, um mich ins Haus zu lassen. Ich begrüßte ihre Eltern, und wir gingen in ihr Zimmer, setzten uns und überlegten eine Weile ergebnislos, was wir tun sollten, unterhielten uns ein bisschen über die Schule und die Lehrer, ehe ich, ganz nebenbei, mein Anliegen vorbrachte. Hatte sie eventuell ein Foto von Inger, das ich bekommen konnte?

Sie erstarrte auf ihrem Bett sitzend und blickte mich verständnislos an.

»Von Inger?«, sagte sie schließlich. »Was willst du damit?«

Ich hatte nicht damit gerechnet, dass es ein Problem geben könnte. Ich war doch mit Susanne zusammen, und wenn ich ausgerechnet sie nach einem Foto fragte, konnte dies doch nur so interpretiert werden, dass ich ehrliche Absichten verfolgte.

»Das kann ich dir nicht sagen«, erklärte ich.

Das war die Wahrheit, denn wenn ich ihr erzählte, dass ich einem Freund auf Tromøya Bilder von den acht hübschesten Mädchen in Tveit schicken wollte, würde sie erwarten, dass sie selbst dazugehörte. Das tat sie aber nicht, und das konnte ich ihr nicht sagen.

»Du bekommst erst ein Foto von Inger, wenn du mir sagst, was du damit willst«, sagte sie.

»Aber das geht nicht«, erwiderte ich. »Kannst du mir nicht einfach ein Bild von ihr geben? Es ist nicht für mich, falls du das denken solltest.«

»Für wen ist es dann?«

»Das kann ich dir nicht sagen.«

Sie stand auf. Ich begriff, dass sie außer sich war. Ihre Bewegungen waren kurz, irgendwie abgehackt, als gönnte sie mir nicht mehr die Freude, sie frei entfaltet zu sehen und so an ihrem freundlichen Überfluss teilzuhaben.

»Du bist in Inger verliebt, stimmt's?«, sagte sie.

Ich antwortete nicht.

»Karl Ove. Stimmt das? Das habe ich von vielen gehört.«

»Wir vergessen das Bild«, sagte ich. »Vergiss es.«

»Dann bist du in sie verliebt?«

»Nein«, antwortete ich. »Kann sein, dass ich in sie verliebt war, als ich hergekommen bin, ganz zu Anfang, aber jetzt nicht mehr.«

»Und was willst du dann mit dem Foto?«

»Das kann ich dir nicht sagen.«

Sie fing an zu weinen.

»Du bist es«, sagte sie. »Du bist in Inger verliebt. Ich weiß es. Ich weiß es.«

Wenn Susanne es wusste, schoss mir plötzlich durch den Kopf, musste Inger es dann nicht auch wissen?

In mir wurde eine Art Licht entfacht. Wenn sie es wusste, brauchte ein Annäherungsversuch nicht mehr so kompliziert zu sein. Auf einer Schulfete würde ich beispielsweise zu ihr gehen und sie zum Tanzen auffordern können, und sie würde wissen, worum es ging und dass sie nicht nur eine unter vielen war. Interessierte sie sich vielleicht sogar für mich?

Susanne ging schluchzend zu dem Sekretär am anderen Ende des Zimmers und zog eine Schublade auf.

»Hier hast du dein Bild«, sagte sie. »Nimm es. Ich will dich hier nie wieder sehen.«

Sie hielt sich eine Hand vors Gesicht und reichte mir mit der anderen das Foto von Inger. Ihre Schultern zitterten.

»Es ist nicht für mich«, sagte ich. »Ich schwöre es. Ich will es nicht behalten.«

»Du verdammtes Dreckschwein«, sagte sie. »Geh!«

Ich nahm das Foto.

»Dann sind wir jetzt nicht mehr zusammen?«, sagte ich.

An jenem stürmischen und eisig kalten Silvestertag, an dem ich lesend auf dem Bett lag, während ich darauf wartete, dass die abendlichen Festlichkeiten beginnen würden, waren seither zwei Jahre vergangen. Susanne hatte nur wenige Monate später einen neuen Freund. Er hieß Terje, war klein, ein wenig dicklich, hatte eine Dauerwelle und einen idiotischen Schnäuzer. Dass sie jemanden wie ihn meinen Platz einnehmen lassen konnte, war mir unverständlich. Sicher, er war achtzehn, und sicher, er hatte ein Auto, in dem sie abends und an den Wochenenden durch die Gegend fuhren, aber trotzdem: ihn lieber als mich? Einen kleinen Dicken mit einem Schnäuzer? Dann konnte Susanne mir gestohlen bleiben. So hatte ich gedacht, und so dachte ich immer noch. Aber jetzt war ich kein Kind mehr, sondern sechzehn Jahre alt, jetzt ging ich nicht mehr auf die Gesamtschule in Ve, sondern auf die Kathedralschule in Kristiansand.

Draußen erklang das schneidende, rostige Geräusch des Garagentors, das geöffnet wurde. Der Knall, als es an seinen Platz schlug, das Auto, das unmittelbar darauf ansprang und kurze Zeit im Leerlauf lief. Ich stellte mich ans Fenster und blieb dort stehen, bis ich die zwei roten Rücklichter in der Kurve verschwinden sah. Dann ging ich in die Küche hinunter und setzte Wasser in einem Kessel auf, holte ein bisschen weihnachtlichen Brotbelag heraus, Schinken, Presskopf, Lammrolle, Leberwurst, schnitt mir ein paar Scheiben Brot ab, holte mir die Zeitung aus dem Wohnzimmer, breitete sie auf dem Tisch aus und setzte mich, um sie beim Essen zu lesen. Draußen war es mittlerweile dunkel. Mit der roten Decke auf dem Tisch und den kleinen, brennenden Kerzen im Fenster war es recht gemütlich. Als das Wasser kochte, spülte ich die Teekanne mit heißem Wasser aus, gab einige Prisen Teeblätter hinein, goss das dampfende Wasser darüber und rief ins Haus:

»Mama, möchtest du auch einen Tee?«

Keine Antwort.

Ich setzte mich und aß weiter. Kurz darauf nahm ich die Teekanne und goss ein. Dunkelbraun, irgendwie holzartig, stieg der Tee an den weißen Wänden der Tasse hoch. Ein paar Blätter trieben wirbelnd mit, die anderen legten sich wie ein schwarzer Teppich auf den Boden. Ich goss Milch dazu, rührte drei Löffel Zucker ein, wartete, bis sich die Teeblätter wieder auf den Boden gelegt hatten, und trank.

Mm.

Unten auf der Straße sauste blinkend ein Schneepflug vorbei. Dann wurde die Haustür geöffnet. Ich hörte das Geräusch von Schuhen, die auf der Eingangsstufe abgetreten wurden, und drehte mich gerade noch rechtzeitig um, um Mutter zu sehen, die in Vaters übergroßer Lammfelljacke mit einem Stapel Brennholz auf den Armen zur Tür hereinkam.

Wieso zog sie seine Kleider an? Das sah ihr nicht ähnlich.

Ohne in meine Richtung zu schauen, ging sie ins Wohnzimmer. Sie hatte Schnee in den Haaren und auf den Jackenaufschlägen. Es polterte im Holzkorb.

»Möchtest du einen Tee?«, fragte ich, als sie zurückkehrte.

»Danke, gern«, sagte sie. »Ich zieh nur schnell die Jacke aus.«

Ich stand auf und holte eine Tasse für sie heraus, stellte sie auf der anderen Seite des Tischs ab und goss ein.

»Wo bist du gewesen?«, sagte ich, als sie sich hinsetzte.

»Nur draußen, ein bisschen Holz holen«, antwortete sie.

»Und davor? Ich sitze hier schon eine ganze Weile. Es dauert doch keine zwanzig Minuten, Holz zu holen?«

»Ach, ich habe in der Weihnachtsbaumbeleuchtung draußen eine Kerze ausgetauscht. Jetzt brennt sie wieder.«

Ich wandte mich um und sah zum Fenster im

anderen Zimmer hinaus. Die Tanne am Ende des Grundstücks glitzerte in der Dunkelheit.

»Kann ich dir bei irgendwas helfen?«, sagte ich.

»Nein, es ist alles fertig. Ich will nur noch meine Bluse bügeln. Dann gibt es erst wieder was zu tun, wenn gekocht werden muss. Aber das übernimmt ja Papa.«

»Kannst du mein Hemd auch gleich bügeln?«, sagte ich.

Sie nickte.

»Leg es mir einfach aufs Bügelbrett.«

Nachdem ich gegessen hatte, ging ich in mein Zimmer hinauf, schaltete den Verstärker ein, schloss die Gitarre an und setzte mich, um ein wenig zu spielen. Ich liebte den Geruch, den der Verstärker absonderte, wenn er heiß wurde, spielte manchmal fast nur aus diesem Grund. Ich liebte auch die vielen kleinen Dinge, die für das Gitarrespielen erforderlich waren, die Fuzzbox und das Chorus-Pedal, die Kabel und Stecker, die Plektren und die kleinen Packungen mit Saiten, das Bottleneck, den Kapo, den Gitarrenkoffer mit seiner gefütterten Innenseite und den vielen kleinen Fächern. Ich liebte die Marken, Gibson, Fender, Hagström, Rickenbacker, Marshall, Music Man, Vox, Roland. Mit Jan Vidar ging ich in Musikgeschäfte, in denen ich mit Kennermiene die Gitarren musterte. Für meine eigene, eine billige Stratocaster-Kopie, die ich mir zur

Konfirmation gekauft hatte, hatte ich in einem von Jan Vidars Versandkatalogen neue Tonabnehmer, mit Sicherheit state of the art, und ein neues Pickguard bestellt. Das alles war gut. Um das Gitarrenspiel selbst stand es schlechter. Obwohl ich seit anderthalb Jahren regelmäßig und ausdauernd spielte, machte ich nur wenig Fortschritte. Ich beherrschte alle Griffe und hatte endlos diverse Tonleitern geübt, schaffte es aber nie, mich von ihnen freizumachen, schaffte es nie, zu *spielen*, es gab keine Verbindung zwischen meinen Gedanken und meinen Fingern, die Finger hatten irgendwie keine Beziehung zu mir, sondern nur zu ihren Tonleitern, auf denen sie auf und ab liefen, und was daraufhin aus dem Verstärker kam, hatte nichts mit Musik zu tun. Manchmal verwandte ich ein oder zwei Tage darauf, Ton für Ton ein Solo zu kopieren, und daraufhin konnte ich es spielen, aber nicht mehr, über diesen Punkt kam ich nie hinaus. Jan Vidar erging es auch nicht besser. Aber er war noch ehrgeiziger als ich, er übte wirklich viel, tat phasenweise nichts anderes, als Gitarre zu spielen, aber auch aus seinem Verstärker kamen nur Tonleitern und Kopien der Solos anderer. Er feilte seine Fingernägel, um besser spielen zu können, er ließ den Nagel seines rechten Daumens wachsen, damit er ihn als Plektrum benutzen konnte, er kaufte sich eine Art Trainingsinstrument für seine Finger, auf dem er ständig herumdrückte, um sie zu stärken, er baute seine

Gitarre komplett um, und mit Hilfe seines Vaters, der Elektroingenieur auf dem Flughafen Kjevik war, experimentierte er mit einer Art selbst gebautem Gitarrensynthesizer. Ich nahm meine Gitarre oft mit zu ihm, hielt den Gitarrenkoffer schlenkernd in der einen Hand, während ich mit der anderen das Fahrrad lenkte, und obwohl das, was wir in seinem Zimmer spielten, nicht wirklich toll klang, war es doch eine gute Sache, denn ich *fühlte* mich zumindest wie ein Musiker, wenn ich den Gitarrenkoffer trug, denn das sah doch richtig gut aus, und wenn wir noch nicht dorthin gekommen waren, wo wir hinwollten, so war doch vorstellbar, dass sich dies ändern würde. Die Zukunft kannten wir nicht; wie lange wir üben mussten, bis der Knoten platzen würde, konnte keiner von uns wissen. Einen Monat? Ein halbes Jahr? Ein Jahr? Bis es so weit war, saßen wir zusammen und spielten. Eine Art Band stellten wir auch auf die Beine; ein gewisser Jan Henrik in der siebten Klasse konnte ein wenig Gitarre spielen, und obwohl er Seglerschuhe und schicke Klamotten trug und Haargel benutzte, fragten wir ihn, ob er bei uns Bass spielen wolle. Er war einverstanden, und ich, der schlechteste Gitarrist, musste anfangen, Schlagzeug zu spielen. In dem Sommer vor Beginn der neunten Klasse fuhr Jan Vidars Vater uns nach Evje, wo wir ein billiges Schlagzeug abholten, für das wir zusammengelegt hatten, und dann legten wir los. Wir sprachen mit dem Rektor unserer Schule, durften einen Raum benutzen, bauten einmal in der Woche Trommeln und Verstärker auf und spielten.

Als ich im Jahr zuvor nach Tveit gezogen war, hörte ich Bands wie The Clash, The Police, The Specials, Teardrop Explodes, The Cure, Joy Division, New Order, Echo and the Bunnymen, The Chameleons, Simple Minds, Ultravox, The Aller Værste, Talking Heads, The B52's, PiL, David Bowie, The Psychedelic Furs, Iggy Pop, Velvet Underground, allesamt präsentiert von Yngve, der nicht nur sein gesamtes Geld für Musik ausgab, sondern auch mit seinem ganz eigenen Klang und unverwechselbaren Stil Gitarre spielte und eigene Lieder schrieb. In Tveit gab es niemanden, der von diesen Bands auch nur gehört hatte. Jan Vidar hörte beispielsweise Gruppen wie Deep Purple, Rainbow, Gillan, Whitesnake, Black Sabbath, Ozzy Osbourne, Def Leppard, Judas Priest. Diese Welten zu vereinen war unmöglich, da unser Interesse für Musik jedoch unser gemeinsames Interesse war, musste einer von uns nachgeben.

Das übernahm ich. Platten dieser Bands kaufte ich zwar nie, aber ich hörte sie bei Jan Vidar und beschäftigte mich mit ihnen, während ich meine eigenen, die damals extrem wichtig für mich waren, nur hörte, wenn ich allein war. Dann gab es noch einige wenige Kompromissgruppen, die wir beide schätzten, in erster Linie Led Zeppelin, aber auch die Dire Straits, in seinem Fall wegen des Gitarrenspiels. Am häufigsten diskutierten wir Feeling im Gegensatz zu Technik. Jan Vidar kaufte beispielsweise Platten der Band Lava, weil die Musiker so gut waren, und lehnte auch TOTO nicht ab, die damals ihre beiden Hits hatten, während ich diese Form von Geschicklichkeit von ganzem Herzen verachtete, weil sie allem widersprach, was ich durch die Lektüre der Musikzeitschriften meines Bruders gelernt hatte, in denen Virtuosität der Feind war und das selbst Fabrizierte, Energische und Kraftvolle zum Ideal erklärt wurde. Aber egal, wie viel wir darüber sprachen, und egal, wie viele Stunden wir in Musikgeschäften und mit Versandhauskatalogen verbrachten, die Band bekamen wir nicht ins Rollen, wir waren und blieben schlechte Instrumentalisten und waren zudem nicht so schlau, dies etwa dadurch zu kompensieren, dass wir eigene Stücke schrieben, oh nein, wir spielten die am häufigsten gecoverten und stillosesten Songs von allen, *Smoke on the Water* von Deep Purple, *Paranoid* von Black Sabbath, *Black Magic Woman* von Santana sowie *So Lonely* von The Police, das zu unserem Repertoire gehören durfte, weil Yngve mir die Akkorde beigebracht hatte.

Wir waren vollkommen unfähig, ein hoffnungsloser Fall, es gab nicht den Hauch einer Chance, dass aus uns etwas werden könnte, wir wären nicht einmal fähig gewesen, auf einer Klassenfete aufzutreten, aber obwohl es so war, erkannten wir es nie. Im Gegenteil, das war es, was unserem Leben einen Sinn gab. Es war nicht meine Musik, sondern Jan Vidars, und sie widersprach allem, woran ich glaubte, trotzdem hatte ich volles Vertrauen zu ihr. Das Intro zu *Smoke on the Water*, diese Inkarnation der Dummheit, diese Antithese des Coolen, übte ich 1983 in der Schule von Ve ein: erst das Gitarrenriff, dann die Hi-Hat, tschikka-tschikka, tschikka-tschikka, tschikka-tschikka, tschikka-tschikka, dann die Bassdrum, bumm, bumm, bumm, dann die Snare-drum, tick, tick, tick, gefolgt von diesem dämlichen Basslauf, bei dem wir uns oft ansahen und grinsten, während wir mit den Köpfen nickten und den Beinen wippten, sobald die vollkommen asynchron dargebotene Strophe begann. Einen Sänger hatten wir nicht. Als Jan Vidar in die Berufsschule kam, hörte er jedoch von einem Schlagzeuger in Hånes, der zwar erst in die achte Klasse ging, aber warum nicht, alles war möglich, außerdem stand ihm da draußen ein Probenraum mit einem Schlagzeug und einer PA und allem zur Verfügung, und so landeten wir dort: Ich, in der ersten Klasse des Gymnasiums, von einem Leben in der Indieszene träumend, aber unmusikalisch, spielte Rhythmusgitarre, Jan Vidar, der angehende Konditor, der oft genug übte, um ein Yngwie Malmsteen, ein Eddi van Halen oder ein Ritchie Blackmore zu werden, sich aber nicht von seinen Fingerübungen losreißen konnte, spielte Sologitarre, Jan Henrik, mit dem wir außerhalb der Band am liebsten nichts zu tun haben wollten, spielte Bass, und Øyvind, ein stämmiger und fröhlicher Junge aus Hånes, der keinerlei Ambitionen hatte, spielte Schlagzeug. *Smoke on the Water, Paranoid, Black Magic Woman, So Lonely,* und später *Ziggy Stardust* und *Hang on to Yourself* des frühen Bowie, deren Griffe mir einmal mehr Yngve beigebracht hatte. Kein Gesang, nur Begleitung. Jedes Wochenende. Gitarrenkoffer im Bus, lange Gespräche über Musik und Instrumente am Strand, auf den Bänken vor dem Geschäft, in Jan Vidars Zimmer, im Flughafencafé, in der Stadt, schließlich Aufnahmen von den Proben, die wir in unseren vergeblichen und von vornherein zum Scheitern verurteilten Versuchen, die Band auf das Niveau zu heben, auf dem wir uns in unseren Köpfen befanden, sorgsam durchgingen.

Einmal hatte ich eine dieser Kassetten von unseren Proben in die Schule mitgenommen. In der Pause stand ich mit aufgesetztem Kopfhörer herum und hörte unsere Stücke, während ich darüber nachdachte, wem ich das Band vorspielen könnte. Bassen hatte den gleichen Musikgeschmack wie ich, er kam folglich nicht in Frage, denn das hier war ja etwas anderes, für ihn unverständliches. Hanne, vielleicht? Sie sang doch, und außerdem hatte ich sie wirklich gern. Aber das Risiko wäre zu groß gewesen. Sie wusste, dass ich in einer Band spielte, was eine große, fast erhabene Sache war, die vielleicht in einer Bruchlandung enden würde, wenn sie hörte, was wir da eigentlich spielten. Pål? Ja, er konnte es sich anhören. Er spielte selbst in einer Band, sie nannten sich Vampire, spielten schnell, waren von Metallica inspiriert. Pål, der normalerweise schüchtern, sensibel und zart, ja nahezu feminin war, aber in schwarzen Lederklamotten herumlief, Bass spielte und auf der Bühne schrie wie der Teufel persönlich, würde verstehen, was wir machten. In der nächsten Pause ging ich deshalb zu ihm und erzählte ihm, dass wir letztes Wochenende ein paar Stücke eingespielt hatten, wollte er mal reinhören und mir sagen, was er davon hielt? Na klar. Er zog den Kopfhörer auf und drückte auf Play, während ich gespannt sein Gesicht beobachtete. Er lächelte und starrte mich fragend an. Nach einer Minute begann er zu lachen und zog den Kopfhörer ab.

»Aber das ist doch Schrott, Karl Ove«, sagte er. »Das ist Schrott, nicht? Was laberst du denn da, warum soll ich mir das anhören? Willst du mich verarschen?«

»Schrott? Wie meinst du das?«

»Ihr könnt doch nicht spielen. Und ihr singt nicht. Das ist Schrott!«

Er breitete die Arme aus.

»Wir können bestimmt noch besser werden«, meinte ich.

»Vergiss es«, erwiderte er.

Meinst du etwa, deine Band ist so verdammt gut, hätte ich gerne gesagt, tat es aber nicht.

»Ja, ja«, entgegnete ich stattdessen. »Trotzdem danke.«

Er lachte erneut und sah mich fragend an. Aus Pål wurde keiner schlau, denn sein ganzes Speed-Metal-Ding und all die Geschmacklosigkeiten, denen er sich widmete und über die alle in unserer Klasse lachten, passten so gar nicht zu seiner Schüchternheit, die wiederum so gar nicht zu seiner fast völligen Offenheit passte, die er manchmal vollkommen furchtlos zeigte. So war er einmal mit einem Gedicht zu mir gekommen, das ein Jahr zuvor in der Mädchenzeitschrift *Das Neue* veröffentlicht worden war, in der man ihn auch interviewt hatte. Bescheiden, schamlos, sensibel, schüchtern, aggressiv, roh. Das war Pål. Dass ausgerechnet er unsere Band hören durfte, war in gewisser Weise gut, denn Pål war unwichtig, worüber er lachte, spielte keine Rolle. Deshalb steckte ich den Walkman einigermaßen gelassen in die Tasche und ging in den Unterricht. Er hatte sicher Recht, wenn er sagte, dass wir nicht besonders gut spielten. Aber seit wann war es so wichtig, gut zu spielen? Hatte er noch nie von Punk gehört? New Wave? Keine dieser Bands spielte gut. Aber sie hatten Power. Kraft. Seele. Präsenz.

Kurze Zeit später, im Frühherbst 1984, bekamen

wir unsere erste Chance zu einem Auftritt. Øyvind hatte ihn organisiert. Das Einkaufszentrum in Hånes beging seinen fünften Geburtstag, was mit Ballons, Kuchen und Musik gefeiert werden sollte. Die Bøksle-Brüder, die in diesem Teil des Landes seit zehn Jahren für ihre Interpretationen von Volksliedern aus dem Sørland bekannt waren, würden auftreten. Darüber hinaus wollte der Geschäftsführer noch gerne etwas Lokales, möglichst Jugendliches haben, und zu diesem Anforderungsprofil passten wir, die wir wenige hundert Meter hinter dem Zentrum in unserer Schule probten, perfekt. Wir sollten zwanzig Minuten spielen und für den Auftritt fünfhundert Kronen bekommen. Wir umarmten Øyvind, als er es uns erzählte. Verdammt, endlich waren wir mal an der Reihe.

Die zwei Wochen bis zu dem Gig an einem Samstagvormittag um elf vergingen wie im Flug. Wir probten mehrmals, sowohl die ganze Band als auch Jan Vidar und ich alleine, wir diskutierten die Reihenfolge der Lieder von oben bis unten und von hinten bis vorn, wir kauften frühzeitig neue Saiten, um sie gründlich einspielen zu können, wir entschieden, wie wir uns anziehen würden, und als der Tag kam, trafen wir uns schon früh in unserem Probenraum, um den Set vor dem Konzert noch ein-, zweimal durchzuspielen, denn auch wenn uns bewusst war, dass die Gefahr bestand, unser ganzes Pulver zu verschießen, bevor es darauf ankam, erschien es uns wichtiger, uns beim Spielen der Lieder sicher zu fühlen.

Oh, ich fühlte mich gut, als ich mit dem Gitarrenkoffer in der Hand den asphaltierten Platz vor dem Einkaufszentrum überquerte. Die Ausrüstung war schon an Ort und Stelle, auf der einen Seite der Passage, die zu der Rasenfläche in der Mitte führte. Øyvind war dabei, das Schlagzeug aufzubauen, Jan Vidar stimmte seine Gitarre mit dem neuen Stimmgerät, das er eigens für diesen Anlass gekauft hatte. Ein paar Kinder sahen ihnen zu. Bald würden sie auch mich sehen. Ich hatte sehr kurze Haare, trug die grüne Militärjacke, eine schwarze Jeans, Nietengürtel, weißblaue Baseballschuhe. Und natürlich den Gitarrenkoffer in der Hand.

Auf der anderen Seite der Passage standen die Bøksle-Brüder und sangen. Eine kleine Menschengruppe, vielleicht zehn Personen, war stehen geblieben und hörte zu. Ein Strom aus anderen Menschen kam auf dem Weg von oder zu den Geschäften vorbei. Es war windig, und irgendetwas an diesem Wind ließ mich an das Konzert der Beatles 1969 auf dem Dach des Apple-Gebäudes denken.

»Alles klar?«, sagte ich zu Jan Vidar und legte den Gitarrenkoffer ab, nahm die Gitarre heraus, griff nach dem Band, legte es mir über die Schulter.

»Ja, klar«, erwiderte er. »Sollen wir einstecken? Wie viel Uhr ist es, Øyvind?«

»Zehn nach.«

»Noch zehn Minuten. Wir warten noch ein bisschen. Noch fünf Minuten. Okay?«

Er ging zum Verstärker und trank einen Schluck aus der Colaflasche, die dort stand. Um die Stirn hatte er sich ein zusammengerolltes Halstuch gebunden. Ansonsten trug er ein weißes Hemd, das über einer schwarzen Hose hing.

Die Bøksle-Brüder sangen.

Ich warf einen Blick auf unsere Setliste, die auf der Rückseite des Verstärkers klebte.

Smoke on the Water
Paranoid
Black Magic Woman
So Lonely

»Darf ich mir dein Stimmgerät leihen?«, sagte ich zu Jan Vidar. Er reichte es mir, und ich steckte das Kabel ein. Die Gitarre war gestimmt, aber ich schraubte trotzdem ein wenig an den Wirbeln. Mehrere Autos fuhren auf den Parkplatz, kreisten langsam auf der Suche nach einem freien Platz. Sobald sich die Türen öffneten, kletterten die Kinder auf der Rückbank ins Freie und hüpften ein wenig auf dem Asphalt herum, ehe sie nach den Händen ihrer Eltern griffen und Hand in Hand mit ihnen auf uns zugingen. Alle starrten beim Vorbeigehen, keiner blieb stehen.

Jan Henrik schloss den Bass an den Verstärker

an, zog fest an einer Saite. Es schallte über den Asphalt.

BUMM.

BUMM. BUMM. BUMM.

Beide Bøksle-Brüder schauten singend zu uns herüber. Jan Henrik machte einen Schritt zum Verstärker und drehte ein wenig am Lautstärkeregler. Spielte noch zwei Töne.

BUMM. BUMM.

Øvind schlug mehrmals auf die Trommeln. Jan Vidar spielte einen Akkord auf der Gitarre. Das Ganze war verdammt laut. Alle auf dem Platz starrten nun in unsere Richtung.

»He! Hört auf damit!«, rief einer der Bøksle-Brüder.

Jan Vidar blickte sie herausfordernd an, ehe er sich umdrehte und noch einen Schluck Cola trank. Aus dem Bassverstärker kamen Töne, aus Jan Vidars Gitarrenverstärker kamen Töne. Aber was war mit meinem? Ich drehte an der Gitarre leiser, schlug einen Akkord an, drehte langsam lauter, bis der Verstärker sich die Töne gleichsam packte und dann höher hob, wobei ich die zwei Gitarre spielenden Männer auf der anderen Seite der Passage ansah, die breitbeinig und lächelnd ihre putzigen Lieder über Möwen, Ruderboote und Sonnenuntergänge sangen. Als sie mit Blicken, die sich schwerlich anders als wutentbrannt charakterisieren ließen, zu mir herüberschauten, drehte ich wieder leiser. Es kamen Töne, es war alles in Ordnung.

»Wie viel Uhr ist es?«, fragte ich Jan Vidar. Seine Finger liefen auf dem Gitarrenhals auf und ab.

»Zehn vor halb«, sagte er.

»Diese verdammten Idioten«, sagte ich. »Die sollten doch schon fertig sein.«

Die Bøksle-Brüder verkörperten alles, wogegen ich aufbegehrte, das Respektable, das Anständige, das Bürgerliche, und ich freute mich darauf, den Verstärker lautzustellen und sie vom Platz zu fegen. Bis zu diesem Tag hatte mein Aufruhr darin bestanden, in der Klasse abweichende Meinungen zu vertreten und manchmal den Kopf auf das Pult zu legen und zu schlafen, und als ich in der Stadt einmal eine leere Brottüte auf den Bürgersteig geworfen hatte und ein älterer Mann mich daraufhin bat, sie wieder aufzuheben, bestand er darin, ihn aufzufordern, sie doch selbst aufzuheben, wenn ihm das so verdammt wichtig war. Als ich mich anschließend umgedreht und ihn stehen gelassen hatte, pochte das Herz in meiner Brust dermaßen, dass ich kaum atmen konnte. Ansonsten fand meine Revolte in der Musik statt, wo mich die bloße Tatsache, dass ich hörte, was ich hörte, unkommerzielle, undergroundartige, kompromisslose Bands, zu einem Aufrührer machte, zu jemandem, der das Bestehende nicht akzeptierte, sondern dafür kämpfte, dass sich etwas änderte. Und je lauter ich spielte, desto näher kam ich diesem Ziel. Ich hatte mir ein besonders langes Kabel für die Gitarre gekauft, mit dessen Hilfe ich unten vor dem Spiegel im Flur stehend spielen konnte, während der Verstärker in meinem Zimmer in der oberen Etage voll aufgedreht war, und daraufhin passierte etwas, die Töne wurden verzerrt, schneidend, und fast schon unabhängig davon, was ich tat, klang es gut, das ganze Haus war von den Tönen meiner Gitarre erfüllt, und es entstand ein seltsamer Gleichklang zwischen meinen Gefühlen und diesen Tönen, als wären *sie* es, die ich waren, als wäre mein wahres Ich *so*. Ich hatte einen Text darüber geschrieben, eigentlich als Song gedacht, aber da sich keine Melodie einstellen wollte, nannte ich ihn ein Gedicht, als ich ihn in mein Tagebuch übertrug.

Ich verzerre das Feedback meiner Seele
ich spiele mein Herz leer
ich sehe dich an und denke:
wir sind vereint in meiner Einsamkeit
wir sind vereint in meiner Einsamkeit
du und ich
du und ich, liebe…

Ich wollte hinaus, hinaus ins Offene, Große. Und das Einzige, was meines Wissens Kontakt dazu hatte, war die Musik. Deshalb stand ich an diesem frühen Herbsttag 1984 mit meiner weißen, zur Konfirmation erworbenen Stratocaster-Kopie, die auf meiner Schulter hing, vor dem Einkaufszentrum in Hånes, den Zeigefinger an den Lautstärkeregler gelegt, um sofort aufdrehen zu können, sobald die Bøksle-Brüder ihren letzten Akkord verklingen ließen.

Ein plötzlicher Windstoß fegte über den Platz, raschelnd wirbelten Blätter vorbei, ein Reklameschild für Eiscreme drehte sich klappernd. Ich glaubte einen Tropfen auf meiner Wange zu spüren und blickte zum milchig weißen Himmel hinauf.

»Fängt es an zu regnen?«, sagte ich.

Jan Vidar streckte die flache Hand vor sich aus. Zuckte mit den Schultern.

»Ich spüre nichts«, sagte er. »Aber wir spielen so oder so. Scheißegal, selbst wenn es anfängt, in Strömen zu gießen.«

»Genau«, sagte ich. »Bist du nervös?«

Er schüttelte verbissen den Kopf.

Dann waren die Brüder fertig. Die wenigen Menschen, die sich um sie versammelt hatten, klatschten, und die Brüder verneigten sich andeutungsweise.

Jan Vidar drehte sich zu Øyvind um.

»Bist du fertig?«, sagte er.

Øyvind nickte.

»Bist du fertig, Jan Henrik?«

Jan Henrik nickte.

»Karl Ove?«

Ich nickte.

»Zwei, drei, vier«, sagte Jan Vidar in erster Linie zu sich selbst, denn in der ersten Runde des Riffs spielte nur er.

In der nächsten Sekunde tobte der Klang seiner Gitarre über den Platz. Leute schreckten zusammen. Alle drehten sich zu uns um. Ich zählte an. Platzierte die Finger zum Griff. Meine Hand zitterte.

EINS ZWEI DREI – EINS ZWEI DREI VIER – EINS ZWEI DREI – EINS ZWEI.

Dann sollte ich einfallen.

Aber es kamen keine Töne!

Jan Vidar sah mich aus stierenden, vollkommen starren Augen an. Ich wartete bis zur nächsten Runde, drehte laut und fiel ein. Mit zwei Gitarren war es ohrenbetäubend.

EINS ZWEI DREI – EINS ZWEI DREI VIER – EINS ZWEI DREI – EINS ZWEI.

Dann fiel die Hi-Hat ein.

Tschikka-tschikka, Tschikka-tschikka, Tschikka-tschikka, Tschikka-tschikka.

Die große Trommel. Die Snare.

Und dann der Bass.

BAM-BAM-BAM-bambambambambambam-bambambambam-BA

BAM-BAM-BAM-bambambambambambam-bambambambam-BA

Erst danach sah ich wieder Jan Vidar an. Sein

Gesicht war zu einer Art Grimasse verzogen, als er lautlos etwas zu sagen versuchte.

Zu schnell! Zu schnell!

Øyvind drosselte das Tempo. Ich versuchte das Gleiche zu tun, aber die Sache war ein wenig verwirrend, denn sowohl der Bass als auch Jan Vidars Gitarre machten im gleichen Tempo weiter, und als ich es mir anders überlegte und ihrem Beispiel folgte, wurden sie auf einmal langsamer, und ich war allein in dem halsbrecherischen Tempo. Mitten in dieser Verwirrung sah ich den Wind durch Jan Vidars Haare fahren und dass sich vor uns einige Kinder die Ohren zuhielten. Im nächsten Moment waren wir beim Refrain und spielten halbwegs zusammen. Dann hastete mit schnellen Schritten ein Mann in einer hellen Hose, einem weißblau gestreiften Hemd und einer gelben Sommerjacke über den Platz. Es war der Geschäftsführer. Er nahm direkten Kurs auf uns. Zwanzig Meter entfernt winkte er mit beiden Armen, als wollte er ein Schiff stoppen. Er winkte und winkte. Wir machten noch ein paar Sekunden weiter, aber als er direkt vor uns stehen blieb und seine ausladenden Handbewegungen fortsetzte, konnte es keinen Zweifel mehr daran geben, dass er uns meinte, und wir hörten auf zu spielen.

»Was zum Teufel macht ihr denn da!«, sagte er.

»Wir sollten hier doch spielen«, erwiderte Jan Vidar.

»Ja, seid ihr denn völlig verrückt geworden! Das

ist ein Einkaufszentrum. Es ist Samstag. Die Leute wollen einkaufen und sich amüsieren! Da könnt ihr doch nicht so verdammt laut spielen!«

»Sollen wir ein bisschen leiser drehen?«, sagte Jan Vidar. »Das lässt sich machen.«

»Nicht nur ein bisschen«, entgegnete er.

Mittlerweile hatte sich tatsächlich eine kleine Menschenmenge um uns gebildet. Vielleicht fünfzehn, sechzehn Personen, die Kinder mitgerechnet. Das war gar nicht so übel.

Jan Vidar drehte am Lautstärkeregler des Verstärkers. Schlug einen Akkord an und sah den Geschäftsführer an.

»Gut so?«, sagte er.

»Mehr!«, antwortete der Geschäftsführer.

Jan Vidar drehte noch etwas leiser, schlug einen neuen Akkord an.

»Ist es so in Ordnung?«, sagte er. »Immerhin sind wir keine Tanzcombo«, meinte er.

»Okay«, sagte der Geschäftsführer, »versucht es so, oder wartet, stell doch noch ein bisschen leiser.«

Jan Vidar wandte sich wieder um. Als er an dem Regler drehen sollte, sah ich, dass er nur so tat, als ob.

»So«, sagte er.

Jan Henrik und ich justierten die Lautstärke nach unten.

»Dann fangen wir noch einmal an«, sagte Jan Vidar.

Und wir fingen wieder an. Ich zählte an.

EINS ZWEI DREI – EINS ZWEI DREI VIER – EINS ZWEI DREI – EINS ZWEI

Der Geschäftsführer bewegte sich wieder auf den Haupteingang des Einkaufszentrums zu. Während wir spielten, beobachtete ich ihn. Als wir zu der Stelle kamen, an der wir unterbrochen worden waren, blieb er stehen, drehte sich um und sah uns an. Wandte sich wieder um, ging ein paar Schritte weiter, drehte sich erneut um und kam dann plötzlich auf uns zu, wobei er erneut Gebrauch von seinen ausladenden Handbewegungen machte. Jan Vidar sah davon nichts, er hatte die Augen geschlossen. Jan Henrik sah es dagegen und starrte mich fragend an.

»Aufhören, aufhören, aufhören«, sagte der Geschäftsführer und blieb wieder vor uns stehen.

»Das geht nicht«, sagte er. »Tut mir leid. Ihr müsst zusammenpacken.«

»Wie bitte?«, sagte Jan Vidar. »Warum denn? Fünfundzwanzig Minuten, haben Sie doch gesagt.«

»Es geht einfach nicht«, sagte er, senkte den Kopf und wedelte vor ihm mit der Hand. »Sorry, Jungs.«

»Warum denn?«, wiederholte Jan Vidar.

»Man kann euch nicht zuhören«, erklärte der Mann. »Ihr habt ja nicht mal einen Sänger! Jetzt kommt schon. Ihr bekommt euer Geld. Hier.«

Er zog einen Umschlag aus der Innentasche und hielt ihn Jan Vidar hin.

»Hier«, sagte er. »Danke, dass ihr gekommen seid. Aber ich hatte mir eben etwas anderes vorgestellt. No hard feelings. Okay?«

Jan Vidar nahm den Umschlag an. Wandte sich von dem Geschäftsführer ab, zog den Stecker aus dem Verstärker, schaltete ihn aus, hob sich die Gitarre über den Kopf, ging zum Koffer, öffnete ihn und legte sie hinein. Die Leute um uns herum lächelten.

»Kommt schon«, sagte Jan Vidar. »Wir gehen nach Hause.«

Danach war der Status der Band unklar; wir hatten ein paarmal geprobt, aber nur halbherzig, dann hatte Øyvind die Probe abgesagt, und beim nächsten Mal war kein Schlagzeug da, und dann hatte ich ein Trainingsspiel … Gleichzeitig sahen Jan Vidar und ich uns nicht mehr so oft, da wir auf verschiedene Schulen gingen, und vor ein paar Wochen hatte er gemurmelt, er habe in seiner Schule jemanden aus einer anderen Klasse kennen gelernt und mit ihm gejammt. Wenn ich jetzt also spielte, tat ich es in erster Linie, um mir die Zeit zu vertreiben.

Ground control to Major Tom, sang ich, schlug die beiden Mollakkorde an, die ich so mochte, und dachte an die zwei Tüten voller Bierflaschen, die im Wald lagen.

Als Yngve Weihnachten bei uns gewesen war,

hatte er ein Buch mit Bowie-Songs mitgebracht. Ich hatte sie mit Bezifferung, Texten und Noten in ein Schmierheft abgeschrieben, das ich jetzt herausholte. Dann legte ich *Hunky Dory* auf, Lied Nummer vier, *Life on Mars?*, und begann, leise, danach zu spielen, so dass ich den Gesang und die anderen Instrumente hören konnte. Ich bekam eine Gänsehaut. Es war ein fantastischer Song, und als ich den Akkorden auf der Gitarre folgte, war es, als öffnete er sich mir, als befände ich mich gleichsam in ihm und nicht außerhalb wie sonst, wenn ich das Stück nur hörte. Wollte ich ein Lied öffnen und auf eigene Faust in es hineingehen, konnte dies Tage dauern, denn ich war unfähig, selbst zu hören, welche Akkorde benötigt wurden, ich musste mich mühselig vortasten, und selbst wenn ich einen fand, der richtig klang, war ich mir nie sicher, ob es tatsächlich der richtige war. Die Nadel aufsetzen, intensiv lauschen, den Tonarm wieder anheben, einen Akkord anschlagen. Hmm … Die Nadel aufsetzen, noch einmal hinhören, den gleichen Akkord anschlagen, *war* er es? Oder vielleicht doch eher *der*? Ganz zu schweigen von allem anderen, was im Laufe eines Stücks im Gitarrensound geschah. Es war hoffnungslos. Yngve brauchte dagegen nur einmal hinzuhören, bevor er mit wenigen Versuchen die richtigen Griffe fand. Ich hatte andere wie ihn gesehen, sie hatten es irgendwie in sich, die Musik war nicht vom Denken getrennt oder hatte vielmehr nichts mit dem Denken zu tun, sondern führte ein Eigenleben. Wenn sie spielten, *spielten* sie und wiederholten nicht nur mechanisch irgendein Schema, das sie gelernt hatten, und die Freiheit, die darin lag und im Grunde das war, worum es bei der Musik ging, konnte ich einfach vergessen. Beim Zeichnen ging es mir genauso. Wenn man zeichnete, tat man zwar nichts für seinen Status, aber ich zeichnete trotzdem gerne und oft, wenn ich allein in meinem Zimmer saß. Hatte ich eine konkrete Vorlage, zum Beispiel in einem Comic, konnte ich etwas zustande bringen, das gut aussah, aber wenn ich nicht kopierte und einfach drauflos zeichnete, wollte mir nichts gelingen. Auch beim Zeichnen hatte ich Leute gesehen, in denen es steckte, in meiner Klasse vielleicht vor allem Tone, die mühelos alles Mögliche zeichnen konnte, den Baum auf dem Platz vor dem Fenster, das Auto, das dahinter parkte, den Lehrer, der vor der Tafel stand. Als wir uns für ein Wahlfach entscheiden sollten, hatte ich Lust, Form und Farbe zu nehmen, aber da ich wusste, dass die anderen Schüler zeichnen *konnten*, es in sich hatten, ließ ich es bleiben. Stattdessen wählte ich Filmkunde. Der Gedanke daran belastete mich manchmal, denn ich wollte doch so gerne Jemand, etwas Besonderes sein.

Ich stand auf, stellte die Gitarre in das Stativ, schaltete den Verstärker aus und ging ins Erdgeschoss hinunter, wo Mutter bügelte. Die Lichtkreise um die Lampen über der Tür und auf der Scheunenwand draußen waren beinahe zugeschneit.

»Was für ein Wetter!«, sagte ich.

»Das kannst du wohl laut sagen«, erwiderte sie.

Als ich in die Küche ging, fiel mir ein, dass ein Räumfahrzeug vorbeigekommen war. Es war vielleicht das Beste, den neuen Schnee wegzuschaufeln, bevor sie kamen.

Ich drehte mich zu Mutter um.

»Ich glaube, ich geh was Schnee schippen, bevor sie kommen«, sagte ich.

»Schön«, sagte sie. »Kannst du bitte auch die Fackeln anzünden, wenn du schon draußen bist? Sie liegen in der Garage, in einer Tüte auf der Mauer.«

»Mache ich. Hast du ein Feuerzeug?«

»In der Tasche.«

Ich zog mich an, ging hinaus, öffnete das Garagentor und holte die Schneeschaufel, wickelte den Schal um mein Gesicht und lief zur Kreuzung hinunter. Obwohl ich dem fallenden Schnee, der über den Acker heranwehte, den Rücken zuwandte, stach es in den Augen und auf den Wangen, als ich anfing, den Haufen aus Neuschnee und alten Schneeklumpen fortzuschaufeln. Ein paar Minuten später hörte ich fern und gedämpft, wie aus einem Zimmer kommend, einen Knall und hob gerade noch rechtzeitig den Kopf, um etwas von dem Licht einer kleinen Explosion in der Tiefe der stürmischen Dunkelheit zu sehen. Tom und Per und ihr Vater hatten offenbar eine der Raketen getestet, die sie gekauft hatten. Während es sie mit Leben erfüllte, machte es mich nur leer, denn das kurze Aufglühen hatte nur den Effekt, die nachfolgende Ereignislosigkeit noch zu betonen. Kein Auto, kein Mensch, nur der schwarze Wald, der wehende Schnee, das regungslose Band aus Licht entlang der Straße. Die Dunkelheit im Tal darunter. Das Schaben des Leichtmetalls der Schaufel über die fast steinharten Schollen aus zusammengepresstem Schnee, mein eigener Atem, noch verstärkt durch den Schal, der festgezurrt auf Mütze und Ohren lag.

Als ich fertig war, kehrte ich zur Garage zurück, setzte die Schaufel ab, fand die vier Fackeln in der Tüte und zündete sie nacheinander in der Dunkelheit an, was mir durchaus Freude bereitete, denn die Flammen waren so sanft, und das Blau in ihnen hob und senkte sich, je nachdem, wohin der Luftzug sie trieb. Ich überlegte einen Moment, wo ich sie am besten platzieren könnte, und beschloss, dass zwei auf der Eingangstreppe und zwei auf der Krone der Mauer vor der Scheune stehen sollten.

Ich hatte sie gerade aufgestellt und die zwei auf der Mauer mit einem kleinen schützenden Schneewall dahinter versehen und das Garagentor geschlossen, als ich in der Kurve unterhalb des Hauses einen Wagen näher kommen hörte. Ich öffnete erneut das Garagentor und eilte ins Haus, denn es ging darum, *ganz* fertig zu sein, bevor sie kamen, und dass nichts von meinen Aktivitäten der letzten Minuten mehr erkennbar war. Dieser kleine Zwangsgedanke wurde so übermächtig, dass ich im Badezimmer schnell nach einem Handtuch griff und meine Winterschuhe damit abtrocknete, damit sie nicht vom frischen Schnee bedeckt im Flur standen, und die restlichen Sachen, also Jacke, Mütze, Schal und Handschuhe, oben in meinem Zimmer auszog. Als ich wieder herunterkam, stand das Auto im Leerlauf auf dem Hof, die roten Rücklichter leuchteten, Großvater wartete, die Hand auf die Autotür gelegt, während Großmutter ausstieg.

Wenn ich allein zu Hause war, hatte jedes Zimmer seinen eigenen Charakter, und auch wenn die Räume mir nicht unbedingt feindlich gesinnt waren, öffneten sie sich mir doch auch nicht. Es kam mir eher so vor, als wollten sie sich mir nicht unterordnen, sondern eigenständig mit ihren ganz entschlossenen Wänden, Böden, Decken, Leisten und den irgendwie gähnenden Fenstern existieren. Was ich wahrnahm, war das Tote an den Räumen, es widersetzte sich mir, und zwar nicht der Tod als das Ende des Lebens, sondern als Abwesenheit, so wie das Leben abwesend ist in einem Stein, einem Glas Wasser, einem Buch. Die Anwesenheit unseres Katers Mephisto reichte nicht aus, um diesen Aspekt der Zimmer zu bezwingen, ich sah nur den Kater in dem gähnenden Zimmer, wenn jedoch ein anderer

Mensch hereinkam, und sei es auch nur ein Säugling, verschwand er. Mein Vater füllte die Räume mit Unruhe, meine Mutter füllte sie mit Sanftmut, Geduld, Melancholie, und gelegentlich, wenn sie von der Arbeit kam und müde war, auch mit einem schwachen, aber dennoch spürbaren untergründigen Strom von Gereiztheit. Per, der nie weiter als bis in den Eingangsflur kam, füllte diesen mit Freude, Erwartung und Unterordnung. Jan Vidar, der bis dahin außer der Familie als Einziger in meinem Zimmer gewesen war, füllte es mit Eigensinn und Ehrgeiz und Kameradschaft. Interessant wurde es, wenn mehrere versammelt waren, denn es war lediglich Platz für den Stempel von einem, höchstens zwei Willen in einem Zimmer, und nicht immer war der stärkste auch der deutlichste. Pers Unterordnung, seine Höflichkeit Erwachsenen gegenüber, war für den Moment beispielsweise stärker als das Wölfische meines Vaters, wenn er hereinkam und Per im Vorbeigehen kurz zunickte. Aber es waren nur selten andere Leute bei uns. Die Ausnahme bildeten die Besuche von Großmutter, Großvater und Gunnar, dem Bruder meines Vaters, und seiner Familie. Sie kamen uns manchmal besuchen, vielleicht drei- oder viermal in einem halben Jahr, und ich freute mich jedesmal über ihr Kommen. Zum einen, weil die Person, die Großmutter in meiner Kindheit für mich gewesen war, sich nicht an den Menschen angepasst hatte, der ich heute war, und der Glanz, der damals von ihr ausging, nicht so sehr verbunden war mit den Geschenken, die sie stets mitbrachte, sondern mit ihrer unverfälschten Liebe zu Kindern, und zum anderen, weil mein Vater diesen Situationen immer gerecht wurde. Er behandelte mich freundlicher, bezog mich ein und machte mich zu jemandem, mit dem man rechnen musste, aber das war nicht das Wichtigste, denn die Freundlichkeit, mit der er dann seinen Sohn behandelte, war nur Teil einer gesteigerten Großzügigkeit, die ihn bei solchen Anlässen durchströmte: Er wurde charmant, unterhaltsam, gebildet und interessant, was in gewisser Weise rechtfertigte, dass ich so viele Gefühle für ihn hegte und diesen so viel Zeit widmete.

Als sie in den Eingangsflur kamen, öffnete Mutter die Tür und ging ihnen entgegen.

»Hallo, herzlich willkommen!«, sagte sie.

»Hallo, Sissel«, grüßte Großvater sie.

»Was für ein schauriges Wetter!«, sagte Großmutter. »Habt ihr so was schon gesehen! Aber die Fackeln sind hübsch, das muss ich schon sagen.«

»Ich nehme euch die Mäntel ab«, sagte Mutter.

Großmutter trug eine dunkle, runde Pelzmütze, auf die sie nach dem Absetzen ein paarmal schlug, um den Schnee von ihr abzuklopfen, und einen dunklen Pelzmantel, den sie Mutter zusammen mit der Mütze reichte.

»Gut, dass du uns abgeholt hast«, sagte sie, wandte sich dabei an Vater und anschließend an ihren Mann. »Du hättest bei dem Wetter nicht fahren können!«

»Das will ich nicht sagen«, erwiderte Großvater. »Aber es ist ein weiter und umständlicher Weg hier raus.«

Großmutter kam weiter in den Flur hinein, glättete flüchtig mit den Händen ihr Kleid und zupfte ihre Frisur zurecht.

»Du bist auch da!«, sagte sie und lächelte mich kurz an.

»Hallo«, sagte ich.

Hinter ihr kam Großvater mit seinem grauen Mantel in der Hand. Mutter machte einen Schritt an Großmutter vorbei, nahm ihn und hängte ihn an die Garderobe neben dem Spiegel unterhalb der Treppe. Draußen tauchte Vater auf, er trat am Rand der Eingangsstufe den Schnee von den Schuhen.

»Hallo, mein Junge«, sagte Großvater. »Du willst zu einer Silvesterparty, sagt dein Vater?«

»Stimmt«, antwortete ich.

»Wie groß du geworden bist«, warf Großmutter ein. »Stellt euch nur vor, eine Silvesterparty.«

»Ja, wir sind ihm anscheinend nicht mehr gut genug«, sagte Vater im Flur. Er strich sich mit der Hand durchs Haar, schüttelte zweimal den Kopf.

»Wollen wir ins Wohnzimmer gehen?«, sagte Mutter.

Ich folgte ihnen und setzte mich in den Korbstuhl neben der Tür zum Garten, während sie sich auf der Couch niederließen. Vaters schwere Schritte waren erst auf der Treppe und danach an der Decke über dem hinteren Teil des Wohnzimmers zu hören, wo sein Schlafzimmer lag.

»Ich mache euch erst mal einen Kaffee«, sagte Mutter und stand auf. Die Stille, die sich nach ihrem Verschwinden im Raum einstellte, lastete auf mir.

»Erling ist in Trondheim?«, sagte ich.

»Das ist er«, bestätigte Großmutter. »Sie wollen es sich heute Abend gemütlich machen.«

Sie trug ein blaues, nach Seide aussehendes, auf der Brust schwarz gemustertes Kleid. Weiße Perlen in den Ohren, eine Goldkette um den Hals. Ihre Haare waren dunkel, höchstwahrscheinlich gefärbt, obwohl ich mir nicht sicher war, denn warum hatte sie dann die graue Locke über der Stirn nicht gefärbt? Sie war nicht dick, auch nicht drall, aber dennoch in gewisser Weise üppig. Ihre Bewegungen, die immer ganz flink waren, bildeten einen Kontrast dazu. Was einen jedoch ansprang, wenn man Großmutter ansah, das Auffälligste an ihr, waren die Augen. Sie waren ganz klar und hellblau und sahen, vielleicht weil die Farbe an sich so ungewöhnlich war oder sie für einen solchen Kontrast zu ihrem ansonsten dunklen Erscheinungsbild sorgten, fast künstlich aus, als wären sie aus Stein. Mein Vater hatte die gleichen Augen, und sie erweckten den gleichen Eindruck. Außer ihrer Liebe zu Kindern war ihr grüner Daumen Großmutters hervorstechendste Eigenschaft. Wenn wir sie während des Sommerhalbjahres besuchten, trafen wir sie fast immer im Garten an, und wenn ich an sie dachte, dann oft in Bildern, die damit verbunden waren. Wenn sie mit Handschuhen und windzerzausten Haaren und mit trockenen Zweigen auf den Armen, die verbrannt werden sollten, über den Hof ging, oder wenn sie vor einer kleinen Grube, die sie soeben ausgehoben hatte, auf den Knien lag und vorsichtig das Netz von den Wurzeln löste, damit sie den kleinen Baum darin einpflanzen konnte, oder wenn sie mit einem Blick über die Schulter kontrollierte, ob sich der Rasensprenger drehte, nachdem sie den Hahn unter der Veranda aufgedreht hatte, um unmittelbar darauf die Hände in die Hüften zu stemmen und den Anblick des Wassers zu genießen, das im Sonnenlicht glitzernd in die Luft geschleudert wurde. Oder wenn sie auf der Böschung hinter dem Haus hockte und in den Beeten Unkraut jätete, die sie in allen Mulden und Senken des Felsgesteins angelegt hatte, wie das Wasser in den Felslandschaften der Schäreninseln, abgeschnitten von seiner angestammten Umgebung, Tümpel bildet. Ich erinnere mich, dass mir diese Pflanzen leidtaten, wie sie so einsam und schutzlos auf ihren Felskuppen standen, wie sehr mussten sie sich nach dem Leben sehnen, das sich unter ihnen entfaltete. Dort unten, wo alle Gewächse ineinander übergingen und unablässig neue Kombinationen bildeten, je nach Tages- und Jahreszeit, zum Beispiel die alten Birn- und Pflaumenbäume, die sie vom Sommerhaus ihrer Großeltern mitgebracht hatte, das Spiel der Schatten auf dem Gras, wenn der Wind an einem schläfrigen Sommertag durchs Laub strich und die Sonne in der Mündung des Fjords hinter dem Horizont versank und man hören konnte, wie sich die fernen Geräusche der Stadt in der Luft hoben und senkten wie Wellen, vermischt mit dem Summen von Wespen und Hummeln bei ihrer Arbeit in den Rosenstöcken an der Wand, wo die blassen Blütenblätter inmitten allen Grüns still und weiß leuchteten. Da hatte der Garten bereits den Charakter von etwas Altem bekommen, eine Würde und Fülle, die so nur die Zeit schenken kann und sicher der Grund dafür war, dass sie das Gewächshaus ganz unten, halb hinter einer Felskuppe verborgen, platziert hatte, wo sie ihr Betätigungsfeld erweitern und auch seltenere Bäume und Pflanzen züchten konnte, ohne dass der übrige Garten von der industriell anmutenden und provisorischen Ausstrahlung des Baus verschandelt wurde. Im Herbst und Winter sahen wir sie als vagen farbigen Umriss hinter den spiegelnden Glaswänden dort unten, und nicht ohne Stolz ließ sie wie beiläufig eine Bemerkung über die Gurken und Tomaten auf dem Tisch fallen, die nicht aus dem Geschäft kamen, sondern aus ihrem Treibhaus im Garten.

Großvater hatte mit dem Garten nichts am Hut, und wenn Großmutter und Vater, oder Großmutter und Gunnar, oder Großmutter und Großvaters Bruder Alf unterschiedliche Pflanzen und Blumen und Bäume diskutierten, denn in unserer Familie interessierte man sich sehr für alles, was wuchs, griff er lieber nach einer Zeitschrift und blätterte darin, wenn er denn keinen Totoschein und die aktuellen Tabellen hervorkramte, um deren Rat einzuholen. Ich fand es immer ausgesprochen merkwürdig, dass ein Mann, dessen Arbeit aus Zahlen bestand, sich auch in seiner Freizeit mit Zahlen beschäftigte und beispielsweise nicht im Garten arbeitete oder schreinerte oder andere Dinge tat, die den ganzen Körper beanspruchten. Aber nein, bei seiner Arbeit ging es um Zahlen, in seiner Freizeit um Tabellen. Das Einzige, wofür er sich meines Wissens darüber hinaus interessierte, war Politik. Wandte sich das Gespräch diesem Thema zu, lebte er unweigerlich auf, er hatte eindeutige Überzeugungen, aber noch eindeutiger war seine Lust an Debatten, und wenn ihm jemand widersprach, fand er das deshalb nur gut. Jedenfalls schauten seine Augen uneingeschränkt freundlich, wenn Mutter in seltenen Fällen ihre linksgerichteten Ansichten erläuterte, auch wenn seine Stimme lauter und schneidender wurde. Großmutter wiederum bat ihn bei solchen

Gelegenheiten stets, über etwas anderes zu sprechen oder sich zu mäßigen. Sie war ihm gegenüber oft ironisch, konnte auch höhnisch werden, aber er revanchierte sich, und wenn wir dabei waren, zwinkerte sie uns immer zu, um uns zu verstehen zu geben, dass es nicht so ernst gemeint war. Sie lachte gern und liebte es, von den vielen komischen Dingen zu erzählen, die sie erlebt oder gehört hatte. Sie erinnerte sich an all die lustigen Sachen, die Yngve gesagt hatte, als er klein war, denn die beiden standen sich besonders nahe, da er als kleiner Junge ein halbes Jahr bei ihr gewohnt hatte und auch später oft dort gewesen war. Was Erling an seiner Schule in Trondheim alles erlebte, erzählte sie uns auch, aber am umfangreichsten war ihr Repertoire an Geschichten aus den dreißiger Jahren, in denen sie als Chauffeurin für eine ältere, wahrscheinlich senile Parlamentsabgeordnete gearbeitet hatte.

Inzwischen waren beide über siebzig, Großmutter ein paar Jahre älter als Großvater, erfreuten sich jedoch bester Gesundheit und reisten im Winter wie eh und je ins Ausland.

Es war eine Weile still. Ich überlegte fieberhaft, was ich sagen könnte, und schaute zum Fenster hinaus, um die Stille etwas weniger lastend zu machen.

»Und wie läuft es in der Schule?«, sagte Großvater schließlich. »Hat Stray euch etwas Vernünftiges zu sagen?«

Stray war unser Französischlehrer. Er war ein

kleiner, dicker, glatzköpfiger und energischer Mann um die siebzig und der Besitzer des Hauses neben dem Gebäude, in dem Großvater seine Kanzlei hatte. Wenn ich es richtig verstanden hatte, waren sie wegen irgendetwas zerstritten, möglicherweise ging es um die Grundstücksgrenze; ob es zu einem Rechtsstreit gekommen war, wusste ich nicht genau, und ebenso wenig, ob die Sache erledigt war, jedenfalls grüßten die beiden sich nicht, und zwar schon seit vielen Jahren nicht mehr.

»Weiß nicht«, antwortete ich. »Er nennt mich nur den Bengel in der Ecke.«

»So, so, tut er das«, meinte Großvater. »Und der alte Nygaard?«

Ich zuckte mit den Schultern.

»Dem geht es gut, denke ich. Macht sein Ding. Er ist ja noch vom alten Schlag. Woher kennst du ihn eigentlich?«

»Durch Alf«, erklärte Großvater.

»Ach ja, natürlich«, sagte ich.

Großvater stand auf und ging zum Fenster, verschränkte die Hände auf dem Rücken und blickte hinaus. Abgesehen von dem wenigen Licht, das durch die Fenster fiel, war es auf dieser Seite des Hauses stockfinster.

»Siehst du etwas, Vater?«, sagte Großmutter und zwinkerte mir zu.

»Ihr wohnt schön hier draußen«, meinte Großvater.

Im selben Moment kam Mutter mit vier Tassen in den Händen ins Wohnzimmer.

Er drehte sich zu ihr um.

»Ich habe gerade zu Karl Ove gesagt, dass ihr hier draußen schön wohnt!«

Mutter blieb stehen, als könnte sie im Gehen nichts sagen. »Ja, wir sind sehr zufrieden mit dem Haus und dem Grundstück«, sagte sie, stand mit den Tassen in den Händen da und sah Großvater mit einem leisen Lächeln auf den Lippen an. Dabei hatte sie etwas… ja, beinahe Flammendes an sich. Es war nicht so, dass sie rot oder verlegen gewesen wäre, das war es nicht. Es ging eher darum, dass sie sich hinter nichts versteckte. Das tat sie nie. Wenn sie sprach, dann immer, um zu sagen, was sie meinte, niemals nur, um irgendwas zu sagen.

»Das Haus ist schon so alt«, sagte sie. »Die Jahre sitzen in den Wänden. Das kann sich natürlich so oder so auswirken. Aber man ist gern hier.«

Großvater nickte, schaute weiter in die Dunkelheit hinaus. Mutter ging zum Tisch und stellte die Tassen ab.

»Wo ist eigentlich unser Gastgeber abgeblieben?«, sagte Großmutter.

»Ich bin hier«, meldete sich Vater.

Alle drehten sich um. Er stand vor dem gedeckten Tisch im Esszimmer, hatte den Kopf unter den Dachbalken eingezogen und hielt eine Flasche Wein in der Hand, die er offenbar musterte.

Wie war er dorthin gekommen?

Nicht einen Mucks hatte ich gehört. Und wenn ich daheim auf etwas achtgab, dann waren es seine Bewegungen.

»Holst du uns noch etwas Holz, bevor du gehst, Karl Ove?«, fragte er.

»Ja«, sagte ich, stand auf und ging in den Flur hinaus, schob die Füße in die Winterschuhe und öffnete die Haustür. Wind schlug mir entgegen. Immerhin schneite es nicht mehr. Ich überquerte den Hof und ging in den Holzschuppen unter der Scheune. Das Licht der nackten Glühbirne an der Decke beleuchtete hart die groben Steinwände. Der Boden war fast völlig mit Rinde und Spänen bedeckt. Im Hauklotz steckte eine Axt. In einer Ecke lag die orange und schwarze Motorsäge, die mein Vater gekauft hatte, als wir eingezogen waren. Auf dem Grundstück stand damals ein Baum, der gefällt werden sollte. Als er loslegen wollte, sprang die Säge nicht an. Er musterte sie lange, verfluchte sie und ging ins Haus, um das Geschäft anzurufen, in dem er sie gekauft hatte, und sich zu beschweren. »Was stimmt mit ihr nicht?«, sagte ich, als er wieder herauskam. »Nichts«, antwortete er, »sie hatten nur vergessen, mir etwas zu sagen.« Ich begriff, dass es an irgendeiner Sicherung gelegen haben musste, die Kinder daran hindern sollte, die Säge anzulassen. Jetzt bekam er sie jedoch in Gang, und nachdem er den Baum gefällt hatte, war er den ganzen Nachmittag damit beschäftigt, ihn zu zerlegen. Die Arbeit machte ihm Spaß, das sah ich. Aber nachdem das erledigt war, hatte er für die Motorsäge keine Verwendung mehr, und seither lag sie hier auf der Erde.

Ich legte mir möglichst viele Holzscheite auf den Arm, trat die Tür auf und wankte über den Hof zurück, wobei der Gedanke, wie beeindruckt sie sein würden, alle anderen überlagerte, streifte die Schuhe ab und ging zurückgelehnt, unter meiner Bürde fast zusammenbrechend, ins Wohnzimmer.

»Jetzt seht ihn euch an«, sagte Großmutter, als ich hereinkam. »Da hast du ja wirklich ordentlich was mitgebracht!«

Ich blieb vor dem Holzkorb stehen.

»Warte, ich helfe dir«, sagte Vater und kam zu mir, hob die obersten Holzstücke ab und legte sie in den Korb. Sein Mund war streng, die Augen kalt. Ich ging in die Knie und ließ den Rest fallen.

»Jetzt reicht das Brennholz bis zum Sommer«, meinte er.

Ich richtete mich auf, pflückte ein paar Späne von meinem Hemd und setzte mich in den Sessel, während Vater in die Hocke ging, die Ofenluke öffnete und ein paar Scheite hineinlegte. Er trug einen dunklen Anzug und eine dunkelrote Krawatte, schwarze Schuhe und ein weißes Hemd, von dem sich seine kalten blauen Augen, der schwarze Bart und seine leicht sonnengebräunte Gesichtshaut deutlich absetzten. Während des Sommerhalbjahrs war er in der Sonne, wann immer er konnte, und im August war sein Teint immer ganz dunkel, aber in diesem Winter musste er ins Solarium gegangen sein, erkannte ich plötzlich, es sei denn, er hatte am Ende so viel Sonne abbekommen, dass die Farbe nicht mehr wegging.

Um die Augen wurde seine Haut spröde, wie trockenes Leder spröde wird, und bildete dichte, feine Fältchen.

Er sah auf die Uhr.

»Wenn wir vor Mitternacht noch etwas zu essen bekommen wollen, sollte Gunnar bald kommen«, erklärte er.

»Es liegt am Wetter«, meinte Großmutter. »Er fährt heute Abend vorsichtig.«

Vater drehte sich zu mir um.

»Musst du nicht bald gehen?«

»Doch«, sagte ich. »Aber ich wollte Gunnar und Tove noch guten Tag sagen.«

Vater schnaubte.

»Jetzt geh schon und amüsier dich. Du brauchst nicht bei uns zu sitzen.«

Ich stand auf.

»Dein Hemd hängt draußen über dem Schrank«, sagte Mutter.

Ich nahm es mit in mein Zimmer und zog mich um. Eine schwarze Baumwollhose, an den Oberschenkeln weit, an den Waden eng und mit Seitentaschen, ein weißes Hemd, ein schwarzes Jackett.

Den Nietengürtel, den ich anziehen wollte, rollte ich zusammen und legte ihn in die Tasche, denn sie würden ihn mir zwar nicht ausdrücklich verbieten, aber er würde ihnen auffallen, und dem wollte ich mich in diesem Moment nicht aussetzen. Darüber hinaus legte ich die schwarzen Doc-Martens-Schuhe, ein zweites Hemd, zwei Schachteln Pall Mall Light, Kaugummi und Pastillen in die Tasche. Als ich fertig war, stellte ich mich ans Fenster. Es war fünf nach sieben. Ich hätte schon längst unterwegs sein sollen, musste aber auf Gunnar warten, denn sonst lief ich Gefahr, ihm unterwegs zu begegnen. Mit zwei Tüten voller Bierflaschen in den Händen war diese Aussicht wenig verlockend.

Abgesehen vom Wind und den Bäumen am Waldsaum, die am äußersten Rand des Lichts, das unser Haus aussandte, gerade noch erkennbar waren, rührte sich draußen nichts.

Wenn sie in fünf Minuten nicht da waren, musste ich trotz allem los. Ich zog meine Jacke an, stand einen Augenblick am Fenster und mühte mich, ein mögliches Motorengeräusch zu hören, während ich zu der Stelle hinabspähte, an der sich das Licht der Autoscheinwerfer zuerst zeigen würde, ehe ich mich umdrehte, das Licht im Zimmer löschte und die Treppe hinunterging.

Vater stand in der Küche und goss Wasser in einen großen Topf. Als ich herunterkam, sah er zu mir hinüber.

»Du gehst?«, sagte er.
Ich nickte.
»Viel Spaß heute Abend«, sagte er.

Am Fuß des Hügels, wo Schnee und Wind die Spuren des Vormittags verwischt hatten, blieb ich sekundenlang regungslos stehen und lauschte. Als ich sicher war, dass sich kein Auto näherte, ging ich die Böschung hinauf und zwischen die Bäume. Die Tüten lagen noch dort, wo ich sie abgelegt hatte, und waren von einer dünnen Schneeschicht bedeckt, die von dem glatten Plastik rutschte, als ich sie aufhob. Mit einer in jeder Hand stapfte ich wieder nach unten, blieb hinter einem Baum stehen und lauschte. Als weiterhin nichts zu hören war, kletterte ich über den aufgepflügten Schnee und eilte im Laufschritt zur Kurve hinunter. Hier draußen wohnten nur wenige Menschen, und die Hauptstraße verlief am anderen Flussufer. Wenn ein Auto kam, war die Chance deshalb groß, dass es Gunnar war. Ich ging den Anstieg hinauf und durch die Kurve, an der Williams Familie wohnte. Ihr Haus lag ein Stück von der Straße entfernt am Wald, der direkt hinter ihm steil anstieg. Im Wohnzimmer flackerte das blaue Licht des Fernsehers. Das Haus stammte aus den Siebzigern, und das Grundstück, auf dem es stand, hatte man nicht weiter bearbeitet, Steine, Felsblöcke, eine kaputte Schaukel, ein Stapel Brennholz unter einer Plane, ein Autowrack, ein paar

Autoreifen lagen herum. Ich begriff nicht, warum es bei ihnen so aussah. Wollten sie es sich nicht ein bisschen schön machen? Oder konnten sie nicht? Bedeutete es ihnen nichts? Oder fanden sie etwa, dass es schön bei ihnen war? Der Vater war freundlich und gutmütig, die Mutter immer wütend, die drei Kinder stets mit etwas bekleidet, das zu klein oder zu groß war.

Auf dem Weg zur Schule hatte ich eines Morgens Vater und Tochter die Geröllhalde auf der anderen Straßenseite heraufklettern sehen, beide bluteten an der Stirn, und das Mädchen hatte ein blutdurchtränktes Taschentuch um den Kopf gebunden. Ich weiß noch, wie ich dachte, dass sie etwas von Tieren hatten, denn sie sagten nichts, riefen nicht, kletterten nur relativ ruhig die Geröllhalde hinauf. An deren Fuß stand ihr Lastwagen, der mit dem Kühler gegen einen Baum geprallt war. Unterhalb der Bäume floss glänzend und dunkel der Fluss. Ich hatte gefragt, ob ich ihnen helfen könne, und der Vater hatte geantwortet, das sei nicht nötig, das werde schon wieder, das hatte er auf der Straßenböschung stehend gesagt, und obwohl der Anblick so überraschend war, dass ich mich kaum von ihm losreißen konnte, kam es mir andererseits unmoralisch vor, einfach stehen zu bleiben, so dass ich zur Bushaltestelle weiterging. Als ich mich das eine Mal umdrehte, das ich mir selber zugebilligt hatte, humpelten sie über die Straße, er wie immer in einem Overall und den Arm um den schmächtigen elfjährigen Mädchenkörper gelegt.

Wir zogen sie und William oft auf, es war leicht, die beiden auf die Palme zu bringen, und leicht, sie verstummen zu lassen, Worte und Begriffe waren nicht ihre Stärke, aber dass ihnen die Sticheleien etwas ausmachten, erkannte ich erst, als ich an einem normalen, langweiligen Sommertag zusammen mit Per klingelte, um William zu fragen, ob er Fußball mit uns spielen wollte, und die Mutter auf die Veranda herauskam und uns, vor allem mir, eine Standpauke hielt, weil ich wohl glaubte, besser zu sein als alle anderen, vielleicht vor allem als ihre Kinder. Ich antwortete ihr, und es zeigte sich, dass auch sie nicht sonderlich wortgewandt war, aber ihr Zorn ließ sich natürlich nicht in Schranken weisen, so dass mein Gewinn allein in Pers bewunderndem Lachen über meinen Witz bestand, das ein paar Stunden später vergessen war. Die Familie in der Kurve vergaß jedoch nie. Der Vater war zu nett, um einzugreifen, aber die Mutter … Jedesmal, wenn sie mich sah, blitzten ihre Augen. Für mich waren sie bloß Leute, auf deren Kosten ich mich profilieren konnte. Wenn William in einer Hose mit Hochwasser in die Schule kam, hatte er etwas gründlich missverstanden, benutzte er ein Wort falsch, gab es keinen Grund, warum er sich das nicht anhören sollte. So war es doch, oder? Außerdem lag es doch ganz bei ihm, das Gelächter verstummen zu lassen oder zu überwinden. Ich selbst war nun wirklich nicht ohne Schwächen, sie waren offensichtlich und konnten von jedem ausgenutzt werden, und dass diese es nicht taten, weil ihr Einfühlungsvermögen nicht ausreichte, um sie sich vorzustellen, war doch nicht mein Problem? Die Bedingungen waren für alle gleich. In der Schule hing William mit der Clique herum, die im Regenunterstand rauchte, sie fuhren Mofas, seit sie dreizehn waren, gingen mit vierzehn einer nach dem anderen von der Schule ab, prügelten sich und tranken. Auch sie lachten über William, aber auf eine Art, mit der er sich abfand, denn bei ihnen gab es immer etwas, womit er sich messen konnte, es gab immer einen Weg, sich zu revanchieren. Wenn er mit uns zusammen war, also uns, die wir in den Häusern hier oben wohnten, lagen die Dinge anders, hier zählten Sarkasmen, Ironie und treffende Kommentare, was ihn oft genug in den Wahnsinn trieb, da sich dies alles außerhalb seiner Möglichkeiten befand. Aber er brauchte uns mehr, als wir ihn brauchten, und kam immer zurück. Für mich war es eine Frage der Freiheit. Als ich dorthin zog, kannte mich keiner, und obwohl ich im Grunde derselbe war wie vorher, bekam ich dadurch die Möglichkeit, Dinge zu tun, die ich so noch nie getan hatte. So gab es neben der Bushaltestelle beispielsweise einen altmodischen Lebensmittelladen, in dem die Waren noch über eine Theke verkauft wurden, die Besitzer waren zwei Schwestern um die siebzig. Sie waren nett und bewegten sich ausgesucht langsam. Wenn man sie um etwas bat, was weit oben in den Regalen stand, wandten sie einem ein oder zwei Minuten den Rücken zu, woraufhin man sich bloß das an Schokolade und Süßigkeiten in die Jacke stopfen brauchte, was man haben wollte. Ganz zu schweigen davon, wenn man sie um etwas bat, was sie erst aus dem Keller holen mussten. Auf Tromøya wäre ich niemals auf die Idee gekommen, so etwas zu tun, aber hier zögerte ich nicht, hier war ich nicht nur jemand, der alten Damen Schokolade und Süßigkeiten klaute, sondern darüber hinaus jemand, der die anderen Kinder dazu anstiftete, meinem Beispiel zu folgen. Sie waren ein Jahr jünger als ich, hatten den Ort praktisch nie verlassen, im Vergleich zu ihnen fühlte ich mich wie ein Mann von Welt. Erdbeeren hatten sie zum Beispiel alle schon einmal geklaut, aber ich führte ein paar zusätzliche Raffinessen ein und brachte sie dazu, Teller, Löffel, Milch und Zucker zum Erdbeerfeld mitzunehmen.

In der Fabrikhalle sollten wir selbst die Zeit notieren, die wir für unsere Arbeit brauchten, und wie sich herausstellte, wäre man dort nie im Leben auf die Idee gekommen, dass dieses System ausgenutzt werden könnte und die Möglichkeit zum Pfuschen bestand. Aber wir fingen damit an. Die wichtigste Veränderung in meinem Verhalten hing allerdings mit Sprache zusammen, da ich die Möglichkeiten entdeckte, die mir die Worte boten, um mich den anderen gegenüber aufzuspielen. Ich beleidigte und schikanierte, manipulierte und ironisierte, und nie, nicht ein einziges Mal, kam ihnen der Gedanke, dass das Fundament dieser Macht so labil war, dass ein einziger gezielter Schlag sie aushebeln könnte. Ich hatte doch einen Sprachfehler! Ich konnte kein *R* sprechen! Nachdem ich sie bloßgestellt hatte, hätte es doch schon ausgereicht, mich nachzuahmen, und ich wäre am Boden zerstört gewesen. Aber sie taten es nie.

Das heißt, Pers Bruder, der drei Jahre jünger war als ich, versuchte es einmal. Per und ich unterhielten uns in ihrem Stall, den sein Vater kurz zuvor neben der Garage gebaut hatte, um Platz für einen Norweger zu haben, den er seiner Tochter gekauft hatte, Per und Toms kleiner Schwester Marit. Wir waren den ganzen Abend unterwegs gewesen und schließlich hier gelandet, in dem gemütlichen und warmen Raum, in dem es nach Pferd und Heu roch, als Tom, der mich nicht ausstehen konnte, vermutlich, weil ich seinen Bruder in Beschlag nahm, der früher immer Zeit mit ihm verbracht hatte, mich plötzlich nachahmte.

»Fod Siejja?«, sagte er. »Was ist denn ein Fod Siejja?«

»Tom«, sagte Per vorwurfsvoll.

»Ein Fod Siejja ist ein Auto«, erklärte ich. »Hast du noch nie davon gehört?«

»Von einem Auto, das Fod heißt, habe ich noch nie gehört«, erwiderte er. »Und schon gar nicht von einem Siejja.«

»Tom!«, sagte Per.

»Ach so, du meinst *Ford*!«, sagte Tom.

»Ja, natürlich«, erwiderte ich.

»Warum sagst du es dann nicht?«, fragte er. »Forrrrrd! Sierrrra!«

»Verzieh dich«, sagte Per. Als Tom keine Anstalten machte, sich von der Stelle zu rühren, schlug Per ihm mit der Faust gegen die Schulter.

»Aua!«, sagte Tom. »Lass das!«

»Raus hier, du Hosenscheißer!«, sagte Per und schlug nochmals zu.

Tom verschwand, und wir redeten weiter, als wäre nichts passiert.

Dass dies die einzige Situation war, in der einer der Jugendlichen meine Schwächen auszunutzen versuchte, war merkwürdig, wenn man bedenkt, wie oft ich sie von oben herab behandelte. Aber sie taten es nicht. Da oben war ich ein König. Der König der Kinder. Meine Macht war jedoch begrenzt. Wenn jemand auftauchte, der genauso alt war wie ich, oder jemand, der weiter unten im Tal wohnte, galt sie nicht mehr. Deshalb sehe ich mir meine Leute genau an, damals so gut wie heute.

Ich stellte die Tüten kurz auf der Straße ab, öffnete die Jacke und zog den Schal hoch, schlang ihn mir ums Gesicht, griff erneut nach den Tüten und ging weiter. Der Wind pfiff mir um die Ohren, riss überall Schnee hoch, wirbelte ihn durch die Luft. Es waren vier Kilometer bis zu Jan Vidar, es galt also, Gas zu geben. Ich fiel in einen langsamen Laufschritt. Die Tüten hingen an meinen Armen wie zwei Gewichte. Am anderen Ende der Kurve tauchten entlang der Straße zwei Autoscheinwerfer auf. Die Lichtstrahlen durchschnitten den Wald. Es war, als würden die Bäume, einer nach dem anderen, auflodern. Ich blieb stehen, setzte ein Bein auf den Straßenrand und legte die Tüten vorsichtig in den Straßengraben neben mir. Anschließend ging ich weiter. Als das Auto an mir vorbeifuhr, drehte ich mich um. Auf dem Fahrersitz saß ein alter, mir gänzlich unbekannter Mann. Ich ging die zwanzig Meter zurück, holte die Tüten aus dem Graben, ging weiter, ließ die Kurve hinter mir, kam am Haus eines alten Mannes vorbei, der alleine lebte, gelangte auf die Ebene hinaus, wo ich die Lichter der Fabrik sehen konnte, ranzig in der verschneiten Dunkelheit, lief an dem kleinen verfallenen Hof vorbei, in dem an diesem Abend kein Licht brannte, und hatte fast das letzte Haus vor der Kreuzung zur Hauptstraße erreicht, als auf der Straße erneut ein Auto auftauchte. Ich machte es wie zuvor, legte die Tüten rasch in den Straßengraben und ging mit leeren Händen weiter. Auch diesmal war es nicht Gunnar. Als der Wagen vorbeigefahren war, lief ich zurück, holte die Flaschen und bewegte mich noch schneller; es war schon halb acht. Ich eilte bergab und hatte fast die Hauptstraße erreicht, als sich drei neue Autos näherten. Erneut legte ich die Tüten ab. Möge Gunnar diesmal dabei sein, dachte ich, denn sobald er vorbeigekommen wäre, musste ich nicht mehr bei jedem Auto Halt machen und das Bier verstecken. Zwei Wagen fuhren über die Brücke, der dritte bog ab und ließ mich hinter sich, aber es war wieder nicht Gunnar. Ich holte die Tüten und erreichte die Hauptstraße, folgte ihr an der Bushaltestelle, dem alten Kaufmannsladen, der Autowerkstatt, den alten Wohnhäusern vorbei, alles war in Licht getaucht, alles windgepeinigt, alles verwaist. Fast auf der Kuppe des langen, sanft ansteigenden Hügels sah ich die Scheinwerfer eines neuen Autos über den höchsten Punkt kommen. Hier gab es keinen Straßengraben, so dass ich die Tüten in den Schneewall legen, und da man sie sehen konnte, schleunigst ein paar Meter zwischen sie und mich bringen musste.

Ich blickte in den Wagen, als er vorbeifuhr. Diesmal saß Gunnar darin. Er wandte sich mir im selben Moment zu, und als er mich erkannte, bremste er. Mit einem Schwanz aus aufwirbelndem Schnee hinter sich, rötlich im Schein der Bremslichter, wurde der Wagen hügelabwärts fahrend allmählich langsamer, und als er zwanzig Meter weiter unten endlich zum Stehen kam, setzte er augenblicklich zurück. Der Motor jaulte.

Als er neben mir stand, öffnete er die Tür.

»Du bist das, der hier bei diesem Wetter herumläuft!«, sagte er.

»Ja, brrr«, erwiderte ich.

»Wo willst du denn hin?«

»Ich gehe auf eine Fete.«

»Steig ein, ich fahre dich«, sagte er.

»Nein, nicht nötig«, meinte ich. »Es ist nicht mehr weit. Das geht schon.«

»Nein, nein«, widersprach Gunnar. »Steig ein.«

Ich schüttelte den Kopf.

»Ihr seid spät dran«, sagte ich. »Es ist schon nach halb acht.«

»Das macht doch nichts«, erklärte Gunnar. »Jetzt steig schon ein. Es ist doch Silvester. Ich will nicht, dass du dir hier einen abfrierst. Wir fahren dich. End of discussion.«

Ich konnte nicht noch länger protestieren, ohne dass es verdächtig gewirkt hätte.

»Okay«, sagte ich. »Das ist wirklich nett von dir.«

Er schnaubte.

»Du musst hinten einsteigen«, erwiderte er. »Und mir sagen, wohin ich dich fahren soll.«

Ich öffnete die Tür und setzte mich auf die Rückbank. Es war warm und gemütlich in dem Wagen. Harald, ihr fast drei Jahre alter Sohn, saß in einem Kindersitz und beobachtete mich stumm.

»Hallo, Harald«, sagte ich und lächelte ihn an.

Tove, die auf dem Beifahrersitz saß, drehte sich zu mir um.

»Hallo, Karl Ove«, sagte sie. »Schön, dich zu sehen.«

»Hallo«, sagte ich. »Und frohe Weihnachten nachträglich.«

»Dann wollen wir mal«, sagte Gunnar. »Ich nehme an, wir müssen in die andere Richtung?«

Ich nickte.

Wir fuhren bis zur Bushaltestelle, wendeten und fuhren wieder hoch. Als wir die Stelle passierten, an der die Tüten lagen, konnte ich einfach nicht anders, ich musste mich vorbeugen und nach ihnen sehen. Da lagen sie.

»Wohin geht's?«

»Erst zu einem Freund in Solsletta. Dann wollen wir nach Søm, zu einer Fete.«

»Wenn du willst, kann ich dich hinfahren«, meinte er.

Tove sah ihn an.

»Nein, das ist nicht nötig«, sagte ich. »Außerdem treffen wir uns an der Bushaltestelle noch mit ein paar anderen.«

Gunnar war zehn Jahre jünger als mein Vater und arbeitete als Wirtschaftsprüfer in einer größeren Firma in der Stadt. Er war als einziger der Söhne in die Fußstapfen seines Vaters getreten; die beiden anderen waren Lehrer geworden. Vater an einem Gymnasium in Vennesla, Erling an einer Gesamtschule in Trondheim. Erling wurde von uns als Einziger mit dem Attribut »Onkel« belegt, er war entspannter und weniger auf Prestige bedacht als die beiden anderen. Wir sahen in unserer Kindheit nicht viel von den Brüdern meines Vaters, aber wir mochten sie, denn die beiden waren immer zu Scherzen aufgelegt, vor allem Erling, aber auch Gunnar, den Yngve und ich am liebsten hatten, vielleicht auch, weil der Altersunterschied zwischen uns relativ klein war. Er hatte lange Haare, spielte Gitarre und besaß, nicht zu vergessen, ein Boot mit einem 20-PS-Mercury-Motor bei seinem Sommerhaus in der Nähe von Mandal, wo er während unserer Kindheit im Sommer immer viel Zeit verbrachte. Die Freunde, über die er sprach, waren in meinem Bewusstsein von einem fast mystischen Schimmer umgeben, zum einen, weil mein Vater keine hatte, zum anderen, weil wir sie im Grunde nie sahen, es waren Leute, mit denen er sich nur auf seinem Boot traf, und ich stellte mir ihr Leben tagsüber als eine endlose Kreuzfahrt in Racerbooten zwischen Felseilanden und Inseln vor, lange blonde Haare flatternd im Wind, braungebrannte, lächelnde Gesichter, Kartenspiele und Gitarrenmusik an den Abenden und in den Nächten, wenn auch Frauen hinzugekommen waren.

Mittlerweile hatte er jedoch geheiratet und war

Vater geworden, und auch wenn er sein Boot noch hatte, war die Aura der Schärenromantik doch verschwunden. Genau wie die langen Haare. Tove, seine Frau, stammte aus einer Polizistenfamilie irgendwo im Trøndelag und arbeitete als Lehrerin an einer Grundschule.

»Habt ihr schöne Weihnachten gehabt?«, sagte sie und drehte sich zu mir um.

»Oh ja«, antwortete ich.

»Ich hab gehört, Yngve ist zu Hause gewesen?«, sagte Gunnar.

Ich nickte. Yngve war sein Liebling, bestimmt weil er das erste Enkelkind war und viel Zeit bei den Großeltern verbracht hatte, als Gunnar noch zu Hause wohnte. Aber wahrscheinlich auch, weil Yngve nicht so schwach gewesen war und nicht so schnell geflennt hatte, als wir Kinder waren. Mit Yngve hatte er viel Spaß gehabt. Wenn ich ihm begegnete, versuchte ich deshalb, dem entgegenzuwirken, amüsant zu sein, viele Witze zu reißen, um zu zeigen, dass ich ein ebenso heiteres Temperament besaß wie sie, genauso zu Späßen aufgelegt war, ein Sørländer war, so gut wie sie.

»Er ist vor ein paar Tagen zurückgefahren«, sagte ich. »Er wollte mit ein paar Freunden in eine Skihütte.«

»Ja, er ist ein richtiger Arendaler geworden«, kommentierte Gunnar.

Wir kamen am Gebetshaus vorbei, fuhren durch

die Kurve an der Felsschlucht, in der nie die Sonne schien, überquerten die kleine Brücke. Die Scheibenwischer strichen übers Glas. Die Lüftung rauschte. Neben mir saß Harald und blinzelte.

»Bei wem ist die Fete?«, erkundigte sich Gunnar. »Bei einem aus deiner Klasse?«

»Ehrlich gesagt, bei einem Mädchen aus der Parallelklasse«, antwortete ich.

»Ja, wenn man aufs Gymnasium kommt, verändert sich alles«, sagte er.

»Du bist auch in die Kathedralschule gegangen, stimmt's?«, fragte ich.

»Ja, klar«, sagte er und drehte den Kopf gerade so weit, um meinem Blick begegnen zu können, ehe er seine Aufmerksamkeit erneut der Straße zuwandte. Sein Gesicht war so lang und schmal wie das meines Vaters, aber das Blau seiner Augen war dunkler, ähnelte eher Großvaters als Großmutters Augenfarbe. Er hatte einen großen Hinterkopf wie Großvater und ich, während seine Lippen, die sinnlich waren und beinahe mehr über sein Inneres preisgaben als die Augen, die gleichen waren wie bei Vater und Yngve.

Wir kamen auf die Ebene hinaus, und das Licht der Scheinwerfer, das so lange gegen Bäume und Felsen, Häuserfassaden und Hänge gestoßen war, bekam endlich Raum.

»Am Ende der freien Fläche ist es«, sagte ich. »Du kannst an dem Geschäft da vorne halten.«

»Gut«, sagte Gunnar. Fuhr langsamer, hielt.

»Macht's gut«, sagte ich. »Und einen guten Rutsch!«

»Dir auch einen guten Rutsch«, erwiderte Gunnar.

Ich schlug die Tür zu und ging zu Jan Vidars Haus, während das Auto wendete und den Weg zurückfuhr, den wir gekommen waren. Als es außer Sichtweite war, lief ich los. Jetzt waren wir wirklich spät dran. Ich sprang die Böschung zu ihrem Grundstück hinunter, sah, dass in seinem Zimmer Licht brannte, ging hin und klopfte an die Scheibe. Eine Sekunde später tauchte sein Gesicht auf und starrte mit schmalen Augen in die Dunkelheit hinaus. Ich deutete zur Tür. Als er mich endlich sah, nickte er, und ich ging zum Eingang an der anderen Seite des Hauses.

»Tut mir leid«, sagte ich, »aber das Bier ist noch oben bei Krageboen. Wir müssen sofort hochlaufen und es holen.«

»Was macht es denn da?«, sagte er. »Warum hast du es nicht mitgebracht?«

»Verdammt, mein Onkel ist vorbeigekommen, als ich auf dem Weg zu dir war. Und dann hat er darauf bestanden, mich zu euch zu fahren. Ich konnte doch schlecht Nein sagen, dann hätte er Verdacht geschöpft.«

»Oh nein«, sagte Jan Vidar. »Wir haben aber auch ein Pech.«

»Ja, verdammt«, sagte ich. »Aber jetzt komm schon. Wir müssen uns beeilen.«

Wenige Minuten später stiegen wir die Böschung zur Straße hinauf. Jan Vidar hatte die Mütze in die Stirn gezogen, sich den Schal um den Mund gewickelt, den Kragen der Jacke über die Wangen hochgeschlagen. Von seinem Gesicht waren nur noch die Augen zu sehen, allerdings auch die nur andeutungsweise, denn seine runde Lennon-Brille beschlug, wie ich sah, als er meinem Blick begegnete.

»Dann wollen wir mal«, meinte ich.

»Allerdings«, sagte er.

Trottend, mit schleppenden Beinen, um nicht alle Kraft auf einen Schlag zu vergeuden, liefen wir die Straße entlang. Auf der Ebene hatten wir Gegenwind. Schnee wirbelte um uns. Aus meinen fast zugekniffenen Augen liefen Tränen. Meine Füße wurden allmählich taub, sie fügten sich nicht mehr dem, was ich tat, sondern lagen steif und irgendwie klotzartig in den Winterschuhen.

Ein Auto fuhr vorbei und führte uns vor Augen, wie trostlos unser Tempo war, als es nur einen Augenblick später hinter der Kurve am Ende der Ebene verschwand.

»Sollen wir was rennen?«, rief Jan Vidar.

Ich nickte.

»Ich hoffe nur, die Tüten liegen noch da!«, sagte ich.

»Was hast du gesagt?«, entgegnete Jan Vidar.

»Die Tüten!«, sagte ich. »Hoffentlich hat sie keiner mitgenommen!«

»Scheiße, jetzt läuft doch kein Mensch draußen herum«, sagte Jan Vidar.

Wir lachten. Erreichten das Ende der Ebene und fingen wieder an zu laufen. Den Hang hinauf, wo der Kiesweg abging, der zu dem eigentümlich gutshofartigen Gebäude am Fluss führte, über die kleine Brücke, an der Schlucht vorbei, der verfallenen Autowerkstatt, dem Gebetshaus und den kleinen, weißen Häusern aus den fünfziger Jahren auf beiden Straßenseiten, bis wir endlich die Stelle erreichten, an der ich die beiden Tüten abgelegt hatte. Wir nahmen jeder eine und traten den Rückweg an.

Als wir das Gebetshaus erreicht hatten, hörten wir hinter uns ein Auto.

»Wollen wir trampen?«, sagte Jan Vidar.

»Warum nicht?«, erwiderte ich.

In der linken Hand die Tüte haltend und die rechte mit erhobenem Daumen in die Fahrbahn reckend, standen wir da und lächelten das näherkommende Auto an. Der Wagen schaltete nicht einmal das Fernlicht ab. Wir trotteten weiter.

»Was machen wir, wenn uns keiner mitnimmt?«, sagte Jan Vidar nach einer Weile.

»Uns nimmt schon noch irgendwer mit«, antwortete ich.

»Hier fahren in der Stunde zwei Autos vorbei«, sagte er.

»Hast du eine bessere Idee?«, sagte ich.

»Weiß nicht«, erwiderte er. »Aber bei Richard sitzen ein paar Leute.«

»Jetzt hör aber auf«, sagte ich.

»Und Stig und Liv sitzen mit ein paar Freunden in Kjevik«, fuhr er fort. »Das wäre auch noch eine Möglichkeit.«

»Wir haben Søm gesagt, oder?«, sagte ich. »Du kannst doch nicht jetzt anfangen vorzuschlagen, wo wir Silvester feiern sollen! Es *ist* Silvester!«

»Ja, und wir stehen am Straßenrand. Macht das etwa Spaß?«

Hinter uns kam erneut ein Auto.

»Siehst du«, sagte ich. »Noch ein Auto!«

Es hielt nicht an.

Als wir wieder gegenüber von Jan Vidars Haus standen, war es halb neun. Ich hatte eiskalte Füße, und für einen kurzen Moment war ich versucht, ihm vorzuschlagen, das Bier zu verstecken und stattdessen Silvester mit seinen Eltern zu feiern. Gelaugter Stockfisch und Limonade, Eis, Kekse und Feuerwerk. So hatten wir sonst immer gefeiert. Als ich seinem Blick begegnete, erkannte ich, dass ihm derselbe Gedanke gekommen war. Aber wir gingen weiter. Aus der Siedlung heraus, an der Straße zur Kirche vorbei, durch die Kurve und aufwärts an der kleinen Ansammlung Häuser entlang, wo unter anderem Kåre aus meiner Klasse wohnte.

»Glaubst du, Kåre ist heute Abend unterwegs?«, sagte ich.

»Ist er«, antwortete Jan Vidar. »Er ist bei Richard.«

»Noch ein Grund, nicht dahin zu gehen«, sagte ich.

Es war nichts falsch an Kåre, aber auch nichts richtig. Kåre hatte große, abstehende Ohren, volle Lippen, dünne, sandfarbene Haare und zornige Augen. Er war fast immer wütend und hatte dafür sicher gute Gründe. In jenem Sommer, in dem ich in die Schule kam, hatte er mit gebrochenen Rippen und einem gebrochenen Handgelenk im Krankenhaus gelegen. Er war mit seinem Vater in der Stadt gewesen und hatte Material geholt, unter anderem ein paar Platten, die sie auf dem Anhänger hinter dem Auto transportierten, allerdings ohne sie ordentlich zu befestigen. Als sie auf die Varodd-Brücke hinaufkamen, hatte der Vater deshalb Kåre gebeten, sich in den Anhänger zu setzen, um das Baumaterial festzuhalten. Er war mit den Platten heruntergeweht und bei seinem Sturz auf die Straße übel zugerichtet worden. Darüber lachten wir den ganzen Herbst, und es gehörte immer noch zu den ersten Dingen, die einem einfielen, wenn Kåre auftauchte.

Mittlerweile besaß er ein Moped und hing mit den anderen Mopedfahrern herum.

Auf der anderen Seite der Kurve wohnte Liv, auf die Jan Vidar schon immer ein Auge geworfen hatte. Meine Begeisterung hielt sich in Grenzen. Sie hatte einen hübschen Körper, aber gleichzeitig hatten ihr Humor und die Art, wie sie sich gab, etwas Jungenhaftes, das ihre Brüste und Hüften gleichsam neutralisierte. Außerdem hatte ich einmal vor ihr im Bus gesessen, und sie hatte einem der anderen Mädchen zugewunken, mit den Händen hatte sie wie wild gewunken und dann gesagt: »Oh, sie sind so ekelhaft! Seine langen Hände! Habt ihr sie gesehen?« Als die gewünschte Reaktion ausblieb, weil die Mädchen, an die sie sich gewandt hatte, mich unverwandt anstarrten, drehte sie sich zu mir um und errötete, wie ich sie noch nie zuvor hatte rot werden sehen, wodurch jeglicher Zweifel ausgeräumt war, wessen Hände sie so abstoßend fand.

Unterhalb lag das Gemeindehaus, danach folgte ein kurzer, aber steiler Hang bis zum Supermarkt hinunter, wo die langgezogene Ryen-Ebene begann, an deren Ende der Flugplatz lag.

»Ich glaube, ich rauche eine«, meinte ich und nickte in Richtung Bushaltestelle jenseits des Gemeindehauses. »Sollen wir uns da kurz unterstellen?«

»Rauch du nur«, sagte Jan Vidar. »Es ist immerhin Silvester.«

»Sollen wir auch ein Bier trinken?«, sagte ich.

»Hier? Wozu soll das gut sein?«

»Bist du sauer?«

»Was heißt hier sauer.«

»Ach, nun komm schon!«, sagte ich und streifte meinen Rucksack ab, zog das Feuerzeug und eine Schachtel Zigaretten heraus, öffnete sie, hielt die Hand wie einen kleinen Schirm gegen den Wind und zündete mir eine Zigarette an.

»Möchtest du eine?«, sagte ich und hielt ihm die Schachtel hin.

Er schüttelte den Kopf.

Ich hustete, und der Rauch, der im oberen Teil des Halses irgendwie hängen blieb, ließ eine Welle der Übelkeit durch meinen Magen laufen.

»Oh, verdammt«, sagte ich.

»Schmeckt's?«, sagte Jan Vidar.

»Ich huste sonst nie«, antwortete ich. »Aber ich hab den Rauch in die falsche Röhre bekommen. Es liegt nicht daran, dass ich es nicht gewöhnt bin.«

»Nein«, erwiderte Jan Vidar. »Alle Raucher bekommen den Rauch ständig in die falsche Röhre und husten. Das weiß doch jeder. Meine Mutter raucht seit dreißig Jahren. Jedesmal bekommt sie den Rauch in die falsche Röhre und hustet.«

»Ha, ha«, sagte ich.

Im Dunkel der Kurve tauchte ein Auto auf. Jan Vidar trat einen Schritt vor und streckte den Daumen aus. Das Auto hielt! Er ging hin und öffnete die Tür. Dann drehte er sich zu mir um und winkte. Ich schmiss die Zigarette weg, warf mir den Rucksack über die Schulter, packte die Tüte und folgte ihm. Susanne stieg aus dem Wagen. Sie bückte sich, zog an dem kleinen Hebel und kippte den Sitz nach vorn. Dann sah sie mich an.

»Na, Karl Ove«, sagte sie.

»Na, Susanne«, erwiderte ich.

Jan Vidar war schon auf dem Weg in die Dunkelheit des Autos. Die Tüte mit den Flaschen klirrte.

»Willst du deine Tüte hinten reinlegen?«, sagte Susanne.

»Nein«, antwortete ich. »Das wird schon gehen.«

Ich setzte mich und presste die Tüte zwischen meine Beine. Susanne nahm auf dem Beifahrersitz Platz. Terje, der am Steuer saß, drehte sich um und sah mich an.

»Ihr trampt am Silvesterabend?«, sagte er.

»Na ja …«, setzte Jan Vidar an, als wollte er sagen, dass dies eigentlich kein Trampen war. »Wir haben heute Abend einfach verdammt viel Pech gehabt.«

Terje legte den Gang ein, und die Räder drehten auf den ersten Metern durch, bis sie griffen und wir den Hügel hinunter auf die Ebene rollten.

»Wo wollt ihr denn hin, Jungs?«, sagte er.

Jungs.

Was für ein verdammter Idiot.

Wie konnte er nur mit einer Dauerwelle herumlaufen und denken, das sähe toll aus? Glaubte er etwa, dass er mit diesem Schnäuzer und der Dauerwelle cool aussah?

Werd erwachsen. Nimm zwanzig Kilo ab. Rasier dich. Schneid dir die Haare. Dann kannst du wiederkommen.

Wie konnte Susanne nur mit ihm zusammen sein?

»Wir wollen nach Søm, auf eine Fete«, sagte ich. »Wie weit wollt ihr?«

»Wir müssen nur bis Hamre«, sagte er. »Zu Helges Fete. Aber wenn ihr wollt, können wir euch an der Timenes-Kreuzung absetzen.«

»Super«, sagte Jan Vidar. »Vielen Dank.«

Ich sah ihn an. Aber er starrte aus dem Fenster und nahm meinen Blick nicht wahr.

»Wer kommt denn alles zu Helge?«, sagte er.

»Die üblichen Verdächtigen«, antwortete Terje. »Richard, Ekse, Molle, Jøgge, Hebbe, Tjådi. Und Frode und John und Jomås und Bjørn.«

»Keine Mädchen?«

»Doch, doch. Natürlich. Denkst du, wir sind völlig Banane?«

»Wer denn?«

»Kristin, Randi, Kathrine, Hilde … Inger, Ellen, Anne Kathrine, Rita, Vibecke … Warum fragst du, hast du Lust mitzukommen?«

»Wir wollen ja zu einer anderen Fete«, sagte ich, ehe Jan Vidar antworten konnte. »Und wir sind spät dran.«

»Jedenfalls, wenn ihr trampen wollt«, sagte er.

Vor uns tauchten die Lichter des Flugplatzes

auf. Auf der anderen Seite des Flusses, den wir im nächsten Moment überquerten, lag der kleine Slalomhang unterhalb der Schule in Licht getaucht. Es sah aus, als wäre der Schnee orange.

»Wie läuft es denn auf der Handelsschule, Susanne?«, sagte ich.

»Gut«, antwortete sie von ihrer regungslosen Position auf dem Sitz vor mir. »Und auf der Kathedralschule?«

»Bestens«, sagte ich.

»Du gehst in dieselbe Klasse wie Molle, nicht wahr?«, erkundigte sich Terje und warf mir einen kurzen Blick zu.

»Stimmt.«

»Ist das nicht die Klasse mit den sechsundzwanzig Mädchen?«

»Ja.«

Er lachte.

»Interessante Klassenfeten, was?«

Draußen tauchte auf der einen Straßenseite, verschneit und verlassen, der Campingplatz auf, und auf der anderen das kleine Gebetshaus, der Supermarkt und die Esso-Tankstelle. Der Himmel über den Häuserdächern, die dichtgedrängt in der Hügellandschaft lagen, war voller Lichtpunkte von Feuerwerkskörpern. Eine Clique Jugendlicher stand auf dem Parkplatz um einen Klotz herum, der kleine Lichtkugeln ausspuckte, die in Funken explodierten. Ein paar Autos fuhren langsam hintereinander die Straße hinab, die eine ganze Weile parallel zu der unseren verlief. Auf der anderen Seite lag das Ufer. Die Bucht war von einer weißen Eisschicht bedeckt, die hundert Meter weiter draußen schwarz aufriss.

»Wie viel Uhr ist es eigentlich?«, sagte Jan Vidar.

»Halb zehn«, antwortete Terje.

»Mist. Dann schaffen wir es ja nicht einmal, bis zwölf voll zu sein«, sagte Jan Vidar.

»Ihr müsst um zwölf zu Hause sein?«

»Ha, ha«, sagte Jan Vidar.

Wenige Minuten später hielt Terje neben der Bushaltestelle an der Timenes-Kreuzung, und wir stiegen aus. Stellten uns mit unseren Tüten unter das Dach des Wartehäuschens.

»Wann sollte der Bus gehen, um zehn nach acht?«, sagte Jan Vidar.

»Stimmt genau«, erwiderte ich. »Aber vielleicht hat er ja Verspätung?«

Wir lachten.

»Ach, was soll's«, sagte ich. »Jetzt können wir uns jedenfalls ein Bier genehmigen!«

Ich konnte die Flasche nicht mit dem Feuerzeug öffnen und reichte sie Jan Vidar. Wortlos hebelte er die Kronkorken von zwei Flaschen und gab mir eine.

»Aahh, das schmeckt«, sagte ich und strich mir mit dem Handrücken über den Mund. »Wenn wir jetzt zwei oder drei kippen, haben wir für später eine Art Grundlage.«

»Verdammt, ich habe eiskalte Beine«, sagte Jan Vidar. »Du auch?«

»Ja, bis auf die Knochen durchgefroren«, sagte ich.

Ich setzte die Flasche an den Mund und trank, solange ich konnte. Als ich sie wieder absetzte, war nur noch ein kleiner Schluck auf dem Boden übrig. Mein Bauch war voller Schaum und Luft. Ich versuchte zu rülpsen, aber es kam nichts, nur etwas blubbernder Schaum, der wieder in den Mund aufstieß.

»Machst du mir noch eine auf?«, sagte ich.

»Klar«, sagte Jan Vidar. »Aber weißt du was, hier können wir auch nicht den ganzen Abend stehen bleiben.«

Er hebelte einen weiteren Kronkorken ab, reichte mir die Flasche. Ich setzte sie an den Mund und schloss konzentriert die Augen. Etwas mehr als die Hälfte bekam ich hinunter. Es folgte ein weiterer Schaumrülpser.

»Oh, verdammt«, sagte ich. »Es schmeckt nicht gerade toll, wenn man das Zeug so schnell trinkt.«

Die Straße, an der wir standen, war die Hauptverkehrsader zwischen den Sørlandsstädten. Normalerweise war sie dicht befahren. In den zehn Minuten, die wir dort gestanden hatten, waren jedoch nur zwei Autos vorbeigekommen, beide in Richtung Lillesand unterwegs.

Die Luft unter den grellen Straßenlaternen war voller wirbelndem Schnee. Der Wind, den die Schneeflocken sichtbar machten, schwoll an und fiel ab, wie in Wellen, mal langsam und gleichsam gedehnt, mal jäh und wirbelnd. Jan Vidar schlug den rechten Fuß gegen den linken, den linken gegen den rechten, den rechten gegen den linken …

»Jetzt trink schon«, sagte ich, kippte die letzte Hälfte hinunter und warf die leere Flasche in den Wald hinter dem Unterstand.

»Noch eine«, sagte ich.

»Du kotzt gleich«, entgegnete Jan Vidar. »Lass es ein bisschen ruhiger angehen.«

»Nun, komm schon«, sagte ich. »Noch eine. Scheiße, es ist fast zehn.«

Er hebelte den Kronkorken von einer neuen Flasche und reichte sie mir.

»Was sollen wir jetzt tun?«, sagte er. »Zum Laufen ist es zu weit. Der Bus ist weg. Es gibt keine Autos zum Trampen. Hier gibt es ja nicht einmal ein Telefon in der Nähe, von dem aus wir jemanden anrufen könnten.«

»Wir werden hier sterben«, sagte ich.

»Hallo!«, sagte Jan Vidar. »Da kommt ein Bus. Es-ist-ein-Arendalbus!«

»Machst du Witze?«, sagte ich und schaute den Hang hinauf. Er machte keine Witze, denn dort, in der Kurve auf der Hügelkuppe, näherte sich ein hoher und schöner Bus.

»Komm schon, wirf deine Flasche weg«, sagte Jan Vidar. »Und lächle recht freundlich.«

Er streckte die Hand aus. Der Bus blinkte und hielt, öffnete die Tür.

»Zweimal nach Søm«, sagte Jan Vidar und reichte dem Fahrer einen Hunderter. Ich schaute den Gang hinab. Der Bus war dunkel und vollkommen leer.

»Mit dem Trinken müsst ihr aber warten«, sagte der Fahrer, als er das Wechselgeld aus seiner Tasche drückte. »In Ordnung?«

»Selbstverständlich«, sagte Jan Vidar.

Wir setzten uns in eine Bank in der Mitte. Jan Vidar lehnte sich zurück und presste die Füße gegen die Trennwand, die den Platz vor der Tür abschirmte.

»Ah, ist das schön«, sagte ich. »Warm und gut.«

»Mhm«, sagte Jan Vidar.

Ich bückte mich und schnürte meine Schuhe auf.

»Hast du die Adresse, zu der wir müssen?«, sagte ich.

»Irgendeine Nummer auf dem Elgstien«, sagte er. »Ich weiß in etwa, wo es ist.«

Ich zog die Füße heraus und rieb sie zwischen den Händen. Als wir zu der kleinen unbemannten Tankstelle kamen, die es gab, solange ich denken konnte, und die immer ein Zeichen dafür gewesen war, dass wir uns Kristiansand näherten, als wir noch in Arendal wohnten und Großmutter und

Großvater besuchten, steckte ich sie wieder in die Schuhe, verknotete die Schnürsenkel und war exakt in dem Moment fertig, als der Bus in die Haltestelle vor der Varodd-Brücke schwenkte.

»Frohes neues Jahr!«, rief Jan Vidar dem Fahrer zu, ehe er mir hinterher in die Dunkelheit lief.

Obwohl ich unzählige Male an ihr vorbeigefahren war, hatte ich, außer in meinen Träumen, noch nie einen Fuß auf sie gesetzt. Die Varodd-Brücke war einer der Orte, von denen ich am häufigsten träumte. Manchmal stand ich bloß an ihrem Fuß und sah den Pfeiler der Hängebrücke über mir aufragen, oder aber ich ging auf ihr entlang. Dann verschwand unweigerlich das Brückengeländer, so dass ich mich auf die Fahrbahn setzen und versuchen musste, etwas zum Festhalten zu finden, oder die Brücke riss plötzlich auf und ich rutschte unerbittlich auf die Bruchkante zu. Als ich jünger gewesen war, hatte die Tromøya-Brücke diese Rolle in meinen Träumen gespielt. Heute war es die Varodd-Brücke.

»Mein Vater war bei der Eröffnung«, sagte ich und nickte zur Brücke hin, als wir über die Straße gingen.

»Schön für ihn«, erwiderte Jan Vidar.

Wir trotteten schweigend zu der Siedlung. Normalerweise hatte man von hier aus eine fantastische Aussicht, man konnte Kjevik und den Fjord sehen, der sich auf der einen Seite landeinwärts und auf der anderen weit ins Meer hinaus erstreckte. An diesem Abend war jedoch alles so schwarz wie im Inneren eines Sacks.

»Ist der Wind nicht ein bisschen schwächer geworden?«, sagte ich nach einer Weile.

»Scheint so«, meinte Jan Vidar und wandte sich mir zu. »Merkst du eigentlich was von dem Bier, das du getrunken hast?«

Ich schüttelte den Kopf.

»Nichts. Die waren also schon mal umsonst.«

Nachdem wir einige Zeit gegangen waren, tauchten links und rechts von uns Häuser auf. Einige von ihnen waren dunkel und leer, andere voller festlich gekleideter Menschen. Auf manchen Veranden standen vereinzelt Leute und feuerten Raketen ab. An einer Stelle sah ich eine Gruppe Kinder mit Wunderkerzen im Wind winken. Ich hatte wieder kalte Füße. Die Finger der Hand, die nicht die Tüte hielt und im Fausthandschuh steckte, hatte ich zusammengekrümmt, ohne dass sie deshalb wärmer geworden wären. Doch jetzt waren wir laut Jan Vidar, der kurz darauf mitten auf einer Kreuzung stehen blieb, bald da.

»Jetzt führt der Elgstien da hinauf«, zeigte er. »Und da hinauf. Und dann noch da runter und da runter. Du hast die Wahl. Welchen Weg sollen wir nehmen?«

»Es gibt vier Straßen, die Elgstien heißen?«

»Sieht ganz so aus. Aber welche von ihnen sollen wir nehmen? Gebrauche deine weibliche Intuition.«

Weiblich. Warum sagte er das? Fand er mich weiblich?

»Wie meinst du das?«, sagte ich. »Warum glaubst du, dass ich eine weibliche Intuition habe?«

»Ach, nun komm schon, Karl Ove«, sagte er. »Welche Straße?«

Ich zeigte auf die rechte obere. Wir gingen die Straße hinauf. Wir waren auf der Suche nach Nummer dreizehn. Die erste Hausnummer war dreiundzwanzig, gefolgt von einundzwanzig, wir waren also auf der richtigen Spur.

Ein paar Minuten später standen wir vor dem Haus. Es war in den Siebzigern erbaut worden und wirkte ein wenig heruntergekommen. Der Weg zur Tür war nicht freigeschaufelt, und angesichts des knietiefen Pfads aus Fußspuren, der zum Haus führte, war dies offenbar schon länger nicht mehr getan worden.

»Wie hieß nochmal der Typ, der die Fete organisiert?«, fragte ich, als wir vor der Tür waren.

»Jan Ronny«, antwortete Jan Vidar und klingelte.

»Jan Ronny?«, sagte ich.

»Das ist sein Name.«

Die Tür ging auf, und der Junge, der unser Gastgeber sein musste, stand vor uns. Er hatte kurze, helle Haare, Pickel auf der Wange und entlang der Nasenwurzel, ein Goldkettchen um den Hals, trug eine schwarze Jeans, ein holzfällerhaftes Baumwollhemd und weiße Tennissocken. Er grinste und zeigte auf Jan Vidars Bauch.

»Jan Vidar!«, sagte er.

»Das ist korrekt«, erwiderte Jan Vidar.

»Und du bist …«, sagte er und deutete mit dem Zeigefinger auf mich. »Kai Olav!«

»Karl Ove«, sagte ich.

»What the fuck. Kommt rein! Wir sitzen hier drüben!«

Wir zogen unsere Jacken im Flur aus und folgten ihm die Treppe hinunter in einen Partykeller, in dem fünf Leute saßen. Sie sahen fern. Der Tisch vor ihnen war voller Bierflaschen, Chipsschüsseln, Zigarettenschachteln und Tabakbeutel. Øyvind, der die Arme um seine Freundin gelegt hatte, Lene, die erst in die siebte Klasse ging, aber trotzdem hübsch war und so frech, dass man eher selten an den Altersunterschied dachte, lächelte uns an, als wir hereinkamen.

»Hallo, ihr zwei!«, sagte er. »Schön, dass ihr gekommen seid!«

Er stellte uns die anderen vor. Rune, Jens und Ellen. Rune ging in die neunte Klasse. Jens und Ellen in die achte, während Jan Ronny, der Øyvinds Cousin war, in die Berufsschule ging und eine Ausbildung zum Mechaniker machte. Keiner von ihnen hatte sich herausgeputzt. Nicht einmal ein weißes Hemd.

»Was guckt ihr?«, sagte Jan Vidar, setzte sich auf die Couch und holte ein Bier heraus. Ich blieb an der Wand unter dem niedrigen Kellerfenster stehen, das komplett zugeschneit war.

»Einen Bruce-Lee-Film«, antwortete Øyvind. »Er ist bald zu Ende. Aber wir haben auch noch Bachelor Party und einen Dirty-Harry-Film. Und Jan Ronny hat auch noch einige. Was wollt ihr sehen? Uns ist es gleich.«

Jan Vidar zuckte mit den Schultern.

»Mir egal. Was meinst du, Karl Ove?«

Ich zuckte mit den Schultern.

»Gibt es hier einen Flaschenöffner?«, sagte ich.

Øyvind lehnte sich vor, nahm ein Feuerzeug vom Tisch und warf es mir zu. Aber ich konnte Flaschen nicht mit dem Feuerzeug öffnen. Andererseits war es auch nicht möglich, Jan Vidar zu bitten, sie für mich zu öffnen, das war schwul.

Ich zog eine Flasche aus der Tüte und steckte ihren Hals zwischen meine Zähne, schob ihn ein bisschen weiter, damit der Kronkorken genau über den Backenzahn gelangte, und biss zu. Der Korken rutschte schäumend von der Flasche.

»Tu das nicht!«, sagte Lene.

»Das geht schon«, erwiderte ich.

Ich leerte sie in einem Zug, aber abgesehen davon, dass die Kohlensäure meinen Bauch mit Luft füllte und ich kleine Rülpser hinunterschlucken musste, merkte ich auch von dieser Flasche nichts. Und noch eine schaffte ich nicht in einem Zug.

Als meine Füße allmählich wärmer wurden, taten sie weh.

»Hat einer von euch Schnaps?«, sagte ich.

Sie schüttelten den Kopf.

»Nur Bier, tut mir leid«, sagte Øyvind. »Aber wenn du willst, kannst du eins haben.«

»Ich hab selbst, danke«, erwiderte ich.

Øyvind hob seine Flasche.

»Ex und hopp!«, sagte er.

»Ex und hopp!«, sagten die anderen und stießen mit den Flaschenhälsen an. Sie lachten.

Ich holte die Zigarettenschachtel aus der Tüte und steckte mir eine an. Pall Mall Lights waren nicht gerade die stärksten Zigaretten, und als ich dort mit der vollkommen weißen Zigarette stand, an der auch der Filter weiß war, bereute ich, nicht Prince Denmark gekauft zu haben. Aber ich hatte die ganze Zeit die Fete im Kopf gehabt, zu der wir nach zwölf hinzustoßen wollten, die Irene aus meiner Klasse organisiert hatte, und dort würden Pall Mall Lights nicht sonderlich auffallen. Außerdem war es die Zigarettenmarke, die Yngve rauchte. Jedenfalls war sie es das eine Mal gewesen, das ich ihn rauchen gesehen hatte, eines Abends im Garten, als Mutter und Vater bei Vaters Onkel Alf waren.

Nun galt es, eine neue Flasche aufzubekommen. Ich wollte nicht noch einmal meine Zähne zu Hilfe nehmen, denn irgendetwas sagte mir, dass dies früher oder später schiefgehen und der Zahn nachgeben und brechen würde. Und jetzt, nachdem ich gezeigt hatte, dass ich Flaschen gerne mit den Zähnen öffnete, würde es vielleicht nicht mehr ganz so schwul wirken, Jan Vidar darum zu bitten.

Ich ging zu ihm und nahm mir ein paar Chips aus der Schüssel auf dem Tisch.

»Machst du sie mir bitte auf?«

Er nickte, seine Augen blieben auf den Film gerichtet.

Seit einem Jahr machte er Kickboxen. Ich vergaß es immer wieder, war jedesmal aufs Neue überrascht, wenn er mich zu einem Wettkampf oder etwas in der Art einlud. Ich lehnte natürlich immer dankend ab. Aber das hier war Bruce Lee, das Gekloppe war alles, was zählte, und er war jetzt Feuer und Flamme.

Mit der Bierflasche in der Hand kehrte ich zu meinem Platz an der Wand zurück. Keiner sagte etwas, Øyvind sah mich an.

»Setz dich, Karl Ove«, sagte er.

»Ich stehe gut hier«, erwiderte ich.

»Na dann Prost!«, sagte er und hob seine Flasche in Richtung meiner. Ich trat die zwei Schritte zu ihm und stieß mit seiner an.

»Hopfen und Malz, hinein in den Hals!«, sagte er.

Sein Adamsapfel hüpfte auf und ab wie ein Stempel, als er die Flasche leerte.

Øyvind war für sein Alter groß und ungewöhnlich kräftig gebaut. Er hatte den Körper eines erwachsenen Mannes. Er war zudem freundlich und scherte sich irgendwie nicht darum, was um ihn herum geschah, oder hatte jedenfalls stets ein entspanntes Verhältnis dazu. Als wäre er immun gegen die Welt. Er spielte Schlagzeug in unserer Band, warum auch nicht, das ließ sich machen. Er war mit Lene zusammen, warum auch nicht, das ging schon. Er unterhielt sich nicht besonders viel mit ihr, schleifte sie die meiste Zeit einfach zu Freunden mit, aber das war in Ordnung, sie wollte mit ihm zusammen sein, mehr als mit irgendeinem anderen. Ich hatte es mal ansatzweise bei ihr versucht, zwei Monate zuvor, nur vorgefühlt, wie meine Chancen standen, aber obwohl ich zwei Jahre älter war als die beiden, hatte sie keinerlei Interesse gezeigt. Oh, aber das war ja auch lächerlich. Umgeben von Mädchen auf dem Gymnasium wollte ich sie anbaggern? Ein Mädchen aus der siebten Klasse? Aber ihre Brüste sahen hübsch aus unter dem T-Shirt. Das wollte ich ihr immer noch ausziehen. Ihre Brüste wollte ich immer noch an meinen Händen spüren, Gymnasium hin oder her. Und nichts an ihrem Körper oder Verhalten deutete darauf hin, dass sie erst vierzehn war.

Ich setzte die Flasche an den Mund und leerte

sie in einem Zug. Das werde ich nun wirklich nicht noch einmal schaffen, dachte ich, als ich sie auf dem Tisch absetzte und eine neue mit den Zähnen öffnete. Mein Bauch war von der vielen Kohlensäure ganz prall. Noch ein paar Schlucke mehr, und mir würde der Schaum zu den Ohren herauskommen. Zum Glück war es fast elf. Um halb zwölf konnten wir gehen und den restlichen Abend auf der anderen Fete verbringen. Hätte es diese Aussicht nicht gegeben, wäre ich längst fort gewesen.

Der Junge namens Jens stand plötzlich halb von der Couch auf, nahm das Feuerzeug vom Tisch und führte es hinter seinen Po.

»Jetzt!«, sagte er.

Er furzte und ließ gleichzeitig das Feuerzeug brennen, so dass hinter ihm eine kleine Stichflamme aufloderte. Er lachte. Die anderen lachten auch.

»Jetzt lass das!«, sagte Lene.

Jan Vidar grinste und achtete sorgsam darauf, meinem Blick nicht zu begegnen. Mit der Flasche in der Hand ging ich durchs Zimmer und zu der Tür am anderen Ende. Hinter ihr lag eine kleine Küche. Ich lehnte mich gegen die Arbeitsplatte. Das Haus lag an einem Hang, und das Fenster, ein gutes Stück über dem Erdboden, war der Rückseite des Gartens zugewandt. Zwei Fichten schwankten im Wind. Weiter unten lagen mehrere Häuser. Durch ein Fenster in einem von ihnen sah ich drei Männer und eine Frau mit Gläsern in den Händen zusammenstehen und sich unterhalten. Die Männer in schwarzen Anzügen, die Frau in einem ärmellosen schwarzen Kleid. Ich ging zu der anderen Tür im Raum und öffnete sie. Eine Dusche. An der Wand hing ein Taucheranzug. Immerhin etwas, dachte ich, schloss die Tür und kehrte in den Partykeller zurück. Die anderen saßen noch da wie zuvor.

»Spürst du was?«, sagte Jan Vidar.

Ich schüttelte den Kopf.

»Nein. Nichts. Und du?«

Er grinste.

»Ein bisschen.«

»Ich glaube, wir müssen bald gehen«, sagte ich.

»Wo wollt ihr denn hin?«, erkundigte sich Øyvind.

»Zu der Kreuzung da oben. Wo um zwölf alle hingehen.«

»Ja, aber Scheiße, es ist doch erst elf! Und wir wollen da doch auch hin. Verdammt, wir gehen zusammen.«

Er sah mich an.

»Warum willst du da jetzt schon hin?«

Ich zuckte mit den Schultern.

»Ich hab mich da mit jemandem verabredet.«

»Natürlich warten wir auf euch«, sagte Jan Vidar.

Es war halb zwölf, als wir uns auf den Weg machten. Das ruhige Wohnviertel, in dem sich abgesehen von wenigen Gestalten auf der einen oder anderen Veranda oder in manchen Auffahrten eine halbe Stunde zuvor kein Mensch im Freien aufgehalten hatte, war mittlerweile voller Leben und Bewegung. Aus den Häusern strömten festlich gekleidete Menschen. Frauen mit Mänteln auf den Schultern, Gläsern in den Händen und hochhackigen Pumps an den Füßen, Männer in Mänteln, Anzügen und Lackschuhen und mit Tüten voller Feuerwerkskörper in den Händen füllten die Luft mit Lachen und Rufen. Jan Vidar und ich trugen unsere Plastiktüten mit Bier und gingen neben den alltäglich gekleideten und leicht verpickelten Gesamtschülern, mit denen wir diesen Abend verbracht hatten. Das heißt, nicht wirklich neben ihnen. Für den Fall, dass wir jemandem begegneten, den ich aus der Schule kannte, war ich den anderen stets einen Schritt voraus. Ich tat so, als würde ich mich für dies und das interessieren, so dass die Leute, die uns sahen, unmöglich erkennen konnten, dass wir eigentlich zusammengehörten. Was wir im Grunde ja auch nicht taten. Ich sah gut aus, das Hemd war weiß, die Ärmel hochgeschlagen, wie es, das hatte Yngve mir im Herbst erzählt, sein sollte; über dem Jackett und der schwarzen, anzugähnlichen Hose trug ich einen grauen Mantel, die Füße steckten in meinen Doc-Martens-Schuhen, und um die Handgelenke hatte ich Lederriemen gebunden. Meine Haare waren im Nacken lang und auf dem Scheitel kurz, fast stoppelig. Der einzige Bruch war die Tüte mit Bier. Ihrer war ich mir deshalb schmerzlich bewusst. Sie war es auch, die mich mit der Lumpenbande verband, die hinter mir herwankte, denn Tragetaschen mit Bier hatten sie auch, alle.

An der Straßenkreuzung, die auf einer Anhöhe lag und zu einem Sammelpunkt geworden war, weil man von dort aus die ganze Bucht überblicken konnte, herrschte Chaos. Die Leute standen dichtgedrängt, die meisten waren betrunken, und alle wollten Feuerwerkskörper anzünden. Überall knatterte und knallte es, Pulvergeruch stach einem in die Nase, Rauch trieb durch die Luft, und unter dem dicht bewölkten Himmel explodierte eine farbensprühende Rakete nach der anderen. Er erbebte vor Licht, als würde er jeden Moment bersten und sich öffnen.

Wir blieben am Rande des Spektakels stehen. Øyvind, der Feuerwerkskörper dabeihatte, holte einen großen, dynamitartigen Klotz heraus und stellte ihn vor seinen Füßen ab. Er schwankte vor und zurück, während er mit dem Ding beschäftigt war. Jan Vidar redete in einem fort, wie er es immer tat, wenn er betrunken wurde, und um seine Lippen spielte konstant ein Lächeln. Momentan unterhielt er sich mit Rune. Sie hatten das Kickboxen als gemeinsames Interesse entdeckt. Seine Brille beschlug wieder, aber er scherte sich nicht mehr darum, sie abzunehmen und freizureiben.

Ich stand einen Schritt von ihnen entfernt und ließ den Blick durch die Menschenmenge schweifen. Als der klotzförmige Feuerwerkskörper zum ersten Mal hochging und direkt neben mir ein rotes Licht explodierte, zuckte ich zusammen. Øyvind lachte voller Freude.

»Das war gar nicht so übel!«, rief er. »Sollen wir noch einen anzünden?«, sagte er, setzte einen zweiten daneben, ohne eine Antwort abzuwarten, und zündete ihn an. Im nächsten Moment begann auch dieser Lichtkugeln auszuspucken, und die Tatsache, dass ein Rhythmus zwischen ihnen entstand, feuerte ihn so an, dass er mit fast fieberhafter Hast den dritten Klotz heraussuchte, um fertig zu sein, ehe der erste erlosch.

»Hahaha!«, lachte er.

Neben uns fiel ein Mann in einer hellblauen Jacke, einem weißen Hemd und einer roten Lederkrawatte in den Schneewall am Straßenrand. Eine Frau lief auf hohen Absätzen zu ihm und zog ihn am Arm, allerdings nicht kräftig genug, um ihn hochzuziehen, aber immerhin kräftig genug, um ihn anzuspornen, von selber wieder auf die Beine zu kommen. Er klopfte den Schnee von sich ab und sah dabei nach vorn, als hätte er nicht eben noch im Schnee gelegen, sondern wäre nur stehen geblieben, um sich einen besseren Überblick über die Situation zu verschaffen. Zwei Jungen standen auf dem Dach des Wartehäuschens und richteten ihre Raketen schräg nach vorn, zündeten sie an und hielten sie in den Händen, während sie rauschten und zischten, sie hatten die Köpfe weggebogen, bis sie die Raketen schließlich losließen und diese zwei Meter in die Höhe schossen und mit einer solchen Wucht und Kraft explodierten, dass sich alle Umstehenden zu ihnen umdrehten.

»He, Jan Vidar«, sagte ich. »Kannst du mir die hier bitte auch aufmachen?«

Er hebelte lächelnd den Kronkorken von der Flasche, die ich ihm reichte. Endlich spürte ich die Wirkung des Biers, aber nicht als Freude oder dunkle Schwere, eher wie eine rasch zunehmende Abstumpfung der Sinne. Ich trank, zündete mir eine Zigarette an, sah auf die Uhr. Zehn vor zwölf.

»Noch zehn Minuten!«, sagte ich.

Jan Vidar nickte, sprach weiter mit Rune. Ich hatte beschlossen, mich erst nach zwölf auf die Suche nach Irene zu machen. Ich wusste genau, vor zwölf würden die Gäste der Fete zusammenbleiben, sich umarmen und sich gegenseitig ein frohes neues Jahr wünschen, sie kannten sich von früher, sie waren Freunde, eine Clique, wie jeder auf dem Gymnasium seine Clique hatte, und dieser Clique stand ich zu fern, um mich in dem Moment unter sie mischen zu können. Nach zwölf würde sich jedoch alles auflösen, sie würden stehen bleiben und trinken, nicht sofort zurückgehen, aber bald, und in diesem Zustand, dieser leicht aufgelösten, planlosen

Situation, würde ich zu ihnen stoßen und ein wenig reden und mich beiläufig, oder jedenfalls, ohne zu zeigen, wie sehr ich es wollte, an sie hängen und mit ihnen gehen können.

Das Fragezeichen war Jan Vidar. Wollte er wirklich mitkommen? Dort waren nur Leute, die er nicht kannte und mit denen ich mehr gemeinsam hatte als er. Hatte er nicht seinen Spaß, wie er dort stand und sich unterhielt?

Ach, ich musste ihn fragen. Wollte er nicht, dann wollte er eben nicht. Ich würde jedenfalls nie wieder einen Fuß in diesen gottverdammten Partykeller setzen, so viel stand fest.

Da war sie ja.

Sie stand ein Stück weiter oben, etwa dreißig Meter von uns entfernt, umgeben von den Gästen ihrer Fete. Ich versuchte, sie zu zählen, aber außerhalb des innersten Zirkels war schwer abzuschätzen, wer zu ihrer Fete gehörte und wer zu anderen Partys. Aber zehn bis zwölf würden es schon sein. Fast alle Gesichter hatte ich vorher schon einmal gesehen, es waren die Leute, mit denen sie immer in den Pausen zusammenhing. Schön war sie im Grunde nicht, sie hatte ein kleines Doppelkinn und ein wenig feiste Wangen, ohne in irgendeiner Form fett zu sein, blaue Augen und blonde Haare. Sie war klein und hatte etwas von einer Ente. Aber nichts von all dem spielte eine Rolle bei der Beurteilung ihrer Person, denn sie hatte etwas anderes, das wichtiger war, sie war ein Mittelpunkt. Wenn sie irgendwohin kam und den Mund aufmachte, bekam das, was sie war und zu sagen hatte, unweigerlich Bedeutung. Sie ging jedes Wochenende aus, in der Stadt oder auf private Partys, falls sie nicht auf einer Hütte in einem Skiort oder in irgendeiner Großstadt war. Immer mit ihrer Clique. Ich hasste diese Clique, das tat ich wirklich, und wenn ich bei ihr stand und hörte, wie sie sich über all das ausließ, was sie in letzter Zeit gemacht hatte, hasste ich auch sie.

An diesem Abend trug sie einen dunkelblauen, knielangen Mantel. Unter ihm sah man ansatzweise ein hellblaues Kleid und hautfarbene Strümpfe. Auf dem Kopf hatte sie … ja, was mochte es sein, ein Diadem? Wie eine verdammte Prinzessin?

Ringsum hatte das Ganze an Intensität zugenommen. Jetzt gab es überall nur noch Knallerei und Explosionen und Rufe. Dann, gleichsam von oben, als gäbe Gott persönlich seine Freude über ein neues Jahr bekannt, erschallten die Sirenen. Um uns herum wurde gejubelt. Ich sah auf die Uhr. Zwölf.

Jan Vidar begegnete meinem Blick.

»Es ist zwölf!«, rief er. »Frohes neues Jahr!«

Er torkelte auf mich zu.

Oh nein, verdammt, er hatte doch wohl nicht vor, mich zu umarmen?

Nein, nein, nein!

Aber da war er schon, legte die Arme um mich und presste seine Wange an meine.

»Frohes neues Jahr, Karl Ove«, sagte er. »Und danke für das alte!«

»Frohes neues Jahr«, erwiderte ich. Seine Bartstoppel rieben sich an meiner glatten Wange. Er klopfte mir zweimal auf den Rücken, ehe er einen Schritt zurücktrat.

»Øyvind!«, sagte er und ging auf ihn zu.

Warum zum Teufel hatte er mich umarmen wollen? Wozu sollte das gut sein? Wir umarmten uns doch auch sonst nie. Wir gehörten nicht zu den Leuten, die sich umarmten, wir doch nicht.

Das war vielleicht ein verdammter Mist.

»Frohes neues Jahr, Karl Ove!«, sagte Lene. Sie lächelte mich an, und ich lehnte mich vor und umarmte sie kurz.

»Frohes neues Jahr«, sagte ich. »Du bist so schön.«

Ihr Gesicht, das eine Sekunde zuvor irgendwie umhergeglitten und ein Teil von allem gewesen war, was um uns herum geschah, erstarrte.

»Was hast du gesagt?«, fragte sie.

»Nichts«, antwortete ich. »Danke für das alte.«

Sie lächelte.

»Ich hab gehört, was du gesagt hast«, erklärte sie. »Danke gleichfalls.«

Als sie sich umdrehte, hatte ich einen Ständer.

Oh nein, das nicht auch noch.

Ich leerte meine Bierflasche. Jetzt waren nur noch drei Flaschen in der Tüte. Ich wollte sie mir für später aufheben, aber ich brauchte etwas, womit ich mich beschäftigen konnte, so dass ich eine herausholte, mit den Zähnen öffnete und mir hinter die Binde kippte. Eine Zigarette steckte ich mir auch an. Das waren meine Instrumente, mit ihnen war ich gerüstet. Eine Kippe in der einen Hand, ein Bier in der anderen. So stand ich da und hob beides an den Mund, erst das eine, dann das andere. Die Kippe, das Bier, die Kippe, das Bier.

Zehn nach schlug ich Jan Vidar auf den Rücken, sagte ihm, dass ich zu einer Bekannten gehen und bald zurück sein würde, warte hier, er nickte, und ich begann, mir einen Weg zu Irene hinauf zu bahnen. Erst sah sie mich nicht, da sie mir den Rücken zuwandte und sich mit ein paar Leuten unterhielt.

»Hallo, Irene!«, sagte ich.

Als sie sich nicht umdrehte, wahrscheinlich, weil meine Stimme sich zu wenig von dem uns umgebenden Lärm absetzte, sah ich mich genötigt, ihr auf die Schulter zu klopfen. Das war nicht gut, es war eine zu direkte Hinwendung, jemandem auf die Schulter zu klopfen ist etwas anderes als eine zufällige Begegnung, aber ich musste das Risiko eingehen.

Jedenfalls drehte sie sich um.

»Karl Ove«, sagte sie. »Was machst du denn hier?«

»Wir sind in der Nähe auf einer Fete. Dann habe ich dich hier oben gesehen und dachte, ich wünsche dir ein frohes Neues. Frohes neues Jahr!«

»Frohes neues Jahr!«, sagte sie. »Geht es dir gut?«

»Ja, klar!«, sagte ich. »Und dir?«

»Mir auch.«

Es entstand eine kurze Pause.

»Machst du eine Fete?«, sagte ich.

»Ja.«

»Hier in der Nähe?«

»Ja, ich wohne da drüben.«

Sie zeigte schräg nach oben.

»In dem Haus da?«, sagte ich und nickte in die gleiche Richtung.

»Nein, dahinter. Du kannst es von der Straße aus nicht sehen.«

»Könnte ich vielleicht mitkommen?«, sagte ich. »Dann könnten wir noch was quatschen, nicht? Das wäre doch nett.«

Sie schüttelte den Kopf, wobei sie ironisch die Nase rümpfte.

»Ich denke nicht«, sagte sie. »Weißt du, das ist keine Klassenfete.«

»Das weiß ich doch«, erwiderte ich. »Aber ich dachte halt, nur um zu quatschen? Sonst nichts. Ich bin nicht weit von hier auf einer Fete.«

»Dann geh doch dahin!«, sagte sie. »Wir sehen uns dann im neuen Jahr in der Schule!«

Sie hatte mich ausmanövriert, nach dieser Bemerkung gab es nichts mehr zu sagen.

»Schön, dich zu sehen«, sagte ich. »Ich habe dich immer schon gemocht.«

Damit drehte ich mich um und ging zurück. Dass ich sie immer schon gemocht hatte, war mir nur schwer über die Lippen gekommen, weil es nicht stimmte, aber es würde wenigstens davon ablenken, dass ich sie angefleht hatte, auf ihrer Fete dabei sein zu dürfen. Jetzt würde sie glauben, dass ich so gebettelt hatte, weil ich sie hatte anbaggern wollen. Und ich hätte sie anbaggern können, weil ich betrunken war. Wer tut so was nicht an Silvester?

Verdammte Fotze. Diese verdammte verfickte Drecksfotze.

Als ich zurückkam, schaute Jan Vidar zu mir auf.

»Aus der Fete wird nichts«, sagte ich. »Wir dürfen nicht mitkommen.«

»Warum nicht? Ich dachte, du kennst die?«

»Nur für geladene Gäste. Und das sind wir nun einmal nicht. So ein verdammter Mist.«

Jan Vidar pfiff.

»Wir gehen einfach zurück. Es war doch okay da.«

Ich sah ihn ausdruckslos an und gähnte, damit er begriff, wie okay das war. Aber wir hatten keine andere Wahl. Seinen Vater sollten wir nicht vor zwei anrufen. In der Silvesternacht konnten wir ihn ja schlecht um zehn nach zwölf anrufen. Und so ging ich ein weiteres Mal vor der alltäglich gekleideten und leicht verpickelten Gesamtschulclique durch die Einfamilienhaussiedlung in Søm in dieser stürmischen Silvesternacht 1984/1985.

Zehn Minuten vor halb drei hielt Jan Vidars Vater vor dem Haus. Wir standen bereit und warteten. Ich als der weniger Betrunkene nahm auf dem Beifahrersitz Platz, während Jan Vidar, der nur eine Stunde vorher mit einem Lampenschirm auf dem Kopf herumgesprungen war, sich wie geplant nach hinten setzte. Er hatte sich zum Glück übergeben, und nachdem er ein Glas Wasser getrunken und sich unter dem Wasserhahn gründlich das Gesicht gewaschen hatte, war er in der Lage gewesen, seinen Vater anzurufen und ihm zu sagen, wo wir uns befanden. Überzeugend klang er nicht, ich stand neben ihm und hörte, wie er den ersten Teil des Worts irgendwie hochrülpste, um anschließend den letzten zu verschlucken, aber die Adresse wurde übermittelt, und unsere Eltern glaubten ja wohl nicht, dass wir bei Gelegenheiten wie dieser nicht mit Alkohol in Kontakt kamen?

»Frohes neues Jahr, Jungs!«, sagte sein Vater, als wir uns ins Auto setzten. »War es schön?«

»Oh ja«, antwortete ich. »Um zwölf waren viele Leute unterwegs. Ein ziemliches Spektakel. Wie war es denn oben in Tveit?«

»Ruhig und still«, sagte er, legte den Arm hinter die Rückenlehne meines Sitzes und drehte den Oberkörper halb, um zurückzusetzen. »Bei wem wart ihr eigentlich?«

»Bei einem, den Øyvind kennt. Sie wissen schon, der Typ, der in unserer Band Schlagzeug spielt.«

»Ja, ja«, sagte Jan Vidars Vater, schaltete und begann, den Weg zurückzufahren, den er gekommen war. In manchen Gärten war der Schnee gefleckt von Feuerwerkskörpern. Vereinzelt gingen Paare die Straße hinab. Das eine oder andere Taxi fuhr vorbei. Ansonsten war alles ruhig. In einem Auto durch die Dunkelheit zu gleiten, mit den leuchtenden Instrumenten, neben einem Mann, dessen Bewegungen sicher und ruhig wirkten, hatte mir schon immer sehr gefallen. Jan Vidars Vater war ein guter Mann. Er war freundlich und interessiert, ließ uns aber auch in Ruhe, wenn Jan Vidar ihm zu verstehen gab, dass es genug war. Er nahm uns auf Angelausflüge mit, er regelte Dinge für uns – als ich einmal auf dem Weg zu ihnen einen Platten hatte, hatte er beispielsweise den Schlauch geflickt, ohne viel Aufhebens darum zu machen. Als ich wieder nach Hause wollte, war das Rad fahrbereit – und wenn die Familie gemeinsam Urlaub machte, luden sie mich immer ein. Er erkundigte sich genau wie Jan Vidars Mutter nach meinen Eltern, und wenn er mich nach Haus fuhr, was des Öfteren vorkam, wechselte er immer ein paar Worte mit Mutter oder Vater, falls sie in der Nähe waren, und lud sie zu sich ein. Dass sie niemals kamen, lag nicht an ihm. Aber er konnte auch aufbrausend sein, das wusste ich, auch wenn ich es nie mit eigenen Augen gesehen hatte, und unter allen Gefühlen, die Jan Vidar für ihn empfand, war auch Hass.

»Jetzt haben wir also 1985«, sagte ich, als wir an der Varodd-Brücke auf die E 18 fuhren.

»Tja, allerdings«, erwiderte Jan Vidars Vater. »Oder was meinst du da hinten?«

Jan Vidar sagte nichts. Auch als sein Vater aus dem Wagen stieg, war er stumm geblieben. Er hatte nur starr geradeaus geblickt und sich sofort hingesetzt. Ich drehte mich um und sah ihn an. Sein Kopf bewegte sich nicht, und seine Augen waren auf einen Punkt in der Nackenstütze gerichtet.

»Hat es dir die Sprache verschlagen?«, sagte sein Vater und grinste mich an.

Hinten blieb es weiter vollkommen still.

»Was ist mit deinen Eltern«, sagte sein Vater. »Sind sie heute Abend zu Hause geblieben?«

Ich nickte.

»Meine Großeltern und mein Onkel sind zu Besuch gekommen. Stockfisch und Aquavit.«

»Bist du froh, dass du nicht da warst?«

»Ja.«

Wir bogen auf die Straße nach Kjevik, fuhren an Hamresanden vorbei, Richtung Ryen. Dunkel, ruhig, warm und gut. So könnte ich mein ganzes Leben sitzen, dachte ich. An ihrem Haus vorbei, in die Kurven nach Krageboen hinauf, hinunter zur Brücke auf der anderen Seite, den Hang hinauf. Er war nicht geräumt worden und von einer ungefähr fünf Zentimeter dicken Pulverschneeschicht bedeckt. Jan Vidars Vater fuhr dieses letzte Stück langsamer. An dem Haus vorbei, in dem Susann und Elise wohnten, die beiden Schwestern, die aus Kanada hierher gezogen waren und auf die sich keiner einen Reim machen konnte, an der Kurve vorbei, in der William wohnte, den Hügel hinunter, das letzte Stück hinauf.

»Ich setze dich hier ab«, sagte er. »Dann wecken wir sie nicht, falls sie schon schlafen. Okay?«

»Okay«, sagte ich. »Und vielen Dank fürs Mitnehmen. Mach's gut, Jevis!«

Jan Vidar blinzelte, riss dann die Augen jäh auf.

»Ja, mach's gut«, sagte er.

»Willst du vorne sitzen?«, erkundigte sich sein Vater.

»Das lohnt sich nicht«, sagte Jan Vidar. Ich schlug die Tür zu, hob die Hand zum Gruß und hörte das Auto hinter mir wenden, als ich den Weg zu unserem Haus hinaufging. »Jevis«! Warum hatte ich das gesagt? Diesen Spitznamen, der eine freundschaftliche Verbindung signalisierte, die ich nicht signalisieren musste, da wir ja Freunde waren, hatte ich nie zuvor benutzt.

Die Fenster in unserem Haus waren dunkel. Also waren sie ins Bett gegangen. Das freute mich, nicht, weil ich etwas zu verbergen gehabt hätte, sondern weil ich meine Ruhe haben wollte. Nachdem ich die Jacke im Flur aufgehängt hatte, ging ich ins Wohnzimmer. Alle Spuren der Silvesterfeier waren weggeräumt worden. In der Küche brummte leise die Spülmaschine. Ich setzte mich auf die Couch, schälte eine Orange. Obwohl das Feuer erloschen war, strahlte der Ofen immer noch Wärme ab. Mutter hatte Recht, man war gerne hier. Im Korbsessel hob der Kater schläfrig den Kopf. Als er meinem Blick begegnete, erhob er sich, tapste durchs Zimmer und sprang auf meinen Schoß. Ich legte die Apfelsinenschalen, die er verabscheute, weg.

»Du kannst hier ruhig ein bisschen liegen bleiben«, sagte ich und streichelte ihn. »Tu das ruhig. Aber nicht die ganze Nacht, hörst du. Ich gehe gleich ins Bett.«

Während er sich auf mir zusammenkauerte, begann er zu schnurren. Sein Kopf sank langsam herab, ruhte auf einer Pfote, und binnen weniger Sekunden waren die Augen, die er schnurrend zugemacht hatte, im Schlaf geschlossen.

»Manche haben es einfach drauf«, sagte ich.

Am nächsten Morgen weckte mich das Radio in der Küche, aber ich blieb liegen und döste weiter, es gab an diesem Tag ohnehin keinen Grund zum Aufstehen, und schlief kurz darauf wieder ein. Als ich das nächste Mal wach wurde, war es halb zwölf. Ich zog mich an und ging hinunter. Mutter saß lesend am Küchentisch und schaute zu mir auf, als ich hereinkam.

»Hallo«, sagte sie. »War es nett gestern?«

»Ja«, antwortete ich. »Es hat Spaß gemacht.«

»Wann bist du nach Hause gekommen?«

»Gegen halb drei. Jan Vidars Vater hat uns gefahren.«

Ich setzte mich und machte mir ein Brot mit Leberwurst, schaffte es nach einigen Versuchen, mit der Gabel eine Gewürzgurke aufzuspießen, legte sie auf die Wurst und hob die Teekanne an, um zu prüfen, ob sie leer war.

»Ist noch was drin?«, sagte Mutter. »Ich kann neuen aufsetzen.«

»Ein Tässchen ist bestimmt noch drin«, antwortete ich. »Aber er ist vielleicht schon ein bisschen kalt, oder?«

Mutter stand auf.

»Setz dich«, sagte ich. »Das kann ich selber tun.«

»Ach was«, erwiderte sie. »Ich sitze doch direkt neben dem Herd.«

Sie ließ Wasser in den Topf laufen und stellte ihn auf die Herdplatte, die unmittelbar darauf anfing zu knistern.

»Was gab es denn zu essen?«, sagte sie.

»Ein kaltes Büfett«, antwortete ich. »Ich glaube, die Mutter des Mädchens, das die Fete gemacht hat, hatte es vorbereitet. Es gab so … ach, du weißt schon, Krabben und Gemüse in Gelee, durchsichtig …?«

»Sülze?«, sagte Mutter.

»Ja, genau, Krabbensülze. Und gewöhnliche Krabben. Und Krebse. Zwei Hummer, es war nicht genug für alle da, aber jeder durfte mal probieren. Und dann noch Schinken und so.«

»Das hört sich doch gut an«, meinte Mutter.

»Ja, war es auch«, sagte ich. »Um zwölf sind wir dann zu einer Kreuzung gegangen, an der sich alle getroffen und Raketen abgeschossen haben. Also wir nicht, aber andere.«

»Hast du jemanden kennen gelernt?«

Ich zögerte die Antwort hinaus. Nahm mir eine neue Scheibe Brot, sah mich auf dem Tisch nach einem passenden Belag um. Salami mit Mayonnaise, das würde schmecken.

»Nicht wirklich«, sagte ich. »Ich habe mich eher an die gehalten, die ich schon kannte.«

Ich sah sie an.

»Wo ist Papa?«

»In der Scheune. Er will heute zu Oma fahren. Hast du Lust, mitzukommen?«

»Nein, eigentlich nicht«, antwortete ich. »Da waren gestern so viele Leute. Ich habe vor allem Lust, allein zu sein. Vielleicht schaue ich später mal bei Per vorbei. Aber das ist alles. Was hast du vor?«

»Ich weiß es nicht. Vielleicht was lesen. Irgendwann muss ich auch noch packen. Das Flugzeug geht morgen früh.«

»Stimmt ja«, sage ich. »Wann kommt Yngve?«

»In ein paar Tagen, glaube ich. Dann seid ihr hier wieder zu zweit, Papa und du.«

»Ja«, sagte ich. Meine Augen fielen auf den Presskopf, den Großmutter zubereitet hatte. Die nächste Scheibe mit Presskopf, das wäre vielleicht gar nicht so verkehrt, oder? Und dann noch eine mit Lammrolle.

Eine halbe Stunde später klingelte ich an dem Haus, in dem Per wohnte. Sein Vater öffnete mir. Er schien hinauszuwollen, denn er trug eine grüne gefütterte Militärjacke über einem blauen Trainingsanzug mit glänzendem Stoff, hatte helle Winterschuhe an und hielt eine Hundeleine in der Hand. Der Hund der Familie, ein alter Golden Retriever, schwänzelte zwischen seinen Beinen.

»Du bist das?«, sagte er. »Frohes neues Jahr!«

»Frohes neues Jahr«, erwiderte ich.

»Sie sind im Wohnzimmer«, sagte er. »Geh ruhig rein.«

Er ging pfeifend an mir vorbei auf den Hof hinaus und zur offen stehenden Garage. Ich streifte die Schuhe ab und ging ins Haus. Es war groß und offen, erst vor ein paar Jahren erbaut, vom Vater selbst, wenn ich es richtig verstanden hatte, und von fast allen Zimmern aus hatte man einen Blick auf den Fluss. Hinter dem Flur lag zunächst die Küche, in der die Mutter arbeitete, die sich mir zuwandte, als ich vorbeiging, lächelte und Hallo sagte, dahinter das Wohnzimmer, in dem Per mit seinem Bruder Tom, seiner Schwester Marit und seinem besten Freund Trygve saß.

»Was seht ihr euch an?«, sagte ich.

»Die Kanonen von Navarone«, antwortete Per.

»Guckt ihr schon lange?«

»Nein. Eine halbe Stunde. Wir können gerne zurückspulen, wenn du willst.«

»Zurückspulen?«, sagte Trygve. »Wir haben doch keine Lust, uns den ersten Teil noch einmal anzusehen?«

»Aber Karl Ove hat ihn doch nicht gesehen«, entgegnete Per. »Das geht schnell.«

»Schnell? Es dauert immerhin eine halbe Stunde«, sagte Trygve.

Per ging zum Videorekorder und kniete sich davor.

»Du kannst das nicht alleine entscheiden«, sagte Tom.

»Ach ja?«, sagte Per.

Er drückte auf Stop und anschließend auf Rewind.

Marit stand auf und ging zu der Treppe, die in die obere Etage führte.

»Sagt mir Bescheid, wenn wir wieder an derselben Stelle sind«, sagte sie. Per nickte. Es klickte und klackerte ein paarmal in dem Gerät, wobei es einige leise, hydraulische Quietscher von sich gab, bis alles vorbereitet war und das Band anfing, sich mit stetig steigender Geschwindigkeit und Lautstärke rückwärts zu drehen, bis es ein gutes Stück vor dem Ende abbremste und sich am Ende ganz langsam drehte, ähnlich wie ein Flugzeug, könnte man sich denken, das nach seinem rasenden Flug und dem Abbremsen auf der Landebahn einigermaßen ruhig und vorsichtig zum Terminalgebäude rollt.

»Du warst gestern Abend bestimmt zu Hause bei Mama und Papa, nicht wahr?«, sagte ich und sah Trygve an.

»Ja?«, erwiderte er. »Und du warst bestimmt aus und hast getrunken?«

»Ja«, sagte ich. »Ich war aus und habe getrunken. Aber ich wäre gerne zu Hause gewesen. Es gab keine Fete, zu der wir gehen konnten, so dass wir jeder mit einer Tüte Bier in der Hand durch den Sturm gelatscht sind. Bis nach Søm sind wir gegangen. Aber wartet nur. Bald seid ihr an der Reihe, nachts unkoordiniert mit Plastiktüten durch die Gegend zu laufen.«

»So, so«, sagte Per.

»Na, das wird ja ein Spaß«, meinte Trygve, als die ersten Bilder des Films auf dem Fernsehbildschirm vor uns auftauchten. Draußen herrschte eine so vollkommene Stille, wie es nur im Winter möglich war. Und obwohl der Himmel grau und bedeckt war, leuchtete die Landschaft weiß und schimmernd. Ich weiß noch, ich dachte, dass ich zu nichts anderem Lust hatte, als genau hier zu sitzen, in einem Neubau, auf einer Scheibe aus Licht mitten im Wald, und so dumm zu sein, wie ich wollte.

Am nächsten Morgen fuhr Vater meine Mutter zum Flughafen. Als er zurückkam, war der Puffer zwischen uns verschwunden, und wir kehrten augenblicklich zu dem Leben zurück, das wir den ganzen Herbst über geführt hatten. Er verschwand in seiner Wohnung unter der Scheune, ich nahm den Bus zu Jan Vidar, wo wir uns an seinen Verstärker anschlossen und eine Weile spielten, bis wir es leid waren und zum Geschäft latschten, wo sich nichts tat, zurücklatschten und uns im Fernsehen das Skispringen ansahen, Platten hörten, über Mädchen redeten. Gegen fünf fuhr ich mit dem Bus wieder zurück, wo Vater mich in der Tür abfing und fragte, ob er mich eventuell in die Stadt fahren sollte. Das gehe in Ordnung, antwortete ich. Unterwegs schlug er vor, bei Großmutter und Großvater vorbeizuschauen, ich hatte Hunger, wir konnten dort sicher etwas essen.

Als Vater den Wagen vor der Garage parkte, steckte Großmutter den Kopf zum Fenster hinaus.

»Ihr seid das!«, sagte sie.

Eine Minute später schloss sie uns die Haustür auf.

»Danke für den schönen Abend!«, sagte sie. »Es war wirklich gemütlich bei euch.«

Sie sah mich an.

»Und du hattest Spaß, habe ich gehört?«

»Ja, klar«, sagte ich.

»Jetzt nimm mich mal in die Arme! Du bist zwar

schon groß, aber deine Oma kannst du trotzdem noch umarmen!«

Ich lehnte mich vor und spürte ihre trockene, faltige Wange an meiner. Sie roch gut, nach dem Parfüm, das sie seit jeher benutzt hatte.

»Habt ihr schon gegessen?«, sagte Vater.

»Wir haben gerade gegessen, aber ich kann euch was aufwärmen, kein Problem. Habt ihr Hunger?«

»Ich denke schon, oder?«, sagte Vater und sah mich mit einem feinen Lächeln auf den Lippen an.

»Ich habe jedenfalls Hunger«, sagte ich.

Vor meinem inneren Ohr hörte ich, wie es sich anhören musste.

»Hunge.«

Wir zogen im Flur Mantel und Jacke aus, ich setzte die Schuhe säuberlich zusammen auf den Boden des offenen Kleiderschranks und hängte die Jacke auf einen der alten, rissig gewordenen goldenen Kleiderbügel, Großmutter stand an der Treppe und betrachtete uns mit jener Ungeduld im Körper, die ihr immer eigen gewesen war. Eine Hand strich über die Wange. Ihr Kopf wandte sich ein wenig zur Seite. Sie verlagerte das Gewicht vom einen Fuß auf den anderen. Scheinbar unbeeindruckt von diesen kleinen Bewegungen unterhielt sie sich gleichzeitig mit Vater. Erkundigte sich, ob bei uns auch so viel Schnee lag. Ob Mutter gefahren war, wann sie das nächste Mal nach Hause kommen würde. Ja, genau, sagte sie jedesmal, wenn er etwas sagte. Genau.

»Und du, Karl Ove?«, sagte sie und sah zu mir hinüber. »Wann fängt denn die Schule wieder an?«

»In zwei Tagen.«

»Das wird schon klappen, nicht?«

»Ja, sicher.«

Vater musterte sich kurz im Spiegel. Sein Gesicht war ruhig, aber in seinen Augen war ein Schatten von Unzufriedenheit erkennbar, sie wirkten kalt und desinteressiert. Er machte einen Schritt auf Großmutter zu, die sich umdrehte und leichtfüßig und schnell die Treppe hochstieg. Vater folgte ihr mit schweren Schritten, und dann kam ich, den Blick auf die dichten, schwarzen Haare in seinem Nacken gerichtet.

»Sieh einer an!«, sagte Großvater, als wir in die Küche kamen. Er saß breitbeinig und zurückgelehnt auf einem Stuhl am Küchentisch, mit schwarzen Hosenträgern über dem weißen Hemd, das am Hals aufgeknöpft war. Eine Haarlocke hing ihm ins Gesicht, die er im selben Moment mit einer Hand zurückstrich. In seinem Mund hing eine Kippe ohne Glut.

»Wie waren die Straßen?«, sagte er. »Glatt?«

»Halb so wild«, antwortete Vater. »Silvester war es schlimmer. Außerdem ist kaum Verkehr.«

»Setzt euch«, sagte Großmutter.

»Nein, dann ist ja kein Platz mehr für dich«, sagte Vater.

»Ich bleibe stehen«, erwiderte sie. »Ich will euch

doch das Essen aufwärmen. Wisst ihr, ich sitze sowieso den ganzen Tag. Jetzt setzt euch schon!«

Großvater hielt ein Feuerzeug unter die Kippe und zündete sie an. Paffte ein paarmal, blies Rauch ins Zimmer.

Großmutter stellte die Herdplatten an, trommelte mit den Fingern auf der Arbeitsplatte und pfiff leise und zischend, wie es ihre Art war.

Vater war in gewisser Weise zu groß, um an diesem Küchentisch zu sitzen, überlegte ich. Nicht körperlich, Platz gab es genug, es war vielmehr so, dass er nicht dorthin passte. Etwas an ihm oder dem, was er ausstrahlte, verwahrte sich gegen diesen Küchentisch.

Er zog eine Zigarette heraus und zündete sie an.

Hätte er besser ins Esszimmer gepasst? Wenn wir dort gegessen hätten?

Ja, das hätte er. Dort wäre es besser gegangen.

»Jetzt haben wir also 1985«, sagte ich, um die bereits Sekunden andauernde Stille zu durchbrechen.

»Ja, so ist es wohl«, meinte Großmutter.

»Und wo ist dein Bruder?«, sagte Großvater. »Ist er wieder in Bergen?«

»Nein, er ist noch in Arendal«, antwortete ich.

»Ja«, sagte Großvater. »Weißt du was, er ist ein richtiger Arendaler geworden.«

»Ja, er schaut nicht mehr oft bei uns vorbei«, meinte Großmutter. »Dabei hatten wir so viel Spaß mit ihm, als er klein war.«

Sie sah mich an.

»Aber du kommst ja!«

»Was studiert er noch?«, sagte Großvater.

»War es nicht Politologie?«, sagte Vater und sah mich an.

»Nein, er hat jetzt mit Kommunikationswissenschaften angefangen«, erklärte ich.

»Weißt du nicht, was dein eigener Sohn studiert?«, sagte Großvater und lächelte.

»Doch, doch. Das weiß ich durchaus«, sagte Vater. Er drückte die halb gerauchte Zigarette im Aschenbecher aus und drehte sich zu Großmutter um. »Ich denke, wir können jetzt essen, Mutter. Es braucht ja nicht glühend heiß zu sein. Es ist bestimmt warm genug, meinst du nicht?«

»Ich denke schon«, sagte Großmutter, holte zwei Teller aus dem Schrank, stellte sie vor uns ab, nahm Besteck aus der Schublade und legte es neben die Teller.

»Ich mache es heute mal einfach so«, sagte sie, nahm Vaters Teller und tat ihm Kartoffeln, Erbsenpüree, Frikadellen und Sauce auf.

»Das sieht gut aus«, sagte Vater, als sie den Teller vor ihm absetzte und nach meinem griff.

Die beiden einzigen Menschen, die meines Wissens genauso schnell aßen wie ich selbst, waren Yngve und Vater. Nur wenige Minuten, nachdem Großmutter die Teller vor uns abgesetzt hatte, waren sie leergegessen. Vater lehnte sich zurück und steckte sich eine neue Zigarette an, Großmutter goss Kaffee in eine Tasse und reichte sie ihm, ich stand auf und ging ins Wohnzimmer, blickte auf die Stadt mit ihren zahllosen funkelnden Lichtern, den Schnee, der schmutzig grau, fast schwarz an den Wänden der Lagerhallen am Kai lag. Das Licht der Straßenlaternen reckte sich zitternd über die vollkommen schwarze und glatte Wasserfläche.

Für einen Moment war ich ganz von dem Gefühl weißen Schnees vor schwarzem Wasser erfüllt. Wie das Weiß alle Details um einen kleinen See oder einen Bach im Wald ausradiert, so dass der Unterschied zwischen Landschaft und Wasser absolut wird und das Wasser wie etwas zutiefst Fremdes, ein schwarzes Loch, in der Welt liegt.

Ich wandte mich um. Das zweite Wohnzimmer lag zwei Stufen höher als das, in dem ich stand, und war mit einer Schiebetür abgetrennt. Nun stand diese Schiebetür halb offen, und ich ging hinauf, ohne einen bestimmten Grund, ich war nur rastlos. Das war die gute Stube, in der sie sich nur zu besonderen Anlässen aufhielten, uns war es immer verboten gewesen, dort alleine zu sein.

An der Wand stand ein Klavier, über dem zwei Gemälde mit alttestamentarischen Motiven hingen. Auf dem Klavier standen die Abiturientenbilder der drei Söhne. Vater, Erling, Gunnar. Es war jedesmal aufs Neue seltsam, Vater ohne Bart zu sehen. Er lächelte, hatte die schwarze Abiturientenmütze frech in den Nacken geschoben. Seine Augen leuchteten vor Freude.

Mitten im Zimmer standen beidseits eines Tischs zwei Couchen. In der Ecke ganz hinten in der guten Stube, die von zwei schwarzen Ledersofas und einem antiken Eckschrank mit Bauernmalerei dominiert wurde, gab es einen weißen offenen Kamin.

»Karl Ove?«, sagte Vater in der Küche.

Ich machte schnell die vier Schritte in das andere Zimmer und antwortete ihm.

»Gehen wir?«

»Ja.«

Als ich in die Küche kam, war er bereits aufgestanden.

»Macht's gut«, sagte ich. »Bis bald.«

»Tschüss«, sagte Großvater. Großmutter begleitete uns wie üblich nach unten.

»Ach ja«, sagte Vater, als wir unten im Flur standen und uns anzogen. »Ich hab dir was mitgebracht.«

Er ging hinaus, die Autotür wurde geöffnet und wieder geschlossen, und dann kam er mit einem Paket in der Hand zurück, das er ihr überreichte.

»Herzlichen Glückwunsch zum Geburtstag, Mutter«, sagte er.

»Nein, das wäre doch nicht nötig gewesen!«, sagte Großmutter. »Ihr Lieben. Ihr sollt mir doch nichts schenken!«

»Doch«, entgegnete Vater. »Pack's aus!«

Ich wusste nicht, wohin ich gucken sollte. Die Situation hatte eine Intimität, die ich nie zuvor erlebt und von deren Existenz ich nichts geahnt hatte.

Großmutter hielt eine Tischdecke in der Hand.

»Nein, ist die schön!«, sagte sie.

»Ich fand, dass sie zu der Tapete oben passen könnte«, erklärte Vater. »Siehst du?«

»Wie hübsch«, sagte Großmutter.

»So«, sagte Vater in einem Ton, der jedes weitere Gespräch unterband. »Dann wollen wir mal.«

Wir setzten uns in den Wagen, Vater ließ den Motor an, und eine Kaskade aus Licht traf das Garagentor. Als wir die kurze Auffahrt abwärts zurücksetzten, winkte Großmutter uns von der Treppe aus zu. Wie immer schloss sie die Tür hinter sich, während wir wendeten, und als wir auf die Hauptstraße fuhren, war sie fort.

In den folgenden Tagen dachte ich manchmal an die kurze Episode im Flur zurück und hatte dabei immer dasselbe Gefühl: Ich hatte etwas gesehen, was ich nicht sehen sollte. Aber es verschwand schnell, ich war mit meinen Gedanken nicht wirklich bei Vater und Großmutter, denn in diesen Wochen passierte so viel anderes. In der ersten Stunde des neuen Schuljahrs verteilte Siv eine Einladung an alle, sie würde am kommenden Samstag eine Klassenfete organisieren, was eine gute Nachricht war, da ich das Recht hatte, auf eine Klassenfete zu gehen, da konnte mir niemand vorwerfen, mich aufzudrängen, da konnte die Vertrautheit mit den anderen, die dazu führte, dass ich in den Schulstunden dem Verhalten des Menschen relativ nahe kam, der ich eigentlich war, in die größere Welt überführt werden. Kurzum, ich konnte trinken, tanzen, lachen und vielleicht sogar irgendwo an einer Wand stehend mit jemandem knutschen. Andererseits hatten Klassenfeten gerade deshalb einen niedrigeren Status, es waren keine Feten, zu denen man eingeladen wurde, weil man war, wer man war, sondern wo man war, in diesem Fall in Klasse 1B. Das schmälerte meine Freude jedoch nicht. Eine Fete war nicht nur eine Fete, sondern eine Gelegenheit. Das Problem, alkoholische Getränke zu beschaffen, bestand genauso wie vor Silvester, und ich überlegte kurz, ob ich mal wieder Tom anrufen sollte, kam aber zu dem Schluss, es lieber selbst zu versuchen. Ich mochte zwar erst sechzehn sein, sah aber älter aus, und wenn ich mich zusammenriss, würde wahrscheinlich kein Mensch auf die Idee kommen, mir den Kauf zu verweigern. Und wenn, wäre es zwar peinlich, aber mehr auch nicht, und ich würde Tom immer noch bitten können, die Sache für mich zu regeln. Also ging ich am Mittwoch durch den Supermarkt, legte zwölf Flaschen Pils und als Alibi Brot und Tomaten in meinen Einkaufskorb, reihte mich in die Schlange ein, stellte die Waren auf das Laufband, gab der Kassiererin das Geld, das sie annahm, ohne mich auch nur eines Blickes zu würdigen, woraufhin ich aufgekratzt und mit einer klirrenden Plastiktüte in jeder Hand nach Hause eilte.

Als ich Freitagnachmittag aus der Schule kam, war Vater in der Wohnung gewesen. Auf dem Tisch lag ein Zettel.

Karl Ove –
Ich bin an diesem Wochenende auf einem Seminar.
Komme Sonntagabend wieder nach Hause.
Im Kühlschrank liegen frische Krabben und im Brotkorb Weißbrot. Mach es dir gemütlich!
Papa

Auf dem Zettel lag ein Fünfhundertkronenschein.

Oh, das war ja perfekt!

Krabben waren mein Leibgericht. Ich aß sie abends vor dem Fernseher und machte hinterher einen Spaziergang durch die Stadt, hörte erst *Lust for Life* mit Iggy Pop und anschließend eines der späten Roxy-Music-Alben auf meinem Walkman, irgendetwas an der Distanz zwischen dem Inneren und dem Äußeren, die dabei entstand, gefiel mir unwahrscheinlich gut; wenn ich die vielen betrunkenen Gesichter sah, die sich vor den Kneipen versammelt hatten, kam es mir vor, als befänden sie sich in einer anderen Dimension als ich, und Gleiches galt für die vorbeifahrenden Autos, die Fahrer, die an den Tankstellen ausstiegen und wieder einstiegen, die Verkäufer, die mit ihrem müden Lächeln und ihren mechanischen Bewegungen hinter den Theken standen, die Männer, die mit ihren Hunden unterwegs waren.

Am Vormittag des nächsten Tages schaute ich bei Großmutter und Großvater vorbei, aß bei ihnen ein paar Brötchen, ging anschließend in die Stadt, kaufte drei Platten und eine große Tüte Süßigkeiten, ein paar Musikzeitschriften und ein Taschenbuch, Jean Genets *Tagebuch eines Diebes*. Schaute Fußball und trank dabei zwei Flaschen Bier und eine weitere, während ich duschte und mich umzog, und noch eine beim Rauchen der letzten Zigarette, bevor ich losging.

Ich hatte mit Bassen verabredet, dass wir uns an der Kreuzung treffen würden, die allgemein Rundingen genannt wurde. Als ich mit der Tüte an meiner Hand bergauf trottete, stand er bereits da und grinste. Er hatte seine Bierflaschen in einem Rucksack verstaut, und als ich das sah, bekam ich große Lust, mir an die Stirn zu schlagen. Natürlich! So machte man das.

Wir gingen in den Kuholmsveien, am Haus meiner Großeltern vorbei, die Hügel hinauf und in das Wohnviertel in der Gegend um das Stadion, wo Siv wohnte.

Nachdem wir ein paar Minuten gesucht hatten, fanden wir die richtige Hausnummer und klingelten. Siv öffnete uns die Tür mit einem lauten Kreischen.

Schon vor dem Aufwachen wusste ich, dass etwas Gutes passiert war. Mir schien, als würde eine Hand zu mir herabgestreckt, dorthin, wo ich auf dem Grund des Bewusstseins lag und über mir ein Bild nach dem anderen vorüberziehen sah. Eine Hand, die ich ergriff und die mich langsam hochzog, ich kam mir selbst immer näher, bis ich die Augen aufschlug.

Wo war ich?

Ach ja, das Wohnzimmer in der Wohnung. Ich lag, in voller Montur, auf der Couch.

Ich setzte mich auf, stützte den pochenden Schädel in die Hände.

Mein Hemd roch nach Parfüm.

Ein schwerer, exotischer Duft.

Ich hatte mit Monika geknutscht. Wir hatten getanzt, wir hatten uns verdrückt, hatten unter einer Treppe gestanden, ich hatte sie geküsst. Sie hatte mich geküsst.

Aber das war es nicht!

Ich stand auf und ging in die Küche, ließ Wasser in ein Glas laufen, leerte es in einem Zug.

Nein, das war es nicht!

Etwas Fantastisches war passiert, ein Licht war entfacht worden, aber es war nicht Monika gewesen, sondern etwas anderes.

Aber was?

Der viele Alkohol hatte ein Defizit in meinem Körper geschaffen, wobei dieser jedoch spürte, was erforderlich war, um es wieder auszugleichen. Hamburger, Pommes frites, Würstchen. Viel Cola. Das war es, was ich brauchte. Und ich brauchte es jetzt.

Ich ging in den Flur und musterte mich im Spiegel, während ich mir mit einer Hand durchs Haar strich. Ich sah gar nicht mal so übel aus, nur die Augen waren ein bisschen rot unterlaufen, so konnte ich mich zeigen.

Ich band die Winterschuhe zu, griff nach meiner Jacke und zog sie an.

Aber was war das.

Ein Button?

Auf dem »Smile!« stand?

Ah, das war es!

Das war das Gute!

Ich hatte mich in der letzten Stunde der Fete mit Hanne unterhalten.

Das war es!

Wir hatten lange miteinander geredet. Sie hatte gelacht und war so fröhlich gewesen. Hatte nichts getrunken. Ich schon, denn dann konnte ich dort sein, wo sie war, im Leichten und Fröhlichen. Danach hatten wir getanzt.

Oh, wir hatten zu Frankie Goes to Hollywood getanzt. *The Power of Love.*

The POWER of LO-OVE!

Aber Hanne, Hanne.

So ihre Nähe zu spüren. Fast genauso nahe neben ihr zu stehen und zu reden. Ihr Lachen. Ihre grünen Augen. Ihre kleine Nase.

Kurz bevor wir gehen wollten, hatte sie mir den Button angesteckt.

Das war geschehen. Es war nicht viel, aber das wenige, was sich ereignet hatte, war fantastisch.

Ich knöpfte die Jacke zu und ging nach draußen. Die Wolken hingen tief über der Stadt, kalter Wind fegte durch die Straßen und über das Meer. Alles war grau und weiß, kalt und unwirtlich. Aber in meinem Inneren schien die Sonne. The POWER of LO-OVE! Hörte ich immer und immer wieder, während ich am Fluss entlang zur Imbissbude ging.

Was war eigentlich passiert?

Hanne war doch Hanne, sie hatte sich nicht verändert, sie war dieselbe, die sie den ganzen Herbst und Winter über im Klassenzimmer gewesen war. Ich hatte sie nett gefunden, aber nichts Besonderes für sie empfunden. Und dann jetzt! Und dann das!

Es kam mir vor, als wäre ich vom Blitz getroffen worden. Immer wieder schoss das Glück durch meine Nervenbahnen. Das Herz bebte, die Seele leuchtete. Plötzlich konnte ich nicht mehr bis Montag warten, es nicht erwarten, dass die Schule anfing.

Sollte ich sie anrufen?

Sollte ich sie zu uns einladen?

Geistesabwesend bestellte ich einen Cheeseburger mit Bacon und Pommes frites und eine große Cola. Sie war mit jemandem zusammen, das hatte sie mir erzählt, jemand, der auf dem Gymnasium in Vågsbygd in die dritte Klasse ging. Sie waren schon lange zusammen. Aber so, wie sie mich angesehen hatte, diese Nähe, die plötzlich entstanden war, die musste doch eine Bedeutung haben? Sie musste etwas bedeuten. Sie interessierte sich für mich, sie wollte etwas von mir. So musste es sein.

Am Montag, am Montag würde ich sie wiedersehen.

Aber was zum Teufel sollte ich bis dahin anstellen?

Bis dahin war es noch fast ein ganzer Tag!

Sie lächelte, als sie mich sah. Ich lächelte auch.

»Du hast den Anstecker nicht abgemacht!«, sagte sie.

»Nein«, erwiderte ich. »Ich denke jedesmal an dich, wenn ich ihn sehe.«

Sie sah nach unten. Nestelte an einem Knopf ihrer Jacke herum.

»Du warst ganz schön betrunken«, sagte sie und blickte wieder zu mir hoch.

»Das war ich wohl«, sagte ich. »Ehrlich gesagt, erinnere ich mich nicht mehr an sonderlich viel.«

»Du erinnerst dich nicht?«

»Doch, doch, doch! Ich erinnere mich zum Beispiel an Frankie Goes to Hollywood …«

Im Schulflur näherte sich Tønnessen, der junge Erdkundelehrer mit Bart und Mandal-Dialekt, der unser Klassenlehrer war.

»Na, Kinder, hattet ihr ein schönes Wochenende?«, sagte er und schloss die Tür auf, vor der wir standen.

»Wir waren auf einer Klassenfete«, sagte Hanne und lächelte ihn an.

Was für ein Lächeln sie hatte.

»Aha? Und ich war nicht eingeladen?«, sagte er, ein Kommentar, auf den er keine Antwort erwartete, denn er sah sie nicht an, eilte bloß durch den Raum und zum Lehrerpult an seinem Kopfende, auf dem er seinen kleinen Stapel Bücher ablegte.

Es wollte mir in dieser Schulstunde nicht gelingen, mich auf den Unterricht zu konzentrieren. Ich dachte nur an Hanne, und das, obwohl sie im selben Zimmer saß wie ich. Aber was hieß hier dachte … Es war eher so, dass ich voller Gefühle war, die für Gedanken keinen Raum ließen. Und so blieb es den ganzen Winter und Frühling. Ich war verliebt, und es war keine dieser flüchtigen Verliebtheiten, es war eine von den großen, von denen es im Leben nur drei oder vier gibt. Es war die erste und weil alles an ihr neu war, vielleicht auch die größte. Alles in mir war auf Hanne fokussiert. Jeden Morgen wachte ich auf und freute mich darauf, in die

Schule zu gehen, wo sie sein würde. War sie nicht da, weil sie krank oder verreist war, verlor alles sofort jeden Sinn, dann ging es für den Rest des Tages nur noch darum durchzuhalten. Wozu? Worauf wartete ich eigentlich, wenn ich wartete? Jedenfalls nicht auf leidenschaftliche Umarmungen und tiefe Küsse, denn eine Beziehung in diesem Sinne existierte schlicht und ergreifend nicht. Nein, worauf ich wartete und wofür ich lebte, das war ihre Hand, die mir flüchtig über die Schulter strich, das war das Lächeln, das ihr Gesicht aufleuchten ließ, wenn sie mich sah oder ich etwas Witziges sagte, es war das Drücken und die Umarmung, wenn wir uns nach der Schule als Freunde begegneten. Es waren diese Sekunden, wenn ich die Arme um sie legte und ihre Wange an meiner spürte, ihren Geruch, das Shampoo, das sie benutzte, seinen schwachen Apfelduft wahrnahm. Sie fühlte sich zu mir hingezogen, das wusste ich, hatte jedoch so strenge Grenzen um sich und das, was sie tun durfte, gezogen, dass sich die Frage, ob wir beide ein Paar werden könnten, niemals stellte. Allerdings war ich unsicher, ob sie sich wirklich zu mir hingezogen fühlte, vielleicht war es auch nur so, dass sie sich von der vielen Aufmerksamkeit, die ich ihr schenkte, geschmeichelt fühlte und mit ihr spielen wollte. Aber egal, ich hoffte und interpretierte alles, was sie im Laufe eines Schultags sagte und tat, sobald ich in meine Bude kam, und dies stürzte mich entweder in ein Tal tiefsten

Elends oder schleuderte mich auf den Gipfel höchster und strahlendster Freude empor – dazwischen gab es nichts.

In der Schule begann ich, ihr Zettel zuzuwerfen. Kurze Kommentare, kurze Grüße, kurze Nachrichten, die ich mir häufig am Vorabend überlegt hatte. Dann antwortete sie, daraufhin las ich ihre Worte und verfasste eine Antwort, die ich zurückwarf, um sie anschließend beim Lesen genau zu beobachten. Schloss sie etwas, das ich geöffnet hatte, verzweifelte ich völlig. Ließ sie sich auf etwas ein, vibrierte und schimmerte es in mir, als wäre ich eine Glocke. Später wurden diese Zettel gegen ein Notizbuch ausgetauscht, das zwischen uns hin und her ging, allerdings nicht zu oft, denn ich wollte nicht, dass sie es leid wurde, zwei-, dreimal im Laufe eines Tages reichten völlig. Ich fragte sie oft, ob sie mit mir ins Kino oder in ein Café gehen wolle, worauf sie jedesmal antwortete, *du weißt, dass ich das nicht tun kann.*

In den Pausen diskutierten wir, ein bisschen über Politik, vor allem jedoch über Religion, sie war gläubige Christin, ich war ein leidenschaftlicher Gegner des Christentums, und meine Argumente gab sie an den jungen Vorsteher ihrer Gemeinde weiter und teilte mir beim nächsten Mal seine Antwort mit. Der Junge, mit dem sie zusammen war, gehörte derselben Gemeinde an, und obwohl ich ihre Beziehung nicht direkt bedrohte, bildete ich doch einen Kontrast zu ihrem dortigen Leben. Jedenfalls wurde der Raum für die kurzen Begegnungen in den Pausen, zu denen es nicht einmal täglich kam, behutsam und unmerklich so ausgeweitet, dass er auch außerhalb der Schule gültig war. Wir waren Freunde, Klassenkameraden, sollten wir nach der Schule nicht auch mal einen Kaffee trinken gehen können? Sollten wir nicht manchmal zusammen zum Bus gehen können?

Ich lebte dafür. Die kurzen Blicke, das flüchtige Lächeln, die kleinen Berührungen. Und, ja genau, ihr Lachen! Wenn es mir gelang, sie zum Lachen zu bringen!

Dafür lebte ich. Aber ich wollte mehr, viel, viel mehr. Ich wollte sie immer sehen, die ganze Zeit mit ihr zusammen sein, zu ihr nach Hause eingeladen werden, ihre Eltern kennen lernen, mit ihren Freunden ausgehen, mit ihr in Urlaub fahren, sie mit nach Hause nehmen …

Du weißt, dass ich das nicht tun kann.

Das Kino war mit Beziehungen und Liebe verknüpft, aber es gab andere Arrangements, für die das nicht galt, und eins davon war die Veranstaltung, zu der ich Hanne an einem Tag Anfang Februar einlud. Es war eine politische Versammlung für Jugendliche im Stadtzentrum, ich hatte in der Schule eine Ankündigung gesehen, und eines Vormittags schrieb ich ihr und fragte sie, ob sie mitkommen wolle? Als sie meine Nachricht las, schaute sie zu mir hinüber, ohne zu lächeln, und schrieb etwas. Sie schickte das Buch zu mir zurück, ich öffnete es und las. Ja!, stand dort.

Ja!, dachte ich.

Ja! Ja! Ja!

Ich saß wartend auf der Couch, als sie gegen sechs an die Tür klopfte.

»Hallo!«, begrüßte ich sie. »Magst du kurz reinkommen, während ich mich anziehe?«

»Klar«, sagte sie.

Ihre Wangen waren von der Kälte gerötet. Sie hatte eine weiße Mütze tief über die Augen gezogen, einen großen, weißen Schal um den Hals gewickelt.

»Hier wohnst du also!«, sagte sie.

»Ja«, sagte ich und öffnete die Tür zum Wohnzimmer.

»Das ist das Wohnzimmer. Dahinter ist die Küche. Das Schlafzimmer ist oben. Eigentlich ist hier die Kanzlei meines Großvaters. Sie liegt da«, erläuterte ich und nickte in Richtung der Tür auf der anderen Seite.

»Ist es nicht einsam, hier alleine zu wohnen?«

»Nein«, antwortete ich. »Überhaupt nicht. Ich bin gern allein. Außerdem bin ich oft oben in Tveit.«

Ich zog die Jacke an, an der immer noch der Smile-Button haftete, einen Schal und die hohen Winterschuhe.

»Ich geh nur noch kurz auf Toilette, dann können wir«, sagte ich. Schloss die Tür zur Toilette hinter mir. Hörte sie draußen leise vor sich hin singen. Die Wohnung war hellhörig, vielleicht wollte sie übertönen, was in der Toilette geschah, vielleicht einfach nur singen.

Ich hob den Toilettendeckel und schwang den Pimmel heraus.

Gleichzeitig erkannte ich, dass ich unmöglich pinkeln konnte, solange sie da draußen war. Es war so hellhörig, der Flur war so klein. Selbst dass ich es nicht schaffte, würde sie hören.

Oh, verdammt.

Ich presste mit aller Macht.

Nicht ein Tropfen.

Sie sang und ging auf und ab.

Was mochte sie denken?

Nach einer halben Minute gab ich auf, drehte den Wasserhahn und ließ das Wasser ein paar Sekunden laufen, damit wenigstens etwas passiert war, drehte wieder zu, öffnete die Tür und ging zu ihrem verlegen gesenkten Blick hinaus.

»Dann wollen wir mal«, sagte ich.

Die Straßen waren dunkel, und es war wie so oft in dieser Stadt im Winter windig. Unterwegs sprachen wir nicht viel. Unterhielten uns ein wenig über die Schule und unsere Mitschüler, Bassen, Molle, Siv, Tone, Anne. Aus irgendeinem Grund fing sie an, über ihren Vater zu sprechen, den sie ganz toll fand. Er sei nicht gläubig, erläuterte sie. Das überraschte mich. Hatte sie aus eigenem Antrieb zum Glauben gefunden? Sie meinte, ihr Vater hätte mir gefallen. Hätte?, dachte ich. Ja, sagte ich. Er klingt nett. Lakonisch. Was bedeutet lakonisch?, sagte sie und sah mich mit ihren grünen Augen an. Wenn sie das tat, schmolz ich jedes Mal dahin. Ich hätte alle Fensterscheiben ringsum einschlagen, alle Fußgänger zu Boden reißen und auf ihnen auf und ab hüpfen können, bis kein Leben mehr in ihnen war, so viel Energie setzten ihre Augen in mir frei. Ich hätte auch den Arm um ihre Taille legen und die Straße hinunter Walzer tanzen, allen Passanten Blumen zuwerfen, aus vollem Hals singen können. Lakonisch?, sagte ich. Das ist schwer zu beschreiben. Trocken und sachlich, vielleicht übertrieben sachlich. Eine Art Understatement. Hier ist es, oder?

Die Versammlung sollte in der Dronningens gate stattfinden. Ja genau, hier war es, an der Tür hingen die Plakate.

Wir gingen hinein.

Der Veranstaltungsraum lag in der oberen Etage, er war voller Stühle, vorne stand ein Rednerpult, daneben ein Overhead-Projektor. Eine Handvoll Jugendlicher, vielleicht zehn, vielleicht auch zwölf.

Unter dem Fenster stand eine große Thermoskanne, neben ihr eine kleine Schale mit Keksen und ein hoher Stapel weißer Plastiktassen.

»Möchtest du einen Kaffee?«, sagte ich.

Sie schüttelte den Kopf und lächelte.

»Aber vielleicht einen Keks?«

Ich schenkte mir einen Kaffee ein, nahm zwei Kekse und kehrte zu ihr zurück. Wir setzten uns in eine der hintersten Reihen.

Es kamen noch fünf oder sechs, dann begann die Versammlung. Organisiert hatte sie die Jugendorganisation der norwegischen Arbeiterpartei, und es war eine Art Werbeveranstaltung. Jedenfalls wurde die Politik der Jugendorganisation vorgestellt und anschließend über Jugendpolitik im Allgemeinen gesprochen, warum es wichtig sei, sich zu engagieren, wie viel man tatsächlich erreichen könne, und als kleine Belohnung, was man selbst, ganz persönlich, davon habe.

Hätte Hanne nicht neben mir gesessen, ein Bein über das andere geschlagen, so nahe, dass es in mir brannte, wäre ich aufgestanden und gegangen. Ich hatte mir vorher so etwas wie eine Massenkundgebung vorgestellt, einen überfüllten Saal, Zigarettenrauch, geistreiche Redner, brüllendes Gelächter im Raum, also sozusagen eine Agnar-Mykle-hafte Veranstaltung mit einer Agnar-Mykle-haften Bedeutung, junge Männer und Frauen, die wirklich etwas wollten, für etwas lebten, für den Sozialismus, dieses magische Wort aus den fünfziger Jahren, und nicht das hier, biedere Jungen in biederen Pullovern und hässlichen Hosen, die zu einer kleinen Versammlung von Jungen und Mädchen, die ihnen selbst ähnelten, über langweilige und geistlose Dinge sprachen.

Wer interessiert sich schon für Politik, wenn im Inneren Flammen lodern?

Wer interessiert sich schon für Politik, wenn man vor Lust auf das Leben brennt? Vor Lust auf das Lebendige?

Ich jedenfalls nicht.

Nach den drei Vorträgen werde man eine kurze Pause machen, und danach solle es Workshops und Diskussionen in Gruppen geben, hieß es. Als die Pause begann, fragte ich Hanne, ob wir gehen wollten, eine gute Idee, meinte sie, und so traten wir wieder in die kalte abendliche Dunkelheit hinaus. Drinnen hatte sie ihre Jacke über den Stuhlrücken gehängt, und der Pullover, der daraufhin zum Vorschein kam, dick und aus Wolle, beulte in einer Weise leicht aus, die mich ein ums andere Mal schlucken ließ, denn sie war mir so nah, es gab so wenig, was uns trennte.

Als wir zurückgingen, erzählte ich ihr von meinen politischen Ansichten. Sie meinte, ich hätte zu allem Ansichten, woher nahm ich nur die Zeit, mich mit allem zu beschäftigen? Sie selbst habe zu kaum etwas eine Meinung, sagte sie. Ich erwiderte, dass ich auch kaum etwas wisse. Aber du bist doch Anarchist!, widersprach sie. Wie bist du darauf gekommen? Ich weiß nicht mal richtig, was ein

Anarchist ist. Aber du bist Christin, sagte ich. Woher hast du das? Deine Eltern sind doch gar keine Christen. Und deine Schwester auch nicht. Nur du. Und in dem Punkt bist du dir sicher. Ja, sagte sie, da hast du Recht. Aber es kommt mir so vor, als würdest du viel grübeln. Du solltest mehr leben. Ich versuche es, sagte ich.

Vor meiner Wohnung blieben wir stehen.

»Von wo geht dein Bus?«, fragte ich.

»Der geht da oben ab«, antwortete sie und nickte die Straße hinauf.

»Soll ich dich begleiten?«, sagte ich.

Sie schüttelte den Kopf.

»Ich gehe allein. Ich hab meinen Walkman dabei.«

»Okay«, sagte ich.

»Danke für den Abend«, sagte sie.

»Da gibt's ja wohl nichts zu danken«, erwiderte ich.

Sie lächelte, stellte sich auf die Zehenspitzen und küsste mich auf den Mund. Ich drückte sie fest an mich, sie erwiderte die Umarmung und machte sich frei. Wir sahen uns kurz an, dann ging sie.

An jenem Abend fand ich keine Ruhe, ich lief durch die Wohnung, im Zimmer auf und ab, die Treppe hinauf und hinunter, in die Zimmer unten und wieder hinaus. Ich hatte das Gefühl, größer zu sein als die Welt, als wäre alles von ihr in meinem Inneren und als gäbe es nun nichts mehr, nach dem man sich strecken konnte. Die Menschheit war klein, die Geschichte war klein, der Erdball war klein, ja sogar das Universum, von dem sie doch sagten, es sei unendlich, war klein. Ich war größer als alles. Es war ein fantastisches Gefühl, aber es machte mich rastlos, denn das Wichtigste daran war das Streben nach dem, was kommen, was ich tun würde, und nicht, was ich tat oder getan hatte.

Wie sollte ich all das, was jetzt in mir war, kontrollieren?

Ich zwang mich ins Bett, zwang mich, reglos dazuliegen, nicht einen Muskel zu bewegen, ganz gleich, wie lange es dauern würde, bis der Schlaf mich übermannte. Seltsamerweise schlich er sich schon wenige Minuten später an wie ein Jäger an seine ahnungslose Beute, und ich hätte es bis zum Schluss nicht bemerkt, wenn nicht plötzlich mein Fuß gezuckt hätte, wodurch ich auf meine Gedanken aufmerksam wurde, die vollkommen lebensfern waren, es ging in ihnen irgendwie um ein Boot, auf dessen Deck ich stand, während direkt neben mir ein riesiger Wal in die Tiefe hinabschoss, was ich trotz der unmöglichen Position sah. Ich erkannte, dass dies der Anfang eines Traums war, der Arm des Traums, der das Ich zu sich hineinzog, wo es sich in seine Umgebung verwandelt, denn das war geschehen, als ich zusammenzuckte, ich war ein Traum, der Traum war ich.

Ich schloss erneut die Augen.

Nicht bewegen, nicht bewegen, nicht bewegen …

Der nächste Tag war ein Samstag, und am Vormittag hatte ich Training mit der 1. Mannschaft.

Viele verstanden nicht, dass ich bei ihnen mitspielte. Ich war doch nicht besonders gut. Jedenfalls gab es sechs, vielleicht sogar sieben oder acht Spieler in der A-Jugend, die besser waren als ich. Trotzdem waren nur ich und ein anderer Junge namens Bjørd in jenem Winter in die 1. Mannschaft berufen worden.

Ich verstand es.

Die Mannschaft hatte einen neuen Trainer bekommen, der sich alle Junioren ansehen wollte, so dass jeder eine Woche lang bei den Senioren mittrainieren durfte. Drei Mal hatte man folglich die Chance, sich zu zeigen. Ich war den ganzen Herbst über viel gelaufen und in so guter Form, dass man mich über 1500 Meter in die Schulmannschaft aufgenommen hatte, obwohl ich bis dahin niemals Leichtathletik betrieben hatte. Dann sollte ich mit der 1. Mannschaft trainieren, und als ich mich auf der schneebedeckten Aschenbahn nahe Kjøta einstellte, wusste ich, es galt zu rennen. Das war meine einzige Chance. Ich lief und lief. Bei jedem Lauf auf der Bahn lag ich an erster Stelle. Ich gab jedesmal alles. Als wir anschließend spielten, ging es so weiter, ich lief und lief, rannte jedem Ball hinterher, immer weiter, lief wie ein Irrer, und nach drei Trainingseinheiten in diesem Stil wusste ich, dass es gut gelaufen war, und als ich die Nachricht von meiner Berufung erhielt, überraschte sie mich nicht. Im Gegensatz zu den anderen in der A-Jugend. Bei jeder verpatzten Ballannahme, jedem Fehlpass, musste ich mir anhören, was zum Teufel hast du in der 1. Mannschaft verloren? Warum haben die dich geholt?

Oh, ich wusste warum, weil ich rannte.

Man musste nur rennen.

Nach dem Training, als die anderen sich beim Umziehen wie üblich über meinen Nietengürtel lustig machten, überredete ich Tom, mich nach Sannes zu fahren. Er setzte mich an den Briefkästen ab, wendete und verschwand bergab, während ich zu unserem Haus hinaufging. Die Sonne stand tief an einem Himmel, der vollkommen klar und blau war, überall um mich herum knisterte es im Schnee.

Ich hatte nicht angekündigt, dass ich kommen würde, wusste nicht einmal, ob Vater zu Hause war.

Vorsichtig versuchte ich die Tür aufzumachen. Sie war offen.

Aus dem Wohnzimmer strömte Musik. Er hatte sie laut gestellt, das ganze Haus war voller Musik. Es war Arja Saijonmaa, hörte ich, mit *Ich will dem Leben danken*.

»Hallo?«, sagte ich.

Bei der Lautstärke hört er mich sicher nicht, dachte ich und zog Schuhe und Jacke aus.

Ich wollte ihn nicht erschrecken und rief im Flur vor dem Wohnzimmer noch einmal Hallo! Keine Antwort.

Ich trat ins Wohnzimmer.

Er saß mit geschlossenen Augen auf der Couch. Sein Kopf bewegte sich im Takt der Musik vor und zurück. Seine Wangen waren tränennass.

Ich machte einige lautlose Schritte zurück in den Flur, wo ich mich möglichst schnell, ehe die Musik Pause machen würde, in die Kleider warf und aus dem Haus eilte.

Ich lief den ganzen Weg bis zur Bushaltestelle mit dem Rucksack auf dem Rücken. Glücklicherweise kam nur wenige Minuten später ein Bus. In den vier, fünf Minuten, die er bis nach Solsletta brauchte, rang ich mit mir, ob ich bei Jan Vidar aussteigen oder in die Stadt fahren sollte. Doch die Antwort lag im Grunde auf der Hand, ich wollte nicht allein sein, ich wollte mit jemandem zusammen sein, mit jemandem reden, an etwas anderes denken, und bei Jan Vidar würde ich dies angesichts der Freundlichkeit, mit der seine Eltern mich stets behandelten, tun können.

Er sei nicht zu Hause, sei mit seinem Vater auf dem Flughafen, sie kämen jedoch bald zurück, erkärte mir seine Mutter, ob ich nicht ins Wohnzimmer kommen und warten wolle?

Doch, das wollte ich. Und dort saß ich, eine aufgeschlagene Zeitung und eine Tasse Kaffee und eine Brotscheibe vor mir auf dem Tisch, als Jan Vidar und sein Vater eine Stunde später heimkamen.

Am Abend fuhr ich wieder zu unserem Haus zurück, aber er war nicht da, und ich wollte auch nicht dort bleiben. Es war dort nicht nur schmutzig und ungemütlich, was der strahlende Sonnenschein offenbar in gewisser Weise abgemildert hatte, denn es war mir am Tag nicht weiter aufgefallen, in den Leitungen war darüber hinaus auch noch das Wasser gefroren, wie ich feststellen musste. Und es schien schon eine ganze Weile gefroren zu sein, denn es gab bereits ein System mit Eimern und Schnee. In der Toilette standen mehrere Eimer voller Schnee, der zu Matsch geschmolzen war, den er offenbar benutzte, um in der Toilette zu spülen. Darüber hinaus stand neben dem Herd ein Eimer mit Schneematsch, den er vermutlich in Töpfen schmolz und zum Kochen benutzte.

Nein, dort wollte ich nicht bleiben. Sollte ich oben umgeben von Unordnung und ohne Wasser in einem leeren Zimmer in einem leeren Haus im Wald liegen?

Das überließ ich ihm.

Wo war er überhaupt?

Obwohl ich alleine war, zuckte ich mit den Schultern, zog mich an und ging in einer Landschaft, die wie hypnotisiert unter dem Licht des Mondes lag, zum Bus.

Nach dem Kuss vor meiner Wohnung zog sich Hanne ein wenig zurück, sie beantwortete meine Zettel nicht mehr unbedingt sofort, und wir standen auch nicht mehr wie von selbst in den Pausen zusammen und unterhielten uns. Aber es gab keine Logik, kein System: Eines Tages akzeptierte sie auf einmal einen meiner Vorschläge und hatte nichts dagegen, am Abend mit mir ins Kino zu gehen, wir wollten uns um sieben im Foyer treffen.

Als sie hereinkam und sich nach mir umsah, bekam ich einen Vorgeschmack darauf, was für ein Gefühl es möglicherweise wäre, mit ihr zusammen zu sein. Dann wäre jeder Tag wie dieser.

»Hallo«, sagte sie. »Wartest du schon lange?«

Ich schüttelte den Kopf. Ich wusste, dass die Sache an einem seidenen Faden hing und ich alles herunterspielen musste, was sie daran erinnern könnte, dass wir etwas machten, was sonst eigentlich nur Paare machten. Sie durfte auf gar keinen Fall bereuen, dass sie mit mir im Kino war. Durfte keine besorgten Blicke in die Runde werfen, um zu schauen, ob Bekannte in der Nähe waren. Kein Arm um ihre Schulter, keine Hand in ihrer Hand.

Es war ein französischer Film, der im kleinsten Kinosaal gezeigt wurde und mein Vorschlag gewesen war. Er hieß *Betty Blue*, Yngve hatte ihn gesehen und begeistert von ihm erzählt, jetzt lief er in unserer Stadt, und ich musste einfach hineingehen, denn bei uns liefen nur selten anspruchsvolle Filme, normalerweise hatten sie nur Hollywoodproduktionen im Programm.

Wir setzten uns, zogen unsere Jacken aus, lehnten uns zurück. Sie wirkte angespannt, war es nicht so? Als wollte sie im Grunde gar nicht hier sein?

Meine Handteller waren schwitzig. All meine Kraft löste sich im Körper auf, fiel tief und verschwand, ich war zu nichts mehr fähig.

Der Film begann.

Zwei Menschen vögelten.

Oh nein. Nein, nein, nein.

Ich traute mich nicht, Hanne anzusehen, ahnte jedoch, dass es ihr genauso erging wie mir und sie nicht wagte, mich anzusehen, sich stattdessen an die Stuhllehne klammerte und danach sehnte, dass die Szene vorbei sein würde.

Aber sie ging nicht vorbei. Sie vögelten immer weiter auf der Leinwand.

So ein Mist.

Mist, Mist, Mist.

Den ganzen Film über musste ich daran und an die Tatsache denken, dass Hanne wahrscheinlich auch daran dachte. Als der Film zu Ende war, wollte ich nur noch nach Hause, was sich auch ganz natürlich ergab, denn Hannes Bus fuhr vom Busbahnhof ab, und ich musste in die andere Richtung.

»Hat er dir gefallen?«, sagte ich und blieb vor dem Kino stehen.

»Ja-a«, sagte Hanne. »Ich fand ihn gut.«

»Ja, er war ziemlich gut«, meinte ich. »Jedenfalls französisch!«

Wir hatten beide Französisch.

»Konntest du von dem, was sie gesagt haben, was verstehen, ohne die Untertitel, meine ich?«, sagte ich.

»Ein bisschen«, antwortete sie.

Pause.

»Tja, ich glaube, ich muss jetzt mal nach Hause. Danke für den Abend!«, sagte ich.

»Bis morgen«, sagte sie. »Mach's gut!«

Ich drehte mich nach ihr um, weil ich sehen wollte, ob sie sich zu mir umdrehte, aber das tat sie nicht.

Ich liebte sie. Es war nichts zwischen uns, sie wollte nicht mit mir zusammen sein, aber ich liebte sie und dachte an nichts anderes. Selbst beim Fußball, der einzigen Zone, in der ich völlig von Gedanken verschont blieb, in der sich alles nur darum drehte, mit dem Körper anwesend zu sein, selbst dort schlug sie in mir ein. Jetzt sollte Hanne hier sein und mich sehen, das hätte sie überrascht, dachte ich dann. Wenn ich etwas Tolles erlebte, wenn mir eine treffende Bemerkung gelang und ich mit Lachen belohnt wurde, dachte ich unweigerlich, das hätte

Hanne hören sollen. Unseren Kater Mephisto hätte sie sehen sollen. Unser Haus, seine Atmosphäre. Mutter, mit ihr hätte sie sich zusammensetzen und unterhalten sollen. Den Fluss vor dem Haus hätte sie sehen sollen. Und meine Platten! Die hätte sie hören sollen, jede einzelne. Aber unsere Beziehung entwickelte sich nicht in diese Richtung, sie wollte nicht in meine Welt eintauchen, ich wollte in ihre eintauchen. Manchmal dachte ich, dass es nie dazu kommen würde, manchmal dachte ich, dass es sehr wohl zu einer Wende kommen könnte, die alles veränderte. Die ganze Zeit sah ich sie an, nicht musternd oder forschend, darum ging es nicht, nein, der eine oder andere flüchtige Blick genügte. Wenn ich sie sah, war immer auch die Hoffnung da.

Mitten in diesem Seelensturm wurde es Frühling.

Es gibt nur wenige Dinge, die man sich schwerer vorstellen kann, als dass eine kalte und verschneite Landschaft, bis ins Mark leblos und still, nur wenige Monate später grün und fruchtbar und warm sein wird, von allerlei Leben vibrierend, von Vögeln, die von Baum zu Baum fliegen und singen, bis hin zu Insektenschwärmen, die an manchen Stellen in Trauben in der Luft hängen. Nichts in der Winterlandschaft kündigt den Geruch sonnenwarmen Heidekrauts und Mooses und saftstrotzender Bäume und offenen Wassers an, nichts deutet jenes Freiheitsgefühl an, das einen zuweilen überkommt, wenn das einzige Weiß die Wolken sind, die am blauen Himmel und über dem blauen Flusswasser ziehen, das bedächtig zum Meer fließt mit seiner durch und durch kühlen, glänzenden Oberfläche, die gelegentlich von Steinen, Stromschnellen, badenden Körpern durchbrochen wird. Es ist nicht da, es existiert nicht, alles ist weiß und still, und wird diese Stille einmal durchbrochen, dann von einem eisigen Wind oder dem Krächzen einer einsamen Krähe. Aber es kommt … es kommt … Eines Abends im März geht der Schneefall in Regen über, und die Schneewälle sacken in sich zusammen. An einem Vormittag im April zeigen sich Knospen an den Bäumen, und im Gras sieht man einen Hauch von Grün im Gelb. Osterglocken, Buschwindröschen und Leberblümchen tauchen auf. Dann steht die warme Luft plötzlich wie eine Säule zwischen den Bäumen an den Hängen. In sonnigen Lagen knospen die Blätter, hier und da blühen zwischen ihnen Kirschbäume. Ist man sechzehn, beeinflusst einen das alles, hinterlässt es Spuren, denn es ist der erste Frühling, in dem man weiß, dass es Frühling ist, mit allen Sinnen weiß, dass es Frühling ist, und es ist der letzte, denn im Vergleich zum ersten Frühling verblassen alle nachfolgenden. Ist man noch dazu verliebt, tja, dann … dann geht es nur noch darum, dies auszuhalten. All die Freude, Schönheit, Zukunft auszuhalten, die in allen Dingen liegt. Ich war auf dem Heimweg von der Schule, ich sah einen

Schneewall, der auf dem Asphalt geschmolzen war, es kam mir vor, als würde mir mit einer Ahle ins Herz gestochen. Ich sah einige Kisten Obst unter einer Markise vor einem Geschäft, in der Nähe hüpfte eine Krähe davon, ich hob den Kopf zum Himmel, es war so schön. Ich ging durch die Siedlung, ein Regenschauer fiel, mir standen Tränen in den Augen. Gleichzeitig tat ich, was ich immer getan hatte, ging in die Schule, spielte Fußball, hing mit Jan Vidar herum, las Bücher, hörte Platten, begegnete mitunter Vater – zweimal rein zufällig, wie damals, als ich ihn im Supermarkt traf und es ihm fast peinlich zu sein schien, gesehen zu werden, vielleicht reagierte er aber auch nur darauf, wie seltsam die Situation war, dass jeder von uns einen eigenen Einkaufswagen vor sich herschob, ohne vom anderen zu wissen, um hinterher verschiedene Wege zu gehen, oder wie an dem Vormittag, als ich auf dem Weg zum Haus war und er mir mit seiner Kollegin auf dem Beifahrersitz entgegenkam, die, wie ich nun sah, ganz grauhaarig, aber dennoch jung war, aber meistens, nachdem wir es ausgemacht hatten, sei es, dass er in der Wohnung vorbeischaute und wir bei Großmutter und Großvater aßen, oder in unserem Haus, wo er mir ansonsten möglichst aus dem Weg zu gehen versuchte. Er schien seinen Griff um mich gelöst zu haben, aber nicht völlig, er konnte immer noch zuschlagen wie an dem Tag, als ich mir Löcher in beide Ohrläppchen hatte stechen lassen, woraufhin er, als wir uns zufällig im Flur begegneten, erklärte, ich sähe aus wie ein Idiot, er könne nicht verstehen, dass ich aussehen wolle wie ein Idiot, er schäme sich, mein Vater zu sein.

An einem frühen Nachmittag im März hörte ich ein Auto vor der Wohnung parken. Ich ging hinunter und sah aus dem Fenster, es war Vater, er hatte eine Tasche in der Hand und wirkte gut gelaunt. Ich hastete in mein Zimmer zurück, wollte mir nicht neugierig die Nase am Fenster plattdrücken. Hörte ihn unten in der Küche räumen, legte eine Kassette von The Doors ein, die Jan Vidar mir geliehen hatte und die ich hören wollte, nachdem ich *Yesterday* von Lars Saabye Christensen gelesen hatte. Griff nach einem Stapel mit Zeitungsausschnitten über den Spionagefall Treholt, die ich gesammelt hatte, weil ich mir sicher war, dass dazu im Examen eine Aufgabe kommen würde, und las sie, als ich seine Schritte auf der Treppe hörte.

Als er eintrat, sah ich zur Tür. Er hielt etwas, vermutlich eine Einkaufsliste, in der Hand.

»Könntest du für mich einkaufen gehen?«, sagte er.

»Kann ich machen«, erwiderte ich.

»Was liest du?«, wollte er wissen.

»Nichts Besonderes«, sagte ich. »Nur was für Norwegisch.«

Ich stand auf. Sonnenlicht ergoss sich auf den Fußboden. Das Fenster stand offen, draußen sangen die Vögel, sie saßen nur einen Meter entfernt zwitschernd in dem alten Apfelbaum. Vater reichte mir den Einkaufszettel.

»Mama und ich haben beschlossen, uns scheiden zu lassen«, sagte er.

»Aha?«, sagte ich.

»Ja. Aber du wirst nicht darunter leiden müssen. Du wirst keinen Unterschied merken. Außerdem bist du ja fast erwachsen, in zwei Jahren ziehst du sowieso aus.«

»Ja, das stimmt«, meinte ich.

»Okay?«, sagte Vater.

»Okay«, erwiderte ich.

»Ich hab vergessen, Kartoffeln aufzuschreiben. Sollen wir vielleicht auch was zum Nachtisch besorgen? Nein, vergiss es. Hier hast du Geld.«

Er gab mir einen Fünfhunderter, ich steckte ihn in die Tasche und ging die Treppe hinunter, auf die Straße hinaus, am Fluss entlang und in den Supermarkt. Ich trottete zwischen den Regalen herum und füllte den Einkaufskorb mit Waren. Sie wollten sich scheiden lassen, bitte, dann sollten sie das tun. Vielleicht hätte ich anders reagiert, wenn ich jünger gewesen wäre, acht oder neun, überlegte ich, dann hätte es mir etwas bedeutet, aber jetzt spielte es im Grunde keine Rolle mehr, ich hatte mein eigenes Leben.

Ich gab ihm die Lebensmittel, er kochte, wir aßen gemeinsam, ohne etwas von Belang zu sagen.

Dann fuhr er.

Worüber ich froh war. Hanne sollte an diesem Abend in einer Kirche singen, sie hatte gefragt, ob ich kommen wolle, und das wollte ich natürlich. Ihr Freund war auch da, so dass ich mich nicht zu erkennen gab, aber als ich sie dort stehen sah, so rein und schön, gehörte sie mir, die Gefühle eines anderen Menschen für sie konnten sich mit meinen nicht messen. Draußen bedeckte Staub den Asphalt, in Mulden und auf schattigen Böschungen beidseits der Straße lagen noch Schneereste, sie sang, ich war glücklich.

Auf dem Heimweg stieg ich am Busbahnhof aus und ging das letzte Stück durch die Stadt, ohne dass sich meine Rastlosigkeit dadurch abgeschwächt hätte, in mir waren so viele und so intensive Gefühle, dass es mir nicht gelingen wollte, sie zu bewältigen. Als ich zu Hause war, legte ich mich aufs Bett und weinte. Es lag keine Verzweiflung in diesen Tränen, keine Trauer, keine Wut, nur Freude.

Am nächsten Tag waren wir allein in der Klasse, die anderen waren hinausgegangen, wir trödelten beide, sie vielleicht, weil sie hören wollte, wie ich das Konzert gefunden hatte. Ich sagte ihr, sie habe fantastisch gesungen, sie sei fantastisch. Sie strahlte, während sie ihren Ranzen packte. Dann kam Nils herein.

Das passte mir nicht, seine Anwesenheit fiel wie ein Schatten auf uns. Wir hatten Französisch zusammen, und er war anders als die anderen Jungen in der ersten Klasse, hing mit Leuten, die viel älter waren als er, in den Kneipen der Stadt herum, war selbständig in seinen Ansichten und seinem Leben. Er lachte viel, machte sich über alle lustig, auch über mich. Ich fühlte mich immer klein, wenn er das tat, wusste nicht, wohin ich sehen oder was ich sagen sollte. Jetzt begann er, sich mit Hanne zu unterhalten. Er umkreiste sie irgendwie, sah ihr in die Augen, lachte, kam näher, stand plötzlich ganz dicht vor ihr. Ich hatte nichts anderes von ihm erwartet, nicht das, sondern Hannes Reaktion wühlte mich auf. Sie wies ihn nicht zurück, tat ihn nicht mit einem Lachen ab. Obwohl ich dabei war, öffnete sie sich ihm. Lachte mit ihm, begegnete seinem Blick, spreizte sogar, auf ihrem Pult sitzend, die Knie, und er kam ganz dicht zu ihr. Es war, als hätte er sie verhext. Einen kurzen Moment blieb er dort stehen und starrte ihr in die Augen, es war ein Augenblick voller Spannung und Nervosität, dann ließ er sein boshaftes Lachen hören und wich einen Schritt zurück, ließ eine entwaffnende Bemerkung fallen, hob mir zugewandt grüßend die Hand und verschwand. Rasend vor Eifersucht sah ich Hanne an, die ihre frühere Beschäftigung wiederaufgenommen hatte, allerdings nicht so, als wäre nichts vorgefallen, sie schien vielmehr in ganz anderer Weise in sich gekehrt zu sein.

Was war da passiert? Hanne, heiter, schön, verspielt, fröhlich und immer mit einer neugierigen, oft auch naiven Frage auf den Lippen, in was hatte sie sich verwandelt? Was hatte ich gesehen? Das Dunkle, Tiefe, möglicherweise auch Gewaltsame, trug sie das in sich? Sie war darauf eingegangen, zwar nur kurz, aber trotzdem. Da, in dem Moment, war ich niemand gewesen. Ich war ausradiert worden. Ich mit all den Zetteln, die ich ihr schrieb, und den ganzen Diskussionen, mit all meinen simplen Hoffnungen und kindischen Gelüsten, ich war niemand, ein Ruf auf einem Schulhof, ein Körnchen in einer Uhr, das Hupen eines Autos.

Konnte ich das bei ihr bewirken? Konnte ich sie dorthin bringen?

Konnte ich *irgendwen* dorthin bringen?

Nein.

Für Hanne war und blieb ich niemand.

Für mich war sie alles.

Ich versuchte, auch ihr gegenüber, zu bagatellisieren, was ich gesehen hatte, indem ich weitermachte wie zuvor und auf die Art tat, als wäre es gut genug. Aber das war es nicht, das wusste ich, da war ich mir vollkommen sicher. Meine einzige Hoffnung bestand darin, dass sie es vielleicht nicht wusste. Aber in welcher Welt lebte ich eigentlich? An welche Art von Träumen glaubte ich eigentlich?

Zwei Tage später, als die Osterferien anfingen, kam Mutter nach Hause.

Vater hatte das mit der Scheidung verkündet, als wäre es entschieden und stünde endgültig fest. Als Mutter heimkam, erkannte ich, dass sie das anders sah. Sie fuhr sofort zu unserem Haus, wo Vater sie erwartete, und dort blieben die beiden zwei Tage, während ich durch die Stadt lief und die Zeit totzuschlagen versuchte.

Am Freitag parkte sie ihr Auto vor dem Haus. Ich sah sie durch das Fenster. Sie hatte ein dickes Veilchen an einem Auge. Ich öffnete die Tür.

»Was ist passiert?«, sagte ich.

»Ich weiß, was du denkst«, antwortete sie. »Aber so ist es nicht gewesen. Ich bin hingefallen. Weißt du, ich bin ohnmächtig geworden, das passiert mir ab und zu, und dann ausgerechnet auf die Tischkante gefallen. Du weißt schon, von dem Glastisch.«

»Ich glaube dir kein Wort«, sagte ich.

»Es ist aber die Wahrheit«, sagte sie. »Ich bin ohnmächtig geworden. Mehr ist nicht passiert.«

Ich wich einen Schritt zurück. Sie trat in den Flur.

»Seid ihr jetzt geschieden?«, sagte ich.

Sie setzte ihren Koffer ab, hängte den hellen Mantel an den Haken.

»Ja, das sind wir«, antwortete sie.

»Bist du unglücklich?«

»Unglücklich?«

Sie sah mich fragend an, als wäre ihr diese Möglichkeit nie in den Sinn gekommen.

»Das weiß ich nicht«, sagte sie. »Eher traurig, vielleicht. Und du? Wie findest du es?«

»Gut«, sagte ich. »Hauptsache, ich muss nicht bei Papa wohnen.«

»Darüber haben wir auch gesprochen. Aber jetzt brauche ich erst einmal einen Kaffee.«

Ich folgte ihr in die Küche, sah zu, während sie den Kaffeekessel mit Wasser füllte, sich mit der Tasche im Arm auf einen Stuhl setzte, die Zigarettenschachtel herauszog – in Bergen hatte sie offenbar begonnen, Barclay zu rauchen –, eine herauszupfte und sich ansteckte.

Sie sah mich an.

»Ich ziehe in unser Haus. Wir werden dort wohnen. Papa wohnt dann hier. Ich muss ihm wahrscheinlich seinen Anteil abkaufen, und ich habe keine Ahnung, wie ich das schaffen soll, aber es wird sich schon eine Lösung finden.«

»Ja«, sagte ich.

»Und du?«, fragte sie. »Wie geht es dir? Weißt du was, es ist wirklich schön, dich zu sehen.«

»Geht mir genauso«, sagte ich. »Immerhin habe ich dich seit Weihnachten nicht mehr gesehen. Und es ist wirklich unglaublich viel passiert.«

»Tatsächlich?«

Sie stand auf, holte einen Aschenbecher aus dem Schrank, zog bei der Gelegenheit die Tüte mit Kaffeepulver heraus und stellte sie auf die Arbeitsplatte, während das Wasser anfing, leise zu rauschen, ähnlich einem Meer, dem man sich nähert.

»Ja«, sagte ich.

»Anscheinend was Gutes?«, sagte sie und lächelte.

»Ja«, sagte ich. »Ich bin verliebt. Das ist alles.«

»Wie schön. Ist es jemand, den ich kenne?«

»Wie sollte es jemand sein, den du kennst? Nein, es ist ein Mädchen aus meiner Klasse. Das ist vielleicht ein bisschen dumm, aber so ist es nun einmal. So was lässt sich ja nicht planen.«

»Nein«, sagte sie. »Und wie heißt sie?«

»Hanne.«

»Hanne«, sagte Mutter und sah mich kurz lächelnd an. »Und wann darf ich sie sehen?«

»Das ist das Problem. Wir sind nicht zusammen. Sie ist mit einem anderen zusammen.«

»Das ist sicher nicht leicht für dich.«

»Nein.«

Sie seufzte.

»Nein, es ist nicht immer leicht. Aber du siehst gut aus. Du scheinst glücklich zu sein.«

»Ich bin noch nie so glücklich gewesen. Nie.«

Aus irgendeinem irrwitzigen Grund traten mir bei diesen Worten Tränen in die Augen. Sie glänzten nicht nur wie eigentlich immer, wenn ich etwas sagte, was mich wirklich anging, nein, mir liefen Tränen die Wangen hinunter.

Ich lächelte.

»Das sind Freudentränen«, erklärte ich. Dann schluchzte ich. Am Ende liefen die Tränen so, dass ich mich abwenden musste. Glücklicherweise kochte gerade das Kaffeewasser, und ich konnte den Kessel vom Herd nehmen und Kaffeepulver hineingeben, den Deckel wieder auf die Öffnung pressen, mit dem Kessel mehrmals auf die Herdplatte klopfen, zwei Tassen herausholen.

Als ich sie auf den Tisch stellte, ging es schon wieder.

Ein halbes Jahr später, an einem Abend Ende Juli, stieg ich an der Haltestelle unten am Wasserfall aus dem letzten Bus. Über meine Schulter hatte ich einen Seesack geworfen; ich war auf einem Trainingslager in Dänemark und gleich danach im Anschluss auf einer Klassenfete in den Schären gewesen. Ich war glücklich. Es war ein paar Minuten nach halb elf, und was an Dunkelheit existierte, hatte sich herabgesenkt und lag wie ein gräulicher Schleier über der Landschaft. Unter mir toste der Wasserfall. Ich ging den Anstieg hinauf und die Straße entlang, die von Randsteinen gesäumt wurde. Unterhalb der Straße fiel die Wiese zu einer Reihe von Laubbäumen hin ab, die am Flussufer wuchsen. Oberhalb lag der alte Hof, dessen Scheune in Richtung Straße verfallen gähnte. Im Wohnhaus brannte kein Licht. Ich passierte die Kurve, in der das nächste

Haus lag, der alte Mann, der hier wohnte, saß im Wohnzimmer und sah fern. Am anderen Flussufer näherte sich ein Sattelschlepper. Das Geräusch erreichte mich mit Verzögerung, ich hörte ihn erst, als er schon oben war. Über den Baumwipfeln, vor dem blassen Himmel, flatterten zwei Fledermäuse, und ich musste an den Dachs denken, dem ich häufig begegnete, wenn ich mit dem letzten Bus heimfuhr. Er kam regelmäßig dem Bachlauf folgend zur Straße herunter, wenn ich hochging. Sicherheitshalber hielt ich immer einen Stein in jeder Hand. Ab und zu begegnete ich ihm auch auf der Straße, dann blieb er stehen und sah mich an, um anschließend auf seine charakteristisch watschelnde Art zurückzulaufen.

Ich blieb stehen, warf den Sack ab, setzte einen Fuß auf den Randstein und zündete mir eine Zigarette an. Es drängte mich nicht nach Hause, ich wollte es noch ein paar Minuten hinauszögern. Mutter, mit der ich hier oben das ganze Frühjahr und den halben Sommer gewohnt hatte, war zur Zeit in Sørbøvåg. Sie hatte Vater seinen Anteil an dem Haus noch nicht abgekauft, und er hatte auf sein Wohnrecht gepocht und würde bis zum Schulbeginn mit seiner neuen Freundin Unni darin wohnen.

Über dem Wald näherte sich ein großes Flugzeug, es flog langsam einen Bogen und zog kurz darauf wieder nach oben und rauschte über mich hinweg. Die Lichter an den Spitzen der Tragflächen blinkten, und darunter wurde das Fahrgestell ausgefahren. Ich sah der Maschine hinterher, bis sie außer Sichtweite war und nur das immer schwächer werdende Grollen zurückblieb, bis auch es unmittelbar vor dem Aufsetzen des Flugzeugs auf Kjevik verschwand. Ich mochte Flugzeuge, hatte sie immer gemocht. Selbst nach drei Jahren mitten in der Einflugschneise blickte ich mit Freude zu ihnen hoch.

Der Fluss glitzerte in der sommerlichen Dunkelheit. Der Rauch meiner Zigarette stieg nicht auf, sondern trieb seitlich und hing wie eine Scheibe in der Luft. Kein Windhauch nirgendwo. Und nachdem der Fluglärm verebbt war, kein Laut. Oder doch: von den Fledermäusen, die aufstiegen und herabstießen, je nachdem, wohin sie ihr flackernder Flug führte.

Ich streckte die Zunge heraus und drückte die Zigarette auf ihr aus, schmiss sie die Böschung hinunter, schwang mir den Seesack auf den Rücken und ging weiter. In Williams Haus brannte Licht. In der folgenden Kurve waren die Kronen der Laubbäume so dicht, dass man vom Himmel nichts sah. Ein paar Frösche oder Kröten ließen sich im sumpfigen Gelände zwischen Straße und Fluss vernehmen. Dann nahm ich am Fuß des Hügels eine Bewegung wahr. Es war der Dachs. Er hatte mich nicht entdeckt, lief vielmehr langsam über den Asphalt. Ich machte ein paar Schritte zum anderen Straßenrand, um ihm so den Weg freizumachen, doch in dem Moment blickte er auf und blieb stehen. Oh, mit seiner schwarzweiß gestreiften hipsterartigen Schnauze war er wirklich hübsch! Sein Fell war grau, die Augen listig und gelb. Ich grätschte über die Randmauer und stellte mich auf die Böschung dahinter. Der Dachs fauchte, sah mich unverwandt an. Offenbar überdachte er die Situation, denn bei unseren früheren Begegnungen hatte er augenblicklich kehrtgemacht und war zurückgelaufen. Nun trottete er jedoch plötzlich weiter und verschwand zu meiner großen Freude den Hügel hinauf. Erst jetzt, als ich wieder auf die Straße trat, hörte ich die leise Musik, die schon die ganze Zeit da gewesen sein musste.

Kam sie von uns?

Ich eilte das letzte Stück des Hügels hinunter und sah die Anhöhe hinauf, auf der hell erleuchtet unser Haus lag. Tatsächlich, von dort schallte Musik zu mir herüber. Wahrscheinlich durch die offene Wohnzimmertür, dachte ich und begriff, dass da oben eine Party im Gange sein musste, denn auf dem Hof bewegten sich mehrere Gestalten im gräulichen Sommernachtslicht dunkel und geheimnisvoll. Normalerweise wäre ich dem Bach zur Westseite des Hauses gefolgt, aber wegen der Party und weil das Haus voller Fremder war, wollte ich nicht einfach aus dem Wald platzen und hielt mich deshalb an den Verlauf der Straße.

In der gesamten Auffahrt parkten Autos, sie standen halb auf der Wiese, neben der Scheune und auch auf dem Hof. Ich blieb oben auf dem Hügel stehen, um mich ein wenig zu sammeln. Ein Mann in einem weißen Hemd überquerte den Hof, sah mich aber nicht. Im Garten hinter dem Haus schwirrten Stimmen. Am Küchentisch, den ich durchs Fenster sehen konnte, saßen zwei Frauen und ein Mann, sie hatten Weingläser vor sich stehen und lachten und tranken abwechselnd.

Ich atmete tief durch und ging zur Haustür. Im Garten war am Waldrand ein langer Tisch aufgestellt worden, auf dem eine weiße Decke lag, die in der tiefen Dunkelheit unter den Baumkronen schimmerte. Sechs, sieben Leute saßen dort, darunter auch mein Vater. Er sah mich durchdringend an. Als ich seinem Blick begegnete, stand er auf und winkte mir zu. Ich warf den Seesack ab, legte ihn neben den Hauseingang und ging zu ihm hinüber. So hatte ich ihn noch nie gesehen. Er trug ein weißes, weites Hemd mit Stickereien am V-Ausschnitt, eine blaue Jeans, hellbraune Lederschuhe. Sein Gesicht, von der Sonne fast dunkelbraun gebrannt, schien zu glänzen. Seine Augen leuchteten.

»Da bist du ja, Karl Ove«, sagte er und legte mir eine Hand auf die Schulter.

»Wir dachten, du würdest früher kommen. Wir feiern was, wie du siehst. Magst du dich ein bisschen zu uns setzen? Setz dich!«

Ich befolgte seine Anweisung und setzte mich, mit dem Rücken zum Haus, an den Tisch. Von den Gästen hatte ich nur Unni vorher schon einmal gesehen. Auch sie trug eine solche weiße Bluse oder Jacke oder was es war.

»Hallo, Unni«, sagte ich.

Sie lächelte mich warmherzig an.

»Also das ist Karl Ove, mein jüngster Sohn«, sagte Vater und setzte sich auf der anderen Seite des Tischs neben Unni. Ich nickte den anderen fünf zu.

»Und das, Karl Ove, ist meine Cousine Bodil«, erklärte er.

Von einer Cousine namens Bodil hatte ich noch nie gehört, weshalb ich sie vermutlich ein wenig fragend ansah, denn sie lächelte mir zu und sagte:

»Dein Vater und ich waren in unserer Kindheit oft zusammen.«

»Und in unserer Jugend«, ergänzte Vater. Er steckte sich eine Zigarette an, inhalierte und blies den Rauch mit einem zufriedenen Gesichtsausdruck aus. »Und dann haben wir hier Reidar, Ellen, Martha, Erling und Åge. Alles Kollegen von mir.«

»Hallo«, sagte ich.

Der Tisch war voller Gläser und Flaschen, Platten und Teller. Zwei große Schüsseln, bis zum Rand mit Krabbenschalen gefüllt, ließen keinen Zweifel daran, was sie gegessen hatten. Der Arbeitskollege, den mein Vater als Letztes angesprochen hatte, Åge, ein Mann um die vierzig, mit einer dünn eingefassten, aber großen Brille, nippte an einem Glas Bier und sah mich dabei an. Als er es absetzte, sagte er:

»Warst du nicht auf einem Trainingslager?«

Ich nickte.

»In Dänemark«, sagte ich.

»Und wo in Dänemark?«, erkundigte er sich.

»Nykøbing«, antwortete ich.

»Auf Mors?«, sagte er.

»Ja«, sagte ich. »Ich glaube schon. Es war eine Insel im Limfjord.«

Er lachte und blickte in die Runde.

»Da kommt doch Aksel Sandemose her!«, sagte er, woraufhin er mich erneut ansah. »Weißt du denn auch, welches Gesetz er ausgehend von der Stadt, in der du gerade gewesen bist, beschrieben hat?«

Was sollte das jetzt? Waren wir etwa in der Schule?

»Ja«, sagte ich und sah zu Boden. Ich wollte das Wort nicht in den Mund nehmen, das gönnte ich ihm nicht.

»Und wie heißt es?«, sagte er.

Als ich den Blick hob und seinem begegnete, geschah es ebenso trotzig wie verlegen.

»Das Gesetz von Jante«, sagte ich.

»Stimmt genau!«, bestätigte er.

»Hat es euch da gefallen?«, erkundigte sich Vater.

»Oh ja«, sagte ich. »Schöne Plätze, schöne Stadt.«

Nykøbing: Ich war zu der Schule gegangen, in der wir einquartiert waren, nachdem ich den ganzen Abend und die Nacht mit einem Mädchen unterwegs gewesen war, das ich getroffen hatte, sie war verrückt nach mir gewesen, und die vier anderen aus meiner Mannschaft, die mit von der Partie gewesen waren, hatten schon früher den Heimweg angetreten, nur sie und ich waren zurückgeblieben, und als ich betrunkener als sonst zurückging, war ich in der Stadt vor einem Haus stehen geblieben. Alle Details waren fort, ich erinnerte mich nicht, sie verlassen zu haben, erinnerte mich nicht, wie ich dorthin gekommen war, aber vor dieser Tür stehend, hatte ich das Gefühl, wieder zu mir zu kommen. Ich nehme die glühende Kippe aus dem Mund, öffne den Briefschlitz und lasse sie auf den Boden des Flurs dahinter fallen. Dann verschwimmt wieder alles, aber irgendwie muss ich zur Schule gelangt und ins Bett gegangen sein, um drei Stunden später zum Frühstück und anschließenden Training geweckt zu werden. Die Zigarette, die ich in das Haus geworfen hatte, fiel mir plötzlich wieder ein, als wir unter einem der riesigen Laubbäume am Rande des Trainingsgeländes saßen und uns unterhielten. Mir wurde eiskalt. Ich stand auf, schoss einen Ball weg und lief ihm hinterher. Und wenn das Haus nun in Brand geraten war? Und bei dem Feuer Menschen umgekommen waren? Was machte das dann aus mir?

Es war mir gelungen, die Sache ein paar Tage zu verdrängen, aber jetzt, als ich an dieser langen Tafel im Garten saß, wallte die Angst von Neuem in mir auf.

»In welcher Mannschaft spielst du, Karl Ove?«, fragte einer der anderen.

»Tveit«, antwortete ich.

»In welcher Liga spielt der Verein?«

»Ich spiele in der A-Jugend«, erklärte ich. »Aber die Erste Mannschaft spielt in der fünften Liga.«

»Also nicht gerade die Mannschaft von Start«, meinte er. Seinem Dialekt hörte man an, dass er aus Vennesla stammte, so dass es für mich ein Leichtes war zu kontern.

»Nein, eher Vindbjart«, erwiderte ich.

Darüber lachten sie. Ich schaute nach unten und hatte das Gefühl, schon zu viel Aufmerksamkeit erregt zu haben. Als mein Blick unmittelbar darauf jedoch Vater streifte, sah er mich lächelnd an.

In der Tat, seine Augen leuchteten.

»Möchtest du vielleicht ein Bier, Karl Ove?«, sagte er.

Ich nickte.

»Warum nicht«, meinte ich.

Er blickte in die Runde.

»Die scheinen alle leer zu sein«, sagte er. »Aber in der Küche steht ein Kasten. Du kannst dir ja eins holen.«

Ich stand auf. Als ich auf die Tür zuging, traten

zwei Personen in den Garten. Ein Mann und eine Frau, eng umschlungen. Sie trug ein weißes Sommerkleid. Ihre nackten Arme und Beine waren braun. Sie hatte schwere Brüste, Bauch und Hüften waren üppig. Er, mit einem hellblauen Hemd und einer weißen Hose bekleidet, hatte einen Schmerbauch, war ansonsten jedoch schlank. Obwohl er lächelte und seine betrunkenen Augen umherglitten, stach mir ins Auge, wie erstarrt seine Gesichtszüge waren. Es gab keine Bewegungen mehr in ihnen, geblieben waren nur deren Spuren wie in einem ausgetrockneten Flussbett.

»Hallo!«, sagte sie. »Bist du der Sohn des Hauses?«

»Ja«, antwortete ich. »Hallo.«

»Ich bin eine Kollegin deines Vaters«, erläuterte sie.

»Angenehm«, sagte ich und musste glücklicherweise nicht mehr sagen, denn sie gingen schon weiter. Als ich in den Flur trat, öffnete sich die Tür zum Badezimmer. Eine kleine, rundliche, dunkelhaarige Frau mit Brille kam heraus. Ihr Blick streifte mich flüchtig, ehe sie zu Boden sah und an mir vorbei nach drinnen ging. Ich sog diskret den Geruch ihres Parfüms ein, bevor ich ihr folgte. Es roch frisch, erinnerte an Blumen. In der Küche, die ich in der nächsten Sekunde betrat, saßen die drei, die ich schon bei meiner Ankunft durchs Fenster gesehen hatte. Der Mann, auch er um die vierzig, flüsterte der Frau zu seiner Rechten etwas ins Ohr. Sie lächelte, aber es war ein höfliches Lächeln. Die zweite Frau wühlte in einer Tasche auf ihrem Schoß. Sie schaute zu mir hoch und legte gleichzeitig eine ungeöffnete Schachtel Zigaretten auf den Tisch.

»Hallo«, sagte ich. »Ich wollte mir nur ein Bier holen.«

An der Wand neben der Tür standen zwei volle Kästen. Ich hob eine Flasche aus dem obersten.

»Hat einer von euch einen Öffner?«, sagte ich.

Der Mann richtete sich auf und klopfte sich auf den Schenkel.

»Ich hab ein Feuerzeug«, sagte er. »Hier.«

Er führte die Hand in einem Schlenker nach innen, erst langsam, damit ich mich darauf vorbereiten konnte, was geschehen würde, aber dann schoss das Feuerzeug mit einem Ruck durch die Luft. Es traf den Türrahmen und fiel klappernd auf den Fußboden. Wenn das nicht passiert wäre, hätte mich die Situation schlicht überfordert, denn die patriarchalische Geste, ihn die Flasche für mich öffnen zu lassen, hätte ich mir selbst nicht zumuten wollen, so aber hatte er die Initiative zu etwas ergriffen, das ihm missglückt war, wodurch die ganze Sache auf den Kopf gestellt wurde.

»Ich kann keine Flaschen mit dem Feuerzeug öffnen«, sagte ich. »Kannst du sie mir vielleicht aufmachen?«

Ich hob das Feuerzeug auf und reichte es ihm

zusammen mit der Flasche. Er trug eine Brille mit runden Gläsern, und dass sein halber Schädel kahl war, während die Haare ansonsten hochstanden wie eine Welle auf einem endlosen Strand, den sie niemals bezwingen würde, ließ ihn irgendwie verzweifelt aussehen. Jedenfalls war das mein Eindruck. Die Oberseiten seiner Finger, die sich nun um das Feuerzeug strafften, waren behaart. Um sein Handgelenk hing eine Uhr an einem Silberarmband.

Der Kronkorken löste sich mit einem kurzen Ploppen.

»Bitte«, sagte er und reichte mir die Flasche. Ich dankte ihm und ging ins Wohnzimmer, wo vier, fünf Leute tanzten, und durch die Tür dort in den Garten hinaus. An der Fahnenstange stand eine kleine Gruppe zusammen, sie hielten Gläser in den Händen, unterhielten sich und blickten dabei auf das Flusstal hinunter.

Das Bier schmeckte fantastisch. In Dänemark hatte ich genau wie in der letzten Nacht jeden Abend getrunken, so dass viel Bier erforderlich sein würde, um mich jetzt betrunken zu machen. Aber ich wollte mich auch gar nicht betrinken. Als Betrunkener würde ich in ihre Welt hineingleiten, mich von ihr vereinnahmen lassen und keinen Unterschied mehr wahrnehmen, vielleicht sogar Lust auf die Frauen in ihr bekommen. Das war das Letzte, was ich wollte.

Ich schaute in die Ferne. Auf den Fluss, der in

einer langgezogenen Biegung die grasbewachsene Landzunge umschloss, auf der die Fußballtore standen, und zwischen die großen Laubbäume, die das Ufer säumten und nun vor dem schimmernden Dunkelgrau der Wasseroberfläche vollkommen schwarz waren. Die Höhenzüge, die sich am anderen Ufer erhoben und von dort aus bis zum Meer wogten, waren ebenfalls vollkommen schwarz. Die Lichter der Häuseransammlungen, die zwischen Fluss und Höhenzug lagen, leuchteten deshalb hell und klar, während die Sterne am Himmel, gräulich unten über der Landschaft, bläulich weiter oben, kaum zu sehen waren.

Die Leute bei der Fahnenstange lachten über etwas. Sie standen nur ein, zwei Meter von mir entfernt, aber ihre Gesichtszüge blieben dennoch verschwommen. Der Mann mit dem Schmerbauch kam um die Hausecke, er schien zu gleiten. Mein Konfirmationsbild war genau dort gemacht worden, vor der Fahnenstange, zwischen Mutter und Vater. Ich trank noch einen Schluck und ging zum anderen Ende des Gartens, wohin sonst niemand den Weg gefunden zu haben schien. Dort, an der Birke, setzte ich mich in den Schneidersitz. Die Musik war genau wie die Stimmen und das Lachen ferner, und die Bewegungen waren noch undeutlicher. Wie Gespenster glitten sie durch die Dunkelheit um das leuchtende Haus. Ich dachte an Hanne. Es kam mir vor, als hätte sie einen Platz in mir, als gäbe es sie als einen realen Ort, an dem ich immer sein wollte. Dass ich ihn besuchen konnte, wenn ich wollte, empfand ich als Gnade. Auf der Klassenfete in der vorherigen Nacht hatten wir auf den Uferfelsen gesessen und geredet. Sonst war nichts passiert, das war alles gewesen. Die Felsplatten, Hanne, der Sund mit den flachen Felseneilanden, das Meer. Wir hatten getanzt, Spiele gespielt, waren die Treppe am Steg hinuntergestiegen und in der Dunkelheit schwimmen gegangen. Es war fantastisch gewesen. Und das Fantastische war unverwüstlich, es hatte den ganzen Tag in mir gelebt und begleitete mich noch immer. Ich war unsterblich. Ich richtete mich auf, war mir meiner eigenen Stärke in jeder Körperzelle bewusst. Ich trug ein graues T-Shirt, eine wadenlange, militärgrüne Hose und weiße Adidas-Basketballschuhe, das war alles, aber es war genug. Kräftig war ich nicht, aber ich war schlank, geschmeidig und schön wie ein Gott.

Konnte ich sie anrufen?

Heute Abend würde sie bestimmt zu Hause sein.

Aber es war sicher schon fast zwölf. Auch wenn sie selbst nichts dagegen einzuwenden hätte, geweckt zu werden, würde der Rest der Familie das sicher ein wenig anders sehen.

Und wenn das Haus abgebrannt war? Wenn jemand verbrannt war?

Oh verdammt, verdammt.

Ich ging über den Hof und versuchte währenddessen den Gedanken zu verdrängen, ließ den Blick über die Hecke, über das Haus, über das Dach bis zu den großen Fliedersträuchern am Ende des Hofs schweifen, deren Duft von den schweren lilafarbenen Blüten man noch unten auf der Straße riechen konnte, trank im Gehen den letzten Schluck aus der Flasche, sah die geröteten Gesichter zweier Frauen, die mit geschlossenen Knien und Zigaretten zwischen den Fingerkuppen auf der Treppe saßen, erkannte sie wieder von dem Tisch im Garten und lächelte ihnen im Vorbeigehen andeutungsweise zu, trat durch die Tür und ging zunächst ins Wohnzimmer und anschließend in die Küche, die mittlerweile verwaist war, nahm mir eine neue Flasche und stieg die Treppe hinauf in mein Zimmer, wo ich mich auf den Stuhl unter dem Fenster setzte, den Kopf zurücklehnte und die Augen schloss.

Die Boxen im Wohnzimmer standen direkt unter mir, und das Haus war so hellhörig, dass ich jeden Ton klar und deutlich mitbekam.

Was hatten sie aufgelegt?

Agnetha Fältskog. Ihren Hit aus dem letzten Sommer. Wie hieß er noch?

Die Kleider, in denen Vater an diesem Abend herumlief, waren seiner irgendwie nicht würdig. Diese weiße Jacke oder Bluse oder was zum Teufel das war. Er hatte sich immer, solange ich denken konnte, schlicht, korrekt, ein wenig konservativ gekleidet. Seine Garderobe hatte aus Hemden, Anzügen, Jacketts, viele von ihnen aus Tweed, Hosen aus Polyester, Cordsamt, Baumwolle und Pullovern aus Lamm- oder Schafswolle bestanden. Eher ein Dozent vom alten Schlag als ein hemdsärmeliger Studienrat der neuen Garde, aber nicht altmodisch, denn dort verlief die Trennlinie nicht. Sie verlief zwischen dem Weichen und dem Harten, zwischen dem, was Distanz verringern, und dem, was sie aufrechtzuerhalten versucht. Es war eine Frage von Werten. Wenn er plötzlich Arbeitshemden mit Stickereien oder Hemden mit Rüschen trug, in denen ich ihn im Laufe dieses Sommers auch schon gesehen hatte, oder in unförmigen Lederschuhen, die aussahen wie etwas, worin sich ein Same wohlfühlen könnte, entstand ein gewaltiger Gegensatz zwischen dem, was er war, und dem Menschen, als der er sich präsentierte. Ich selbst war auf der Seite des Weichen, ich war gegen Krieg und Autoritäten, Hierarchien und alle Formen von Härte, ich wollte nicht für die Schule pauken, sondern dachte, dass sich mein Intellekt organischer entwickeln sollte; politisch stand ich weit links, die ungleiche Verteilung der Reichtümer unserer Erde erzürnte mich, ich wollte, dass jeder ein Stück vom Kuchen abbekam, und so gesehen waren der Kapitalismus und die Herrschaft des Geldes der Feind. Ich fand, dass alle Menschen den gleichen Wert hatten und die inneren Qualitäten eines Menschen immer wichtiger waren als seine äußeren. Ich war mit anderen Worten für Tiefe und gegen Oberfläche, für das Gute und gegen das Böse, für das Weiche und gegen das Harte. Aber hätte ich mich da nicht freuen sollen, dass mein Vater zu den Reihen des Weichen übergelaufen war? Nein, denn die Ausdrucksformen des Weichen, also die runde Brille, die Samthosen, die Gesundheitsschuhe, die Strickpullover, verachtete ich, weil ich zusammen mit den politischen auch andere, an Musik geknüpfte Ideale hatte, bei denen es in ganz anderem Maße darum ging, gut und cool auszusehen, was wiederum eng mit der Zeit verbunden war, in der wir lebten, denn sie sollte zum Ausdruck kommen, aber nicht der mit den Charts verbundene Teil, nicht der Ausdruck des Pastellfarbenen und Haargels, denn der war untrennbar mit Kommerz, Oberfläche und Unterhaltung verbunden, nein, ausgedrückt werden sollte vielmehr das Innovative, aber trotzdem Traditionsbewusste, das tief Empfundene, aber Smarte, das Intelligente, aber Schlichte, die intensiv suchende, aber echte Musik, die sich nicht an alle richtete und nicht sonderlich gut verkaufte, aber trotzdem die Erfahrungen einer Generation, meiner Generation repräsentierte. Ah, das Neue. Ich war auf der Seite des Neuen. Und Ian McCulloch von Echo & the Bunnymen verkörperte es mehr als jeder andere. Mäntel, Militärjacken, Basketballschuhe, schwarze Sonnenbrillen. Es war ein himmelweiter Unterschied zu dem Hemd und den Samenschuhen meines Vaters. Andererseits konnte das nicht der entscheidende Punkt sein, denn Vater gehörte ja einer anderen Generation an, und die Vorstellung, dass diese Generation dazu übergehen könnte, sich wie Ian McCulloch zu kleiden, britischen Indiepop zu hören, sich für die amerikanische Szene zu interessieren, das Debütalbum von REM oder Green on Reds für sich zu entdecken und ihrer Garderobe womöglich auch ein Lederhalsband einzuverleiben, war ein Albtraum. Entscheidender war, dass dieses bestickte Hemd und die Samenschuhe nicht er waren. Und dass er in ihnen geradezu entartete, in etwas Formloses und Ungewisses, fast Feminines eintrat, als hätte er sich nicht mehr im Griff. Sogar die Härte in seiner Stimme war verschwunden.

Ich öffnete die Augen und drehte mich so, dass ich den Tisch am Waldrand sehen konnte, wo jetzt nur noch vier Menschen saßen. Vater, Unni, die Frau, die er Bodil genannt hatte, und eine weitere. Auf der Rückseite der Fliedersträucher, für sie nicht zu sehen, wohl aber für mich, stand ein Mann, pinkelte und schaute dabei zum Fluss hinunter.

Vater hob den Kopf und richtete den Blick auf mein Fenster. Mein Herz schlug schneller, aber ich rührte mich nicht von der Stelle, denn wenn er mich wirklich sah, was mir nicht sicher zu sein schien, hätte ich sonst zugegeben, dass ich ihn beobachtete. Stattdessen wartete ich noch einen Moment, bis ich mir sicher war, dass er sah, dass ich gesehen hatte, dass er mich sah, wenn er mich denn sah, ehe ich mich zurückzog und an den Schreibtisch setzte.

Es war unmöglich, Vater zu beobachten, er merkte es immer, hatte immer alles gesehen.

Ich trank ein paar Schlucke Bier. Jetzt hätte ich gerne eine geraucht. Er hatte mich nie rauchen sehen, und vielleicht würde es Streit geben, wenn ich es tat. Aber hatte er mich andererseits nicht eben erst aufgefordert, mir eine Flasche Bier zu holen?

Der Schreibtisch, den ich besaß, solange ich denken konnte, so orange, wie es das Bett und die Schranktüren in meinem alten Zimmer gewesen waren, war abgesehen von einem Kassettenständer vollkommen leer. Als das Schuljahr zu Ende gegangen war, hatte ich alles fortgeräumt und mich seither außer zum Schlafen kaum in dem Zimmer aufgehalten. Ich setzte die Flasche ab, drehte den Ständer ein paarmal und las dabei die Titel, die in meiner kindlichen Druckbuchstabenschrift auf den Kassettenrücken standen. BOWIE – HUNKY DORY. LED ZEPPELIN – I. TALKING HEADS – 77. THE CHAMELEONS – SCRIPT OF THE BRIDGE. THE THE – SOUL MINING. THE STRANGLERS – RATTUS NORVEGICUS. THE POLICE – OUTLANDOS D'AMOUR. TALKING HEADS – REMAIN IN LIGHT. BOWIE – SCARY MONSTERS (And super creeps). ENO BYRNE – MY LIFE IN THE BUSH OF

GHOSTS. U2 – OCTOBER. THE BEATLES – RUBBER SOUL. SIMPLE MINDS – NEW GOLD DREAM.

Ich stand auf, griff nach der Gitarre, die angelehnt neben dem kleinen Roland-Cube-Verstärker stand, und schlug ein paar Akkorde an, stellte sie zurück, sah erneut in den Garten hinunter. Sie saßen immer noch in der Finsternis unter den Baumwipfeln, die von den beiden Petroleumlampen zwar nicht aufgehoben, aber doch abgemildert wurde, da ihre Gesichter durch das Licht Farbe annahmen. Dunkel, fast kupferartig waren sie getönt.

Bodil musste eine Tochter von Großvaters zweitem Bruder sein, dem ich nie begegnet war. Er war vor langer Zeit aus irgendeinem Grund aus der Familie verstoßen worden. Ich selbst hatte zwei Jahre zuvor rein zufällig zum ersten Mal von ihm gehört. Jemand aus der Familie hatte geheiratet, und Mutter hatte erwähnt, dass er auch dabei gewesen war und eine flammende Rede gehalten hatte. Er war Laienprediger in einer Pfingstgemeinde in der Stadt. Mechaniker. Alles an ihm war anders als bei seinen zwei Brüdern, sogar der Name. Als sie, in Absprache mit ihrer imposanten Mutter und aus Anlass ihres Eintritts in die akademische Welt und des Beginns ihres Universitätsstudiums, beschlossen hatten, ihren Nachnamen ändern zu lassen, von dem weitverbreiteten Pedersen zu dem etwas selteneren Knausgård, hatte er sich geweigert. Möglicherweise der Grund für den Bruch?

Ich verließ das Zimmer und ging die Treppe hinunter. Als ich in den Flur kam, stand Vater in dem Zimmer mit den Kleiderschränken, in dem kein Licht brannte, und sah mich an.

»Hier bist du?«, sagte er. »Willst du dich nicht zu uns setzen?«

»Doch«, antwortete ich. »Natürlich. Ich bin nur ein bisschen herumgelaufen und habe mich umgesehen.«

»Es ist eine schöne Party«, sagte er.

Er neigte ein wenig den Kopf und presste seine Haare in Form. Es war eine seiner typischen Gesten, aber irgendetwas an dieser Jacke und der Hose ließ sie plötzlich weiblich wirken.

»Ist bei dir alles in Ordnung, Karl Ove?«, sagte er.

»Ja, klar«, erwiderte ich. »Alles in Ordnung. Ich komme raus und setze mich dazu.«

Als ich ins Freie trat, strich ein Windstoß durch die Luft. Die Blätter der Bäume am Waldsaum bewegten sich schwach, fast unwillig, wie aus tiefem Schlaf geweckt.

Vielleicht liegt es aber auch nur daran, dass er betrunken ist, überlegte ich. Denn auch daran war ich nicht gewöhnt. Mein Vater hatte nie getrunken. Zum ersten Mal betrunken hatte ich ihn an einem Abend gesehen, der erst zwei Monate zurücklag, als ich ihn und Unni in der Wohnung in der Elvegaten besucht hatte und es Fondue gab. Früher wäre es ihm niemals in den Sinn gekommen, etwas Derartiges zu Hause, an einem Freitagabend, zu sich zu nehmen. Sie hatten schon getrunken, bevor ich kam, und obwohl er die Liebenswürdigkeit selbst war, wirkte es dennoch bedrohlich; natürlich nicht direkt, ich saß dort nicht voller Angst, sondern indirekt, weil ich ihn nicht mehr lesen konnte. Alles Wissen, das ich mir im Laufe meiner Kindheit über ihn angeeignet hatte und das mir oft geholfen hatte, vorherzusehen, was geschehen würde, schien auf einen Schlag seine Gültigkeit verloren zu haben. Und was galt dann?

Als ich mich umdrehte und zum Tisch weiterging, begegnete ich Unnis Blick, sie lächelte, und ich erwiderte ihr Lächeln. Ein neuer, kräftigerer Windstoß strich vorbei. Die Blätter in den mannshohen Sträuchern vor der Treppe zur Scheune raschelten. Die leichtesten Zweige in den Bäumen über dem Tisch wippten auf und ab.

»Geht es dir gut?«, sagte Unni, als ich bei ihnen war.

»Ja, klar«, antwortete ich. »Ich bin nur ein bisschen müde, ich denke, ich gehe bald ins Bett.«

»Meinst du, du kannst bei dem Krach schlafen?«

»Das ist doch kein Krach!«

»Du glaubst gar nicht, wie herzlich dein Vater heute Abend über dich gesprochen hat«, sagte Bodil und lehnte sich über den Tisch. Ich wusste nicht, was ich dazu sagen sollte, also lächelte ich vorsichtig.

»Habe ich Recht, Unni?«

Unni nickte. Sie hatte lange, graue Haare, war aber erst Anfang dreißig. Vater hatte sie während ihres Referendariats betreut. Sie trug eine weite grüne Hose und so ein jackenartiges Ding wie er. Um ihren Hals hing eine Art Holzperlenkette.

»Im Frühjahr haben wir einen deiner Schulaufsätze gelesen«, sagte sie. »Wusstest du das? Ich hoffe, es macht dir nichts aus, dass ich ihn gelesen habe? Verstehst du, er war so stolz auf dich.«

Oh, das war jetzt aber wirklich das Letzte. Was zum Teufel gingen sie meine Aufsätze an?

Andererseits fühlte ich mich natürlich auch geschmeichelt.

»Du ähnelst deinem Großvater, Karl Ove«, sagte Bodil.

»Großvater?«

»Ja, die gleiche Kopfform. Der gleiche Mund.«

»Und du bist eine Cousine von Papa?«, sagte ich.

»Ja«, erwiderte sie. »Du musst uns mal besuchen kommen. Wir wohnen nämlich auch in Kristiansand!«

Das wusste ich nicht. Vor diesem Abend hatte ich nicht einmal gewusst, dass es sie gab. Das hätte ich ihr sagen sollen, tat es aber nicht. Stattdessen meinte ich, dass dies nett wäre, und erkundigte mich nach ihrem Beruf und ob sie Kinder hatte. Darüber sprach sie dann, als Vater zurückkam. Er setzte sich und sah sie aufmerksam an, als wollte er sich in das Gesprächsthema vertiefen, lehnte sich unmittelbar darauf jedoch zurück, einen Fuß aufs Knie gelegt, und zündete sich eine Zigarette an.

Ich stand auf.

»Wenn ich komme, gehst du?«, sagte er.

»Ach was. Ich will mir nur was holen«, erwiderte ich. Öffnete den Seesack an der Haustür, holte meine Zigaretten heraus, steckte mir auf dem Rückweg eine in den Mund und blieb kurz stehen, um sie anzuzünden, damit ich bereits rauchte, wenn ich mich wieder setzte. Vater sagte nichts. Ich sah, dass ihm etwas auf der Zunge lag, denn um seinen Mund spielte ein missbilligender Zug, aber nach einem kurzen, bösen Blick verschwand er, als hätte er sich gesagt, dass er nicht mehr so war.

Jedenfalls dachte ich das.

»Na dann, Prost«, sagte Vater und erhob uns zugewandt sein Weinglas. Dann sah er Bodil an und ergänzte: »Auf Helene.«

»Auf Helene«, sagte Bodil.

Sie tranken und sahen sich dabei in die Augen.

Wer zum Teufel war Helene?

»Hast du nichts zum Anstoßen, Karl Ove?«, sagte Vater.

Ich schüttelte den Kopf.

»Nimm das Glas da«, sagte er. »Es ist sauber. Stimmt's, Unni?«

Sie nickte. Er hob die Flasche Weißwein über den Tisch und füllte es. Wir stießen nochmals an.

»Wer ist Helene?«, sagte ich und sah die beiden an.

»Helene war meine Schwester«, antwortete Bodil. »Sie ist tot.«

»Helene war … ja, als ich ein Kind war, standen wir uns nahe. Wir waren unzertrennlich«, erklärte Vater. »Bis ins Teenageralter. Dann wurde sie krank.«

Ich trank noch einen Schluck. Von der Rückseite des Hauses näherte sich das Paar von vorhin. Die üppige Frau in dem weißen Kleid und der Mann mit dem Schmerbauch. Zwei weitere Männer folgten ihnen, den einen erkannte ich aus der Küche wieder.

»Hier sitzt ihr«, sagte der Mann mit dem Bauch. »Wir haben uns schon gefragt, wo ihr seid. Ich muss schon sagen, du kümmerst dich nicht besonders gut um deine Gäste.« Er legte die Hand auf Vaters Schulter. »Wenn wir schon einmal herkommen, wollen wir dich doch auch treffen.«

»Das ist meine Schwester«, erklärte Bodil mir leise. »Elisabeth. Und ihr Mann Frank. Sie wohnen unten in Ryen, am Fluss. Er ist Immobilienmakler.«

Waren all diese Menschen, die mein Vater kannte, die ganze Zeit über in unserer Nähe gewesen?

Sie setzten sich an den Tisch, wo es sofort lebhafter zuging. Und was bei meiner Ankunft Gesichter ohne Bedeutung oder Inhalt gewesen waren, bei denen ich folglich bloß Alter und Typ wahrgenommen hatte, etwa so, als wären sie Tiere, ein Bestiarium der Vierzigjährigen mit allem, was an toten Augen, steifen Lippen, hängenden Brüsten und schwabbelnden Bäuchen, Falten und Wulsten dazugehörte, sah ich nun Individuen in ihnen, denn ich war mit ihnen verwandt, das Blut in ihren Adern war das gleiche Blut wie in meinen, und wer sie waren, spielte daraufhin plötzlich eine Rolle.

»Wir haben über Helene gesprochen«, sagte Vater.

»Helene, ja«, sagte der Mann namens Frank. »Ich bin ihr nie begegnet, aber ich habe viel von ihr gehört. Eine traurige Geschichte.«

»Ich saß an ihrem Sterbebett«, erklärte Vater.

Ich starrte ihn an. Was passierte da?

»Sie war mir so wichtig. So wichtig.«

»Sie war die Schönste, die du dir nur vorstellen kannst«, sagte Bodil erneut leise an mich gewandt.

»Und dann starb sie«, sagte Vater. »Ohh.«

Weinte er?

Ja, er weinte. Er stützte die Ellbogen auf den Tisch und hielt die Hände vor der Brust gefaltet, während ihm Tränen über das Gesicht liefen.

»Es war im Frühling. Als sie starb, war draußen Frühling. Alles blühte. Ohh. Ohh.«

Frank senkte den Blick und drehte sein Glas in den Händen. Unni legte eine Hand auf Vaters Arm. Bodil sah die beiden an.

»Du hast ihr ja so nahegestanden«, sagte sie. »Du warst das Liebste, was sie hatte.«

»Oh. Oh«, sagte mein Vater, schloss die Augen und legte die Hände aufs Gesicht.

Ein Windstoß fegte über den Hof. Die herabhängenden Zipfel der Tischdecke flatterten hoch. Eine Serviette wurde vom Tisch gerissen. Die Blätter über uns rauschten. Ich hob mein Glas und trank, schauderte, als der säuerliche Geschmack meinen Schlund füllte, und erkannte das klare, reine Gefühl, das auftauchte, wenn sich der Rausch ankündigte, aber noch nicht da war, erkannte die unweigerlich folgende Lust, ihn zu suchen.

TEIL ZWEI

NACHDEM ICH EINIGE MONATE in einem Souterrainzimmer in Åkeshov, einer von Stockholms zahlreichen Trabantenstädten, an dem Buch geschrieben hatte, das hoffentlich mein zweiter Roman werden würde, mit der S-Bahn nur wenige Meter vor meinem Fenster, so dass ich jeden Nachmittag, nach Einbruch der Dunkelheit, die Wagen als Schnur leuchtender Zimmer durch den Wald kommen sah, ergatterte ich Ende 2003 ein Arbeitszimmer in der Stockholmer Innenstadt. Es gehörte einem von Lindas Freunden und war perfekt, eigentlich eine Einzimmerwohnung mit einer kleinen Küche, einer kleinen Dusche und einer Bettcouch neben dem Schreibtisch und den Bücherregalen. Zwischen den Jahren brachte ich meine Sachen dorthin, will sagen einen Stapel Bücher und den Computer, und nahm am ersten Werktag des neuen Jahres die Arbeit wieder auf. Mein Roman war im Grunde fertig, es war ein seltsames Buch von einhundertdreißig Seiten, eine kleine Erzählung über einen Vater und seine beiden Söhne beim Krebsfischen in einer Sommernacht, die in einen langen Essay über Engel mündete, der wiederum in eine Erzählung über einen der zwei mittlerweile erwachsenen Söhne und sein Leben während einiger

Tage auf einer Insel im Meer überging, auf der er alleine lebte und schrieb und sich selbst verletzte.

Der Verlag hatte zugesagt, das Buch zu veröffentlichen, und ich war versucht, auf dieses Angebot einzugehen, aber auch sehr unsicher, vor allem, nachdem ich Thure Erik gebeten hatte, es zu lesen, und er mich spätabends, in eigentümlicher Stimmung und mit seltsamer Wortwahl anrief, so als hätte er etwas getrunken, um sagen zu können, was er zu sagen hatte, eine simple Botschaft auszusprechen, das geht nicht, das ist kein Roman. Du musst erzählen, Karl Ove!, erklärte er mehrfach. Du musst doch erzählen! Ich wusste, dass er Recht hatte, und genau damit wollte ich an diesem ersten Arbeitstag 2004 beginnen, als ich an meinem neuen Schreibtisch saß und den leeren Bildschirm anstarrte. Nach einem halbstündigen Versuch lehnte ich mich zurück und ließ den Blick zu dem Plakat hinter dem Schreibtisch schweifen, das von einer Peter-Greenaway-Ausstellung stammte, die ich vor langer Zeit in meinem früheren Leben mit Tonje in Barcelona besucht hatte, es bestand aus vier Bildern, eines zeigte etwas, was ich lange für einen pinkelnden Cherub hielt, das zweite den Flügel eines Vogels, das dritte ein Flugzeug aus den zwanziger Jahren, das vierte die Hand einer Leiche. Dann sah ich aus dem Fenster. Der Himmel über dem Krankenhaus auf der anderen Straßenseite war klar und blau. Die niedrig stehende Sonne blitzte in

Fensterscheiben, Schildern, Geländern, Motorhauben. Der Frostnebel, der von den Menschen aufstieg, die auf dem Bürgersteig vorbeigingen, ließ es so aussehen, als würden sie brennen. Alle waren dick vermummt. Mützen, Schals, Handschuhe, dicke Jacken. Schnelle Bewegungen, verschlossene Gesichter. Ich ließ den Blick über den Fußboden schweifen. Es war ein relativ neuer Parkettboden, dessen rotbrauner Ton keinerlei Verbindung zu dem Jahrhundertwendestil der übrigen Wohnung hatte. Plötzlich sah ich, dass die Astlöcher und Jahresringe etwa zwei Meter von dem Stuhl entfernt, auf dem ich saß, ein Bild von Christus mit Dornenkrone ergaben.

Es löste bei mir keine Reaktion aus, ich registrierte es bloß, denn Bilder wie dieses, erschaffen von Unregelmäßigkeiten im Fußboden und an den Wänden, in Türen und Leisten, gibt es in allen Gebäuden – ein Stockfleck an der Decke sieht aus wie ein rennender Hund, die abgewetzte Farbschicht auf einer Stufe wie ein verschneites Tal mit einer Gebirgskette in der Ferne. Über der sich die Wolken näher *wälzen* – dennoch schien der Anblick in mir etwas in Gang gesetzt zu haben, denn als ich zehn Minuten später aufstand, zum Wasserkocher ging und ihn füllte, fiel mir auf einmal etwas ein, was an einem Abend vor langer Zeit geschehen war, weit zurück in meiner Kindheit, als ich ein ähnliches Bild auf dem Wasser gesehen hatte, das in einer Reportage über einen verschwundenen Fischkutter gezeigt wurde. In den Sekunden, die es dauerte, den Wasserkocher zu füllen, sah ich unser Wohnzimmer vor mir, den teakverkleideten Fernseher, das Schimmern von Schneeflecken mancherorts auf dem dunkler werdenden Hügel vor dem Fenster, das Meer auf dem Bildschirm, das Gesicht, das sich plötzlich darin zeigte. Mit den Bildern stellte sich auch die Stimmung von damals ein, des Frühlings, der Siedlung, der siebziger Jahre, des Lebens in unserer Familie, wie es sich damals gestaltete. Und mit der Stimmung eine beinahe unbändige Sehnsucht.

In diesem Moment klingelte das Telefon. Ich zuckte zusammen. Diese Nummer hatte doch keiner?

Der Apparat klingelte fünf Mal, dann gab er auf. Das Rauschen des Wasserkochers wurde lauter, und ich dachte wie so oft, dass es sich anhörte, als käme jemand näher.

Ich schraubte den Deckel der Kaffeedose ab, gab zwei Teelöffel Pulver in die Tasse und goss Wasser darauf, das schwarz und dampfend von den Wänden der Tasse aufstieg, zog mich anschließend an. Bevor ich hinausging, stellte ich mich so, dass ich das Gesicht im Holzboden wieder sehen konnte. Und es war wirklich Christus. Das Gesicht halb abgewandt, wie vor Schmerz, der Blick gesenkt, die Dornenkrone auf dem Kopf.

Bemerkenswert war nicht, dass sich dieses Gesicht hier befand, ebenso wenig, dass ich Mitte der siebziger Jahre einmal ein Gesicht im Meer gesehen hatte, bemerkenswert war vielmehr, dass ich es vergessen hatte und es mir nun unvermittelt wieder eingefallen war. Abgesehen von einzelnen Episoden, über die Yngve und ich so oft gesprochen hatten, dass sie nahezu biblische Proportionen angenommen hatten, war mir von meiner Kindheit kaum etwas in Erinnerung geblieben. Das hieß, ich erinnerte mich an praktisch nichts, was geschehen war – an die Räume, in denen sich alles abgespielt hatte, dagegen schon. Ich entsann mich aller Orte, an denen ich gewesen, aller Zimmer, in denen ich mich aufgehalten hatte. Nur nicht an das, was sich in ihnen ereignet hatte.

Ich ging mit der Tasse in der Hand auf die Straße hinaus. Ein leichtes Unbehagen regte sich in mir, denn die Tasse gehörte in die Wohnung, nicht ins Freie; außer Haus bekam sie etwas Nacktes und Entblößtes, und als ich die Straße überquerte, beschloss ich, am nächsten Morgen im 7-Eleven-Laden einen Kaffee zu kaufen und fortan den Pappbecher für draußen zu benutzen. Vor dem Krankenhaus standen zwei Bänke, und ich ging hinüber, setzte mich auf die vereisten Latten, zündete mir eine Zigarette an und schaute die Straße hinunter. Der Kaffee war schon nicht mehr ganz heiß. Das Thermometer vor dem Küchenfenster daheim hatte an diesem Morgen minus zwanzig Grad angezeigt, und obwohl die Sonne schien, konnte es jetzt nicht viel wärmer sein. Minus fünfzehn vielleicht.

Ich zog das Handy aus der Tasche, um zu sehen, ob jemand angerufen hatte. Oder eigentlich nicht irgendjemand: Wir erwarteten in einer Woche ein Kind, weshalb ich jederzeit damit rechnete, dass Linda anrufen und Bescheid geben könnte, dass es losging.

An der Kreuzung am oberen Ende des sanften Anstiegs begannen die Ampeln zu ticken. Kurz darauf fuhren auf der unterhalb gelegenen Straße keine Autos mehr. Aus dem Hauseingang nebenan traten zwei Frauen mittleren Alters und zündeten sich Zigaretten an. In ihrer weißen Krankenhauskleidung pressten sie die Arme an den Körper und trippelten unablässig auf der Stelle, um nicht zu frieren. Ich überlegte, dass sie einer seltsamen Entenart ähnelten. Dann hörte das Ticken oben auf, und wie eine Meute jagender Hunde fuhren im nächsten Moment die Autos aus dem Schatten an der Hügelkuppe und auf die sonnenbeschienene Fahrbahn darunter. Die Spikes kreischten auf dem Asphalt. Ich legte das Handy zurück und schloss meine Hände um die Tasse. Der Dampf stieg langsam hoch und vermischte sich mit dem aus meinem Mund. Auf dem Schulhof, der von meinem Arbeitszimmer aus zwanzig Meter die Straße hinauf zwischen zwei Häuserblocks eingeklemmt lag, verstummten auf einmal die Rufe der Kinder, die mir erst dadurch bewusst wurden. Es hatte zur nächsten Stunde geklingelt. Die Geräusche an diesem Ort waren für mich, genau wie der Rhythmus, in dem sie auftauchten, neu und unbekannt, würden mir aber schon bald so vertraut sein, dass sie wieder verschwanden. Man weiß zu wenig, und es existiert nicht. Man weiß zu viel, und es existiert nicht. Schreiben heißt, das Existierende aus den Schatten dessen zu ziehen, was wir wissen. Darum geht es beim Schreiben. Nicht, was dort geschieht, nicht, welche Dinge sich dort ereignen, sondern es geht um das *Dort* an sich. Dort ist der Ort und das Ziel des Schreibens. Aber wie kommt man dorthin?

Das war meine Frage, als ich in diesem Stadtteil Stockholms saß und Kaffee trank, während sich meine Muskeln vor Kälte zusammenzogen und der Rauch der Zigarette sich in dem riesigen Luftraum über mir auflöste.

Das Stimmengewirr vom Schulhof ertönte in festgelegten Intervallen, die einen von vielen Rhythmen bildeten, von denen die nähere Umgebung tagtäglich durchzogen wurde, von den zahlreicher werdenden Autos in den morgendlichen Straßen, bis der Verkehr auf der anderen Seite am späten Nachmittag allmählich wieder nachließ. Die Handwerker, die sich gegen halb sieben in diversen Cafés und Konditoreien mit Arbeitsschuhen und kräftigen, staubigen Händen, Zollstöcken in den Hosentaschen und ihren ständig klingelnden Handys zum

Frühstück versammelten. Die schwieriger einzuordnenden Männer und Frauen, von denen die Straßen in den nächsten Stunden bevölkert wurden, deren weiches, gut gekleidetes Äußeres nur verriet, dass sie ihre Tage in irgendeinem Büro verbrachten und ebenso gut Rechtsanwälte wie Fernsehjournalisten oder Architekten, ebenso gut Texter in Werbeagenturen wie Sachbearbeiter in Versicherungen sein mochten. Die Krankenschwestern und Pfleger, die von den Bussen vor dem Krankenhaus abgesetzt wurden, meist mittleren Alters, meist Frauen, gelegentlich aber auch ein junger Mann, in Pulks, die bis acht Uhr immer größer und danach immer kleiner wurden, bis am Ende nur der eine oder andere Rentner mit Einkaufswagen auf den Bürgersteig hinaustrat, in den stillen Vormittagsstunden, wenn einzelne Mütter und Väter sich mit ihren Kinderwagen zeigten und der Verkehr auf der Straße von Transportern, Lastwagen, Pick-ups, Bussen und Taxis dominiert wurde.

In dieser Zeit, wenn sich die Sonnenstrahlen in den Fenstern auf der anderen Straßenseite spiegelten und nie oder jedenfalls nur sehr selten Schritte im Treppenhaus ertönten, kamen gelegentlich Gruppen von Kindergartenkindern vorbei, die kaum größer waren als Schafe, allesamt in ähnlichen reflektierenden Westen, oft ernst, wie verzaubert vom abenteuerlichen Charakter ihres Unterfangens, während die Ernsthaftigkeit der Angestellten, die sie hirtenhaft überragten, eher zur Langeweile zu tendieren schien. Um diese Uhrzeit bot sich auch allen Arbeiten, die in der näheren Umgebung verrichtet wurden, genügend Raum, um ins Bewusstsein zu dringen, ob es nun Arbeiter des Gartenbauamts waren, die Blätter von einem Platz bliesen oder einen Baum beschnitten, Straßenarbeiter, die den Asphalt von einem Straßenabschnitt abschliffen, oder ein Hauseigentümer, der irgendwo in der Nähe ein Mietshaus sanieren ließ. Dann bewegte sich plötzlich eine Welle von Angestellten und Geschäftsleuten durch die Straßen und füllte alle Restaurants bis auf den letzten Platz: Mittagspause. Wenn sich die Welle ebenso plötzlich wieder zurückzog, hinterließ sie eine Leere, die wie erwartet der des Vormittags ähnelte, aber dennoch ihre ganz eigene Ausprägung hatte, denn wenn sich Muster wiederholten, geschah dies in umgekehrter Reihenfolge: die Schulkinder, die nun vereinzelt vor meinem Fenster vorüberzogen, waren auf dem Heimweg und hatten ausnahmslos etwas Aufgekratztes und Ausgelassenes an sich, während sie morgens, auf dem Weg zur Schule, noch schlaftrunken und stumm vorbeigegangen waren, sowie mit jener angeborenen Behutsamkeit, mit der man dem begegnet, was noch nicht begonnen hat. Die Sonne beschien nun die Wand gleich vor dem Fenster, hinter der Wohnungstür ertönten im Treppenhaus immer häufiger stampfende Schritte, und an der Bushaltestelle vor dem Haupteingang des Krankenhauses war die Menge der Wartenden jedes Mal, wenn ich hinschaute, größer geworden. Auf der Straße sah man mehr Privatwagen, auf den Bürgersteigen, die zu den Hochhäusern hinaufführten, erhöhte sich die Zahl der Fußgänger. Die zahlreicher werdenden Aktivitäten kulminierten gegen fünf Uhr, danach herrschte Stille in der Gegend, bis gegen zehn das Nachtleben begann, und nochmals, wenn es gegen drei Uhr endete. Gegen sechs nahmen die Busse wieder den Verkehr auf, aus allen Hauseingängen und Treppenhäusern tauchten Menschen auf, ein neuer Tag begann.

Derart streng reguliert und eingeteilt spielte sich hier das Leben ab, dass es sich ebenso gut geometrisch wie biologisch verstehen ließ. Dass es mit etwas Brodelndem, Wildem und Chaotischem verwandt sein sollte, wie man es bei anderen Arten beobachten konnte, etwa bei den überbordenden Anhäufungen von Kaulquappen oder Fischbrut oder Insekteneiern, bei denen das Leben aus einem unerschöpflichen Quell zu kriechen schien, war kaum zu glauben. Aber das war es. Das Chaotische und Unvorhersehbare bedingt gleichzeitig die Entstehung des Lebens und seinen Verfall, das eine ist undenkbar ohne das andere, und obwohl fast alle unsere Bemühungen darauf abzielen, es fernzuhalten, benötigt es nichts als einen kurzen Moment der Resignation, um uns in seinem Licht und nicht wie jetzt im Schatten leben zu lassen. Das Chaotische ist eine Art Schwerkraft, und der Rhythmus, der sich in der Geschichte aus dem Wachsen und Kollabieren von Zivilisationen erahnen lässt, wird möglicherweise von ihm erzeugt. Es fällt auf, dass die Extreme einander zumindest in einer Hinsicht ähneln, denn sowohl im überbordend Chaotischen als auch im streng Regulierten und Eingeteilten ist der Lebende nichts, das Leben alles. So wenig es das Herz interessiert, für welches Leben es schlägt, so wenig interessiert es die Stadt, wer ihre verschiedenen Funktionen erfüllt. Wenn alle, die an diesem Tag durch die Stadt wandeln, tot sind, sagen wir in hundertfünfzig Jahren, wird der Widerhall ihres Tuns und Lassens diese in ihren Mustern weiter durchziehen. Neu werden allein die Gesichter der Menschen sein, die sie ausfüllen, allerdings nicht sonderlich neu, denn sie werden uns ähneln.

Ich warf die Zigarettenkippe auf die Erde und trank den letzten, schon kalten Schluck Kaffee.

Ich sah das Leben, ich dachte an den Tod.

Ich stand auf, rieb meine Hände ein paarmal an den Schenkeln und ging zur Ampel hinunter. Die vorbeifahrenden Autos hinterließen Schwänze aus aufwirbelndem Schnee. Ein mächtiger Sattelschlepper fuhr mit klirrenden Schneeketten abwärts, bremste ruckartig und schaffte es mit Mühe und Not, vor dem Fußgängerüberweg anzuhalten, als die Ampel auf Rot umschlug. In mir regte sich immer ansatzweise ein schlechtes Gewissen, wenn Fahrzeuge wegen mir stoppen mussten, es entstand eine Art Ungleichgewicht, und ich hatte das Gefühl, ihnen etwas zu schulden. Je größer das Verkehrsmittel, desto größer die Schuld. Deshalb versuchte ich im Vorbeigehen Blickkontakt zum Fahrer aufzunehmen, weil ich ihm kurz zunicken und so das Gleichgewicht wiederherstellen wollte. Seine Augen folgten jedoch seiner Hand, die er gehoben hatte, um in der Fahrerkabine etwas herunterzunehmen – möglicherweise eine Karte, denn es war ein polnischer Sattelschlepper –, so dass er mich nicht wahrnahm, was gut war, denn dann hatte ihn das Abbremsen offenbar nicht nennenswert gestört.

Ich blieb im Hauseingang stehen, tippte den Code ein, öffnete die Tür und zog den Schlüssel heraus, während ich die wenigen Treppenstufen ins Erdgeschoss hinaufstieg, wo mein Arbeitszimmer lag. Die Maschinerie des Aufzugs brummte, so dass ich möglichst schnell aufschloss, mich hineinschob und die Tür hinter mir zuzog.

Die plötzliche Wärme ließ die Haut in meinem Gesicht und an den Händen kribbeln. Ich setzte Wasser für eine weitere Tasse Kaffee auf, und während ich darauf wartete, dass es kochte, überflog ich, was ich bisher geschrieben hatte. Der Staub, der in den breiten, schräg angewinkelten Lichtbahnen schwebte, folgte jeder einzelnen kleinen Luftströmung. Der Nachbar in der hinteren Wohnung hatte begonnen, Klavier zu spielen. Der Wasserkocher säuselte. Was ich geschrieben hatte, war nicht gut. Es war nicht schlecht, aber es war auch nicht gut. Ich ging zum Schrank, holte mir die Kaffeedose, gab zwei Löffel Pulver in die Tasse und goss Wasser dazu, das schwarz und dampfend zwischen den Wänden der Tasse aufstieg.

Das Telefon klingelte.

Ich setzte die Tasse auf dem Schreibtisch ab und ließ es zwei Mal klingeln, ehe ich an den Apparat ging.

»Hallo?«, sagte ich.

»Hallo, ich bin's.«

»Hi.«

»Ich wollte mal hören, wie es so läuft? Gefällt es dir da?«

Sie klang fröhlich.

»Keine Ahnung. Du weißt doch, dass ich erst ein paar Stunden hier bin«, sagte ich.

Pause.

»Kommst du bald nach Hause?«

»Du brauchst mich nicht drängeln«, antwortete ich. »Ich komme, wann ich komme.«

Sie blieb stumm.

»Soll ich noch was mitbringen?«, sagte ich nach einer Weile.

»Nein, ich war schon einkaufen.«

»Okay, dann bis später.«

»Ja. Tschüss. Oder warte mal. Kakao.«

»Kakao«, sagte ich. »Sonst noch was?«

»Nein, das war alles.«

»Okay. Tschüss.«

»Tschüss.«

Nachdem ich aufgelegt hatte, blieb ich lange auf dem Stuhl sitzen, versunken in etwas, was keine Gedanken, aber auch keine Gefühle waren, sondern eher eine Art Stimmung, so wie ein leeres Zimmer eine Stimmung besitzen kann. Als ich gedankenverloren die Tasse an den Mund hob und einen Schluck trank, war der Kaffee lauwarm. Ich stupste die Maus an, um den Bildschirmschoner verschwinden zu lassen und nachzusehen, wie viel Uhr es war. Sechs vor drei. Dann las ich mir den Text auf dem Bildschirm noch einmal durch, schnitt ihn aus und fügte ihn auf der Entwurfseite wieder ein. Fünf Jahre hatte ich an einem Roman gearbeitet, da durfte das, was am Ende herauskam, nicht lau sein. Und diese Zeilen strahlten zu wenig aus. Gleichzeitig lag die Lösung in dem bereits existierenden Text, das wusste ich, er barg etwas in sich, dem ich nachspüren wollte. Ich hatte das Gefühl, dass alles, was ich wollte, in ihm vorhanden war, aber in zu komprimierter Form. Besonders wichtig war die kleine Idee, aus der sich der Text entwickelt hatte, dass die Handlung um das Jahr 1880 spielen sollte, während alle Charaktere und Requisiten ansonsten aus den achtziger Jahren des 20. Jahrhunderts stammten. Jahrelang hatte ich versucht, über meinen Vater zu schreiben, es aber nie geschafft, wahrscheinlich, weil dies meinem eigenen Leben zu nahe kam und sich dadurch nicht so leicht in eine andere Form zwingen ließ, die doch Voraussetzung für Literatur ist. Das ist ihr einziges Gesetz: Alles muss sich der Form unterordnen. Ist ein anderes Element der Literatur stärker als die Form, etwa der Stil, die Handlung, die Thematik, gewinnt eins von ihnen die Oberhand über die Form, ist das Ergebnis schwach. Deshalb schreiben Autoren mit einem markanten Stil so häufig schwache Bücher. Deshalb schreiben auch Autoren mit einer markanten Thematik so häufig schwache Bücher. Damit Literatur entstehen kann, muss das Markante in Thematik und Stil niedergerissen werden. Dieses Niederreißen ist es, was man »schreiben« nennt. Beim Schreiben geht es eher ums Zerstören als ums Erschaffen. Keiner wusste das besser als Rimbaud. Bemerkenswert an ihm war nicht, dass er diese Erkenntnis in solch beängstigend jungen Jahren gewann, sondern dass er sie auch auf das Leben übertrug. Für Rimbaud ging es beim Schreiben wie im Leben immer um die Freiheit, und weil die Freiheit übergeordnet war, konnte er das Schreiben aufgeben oder musste es vielleicht sogar aufgeben, denn es wurde ebenfalls zu einer Fessel, die zerrissen werden musste. Freiheit ist gleich Zerstörung plus Bewegung. Ein anderer Autor, der das wusste, war Aksel Sandemose. Seine Tragik bestand jedoch darin, dass er nur die Kraft hatte, Letzteres bloß in der Literatur, aber nicht im Leben durchzuführen. Er zerstörte und verharrte im Zerstörten. Rimbaud ging nach Afrika.

Eine dieser unterbewussten Eingebungen ließ mich plötzlich aufschauen, und ich begegnete dem Blick einer Frau. Sie saß direkt vor dem Fenster in einem Bus. Es dämmerte bereits, und die einzige Lichtquelle im Zimmer war die Schreibtischlampe, die Beobachter von draußen anziehen musste wie Motten. Als sie merkte, dass ich sie sah, schaute sie weg. Ich stand auf, ging zum Fenster, löste die Jalousie und ließ sie herunter, während sich der Bus in Bewegung setzte. Es wurde ohnehin Zeit, heimzugehen. »Bald«, hatte ich gesagt, und das war mittlerweile schon eine Stunde her.

Sie war so froh gewesen, als sie anrief.

Plötzlich war ich unglücklich. Wie hatte ich auf ihre Sorge und Sehnsucht nur so gereizt reagieren können?

Mitten im Raum stand ich vollkommen still, als würde der Schmerz, der in meinen Körper ausstrahlte, auf die Art von alleine verschwinden, was jedoch niemals geschah. Er musste durch Handlung gebrochen werden. Ich musste es wiedergutmachen. Der Gedanke half mir nicht nur, weil er eine Versöhnung verhieß, sondern auch durch das, was er an praktischer Umsetzung erforderte, denn wie sollte ich es wiedergutmachen? Ich schaltete den Laptop aus, legte ihn in die Tasche, spülte meine Tasse aus und stellte sie ins Spülbecken, zog das lose Kabel heraus, schaltete das Licht aus und zog mich im mondscheinähnlichen Licht der Straße an, das durch die Schlitze in der Jalousie hereinfiel, wobei ich die ganze Zeit das Bild von ihr in unserer großen Wohnung vor Augen hatte.

Als ich auf die Straße hinaustrat, biss die Kälte im Gesicht. Ich zog die Kapuze des Parkas über die Mütze, senkte den Kopf, um mich vor den kleinen, umherwirbelnden Schneepartikeln zu schützen, und ging los. An guten Tagen nahm ich die Tegnérgatan bis zur Drottninggatan, der ich bis in die Gegend um den Hötorget folgte, um von dort aus den steilen Hang zur Johanneskirche hinauf und wieder abwärts zur Regeringsgatan zu gehen, in der unsere Wohnung lag. Diese Route war voller Läden, Einkaufspassagen, Cafés, Restaurants und Kinos, und es wimmelte immer von Leuten. Die Straßen dort unten waren förmlich überschwemmt von Menschen in allen Formen und Varianten. In den glänzenden Schaufenstern lagen die verschiedensten Waren aus, in den Geschäften liefen die Rolltreppen wie Räder in riesigen, geheimnisvollen Maschinerien, Aufzüge glitten auf und ab, auf Fernsehbildschirmen bewegten sich schöne Menschen wie Wiedergänger, vor hunderten Kassen bildeten sich Schlangen, die in Mustern, die so undurchschaubar waren wie die der Wolken am Himmel über den Dächern der Stadt, kürzer wurden und sich bildeten, kürzer wurden und sich bildeten. An guten Tagen liebte ich das alles, dann floss der Strom der Menschen mit ihren mehr oder weniger schönen Gesichtern, deren Augen alle einen bestimmten Gemütszustand ausdrückten, durch mich hindurch, wenn ich sie sah. An weniger guten Tagen hatte das gleiche Szenario die umgekehrte Wirkung, und ich entschied mich wenn möglich für eine andere, abgelegenere Route. Meistens führte sie über die Rådmansgatan, danach die Holländargatan bis zur Tegnérgatan hinunter, wo ich den Sveavägen überquerte und der Döbelnsgatan bis zur Johanneskirche hinauf folgte. Diese Strecke wurde von Wohnhäusern gesäumt, die meisten Menschen, denen man begegnete, hasteten allein durch die Straßen, und die wenigen Geschäfte und Restaurants wurden seltener frequentiert. Fahrschulen, deren Fenster von Abgasen verschleiert wurden, Trödelläden mit Comics und LPs in Kartons vor der Eingangstür, Reinigungen, ein Friseursalon, ein Chinarestaurant, ein paar heruntergekommene Kneipen.

Dieser Tag war ein solcher Tag. Um den heranwehenden Schneekörnchen zu entgehen, ging ich mit gesenktem Kopf durch die Straßen, die zwischen den hochragenden Wänden und schneebedeckten Dächern der Häuserblocks schmalen Tälern ähnelten, und warf gelegentlich einen Blick in die Fenster, an denen ich vorbeikam: die verwaiste

Rezeption eines kleinen Hotels, die gelben Fische, die dort vor grünem Hintergrund in einem Aquarium umherschwammen; die Werbeplakate einer Firma, die Schilder, Broschüren, Aufkleber, Papptafeln herstellte; die drei farbigen Friseusen, die ihren drei farbigen Kunden in dem afrikanischen Friseursalon die Haare schnitten, von denen eine den Kopf ein wenig drehte, um zwei Jugendliche anzusehen, die auf der Treppe am hinteren Ende des Raums saßen und lachten, die Friseuse, die ihren Kopf nicht ohne Ungeduld wieder gerade rückte.

Auf der anderen Straßenseite lag ein Park namens Observatorielunden. Die Bäume wuchsen dort gerade nach oben, und da sich das schwache Licht der Häuserreihe unter ihnen ausbreitete, hatte es den Anschein, als hielten sie die Dunkelheit mit ihren Kronen hoch. So kompakt war sie, dass das Licht des eigentlichen Observatoriums auf der Kuppe, errichtet im 18. Jahrhundert, in der absoluten Blütezeit der Stadt, unsichtbar blieb. Heute gab es dort oben ein Café, und als ich es zum ersten Mal besuchte, war mir bewusst geworden, wie viel näher das 18. Jahrhundert hier unserer Zeit zu sein schien im Vergleich zum 18. Jahrhundert in Norwegen, vielleicht vor allem auf dem Land, wo ein Bauernhof von, sagen wir 1720, wirklich uralt ist, während die zahlreichen prunkvollen Bauten in Stockholm aus derselben Epoche fast zeitgenössisch wirken. Ich erinnere mich, dass Großmutters Schwester Borghild, die in einem kleinen Haus oberhalb des eigentlichen Hofs wohnte, von dem die Familie stammte, mir einmal auf der Veranda erzählte, dass es dort bis in die sechziger Jahre hinein Häuser aus dem 16. Jahrhundert gegeben hatte, die man dann jedoch abgerissen hatte, um Platz für moderne Gebäude zu schaffen. Wie sensationell diese Information war, verglichen damit, wie alltäglich es hier war, auf ein Bauwerk aus jener Zeit zu stoßen. Hing es vielleicht mit der Nähe zur Familie und damit zu mir zusammen? Mit der Tatsache, dass mich die Vergangenheit in Jølster in einem ganz anderen Maße betraf als die Vergangenheit in Stockholm? Wahrscheinlich verhält es sich so, dachte ich nun und schloss für Sekunden die Augen, um mich von dem Gefühl freizumachen, ein Idiot zu sein, was dieser Gedankengang in mir auslöste, weil er so offensichtlich auf einer Illusion basierte. Ich hatte keine Geschichte und verschaffte mir deshalb eine, ungefähr so, wie es eine nationalsozialistische Partei in einer Trabantenstadt tun würde.

Ich ging weiter die Straße hinunter, bog ab und gelangte in die Holländargatan. Angesichts der beiden leblosen Reihen verschneiter Autos und ihrer Verwaistheit, eingeklemmt zwischen zwei der wichtigsten Straßen der Stadt, Sveavägen und Drottninggatan, war sie die Seitenstraße der Seitenstraßen. Ich nahm die Tasche jetzt in die linke Hand, während ich mit den Fingern der rechten an meine Kapuze griff und den Schnee herunterschüttelte, der sich auf sie gelegt hatte, wobei ich mich ein wenig vorbeugte, um mir nicht den Kopf an dem Baugerüst zu stoßen, das man auf dem Bürgersteig errichtet hatte. Hoch über mir schlugen klatschend Planen im Wind. Als ich aus der kleinen tunnelartigen Konstruktion herauskam, stellte sich mir ein Mann so in den Weg, dass ich stehen bleiben musste.

»Sie müssen auf die andere Straßenseite wechseln«, erklärte er. »Es brennt. Soweit ich weiß, könnte es eine Explosion geben.«

Er hob ein Handy ans Ohr, ließ es wieder sinken.

»Ich meine es ernst«, sagte er. »Rüber auf die andere Seite.«

»Wo brennt es denn?«, sagte ich.

»Da drüben«, erwiderte er und zeigte auf ein zehn Meter entferntes Fenster. Der obere Teil stand offen, Rauch sickerte heraus. Ich ging schräg auf die Straße, um besser sehen zu können, während ich gleichzeitig zumindest teilweise seinem drängenden Anliegen nachkam, Abstand zu wahren. Das Zimmer hinter dem Fenster wurde von zwei Scheinwerfern beleuchtet und war voller Werkzeuge und Leitungen. Farbeimer, Werkzeugkästen, Bohrer, Rollen mit Isolierungsmaterial, zwei Leitern. Zwischen all dem trieb, langsam und irgendwie tastend, der Rauch.

»Haben Sie die Feuerwehr gerufen?«, fragte ich.

Er nickte.

»Sie ist unterwegs«, sagte er.

Ich blieb noch ein, zwei Minuten stehen, aber da ich fror und nichts mehr zu passieren schien, ging ich nach Hause. An der Ampel am Sveavägen hörte ich die Sirenen der ersten Löschzüge, die unmittelbar darauf am Scheitelpunkt des Anstiegs auftauchten. Die Menschen in meiner Nähe drehten sich um. Das Geschwindigkeitsversprechen der Sirenen stand in einem eigentümlichen Widerspruch zu der Langsamkeit, mit der die großen Fahrzeuge die abfallende Straße herabkrochen. Im selben Moment wurde es grün, und ich ging über die Straße und in den Supermarkt auf der anderen Seite.

In dieser Nacht fand ich keinen Schlaf. Normalerweise schlief ich binnen weniger Minuten ein, ganz gleich, wie aufreibend der Tag gewesen war oder wie beunruhigend der nächste zu werden schien, und abgesehen von jenen Phasen, in denen ich schlafwandelte, schlief ich außerdem immer tief und fest durch. An jenem Abend erkannte ich jedoch bereits, als ich den Kopf aufs Kissen legte und die Augen schloss, dass sich der Schlaf nicht einstellen würde. Hellwach lag ich da und lauschte den Geräuschen der Stadt, die je nachdem, wie sich die Menschen draußen bewegten, lauter oder leiser wurden, und den Lauten in den Wohnungen über und unter uns, die nach und nach verebbten, bis schließlich nur noch das Säuseln der Lüftung blieb, während meine Gedanken ziellos umhertrieben. Linda schlief neben mir. Ich wusste, dass das Kind in ihr auch ihre Träume prägte, in denen es beunruhigend oft um Wasser ging: riesige Wellen, die auf ferne Strände schlugen, die sie entlangging; Überschwemmungen der Wohnung, bei denen das Wasser, das sie manchmal komplett füllte, entweder die Wände herabrieselte oder aus Waschbecken und Toilette stieg; Binnenseen, die an neuen Stellen in der Stadt auftauchten, zum Beispiel vor dem Hauptbahnhof, in dem ihr Kind in einem Schließfach lag, das sie nicht erreichen konnte, oder einfach verschwand, während sie, die Hände voller Gepäck, zurückblieb. Sie hatte auch Träume, in denen das Kind, das sie zur Welt brachte, das Gesicht eines Erwachsenen trug, oder sich herausstellte, dass es gar nicht existierte und bei der Geburt nichts als Wasser aus ihr herauslief.

Und meine Träume, wie waren sie?

Kein einziges Mal hatte ich von unserem Kind geträumt, und manchmal bekam ich deshalb ein schlechtes Gewissen, weil so offenbar wurde, jedenfalls wenn man den Strömungen in den willenlosen Teilen des Bewusstseins mehr Wahrheit zusprach als den willensgesteuerten, was ich durchaus tat, dass es für mich keine sonderlich große Bedeutung hatte, ein Kind zu erwarten. Andererseits galt dies im Grunde für alles. So gut wie nichts von dem, was mein Leben nach dem zwanzigsten Geburtstag betraf, war jemals in meinen Träumen aufgetaucht. Mir schien, als wäre ich im Traum nie erwachsen geworden, sondern weiterhin ein Kind, umgeben von denselben Menschen und Orten wie in meiner Kindheit. Und selbst wenn die Ereignisse, die sich dort abspielten, jede Nacht neu waren, blieb das Gefühl, mit dem sie mich erfüllten, doch stets gleich. Immer das Gefühl von Erniedrigung. Oft vergingen nach dem Aufwachen Stunden, ehe es aus dem Körper wich. Gleichzeitig erinnerte ich mich im wachen Zustand an kaum etwas aus meiner Kindheit, und das wenige, was mir im Gedächtnis geblieben war, weckte nichts mehr in mir, wodurch natürlich eine seltsame Art von Symmetrie zwischen Vergangenheit und Gegenwart entstand, in der Nacht und Traum mit der Erinnerung, Tag und Bewusstsein mit Vergessen verbunden waren.

Nur vor einem Jahr war es anders gewesen. Bevor ich nach Stockholm zog, hatte ich das Gefühl, in meinem Leben gäbe es eine Kontinuität, als erstreckte es sich ungebrochen von meiner Kindheit bis in die Gegenwart, verknüpft durch immer neue Verbindungen in einem komplexen und ausgeklügelten Muster, in dem jedes Phänomen, das ich sah, eine Erinnerung wachrufen konnte, die kleine Erdrutsche aus Gefühlen in mir auslöste, einige bekannten Ursprungs, andere unbekannter Herkunft. Menschen, denen ich begegnete, kamen aus Städten, in denen ich gewesen war, und kannten Menschen, die ich getroffen hatte, es war ein Netz, und es war fest geknüpft. Als ich dann jedoch nach Stockholm ging, kam es immer seltener zu diesem Aufflammen von Erinnerungen, und eines Tages hörte es ganz auf. Das heißt, ich erinnerte mich noch; aber die Erinnerungen riefen in mir nichts mehr wach. Keine Sehnsucht, keinen Wunsch zurückzukehren, nichts. Es gab nur die Erinnerung selbst und den fast unmerklichen Hauch einer Aversion gegen alles, was mit ihr zusammenhing.

Der Gedanke ließ mich die Augen öffnen. Ganz still lag ich da und betrachtete die Reislampe, die wie eine Art Miniaturmond in der Deckendunkelheit über dem Bettende hing. Das war nun wirklich kein Grund, sich zu beklagen. Denn die Nostalgie ist nicht nur schamlos, sie ist auch verräterisch. Was bringt einem Menschen zwischen zwanzig und dreißig denn eigentlich die Sehnsucht nach seiner Kindheit? Nach seiner Jugend? Das ähnelte einer Krankheit.

Ich drehte mich um und betrachtete Linda. Sie lag auf der Seite, mit dem Gesicht zu mir. Ihr Bauch war so groß, dass es allmählich schwerfiel, ihn mit dem Rest ihres Körpers in Verbindung zu bringen, obwohl auch der aufgedunsen war. Erst gestern hatte sie vor dem Spiegel gestanden und darüber gelacht, wie dick ihre Oberschenkel geworden waren.

Das Kind lag mit dem Kopf im Becken und würde

bis zur Geburt so liegen bleiben. Dass es sich längere Zeit nicht bewegte, war vollkommen normal, hatten sie auf der Entbindungsstation gesagt. Sein Herz schlug, und bald, wenn es den richtigen Zeitpunkt für gekommen hielt, würde es im Zusammenspiel mit dem Körper, dem es entwachsen war, die Geburt einleiten.

Ich stand vorsichtig auf und ging in die Küche, um ein Glas Wasser zu trinken. Vor dem Eingang zum Jazzclub Nalen standen mehrere Grüppchen älterer Menschen und unterhielten sich. Einmal im Monat wurden dort Tanzabende für Senioren veranstaltet, dann kamen sie in rauen Mengen, Männer und Frauen zwischen sechzig und achtzig Jahren, allesamt in ihren feinsten Kleidern, und wenn ich sie begeistert und fröhlich in der Schlange stehen sah, schmerzte mich das zuweilen bis tief in meine Seele. Vor allem einer von ihnen hatte sich mir eingeprägt. Bekleidet mit einem hellgelben Anzug, weißen Joggingschuhen und einem Strohhut, tauchte er zum ersten Mal leicht wankend an einem Septemberabend an der Kreuzung David Bagares gata auf, aber es war nicht so sehr seine Kleidung, die ihn von den anderen unterschied, sondern eher seine Ausstrahlung, denn während ich die anderen als Teil eines Kollektivs wahrnahm, ältere Männer, die ausgingen, um sich mit ihren Ehefrauen zu amüsieren, einander so sehr ähnelnd, dass man den Einzelnen sofort vergaß, wenn man woanders hinsah, war er auch dann noch allein, wenn er sich mit jemandem unterhielt. Am auffälligsten an ihm war jedoch der Wille, den er ausstrahlte und der in dieser Menschenansammlung einzigartig war. Als er in die Menge im Foyer hastete, wurde mir schlagartig klar, dass er nach etwas suchte und es dort nicht finden würde, wahrscheinlich auch nirgendwo sonst. Die Zeit war ihm davongelaufen, und mit ihr die Welt.

Ein Taxi fuhr rechts heran. Das nächststehende Grüppchen schloss seine Schirme und schüttelte lebhaft den Schnee ab, ehe sie sich hineinsetzten. Weiter unten auf der Straße näherte sich ein Streifenwagen. Das Blaulicht war eingeschaltet, die Sirene jedoch nicht, und die Stille ließ es unheilverkündend wirken. Dem Wagen folgte ein zweiter. Im Vorbeifahren wurden sie langsamer, und als ich hörte, dass sie vor dem nächsten Häuserblock hielten, stellte ich das Wasserglas auf die Arbeitsplatte und ging ins Schlafzimmer. Die Polizeifahrzeuge hielten direkt vor US VIDEO. Der vordere war ein gewöhnlicher Streifenwagen, der hintere ein Van. Als ich zum Fenster kam, wurden im selben Moment die Hecktüren geschlossen. Sechs Polizisten liefen zum Eingang und verschwanden in dem Gebäude, zwei blieben wartend vor dem Streifenwagen zurück. Ein zwischen fünfzig und sechzig Jahre alter Passant würdigte die Beamten keines Blickes. Ich vermutete, dass er eigentlich hatte hineingehen wollen, aber kalte Füße bekommen hatte, als er die Polizei vor der Tür sah. Bei US VIDEO ging rund um die Uhr ein kontinuierlicher Strom von Männern ein und aus, und da ich hier seit fast einem Jahr wohnte, konnte ich in neun von zehn Fällen erkennen, wer hinein- und wer vorbeigehen würde. Fast alle hatten die gleiche Körpersprache. Sie gingen im Allgemeinen die Straße hinunter, und wenn sie die Tür öffneten, geschah dies mit einer Bewegung, die wie eine natürliche Fortsetzung der vorherigen aussehen sollte. Sie waren so sehr darauf bedacht, sich nicht umzuschauen, dass einem gerade das ins Auge fiel. Sie strahlten die Anstrengung aus, die Normalität aufrechtzuerhalten. Nicht nur, wenn sie sich hineinschoben, sondern auch, wenn sie wieder herauskamen. Die Tür ging auf, und ohne stehen zu bleiben, glitten sie fast auf den Bürgersteig heraus und verfielen in diesen Gang, mit dem sie den Eindruck vermitteln wollten, sich schon zwei Häuserblocks ununterbrochen in dieser Weise bewegt zu haben. Alle Altersgruppen von sechzehn bis jenseits der siebzig waren vertreten, und die Besucher stammten aus allen Gesellschaftsschichten. Manche sahen aus, als gingen sie im Auftrag eines anderen dorthin, andere kamen auf dem Heimweg von der Arbeit oder am frühen Morgen oder zum Abschluss eines Abends in der Stadt. Ich selbst war zwar nie hingegangen, wusste aber durchaus, wie es dort aussah: die lange Treppe nach unten, das tiefgelegene, zwielichtige Kellerlokal mit der Theke, an der man bezahlte, die Reihe schwarz lackierter Kabinen mit Fernsehbildschirmen, die zahlreichen Filme, unter denen man wählen konnte, je nachdem, welche sexuellen Vorlieben man hatte, die schwarzen Kunstlederstühle, die Toilettenpapierrollen auf der Ablage daneben.

August Strindberg behauptete einmal in seinem tiefsinnigen, geistig verwirrten Ernst, die Sterne am Himmel seien Löcher in einer Wand. Manchmal musste ich an seine Worte denken, wenn ich den nie enden wollenden Strom von Seelen betrachtete, die diese Treppenstufen hinabstiegen und sich in die Dunkelheit der Kellerkabinen setzten, um zu onanieren, während sie auf die leuchtenden Bildschirme starrten. Dass die Welt um sie hermetisch abgeriegelt war, und eine ihrer wenigen Möglichkeiten, aus ihr herauszuschauen, diese Luken waren. Was sie dort sahen, erwähnten sie anderen gegenüber nie, es gehörte zum Unaussprechlichen, war unvereinbar mit allem, was zum normalen Leben gehörte, und die meisten, die dorthin gingen, waren ganz normale Männer. Aber das Unaussprechliche galt nicht nur im Verhältnis zur Welt oben, es prägte sie vielmehr auch dort unten, jedenfalls ihrem Verhalten nach zu urteilen, der Tatsache, dass keiner von ihnen mit dem anderen sprach, keiner den anderen ansah, den solipsistischen Bahnen, in denen sich alle zwischen der Treppe, den Regalen voller Filmen, der Theke, der Kabine und erneut der Treppe bewegten. Sie konnten die Augen nicht davor verschließen, dass diesen Vorgängen auch etwas grundsätzlich Lächerliches eigen war, Männer, die mit heruntergelassenen Hosen in ihren Kabinen hockten und ächzten und stöhnten und an ihrem Glied zogen, während sie Filme von Frauen sahen, die mit Pferden oder Hunden schliefen, oder von Männern, die es mit einer Vielzahl anderer Männer trieben, aber auch keine Rücksicht darauf nahmen, da wahres Lachen und wahre Begierde unvereinbare Größen sind, und die Begierde hatte sie dorthin getrieben. Aber warum dorthin? All diese Filme, die man sich dort unten ansehen konnte, gab es doch auch im Internet und konnten folglich ganz allein und ohne das Risiko, von anderen gesehen zu werden, konsumiert werden. Demnach musste sie etwas an der unaussprechlichen Situation selbst reizen. Entweder das Niedrige, Armselige und Schäbige daran oder das Hermetische. Ich wusste es nicht, für mich war das unbekanntes Terrain, aber ich konnte nicht anders, ich musste darüber nachdenken, denn wenn ich in diese Richtung blickte, ging jedesmal jemand hinunter.

Es war nicht weiter ungewöhnlich, dass die Polizei auftauchte, aber meistens geschah es wegen der Demonstrationen, zu denen es vor dem Gebäude immer wieder kam. Den Laden selbst ließen sie zum großen Unmut der Demonstranten in

Ruhe. Sie konnten mit ihren Transparenten lediglich davorstehen, Schlagworte skandieren und buhen, wenn jemand hineinging oder herauskam, aufmerksam beobachtet von den Polizeibeamten, die mit Schilden, Helmen und Schlagstöcken Schulter an Schulter standen und sie bewachten.

»Was ist los?«, sagte Linda hinter mir.

Ich drehte mich um und sah sie an.

»Du bist wach?«

»Ein bisschen«, antwortete sie.

»Ich kann nur nicht schlafen«, sagte ich. »Und da draußen stehen ein paar Streifenwagen. Schlaf weiter.«

Sie schloss die Augen wieder. Unten auf der Straße ging die Tür auf. Zwei Polizisten tauchten auf, gefolgt von zwei weiteren. Sie hielten einen Mann zwischen sich so fest gepackt, dass er den Erdboden nicht berührte. Das sah brutal aus, war vermutlich jedoch notwendig, da dem Mann die Hose um die Beine hing. Als sie herauskamen, ließen sie ihn los, und er fiel auf die Knie. Zwei weitere Polizisten traten aus der Tür. Der Mann richtete sich auf und zog seine Hose hoch. Einer der Beamten legte ihm die Hände auf den Rücken und verpasste ihm Handschellen, ein zweiter brachte den Mann ins Auto. Als die übrigen Polizisten sich hineinsetzten, traten zwei Angestellte auf die Straße. Die Hände in den Taschen standen sie da und betrachteten die Wagen, die angelassen wurden, die

Straße hinabfuhren und verschwanden, während ihre Haare von dem fallenden Schnee langsam immer weißer wurden.

Ich ging ins Wohnzimmer. Das Licht der Straßenlaternen, die knapp unter den Fenstern an Stahlseilen über die Straße hingen, erhellte schwach Wände und Fußboden. Ich sah eine Weile fern. Die ganze Zeit über dachte ich, dass es Linda womöglich beunruhigen könnte, falls sie wach werden und hereinkommen sollte. Alle Unregelmäßigkeiten und Unklarheiten waren geeignet, sie an die manischen Phasen zu erinnern, die ihr Vater während ihrer Kindheit durchlebt hatte. Ich schaltete den Apparat wieder aus, nahm stattdessen einen der Kunstbildbände aus dem Regal über der Couch, blieb sitzen und blätterte darin. Es war ein Buch über Constable, das ich erst kürzlich gekauft hatte. Vor allem Ölskizzen, Studien von Wolken, Landschaft, Meer.

Ich brauchte nur den Blick über die Bilder schweifen zu lassen, als mir auch schon Tränen in die Augen traten. So groß war der Sog, den einzelne Gemälde auf mich ausübten. Andere sagten mir dagegen nichts. Bei Bildender Kunst war dies mein einziger Parameter: die Gefühle, die sie in mir weckte. Das Gefühl von Unerschöpflichkeit. Das Gefühl von Schönheit. Das Gefühl von Präsenz. Alles gebündelt in derartig akuten Augenblicken, dass es mir manchmal schwerfiel, in ihnen zu sein. Und die Empfindungen blieben völlig unverständlich. Denn wenn ich das Bild studierte, das mich am meisten beeindruckte, eine Skizze in Öl von einer Wolkenformation am sechsten September 1822, gab es darin nichts, was die Intensität meiner Gefühle hätte erklären können. Ganz oben ein Feld blauen Himmels. Darunter ein Feld weißlichen Dunsts. Dann die heranrollenden Wolken. Weiß, wo die Sonnenstrahlen sie trafen, hellgrün in den leichtesten Schattenpartien, tiefgrün und fast schwarz, wo sie am schwersten hingen und die Sonne am fernsten war. Blau, Weiß, Türkis, Grün, Schwarzgrün. Das war alles. Im Begleittext zu dem Gemälde hieß es, Constable habe es in Hampstead »at noon« gemalt und dass ein gewisser Wilcox die Korrektheit dieser Datierung angezweifelt habe, da eine andere Skizze vom selben Tag zwischen 12:00 und 13:00 stammte und einen ganz anderen, regnerischeren Himmel zeigte, ein Argument, das die Wetterberichte aus der Londoner Gegend für diesen Tag entkräfteten, da sie sehr wohl mit der Wolkendecke in beiden Bildern übereinstimmen konnten.

Ich hatte Kunstgeschichte studiert und war es gewohnt, Kunst zu beschreiben und zu analysieren, schrieb jedoch nie über das einzig Wichtige, nämlich wie man sie erlebte. Nicht nur, weil ich das nicht konnte, sondern auch, weil die Gefühle, die in mir aufgewühlt wurden, allem widersprachen, was ich darüber gelernt hatte, was Kunst war und wozu sie gut sein sollte. Also behielt ich es für mich. Flanierte allein durch das Nationalmuseum in Stockholm oder die Nationalgalerie in Oslo oder die National Gallery in London und so weiter. Darin lag eine gewisse Freiheit. Ich brauchte meine Gefühle nicht zu begründen, ich musste mich niemandem gegenüber rechtfertigen, es gab nichts, dem ich mit Argumenten begegnen musste. Freiheit ja, aber kein Frieden, denn obwohl es sich bei den Bildern um Idyllen handelte, etwa bei Claudes archaischen Landschaften, war ich doch immer beunruhigt, wenn ich sie verließ, denn was sie hatten, der Kern ihres Wesens, war diese Unerschöpflichkeit, die mir eine Art Gier aufzwang. Die Gier, selbst im Unerschöpflichen zu sein. So auch in jener Nacht. Fast eine Stunde blätterte ich in dem Buch über Constable. Immer wieder kehrte ich zu jenem Bild von den grünlichen Wolken zurück, das jedesmal das Gleiche in mir öffnete. Es kam mir vor, als höben und senkten sich zwei unterschiedliche Betrachtungsweisen in meinem Bewusstsein, die eine mit ihren Gedankengängen und Argumenten, die andere mit ihren Gefühlen und Wahrnehmungen, die, obwohl Seite an Seite liegend, von den Erkenntnissen des jeweils anderen ausgeschlossen blieben. Es war ein fantastisches Bild, es löste wie alle fantastischen Bilder diese ganzen Gefühle in mir aus, aber wenn ich erklären sollte, warum das so war, worin das Fantastische bestand, wollte es mir einfach nicht gelingen. Das Bild ließ mein Inneres erbeben, aber warum?

Das Bild erfüllte mich mit Sehnsucht, aber wonach? Wolken gab es genug. Farben gab es genug. Bestimmte historische Augenblicke gab es genug. Auch die Kombination dieser drei Elemente war ausreichend vorhanden. In den Augen der Gegenwartskunst, also jener Kunst, die für mich im Prinzip die gültige sein sollte, waren die Gefühle, die ein Kunstwerk auslöste, nicht wertvoll. Die Gefühle waren minderwertig, vielleicht sogar ein unerwünschtes Nebenprodukt, eine Art Abfall oder bestenfalls manipulierbares Material. Auch das naturalistisch wiedergegebene Bild der Wirklichkeit hatte keinen Wert, sondern wurde als naiv und längst überwundenes Stadium betrachtet. Dann blieb nicht viel Sinn übrig. Wenn ich den Blick jedoch von Neuem auf das Bild richtete, verschwanden alle Argumentationen im selben Moment in der Welle aus Kraft und Schönheit, die es in mir auslöste. *Ja, ja, ja,* hieß es dann. *Dort ist es. Dorthin muss ich.* Aber was bejahte ich? Wohin musste ich?

Es war vier Uhr, also noch Nacht. Ich konnte nicht mitten in der Nacht in mein Arbeitszimmer gehen. Aber war es um halb fünf nicht schon Morgen?

Ich stand auf und ging in die Küche, stellte einen Teller mit Hackfleischbällchen und Spaghetti in die Mikrowelle, da ich seit dem Mittagessen am Vortag nichts mehr gegessen hatte, und ging duschen, in erster Linie, um mir so die Minuten zu vertreiben, bis das Essen fertig sein würde, zog mich an, holte Messer und Gabel heraus, füllte ein Glas mit Wasser, holte den Teller und setzte mich zum Essen an den Tisch.

Auf den Straßen war es vollkommen still. Die Stunde vor fünf Uhr war die einzige Zeit am Tag, in der diese Stadt schlief. In meinem früheren Leben, den zwölf Jahren, die ich in Bergen gewohnt hatte, war ich nachts möglichst oft aufgeblieben. Ich dachte über diese Vorliebe nie nach, es war einfach etwas, was mir gefiel und was ich tat. Begonnen hatte es als gymnasiales Ideal, dessen Ausgangspunkt die Vorstellung war, die Nacht sei irgendwie mit Freiheit verbunden. Nicht an sich, sondern im Gegensatz zur Neun-bis-Vier-Realität des Tages, die ich, und ein paar andere mit mir, bürgerlich und angepasst fand. Wir wollten frei sein, wir blieben nachts auf. Dass ich dabei blieb, hatte jedoch weniger mit Freiheit zu tun, als mit einem größer werdenden Bedürfnis, allein zu sein, das ich, wie ich inzwischen erkannte, mit meinem Vater gemeinsam hatte. In unserem Haus stand ihm eine ganze Einliegerwohnung zur Verfügung, in der er fast jeden Abend verbrachte. Das war seine Nacht.

Ich spülte den Teller unter fließendem Wasser ab, stellte ihn in die Spülmaschine und ging ins Schlafzimmer. Als ich vor dem Bett stehen blieb, öffnete Linda die Augen.

»Du hast aber einen leichten Schlaf«, sagte ich.

»Wie viel Uhr ist es?«, sagte sie.

»Halb fünf.«

»Bist du die ganze Zeit auf gewesen?«

Ich nickte.

»Ich glaube, ich gehe was ins Büro. Ist das okay?« Sie stützte sich halb auf.

»*Jetzt?*«

»Ich kann einfach nicht schlafen«, erklärte ich. »Also kann ich die Zeit genauso gut zum Arbeiten nutzen.«

»Bitte …«, sagte sie. »Komm, leg dich wieder hin.«

»Hörst du nicht, was ich sage?«, erwiderte ich.

»Aber ich will hier nicht alleine liegen«, sagte sie. »Kannst du nicht morgen früh ins Büro gehen?«

»Es ist morgen früh«, erwiderte ich.

»Nein, es ist mitten in der Nacht«, widersprach sie. »Und das Kind kann jeden Moment kommen. In einer Stunde könnte es so weit sein, das weißt du.«

»Mach's gut«, sagte ich und schloss die Tür hinter mir. Im Flur zog ich Mantel und Handschuhe an, griff nach der Tasche mit dem Notebook und ging hinaus. Vom verschneiten Bürgersteig schlug kalte Luft hoch. Am unteren Ende der Straße näherte sich ein Räumfahrzeug. Der schwere Metallpflug donnerte über den Asphalt. Immer wollte sie mich zurückhalten. Warum war es für sie so wichtig, dass ich bei ihr war, wenn sie schlief und ohnehin nicht merkte, dass ich da war?

Der Himmel hing schwarz und schwer über den Dächern, aber es schneite nicht mehr. Ich ging die Straße hinunter. Das Räumfahrzeug fuhr mit grollendem Motor, klirrenden Ketten, schabendem Pflug vorbei. Ein kleines Geräuscheinferno. Ich bog in die David Bagares gata, die verwaist und still zur Malmskillnadsgatan hinaufführte, wo die Buchstaben des Lokals KGB den Blick auf sich zogen. Vor dem Eingang des Altersheims blieb ich stehen. Was sie gesagt hatte, stimmte. Es konnte jeden Moment so weit sein. Und sie war ungern allein. Und warum ging ich dann hier entlang? Was wollte ich morgens um halb fünf in meinem Büro? Schreiben? Warum sollte mir heute gelingen, was mir in den letzten fünf Jahren nicht gelungen war?

Was war ich doch nur für ein Idiot. Sie erwartete unser Kind, mein Kind, ich sollte sie nicht alleine lassen.

Ich kehrte um. Als ich die Tasche im Flur absetzte und den Mantel ablegte, hörte ich ihre Stimme aus dem Schlafzimmer.

»Bist du das, Karl Ove?«

»Ja«, sagte ich und ging zu ihr hin. Sie sah mich fragend an.

»Du hast Recht«, erklärte ich. »Das war gedankenlos von mir. Tut mir leid, dass ich einfach gegangen bin.«

»Mir tut es auch leid«, entgegnete sie. »Natürlich sollst du arbeiten gehen!«

»Das kann ich auch später noch machen«, sagte ich.

»Aber ich will dich nicht aufhalten«, sagte sie. »Bei mir ist alles in Ordnung. Versprochen. Geh du nur. Wenn etwas ist, rufe ich dich an.«

»Nein«, sagte ich und legte mich neben sie.

»Aber Karl Ove …«, sagte sie und lächelte.

Es gefiel mir, wenn sie meinen Namen aussprach, es hatte mir immer gefallen.

»Jetzt sagst du, was *ich* gesagt habe, während ich sage, was du gesagt hast. Aber ich weiß doch, dass du *eigentlich* das Gegenteil meinst.«

»Das wird mir zu kompliziert«, sagte ich. »Sollen wir nicht lieber einfach schlafen? Und zusammen frühstücken, bevor ich gehe?«

»Gern«, sagte sie und legte sich neben mich. Sie war heiß wie ein Backofen. Ich strich ihr mit der Hand durchs Haar und küsste sie leicht auf den Mund. Sie schloss die Augen und lehnte den Kopf zurück.

»Was hast du gesagt?«, fragte ich.

Sie antwortete nicht und nahm stattdessen meine Hand und legte sie auf ihren Bauch.

»Da!«, sagte sie. »Spürst du das?«

Plötzlich beulte die Haut unter meiner Handfläche aus.

»Hui«, sagte ich und nahm sie weg, um zu sehen, was gegen den Bauch gepresst wurde und ihn ausbeulen ließ, ein Knie oder ein Fuß, ein Ellbogen oder eine Faust wurden jetzt fortgezogen. Es war, als sähe man etwas, das sich gleich unter der Oberfläche eines ansonsten stillen Gewässers bewegte, um anschließend wieder zu verschwinden.

»Sie ist ungeduldig«, sagte Linda. »Ich spüre es.«

»War das ein Fuß?«

»Mm.«

»Es sah aus, als wollte sie ausprobieren, ob man auf dem Weg rauskommen könnte«, meinte ich.

Linda lächelte.

»Hat es wehgetan?«

Sie schüttelte den Kopf.

»Ich spüre es, aber es tut nicht weh. Es ist nur seltsam.«

»Das glaube ich gern.«

Ich legte mich dicht neben sie und platzierte meine Hand erneut auf ihrem Bauch. Im Flur klapperte es im Briefeinwurf. Draußen fuhr ein Lastwagen vorbei, der groß zu sein schien, die Fenster klirrten. Ich schloss die Augen. Als sich alle Gedanken und Bilder sofort in Richtungen bewegten, über die ich keine Kontrolle hatte, und ich sie wie eine Art träger Hirtenhund beobachtete, erkannte ich, dass der Schlaf ganz nah war. Ich brauchte mich nur in seine Finsternis abzuseilen.

Ich wurde davon geweckt, dass Linda in der Küche räumte. Auf der Uhr auf dem Kaminsims war es fünf nach elf. Verdammt. So viel zu diesem Arbeitstag.

Ich zog mich an und ging in die Küche. Dampf pfiff aus dem kleinen Kaffeekessel auf dem Herd. Brotbelag und Saft standen auf dem Tisch. Zwei geröstete Brotscheiben lagen auf einem Teller. In dem neben ihm stehenden Toaster sprangen in diesem Moment zwei weitere hoch.

»Hast du gut geschlafen?«, erkundigte sich Linda.

»Allerdings«, antwortete ich und setzte mich. Die Butter, die ich auf die Scheibe strich, schmolz im selben Moment und füllte die kleinen Poren an der Oberfläche. Linda zog den Kaffeekessel von der Herdplatte und schaltete sie aus. Wegen ihres großen Bauchs sah es immer so aus, als lehnte sie sich zurück, und wenn sie etwas mit den Händen machte, wirkte es, als geschähe es jenseits einer unsichtbaren Wand.

Der Himmel war grau. Aber auf den Dächern schien der Schnee liegen geblieben zu sein, denn es war heller im Zimmer als sonst.

Sie goss Kaffee in die beiden Tassen, die sie auf den Tisch gestellt hatte, und setzte eine vor mir ab. Ihr Gesicht war aufgedunsen.

»Geht es dir schlechter?«, sagte ich.

Sie nickte.

»Meine Nase ist zu. Und ich habe ein bisschen Fieber.«

Sie ließ sich auf den Stuhl fallen, goss Milch in ihren Kaffee.

»Das ist mal wieder typisch«, meinte sie, »dass

ich ausgerechnet jetzt krank werde. Wenn ich wirklich bei Kräften sein muss.«

»Vielleicht dauert es noch was bis zur Geburt«, sagte ich. »Vielleicht sorgt der Körper dafür, dass es erst losgeht, wenn er wieder gesund ist.«

Sie starrte mich an. Ich schluckte den letzten Bissen hinunter und goss Saft ins Glas. Wenn ich in den letzten Monaten eines gelernt hatte, dann dass alles, was ich über die plötzlichen und unvorhersehbaren Stimmungsschwankungen schwangerer Frauen gehört hatte, zutraf.

»Kapierst du denn nicht, dass das eine Katastrophe ist?«, sagte sie.

Ich begegnete ihrem Blick. Trank einen Schluck Saft.

»Doch, doch, sicher«, sagte ich. »Aber es wird schon klappen. Es wird schon alles klappen.«

»Natürlich wird es klappen«, entgegnete sie. »Aber darum geht es nicht. Es geht darum, dass ich nicht krank und schwach sein will, wenn ich ein Kind bekomme.«

»Das verstehe ich«, sagte ich. »Aber das wirst du auch nicht sein. Es sind noch ein paar Tage.«

Wir aßen schweigend weiter.

Dann sah sie mich wieder an. Sie hatte fantastische Augen. Sie waren graugrün und ab und zu, vor allem, wenn sie müde war, schielten sie ein wenig. Auf dem Foto in ihrer Gedichtsammlung schielte sie, und die darin liegende Verletzlichkeit, die der Selbstsicherheit ihres Gesichtsausdrucks widersprach, sie aber nicht aufhob, hatte mich einmal geradezu hypnotisiert.

»Entschuldige«, sagte sie. »Ich bin nur nervös.«

»Du brauchst nicht nervös zu sein«, sagte ich. »Du bist so gut vorbereitet, wie es nur geht.«

Das war sie wirklich. Sie hatte sich voll und ganz auf das vor ihr Liegende konzentriert; stapelweise Bücher gelesen, eine Art Meditationskassette gekauft, die sie jeden Abend hörte und auf der eine Stimme hypnotisch wiederholte, dass der Schmerz nicht schlimm war, dass der Schmerz gut war, und gemeinsam hatten wir einen Kurs besucht und eine Führung durch die Station mitgemacht, auf der sie, wenn alles glatt lief, entbinden würde. Auf jeden Termin bei ihrer Hebamme hatte sie sich vorbereitet, indem sie sich vorher Fragen notiert hatte, und alle Kurven und Maße, die sie von dort mitbrachte, notierte sie mit ebenso großer Gewissenhaftigkeit in einem Tagebuch. Sie hatte der Entbindungsstation darüber hinaus ein Blatt mit Vorlieben geschickt, um das man sie gebeten hatte und auf dem stand, sie mache sich Sorgen und benötige viel Ermunterung, sei aber auch stark und wolle ohne Betäubung gebären.

Das ging mir zu Herzen. Ich war doch auf der Entbindungsstation gewesen, und obwohl sie dort versucht hatten, eine gemütliche Umgebung zu schaffen, mit Couchgruppen, Teppichen, Bildern an den Wänden und einem CD-Spieler in dem Raum, in dem die Geburt stattfinden sollte, zusätzlich zu einem Fernsehzimmer und einer Küche, in der man sich seine eigenen Mahlzeiten zubereiten konnte und wo man nach der Geburt ein eigenes Schlafzimmer mit Bad bekam, war es andererseits nun einmal so, dass eine andere Frau kurz zuvor im selben Zimmer niedergekommen war, und obwohl man es auf die Schnelle geputzt, das Bett frisch bezogen und neue Handtücher bereitgelegt hatte, war dies so unendlich oft geschehen, dass trotz aller Bemühungen ein schwacher metallischer Geruch von Blut und Eingeweiden in der Luft hing. In dem kühlen Schlafzimmer, das uns nach der Geburt für vierundzwanzig Stunden zur Verfügung stehen würde, hatte ein anderes Paar eben noch mit einem neugeborenen Kind im Bett gelegen, so dass alles, was für uns neu und überwältigend war, für die Angestellten dort eine ewige Wiederholung darstellte. Die Hebammen trugen immer die Verantwortung für mehrere Geburten gleichzeitig, sie gingen laufend in diversen Zimmern ein und aus, in denen Frauen wimmerten und schrien, brüllten und stöhnten, je nachdem, in welcher Phase der Geburt sie gerade waren, und das passierte kontinuierlich, Tag und Nacht, jahrein, jahraus. Wenn es folglich etwas gab, was sie nicht tun konnten, dann, sich so inniglich um jemanden kümmern, wie Linda es in ihrem Brief erwartete.

Sie sah aus dem Fenster, und ich folgte ihrem Blick. Auf dem Dach des gegenüberliegenden Gebäudes, vielleicht zehn Meter von uns entfernt, stand ein Mann mit einem Seil um die Taille und schaufelte Schnee.

»Ihr Schweden seid verrückt«, sagte ich.

»Macht ihr das in Norwegen nicht?«

»Nein, wo denkst du hin?«

Ein Jahr vor meiner Ankunft in Stockholm war ein Junge von einem herabfallenden Eisklumpen getötet worden. Seither wurden alle Dächer mit schier unglaublicher Konsequenz sofort freigeschaufelt, sobald es schneite, und wenn Tauwetter einsetzte, waren praktisch alle Bürgersteige eine Woche lang mit roten und weißen Bändern abgesperrt. Chaos allerorten.

»Aber die ganze Angst schafft immerhin Arbeitsplätze«, sagte ich, schlang das Brot hinunter, stand auf und trank den letzten Schluck Kaffee im Stehen. »Ich gehe jetzt.«

»Okay«, sagte Linda. »Magst du uns auf dem Rückweg ein paar Filme ausleihen?«

Ich stellte die Tasse auf dem Tisch ab, wischte mir den Mund mit dem Handrücken ab.

»Klar. Irgendwas?«

»Ja. Such einfach was aus.«

Ich putzte mir im Badezimmer die Zähne. Als ich in den Flur ging, um den Mantel anzuziehen, folgte Linda mir.

»Was hast du heute vor?«, sagte ich und zog mit der einen Hand den Mantel aus dem Schrank, während ich mir mit der anderen einen Schal um den Hals schlang.

»Ich weiß nicht«, antwortete sie. »Vielleicht im Park spazieren gehen. Ein Bad nehmen.«

»Alles klar?«, sagte ich.

»Ja, alles klar.«

Ich bückte mich und band mir die Schuhe zu, während sie, einen Arm in den Rücken gestützt und riesig, über mir thronte.

»Okay«, sagte ich, setzte die Mütze auf und griff nach der Tasche mit dem Notebook. »Dann bin ich mal weg.«

»Okay«, sagte sie.

»Ruf an, wenn was ist.«

»Mach ich.«

Wir küssten uns, und ich schloss hinter mir die Tür. Der Aufzug im Treppenhaus war auf dem Weg nach oben, und ich sah flüchtig die Nachbarin aus der Etage über uns, als sie, das Gesicht zum Spiegel vorgelehnt, vorüberglitt. Sie war Anwältin, trug meistens schwarze Hosen oder schwarze, knielange Kleider, grüßte kurz angebunden, immer mit verkniffenem Mund, wirkte feindselig, jedenfalls mir gegenüber. Zeitweise wohnte ihr Bruder bei ihr, ein hagerer, dunkeläugiger, rastloser und hart, aber schön aussehender Mann, der einer von Lindas Freundinnen aufgefallen war, die sich in ihn verliebt hatte, die beiden hatten eine Art Beziehung, die darauf hinauszulaufen schien, dass er sie so verachtete, wie sie ihn vergötterte. Es schien ihn zu quälen, dass er im selben Haus wohnte wie ihre Freundin, denn wenn wir stehen blieben und ein paar Worte miteinander wechselten, bekamen seine Augen etwas Gehetztes, aber obwohl es vermutlich damit zusammenhing, dass ich mehr über ihn wusste als er über mich, mochte es dafür auch andere Gründe geben – beispielsweise, dass er ein typischer Suchtmensch war. Dazu konnte ich nichts sagen, von dieser und ähnlichen Welten hatte ich keine Ahnung, in dieser Beziehung war ich wirklich so gutgläubig, wie Geir, mein einzig wirklicher Freund in Stockholm, behauptete, wenn er mich immer wieder mit der nach Strich und Faden hereingelegten Gestalt auf Caravaggios »Die Falschspieler« verglich.

Als ich in den Eingangsflur kam, beschloss ich, eine Zigarette zu rauchen, ehe ich meinen Weg fortsetzte, ging durch den Korridor, der an der Waschküche vorbei auf den Hinterhof hinausführte, und blickte gen Himmel. Direkt über mir mündete ein Lüftungsschacht ins Freie und füllte die Luft in Hausnähe mit dem Geruch warmer, frisch gewaschener Wäsche. Aus dem Inneren der Waschküche hörte man schwach das Sirren einer Schleuder, eigentümlich hitzig im Vergleich zu den langsamen grauen Wolken, die in der Höhe durch den Raum trieben. An manchen Stellen sah man hinter ihnen den blauen Himmel, als wäre der Tag eine Platte, über die sie glitten.

Ich ging zu dem Zaun, der den inneren Teil des Hinterhofs von dem Kindergarten im äußeren trennte, der momentan verwaist lag, da die Kinder um diese Uhrzeit aßen, stützte die Ellbogen darauf, blieb stehen und rauchte, wobei ich zu den beiden Hochhaustürmen hinübersah, die von der Kungsgatan aufragten. Sie waren in einer Art neubarockem Stil erbaut worden, und die zwanziger Jahre, von denen sie zeugten, erfüllten mich wie so oft mit Sehnsucht. Nachts wurden sie von Scheinwerfern angestrahlt, und während das Tageslicht die verschiedenen Details trennte, so dass man deutlich sah, wie sehr sich das Material der Wände von dem der Fenster, der vergoldeten Statuen und der grünspanigen Kupferplatten unterschied, vereinte das künstliche Licht sie. Vielleicht sorgte das Licht selbst dafür, vielleicht lag es auch an der Verbindung zur Umgebung, die durch das Licht hergestellt wurde; jedenfalls hatte es den Anschein, als würden die Statuen nachts »sprechen«. Nicht, dass sie zum Leben erweckt würden, sie waren genauso tot wie sonst auch, es schien eher, als hätte sich der Ausdruck des Todes verändert und wäre in gewissem Sinne intensiver geworden. Tagsüber war da nur das Nichts, nachts wurde dieses Nichts ausgedrückt.

Vielleicht war der Tag aber auch mit so vielem ausgefüllt, was die Konzentration auf sich zog. Die zahllosen Autos auf den Straßen, die Menschen auf Bürgersteigen und Treppen und in Fenstern, die Hubschrauber, die wie Libellen am Himmel trieben, die Kinder, die jeden Moment angerannt kommen konnten und im Morast oder Schnee krabbelten, auf Dreirädern fuhren, die große Rutschbahn mitten auf dem Platz hinunterrutschten, auf die Brücke des voll ausgestatteten »Schiffs« daneben kletterten, im Sandkasten gruben, in dem kleinen »Haus« spielten, Bälle warfen oder einfach nur herumliefen, stets lärmend und schreiend, so dass der Hof vom Morgen bis zum frühen Nachmittag von einer an die Klippen einer Vogelkolonie erinnernden Kakophonie erfüllt wurde, bloß unterbrochen, wie jetzt, von der Ruhe der Mahlzeiten. Dann war es fast unmöglich, sich im Freien aufzuhalten, allerdings nicht wegen des Krachs, der mir nur selten auffiel, sondern weil die Kinder dazu neigten, sich um mich zu scharen. Hatte ich dort im Herbst gestanden, waren sie den halbhohen Zaun hochgeklettert, der den Hinterhof in zwei Teile zerschnitt, und anschließend hingen sie dort, zu viert oder fünft, und fragten mich über alles Mögliche aus, wenn sie sich nicht einen Spaß daraus machten, die verbotene Linie zu übertreten und lauthals lachend an mir vorbeizusprinten. Der vorwitzigste unter ihnen war gleichzeitig der Junge, der am häufigsten als Letzter abgeholt wurde. Wenn ich mich für diesen Heimweg entschied, sah ich ihn nicht selten alleine oder mit einem anderen Leidensgenossen im Sand spielen, wenn er denn nicht mit den Händen im Zaun am Ausgang stand. Dann grüßte ich ihn immer. War sonst niemand in der Nähe, tippte ich mir mit zwei Fingern an die Stirn und hob vielleicht sogar den »Hut« ab. Weniger ihm zuliebe, denn er sah mich jedesmal mit der gleichen grimmigen Miene an, sondern vor allem mir zuliebe.

Manchmal stellte ich mir vor, wie all diese zärtlichen Gefühle fortgeschabt werden könnten wie der Knorpel um die Sehnen im Knie eines verletzten Sportlers, welch eine Befreiung das wäre. Weg mit aller Sentimentalität, allem Mitgefühl, aller Einfühlsamkeit …

Ein Schrei hallte durch die Luft.

AAAAAAAAAAAAAAAAAAAAAA

Ich zuckte zusammen. Obwohl dieser Schrei oft ertönte, gewöhnte ich mich nie an ihn. Die Wohnungen in dem Gebäude hinter dem Kindergarten, aus dem er kam, gehörten zu einem Altersheim. Ich sah einzelne Menschen vor mir, die regungslos und vollkommen isoliert von der Welt in ihren Betten lagen, denn die Schreie hörte man ebenso oft nachts wie morgens oder vormittags. Abgesehen davon und einem Mann, der oft rauchend auf der Veranda saß und grausam röchelnde Hustenanfälle bekam, die manchmal minutenlang anhielten, war das Altersheim eine abgeschlossene Welt. Wenn ich zum Büro ging, machte ich manchmal einen der

Pfleger in den Fenstern auf der anderen Seite des Gebäudes aus, wo eine Art Pausenraum lag, und gelegentlich sah ich auch einen der Bewohner auf der Straße, mal zusammen mit Polizisten, die ihn nach Hause begleiteten, mal alleine umherirrend. Aber normalerweise verschwendete ich keinen Gedanken an diesen Ort.

Wie er schrie.

Alle Vorhänge waren zugezogen, auch die vor der Tür, die zur Veranda einen Spaltbreit offen stand. Ich blickte kurz hinüber. Dann wandte ich mich um und ging zur Tür. Hinter dem Fenster zur Waschküche sah ich die Nachbarin von unten ein weißes Laken zusammenfalten. Ich griff nach der Tasche, ging durch den kleinen, höhlenartigen Korridor, in dem die Mülleimer standen, schloss das Metalltor auf, gelangte auf die Straße und eilte zum KGB und den Treppen zur Tunnelgatan hinauf.

Zwanzig Minuten später schloss ich die Tür meines Büros hinter mir. Ich hängte Mantel und Schal an den Haken, stellte die Schuhe auf die Matte, machte mir eine Tasse Kaffee, schloss das Notebook an, setzte mich und trank Kaffee, während ich die erste Seite betrachtete, bis sich der Bildschirmschoner aktivierte und den Monitor mit seinen Myriaden von Lichtpunkten füllte.

Das Amerika der Seele. So lautete der Titel. Und praktisch alles in diesem Raum verwies auf ihn oder das, was er in mir auslöste. Die Reproduktion von William Blakes bekanntem, fast unterwasserartigem Bild von Newton, die hinter mir an der Wand hing, daneben die beiden gerahmten Zeichnungen von Churchills Expedition im 18. Jahrhundert, in London gekauft, die eine von einem toten Wal, die zweite von einem sezierten Käfer, beide in verschiedenen Stadien abgezeichnet. Die nächtliche Stimmung von Peder Bjalke an der Kopfwand, das Grün und Schwarz darin. Das Greenaway-Plakat. Die Karte vom Mars, die ich in einer alten Ausgabe des National Geographic gefunden hatte. Daneben die beiden Schwarzweißfotografien von Thomas Wågström; die eine von einem glänzenden Taufkleid, die andere von einem schwarzen Gewässer, in dem die Augen eines Otters knapp unter der Oberfläche schimmerten. Der kleine grüne Metalldelphin und der kleine grüne Metallhelm, die ich auf Kreta gekauft hatte und die nun auf dem Schreibtisch standen. Und die Bücher: Paracelsus, Basileios, Lukrez, Thomas Browne, Olof Rudbeck, Augustinus, Thomas von Aquin, Albertus Seba, Werner Heisenberg, Raymond Roussell und natürlich die Bibel sowie Werke über die Nationalromantik und Raritätenkabinette, über Atlantis, Albrecht Dürer und Max Ernst, Barock und Gotik, Atomphysik und Massenvernichtungswaffen, über Wälder und die Wissenschaft im 16. und 17. Jahrhundert. Es ging mir nicht um das Wissen an sich, sondern um die Aura, die dieses Wissen ausstrahlte, die Orte, von denen es kam und die sich fast alle außerhalb der Welt befanden, in der wir heute lebten, die aber gleichwohl innen waren, in jenem ambivalenten Raum, in dem alle historischen Gegenstände und Vorstellungen ruhen.

In den letzten Jahren hatte ich immer stärker das Gefühl gewonnen, dass die Welt klein war und ich alles in ihr überblickte, obwohl mein Verstand mir sagte, dass es sich im Grunde genau umgekehrt verhielt; die Welt war grenzenlos und unüberschaubar, die Zahl der Ereignisse unendlich, die Gegenwart eine offene Tür, die im Wind der Geschichte schlug. Doch so empfand ich es nicht. Mir schien, dass die Welt bekannt, endgültig erforscht und vermessen war, sie sich nicht mehr in unvorhergesehene Richtungen bewegte, nichts Neues und Überraschendes mehr geschehen konnte. Ich verstand mich selbst, ich verstand meine nähere Umgebung, ich verstand die Gesellschaft, die mich umgab, und wenn ich auf ein Phänomen stieß, das mir unklar erschien, wusste ich, was getan werden musste, um es zu deuten.

Verständnis darf nicht mit Wissen verwechselt werden, denn ich wusste fast nichts – aber sollte es beispielsweise im Grenzgebiet einer früheren Sowjetrepublik irgendwo in Asien, von deren Städten ich noch nie gehört hatte, bevölkert von Einwohnern, die mir in allem von Kleidung und Sprache bis hin zu Alltagsleben und Religion fremd waren, zu Gefechten kommen und sich herausstellen, dass dieser Konflikt tiefe historische Wurzeln hat, die auf Geschehnisse im 11. Jahrhundert zurückgingen, würde meine völlige Unwissenheit und Ignoranz mich nicht daran hindern zu verstehen, was vorging, denn das Denken verfügt über Kategorien, um selbst das Fremdeste noch zu verarbeiten. So verhielt es sich mit allem. Erblickte ich ein Insekt, das ich nie zuvor gesehen hatte, wusste ich, irgendwer hatte es sicher schon vor mir gesehen und katalogisiert. Sah ich ein leuchtendes Objekt am Himmel, wusste ich, dass es sich entweder um ein seltenes meteorologisches Phänomen oder um irgendein Flugobjekt wie einen Wetterballon handeln musste und dass es am nächsten Tag in der Zeitung stehen würde, wenn es denn wirklich wichtig war. Hatte ich eine Episode aus meiner Kindheit vergessen, war mit Sicherheit Verdrängung im Spiel; wurde ich wirklich wütend auf jemanden, handelte es sich bestimmt um eine Projektion, und dass ich den Menschen, denen ich begegnete, immer zu gefallen versuchte, hing mit meinem Vater und meiner Beziehung zu ihm zusammen. Es gibt niemanden, der seine Welt nicht versteht. Jemand, der wenig versteht, zum Beispiel ein Kind, bewegt sich lediglich in einer weniger umfangreichen Welt als jemand, der viel versteht. Doch dazu, viel zu verstehen, hat stets das Wissen um die Grenzen des Verstehens gehört; das Eingeständnis, dass die Welt dahinter, also alles, was man nicht versteht, nicht nur existiert, sondern auch stets größer ist als die Welt in einem selbst. Zumindest mir war es, dachte ich manchmal, so ergangen, dass die Kinderwelt, in der alles bekannt war und in der man sich im Verhältnis zu dem, was unbekannt war, auf andere stützte, dass diese Kinderwelt eigentlich niemals aufgehört, sondern sich im Laufe der Jahre immer nur ausgedehnt hatte. Als man mich im Alter von neunzehn Jahren mit der Behauptung konfrontierte, die Welt sei sprachlich konstruiert, lehnte ich diese These mit dem ab, was ich den gesunden Menschenverstand nannte, denn das ergab doch einfach keinen Sinn, der Stift in meiner Hand sollte Sprache sein? Das Fenster, in dem die Sonnenstrahlen aufblitzten? Der Hof unter mir, den herbstlich gekleidete Studenten kreuzten? Die Ohren des Vorlesers, seine Hände? Der schwache Geruch von Erde und Laub in den Kleidern der jungen Frau, die gerade zur Tür hereingekommen war und nun neben mir saß? Das Geräusch, das die Presslufthämmer der Straßenarbeiter machten, die ihr Zelt gleich hinter der Johanneskirche aufgeschlagen hatten, das gleichförmige Brummen des Transformators? Der Lärm aus der unterhalb liegenden Stadt – sollte das alles sprachlicher Lärm sein? Das Husten vor mir ein sprachliches Husten? Nein, der Gedanke war lächerlich. Die Welt war die Welt, was ich anfasste und worauf ich stieß, was ich atmete und spuckte, aß und trank, blutete und herauswürgte. Erst viele Jahre später begann ich, dies anders zu sehen. In einem Buch über Kunst und Anatomie, das ich damals las, wurde Nietzsche mit den Worten zitiert, »dass Physik auch nur eine Welt-Auslegung und -Zurechtlegung [...] und *nicht* eine Welt-Erklärung ist« sowie »wir haben den Wert der Welt an Kategorien gemessen, welche sich auf eine rein fingierte Welt beziehen«.

Eine fingierte Welt?

Ja, die Welt als Überbau, die Welt als Geist, schwerelos und abstrakt, aus demselben Stoff, aus dem auch die Gedanken gewoben sind, und deshalb etwas, durch das sie sich ungehindert bewegen können. Eine Welt, die nach dreihundert Jahren naturwissenschaftlicher Forschung keine Mysterien mehr kennt. Alles ist erklärt, alles ist begriffen, alles liegt innerhalb des geistigen Horizonts des Menschen, angefangen beim Allergrößten, dem Universum, dessen ältestes beobachtbares Licht, die äußerste Grenze des Alls, aus der Zeit seiner Geburt vor fünfzehn Milliarden Jahren stammt, bis zum Allerkleinsten, den Protonen und Neutronen und Mesonen des Atomkerns. Selbst die Phänomene, die uns töten, etwa die zahlreichen Bakterien und Viren, die in unsere Körper eindringen, unsere Zellen angreifen und sie wuchern oder absterben lassen, kennen und verstehen wir. Lange wurden nur die Natur und ihre Gesetze so abstrahiert und durchleuchtet, doch heute, in der Zeit des Bildersturms, gilt dies nicht mehr nur für die Naturgesetze, sondern auch für ihre Orte und Menschen. Die gesamte physische Welt ist in diese Sphäre gehoben, alles ist dem Riesenreich des Imaginären einverleibt worden, von Südamerikas Regenwäldern und den Atollen des Stillen Ozeans bis zu den Wüsten Nordafrikas und den grauen und baufälligen Städten Osteuropas. Unsere Gedanken sind durch Bilder von Orten überschwemmt worden, an denen wir nie gewesen sind, die wir aber dennoch kennen, von Menschen, denen wir nie begegnet sind, die uns jedoch trotzdem vertraut sind, und wir führen unser Leben in einem hohen Maße in Beziehung zu ihnen. Die Empfindung, dass die Welt klein, eng, hermetisch abgeschlossen, ohne Öffnung zu etwas anderem zu sein scheint, ist beinahe inzestuös, und selbst wenn ich wüsste, dass es abgrundtief falsch wäre, da wir im Grunde gar nichts wissen, entkäme ich ihr doch nicht. Die immerwährende Sehnsucht, die an manchen Tagen so groß war, dass sie sich kaum kontrollieren ließ, ergab sich hieraus. Nicht zuletzt um sie zu lindern, schrieb ich, durch das Schreiben wollte ich die Welt für mich öffnen, gleichzeitig führte dies aber auch dazu, dass ich scheiterte. Mein Gefühl, dass keine Zukunft existiert und sie nur aus immer mehr vom immer Gleichen besteht, lässt jede Utopie sinnlos erscheinen. Die Literatur ist stets mit dem Utopischen verwandt gewesen, wenn das Utopische also seinen Sinn verliert, gilt für die Literatur das Gleiche. Woran ich mich abarbeitete und woran sich vielleicht jeder Schriftsteller abarbeitet, war die Bekämpfung der Fiktion mit Fiktion. Eigentlich sollte ich das Existierende bejahen, den Stand der Dinge bejahen, will sagen, mich in der Welt tummeln, statt nach einem Ausweg aus ihr zu suchen, denn so würde ich zweifellos ein besseres Leben bekommen, aber das wollte mir nicht gelingen, ich konnte es nicht, in mir war etwas erstarrt, hatte sich eine Überzeugung verfestigt, und obwohl sie essentialistisch war, das heißt unzeitgemäß und, schlimmer noch, romantisch, konnte ich sie deshalb nicht einfach außer Acht lassen, weil ich sie nicht nur gedacht, sondern auch mittels dieser plötzlichen Zustände von Hellsichtigkeit erfahren hatte, die wohl alle kennen, in denen man binnen weniger Sekunden eine ganz andere Welt sieht als die, in der man sich noch einen Moment zuvor befand, in denen die Welt für einen kurzen Moment vortritt und sich zeigt, ehe sie wieder in sich selbst fällt und alles wie früher zurücklässt …

Zuletzt war es mir vor ein paar Monaten im Nahverkehrszug zwischen Stockholm und Gnesta so ergangen. Die Landschaft vor dem Fenster war vollkommen weiß und der Himmel grau und feucht gewesen, wir fuhren durch ein Industriegebiet, leere Eisenbahnwaggons, Gastanks, Fabrikgebäude, alles war weiß und grau, und im Westen ging die Sonne unter, und ihre roten Strahlen verwischten im Nebel, und der Zug, in dem ich saß, war keiner dieser alten, klapprigen und abgenutzten, die normalerweise diese Strecke befahren, sondern nagelneu, poliert und glänzend, es war ein neuer Wagen, er roch neu, vor mir glitten die Türen reibungslos auf und zu, und ich dachte an nichts, betrachtete nur die rote, brennende Kugel am Himmel, und die Freude, die mich dabei erfüllte, war so brennend und traf mich mit solcher Wucht, dass sie sich von Schmerz nicht unterscheiden ließ. Was ich erlebte, schien mir von immenser Bedeutung zu sein. Immenser Bedeutung. Als der Moment vorüber war, schwächte sich das Gefühl von Bedeutsamkeit nicht ab, ließ sich auf einmal jedoch nicht mehr einordnen: *Was* genau war so bedeutsam? Und warum? Ein Zug, ein Industriegebiet, Sonne, Nebel?

Ich kannte das Gefühl, es ähnelte dem, das einzelne Kunstwerke in mir auslösten. Rembrandts Selbstporträt als alter Mann in der National Gallery in London war ein solches Gemälde, genau wie Turners Bild vom Sonnenuntergang im Meer vor den Toren eines antiken Hafens im selben Museum, Caravaggios Bild von Christus in Gethsemane. Vermeer weckte das gleiche Gefühl, einige von Claudes Gemälden, einzelne von Ruisdael und den anderen niederländischen Landschaftsmalern, einzelne von J.C. Dahl, fast alle Hertervigs … Aber keins von Rubens' Gemälden, keins von Manet, keins der französischen oder englischen Maler des 18. Jahrhunderts, mit Ausnahme Chardins, nicht Whistler, auch nicht Michelangelo, und nur eins von Leonardo da Vinci. Die Erfahrung favorisierte keine bestimmten Epochen und keine bestimmten Maler, da sie sich bei einem einzigen Bild eines Malers einstellen konnte und alle anderen Werke dieses Malers in Frieden ließ. Sie hatte ebenso wenig mit dem zu tun, was man gemeinhin Qualität nennt; fünfzehn Bilder Monets ließen mich kalt, und beim Anblick eines finnischen Impressionisten, von dem außerhalb Finnlands nur wenige gehört hatten, wurde mir warm ums Herz.

Was mich an diesen Bildern so beeindruckte, wusste ich nicht. Auffällig war jedoch, dass alle vor dem 20. Jahrhundert gemalt wurden, innerhalb jenes künstlerischen Paradigmas, das nie ganz den Rückbezug zur sichtbaren Realität verlor. Es gab folglich immer eine gewisse Objektivität in ihnen, will sagen einen Abstand zwischen Wirklichkeit und Abbildung der Wirklichkeit, und es musste dieser Raum sein, in dem es »geschah«, in dem sichtbar wurde, was ich sah, wenn die Welt gleichsam aus der Welt hervortrat. Wenn man das Unbegreifliche in ihr nicht nur sah, sondern ihm zudem ganz nahe kam. Dem, was nicht sprach und von keinem Wort erreicht werden konnte, somit immer außerhalb unserer Reichweite, gleichwohl innerhalb ihrer lag, denn es umgab uns nicht nur, wir waren selbst ein Teil von ihm, bestanden selbst daraus.

Dass dieses Fremde und Rätselhafte uns etwas anging, hatte mich an die Engel denken lassen, diese mystischen Geschöpfe, die nicht nur Anteil am Göttlichen, sondern auch am Menschlichen hatten und somit besser als jede andere Gestalt die Doppeldeutigkeit in der Natur des Fremden verkörperten. Gleichzeitig haftete sowohl den Gemälden als auch den Engeln etwas zutiefst Unbefriedigendes an, da sie beide so fundamental der Vergangenheit angehörten, also jenem Teil der Vergangenheit, den wir hinter uns gelassen haben, der nicht mehr hineinpasst in die von uns erschaffene Welt, in der das Große, Göttliche, Feierliche, Heilige, Schöne und Wahre keine gültige Größe mehr war, sondern im Gegenteil etwas Dubioses oder sogar Lächerliches hatte. Dies bedeutete, das große Außerhalb, das bis zur Aufklärung das Göttliche war, übermittelt in der Offenbarung, und in der Romantik die Natur, wobei der Begriff der Offenbarung dem Sublimen entsprach, wurde durch nichts mehr verkörpert. In der Kunst war das Außerhalb synonym mit der Gesellschaft, also der menschlichen Gemeinschaft, innerhalb derer sie mit ihren Konzepten und ihrer Relativität operierte. In der norwegischen Kunstgeschichte kam der Bruch mit Munch, in seinen Bildern nahm der Mensch zum ersten Mal allen Raum ein. Während man den Menschen bis zur Aufklärung dem Göttlichen unterordnete und ihn in der Romantik der Landschaft unterordnete, in der er gemalt wurde – die Berge sind groß und gewaltig, das Meer ist groß und gewaltig, selbst die Bäume und Wälder sind groß und gewaltig, während die Menschen ausnahmslos klein sind –, verhält es sich bei Munch umgekehrt. Es ist, als verschluckte das Menschliche alles, als einverleibte es sich alles. Die Berge, das Meer, die Bäume und die Wälder, alles ist vom Menschlichen gefärbt. Nicht von den Handlungen und dem äußeren Leben des Menschen, sondern von seinen Gefühlen und seinem Innenleben. Und als der Mensch erst einmal die Oberhand gewonnen hatte, schien kein Weg zurückzuführen, wie es auch keinen Weg zurück vor das Christentum gab, nachdem es sich in den ersten Jahrhunderten unserer Zeitrechnung wie ein Flächenbrand in Europa verbreitet hatte. Bei Munch sind die Menschen gestaltet, ihr Inneres bekommt eine äußere Form, erschüttert die Welt, und als die Tür einmal geöffnet war, wurde als Nächstes die Welt als Gestaltung zurückgelassen: Bei den Malern nach Munch werden die Farben und Formen und nicht, was sie darstellen, zu Trägern des Gefühls. Fortan befinden wir uns in einem Bilderuniversum, in dem der Ausdruck an sich alles ist, was selbstverständlich auch heißt, dass es in der Kunst keine Dynamik zwischen außerhalb und innerhalb mehr gibt, sondern nur noch einen Unterschied. In der Moderne war der Unterschied zwischen Kunst und Welt fast absolut, oder anders formuliert, die Kunst war eine eigene Welt. Was in diese Welt aufgenommen wurde, war natürlich eine Frage des Ermessens, und schon bald wurde dieses Ermessen selbst zum Kern der Kunst, die sich in dieser Weise Gegenständen in der wirklichen Welt öffnen konnte und bis zu einem gewissen Grad auch musste, um nicht abzusterben, und der heutige Zustand entstand, bei dem das Handwerk der Kunst keine Rolle mehr spielt, denn der Schwerpunkt liegt ausschließlich darauf, was sie ausdrückt, und folglich nicht darauf, was sie ist, sondern was sie denkt, welche Ideen sie transportiert, so dass der letzte Rest von Objektivität, der letzte Rest von etwas außerhalb des Menschlichen aufgegeben worden ist. Die Kunst ist ein ungemachtes Bett, ein Kopierer in einem Zimmer, ein Motorrad an einer Decke geworden. Und die Kunst ist zum Publikum selbst geworden, zu der Art, wie es reagiert, wie die Zeitungen über sie schreiben; der Künstler ist ein Spieler. So ist es. Die Kunst kennt kein außerhalb, die Wissenschaft kennt kein außerhalb, die Religion kennt kein außerhalb mehr. Unsere Welt umfängt sich selbst, umfängt uns, und es führt kein Weg mehr aus ihr heraus. Wer in dieser Situation nach mehr Geist, mehr Vergeistigung ruft, hat nichts verstanden, denn genau das ist unser Problem, das Vergeistigte hat alles vereinnahmt. *Alles* ist Geist geworden, selbst unsere Körper sind keine Körper mehr, sondern Ideen von Körpern, etwas, das sich in dem Himmel aus Bildern und Vorstellungen in und über uns befindet, in dem sich ein immer größerer Teil unseres Lebens abspielt. Die Grenzen zu dem, was nicht zu uns spricht, zum Unbegreiflichen, sind aufgehoben worden. Wir verstehen alles, weil wir alles uns selbst einverleibt haben. Bezeichnenderweise hat sich jeder, der sich in unserer Zeit mit dem Neutralen, dem Negativen, dem Nicht-Menschlichen in der Kunst beschäftigt, der Sprache zugewandt, dort hat man das Unbegreifliche und Fremde gesucht, als befände es sich in der Randzone menschlicher Ausdrucksweise, also am Rande dessen, was wir verstehen, und im Grunde ist das nur logisch: Wo sonst sollte es sich in einer Welt befinden, die nicht mehr anerkennt, was außerhalb ihrer ist?

In diesem Licht muss man die seltsam zweideutige Rolle betrachten, die der Tod übernommen hat. Einerseits ist er überall präsent, wir werden von Nachrichten über Todesfälle und Bildern von Toten überschwemmt; für den Tod gibt es in dieser Hinsicht keine Grenzen, er ist massiv, allgegenwärtig, unerschöpflich. Doch das ist der Tod als Vorstellung, der Tod als Gedanke und Bild, der Tod als Geist. Dieser Tod ist genauso wie der Tod des Namens, das Körperlose, auf das man verweist, wenn man den Namen eines toten Menschen ausspricht. Denn während der Name zu Lebzeiten eines Menschen auf den Körper verweist, wo er sich aufhält, was er tut, löst der Name sich im Tode vom Körper und verweilt wieder bei den Lebenden, die mit dem Namen stets meinen, was der Mensch war, und nie, was er jetzt ist, ein Körper, der irgendwo liegt und verwest. Dieser Teil des Todes, der dem Körper angehört und konkret, physisch, materiell ist, dieser Tod wird mit einer solchen Sorgfalt verborgen gehalten, dass sie frenetisch erscheint, und es funktioniert, man höre sich nur an, wie Menschen, die unverhofft Zeugen tödlicher Unfälle oder eines Mordes geworden sind, ihre Worte wählen. Sie sagen immer das Gleiche, *es war vollkommen unwirklich*, selbst wenn sie das Gegenteil meinen. Es war so wirklich. In dieser Wirklichkeit leben wir jedoch nicht mehr. Für uns ist alles auf den Kopf gestellt, für uns ist das Wirkliche unwirklich, das Unwirkliche wirklich geworden. Und der Tod, der Tod ist das letzte große Außerhalb. Deshalb muss er verborgen werden. Denn der Tod mag außerhalb des Namens und des Lebens sein, aber außerhalb der Welt ist er nicht.

Ich selbst war fast dreißig Jahre alt, als ich zum ersten Mal eine Leiche sah. Es geschah im Sommer 1998, an einem Nachmittag im Juli, in einer Kapelle in Kristiansand. Mein Vater war gestorben. Er lag auf einem Tisch mitten im Raum, der Himmel war bewölkt, das Licht in dem Zimmer schummrig, auf dem Rasen vor dem Fenster fuhr ein Mäher langsam im Kreis. Ich war dort zusammen mit meinem Bruder. Der Bestatter war hinausgegangen, um uns mit dem Toten allein zu lassen, wir standen ein, zwei Meter von ihm entfernt und starrten ihn an. Augen und Mund waren geschlossen, der Oberkörper mit einem weißen Hemd bekleidet, die untere Körperhälfte mit einer schwarzen Hose. Der Gedanke, dass ich dieses Gesicht zum ersten Mal ungehindert studieren konnte, war beinahe unerträglich. Ich hatte das Gefühl, mich an ihm zu vergreifen. Gleichzeitig verspürte ich einen unersättlichen Hunger, der verlangte, ihn immer weiter anzusehen, diesen toten Körper, der wenige Tage zuvor mein Vater gewesen war. Die Gesichtszüge waren mir vertraut, ich war mit diesem Gesicht aufgewachsen, und obwohl ich es in den letzten Jahren nur selten gesehen hatte, verging kaum eine Nacht, in der ich nicht von ihm träumte. Die Züge waren mir vertraut, nicht aber der Ausdruck, den sie angenommen hatten. Der dunkle, gelb gefärbte Teint und die verlorene Elastizität der Haut ließen das Gesicht aussehen, als wäre es aus Holz geschnitzt. Dieses Holzschnittartige verhinderte jegliches Gefühl von Nähe. Ich sah keinen Menschen mehr, sondern etwas, das einem Menschen ähnelte. Gleichzeitig war er aus unserer Welt gekommen, und was er in dieser gewesen war, existierte in mir weiter, lag wie ein Schleier aus Leben über dem Toten.

Yngve ging langsam auf die andere Seite des Tischs. Ich sah ihn nicht an, registrierte seine Bewegung nur, als ich den Kopf hob und hinaussah. Der Gärtner, der den Rasenmäher fuhr, warf auf seinem Fahrersitz regelmäßig Blicke über die Schulter, um zu überprüfen, dass er der Schnittkante der vorherigen Runde folgte. Die kurzen Grasstoppel, die der Korb nicht auffing, wirbelten über ihm durch die Luft. Einige von ihnen schienen am Boden der Maschine kleben zu bleiben, denn von Zeit zu Zeit hinterließ sie feuchte Kleckse aus gepresstem Gras, stets dunkler als der Rasen, von dem sie stammten. Auf dem Kiesweg hinter ihm ging ein Grüppchen von drei Personen, alle mit gesenktem Kopf, eine von ihnen in einem roten Mantel, leuchtend vor dem Grün des Grases und dem Grau des Himmels. Dahinter schob sich auf der Straße wiederum ein Strom von Autos auf dem Weg ins Stadtzentrum vorbei.

Dann schlug der Motorenlärm des Rasenmähers plötzlich gegen die Wand der Kapelle. Die Vorstellung, die dieses plötzliche Geräusch in mir auslöste, dass es Vater veranlassen würde, die Augen zu öffnen, war so stark, dass ich unwillkürlich einen Schritt zurückwich.

Yngve sah mit einem leisen Lächeln auf den Lippen zu mir hin. Glaubte ich, der Tote würde erwachen? Glaubte ich, der Baum würde wieder zu einem Menschen werden?

Es war ein schrecklicher Moment. Als er jedoch vorüber war und Vater sich trotz aller Geräusche und Gemütsregungen nicht rührte, begriff ich, dass es ihn wirklich nicht gab. Das Gefühl von Freiheit, das daraufhin in meiner Brust aufwallte, ließ sich ebenso schwer bändigen wie die vorangegangenen Wellen der Trauer und fand das gleiche Ventil in einem Schluchzen, das mir, gegen meinen Willen, im nächsten Moment entfuhr.

Ich begegnete Yngves Blick und lächelte. Er kam auf meine Seite und stellte sich neben mich. Ich war ganz von seiner Gegenwart erfüllt. Ich war so froh, dass er dort stand, und musste darum kämpfen, nicht alles zu zerstören, indem ich erneut die Kontrolle verlor. Es galt, an etwas anderes zu denken, es galt, die Aufmerksamkeit etwas Neutralem zuzuwenden.

Jemand räumte im Nebenzimmer. Leise Geräusche, die mit der Stimmung in unserem Raum brachen, wesensverschieden, so wie die Geräusche aus der den Schlafenden umgebenden Wirklichkeit, die in den Traum einschlagen, wesensverschieden sind.

Ich blickte auf Vater hinunter. Seine Finger, die sie ineinandergeflochten auf den Bauch gelegt hatten, der gelbe Nikotinrand am Zeigefinger, fleckig, wie eine Tapete Stockflecken bekommt. Die unverhältnismäßig tiefen Falten in der Haut über den Knöcheln, die nunmehr aussahen, als wären sie angefertigt, nicht erschaffen worden. Dann das Gesicht. Abgeklärt war es nicht, denn obwohl es friedlich und still vor mir lag, war es doch nicht leer, denn es enthielt weiterhin Spuren von etwas, für das ich kein anderes Wort fand als Willen. Schlagartig wurde mir bewusst, dass ich immer versucht hatte zu bestimmen, welchen Ausdruck sein Gesicht hatte, dass ich es niemals betrachtet hatte, ohne gleichzeitig den Versuch zu unternehmen, es zu deuten.

Doch jetzt war es verschlossen.

Ich drehte mich zu Yngve um.

»Wollen wir gehen?«, sagte er.

Ich nickte.

Der Bestatter erwartete uns im Vorzimmer. Ich ließ die Tür hinter mir offen stehen. Obwohl ich wusste, dass es irrational war, wollte ich nicht, dass Vater alleine in dem Raum lag.

Nachdem wir dem Bestatter die Hand gegeben und ein paar Worte dahingehend gewechselt hatten, was in den Tagen bis zur Beerdigung zu erledigen sein würde, gingen wir auf den Parkplatz hinaus und zündeten uns jeder eine Zigarette an, Yngve neben dem Auto stehend, ich auf einem Bordstein sitzend. Regen lag in der Luft. Die Bäume des Wäldchens hinter dem Friedhof bogen sich unter dem Druck des auffrischenden Windes. Für Sekunden übertönte das Rascheln der Blätter das Rauschen des

Verkehrs am anderen Ende der Ebene. Dann kamen sie wieder zur Ruhe.

»Ja, das war schon merkwürdig«, meinte Yngve.

»Ja«, sagte ich. »Aber ich bin froh, dass wir es getan haben.«

»Ich auch. Ich musste ihn sehen, um es zu glauben.«

»Glaubst du es jetzt?«, sagte ich.

Er lächelte.

»Du nicht?«

Statt wie beabsichtigt, sein Lächeln zu erwidern, fing ich wieder an zu weinen. Presste die Hand gegen mein Gesicht, senkte den Kopf. Immer neue Schluchzer schüttelten mich. Als ich mich beruhigt hatte, blickte ich zu ihm auf und lächelte schwach.

»Das ist ja wie früher, als wir klein waren«, sagte ich. »Ich weine, und du guckst zu.«

»Bist du sicher …«, setzte er an und suchte meinen Blick. »Bist du sicher, dass du den Rest alleine schaffst?«

»Klar«, antwortete ich. »Kein Problem.«

»Ich könnte zu Hause anrufen und sagen, dass ich noch bleibe.«

»Fahr du mal nach Hause. Wir machen es, wie wir es besprochen haben.«

»Okay. Dann haue ich jetzt ab.«

Er warf die Zigarette weg und zog die Autoschlüssel aus der Tasche. Ich stand auf und trat einen Schritt näher, jedoch nicht so nahe, dass daraus eine Situation mit einem Händedruck oder einer Umarmung hätte entstehen können. Er schloss die Tür auf, setzte sich hinein und schaute zu mir hoch, als er den Schlüssel im Zündschloss drehte und den Motor anließ.

»Mach's gut, bis bald«, sagte er.

»Mach's gut. Fahr vorsichtig. Und grüß alle zu Hause!«

Er schlug die Tür zu, setzte zurück, bremste und schnallte sich an, legte den Gang ein und fuhr langsam Richtung Straße. Ich nahm den gleichen Weg. Plötzlich leuchteten die Rücklichter auf, und er setzte zurück.

»Das nimmst besser du an dich«, meinte er und streckte die Hand aus dem heruntergekurbelten Fenster. Es war der braune Umschlag, den der Bestatter uns gegeben hatte.

»Es hat keinen Sinn, dass ich ihn nach Stavanger mitnehme«, erklärte er. »Besser, er ist hier. Okay?«

»Okay«, sagte ich.

»Dann bis bald«, sagte er. Das Fenster glitt zu, und die Musik, die in den letzten Sekunden über den Parkplatz geschallt hatte, wirkte plötzlich, als erklänge sie unter Wasser. Ich rührte mich erst von der Stelle, als der Wagen auf die Hauptstraße bog und verschwand. Es war ein Impuls aus meiner Kindheit; wenn ich mich bewegte, würde mich ein Unglück ereilen. Dann steckte ich den Umschlag in die Innentasche meiner Jacke und ging Richtung Stadt.

Drei Tage zuvor, gegen zwei Uhr nachmittags, hatte Yngve mich angerufen. Ich hörte seiner Stimme sofort an, dass etwas passiert war, und mein erster Gedanke lautete, jetzt ist Vater gestorben.

»Hallo«, sagte er. »Ich bin's. Ich rufe an, um dir zu sagen, dass etwas passiert ist. Ja… es ist etwas passiert…«

»Ja?«, sagte ich und stand, eine Hand gegen die Wand gestützt, in der anderen den Hörer, im Flur.

»Vater ist tot.«

»Oh«, sagte ich.

»Gunnar hat gerade angerufen. Großmutter hat ihn heute früh im Sessel gefunden.«

»Woran ist er gestorben?«

»Keine Ahnung. Ich denke, es war das Herz.«

Der Flur war fensterlos und die Lampe an der Decke nicht an, aus der Küche am einen Ende und aus der offenen Schlafzimmertür am anderen fiel nur gedämpftes Licht herein. Das Gesicht in dem Spiegelbild, das ich anstarrte, war dunkel und sah mich von einem Ort in weiter Ferne an.

»Und was machen wir jetzt? Ganz konkret, meine ich?«

»Gunnar erwartet von uns, dass wir uns um alles kümmern. Also werden wir wohl hinfahren müssen. Im Grunde wohl möglichst bald.«

»Ja«, sagte ich. »Ich war eigentlich auf dem Sprung zu Borghilds Beerdigung, ehrlich gesagt wollte ich gerade los. Der Koffer ist also schon gepackt. Ich könnte sofort losfahren. Sollen wir uns da unten treffen?«

»Können wir machen«, erwiderte Yngve. »Ich komme dann morgen.«

»Morgen«, sagte ich. »Lass mich mal kurz überlegen.«

»Warum fliegst du nicht zu uns, und wir fahren zusammen?«

»Gute Idee. So machen wir es. Ich ruf dich wieder an, sobald ich weiß, mit welchem Flugzeug ich komme. Okay?«

»Okay. Bis dahin.«

Als ich aufgelegt hatte, ging ich in die Küche und füllte den Wasserkocher, holte einen Teebeutel aus dem Schrank und legte ihn in eine saubere Tasse, lehnte mich an die Arbeitsplatte und blickte die Sackgasse hinauf, die am Haus vorbeiführte, ansatzweise sichtbar als grauer Fleck zwischen grünen Sträuchern, die vom Ende des kleinen Gartens bis zum Straßenrand ein dichtes Gebüsch bildeten. Auf der anderen Seite ragten einige große Laubbäume in die Höhe, im Dunkel unter ihnen führte eine kleine Stichstraße zur Hauptstraße, an der das Haukeland-Krankenhaus thronte. Mir gelang nur zu denken, dass es mir nicht gelang zu denken, woran ich denken sollte. Dass ich nicht fühlte, was ich fühlen sollte. Vater ist tot, dachte ich, das ist ein großes und wichtiges Ereignis, es sollte mich völlig ausfüllen, aber das tut es nicht, denn hier stehe ich und schaue den Wasserkocher an und ärgere mich, weil das Wasser noch nicht kocht. Hier stehe ich und schaue hinaus und denke daran, welch ein Glück wir mit dieser Wohnung hatten, wie ich es immer tue, wenn ich den Garten sehe, weil die alte Vermieterin ihn pflegt, und nicht daran, dass Vater tot ist, obwohl das als Einziges von Bedeutung ist. Es muss eine Art Schock sein, überlegte ich, und goss das Wasser in die Tasse, obwohl es noch nicht gekocht hatte. Den Wasserkocher, ein glänzendes Luxusmodell, hatten wir von Yngve zu unserer Hochzeit geschenkt bekommen. Wer uns die Tasse geschenkt hatte, eine gelbe Höganäs-Keramiktasse, wusste ich nicht mehr, nur, dass sie auf Tonjes Wunschzettel gestanden hatte. Ich zupfte mehrmals am Faden des Teebeutels, warf ihn in den Mülleimer, in dem er mit einem leisen Klatschen landete, und ging mit der Teetasse in der Hand ins Esszimmer. Zum Glück war ich wenigstens allein zu Hause!

Ich ging ein paar Minuten auf und ab und versuchte, Vaters Tod einen Sinn zu geben, aber es wollte mir nicht gelingen. Er ergab keinen Sinn. Ich verstand, dass er tot war, ich akzeptierte es, und es war nicht sinnlos, weil ein Leben jäh ausgelöscht worden war, das ebenso gut nicht hätte ausgelöscht werden müssen, sondern weil es eine von vielen

Tatsachen war und nicht die Rolle in meinem Bewusstsein spielte, die ihr zustand.

Auf und ab ging ich mit meiner Teetasse in der Hand, es war ein grauer und milder Tag, und die Landschaft, die sich nach und nach herabsenkte, war voller Häuserdächer und grüner, üppig wachsender Gärten. Wir wohnten hier erst seit ein paar Wochen, kamen aus Volda, wo Tonje eine Hörfunkausbildung absolviert und ich einen Roman geschrieben hatte, der in zwei Monaten erscheinen sollte. Es war unser erstes richtiges Zuhause; die Wohnung in Volda zählte nicht, sie war nur ein Provisorium gewesen, diese dagegen war eine Dauerlösung oder repräsentierte eine Dauerlösung, unser Zuhause. Die Wände rochen noch nach Farbe. Stierblutfarben im Esszimmer, einem Rat Tonjes Mutter folgend, die Künstlerin war, jedoch den größten Teil ihrer Zeit mit Inneneinrichtung und Kochen verbrachte, beides auf hohem Niveau – ihr Haus sah aus wie die Häuser in Wohnzeitschriften, und das Essen, das sie einem vorsetzte, war immer kunstvoll zubereitet und schmeckte köstlich. Eierschalenweiß in dem dahinter liegenden Zimmer sowie in den anderen Räumen. Aber wie einer Illustrierten entnommen sah unsere Wohnung definitiv nicht aus, dafür deuteten zu viele Möbel, Plakate und Bücherregale auf das Studentenleben hin, das wir erst kürzlich hinter uns gelassen hatten. Während ich meinen Roman schrieb, lebte ich von einem Studiendarlehen, denn offiziell studierte ich noch im Hauptfach Literaturwissenschaft, und zwar bis Weihnachten, als mir das Geld ausging und ich den Verlag um einen Vorschuss bitten musste, der bis vor Kurzem gereicht hatte. Dass Vater starb, kam deshalb wie gerufen, denn er hatte Geld, musste doch Geld haben, oder? Die drei Brüder hatten das Haus in der Elvegaten verkauft und sich den Erlös vor weniger als zwei Jahren geteilt. In so kurzer Zeit konnte er das Geld doch nicht verprasst haben?

Mein Vater ist tot, und ich denke an das Geld, das mir sein Tod einbringen wird.

Na und?

Ich denke, was ich denke, kann nichts dafür, dass ich so denke, oder?

Ich setzte die Tasse auf dem Esstisch ab, öffnete die schmale Tür und trat auf den Balkon hinaus, stützte mich mit steifen Händen auf das Geländer und blickte in die Ferne, während ich die warme Sommerluft, so voller Düfte von Pflanzen und Autos und Stadt, in meine Lunge einsog. Im nächsten Moment stand ich wieder im Zimmer und schaute mich um. Sollte ich etwas essen? Etwas trinken? Rausgehen und etwas kaufen?

Ich trottete in den Flur, dann ins Schlafzimmer, das breite, ungemachte Bett, dahinter die Tür zum Bad. Das könnte ich tun, dachte ich, duschen, das war eine gute Idee, immerhin würde ich in Kürze verreisen.

Raus aus den Kleidern, das Wasser aufdrehen und dampfend heiß, auf den Kopf, den Körper hinablaufen lassen.

Sollte ich wichsen?

Nein, verdammt, immerhin war Vater gestorben.

Tot, tot, Vater war tot.

Tot, tot, Vater war tot.

Es brachte mir auch nichts, unter dem Wasserstrahl zu stehen, so dass ich wieder abdrehte und mich mit einem großen Handtuch abtrocknete, etwas Deodorant in die Achselhöhlen rieb, mich anzog und in die Küche ging, um nachzusehen, wie viel Uhr es war, während ich meine Haare mit einem kleineren Tuch abtrocknete.

Halb drei.

Dann kam Tonje in einer Stunde nach Hause.

Schon der Gedanke, ihr das alles aufzutischen, wenn sie durch die Tür trat, war mir unerträglich, so dass ich in den Flur ging, das Handtuch durch die offene Schlafzimmertür warf, den Telefonhörer abnahm und ihre Nummer eintippte. Sie ging sofort an den Apparat.

»Tonje?«

»Hallo, Tonje, ich bin's«, sagte ich. »Wie läuft's?«

»Na ja. Ich bin jetzt endlich beim Schneiden, war nur kurz im Büro, um etwas zu holen. Aber wenn ich das erledigt habe, komme ich nach Hause.«

»Schön«, sagte ich.

»Und was machst du so?«, erkundigte sie sich.

»Nichts«, antwortete ich. »Aber Yngve hat gerade angerufen. Vater ist tot.«

»Was sagst du da? Er ist tot?«

»Ja.«

»Oh, du Armer! Oh, Karl Ove…«

»Mir geht's gut«, erklärte ich. »Es kam ja nicht wirklich überraschend. Jedenfalls mache ich mich heute Abend auf den Weg. Erst mal zu Yngve, und morgen früh fahren wir dann zusammen hin.«

»Möchtest du, dass ich mitkomme? Das lässt sich bestimmt einrichten.«

»Nein, nein. Du musst doch arbeiten! Du bleibst hier und kommst dann zur Beerdigung nach.«

»Oh, du Armer«, sagte sie erneut. »Ich könnte jemand anderen bitten, für mich zu schneiden. Dann komme ich sofort nach Hause. Wann fährst du?«

»Es eilt nicht«, sagte ich. »Ich fahr erst in ein paar Stunden. Es ist eigentlich gar nicht so schlecht, ein bisschen allein zu sein.«

»Sicher?«

»Ja, ja. Ganz sicher. Ich fühle ehrlich gesagt nichts. Aber wir haben ja schon länger darüber gesprochen, dass er bald sterben wird, wenn er so weitermacht. Ich war also darauf vorbereitet.«

»Okay«, sagte Tonje. »Dann erledige ich hier den Rest und komme, so schnell ich kann. Pass auf dich auf. Ich liebe dich.«

»Ich liebe dich auch«, sagte ich.

Als ich aufgelegt hatte, kam mir Mutter in den

Sinn. Sie musste es natürlich auch erfahren. Ich hob noch einmal den Hörer ab und wählte Yngves Nummer. Er hatte sie schon angerufen.

Ich saß fertig angezogen im Wohnzimmer und wartete, als ich Tonje in der Tür hörte. Frisch und lebhaft wie ein Sommerwind kam sie in die Wohnung. Ich stand auf. Ihre Bewegungen waren nervös, ihr Blick fürsorglich, und sie umarmte mich und sagte, sie würde am liebsten mitkommen, aber dass ich Recht hätte, am besten bliebe sie hier, und dann bestellte ich ein Taxi und stand mit ihr auf der Treppe vor der Tür und wartete die fünf Minuten, bis es kam. Wir sind ein Ehepaar, dachte ich, wir sind Mann und Frau, meine Frau steht vor dem Haus und winkt mir zum Abschied nach, dachte ich und lächelte. Denn woher rührte der unwirkliche Schimmer dieses Bilds? Daher, dass wir Mann und Frau, ein Ehepaar, eher spielten, als wirklich eins zu sein?

»Worüber lächelst du?«

»Nichts«, sagte ich. »Nur so ein Gedanke.«

Ich drückte ihre Hand.

»Da kommt es«, sagte sie.

Ich sah die Häuserreihe hinunter. Schwarz und käferartig kroch dort hinten das Taxi den Anstieg herauf, käferartig hielt und zögerte es an der Kreuzung, ehe es vorsichtig rechts heraufkrabbelte, wo die Straße denselben Namen trug wie die, auf der wir standen.

»Soll ich ihm hinterherrennen?«, sagte Tonje.

»Nein, wieso? Das kann ich doch genauso gut machen wie du?«

Ich griff nach dem Koffer und ging die Treppe zur Straße hinauf. Tonje folgte mir.

»Ich gehe zur Kreuzung runter«, sagte ich. »Und nehme es von da aus. Aber ich rufe dich heute Abend an. Okay?«

Wir küssten uns, und als ich mich an der Kreuzung umdrehte und das Taxi gleichzeitig den Hang hinunter zurücksetzte, winkte sie.

»Knausgård?«, sagte der Taxifahrer, als ich die Tür öffnete und den Kopf hineinsteckte.

»Ja, genau«, antwortete ich. »Ich muss zum Flughafen.«

»Setzen Sie sich, ich nehme Ihren Koffer.«

Ich setzte mich auf die Rückbank und lehnte mich zurück. Taxis, ich liebe Taxis. Nicht die, mit denen ich betrunken nach Hause kam, sondern die Wagen, mit denen ich zu Flughäfen oder Bahnhöfen fuhr. Gab es etwas Besseres, als auf der Rückbank eines Taxis zu sitzen und auf dem Weg in die Ferne durch Städte und Vorstädte kutschiert zu werden?

»Das ist eine fiese Straße«, meinte der Fahrer, als er sich hinters Steuer setzte. »Ich hatte schon gehört, dass sie sich teilt, bin selber aber noch nie hier gewesen. In zwanzig Jahren nicht. Merkwürdig, nicht wahr?«

»Ja«, sagte ich.

»Ich glaube, ich bin schon überall gewesen. Das muss die letzte Straße sein, in der ich noch nicht gewesen bin.«

Er lächelte mich im Rückspiegel an.

»Fahren Sie in Urlaub?«

»Nein«, antwortete ich. »Das nun nicht gerade. Mein Vater ist heute gestorben. Ich muss die Beerdigung vorbereiten. In Kristiansand.«

Damit hatte die Konversation ein Ende. Ich saß reglos da und starrte während der gesamten Fahrt die Häuser an, dachte an nichts Bestimmtes, starrte nur. Minde, Fantoft, Hop. Tankstellen, Autohändler, Supermärkte, Einfamilienhaussiedlungen, Wald, Wasser, Bauland. Als wir das letzte Stück der Strecke erreichten und ich den Tower des Flughafens sehen konnte, suchte ich meine Karte aus der Innentasche und lehnte mich vor, um abzulesen, was das Taxameter anzeigte. Dreihundertzwanzig. Besonders schlau war es natürlich nicht gewesen, ein Taxi zu nehmen, der Bus kostete bloß ein Zehntel, und wenn es etwas gab, wovon ich nicht viel hatte, dann war es Geld.

»Bekomme ich eine Quittung über dreihundertfünfzig?«, sagte ich und reichte ihm die Karte nach vorn.

»Ja, sicher«, sagte er, zupfte sie mir aus der Hand, zog sie durch das Lesegerät, das unmittelbar darauf einen Beleg herausknatterte. Er legte ihn mit einem

Stift auf einen Block, den er mir reichte, ich unterschrieb, er riss die zweite Quittung ab und gab sie mir.

»Vielen Dank«, sagte er.

»Vielen Dank«, erwiderte ich. »Ich hole das Gepäck selbst heraus.«

Obwohl der Koffer schwer war, trug ich ihn am Griff, als ich in die Abflughalle ging. Ich hasste diese kleinen Rädchen, erstens weil sie feminin waren, will sagen, eines Mannes nicht würdig, denn ein Mann sollte tragen, nicht rollen, zweitens, weil sie eine Vorstellung vom Bequemen, von Abkürzungen, Einsparungen, Vernunft abgaben, die ich verabscheute und der ich mich widersetzte, wo immer ich konnte, selbst dort, wo sie am kleinsten und unbedeutendsten war. Warum sollte man in der Welt leben, ohne das Gewicht der Welt zu spüren? Waren wir etwa Bilder? Und worauf sparte man eigentlich, wenn man seine Kräfte sparte?

Ich setzte meinen Koffer mitten in der kleinen Halle ab und blickte zu der Tafel mit den Abflugzeiten hinauf. Gegen fünf ging eine Maschine nach Stavanger, die ich problemlos erwischen würde. Aber auch um sechs. Da ich es liebte, auf Flughäfen zu sitzen, vielleicht sogar noch mehr, als in Taxis zu sitzen, entschied ich mich für den späteren Flug.

Ich wandte mich um und sah zu den Schaltern hinüber. Abgesehen von den drei Schaltern ganz innen, an denen die Schlange chaotisch aussah und lang war und ich anhand der so gut wie ausnahmslos leicht bekleideten Fluggäste und des vielen Gepäcks und der Laune, die so gut war, wie sie es nur nach ein paar Gläsern wird, begriff, dass es per Charter in den Süden ging, herrschte kein großer Andrang. Ich löste das Ticket, checkte ein und bummelte zu den Münztelefonen an der gegenüberliegenden Wand, um Yngve anzurufen. Er ging sofort an den Apparat.

»Hallo, ich bin's, Karl Ove«, sagte ich. »Der Flieger geht um Viertel nach sechs. Dann bin ich um Viertel vor sieben auf Sola. Kommst du mich abholen?«

»Kann ich machen.«

»Hast du noch was gehört?«

»Nein … Ich habe Gunnar angerufen und ihm gesagt, dass wir kommen. Er wusste auch nicht mehr. Ich denke, wir fahren früh los, dann können wir noch im Beerdigungsinstitut vorbeischauen, ehe es zumacht. Morgen ist ja Samstag.«

»Ja«, sagte ich. »Das klingt gut. Dann bis nachher.«

»Ja, bis nachher.«

Ich legte auf und stieg die Treppe zum Café hinauf, kaufte mir eine Tasse Kaffee und eine Zeitung, suchte mir einen Tisch mit Aussicht auf die Halle und hängte meine Jacke über die Rückenlehne, während ich einen Blick durch den Raum warf, um zu sehen, ob es dort jemanden gab, den ich kannte, und setzte mich.

Der Gedanke an Vater tauchte seit Yngves Anruf regelmäßig auf, jedoch ohne mit Gefühlen verbunden zu sein, immer nur als nüchterne Feststellung. Wahrscheinlich, weil ich darauf vorbereitet gewesen war. Seit jenem Frühjahr, in dem er meine Mutter verlassen hatte, kannte sein Leben nur eine Richtung. Wir begriffen es damals nicht, aber irgendwann überschritt er eine Grenze, und von da an wussten wir, dass alles Mögliche mit ihm passieren konnte, auch das Schlimmste. Oder das Beste, je nachdem, wie man es sah. Ich hatte mir lange seinen Tod gewünscht, aber als mir klar wurde, dass sein Leben möglicherweise bald vorbei sein würde, fing ich an, darauf zu hoffen. Wenn im Fernsehen tödliche Unfälle in seiner Gegend gemeldet wurden, ob nun Brände oder Autounfälle, tote Männer, die im Wald oder Meer gefunden wurden, war mein unmittelbares Gefühl Hoffnung: Vielleicht ist es Vater. Er war es jedoch nie, er kam durch, er lebte weiter.

Bis jetzt, dachte ich und betrachtete die Menschen, die sich in der Halle unter mir bewegten. In fünfundzwanzig Jahren würde ein Drittel von ihnen tot sein, in fünfzig Jahren würden zwei Drittel, in hundert alle tot sein. Und was blieb dann von ihnen, was war ihr Leben wert gewesen? Gähnende Kiefer und leere Augenhöhlen irgendwo unter der Erde?

Vielleicht würde ja wirklich der Tag des Jüngsten Gerichts kommen und all diese Knochengerüste und Schädel, diese Menschen, die im Laufe der Jahrtausende auf unserer Erde gelebt hatten, würden ihre klappernden Knochen einsammeln, aufstehen und in die Sonne blinzeln und zu Gott hinaufschauen, der allmächtig und gewaltig, mit einer Wand aus Engeln über und unter sich, am Himmel thronend über sie richten sollte. Über der grünen und herrlichen Erde erklängen die Posaunen, und von allen Wiesen und Tälern, allen Ufern und Ebenen, allen Meeren und Wassern erhöben sich die Toten und gingen zu Gott, dem Herrn, würden zu ihm gehen, gerichtet und in die Flammen der Hölle gestürzt, gerichtet und zum Licht des Himmels erhoben werden. Auch alle, die hier unterwegs waren mit ihren Trolleys und Taxfree-Tüten, ihren Taschenbüchern und Bankkarten, ihren parfümierten Achselhöhlen und Brillen, ihren gefärbten Haaren und Rollatoren, würden dann zu neuem Leben erweckt werden, und ein Unterschied zwischen ihnen und den Menschen, die im Mittelalter oder in der Steinzeit gestorben waren, ließe sich nicht erkennen, denn sie waren die Toten, und die Toten sind die Toten, und die Toten würden am Tag des Jüngsten Gerichts gerichtet werden.

Aus dem innersten Teil der Halle, wo sich die Gepäckbänder befanden, näherte sich eine Gruppe von etwa zwanzig Japanern. Ich legte die rauchende Zigarette auf den Aschenbecher, trank einen Schluck Kaffee und folgte ihnen mit den Augen. Ihre Fremdartigkeit, die nicht von ihrer Kleidung oder dem Aussehen herrührte, sondern allein mit ihrem Verhalten zusammenhing, zog mich an, und in Japan zu leben, umgeben von dieser Fremdartigkeit und all dem, was man sah, aber nicht verstand, dessen Bedeutung man eventuell erahnte, ohne ihrer jemals sicher sein zu können, war etwas, wovon ich seit langem geträumt hatte. In einem japanischen Haus zu sitzen, spartanisch und schlicht, mit Schiebetüren und Papierwänden, die für eine Zurückhaltung bestimmt waren, die mir und meinem nordeuropäischen Ungestüm zutiefst fremd war, wäre fantastisch. Dort zu sitzen, einen Roman zu schreiben und zu sehen, wie die Umgebung langsam und unmerklich das Geschriebene formte, denn unser Denken ist natürlich ebenso eng verbunden mit der konkreten Umgebung, von der wir ein Teil sind, wie mit den Menschen, mit denen wir sprechen, und den Büchern, die wir lesen. Japan, aber auch Argentinien, wo das Europäische und Vertraute eine ganz andere Färbung angenommen hatte, sich an einen völlig anderen Ort begeben hatte, und die USA, in einer der kleinen Städte oben in Maine beispielsweise, mit ihrer südnorwegischen Natur, was mochte dort alles entstehen?

Ich stellte die Tasse ab und griff erneut nach der Zigarette, drehte mich auf dem Stuhl um und schaute zum Gate hinüber, wo bereits eine ganze Reihe von Reisenden saß, obwohl es erst ein paar Minuten vor fünf war.

Doch jetzt stand Bergen auf der Tagesordnung.

Ein eiskalter Windstoß durchwehte mich.

Vater ist tot.

Zum ersten Mal seit Yngves Anruf sah ich ihn vor mir. Nicht den Mann, der er in den letzten Jahren war, sondern den Menschen, der er in meiner Kindheit gewesen war, als wir ihn zur Seeseite der Insel Tromøya begleiteten, um im Winter fischen zu gehen, als uns der Wind um die Ohren pfiff und die Gischt von den gewaltigen, grauen Wellen, die an den Felsen unter uns zerschellten, in der Luft hing und er mit der Angel in der Hand neben uns stand und die Schnur einholte, während er uns anlachte. Dichte, schwarze Haare, ein schwarzer Bart, das leicht asymmetrische Gesicht von kleinen Wassertropfen bedeckt. Blaue Öljacke, grüne Gummistiefel.

Das war das Bild.

Typisch, dass ich ihn in einer jener Situationen vor mir sah, in denen er gut war. Dass mein Unterbewusstsein eine Szene auswählte, in der ich warme Gefühle für ihn hegte. Es war der Versuch einer Manipulation, deren Ziel es offenkundig war, der Sentimentalität des Irrationalen den Weg zu ebnen, die, sobald Tür und Tor geöffnet waren, vollkommen ungehemmt aufwallen und Besitz von mir ergreifen würde. So arbeitete das Unterbewusstsein, es sah sich wahrscheinlich als eine Art Korrektiv zum Denken und Wollen und unterstützte alles, was möglicherweise in Opposition zur herrschenden Vernunft stand. Aber Vater hatte bekommen, was er verdient hatte, es war gut, dass er tot war, die Kräfte in mir, die etwas anderes sagten, logen. Und das galt nicht nur für den Menschen, der er in meiner Kindheit gewesen war, sondern auch für den Menschen, zu dem er später wurde, als er mitten im Leben aus allen alten Zusammenhängen ausbrach und von vorne anfing. Denn er hatte sich verändert, auch in seiner Annäherung an mich, aber das nützte ihm nichts, denn mit dem Menschen, zu dem er wurde, wollte ich auch nichts zu tun haben. In jenem Frühjahr, in dem er ausbrach, hatte er angefangen zu trinken, und den Sommer über machte er weiter, es war alles, was die beiden taten, Vater und Unni, sie saßen in der Sonne und tranken an langen, schönen, betrunkenen Tagen, und als das neue Schuljahr begann, ging es so weiter, allerdings nur nachmittags und abends und an den Wochenenden. Sie zogen nach Nordnorwegen und arbeiteten dort gemeinsam an einer Schule, und damals ahnten wir allmählich, was mit ihm los war, denn als wir einmal mit dem Flugzeug kamen, um sie zu besuchen, Yngve, seine Freundin und ich, holte Vater uns mit dem Auto ab, war aber blass, und seine Hände zitterten, und er sagte fast nichts, und als wir in ihre

Wohnung kamen, leerte er in der Küche hintereinander drei Flaschen Bier und erwachte dadurch zum Leben, zitterte nicht mehr, nahm uns wahr, begann zu reden, trank weiter. An diesen Tagen, in den Weihnachtsferien, trank er die ganze Zeit, betonte jedoch, es seien schließlich Ferien, da könne man ruhig mal einen heben, vor allem hier oben, wo es den ganzen Winter über so dunkel war. Unni war damals schwanger, so dass er alleine trank. In dem Frühjahr war er Prüfer an einer Schule in der Gegend von Kristiansand, und er hatte Yngve, seine Freundin und mich zum Essen in ein Hotel eingeladen, das Caledonien, aber als wir im Foyer standen, wo wir uns mit ihm treffen sollten, kam er nicht, und wir warteten eine halbe Stunde und fragten schließlich die Rezeptionistin, die meinte, er sei auf seinem Zimmer, wir gingen hinauf, klopften an die Tür, keine Reaktion, er schien zu schlafen, wir klopften fester und riefen seinen Namen, aber nichts, und wir verließen das Hotel unverrichteter Dinge. Zwei Tage später brannte das Caledonien nieder, zwölf Menschen kamen ums Leben, ich ging in die zweite Klasse des Gymnasiums und fuhr in der Essenspause mit Bassen hin und sah bei den Löscharbeiten zu. Hätte sich mein Vater in seinem Zustand darin aufgehalten, wäre er unter den Opfern gewesen, so viel stand fest, sagte ich zu Bassen, aber noch begriffen weder Yngve noch ich, was wirklich mit ihm geschah, denn uns fehlte jegliche

Erfahrung mit Alkoholikern, in unserer Familie gab es keine, und obwohl wir begriffen, dass er trank, denn wir hatten im Laufe der Zeit viele feuchtfröhliche Nächte erlebt, die sich in Tränen, Streit und Eifersucht aufgelöst hatten und in denen jegliche Würde verloren gegangen war, wenn auch nur für kurze Zeit, am nächsten Morgen war sie wieder da, denn seine Arbeit schaffte er immer, worauf er stolz war, begriffen wir doch nicht, dass er nicht aufhören konnte und vielleicht auch gar nicht wollte. Das war nun sein Leben, das war es, womit er sich beschäftigte, obwohl das Kind zur Welt gekommen war. Wenn er an manchen Morgen zur Arbeit wollte, mochte er zwar einen Kater haben, aber betrunken erschien er dort nie, ein, zwei Bier im Tagesverlauf zeigten keine Wirkung, man sehe sich nur die Dänen an, die trinken beim Mittagessen, und Dänemark geht es doch gut, nicht wahr?

Im Winter reisten sie immer in den Süden und beschwerten sich bei den Reiseleitern, wie ich einem Brief entnehmen konnte, den ich einmal heimlich las, als ich bei ihnen war. Die Sache hatte damit angefangen, dass Vater kollabiert war und mit einer Ambulanz ins Krankenhaus gebracht werden musste, weil er starke Schmerzen in der Brust hatte. Hinterher hatte er den Reiseveranstalter verklagt, weil er der Meinung war, dass die Art, wie man ihn dort behandelt hatte, der Auslöser für seinen Herzinfarkt gewesen war, woraufhin das Reiseunternehmen einigermaßen nüchtern antwortete, es habe sich nicht um einen Herzinfarkt gehandelt, sondern um einen Kreislaufkollaps in Folge des Alkoholkonsums und der Einnahme von Medikamenten.

Später verließen sie Nordnorwegen und zogen nach Südnorwegen zurück, wo Vater, inzwischen fett und aufgedunsen, mit einem riesigen Bauch, unablässig trank. Dass er ein paar Stunden nüchtern blieb, um uns mit dem Auto abholen zu können, war mittlerweile undenkbar. Die beiden ließen sich scheiden, und Vater zog in eine Stadt in Südostnorwegen, wo er eine Stelle gefunden hatte, die er wenige Monate später wieder verlor, und danach hatte er nichts mehr – keine Ehe, keinen Job und im Grunde auch kein Kind, denn obwohl Unni wollte, dass er Zeit mit seinem Kind verbrachte und ihn tatsächlich mit dem Mädchen zusammen sein ließ, was allerdings nicht besonders gut funktionierte, wurde das Besuchsrecht später aufgehoben, ohne dass ihm dies wirklich etwas ausgemacht hätte. Trotzdem war er völlig außer sich, wahrscheinlich weil er es als sein gutes Recht betrachtete, sein Kind zu sehen, und das, sein Recht, war etwas, worauf er mittlerweile bei allem und jedem pochte. Es passierten fürchterliche Dinge, und das Einzige, was Vater blieb, war seine Wohnung, in der er herumhing und trank, wenn er denn nicht in die Kneipen der Stadt ging und in ihnen herumhing und sich betrank. Dick wie eine Tonne war er, und obwohl seine Haut immer noch so braun war wie früher, war sie doch irgendwie matt geworden, eine matte Membran überzog sie, und mit seinem Bart und den vielen Haaren und den schäbigen Kleidern sah er auf seiner Jagd nach etwas Trinkbarem aus wie eine Art Wilder. Einmal verschwand er urplötzlich und blieb wochenlang wie vom Erdboden verschluckt. Gunnar rief Yngve an und informierte ihn darüber, dass er Vater bei der Polizei als vermisst gemeldet hatte. Schließlich tauchte er in einem Krankenhaus irgendwo in Südostnorwegen auf und konnte nicht mehr gehen. Er blieb allerdings nur vorübergehend gelähmt und kam wieder auf die Beine, und nach einem mehrwöchigen Aufenthalt in einer Entgiftungsklinik machte er weiter wie zuvor.

In dieser Phase hatte ich keinen Kontakt zu ihm, aber er besuchte Großmutter immer öfter, und jedes Mal länger. Am Ende zog er bei ihr ein und verbarrikadierte sich. Er verstaute die ihm verbliebene Habe in der Garage, warf die Haushaltshilfe hinaus, die Gunnar für Großmutter besorgt hatte, die alleine nicht mehr richtig zurechtkam, und schloss die Tür ab. Er blieb bei ihr in diesem Haus bis zu seinem Tod. Gunnar hatte Yngve angerufen und ihm erzählt, was sich dort abspielte. So war er einmal zu Großmutter gekommen und hatte Vater im Wohnzimmer auf dem Fußboden vorgefunden. Er hatte sich das Bein gebrochen, aber statt Großmutter zu bitten, einen Krankenwagen zu rufen, damit er ins Krankenhaus kam, hatte er sie angewiesen, niemandem etwas zu sagen, auch Gunnar nicht, und da lag er nun, umgeben von Tellern mit Essensresten, Flaschen und Gläsern mit Bier und Schnaps aus seinem prall gefüllten Vorrat, die sie ihm gebracht hatte. Wie lange er dort gelegen hatte, wusste Gunnar nicht, vielleicht einen Tag, vielleicht auch zwei. Wenn er Yngve anrief, um ihm davon zu erzählen, konnte das nur bedeuten, dass wir seiner Meinung nach eingreifen und unseren Vater da herausholen sollten, denn dort würde er sterben, und wir sprachen darüber, beschlossen jedoch, nichts zu unternehmen, er sollte sein Ding durchziehen, sein eigenes Leben leben, seinen eigenen Tod sterben dürfen.

Jetzt hatte er es getan.

Ich stand auf und ging zur Theke, um mir noch eine Tasse Kaffee zu holen. Ein Mann in einem dunklen, eleganten Anzug, mit einem Seidenschal um den Hals und Schuppen auf den Schultern, goss sich Kaffee ein, als ich hinkam. Er stellte die weiße, bis zum Rand mit schwarzem Kaffee gefüllte Tasse auf das rote Tablett und sah mich, die Kanne in seiner Hand leicht anhebend, fragend an.

»Danke, ich nehme mir selbst«, sagte ich.

»Wie Sie wollen«, erwiderte er und stellte die Kanne auf eine der beiden Platten. Ich nahm an, dass er Akademiker war. Die Bedienung, eine breite

Frau zwischen fünfzig und sechzig Jahren, mit Sicherheit aus Bergen, denn diese Art von Gesicht hatte ich in den acht Jahren, die ich dort wohnte, überall in der Stadt gesehen, in Bussen und auf den Straßen, hinter Theken und in Geschäften, mit diesen kurz geschnittenen, gefärbten Haaren und den viereckigen Brillen, die nur Frauen ihres Alters schön finden, streckte die Hand aus, als ich die Tasse anhob, um sie ihr zu zeigen.

»Ich nehme mir nur nach«, erklärte ich.

»Fünf Kronen«, sagte sie im singenden Bergener Tonfall. Ich legte ihr eine Fünf-Kronen-Münze in die Hand und kehrte zu meinem Tisch zurück. Mein Mund war wie ausgedörrt, und in meiner Brust pochte das Herz schnell, irgendwie aufgeregt, aber ich war gar nicht aufgeregt, sondern ganz im Gegenteil ruhig und träge, als ich dort saß und das kleine Flugzeug anstarrte, das man unter dem gewaltigen Glasdach aufgehängt hatte, wo das Tageslicht wie in einem Netz hing, und ich schaute zur Anzeigetafel über abgehende Flüge hinüber, auf der es Viertel nach fünf war, und anschließend auf die Menschen hinunter, die sich in Warteschlangen sammelten, durch den Raum gingen, im Sitzen Zeitungen lasen, sich im Stehen unterhielten. Es war Sommer, die Leute trugen helle Kleider, die Körper waren braun, und wie immer an einem Ort, an dem Menschen zusammenkamen, die auf Reisen waren, herrschte eine ausgelassene Stimmung.

Wenn ich manchmal so saß, nahm ich die Farben klar, die Linien scharf und die Gesichter unheimlich deutlich wahr. Sie waren voller Bedeutung. Ohne diese Bedeutung, so wie ich sie jetzt erlebte, waren sie fern und in gewisser Weise abgestanden, nicht zu packen, wie Schatten ohne die Dunkelheit von Schatten.

Ich wandte mich um und schaute zum Gate. Eine Gruppe von Passagieren, die soeben angekommen sein musste, kam die tunnelartige Brücke vom Flugzeug herauf. Die Tür zum Wartebereich öffnete sich, und die Passagiere erschienen mit Jacken über den Armen und Taschen und Tüten, die gegen Schenkel schlugen, hoben die Köpfe auf der Suche nach dem Wegweiser zur Gepäckausgabe, schwenkten nach rechts und verschwanden.

Zwei Jungen liefen mit Pappbechern vorbei, die mit Cola und Eiswürfeln gefüllt waren. Der eine hatte einen Ansatz von Bartwuchs auf Oberlippe und Kinn und mochte ungefähr fünfzehn sein. Der andere war kleiner, sein Gesicht war vollkommen unbehaart, aber deshalb musste er nicht unbedingt jünger sein. Der größere hatte volle Lippen, die er nicht schloss, und in Kombination mit diesen leeren Augen wirkte er dümmlich. Er sagte etwas, beide lachten, und als sie zum Tisch kamen, schien er seine Bemerkung wiederholt zu haben, denn dann lachten auch die anderen, die bereits dort saßen.

Ich wunderte mich darüber, wie klein sie waren und dass ich mir offensichtlich nicht vorstellen konnte, mit vierzehn, fünfzehn Jahren genauso klein gewesen zu sein. Aber so muss es gewesen sein.

Ich schob die Kaffeetasse von mir, stand auf, legte die Jacke über den Arm, griff nach der Tasche und ging zum Gate, setzte mich direkt neben den Schalter, hinter dem eine uniformierte Frau und ein Mann vor Computerbildschirmen standen und arbeiteten. Ich lehnte mich zurück und schloss für einige Sekunden die Augen. Ich sah Vaters Gesicht vor mir, als hätte es dort gelegen und auf mich gewartet. Ein Garten im Nebel, das Gras ein wenig morastig und zertrampelt, eine Leiter an einem Baum, Vaters Gesicht, das sich mir zuwendet. Er hält die Leiter mit den Händen, hat hohe Stiefel und eine dicke Strickjacke an. Neben ihm stehen zwei weiße Bottiche auf der Erde, an einem Haken am oberen Ende der Leiter hängt ein Eimer.

Ich öffnete die Augen. Ich konnte mich nicht erinnern, das erlebt zu haben, es war keine Erinnerung, aber wenn es keine Erinnerung war, was war es dann?

Oh nein, er war tot.

Ich schnappte nach Luft und stand auf. Vor dem Schalter hatte sich eine kleine Schlange gebildet, die Reisenden deuteten jede Bewegung des Personals, und sobald etwas darauf hinwies, dass der Abflug näher rückte, waren sie mit ihren Körpern zur Stelle.

Tot.

Ich stellte mich hinter den hintersten, einen Mann mit breiten Schultern, der einen halben Kopf kleiner war als ich. In seinem Nacken und in den Ohren wuchsen Haare. Er roch nach Aftershave. Eine Frau stellte sich hinter mich. Ich drehte den Kopf ein wenig, um einen kurzen Blick auf sie zu werfen, und sah ihr Gesicht, das mit seinem akribisch aufgelegten Lippenstift und Rouge und Eyeliner und Puder eher einer Maske als einem Menschen glich. Aber sie roch gut.

Jetzt kam das Reinigungspersonal im Laufschritt die Brücke vom Flugzeug herauf. Die uniformierte Frau telefonierte. Als sie aufgelegt hatte, erklärte sie, die Maschine sei nun zum Einsteigen bereit. Ich holte das Ticket heraus. Mein Herz schlug wieder schneller, als wäre es auf eigene Faust unterwegs. Es wurde schier unerträglich, dort zu stehen. Aber ich hatte keine Wahl. Ich verlagerte mein Gewicht von einem Bein aufs andere, schob den Kopf ein wenig vor, so dass ich die Startbahn vor dem Fenster sehen konnte. Eines dieser kleinen Fahrzeuge, die Gepäckwagen zogen, fuhr vorbei. Ein Mann in einem Overall und mit Kopfhörern entfernte sich, er hielt diese wie Tischtennisschläger aussehenden Dinger in der Hand, mit denen man die Maschinen zu ihren Parkpositionen dirigierte. Die Schlange setzte sich in Bewegung. Mein Herz pochte und pochte. Die Handteller waren verschwitzt. Ich sehnte mich nach einem Sitz, sehnte mich danach, in der Luft zu sein und hinunterzuschauen. Der gedrungene Mann vor mir bekam einen Abschnitt seines Tickets zurück. Ich reichte meins der uniformierten Frau. Aus irgendeinem Grund sah sie mir unverwandt in die Augen, als sie es annahm. Sie war auf eine strenge Art schön, hatte regelmäßige Gesichtszüge, ihre Nase war möglicherweise ein wenig spitz, der Mund schmal. Sie hatte klare, blaue Augen, und der dunkle Ring um die Iris war ungewöhnlich deutlich erkennbar. Ich sah ihr ganz kurz in die Augen, senkte anschließend den Blick. Sie lächelte.

»Gute Reise«, sagte sie.

»Danke«, sagte ich und folgte den anderen Passagieren die tunnelförmige Fluggastbrücke hinunter ins Flugzeug, wo eine Stewardess mittleren Alters den Einsteigenden zunickte, und weiter durch den Gang bis zur hintersten Sitzreihe. Tasche und Jacke ins Gepäckfach, auf den schmalen Sitz, anschnallen, die Füße ausstrecken, den Oberkörper zurücklehnen.

So.

Die Meta-Gedanken, dass ich in einem Flugzeug saß und unterwegs war, um meinen Vater zu beerdigen, während ich dachte, dass ich in dem Flugzeug saß und unterwegs war, um meinen Vater zu beerdigen, nahmen plötzlich zu. Allem, was ich sah, die Gesichter und die Körper, die langsam durch den Kabinengang näher kamen und ihr Gepäck verstauten, sich hier hinsetzten, dort das Gepäck ablegten, folgte ein reflexiver Schatten, der es einfach nicht lassen konnte, mir zu erzählen, dass ich das jetzt sah, während ich dachte, dass ich es sah, und so weiter in absurdum, während die Anwesenheit dieses Schattens oder vielleicht auch die gespiegelten Gedanken gleichzeitig auch eine Kritik daran bildeten, dass ich nicht mehr empfand, als ich es tat. Vater ist tot, dachte ich – und ein Bild blitzte vor mir auf, als benötigte ich eine Illustration des Worts »Vater« –, und mich, der ich in einem Flugzeug sitze und unterwegs bin, um ihn zu beerdigen, lässt das kalt, denke ich und sehe zwei Mädchen von etwa zehn Jahren, die sich nebeneinandersetzen, und die beiden Personen, denke ich, die ihre Eltern sein müssen, auf der anderen Seite des Mittelgangs Platz nehmen. Ich denke, denke, denke. Alles raste durch mich hindurch, nichts hatte mehr Hand noch Fuß. Mir wurde übel. Eine Frau schob ihren Koffer in das Gepäckfach direkt über meinem Platz, zog ihre Jacke aus und legte sie darauf, begegnete meinem Blick, lächelte routiniert und setzte sich neben mich. Sie war um die vierzig, hatte ein sanftes Gesicht, warmherzige Augen, schwarze Haare, war klein, ein wenig rundlich, aber nicht dick. Sie trug eine Art Anzug, also Hose und Jacke in der gleichen Farbe und im gleichen Schnitt, wie hieß das noch gleich, wenn Frauen so etwas anhatten? Ein Hosenanzug? Und eine weiße Bluse. Ich hatte den Blick nach vorn gerichtet, aber meine Aufmerksamkeit war nicht darauf gerichtet, was ich dort sah, sondern auf den Rand meines Blickwinkels, dort war »ich«, dachte ich und sah sie an. Sie hatte offenbar eine Brille in der Hand gehalten, die mir entgangen war, denn nun setzte sie diese auf die Nasenspitze und öffnete ihr Buch.

Sie hatte etwas von einer Bankerin, oder? Allerdings nicht das Sanfte und auch nicht das Weiße. Ihre Schenkel, die sich in den Hosenstoff ergossen, als sie gegen den Sitz gepresst wurden, wie weiß mochten sie in der Dunkelheit spätnachts irgendwo in einem Hotelzimmer sein?

Ich versuchte zu schlucken, aber mein Mund war so ausgedörrt, dass das bisschen Spucke, das ich zu sammeln vermochte, es nicht bis in meine Kehle schaffte. Ein weiterer Fluggast blieb an unserer Sitzreihe stehen, ein Mann mittleren Alters, fahl, mürrisch und hager, in einem grauen Anzug, er setzte sich auf den Platz am Gang, ohne sie oder mich anzusehen. *Boarding completed*, sagte eine Stimme aus den Lautsprechern. Ich lehnte mich ein wenig vor, um in den Himmel über dem Flughafen schauen zu können. Im Westen war die Wolkendecke aufgerissen, und ein Abschnitt des niedrigen Walds dort wurde von der Sonne beschienen, leuchtend, fast glänzend grün. Die Motoren wurden angelassen. Das Fenster vibrierte schwach. Die Frau neben mir hatte den Finger in ihr Buch gelegt und starrte im Flugzeug nach vorn.

Vater hatte immer Angst vorm Fliegen gehabt. In meiner Erinnerung waren es die einzigen Gelegenheiten gewesen, bei denen er etwas getrunken hatte. In der Regel vermied er es zu fliegen; wenn wir irgendwohin wollten, nahmen wir das Auto, und dabei spielte es im Grunde keine Rolle, wie weit es war, aber manchmal musste er fliegen, und dann galt es, sich hinter die Binde zu kippen, was das Flughafencafé an alkoholischen Getränken zu bieten hatte. Es gab ansonsten noch manches andere, was er vermied, woran ich damals nie gedacht hatte, was ich nie gesehen hatte, weil die Dinge, die ein Mensch tut, stets in den Schatten stellen, was er nicht tut, und was Vater nicht tat, war nicht so leicht zu bemerken, auch weil er überhaupt nichts Neurotisches hatte. Aber er ging niemals zum Friseur, die Haare schnitt er sich immer selbst. Er nahm nie den Bus. Er ging so gut wie nie in dem kleinen Laden einkaufen, sondern immer in den großen Supermärkten außerhalb der Stadt. Es waren Situationen, in denen er in Kontakt mit Menschen kommen oder von ihnen gesehen werden konnte, und obwohl er Lehrer von Beruf war und folglich täglich vor einer Klasse gestanden und gesprochen und regelmäßig die Eltern zu Elternversammlungen eingeladen hatte und er sich zudem täglich mit seinen Kollegen im Lehrerzimmer unterhielt, ging er solchen geselligen Situationen doch konsequent aus dem Weg. Was war ihnen gemeinsam? Das Einfügen in eine Gemeinschaft vielleicht, die sich nur dem Zufall verdankte? Dass er als etwas gesehen wurde, worüber er keine Kontrolle besaß? Dass er im Bus, im Friseurstuhl, an der Supermarktkasse verletzlich war? Das war durchaus möglich. Aber als ich mit ihm lebte, fiel es mir nie auf. Erst viele Jahre später wurde mir schlagartig bewusst, dass ich Vater nie in einem Bus gesehen hatte, und die Tatsache, dass er sich ebenso wenig in die sozialen Zusammenhänge einbrachte, die durch Yngves und meine Aktivitäten entstanden, fand ich auch niemals auffällig. Er kam einmal zu einer Schulabschlussfeier, saß an der Wand und wollte sich das Theaterstück ansehen, das wir einstudiert hatten und in dem ich die Hauptrolle spielte, leider jedoch, ohne den Text gründlich gelernt zu haben, denn nach dem Erfolg im Vorjahr litt ich an kindlicher Hybris, ich brauchte meinen Text nicht allzu genau zu lernen, es würde auch so klappen, hatte ich gedacht, aber als ich auf der Bühne stand, vermutlich auch unter dem Eindruck der Anwesenheit meines Vaters, fiel mir kaum eine Zeile ein, und unsere Lehrerin musste mir während des ganzen langen Stücks den Text über eine Stadt soufflieren, deren Bürgermeister ich irgendwie war. Auf dem Heimweg im Auto erklärte er, er habe sich noch nie so geschämt und werde nie wieder an einer meiner Schulabschlussveranstaltungen teilnehmen. Er hielt sein Versprechen und kam auch zu keinem der unzähligen Fußballspiele in meiner Kindheit, gehörte nie zu den Eltern, die uns zu den Auswärtsspielen fuhren, nie zu den Eltern, die bei unseren Heimspielen zusahen, aber auch das fiel mir nicht auf, erschien mir nicht weiter ungewöhnlich, denn so war er, mein Vater, und außer ihm viele andere auch, denn dies ereignete sich Ende der siebziger und Anfang der achtziger Jahre, als Vater zu sein eine andere und zumindest in praktischer Hinsicht weniger umfassende Bedeutung hatte als heute.

Doch, ein einziges Mal hatte er mich spielen sehen.

Dazu kam es in jenem Winter, in dem ich in die neunte Klasse ging. Er nahm mich zum Ascheplatz in Kjevik mit, wollte selbst weiter nach Kristiansand, wir hatten ein Trainingsspiel gegen irgendeine Mannschaft aus dem Inland. Wie üblich saßen wir schweigend im Auto, er mit einer Hand auf dem Lenkrad, die andere gegen das Fenster gelehnt, ich mit meinen Händen im Schoß. Dann hatte ich eine Eingebung und fragte ihn, ob er nicht Lust habe, sich das Spiel anzusehen. Nein, das gehe nicht, er wolle doch nach Kristiansand. Ich habe auch nicht damit gerechnet, sagte ich. In meinem Kommentar schwang keine Enttäuschung mit, keine unausgesprochene Aufforderung, es war nur eine Feststellung, ich hatte es wirklich nicht geglaubt. Kurz vor Ende der zweiten Halbzeit sah ich hinter den meterhohen Schneehaufen an der Seitenlinie plötzlich sein Auto stehen. Erahnte hinter der Windschutzscheibe vage seine dunkle Gestalt. Als nur noch wenige Minuten zu spielen waren, hatte Harald mich mit einer perfekt vors Tor geschlagenen Flanke bedient, so dass ich bloß noch den Fuß hinzuhalten brauchte, was ich auch tat, allerdings den linken, in dem ich nicht besonders viel Gefühl hatte, weshalb ich den Ball ein wenig schief traf und der Schuss vorbeiging. Auf dem Heimweg im Auto kommentierte Vater das. Du hast aus deiner Chance kein Tor gemacht, sagte er. Das war eine Riesenchance. Ich hätte nicht gedacht, dass du sie vergibst. Nein, sagte ich. Jedenfalls haben wir gewonnen. Und wie? Sagte er. Zwei eins, antwortete ich und sah ihn kurz an, denn ich wollte, dass er mich fragte, wer die beiden Tore erzielt hatte. Was er zum Glück auch tat. »Und, hast du ein Tor geschossen?«, fragte er. »Ja«, sagte ich. »Beide.«

Die Stirn gegen das Fenster gelehnt, während das Flugzeug am Anfang der Startbahn hielt und die Motoren hochfuhr, begann ich zu weinen. Die Tränen kamen aus dem Nichts, das wusste ich, als sie herabliefen, das ist doch idiotisch, dachte ich, es ist sentimental, es ist dumm. Aber es half nichts, ich war in etwas Weiches und Vages und Grenzenloses hineingeraten und schaffte es erst wieder herauszukommen, als das Flugzeug ein, zwei Minuten später abhob und donnernd aufstieg. Da, endlich wieder klar denkend, senkte ich den Kopf zum T-Shirt, rieb mir die Augen mit einem Zipfel trocken, den ich zwischen Daumen und Zeigefinger hochhielt, und starrte lange hinaus, bis ich bei der Frau neben mir keine Wachsamkeit mehr spürte. Ich lehnte mich auf dem Sitz zurück und schloss die Augen. Aber es war nicht vorbei. Ich spürte, es hatte gerade erst begonnen.

Die Maschine hatte nach dem Aufsteigen kaum ihre Flughöhe erreicht, als sich ihr Bug auch schon wieder senkte und der Landeanflug begann. Die Stewardessen hetzten mit ihren Wagen den Mittelgang hinauf und hinunter, um jedem einen Kaffee anbieten zu können. Die Landschaft unter uns, anfangs nur einzelne Tableaus, die durch seltene Löcher in der Wolkendecke sichtbar wurden, war mit ihren grünen Inseln und dem blauen Meer, ihren steilen Berghängen und schneeweißen Hochebenen hart und schön, wurde jedoch nach und nach flacher und sanfter, während gleichzeitig die Wolken verschwanden, bis die ebene Landschaft Rogalands plötzlich das Einzige war, was man sah. In mir war alles in Bewegung. Erinnerungen, von deren Existenz ich nichts geahnt hatte, schossen mir wirbelnd und chaotisch durch den Kopf, während ich gleichzeitig versuchte, mich herauszuziehen, denn ich wollte jetzt nicht weinen und ständig analysieren, was in mir vorging, hatte im Grunde aber keine Chance. Ich sah ihn vor mir, wie wir in Hove zusammen Ski liefen, wo wir zwischen den Bäumen durch den Wald glitten und auf jeder Lichtung das Meer sehen konnten, grau und schwer und gewaltig, und es ansonsten immer rochen, der Geruch von Salz und Tang, der irgendwie direkt neben dem Geruch von Schnee und Fichten lag, Vater zehn, vielleicht auch zwanzig Meter vor mir, denn obwohl seine Ausrüstung neu war, von den Rottefella-Langlauf-Bindungen bis zu den Skiern der Marke Splitkein und dem blauen Anorak, konnte er nicht Ski laufen. Er stakste fast greisenhaft vorwärts, ohne Balance, ohne Fluss, ohne Schwung, und mit dieser Gestalt wollte ich auf gar keinen Fall in Verbindung gebracht werden, so dass ich mich immer wieder ein Stück zurückfallen ließ, den Kopf voller Flausen über mich und meinen Laufstil, mit dem ich es, wer weiß, vielleicht noch weit bringen würde. Kurzum, er war mir peinlich. Dass er diese ganze Skiausrüstung gekauft und uns auf die Seeseite von Tromøya hinausgefahren hatte, um mir näherzukommen, ahnte ich damals natürlich nicht, aber jetzt, mich mit geschlossenen Augen schlafend stellend, während wir über die Lautsprecher angewiesen wurden, uns wieder anzuschnallen und die Rückenlehne aufrecht zu stellen, ließ der Gedanke daran neue Tränen fließen, und als ich mich nochmals vorbeugte und den Kopf gegen die Wand lehnte, um sie zu verbergen, geschah dies halbherzig, da meine Mitreisenden bereits beim Start verstanden haben mussten, dass sie neben einem jungen Mann gelandet waren, der Tränen vergoss. Mir tat der Hals weh, und ich hatte nichts unter Kontrolle, alles strömte durch mich hindurch, ich war weit offen, aber nicht der Welt zugewandt, die ich kaum noch wahrnahm, sondern meinem Inneren, wo ich ganz unter der Macht meiner Gefühle stand. Es gelang mir lediglich, keinen Laut von mir zu geben und mir so einen letzten Rest von Würde zu bewahren. Kein Schluchzen, kein Seufzen, kein Klagen, kein Stöhnen. Nur die kullernden Tränen und mein Gesicht, das sich jedes Mal, wenn die Erkenntnis vom Tod meines Vaters eine neue Spitze erreichte, zu einer Grimasse verzerrte.

Ooh.

Ooh.

Dann konnte ich plötzlich wieder klar denken, und es kam mir vor, als zöge sich all das Weiche und Vage, das mich in den letzten fünfzehn Minuten erfüllt hatte, zurück wie eine Art Tidenstrom, und der riesige Abstand, den ich so dazu bekam, ließ mich kurz auflachen.

»He he he«, brachte ich hervor.

Ich hob den Unterarm und rieb mir die Augen daran. Der Gedanke, dass die Frau neben mir mich weinen gesehen hatte und nun auf einmal lachen hörte, brachte mich noch einmal zum Lachen.

»He he he. He he he.«

Ich sah sie an. Ihr Blick blieb starr auf die Buchseite vor ihr gerichtet. Hinter uns setzten sich zwei der Stewardessen auf die kleinen Klappsitze und schnallten sich den Gurt um die Taille. Vor dem Fenster sah man Sonne und Grün. Der Schatten, der uns auf dem Erdboden folgte, kam immer näher wie ein Fisch, der eingeholt wurde, bis er, als das Fahrgestell aufsetzte, ganz unter den Rumpf geraten war und dort während des gesamten Abbremsens und Rollens wie festgezurrt lag.

Um mich herum standen die Leute auf. Ich atmete tief durch. Es war ein intensives Gefühl, wieder einen klareren Kopf zu haben. Froh war ich nicht, aber erleichtert, wie immer, wenn etwas Schweres unerwartet nachgibt. Die Frau neben mir, bei der ich erst jetzt, nachdem sie das Buch zugeschlagen hatte, die Chance bekam zu sehen, was sie eigentlich las, stand auf und stellte sich im Gang auf die Zehenspitzen, um an das Gepäckfach heranzukommen. Sie las *Die Frau und der Affe* von Peter Høeg. Das Buch hatte ich gelesen. Gute Idee, schlecht gemacht. Hätte ich unter normalen Umständen mit ihr ein Gespräch über den Roman geführt? Wenn es sich so leicht ergeben hätte wie jetzt? Nein, das hätte ich nicht, aber ich hätte neben ihr gesessen und überlegt, dass ich es tun sollte. Hatte ich überhaupt schon einmal ein Gespräch mit einem Fremden angefangen?

Nein, niemals.

Und nichts deutete darauf hin, dass ich es jemals tun würde.

Ich lehnte mich vor, um aus dem Fenster zu sehen, auf den staubigen Asphalt hinunter, wie ich es einmal zwanzig Jahre zuvor getan hatte, und zwar mit dem merkwürdigen, aber klaren Vorsatz, mich an das, was ich sah, für alle Zeit zu erinnern. An Bord eines Flugzeugs wie jetzt, auf dem Flughafen Sola wie jetzt, damals jedoch auf dem Weg nach Bergen und von dort aus weiter zu Großmutter und Großvater in Sørbøvåg. Wenn ich ein Flugzeug nahm, kam mir jedesmal diese Erinnerung in den Sinn, zu der ich mich damals gezwungen hatte. Lange Zeit bildete sie auch den Anfang des Romans, den ich erst kürzlich beendet hatte und der nun in Form einer sechshundertvierzig Seiten langen Korrekturfahne in meinem Koffer im Frachtraum lag, die ich binnen einer Woche lesen musste.

Das war immerhin gut.

Ich freute mich auch darauf, Yngve zu treffen. Nachdem er aus Bergen fortgezogen war, zunächst nach Balestrand, wo er Kari Anne kennen gelernt und mit ihr ein Kind bekommen hatte, und danach nach Stavanger, wo sie ein zweites Kind bekamen, hatte sich unsere Beziehung verändert, er war niemand mehr, bei dem ich mal kurz vorbeischaute, wenn ich nichts anderes vorhatte, mit dem ich ins Café oder auf ein Konzert ging, sondern jemand, den ich ab und zu für ein paar Tage besuchte, mit allem, was dies an Familienleben bedeutete. Aber das gefiel mir, es hatte mir schon immer gut gefallen, bei anderen Familien zu übernachten, ein eigenes Zimmer mit einem frisch bezogenen Bett zu bekommen, das voller fremder Dinge war, Handtuch und Waschlappen freundlich herausgelegt, um von dort aus mitten in das Leben der Familie zu treten, obwohl es auch stets, praktisch unabhängig davon, wen ich besuchte, ein wenig unangenehm war, denn selbst wenn man in Gegenwart von Gästen immer versuchte, eventuelle Spannungen fernzuhalten, blieben sie doch immer spürbar, und man konnte als Besucher nie wissen, ob die eigene Anwesenheit sie hervorgerufen hatte oder ob sie nur etwas waren, was stets vorhanden und durch die eigene Anwesenheit im Gegenteil sogar eingedämmt worden war. Eine dritte Möglichkeit bestand natürlich darin, dass diese Spannungen bloß »Spannungen« waren, also etwas, das sich ausschließlich in meinem Kopf abspielte.

Der Gang zwischen den Sitzreihen hatte sich geleert, und ich stand auf, hob Tasche und Jacke aus dem Gepäckfach und ging nach vorn, verließ die Maschine und nahm den Korridor in die Ankunftshalle, die klein, aber angesichts ihres Gewirrs aus Gängen, Kiosken und Cafés, in dem Reisende hinein- und hinausströmten, standen, saßen, aßen, lasen, trotzdem unübersichtlich war. Yngve würde ich in jeder beliebigen Menschenmenge auf der Stelle erkennen, dazu brauchte ich nicht einmal sein Gesicht zu sehen, mir reichte ein Hinterkopf oder eine Schulter, vielleicht nicht einmal das, denn für die Menschen, mit denen man aufgewachsen ist und die einen in der Zeit umgeben haben, in der ein Charakter geformt wird oder sich offenbart, ist man besonders empfänglich, man nimmt sie augenblicklich, ohne das Bindeglied der Gedanken, wahr. Was man über seinen Bruder weiß, erfasst man größtenteils intuitiv. Ich wusste nie, was Yngve dachte, ahnte selten, warum er sich verhielt, wie er sich verhielt, hatte wahrscheinlich nicht besonders oft die gleichen Ansichten wie er, was ich allerdings nur vermuten konnte, denn in dieser Hinsicht war er mir so fremd wie alle anderen. Aber ich kannte seine Körpersprache, ich kannte seine Mimik, und ich wusste, wie er roch, ich war mit allen Nuancen seiner Stimme vertraut und wusste vor allem, woher er kam. Nichts davon konnte ich in Worte fassen, und es nahm auch nur selten die Gestalt von Gedanken an, aber es bedeutete alles. Deshalb mussten meine Augen nicht die Tische in der Pizzeria absuchen, mussten nicht über die Gesichter schweifen, die auf den Stühlen vor den Gates saßen oder in der Halle auf und ab gingen, denn als ich sie betrat, wusste ich im selben Moment, wo er war. Ich schaute zu der Fassade des vorgeblich alten, vorgeblich irischen Pubs, wo er wie erwartet stand, die Arme vor der

Brust verschränkt und mit einer grünlichen, aber nicht militärisch anmutenden Hose, einem weißen T-Shirt mit dem Bild von Sonic Youths Goo, einer hellblauen Jeansjacke und einem Paar dunkelbrauner Puma-Schuhe bekleidet. Er hatte mich noch nicht entdeckt. Ich betrachtete sein Gesicht, das mir vertrauter war als jedes andere. Die hohen Wangenknochen hatte er ebenso von Vater geerbt wie den leicht schiefen Mund, aber seine Gesichtsform war anders, genau wie die Augenpartie, die eher an Mutters und meine erinnerte.

Er drehte den Kopf und begegnete meinem Blick. Ich wollte lächeln, aber gleichzeitig verzerrten sich meine Lippen, und mit unwiderstehlichem Druck kamen plötzlich die Gefühle von vorhin wieder hoch. Sie drangen in einem Schluchzen nach außen, und ich begann zu weinen. Hob den Arm halb zum Gesicht, senkte ihn wieder, eine weitere Welle folgte, mein Gesicht verzerrte sich erneut. Yngves Blick werde ich niemals vergessen. Er sah mich ungläubig an. Es lag kein Urteil darin, es wirkte eher, als sähe er etwas, was er nicht verstehen konnte und nicht erwartet hatte und worauf er deshalb überhaupt nicht vorbereitet war.

»Hallo«, sagte ich unter Tränen.

»Hallo«, sagte er. »Das Auto steht unten. Wollen wir?«

Ich nickte und folgte ihm die Treppe hinunter, durch die Eingangshalle und auf den Parkplatz hinaus. Ob es an der ganz eigenen Schärfe der Luft in Westnorwegen lag, die es dort unabhängig davon gibt, wie warm es ist, und die besonders spürbar war, weil wir zunächst im Schatten eines großen Dachs gingen, wodurch ich einen klaren Kopf bekam, oder an dem gewaltigen Gefühl von Raum, das die Landschaft mir erschloss, weiß ich nicht, aber ich hatte es jedenfalls wieder überwunden, als wir vor seinem Auto ankamen, und Yngve, jetzt mit Sonnenbrille, sich vorbeugte und auf der Fahrerseite den Schlüssel ins Schloss steckte.

»Ist das dein ganzes Gepäck?«, sagte er und nickte zu meiner Tasche hin.

»Oh, verdammt«, sagte ich. »Warte hier. Ich geh es schnell holen.«

Yngve und Kari Anne wohnten in Storhaug, einem Stadtteil etwas außerhalb des Stadtzentrums von Stavanger, am Ende einer Reihenhauszeile, an deren Rückseite eine Straße verlief, hinter der ein Waldstück lag, das ein paar hundert Meter weiter unten am Fjord endete. In der Nähe gab es darüber hinaus eine Schrebergartenkolonie, hinter der, in einer anderen Wohnsiedlung, Asbjørn wohnte, ein alter Freund Yngves, mit dem er vor Kurzem eine Agentur für Grafik- und Werbedesign gegründet hatte. Ihr Büro hatten sie auf dem Dachboden, dort stand ihre gesamte Ausrüstung, die sie sich gekauft hatten und derzeit zu benutzen lernten. Keiner der beiden hatte eine entsprechende Ausbildung, wenn man von ihrem Studium der Medienwissenschaften an der Universität von Bergen absah, und sie hatten in dieser Branche auch keine nennenswerten Kontakte. Trotzdem saßen sie jetzt an ihren leistungsstarken Macs und arbeiteten an den wenigen Aufträgen, die sie bisher ergattert hatten. Ein Plakat für das Hundvåg-Festival, ein paar Flyer und Handzettel, mehr war es bislang nicht. Sie hatten alles auf eine Karte gesetzt, was ich in Yngves Fall verstand; nach dem Studium hatte er in der Kommune Balestrand ein Jahr im Kulturamt gearbeitet, und mit dieser Berufserfahrung standen ihm nicht gerade alle Türen offen. Aber die Sache war nicht ohne Risiko, ihr einziges Kapital war ihr Geschmack, der dafür jedoch sicher und mittlerweile ziemlich verfeinert war, trainiert durch eine zwanzig Jahre währende Auseinandersetzung mit den verschiedenen Ausdrucksformen der Popkultur, von Filmen und Plattencovern bis zu Kleidern und Songs, Magazinen und Fotobänden, vom Obskuren bis zum Kommerziellsten, immer darauf bedacht zu unterscheiden, was gut und was schlecht war in allem, was gewesen war, und dem, was gegenwärtig um sie entstand. Wir waren einmal bei Asbjørn gewesen, erinnere ich mich, und hatten drei Tage getrunken, als Yngve uns die Pixies vorspielte, eine damals neue und unbekannte amerikanische Band, und Asbjørn lag auf der Couch und wand sich vor

Lachen, weil das, was wir hörten, so gut war. Das ist so klasse!, rief er durch die laute Musik. Ha ha ha! Ha ha ha! Das ist so klasse! Als ich mit neunzehn Jahren nach Bergen kam, besuchten er und Yngve mich an einem der ersten Tage in meiner Bude, und weder das Bild von John Lennon, das ich über den Schreibtisch gehängt hatte, noch das Plakat von einem Weizenfeld, auf dem der schmale Streifen Gras im Vordergrund so intensiv und geheimnisvoll glühte, noch das Filmplakat von *The Mission* mit Jeremy Irons fanden vor ihren Augen Gnade. Das ging einfach nicht. Das Bild von Lennon war eine Reminiszenz an meine letzte Zeit auf dem Gymnasium, in der ich mit drei anderen regelmäßig über Literatur und Politik diskutierte, Musik hörte, Filme sah und Wein trank, das Innere pries und mich vom Äußeren distanzierte, und Lennon hing als Apostel der Innerlichkeit an meiner Wand, obwohl mir im Grunde seit meiner Kindheit McCartneys Sentimentalität immer am besten gefallen hatte. Aber in Bergen waren die Beatles *überhaupt kein* Referenzpunkt, unter *gar keinen* Umständen und so dauerte es nicht lange, bis das Bild Lennons nicht mehr dort hing. Ihr untrüglicher Geschmack beschränkte sich jedoch nicht auf die Popkultur; Asbjørn war der Erste, der mir Thomas Bernhard empfahl, nachdem er in Gyldendals weißer Reihe *Beton* gelesen hatte, und das zehn Jahre, bevor sich die gesamte Literaturszene Norwegens auf ihn berief, während ich mich entsinne, dass ich Asbjørns Begeisterung für diesen Österreicher damals nicht recht nachvollziehen konnte und erst zehn Jahre später, gemeinsam mit den anderen Literaten Norwegens, seine Größe entdeckte. Dieser Riecher war Asbjørns großes Talent, ich bin nie wieder jemandem mit einem so sicheren Geschmack begegnet, aber wozu ließ er sich außer als Achse, um die sich das Studentenleben drehte, sonst noch nutzen? Das Wesen eines solchen Riechers ist es, zu urteilen, und um zu urteilen, muss man außerhalb stehen, und dort wird nichts erschaffen. Yngve war in einem höheren Maße innen, er spielte Gitarre in einer Band, schrieb eigene Stücke, hörte auf dieser Basis Musik und hatte darüber hinaus eine analytische, akademische Seite, die Asbjørn nicht im gleichen Maße besaß oder benutzte. Grafik-Design passte in vieler Hinsicht perfekt zu ihnen.

Mein Roman war ungefähr zu der Zeit angenommen worden, als sie ihre Firma gründeten, und für mich stand sofort fest, dass sie den Umschlag entwerfen und so einen Fuß in die Tür der Verlagswelt bekommen mussten. Der Verlag sah das naturgemäß ein wenig anders. Der Lektor, Geir Gulliksen, erwähnte mir gegenüber, dass er sich mit einer Werbeagentur in Verbindung setzen würde, und wollte wissen, ob ich eine Vorstellung vom Umschlag hätte. Ich antwortete, dass ich es gerne sähe, wenn mein Bruder ihn entwerfen könnte.

»Dein Bruder? Ist er Graphiker?

»Na ja, er hat gerade erst angefangen. Er hat mit einem Freund in Stavanger eine Agentur gegründet. Sie sind gut, dafür verbürge ich mich.«

»Wir machen Folgendes«, meinte Geir Gulliksen. »Sie machen einen Vorschlag, und wir schauen ihn uns an. Ist er gut, tja, dann sehe ich kein Problem.«

Dabei blieb es. Im Juni fuhr ich zu ihnen und hatte ein Buch über Raumfahrt aus den fünfziger Jahren im Gepäck, das Vater gehört hatte und voller Zeichnungen im optimistischen Zukunftsstil der fünfziger Jahre war. Ich hatte darüber hinaus noch eine Idee zu einer milchig gelben Farbe, die ich auf dem Cover zu Stefan Zweigs *Die Welt von gestern* gesehen hatte. Außerdem hatte Yngve ein paar Bilder von Zeppelinen besorgt, von denen ich glaubte, sie könnten zu meinem Buch passen. Daraufhin saßen die beiden auf ihren neuen Bürostühlen auf dem Dachboden, während draußen die Sonne schien, und arbeiteten Vorschläge aus, und ich saß in einem Sessel hinter ihnen und sah zu. Abends tranken wir Bier und guckten Fußball-WM. Ich war froh und optimistisch, da ich ganz von dem Gefühl erfüllt war, dass eine Zeit zu Ende ging und eine neue begann. Tonje hatte kürzlich ihre Ausbildung beendet und eine Stelle beim Lokalfunk Hordaland bekommen, ich würde meinen ersten Roman veröffentlichen, wir waren gerade in unsere erste richtige

Wohnung gezogen, in Bergen, der Stadt, in der wir uns kennen gelernt hatten. Yngve und Asbjørn, an die ich mich während meines gesamten Studiums gehalten hatte, bauten sich etwas Eigenes auf, und ihr erster richtiger Auftrag würde der Umschlag zu meinem Buch sein. Alles war voller Möglichkeiten, alles deutete nach vorn, und es dürfte das erste Mal in meinem Leben gewesen sein, dass es so war.

Das Ergebnis dieser Tage konnte sich sehen lassen, wir hatten sechs, sieben ansehnliche Entwürfe, und ich war zufrieden, aber die beiden wollten noch etwas völlig anderes ausprobieren, weshalb Asbjørn eine Tüte mit amerikanischen Fotomagazinen mitbrachte, die wir durchsahen. Er zeigte mir ein paar Bilder von Jock Sturges, sie waren fantastisch, etwas Vergleichbares hatte ich noch nie gesehen, und wir entschieden uns für eins von einem langgliedrigen, vielleicht zwölf, vielleicht auch dreizehn Jahre alten Mädchen, das dem Betrachter nackt den Rücken zuwandte und auf eine Wasserfläche hinausschaute. Es war schön, aber auch spannungsgeladen, rein, aber auch bedrohlich, und besaß eine nahezu ikonische Qualität. In einer anderen Zeitschrift gab es eine Reklame, deren Schrift in Weiß in zwei blauen Streifen oder Boxen gesetzt war, und sie beschlossen, diese Idee zu klauen, nahmen jedoch Rot, und eine halbe Stunde später hatte Yngve den Umschlag fertig. Der Verlag bekam fünf verschiedene Vorschläge für den Umschlag, aber die

Sturges-Variante war zweifellos die beste, und wenn das Buch in ein paar Monaten erschien, würde das junge Mädchen auf seinem Umschlag sein. Als legte man es darauf an, Ärger zu bekommen, denn Sturges war als Fotograf umstritten, ich hatte gelesen, dass sein Haus von FBI-Agenten auf den Kopf gestellt worden war, und wenn ich seinen Namen im Internet suchte, führten einige der Links unweigerlich zu Seiten mit Kinderpornographie. Gleichzeitig hatte ich nie zuvor einen Fotografen gesehen, der die reiche Welt der Kindheit in einer vergleichbar beeindruckenden Form wiedergegeben hatte, Sally Mann eingeschlossen. Also freute ich mich über den Umschlag. Auch, weil Yngve und Asbjørn ihn entworfen hatten.

Auf dem Weg vom Flughafen Sola in die Stadt an diesem seltsamen Freitagabend sprachen wir nicht viel. Wenn überhaupt, redeten wir über die praktischen Aspekte dessen, was uns erwartete, die Beerdigung, womit weder Yngve noch ich Erfahrungen hatten. Die tief stehende Sonne ließ die Dächer der Häuser, an denen wir vorbeikamen, erglühen. Der Himmel war hier weit, die Landschaft flach und grün, und der viele Raum gab mir das Gefühl von einer Ödnis, die selbst die größte Menschenansammlung nicht füllen könnte. Klein waren die Menschen, die wir sahen, wenn sie vor einem Wartehäuschen standen und auf den Bus in die

Stadt warteten, wenn sie über den Rennlenker gebeugt die Straße hinabradelten, wenn sie auf einem Traktor saßen und über ein Feld fuhren, wenn sie mit einer Wurst in der einen und einer Flasche Cola in der anderen Hand durch die Tür einer Tankstelle traten. Auch in der Stadt wirkte alles verlassen, die Straßen waren leer, der Tag war vorbei, und der Abend hatte noch nicht begonnen.

Yngve ließ auf der Autostereoanlage Björk laufen. Vor den Fenstern sah man immer weniger Geschäfts- und Bürogebäude, immer mehr Wohnhäuser. Kleine Gärten, Hecken, Obstbäume, Kinder auf Fahrrädern, Kinder, die Seilchen sprangen.

»Ich weiß nicht, warum ich vorhin geweint habe«, sagte ich. »Irgendetwas ging mir so nahe, als ich dich sah. Ich habe auf einmal kapiert, dass er tot ist.«

»Ja …«, sagte Yngve. »Ich weiß nicht, ob ich das schon verstanden habe.«

Als wir in die Kurve fuhren und den letzten Anstieg hinauf, schaltete er herunter. Rechter Hand lag ein Spielplatz, und auf einer Bank saßen zwei Mädchen, die etwas in der Hand hielten, das wie Spielkarten aussah. Etwas weiter oben, auf der anderen Straßenseite, sah ich den Garten vor Yngves Haus. Er war verwaist, aber die Schiebetür zum Wohnzimmer stand offen.

»Da wären wir«, meinte Yngve und fuhr langsam in die offene Garage.

»Ich lass den Koffer einfach im Auto«, sagte ich. »Wir fahren ja morgen weiter.«

Die Haustür ging auf, und Kari Anne kam mit Torje auf dem Arm heraus. Ylva stand neben ihr, hielt sich an ihrem Bein fest und sah mich an, während ich die Autotür zuschlug und zu ihnen ging. Kari Anne streckte den Kopf vor und legte einen Arm um mich. Ich umarmte sie, zerzauste Ylva das Haar.

»Das mit eurem Vater tut mir leid«, sagte sie. »Mein Beileid.«

»Danke«, sagte ich. »Aber es kam ja nicht wirklich überraschend.«

Yngve knallte den Kofferraumdeckel zu und näherte sich mit Plastiktüten in jeder Hand. Offenbar war er auf dem Weg zum Flughafen einkaufen gewesen.

»Wollen wir reingehen?«, sagte Kari Anne.

Ich nickte und folgte ihr ins Wohnzimmer.

»Mm, das riecht gut«, sagte ich.

»Mein Standardgericht«, sagte sie. »Spaghetti mit Schinken und Broccoli.«

Torje weiterhin auf einem Arm tragend, zog sie mit der freien Hand auf dem Herd einen Topf zur Seite, schaltete die Platte aus, bückte sich und holte ein Sieb aus dem Schrank, während Yngve hereinkam, die Einkaufstüten auf dem Boden absetzte und anfing, die Lebensmittel einzuräumen. Ylva, die abgesehen von einer Windel nackt war, stand reglos mitten im Raum und sah abwechselnd die beiden und mich an. Dann lief sie zu einem Puppenbett neben dem Bücherregal, hob eine Puppe heraus und kam, diese ausgestreckt in den Händen haltend, zu mir.

»Da hast du aber eine schöne Puppe«, sagte ich und ging vor ihr in die Knie. »Darf ich mal sehen?«

Sie presste die Puppe mit einem entschlossenen Gesichtsausdruck an ihre Brust und drehte sich halb weg.

»Na hör mal, jetzt zeig Karl Ove doch deine Puppe«, sagte Kari Anne.

Ich stand auf.

»Ist es okay, wenn ich kurz rausgehe und eine rauche?«, sagte ich.

»Ich komme auch gleich«, meinte Yngve. »Ich räum nur schnell die Sachen weg.«

Ich ging durch die offene Terrassentür nach draußen, schloss sie hinter mir und setzte mich auf einen der drei weißen Plastikstühle, die auf den Steinplatten vor dem Haus standen. Überall auf dem Rasen lag Spielzeug. Ganz außen, an der Hecke, stand ein rundes Plastikbassin, das mit Wasser gefüllt war, in dem Grashalme und Insekten trieben. Zwei Golfschläger lehnten an der Wand im Windschatten, neben ihnen lagen Badmintonschläger und ein Fußball. Ich zog die Zigarettenschachtel aus der Innentasche, steckte mir eine an und lehnte den Kopf zurück. Die Sonne war hinter einer Wolke verschwunden, und das Gras und die Laubkronen, die vor wenigen Minuten in klaren Grüntönen geleuchtet hatten, waren plötzlich gräulich und glanzlos, ohne Leben. Das gleichmäßige Geräusch eines mechanischen Rasenmähers, der hin und her gezogen wurde, schallte aus dem Nachbargarten herüber. In der Wohnung klirrten Teller und Besteck.

Oh, ich war gerne bei ihnen.

In unserer Wohnung gehörte alles uns, es gab keine Distanz, war ich bedrückt, war auch die Wohnung bedrückt. Hier gab es dagegen eine Distanz, hier hatte die Umgebung nichts mit mir und meinem Leben zu tun, und ich konnte abschütteln, was mich bedrückte.

Hinter mir ging die Tür auf. Es war Yngve. Er hielt eine Tasse Kaffee in der Hand.

»Tonje lässt grüßen«, sagte ich.

»Danke«, sagte er. »Wie geht es ihr?«

»Gut«, antwortete ich. »Am Montag hatte sie ihren ersten Arbeitstag. Am Mittwoch kam ein Beitrag von ihr in den Nachrichten. Ein tödlicher Unfall.«

»Das hast du erzählt«, meinte er und setzte sich.

Was war los, war er sauer?

Wir saßen eine Weile wortlos zusammen. Über den Wohnblöcken links von uns flog ein Hubschrauber vorbei. Das Geräusch der Rotorblätter war fern, fast dumpf. Die beiden Mädchen vom Spielplatz kamen die Straße herauf. In einem weiter unten gelegenen Garten rief jemand einen Namen. Es klang wie *Bjørnar*.

Yngve holte eine Zigarette heraus und zündete sie an.

»Spielst du jetzt Golf?«, sagte ich.

Er nickte.

»Das solltest du auch mal versuchen. Du wärst bestimmt gut darin. Du bist groß, und außerdem hast du Fußball gespielt und besitzt das Siegergen. Möchtest du ein paar Schläge machen? Hier müssen irgendwo noch ein paar leichte Übungsbälle herumliegen.«

»Jetzt? Beim besten Willen nicht.«

»Das war ein Witz, Karl Ove«, sagte er.

»Dass ich Golf spielen soll oder dass ich es jetzt tun soll?«

»Dass du es jetzt tun sollst.«

Der Nachbar, der mittlerweile kurz hinter der Hecke stand, die seinen Garten von Yngves trennte, hielt inne, richtete sich auf und strich sich mit der Hand über den nackten, verschwitzten Schädel. Auf der Terrasse saß eine Frau in weißen Shorts und einem weißen T-Shirt auf einem Stuhl und las Zeitung.

»Weißt du, wie es Großmutter geht?«, sagte ich.

»Ehrlich gesagt, nein«, erwiderte er. »Aber sie hat ihn gefunden. Man kann wohl davon ausgehen, dass es ihr nicht besonders gut geht.«

»Im Wohnzimmer?«, sagte ich.

»Ja«, sagte er, drückte die Zigarette im Aschenbecher aus und stand auf.

»Tja, wollen wir reingehen und was essen?«

Am nächsten Morgen wurde ich davon geweckt, dass Ylva im Flur an der Treppe stand und schrie. Ich richtete mich im Bett halb auf und zog die Jalousie hoch, um sehen zu können, wie viel Uhr es war. Halb sechs. Ich seufzte und legte mich wieder hin. Das Zimmer, in dem ich schlief, war voller Umzugskartons, Kleider und anderer Dinge, die noch keinen Platz im Haus gefunden hatten. An der Wand stand ein Bügelbrett, auf dem zusammengefaltete Wäsche lag, ein asiatisch aussehender Wandschirm stand zusammengefaltet daneben, leicht gegen die Wand gelehnt. Hinter der Tür hörte ich Yngves und Kari Annes Stimmen, unmittelbar darauf ihre Schritte auf der alten Holztreppe. Das Radio, das unten eingeschaltet wurde. Wir hatten abgesprochen, gegen sieben zu fahren, um gegen elf in Kristiansand zu sein, aber im Grunde sprach nichts dagegen, bereits früher aufzubrechen, überlegte ich, setzte die Füße auf den Boden, zog Hose und T-Shirt an, lehnte mich vor und strich mir mit einer Hand durch die Haare, während ich in den Wandspiegel blickte. Die Gefühlsausbrüche vom Vortag hatten keine Spuren hinterlassen, Gefühle sind wie Wasser, sie passen sich stets der jeweiligen Umgebung an. Selbst die größte Trauer hinterlässt keine

Spuren, und wenn man sie als so überwältigend empfindet und sie so lange anhält, liegt dies nicht daran, dass die Gefühle erstarrt sind, denn das können sie nicht, sondern dass sie stehen wie das Wasser in einem Waldsee.

Fuck, dachte ich. Es war einer meiner gedanklichen Tics. Verdammte Scheiße war ein anderer. Die Worte flackerten in unregelmäßigen Abständen in meinem Bewusstsein auf, ließen sich nicht unterdrücken, aber warum sollte ich überhaupt versuchen, sie zu stoppen, sie schadeten doch keinem. Man konnte mir ja auch nicht ansehen, dass sie mir durch den Kopf gingen. So ein verfickter Mist, dachte ich und öffnete die Tür. Ich sah direkt in ihr Schlafzimmer und senkte den Blick, denn es gab Dinge, von denen ich nichts wissen wollte, zog das kleine Holzgatter zur Seite, ging die Treppe hinunter und in die Küche. Ylva saß mit einer Scheibe Brot in der Hand und einem Glas Milch vor sich auf ihrem Tripp-Trapp-Stuhl. Yngve stand am Herd und briet Eier, während Kari Anne sich zwischen Tisch und Schränken hin und her bewegte und den Tisch deckte. Das Lämpchen im Schalter der Kaffeemaschine leuchtete. Die letzten Tropfen aus dem Filter tropften gerade in den fast vollen Glaskolben. Die Dunstabzugshaube säuselte, die Eier brutzelten und blubberten in der Pfanne, im Radio ertönte der Jingle der Verkehrsnachrichten.

»Guten Morgen«, grüßte ich.

»Guten Morgen«, sagte Kari Anne.

»Hallo«, sagte Yngve.

»Karl Ove«, sagte Ylva und zeigte auf den Stuhl ihr gegenüber.

»Da soll ich sitzen?«, sagte ich.

Sie nickte mit großen Kopfbewegungen, und ich zog den Stuhl heraus und setzte mich. Von ihren Eltern ähnelte sie eher Yngve, sie hatte seine Nase und Augen, und seltsamerweise tauchten viele seiner Mienen auch bei ihr auf. Ihr Körper war noch nicht völlig dem Babyspeck entwachsen, alle Glieder und Körperteile wirkten weich und rund, und wenn sie die Stirn runzelte und einer von Yngves verschmitzten Ausdrücken in ihre Augen trat, fiel es einem schwer, nicht zu lächeln. Das machte sie nicht älter, ihn dagegen jünger: Plötzlich wurde einem klar, dass einer seiner typischen Gesichtsausdrücke nicht mit Erfahrung, Reife oder Lebensweisheit verbunden war, sondern sein anspruchsloses Leben unverändert in und unabhängig von seinem Gesicht gelebt haben musste, seit er Anfang der sechziger Jahre Gestalt angenommen hatte.

Yngve schob den Pfannenwender unter die Eier und legte sie nacheinander auf einen breiten Teller, stellte ihn neben dem Brotkorb auf den Tisch, holte die Kanne und füllte die drei Tassen. Seit ich vierzehn war, trank ich zum Frühstück eigentlich immer Tee, hatte aber nicht das Herz, ihn darauf hinzuweisen, und nahm mir stattdessen eine Scheibe

Brot und hob mit dem Pfannenwender, den Yngve auf den Tellerrand gelegt hatte, ein Ei darauf.

Auf der Suche nach einem Salzstreuer suchten meine Augen den Tisch ab, aber es war keiner zu sehen.

»Ist irgendwo Salz?«, erkundigte ich mich.

»Hier«, sagte Kari Anne und reichte es mir über den Tisch hinweg.

»Vielen Dank«, sagte ich, öffnete die kleine Klappe des Plastikstreuers und sah, wie die kleinen Körnchen in den gelben Dotter einsanken und dessen Oberfläche kaum merklich perforierten, während die Butter darunter langsam schmolz und ins Brot einzog.

»Wo ist Torje?«, sagte ich.

»Er liegt noch oben und schläft«, antwortete Kari Anne.

Ich aß einen Bissen von meinem Brot. Das gebratene Eiweiß war an der Unterseite knusprig, es waren große, bräunlich schwarze Schuppen, die beim Kauen zwischen Gaumen und Zunge zersplitterten.

»Schläft er noch viel?«, sagte ich.

»Na ja … Sechzehn Stunden am Tag vielleicht? Ich weiß es nicht. Was meinst du?«

Sie drehte sich zu Yngve um.

»Keine Ahnung«, meinte er.

Ich biss in den Dotter, der gelb und lauwarm in meinen Mund floss. Trank einen Schluck Kaffee.

»Beim Tor für Norwegen hat er ganz schön Angst bekommen«, sagte ich.

Kari Anne lächelte. Wir hatten das zweite von Norwegens WM-Spielen zusammen gesehen, und Torje hatte am anderen Ende des Zimmers in einer Wiege geschlafen. Als unser Gebrüll nach dem Tor verebbte, war von dort ein gellender Schrei ertönt.

»Das mit Italien war übrigens echt schade«, sagte Yngve. »Haben wir darüber eigentlich schon geredet?«

»Nein«, sagte ich. »Aber die wussten ganz genau, was sie taten. Es kam nur darauf an, Norwegen den Ball zu überlassen, schon brach alles zusammen.«

»Wahrscheinlich waren sie nach dem Spiel gegen Brasilien auch noch kaputt«, meinte Yngve.

»Das war ich auch«, sagte ich. »Der Elfmeter gehört zum Schlimmsten, was ich jemals mitgemacht habe. Ich konnte kaum hinschauen.«

Dieses Spiel hatte ich in Molde gesehen, bei Tonjes Vater. Als es vorbei war, hatte ich Yngve angerufen. Wir waren beide den Tränen nahe gewesen. Eine ganze Kindheit mit einer chancenlosen norwegischen Fußballnationalmannschaft lag in unseren Stimmen. Hinterher war ich mit Tonje ins Stadtzentrum gegangen, und die Stadt war voller hupender Autos und wehender Flaggen gewesen. Fremde Menschen umarmten sich, überall hörte man Rufe und Gesänge, Menschen liefen aufgedreht herum, Norwegen hatte Brasilien in einem entscheidenden

WM-Spiel geschlagen, und keiner wusste, wie weit diese Mannschaft noch kommen würde. Vielleicht sogar bis ins Finale?

Ylva rutschte von ihrem Stuhl herunter und nahm meine Hand.

»Komm«, sagte sie.

»Karl Ove muss erst essen«, wandte Yngve ein. »Nachher, Ylva!«

»Nein, ist schon okay«, sagte ich und ging mit ihr. Sie zog mich zur Couch, nahm ein Buch vom Tisch und setzte sich. Ihre kurzen Beine reichten nicht einmal bis zum Rand.

»Ich soll dir vorlesen?«, sagte ich.

Sie nickte. Ich setzte mich neben sie und öffnete das Buch. Es handelte von einer Kohlraupe, die alles Mögliche fraß. Als ich es ausgelesen hatte, krabbelte sie nach vorn und holte ein neues Buch vom Tisch. Es handelte von einer Maus namens Frederik, die im Gegensatz zu den übrigen Mäusen im Sommer kein Futter sammelte, sondern lieber herumsaß und träumte. Die anderen verurteilten die Faulheit der Maus, aber als es Winter wurde und alles weiß und kalt war, schenkte Frederik ihrem Dasein Farbe und Licht. Das war es, was er gesammelt hatte, und das war es, was sie nun brauchten, Farben und Licht.

Ylva saß ganz still neben mir und sah konzentriert auf die Seiten, zeigte ab und zu auf etwas und sagte, wie es hieß. Es war schön, so mit ihr zusammenzusitzen, aber auch ein wenig langweilig. Ich hätte mir gut vorstellen können, alleine mit einer Zigarette und einer Tasse Kaffee auf der Veranda vor dem Fenster zu sein.

Auf der letzten Seite war Frederik ein errötender Held und Retter.

»Das war ja nun wirklich erbaulich und hübsch!«, sagte ich zu Yngve und Kari Anne, als ich mit dem Buch fertig war.

»Wir hatten das auch, als wir klein waren«, erwiderte Yngve. »Erinnerst du dich nicht?«

»Vage«, log ich. »Ist es dasselbe?«

»Nein, unser Exemplar liegt bei Mutter.«

Ylva wollte nochmals zu dem Stapel mit Kinderbüchern. Ich stand auf und holte meine Kaffeetasse vom Küchentisch.

»Bist du satt?«, sagte Kari Anne, sie war mit ihrem Teller auf dem Weg zur Spülmaschine.

»Ja«, sagte ich. »Danke fürs Essen.«

Ich sah Yngve an.

»Wann wollen wir los?«

»Ich muss noch duschen«, sagte er, »und packen. In einer halben Stunde vielleicht?«

»Okay«, sagte ich. Ylva hatte sich damit abgefunden, dass die Lesestunde für diesmal zu Ende war, und trottete in den Flur, wo sie sich meine Schuhe anzog. Ich öffnete die Schiebetür zur Terrasse und ging hinaus. Der Himmel war bedeckt, und es war recht warm. Die Stühle waren von einer Schicht feiner Tautropfen bedeckt, die ich vor dem Hinsetzen mit der flachen Hand abwischte. So früh war ich sonst nie auf den Beinen, normalerweise begann mein Morgen erst gegen elf, zwölf, eins, und alles, was meine Sinne nun aufnahmen, erinnerte mich an die Sommermorgen meiner Kindheit, an denen ich um halb sieben losradelte, um bei einem Gärtner zu arbeiten. Der Himmel war meistens diesig, die Straße leer und grau, die Luft, die mir entgegenschlug, kühl gewesen, und es war fast unvorstellbar, dass die Hitze über dem Feld, über das wir später am Tag gebeugt stehen sollten, glühend heiß sein würde, so dass wir in der Mittagspause in Windeseile zum Gjerstadvannet fuhren, um auf die Schnelle schwimmen zu gehen, bevor die Arbeit weiterging.

Ich trank einen Schluck Kaffee und zündete mir eine Zigarette an. Nicht, dass ich den Geschmack des Kaffees oder das Gefühl des Rauchs, der in meine Lunge sickerte, genossen hätte, ich nahm beides kaum wahr, es ging vielmehr darum, es getan zu haben, es war eine Gewohnheit, und wie bei allen Gewohnheiten lag alles in der Form.

Was hatte ich den Geruch von Rauch in meiner Kindheit gehasst! Autofahrten auf siedend heißen Rückbänken mit zwei paffenden Eltern vor mir. Der Rauch, der jeden Morgen durch den Türspalt aus der Küche in mein Zimmer sickerte, ehe ich mich an ihn gewöhnt hatte, und in meine schlafenden Nasenlöcher stieg, so dass ich aufschreckte, der sich täglich einstellende Widerwille, bis ich selber anfing zu rauchen und gegen den Geruch immun wurde.

Eine Ausnahme bildete die Phase, in der mein Vater Pfeife geraucht hatte.

Wann war das noch gewesen?

Die viele Mühe, den alten, schwarz verbrannten Tabak herauszuklopfen, die Pfeife mit den weißen, biegsamen Pfeifenreinigern zu säubern, neuen Tabak hineinzugeben, um anschließend Feuer anzusaugen, das Streichholz in den Pfeifenkopf, saugen, ein neues Streichholz hinein, saugen, saugen, um sich anschließend zurückzulehnen, ein Bein über das andere zu schlagen und Pfeife zu rauchen. Seltsamerweise verband ich das mit einer Zeit, in der er viel im Freien unternahm. Strickpullover, Anorak, Stiefel, Bart, Pfeife. Lange Spaziergänge ins Landesinnere, um für den Winter Beeren zu pflücken, ab und an, auf der Jagd nach Moltebeeren, der Beere aller Beeren, in die Berge, aber meistens von der Straße aus in den Wald, den Wagen am Straßenrand abstellen, alle mit Beerensammlern in der einen Hand, einem Eimer in der anderen bewaffnet, nach Blaubeer- oder Preiselbeersträuchern spähend. Pausen auf Rastplätzen an Flüssen oder auf Anhöhen mit Aussicht. Ab und zu auf dem Fels am Flussufer, ab und zu auf einem Baumstamm im Kiefernwald. Bremsmanöver, wenn am Straßenrand Himbeersträucher auftauchten. Raus mit den Eimern, denn dies waren die siebziger Jahre in Norwegen, als Familien am Straßenrand standen und an den Wochenenden Himbeeren pflückten und klobige, viereckige Gefrierbeutel mit Proviant im Kofferraum dabeihatten. Es war auch die Zeit, in der er angeln ging, nach dem Schultag begab er sich alleine zur Seeseite der Insel, oder an den Wochenenden auch mal mit uns zusammen, um Riesendorsche zu fangen, die dort zur Winterzeit in der Fahrrinne standen. 1974, 1975. Obwohl meine Eltern keinen Kontakt zu den Achtundsechzigern hatten, da sie schon mit zwanzig ein Kind bekommen und seitdem gearbeitet hatten, und sie meinem Vater ideologisch fremd waren, blieb er doch nicht unbeeinflusst vom Zeitgeist, der auch in ihm lebendig war, und wenn ich ihn mit seiner Pfeife in der Hand vor mir sitzen sah, bärtig und nicht direkt langhaarig, aber doch mit vollen Haaren, in einem Strickpullover und einer Jeans mit weiten Schlägen, und seine hellen Augen einen lächelnd ansahen, hätte man ihn unter Umständen für einen jener sanften Väter halten können, die damals nach und nach auftauchten und an Einfluss gewannen und denen es nicht fremd war, einen Kinderwagen zu schieben, Windeln zu wechseln und auf dem Fußboden zu sitzen und mit den Kindern zu spielen. Nichts hätte jedoch weiter von der Wahrheit entfernt sein können. Das Einzige, was er mit ihnen gemeinsam hatte, war die Pfeife.

Oh Vater, bist du mir jetzt weggestorben?

Durch das offene Fenster in der oberen Etage schallte plötzlich Wimmern zu mir herab. Ich drehte den Kopf. In der Küche setzte Kari Anne, die gerade dabei war, die Spülmaschine auszuräumen, zwei Gläser auf der Arbeitsplatte ab und eilte zur Treppe. Ylva, die einen kleinen Wagen mit einer Puppe darin umhergeschoben hatte, trottete ihr hinterher. Unmittelbar darauf hörte ich durch das Fenster Kari Annes tröstende Stimme, und das Weinen hörte auf.

Ich erhob mich, öffnete die Tür und ging hinein. Ylva stand an dem Gatter vor der Treppe und schaute hoch. Die Leitungen in den Wänden rauschten.

»Möchtest du auf meinen Schultern sitzen?«, sagte ich.

»Ja«, antwortete sie.

Ich beugte mich nach unten und hob sie hoch, hielt ihre kleinen Beine mit den Händen fest und lief mehrmals zwischen Wohnzimmer und Küche hin und her und wieherte dabei wie ein Pferd. Sie lachte, und wenn ich stehen blieb und mich vorbeugte, als wollte ich sie abwerfen, kreischte sie. Nach ein paar Minuten war ich es leid, machte der Ordnung halber aber noch etwas weiter, ehe ich in die Hocke ging und sie absetzte.

»Nochmal!«, sagte sie.

»Ein anderes Mal«, sagte ich und sah aus dem Fenster, die Straße hinunter, wo im selben Moment ein Bus rechts heranfuhr und hielt, um die spärliche Schar von Fahrgästen aus den Mietshäusern aufzulesen, die zur Arbeit mussten.

»Jetzt«, sagte sie.

Ich sah sie an und lächelte.

»Okay. Noch einmal«, sagte ich. Wieder hoch mit ihr, wieder hin und her, Halt machen und so tun, als wollte ich sie abwerfen, wiehern. Glücklicherweise kam Yngve kurz darauf herunter, so dass es einen natürlichen Grund zum Aufhören gab.

»Bist du fertig?«, sagte er.

Seine Haare waren nass und die Wangen nach der Rasur glatt. In der Hand hielt er seine alte blaurote Adidas-Tasche.

»Klar«, sagte ich.

»Ist Kari Anne oben?«

»Ja, Torje ist wach geworden.«

»Ich will nur noch eine rauchen, dann können wir los«, sagte Yngve. »Passt du so lange auf Ylva auf?«

Ich nickte. Glücklicherweise schien sie sich alleine zu beschäftigen, so dass ich mich auf die Couch fallen lassen und in einem der Musikmagazine blättern konnte. Aber für Plattenkritiken und Interviews mit Bands war ich nicht wirklich empfänglich, weshalb ich die Zeitschrift wieder weglegte und stattdessen nach seiner Gitarre griff, die in einem Stativ neben der Couch stand, vor dem Verstärker und den Tüten voller LPs. Es war eine schwarze, relativ neue Fender

Telecaster, während der Röhrenverstärker ein alter Music Man war. Ansonsten besaß er noch eine Gitarre der Marke Hagström, die jedoch oben im Büro stand. Ich schlug gedankenverloren einige Akkorde an, es war der Anfang von Bowies *Space Oddity*, den ich leise vor mich hin sang. Ich selbst besaß keine Gitarre mehr, und in all den Jahren, die ich gespielt hatte, war ich über die elementarsten Dinge nicht hinausgekommen, die ein mittelmäßig begabter Vierzehnjähriger binnen eines Monats lernen würde. Das Schlagzeug, für das ich fünf Jahre zuvor richtig viel Geld auf den Tisch gelegt hatte, stand dagegen immerhin auf dem Dachboden, und nachdem wir nun wieder in Bergen wohnten, würde es vielleicht erneut benutzt werden.

In diesem Haus sollte man wohl eher Pippi Langstrumpf spielen können, dachte ich.

Ich stellte die Gitarre weg und griff noch einmal nach dem Altherren-Rockmagazin, während Kari Anne mit Torje im Arm die Treppe herunterkam. Baumelnd strahlte er über das ganze Gesicht. Ich stand auf und ging zu den beiden, lehnte mich zu ihm vor und sagte *Buu!*, was für mich fremd und unnatürlich war, so dass ich mir reichlich dämlich vorkam, aber das spielte für Torje sicher keine Rolle, der glucksend lachte und mich erwartungsvoll ansah, denn er wollte, dass es noch mal passierte.

»Buu!«, sagte ich.

»Iiha, iiha, iiha!«, sagte er.

Nicht alle Rituale sind zeremoniell, nicht alle Rituale sind deutlich abgegrenzt, es gibt welche, die mitten im Alltäglichen Gestalt annehmen und sich nur an dem Gewicht und der Spannung erkennen lassen, die das ansonsten Gewöhnliche plötzlich bekommt. Als ich an jenem Morgen auf der Vorderseite das Haus verließ und Yngve zum Auto folgte, kam es mir für einen Moment so vor, als träte ich in eine größere Geschichte ein als meine eigene. Die Söhne, die heimkehren, um ihren Vater zu beerdigen, das war die Geschichte, in der ich auf einmal mittendrin war, als ich vor der Tür zum Beifahrersitz stehen blieb, während Yngve den Kofferraum aufschloss und seine Tasche hineinlegte, derweil Kari Anne, Ylva und Torje uns im Türrahmen stehend beobachteten. Der Himmel war grauweiß und sanft, die Siedlung still. Der kurze Knall des Kofferraumdeckels, der von der Hauswand auf der anderen Straßenseite als Echo zurückgeworfen wurde, klang fast aufdringlich deutlich und scharf. Yngve öffnete die Tür und setzte sich hinein, lehnte sich herüber und zog den Sicherungsknopf an meiner Seite hoch. Bevor ich mich auf den Sitz schob und die Tür zuzog, winkte ich Kari Anne und den Kindern zu. Sie winkten auch. Yngve ließ den Motor an, legte den Arm auf meine Rückenlehne und setzte zurück und nach rechts. Dann winkte auch er, und wir fuhren die Straße hinunter. Ich lehnte mich zurück.

»Bist du müde?«, sagte Yngve. »Schlaf ruhig noch was, wenn du willst.«

»Wär das okay?«

»Klar. Solange ich Musik hören kann.«

Ich nickte und schloss die Augen. Hörte seine Hand auf den CD-Player drücken und in dem kleinen Regal unter dem Armaturenbrett nach einer CD suchen. Das leise Brummen des Motors. Dann die Platte, die hineinglitt, und unmittelbar darauf ein Mandolinentrio im Folkstil.

»Was ist das?«, fragte ich.

»Sixteen Horsepower«, sagte er. »Gefällt es dir?«

»Hört sich gut an«, erwiderte ich und schloss erneut die Augen. Das Gefühl der großen Geschichte war verschwunden. Wir waren keine zwei Söhne, wir waren Yngve und Karl Ove, wir waren nicht auf dem Weg nach Hause, sondern nach Kristiansand, wir wollten keinen Patriarchen beerdigen, sondern Vater.

Ich war nicht müde und würde nicht schlafen können, aber es war angenehm, so zu sitzen, vor allem, weil es mir nichts abverlangte. Als wir aufwuchsen, war Yngve jemand gewesen, mit dem ich offen redete und vor dem ich keine Geheimnisse hatte, aber irgendwann, vielleicht sogar schon, als ich ins Gymnasium ging, veränderte sich das, seither war mir ungeheuer bewusst, wer er war und wer ich war, wenn wir uns unterhielten. Alles Natürliche verschwand, jede meiner Äußerungen wurde entweder im Voraus geplant oder im Nachhinein analysiert, meistens beides, außer wenn ich trank und dabei meine alte Freiheit zurückgewann. Mit Ausnahme Tonjes und meiner Mutter ging es mir mit allen Menschen so, ich konnte nicht mehr einfach mit Leuten zusammensitzen und reden, war mir der Situation zu sehr bewusst, und das riss mich aus ihr heraus. Ob es Yngve genauso erging, wusste ich nicht, aber ich glaubte es im Grunde nicht, denn wenn ich ihn mit anderen zusammen sah, wirkte es nicht so. Ob ihm klar war, dass es mir so ging, wusste ich ebenso wenig, aber irgendetwas sagte mir, dass es sich so verhielt. Häufig hatte ich das Gefühl, falsch oder unwahr zu sein, weil ich nie mit offenen Karten spielte, immer kalkulierte und berechnete. Es machte mir nichts mehr aus, war zu meinem Leben geworden, in diesem speziellen Moment jedoch, am Anfang einer langen Autofahrt, nachdem Vater gestorben war und so weiter, spürte ich, dass ich mich danach sehnte, mir selbst oder dem in mir zu entkommen, was mich so streng bewachte.

So eine verdammte Scheiße.

Ich richtete mich auf und schaute die CDs durch, die dort lagen. Massive Attack, Portishead, Blur, Leftfield, Bowie, Supergrass, Mercury Rev, Queen.

Queen?

Er hatte die Gruppe immer gemocht, war ihr treu geblieben und stets bereit, sie zu verteidigen. Ich erinnerte mich, wie er einmal in seinem Zimmer saß und auf seiner neuen Gitarre Note für Note eines von Brian Mays Solos kopierte, es war eine schwarze Les-Paul-Kopie, bezahlt mit seinem Konfirmationsgeld, genau wie die Mitgliedszeitschrift des Queen-Fanclubs, die er damals mit der Post bekam. Er wartete immer noch darauf, dass die Welt zur Vernunft kommen und Queen geben würde, was Queen rechtmäßig zustand.

Ich musste grinsen.

Als Freddie Mercury starb, bestand die schockierende Enthüllung nicht darin, dass er schwul, sondern dass er tatsächlich Inder gewesen war.

Wer hätte das gedacht?

Die Häuser standen mittlerweile nicht mehr so dicht. In der Gegenrichtung war eine Weile ziemlich viel Verkehr gewesen, da die Stoßzeit näher rückte, aber jetzt ließ er mehr und mehr nach, je weiter wir in das unbesiedelte Land zwischen den Städten kamen. Wir fuhren an einigen großen, gelben Kornfeldern, weiten Erdbeerfeldern, einigen Abschnitten grünen Weidelands und ein paar frisch gepflügten Äckern mit dunkelbrauner, fast schwarzer Erde vorbei. Dazwischen Wäldchen, Dörfer, ab und zu ein Fluss, ab und zu ein See. Dann veränderte sich die Landschaft, und sie wurde fast hochgebirgsartig und war voller grüner, baumloser, brachliegender Flächen. Yngve fuhr eine Tankstelle an, füllte den Tank, schob den Kopf herein und fragte mich, ob ich etwas haben wollte, ich schüttelte den Kopf, aber als er zurückkam, reichte er mir trotzdem eine Flasche Cola und einen Riegel Bounty.

»Wollen wir eine rauchen?«, sagte er.

Ich nickte und stieg aus. Wir gingen zu einer Bank, die am Ende des Platzes stand. Hinter ihr floss ein kleiner Bach, über den kurz darauf eine Brücke führte. Ein Motorrad sauste vorbei, danach ein Sattelschlepper, danach ein Auto.

»Was hat Mutter eigentlich gesagt?«, erkundigte ich mich.

»Nicht viel«, antwortete Yngve. »Sie braucht Zeit, um es zu verarbeiten. Aber sie war traurig. Ich glaube, sie denkt vor allem an uns.«

»Heute ist ja auch noch Borghilds Beerdigung«, meinte ich.

»Stimmt«, sagte er.

Ein Sattelschlepper fuhr von Westen kommend die Tankstelle an, parkte mit einem Seufzer am anderen Ende, ein Mann mittleren Alters sprang heraus und strich seine im Wind flatternden Haare auf dem Kopf glatt, während er zum Eingang ging.

»Als ich Vater das letzte Mal gesehen habe, meinte er, er wolle Fernfahrer werden«, sagte ich und grinste.

»Aha?«, sagte Yngve. »Wann war das?«

»Im Winter vor, mal sehen, anderthalb Jahren. Als ich zum Schreiben in Kristiansand war.«

Ich schraubte den Deckel von der Flasche ab und trank einen Schluck.

»Wann hast du ihn zuletzt gesehen?«, sagte ich und wischte mir den Mund mit dem Handrücken ab.

Yngve starrte auf die Ebene jenseits der Straße, zog zweimal an seiner fast aufgerauchten Zigarette.

»Das muss bei Egils Konfirmation gewesen sein. Im Mai letzten Jahres. Aber warst du da nicht auch?«

»Stimmt, verdammt«, sagte ich. »Das war das letzte Mal. Oder nicht? Jetzt bin ich unsicher geworden.«

Yngve nahm den Fuß von der Bank, schraubte die Flasche zu und ging zum Auto, gleichzeitig trat der Lkw-Fahrer mit einer Zeitung unter dem Arm und einer Wurst in der Hand ins Freie. Ich warf die qualmende Zigarette auf den Asphalt und folgte Yngve. Als ich den Wagen erreichte, lief der Motor bereits.

»Schön«, sagte Yngve. »Jetzt sind es noch ungefähr zwei Stunden. Essen können wir, wenn wir da sind, was meinst du?«

»In Ordnung«, sagte ich.

»Möchtest du was Bestimmtes hören?«

Er hielt an der Ausfahrt und schaute ein paarmal nach links und rechts, ehe wir wieder auf die Hauptstraße bogen und beschleunigten.

»Nein«, sagte ich. »Such dir was aus.«

Er entschied sich für Supergrass. Die Platte hatte ich in Barcelona gekauft, wohin ich Tonje zu einem Seminar für europäische Lokalsender begleitet hatte, nachdem wir die Band dort live gesehen hatten, und seither hatte ich sie und ein paar andere Platten ständig beim Schreiben meines Romans gehört. Plötzlich war ich vollkommen von der Stimmung jenes Jahres erfüllt. Also ist aus ihr schon eine Erinnerung geworden, dachte ich überrascht. Also war daraus schon die Zeit geworden, in der ich in Volda saß und rund um die Uhr schrieb, während Tonje sich vernachlässigt fühlte.

Nie wieder, hatte sie hinterher gesagt, an jenem ersten Abend, an dem wir in unserer neuen Wohnung in Bergen saßen und am nächsten Tag in einen Türkei-Urlaub fahren wollten. Sonst verlasse ich dich.

»Ich habe ihn danach noch einmal gesehen«, meinte Yngve. »Letzten Sommer, als ich mit Bendik und Atle in Kristiansand war. Er saß auf der Bank vor diesem Kiosk bei Rundingen, du weißt schon, als wir vorbeifuhren. Er sehe ein bisschen so aus wie ein richtiger Schwerenöter, meinte Bendik, als er Vater sah. Womit er natürlich Recht hatte.«

»Der Arme«, sagte ich.

Yngve sah mich an.

»Wenn es jemanden gibt, der einem nicht leidtun muss, dann er«, sagte Yngve.

»Ich weiß. Aber du verstehst schon, was ich meine.«

Er antwortete nicht. Die Stille, in den ersten Sekunden angespannt, verwandelte sich sachte in gewöhnliche Stille. Ich betrachtete die Landschaft, die hier, so nahe am Meer, karg und windgepeinigt war. Ab und zu eine rote Scheune, ab und zu ein weißes Wohnhaus, ab und zu ein Traktor mit Häcksler auf einem Feld. Ein altes Auto ohne Reifen auf einem Hof, ein gelber, unter eine Hecke gewehter Plastikball, ein paar weidende Schafe auf einer Böschung, ein Zug, der auf dem erhöhten Bahndamm einige hundert Meter jenseits der Straße langsam vorbeiglitt.

Ich hatte immer geahnt, dass wir ein unterschiedliches Verhältnis zu Vater hatten. Die Unterschiede waren zwar nicht groß, möglicherweise jedoch bedeutsam. Was wusste ich schon? Eine Zeit lang hatte Vater mehr Kontakt zu mir gesucht, ich erinnerte mich noch gut, es war in dem Jahr, in dem Mutter in Oslo eine Fortbildung und in der Kommune Modum ein Praktikum machte und ich zu Hause alleine mit ihm wohnte. Yngve, der damals vierzehn war, schien er aufgegeben zu haben, aber bei mir nährte er offenbar noch die Hoffnung, an mich herankommen zu können. Jedenfalls musste ich ihm jeden Nachmittag in der Küche beim Kochen Gesellschaft leisten. Ich saß auf dem Stuhl, er stand am Herd und briet irgendetwas, während er mich über dies und das ausfragte. Ob ich von der Lehrerin gelobt worden war, was wir in Englisch gelernt hatten, was ich nach dem Essen vorhatte, ob ich wusste, welches Fußballspiel am Samstag übertragen wurde. Ich antwortete einsilbig und wand mich auf meinem Stuhl. Es war auch der Winter, in dem er mich zum Skilaufen mitnahm. Yngve durfte machen, was er wollte, solange er sagte, wo er hinwollte und um halb zehn zu Hause war, und ich erinnere mich, dass ich ihn darum beneidete. Diese Phase währte übrigens länger als das Jahr, das Mutter fort war, denn im folgenden Herbst nahm Vater mich morgens vor der Schule zum Fischen mit, wir standen um sechs Uhr auf, und draußen war es so dunkel wie in der Tiefe eines Brunnens, und kalt, vor allem auf See. Ich fror und wollte heim, aber es war Vater, der mich mitnahm, weshalb es sinnlos war, sich zu beklagen, sinnlos, etwas zu sagen, es galt, einfach auszuharren. Zwei Stunden später waren wir zurück, gerade noch rechtzeitig, damit ich den Schulbus bekam. Ich hasste es, ich fror die ganze Zeit, das Meer war doch eiskalt, und meine Aufgabe war es, die Netzboje herauszufischen und die ersten Armlängen Netz einzuholen, während er das Boot manövrierte, und bekam ich die Boje nicht zu fassen, schimpfte er mich aus, ja, es war eher die Regel als die Ausnahme, dass ich unter Tränen versuchte, diese verdammte Netzboje in die Finger zu bekommen, während er auf und ab fuhr und mich in der herbstlichen Dunkelheit vor Tromøya mit wütenden Augen anstarrte. Aber ich weiß, dass er es mir zuliebe tat und es niemals für Yngve getan hatte.

Andererseits weiß ich auch, dass die ersten vier Jahre von Yngves Leben, als sie in der Thereses gate in Oslo lebten und Vater studierte und als Nachtwächter arbeitete und Mutter die Fachschule für Krankenpflege besuchte, während Yngve in den Kindergarten ging, gut waren, vielleicht sogar glücklich. Dass Vater frohen Mutes war und sich über Yngve freute. Als ich geboren wurde, zogen wir nach Tromøya, anfangs in ein altes, ursprünglich dem Militär gehörendes Haus in Hove, im Wald, direkt am Meer, danach in das Einfamilienhaus in Tybakken, und über diese Zeit habe ich nur gehört, dass ich einmal die Treppe hinunterfiel und hyperventilierte, so dass ich ohnmächtig wurde und Mutter mit mir auf dem Arm zum Nachbarn lief, der ein Telefon hatte und das Krankenhaus anrief, weil mein Gesicht immer dunkler anlief, und dass ich ein anderes Mal so geschrien hatte, dass mein Vater mich schließlich in die Badewanne gehievt und mit eiskaltem Wasser abgeduscht hatte, damit ich aufhörte. Mutter, die mir von dieser Episode erzählte, hatte ihn dabei überrascht und ihm daraufhin ein Ultimatum gestellt, noch einmal und sie würde ihn verlassen. Es passierte nie wieder, sie blieb.

Wenn Vater mir näherzukommen versuchte, hieß dies nicht, dass er mich nicht mehr schlug oder außer sich vor Wut anschrie oder sich die raffiniertesten Methoden einfallen ließ, um mich zu bestrafen, aber es bedeutete, dass das Bild von ihm nicht so eindeutig war, wie es dies möglicherweise in einem größeren Maße für Yngve war. Dass er Vater mehr hasste und es deshalb einfacher war. Welches Verhältnis Yngve ansonsten zu ihm hatte, wusste ich nicht. Die Vorstellung, eines Tages selber Vater zu werden, war für mich ziemlich kompliziert, und als Yngve erzählte, dass Kari Anne ein Kind erwartete, kam ich nicht umhin, darüber zu spekulieren, was für ein Vater Yngve sein würde, ob das, was Vater an uns weitergegeben hatte, in Fleisch und Blut übergegangen war, oder ob es möglich war, sich davon, vielleicht sogar mühelos, loszureißen. Yngve wurde für mich zu einer Art Prüfstein: Klappte es bei ihm, würde es auch bei mir klappen. Und es klappte, in Yngves Verhältnis zu seinen Kindern erinnerte nichts an Vater, alles war anders und in den Rest seines Lebens integriert. Er wies sie niemals zurück, nahm sich immer Zeit für sie, wenn sie zu ihm kamen oder es erforderlich war, drängte sich ihnen aber auch nie auf, will sagen, er benutzte sie nicht, um etwas zu kompensieren oder in seinem Leben zu ersetzen. Situationen, in denen Ylva um sich trat, zappelte, heulte und sich nicht anziehen lassen wollte, bewältigte er mit leichter Hand. Er hatte ein halbes Jahr mit ihr zu Hause verbracht, und die Nähe, die sie in dieser Zeit entwickelt hatten, wirkte immer noch nach. Andere Beispiele als Yngve und Vater konnte ich nicht zu Rate ziehen.

Um uns herum veränderte sich die Landschaft ein weiteres Mal. Jetzt fuhren wir durch Wälder. Südnorwegische Wälder mit gelegentlichen nackten Felsblöcken zwischen den Bäumen, Hügel voller Fichten und Eichen, Espen und Birken, das eine oder andere dunkle Hochmoor, dann plötzlich Wiesen, flaches Heideland, dicht mit Kiefern bewachsen. Als Kind stellte ich mir oft vor, das Meer würde ansteigen und den Wald füllen, so dass die Hügel zu Eilanden würden, zwischen denen man segeln und von denen aus man baden gehen konnte. Von allen Fantasien meiner Kindheit war es die verlockendste; der Gedanke, dass alles von Wasser bedeckt sein würde, faszinierte mich, der Gedanke, dass man *schwimmen* können würde, wo man jetzt ging, über Wartehäuschen und Häuserdächern *schwimmen*, vielleicht hinabtauchen und durch eine Tür hineingleiten, eine Treppe hinauf, in ein Zimmer hinein. Oder auch nur durch den Wald mit seinen Hängen und Böschungen, Geröllhalden und alten Bäumen. In einer bestimmten Phase meiner Kindheit bestand mein befriedigendstes Spiel darin, Bäche aufzustauen, woraufhin das Wasser anstieg und Moos, Wurzeln, Gras, Steine und die festgetrampelte Erde auf dem Weg neben dem Bach bedeckte. Es war hypnotisch. Ganz zu schweigen von diesem Keller in dem unfertigen Haus, das wir entdeckten, in dem glänzendes schwarzes Wasser stand, auf das wir in zwei Styroporkisten hinaussegelten, damals war ich ungefähr fünf. Hypnotisch. Gleiches galt im Winter für das Eis, wenn wir mit Schlittschuhen die Bäche hinaufliefen und Gras und Zweige, Reisig und kleine Pflanzen festgefroren im blanken Eis unter uns standen.

Worin bestand diese große Anziehungskraft? Und wohin war sie verschwunden?

Eine andere Fantasievorstellung aus jener Zeit bestand darin, dass zwei riesige Sägeblätter von unserem Auto abstanden, die zu beiden Seiten alles kappten, woran wir vorbeifuhren. Bäume und Laternenmaste, Häuser und Schuppen, aber auch Menschen und Tiere. Wartete jemand auf den Bus, schnitt die Säge ihn mittendurch, so dass der Oberkörper herabfiel wie ein gefällter Baum, während Füße und Unterleib stehen blieben und an der Schnittfläche bluteten.

Mit diesem Gefühl konnte ich mich bis heute identifizieren.

»Da unten ist Søgne«, sagte Yngve. »Von dem Ort habe ich immer wieder gehört, aber ich bin nie da gewesen. Du?«

Ich schüttelte den Kopf.

»Ein paar Mädchen auf dem Gymnasium kamen aus Søgne. Aber ich bin nie da gewesen.«

Dann waren es also nur noch zehn Kilometer.

Unmittelbar darauf begann die Landschaft in Formationen überzugehen, die mir vage bekannt vorkamen und immer vertrauter wurden, bis das, was ich vor dem Fenster sah, mit den Bildern in meinem Inneren vollständig übereinstimmte. Es kam mir vor, als führen wir in eine Erinnerung. Als bewegten wir uns lediglich durch eine Art Kulisse aus unserer Kindheit. Die Einfahrt nach Vågsbygd, wo Hanne gewohnt hatte, die Hennig-Olsen-Fabrik, das Nickelwerk Falconbridge, düster und verdreckt, umgeben von toten Felsen, und schließlich rechter Hand der Hafen von Kristiansand mit dem Busbahnhof, dem Fährterminal, dem Caledonien, den Silos draußen auf Oderøya. Zur Linken der Stadtteil, in dem vor Kurzem noch Vaters Onkel gelebt hatte, bis seine Demenz ihn in ein Altersheim irgendwohin geführt hatte.

»Sollen wir erst was essen oder direkt zum Beerdigungsinstitut gehen?«, sagte Yngve.

»Wir können genauso gut gleich hingehen«, erwiderte ich. »Weißt du, wo es ist?«

»Elvegaten Nummer so und so.«

»Dann müssen wir die Straße von oben finden. Weißt du, wo die Einfahrt ist?«

»Nein, am besten fahren wir einfach weiter, sie wird schon auftauchen.«

Wir hielten an einer roten Ampel, Yngve blickte in alle Richtungen. Die Ampel schaltete auf Grün, er legte den Gang ein und fuhr langsam einem kleinen Lastwagen mit einer grauen und dreckigen Plane über der Ladefläche hinterher, schaute immer wieder zur Seite, der Lastwagen beschleunigte, und als er die entstehende Lücke entdeckte, streckte er sich und gab Gas.

»Da drüben ging es runter«, sagte er und nickte nach rechts. »Jetzt müssen wir durch den Tunnel fahren.«

»Egal«, meinte ich. »Dann kommen wir eben von der anderen Seite.«

Aber es war nicht egal. Als wir aus dem Tunnel heraus auf die Brücke kamen, lag rechts die Bude, in der ich gewohnt hatte, ich sah das Haus von der Straße aus, und nur ein paar hundert Meter dahinter, auf der anderen Seite des Flusses, vor uns verborgen, lag Großmutters Haus, in dem Vater am Vortag gestorben war.

Er befand sich noch in dieser Stadt, in irgendeinem Keller oder an einem anderen Ort lag seine Leiche in der Obhut fremder Menschen, während wir auf dem Weg zum Beerdigungsinstitut in einem Auto saßen. In den Straßen, die wir sahen, war er aufgewachsen und erst kürzlich noch umhergegangen. Gleichzeitig regten sich auch meine eigenen Erinnerungen, denn da hinten stand das Gymnasium, und dort lag die Einfamilienhaussiedlung, durch die ich jeden Morgen und Nachmittag gegangen war, so verliebt, dass es wehtat, und dort stand das Haus, in dem ich so oft allein gewesen war.

Ich weinte, aber es war halb so wild, nur ein paar Tränen, die meine Wangen hinabliefen. Yngve merkte es erst, als er mich ansah. Daraufhin wedelte ich abwehrend mit der Hand und war froh, dass meine Stimme nicht brach, als ich sagte:

»Da drüben musst du links abbiegen.«

Wir bogen in den Torridalsveien, fuhren an den beiden Ascheplätzen vorbei, auf denen ich in dem Winter, als ich sechzehn war, so hart mit der 1. Mannschaft trainiert hatte, an Kjøita und der Kreuzung am Østerveien vorüber, auf dem wir die Brücke überquerten, hinter der wir rechts in die Elvegaten abbogen.

»Welche Hausnummer war es?«, sagte ich.

Yngve fuhr langsam und hielt dabei nach den Nummern Ausschau.

»Da ist es«, sagte er. »Jetzt müssen wir nur noch einen Parkplatz finden.«

Gunnar hatte Yngve den Namen des Instituts genannt. Sie hatten es beauftragt, als Großvater gestorben war, und wenn ich mich recht erinnerte, auch früher immer. Ich war damals in Afrika gewesen und erfuhr erst nach der Beerdigung von Großvaters Tod. Vater hatte mich informieren sollen, was er jedoch nie getan hatte. Bei der Beerdigung behauptete er dagegen, er habe mit mir gesprochen und ich hätte erklärt, ich könnte nicht kommen. Zu dieser Beerdigung wäre ich wirklich gern gegangen, und obwohl es sich aus praktischen Gründen schwierig gestaltet hätte, wäre es doch nicht völlig unmöglich gewesen, und selbst wenn es nicht gegangen wäre, hätte ich doch gerne sofort von seinem Tod erfahren und nicht erst drei Wochen später, als er schon unter der Erde war. Ich war außer mir vor Wut. Aber was konnte ich schon tun?

Yngve bog in eine kleine Querstraße und parkte am Straßenrand. Wir lösten im exakt selben Moment den Sicherheitsgurt, öffneten gleichzeitig die Tür, sahen einander an und lächelten darüber. Die Luft war mild, aber es war schwüler als in Stavanger, der Himmel eine Spur dunkler. Yngve ging zum Parkscheinautomaten, und ich zündete mir eine Zigarette an. Die Beerdigung meiner Großmutter mütterlicherseits hatte ich auch verpasst. Damals war ich mit Yngve in Florenz gewesen. Wir hatten den Zug genommen und uns in irgendeiner Pension einquartiert, und weil dies geschah, bevor jeder ein Handy hatte, konnte man uns nicht erreichen. Am Abend unserer Heimkehr erzählte Asbjørn uns, was passiert war, saß bei uns und trank den Schnaps, den wir mitgebracht hatten. Meine einzige Beerdigung war deshalb bisher die meines Großvaters mütterlicherseits gewesen. Ich war damals einer der Sargträger, und es war eine schöne Beerdigung gewesen, der Friedhof lag auf einer Anhöhe über dem Fjord, die Sonne schien, ich weinte, als Mutter in der Kirche sprach und als sie, nachdem alles vorbei war und er in der Erde lag, am offenen Grab verharrte. Sie blieb mit gesenktem Kopf stehen, allein, und das Gras war grün und der Fjord tief unten blau und spiegelglatt, und die Berge auf der anderen

Seite waren schwer und dunkel und brütend, und die Erde im Grab leuchtete schwarz und glänzend.

Hinterher hatten wir Rindfleischsuppe gegessen. Fünfzig schmatzende und schlürfende Menschen, denn nichts hilft besser gegen Sentimentalität als salziges Fleisch, als heiße Suppe gegen Gefühlsausbrüche. Magne, Jon Olavs Vater, hielt eine Rede, weinte jedoch so sehr, dass man kaum ein Wort verstand. Jon Olav hatte versucht, in der Kirche zu sprechen, musste aber aufgeben, denn er hatte Großvater so nahe gestanden, dass er kein Wort herausbrachte.

Ich ging ein paar Schritte mit steifen Beinen, blickte die Straße hinauf, die fast menschenleer war, nur nicht an ihrem Ende, wo die Fußgängerzone der Stadt verlief und es aus dieser Entfernung betrachtet fast schwarz vor Menschen zu sein schien. Wie immer, wenn seit der letzten Zigarette schon eine Weile vergangen war, kratzte der Rauch im Hals. Ein Auto hielt ungefähr fünfzig Meter oberhalb, und ein Mann stieg aus. Er lehnte sich vor und winkte den Leuten zu, die ihn absetzten. Er hatte dunkle, lockige Haare und eine kreisrunde Glatze, mochte wohl um die fünfzig sein, trug eine hellbraune Cordhose und ein schwarzes Jackett sowie eine schmale, viereckige Brille. Als er näher kam, drehte ich mich weg, damit er mein Gesicht nicht sah, denn ich hatte ihn erkannt, er war im ersten Jahr auf dem Gymnasium mein Norwegischlehrer gewesen, wie hieß er noch gleich? Berg? Hügel? Auch egal, dachte ich, und drehte mich wieder um, als er an mir vorbei war. Er war engagiert und warmherzig gewesen, hatte aber auch eine Strenge gehabt, die nur selten aufblitzte, aber wenn sie es tat, hatte ich sie als bösartig empfunden. Nun hob er die Tasche in seiner Hand an, um auf die Armbanduhr zu sehen, ging schneller und verschwand um die Straßenecke.

»Ich muss auch eine rauchen«, meinte Yngve und blieb neben mir stehen.

»Der Mann, der gerade vorbeigegangen ist, war einer meiner früheren Lehrer«, sagte ich.

»Tatsächlich?«, sagte Yngve und zündete sich eine Zigarette an. »Hat er dich wiedererkannt?«

»Keine Ahnung. Ich habe mich weggedreht.«

Ich warf die Kippe weg und suchte in meiner Hosentasche nach einem Kaugummi. Meinte mich zu erinnern, dass dort lose einer lag. Was auch stimmte.

»Ich hab nur einen«, sagte ich. »Sonst hätte ich dir einen abgegeben.«

»Ich glaube dir«, erwiderte er.

Ich war den Tränen nahe, das spürte ich, und atmete mehrmals tief durch, wobei ich die Augen aufriss, um wieder klar sehen zu können. Auf einer Treppe schräg über uns saß ein Alki, den ich bisher nicht bemerkt hatte. Er hatte den Kopf an die Wand neben sich gelehnt und schien zu schlafen. Sein Gesicht war dunkel und ledern und voller Schrunden. Seine Haare waren so fettig, dass sie sich wie eine Rastafrisur gelegt hatten. Eine dicke Winterjacke, obwohl es mindestens zwanzig Grad war, und eine Tüte mit Gerümpel neben sich. Auf dem Dachfirst über ihm hockten drei Möwen. Als ich den Blick auf sie richtete, legte eine von ihnen den Kopf in den Nacken und schrie.

»Also schön«, sagte Yngve. »Sollen wir es angehen?«

Ich nickte.

Er schnipste seine Zigarette weg, und wir gingen die Straße hinunter.

»Haben wir eigentlich einen Termin?«, sagte ich.

»Nein, haben wir nicht«, antwortete er. »Aber so viel kann ja wohl nicht los sein, oder?«

»Das ist sicher kein Problem«, sagte ich.

Zwischen ein paar Bäumen konnte ich flüchtig den Fluss sehen, und als wir um die Ecke bogen, darüber hinaus alle Reklameschilder, Schaufenster und Autos in der Dronningens gate. Grauer Asphalt, graue Gebäude, grauer Himmel.

Yngve öffnete die Tür zum Beerdigungsinstitut und trat ein. Ich folgte ihm und schloss die Tür hinter mir, und als ich mich wieder umdrehte, lag vor mir eine Art Wartezimmer, mit einer Couch, ein paar Stühlen und einem Tisch an der einen Wand, einem Tresen entlang der anderen. Er war nicht besetzt, und Yngve ging zu ihm hin, lugte in das dahinter liegende Zimmer und klopfte leise mit dem Knöchel auf das Glas, während ich mitten im Raum stehen blieb. An der Kopfwand stand eine Tür einen Spaltbreit offen, und ich sah eine männliche Gestalt in dem Büro dahinter in einem schwarzen Anzug vorbeigehen. Er sah jung aus, jünger als ich.

Eine Frau mit blonden Haaren und breiten Hüften, die auf die fünfzig zugehen mochte, kam heraus und nahm hinter dem Tresen Platz. Yngve sagte etwas zu ihr, aber ich hörte nicht, was, nur den Klang seiner Stimme.

Er drehte sich um.

»Es kommt gleich jemand«, sagte er. »Wir müssen fünf Minuten warten.«

»Es ist irgendwie, als wollten wir zum Zahnarzt«, sagte ich, nachdem wir uns hingesetzt hatten.

»Wenn das so ist, wird er sicher in unserer Seele bohren«, meinte Yngve.

Ich grinste. Mir fiel der Kaugummi ein, den ich daraufhin aus dem Mund nahm und in meiner Hand verbarg, während ich nach einer Möglichkeit suchte, ihn wegzuwerfen. Es gab keine. Ich riss ein Stück von einer Zeitung auf dem Tisch ab, wickelte ihn darin ein und stopfte das kleine Päckchen in die Hosentasche.

Yngve trommelte mit den Fingern auf der Armlehne.

Ach ja, ich war noch auf einer zweiten Beerdigung gewesen. Wie hatte ich das vergessen können? Es war die Bestattung eines jungen Menschen gewesen, und in der Kirche hatte eine hysterische Stimmung geherrscht, es war geweint, gejammert, geschrien und gestöhnt und geschluchzt, aber auch gelacht und gekichert worden, und zwar in Wellen, denn ein Schrei konnte erdrutschartig neue Gefühlsausbrüche auslösen, in der Kirche tobte ein Sturm, und Ausgangspunkt für das alles war der weiße Sarg am Altar, in dem Kjetil lag. Er hatte sich totgefahren, war frühmorgens am Lenkrad eingeschlafen, von der Straße abgekommen und in einen Zaun gefahren, eine Eisenstange hatte seinen Kopf durchbohrt. Er war achtzehn Jahre alt geworden. Er war einer von denen, die jeder gern hatte, die immer gutgelaunt waren und niemandem gefährlich wurden. Als wir von der Gesamtschule abgingen, wählte er die gleiche Berufsschulausbildung wie Jan Vidar, deshalb war er auch so früh unterwegs gewesen, denn seine Arbeit in der Bäckerei begann um vier Uhr morgens. Als ich im Radio von dem Unglück hörte, dachte ich, es ginge um Jan Vidar, und war erleichtert, als mir klar wurde, dass ich mich geirrt hatte, aber auch traurig, wenn auch nicht so traurig wie die Mädchen in unserer alten Klasse, die ihren Gefühlen freien Lauf ließen, was ich weiß, weil ich mit Jan Vidar in den Tagen nach dem Todesfall alle aufsuchte, um Namen und Geld für einen Kranz zu sammeln. Wohl war mir dabei nicht, denn ich hatte das Gefühl, Anspruch auf eine Beziehung zu Kjetil zu erheben, zu der ich kein Recht hatte, so dass ich mich zurückhielt und möglichst unauffällig benahm, während ich mit Jan Vidar herumfuhr, der Trauer, Wut, ein schlechtes Gewissen ausstrahlte.

Ich erinnere mich noch gut an Kjetil, kann ihn jederzeit vor mir sehen, seine Stimme in meinem Inneren hören, aber aus den vier Jahren, die wir uns kannten, ist mir nur ein konkretes Ereignis, etwas völlig Unerhebliches, im Gedächtnis geblieben: Jemand ließ auf der Stereoanlage im Schulbus Our house mit *Madness* laufen, und Kjetil, der neben mir stand, lachte darüber, wie schnell der Sänger sang. Alles andere habe ich vergessen. Aber im Keller verwahrte ich immer noch ein Buch, das er mir geliehen hatte: *Das ABC der Führerscheinprüfung*. Auf dem Titelblatt stand sein Name in dieser kindlichen Handschrift, die fast alle in unserer Generation haben. Ich hätte es sicher zurückgeben sollen, aber wem? Dieses Buch war bestimmt das Letzte, was seine Eltern sehen wollten.

Die Schule, die er und Jan Vidar besucht hatten, lag nur einen Häuserblock von dem Ort entfernt, an dem ich nun mit Yngve wartete. Abgesehen von ein paar Wochen zwei Jahre zuvor war ich seit damals kaum mehr in der Stadt gewesen. Ein Jahr in Nordnorwegen, ein halbes Jahr auf Island, ein knappes halbes Jahr in England, ein Jahr in Volda, neun Jahre in Bergen. Und abgesehen von Bassen, mit dem ich mich noch sporadisch traf, hatte ich zu niemandem aus der Zeit mehr Kontakt. Mein ältester Freund war Espen Stueland, den ich vor zehn Jahren während des Grundstudiums der Literaturwissenschaft in Bergen kennengelernt hatte. Es war keine bewusste Wahl gewesen, hatte sich einfach so ergeben. Für mich war Kristiansand eine versunkene Stadt. Dass fast alle, die ich damals kannte, hier immer noch wohnten und ihr Leben führten, war zwar meinem Verstand, nicht jedoch meinen Gefühlen bewusst, da die Zeit in Kristiansand für mich stehen geblieben war, als ich das Gymnasium abschloss und für immer fortging.

Die Fliege, die seit unserem Eintreten am Fenster gesurrt hatte, nahm plötzlich Kurs ins Zimmer. Meine Augen folgten ihr, als sie unter der Decke mehrmals im Kreis schwirrte, sich auf der gelben Wand niederließ, wieder abhob und uns in einem kleinen Bogen umkreiste und anschließend auf der Armlehne landete, auf der Yngves Finger nicht trommelten. Die vorderen Beine rieben sich aneinander, als würde die Fliege etwas abbürsten, bis sie ein paar Schritte vorwärts machte, gefolgt von einem kleinen Sprung in die Luft, mit sirrenden Flügeln, und auf dem Rücken von Yngves Hand landete, der diese natürlich mit einem kurzen Ruck anhob, so dass die Fliege erneut ihre Flügel bewegte und vor uns in fast gequält wirkender Manier auf und ab flog. Am Ende ließ sie sich erneut am Fenster nieder, wo sie in verwirrten Bahnen auf und ab krabbelte.

»Wir haben noch gar nicht darüber gesprochen, wie er beerdigt werden soll«, sagte Yngve. »Hast du dir Gedanken darüber gemacht?«

»Du meinst, ob es eine kirchliche Beerdigung sein soll oder nicht?«

»Zum Beispiel.«

»Nein, daran habe ich noch keinen Gedanken verschwendet. Meinst du, das müssen wir jetzt schon entscheiden?«

»Wahrscheinlich nicht. Aber bald, könnte ich mir vorstellen.«

Ich sah flüchtig den jungen Mann im Anzug an, als er erneut an der halboffenen Tür vorbeikam. Mir kam der Gedanke, dass sie hier womöglich Leichen aufbewahrten. Dass sie die Toten hierher brachten, um sie zurechtzumachen. Wo sollten sie es sonst tun?

Als hätte jemand in den hinteren Räumen meine Aufmerksamkeit wahrgenommen, wurde die Tür geschlossen. Und als wären die Bewegungen der Türen über ein geheimes System miteinander verbunden, öffnete sich direkt gegenüber von uns im selben Augenblick eine andere. Ein beleibter Mann von etwa fünfundsechzig Jahren, untadelig gekleidet, in einem dunklen Anzug und einem weißen Hemd, trat einen Schritt vor und sah uns an.

»Knausgård?«, sagte er.

Wir nickten und standen auf. Er stellte sich vor und gab uns die Hand.

»Kommen Sie bitte mit«, sagte er.

Wir folgten ihm in ein Büro, das verhältnismäßig groß war und Fenster zur Straße hatte. Er bat uns, vor einem Schreibtisch Platz zu nehmen. Die Stühle waren aus dunklem Holz, mit Sitzen aus schwarzem Leder. Der Schreibtisch, hinter dem er Platz nahm, war tief und ebenfalls dunkel. Links vor ihm waren mehrere Briefkörbe übereinandergestapelt, daneben stand ein Telefon, ansonsten war die Schreibfläche leer.

Nein, nicht ganz, denn auf unserer Seite, ganz am Rand, stand eine Schachtel mit Kleenex-Tüchern. Oh, das war sicher praktisch, aber es wirkte auch ungeheuer zynisch! Schaute man sie an, sah man auch all die Menschen, die im Laufe eines Tages hierherkamen und weinten, und man begriff, dass die eigene Trauer nichts Einmaliges, nichts Unverwechselbares war und damit auch nicht sonderlich wertvoll. Die Kleenex-Schachtel war ein Zeichen dafür, dass hier eine Inflation von Tränen und Tod herrschte.

Er sah uns an.

»Womit kann ich Ihnen dienen?«, sagte er.

Die Hautfalte unter seinem Kinn stülpte sich sonnengebräunt über den weißen Hemdkragen. Seine Haare waren grau und sorgsam gekämmt. Dunkle Schatten lagen auf Wange und Kinn. Die schwarze

Krawatte hing nicht herab, sondern lag auf dem schwellenden Bogen seines Bauchs. Er war dick, aber auch straff, hatte nichts Schwammiges, korrekt war wohl das treffende Wort und damit auch selbstsicher und gelassen. Ich mochte ihn.

»Unser Vater ist gestern gestorben«, sagte Yngve. »Wir haben uns gefragt, nun ja, ob Sie sich um alles Praktische kümmern könnten. Die Beerdigung und so weiter.«

»Selbstverständlich«, sagte der Bestatter. »Dann werde ich mal als Erstes ein Formular ausfüllen.«

Er zog eine Schreibtischschublade auf und holte ein Blatt heraus.

»Wir haben Sie beauftragt, als unser Großvater gestorben ist. Und haben nur gute Erfahrungen gemacht«, erklärte Yngve.

»Daran erinnere ich mich«, erwiderte der Bestatter. »Er war Wirtschaftsprüfer, nicht wahr? Ich kannte ihn.«

Er griff nach einem Stift, der neben dem Telefon gelegen hatte, hob den Kopf und sah uns an.

»Ich benötige einige Informationen von Ihnen«, sagte er. »Wie hieß Ihr Vater?«

Ich nannte seinen Namen. Es war ein merkwürdiges Gefühl. Nicht weil er tot war, sondern weil ich ihn so viele Jahre nicht mehr ausgesprochen hatte.

Yngve sah mich an.

»Nein …«, sagte er behutsam. »Er hat doch vor einem Jahr einen anderen Namen angenommen.«

»Stimmt, das hatte ich vergessen«, sagte ich. »Natürlich.«

Dieser bescheuerte Name, den er angenommen hatte.

Was war er nur für ein Idiot gewesen.

Ich schaute nach unten und blinzelte mehrmals.

»Kennen Sie seine Personennummer?«, erkundigte sich der Bestatter.

»Nein, nicht die ganze«, antwortete Yngve. »Tut mir leid. Aber geboren wurde er am 17. April 1944. Wir können die letzten Ziffern später nachreichen, falls das nötig ist.«

»Ist schon in Ordnung. Adresse?«

Yngve gab Großmutters Adresse an. Dann sah er mich an.

»Ich bin mir allerdings nicht sicher, ob das seine offizielle Adresse ist. Er ist bei seiner Mutter gestorben. Da hat er zuletzt gewohnt.«

»Das finden wir heraus. Und dann bräuchte ich natürlich auch noch Ihre Namen. Und eine Telefonnummer, unter der ich Sie erreichen kann.«

»Karl Ove Knausgård«, sagte ich.

»Und Yngve Knausgård«, ergänzte Yngve und nannte seine Handynummer. Als der Mann sie sich notiert hatte, legte er den Stift fort und sah uns wieder an.

»Sind Sie schon dazu gekommen, sich Gedanken über die Beerdigung zu machen? Wann ein passender Termin sein könnte und wie sie ablaufen soll?«

»Nein«, antwortete Yngve, »haben wir nicht. Aber ist es nicht üblich, dass die Beerdigung ungefähr eine Woche nach dem Todesfall stattfindet?«

»Das ist üblich, ja. Dann wäre der nächste Freitag vielleicht ein passender Termin?«

»Tja«, sagte Yngve und sah mich an. »Was meinst du?«

»Freitag geht in Ordnung«, sagte ich.

»Dann halten wir das mal vorläufig so fest. Um alles Praktische zu besprechen, können wir uns ja noch einmal treffen, nicht wahr? Wenn die Beerdigung am Freitag sein soll, müssten wir uns Anfang nächster Woche sehen. Am besten schon am Montag. Lässt sich das einrichten?«

»Ja«, antwortete Yngve. »Könnten wir uns vielleicht relativ früh treffen?«

»Sicher. Sollen wir sagen, um neun?«

»Neun Uhr klingt gut.«

Der Bestatter notierte dies in einem Buch. Als er fertig war, stand er auf.

»Wir kümmern uns um alles Weitere. Wenn Sie Fragen haben, rufen Sie mich an, egal wann. Heute Nachmittag fahre ich in mein Sommerhaus und verbringe dort das ganze Wochenende, aber ich nehme das Handy mit, und Sie können mich jederzeit anrufen. Wir sehen uns dann am Montag.«

Er streckte die Hand aus, und wir verabschiedeten uns nacheinander per Händedruck, ehe wir sein

Büro verließen und er mit einem kurzen, lächelnden Nicken die Tür hinter uns schloss.

Als wir auf der Straße waren und zum Auto gingen, hatte sich etwas verändert. Was ich sah, wovon wir umgeben waren, stand mir nicht mehr klar vor Augen, es war in den Hintergrund gedrängt worden, als wäre um mich herum eine Zone entstanden, aus der jeglicher Sinn gezogen worden war. Die Welt versank, so empfand ich es, aber es spielte keine Rolle, denn Vater war tot. Während mir das Büro mit all seinen Details höchst lebendig und deutlich vor Augen stand, blieb die Stadtlandschaft vage und grau, sie war etwas, das ich durchmaß, weil ich musste. Ich dachte nicht anders, mein Inneres war unverändert, der einzige Unterschied bestand darin, dass es nun mehr Raum forderte und die äußere Wirklichkeit dadurch von sich schob. Anders konnte ich es nicht erklären.

Yngve lehnte sich vor, um die Autotür aufzuschließen. Mir fiel ein weißes Band auf, das um den Dachgepäckträger geschlungen war, es glänzte und ähnelte den Schleifen, die man um Geschenke bindet, was es aber wohl kaum sein konnte, oder?

Er öffnete auf meiner Seite, und ich stieg ein.

»Das hat doch eigentlich ganz gut geklappt«, sagte ich.

»Ja«, meinte er. »Sollen wir jetzt zu Großmutter fahren?«

»In Ordnung«, sagte ich.

Er blinkte und fuhr auf die Straße, bog erst links und danach noch einmal links in die Dronningens gate ab, und schon bald sahen wir von der Brücke aus das Haus unserer Großeltern, gelb und auf einem Hügel über dem kleinen Jachthafen und dem Hafenbecken thronend. Den Kuholmsveien hinauf und in die kleine Straße, die so eng war, dass man ein kleines Stück den Hang hinunterfahren und anschließend rückwärts in den Gehweg einschlagen musste, ehe man hochfahren und vor der Treppe zum Haus parken konnte. Ich hatte meinen Vater diese Operation in meiner Kindheit vielleicht hundert Mal ausführen sehen, und schon der Umstand, dass Yngve nun das Gleiche machte, schob die Tränen direkt an den Rand des Bewusstseins, wo nur ein gedanklicher Ruck sie daran hinderte, erneut zu fließen.

Als wir auf den kurzen Anstieg hinaufkamen, hoben zwei große Möwen von der Treppe ab. Der Platz vor dem Garagentor stand voller Müllsäcke und Mülltüten, mit denen die Möwen beschäftigt gewesen waren, auf der Suche nach etwas Essbarem hatten sie eine Menge Plastikzeug herausgerissen und überall verstreut.

Yngve schaltete den Motor aus, blieb aber sitzen. Ich blieb ebenfalls sitzen. Der Garten vor dem Haus war komplett zugewachsen. Das Gras stand kniehoch wie auf einer Heuwiese, war von graugelber Farbe und an manchen Stellen vom Regen plattgedrückt. Es breitete sich überall aus, bedeckte alle

Beete, deren Blumen mir niemals aufgefallen wären, wenn ich nicht gewusst hätte, wo sie standen, denn sie ließen sich nur hier und da als kleine Farbtupfer erahnen. Eine verrostete Schubkarre lag umgekippt neben der Hecke und schien in die Wildnis hineingewuchert zu sein. Die Erde unter den Bäumen war bräunlich von verfaulten Birnen und Pflaumen. Überall wuchs Löwenzahn, und ich sah, dass an manchen Stellen auch kleine Bäume sprossen. Es kam mir vor, als hätten wir an einer Lichtung im Wald und nicht vor einem Haus mitten in Kristiansand Halt gemacht.

Ich lehnte mich ein wenig vor und blickte zum Haus hinauf. Die Fensterbretter waren morsch und die Farbe an manchen Stellen abgeblättert, aber ansonsten sah man dem Haus den Verfall nicht wirklich an.

Einzelne Regentropfen klatschten auf die Windschutzscheibe. Weitere klopften leise auf das Autodach und die Motorhaube.

»Gunnar ist jedenfalls nicht hier«, meinte Yngve und löste den Sicherheitsgurt, »aber er kommt sicher bald.«

»Wahrscheinlich arbeitet er noch«, sagte ich.

»Auch wenn es in den Betriebsferien oft regnet, arbeiten Wirtschaftsprüfer deshalb noch lange nicht«, bemerkte Yngve trocken. Er zog den Autoschlüssel heraus und steckte den Schlüsselbund in die Jackentasche, öffnete die Tür und stieg aus.

Am liebsten wäre ich sitzen geblieben, aber das ging natürlich nicht, so dass ich seinem Beispiel folgte, die Tür zuschlug und zum Küchenfenster in der ersten Etage hochsah, wo uns bei unserer Ankunft früher immer Großmutters Blick begegnet war.

An diesem Tag nicht.

»Ich hoffe, die Tür ist offen«, sagte Yngve und stieg die sechs Stufen der Treppe hinauf, die einmal dunkelrot lackiert gewesen, jetzt aber nur noch grau war. Die beiden Möwen hatten sich auf das Dach des Nachbarhauses gesetzt und verfolgten aufmerksam unsere Bewegungen.

Yngve drückte die Klinke hinunter und schob die Tür auf.

»Oh, verdammt«, sagte er.

Ich stieg die Treppe hinauf, und als ich ebenfalls durch die Tür trat und in den Eingangsflur kam, musste ich den Kopf wegdrehen. Der Geruch war unerträglich. Es stank nach Fäulnis und Urin.

Yngve stand im Flur und schaute sich um. Der blaue Teppichboden war übersät von dunklen Flecken und Abdrücken. Der offene Einbauschrank war voller Flaschen und Tüten mit Flaschen. Überall lagen Kleider herum. Weitere Flaschen, Kleiderbügel, Schuhe, ungeöffnete Briefe, Reklame und Plastiktüten lagen auf dem Fußboden verstreut.

Doch am schlimmsten war der Gestank.

Was zum Teufel konnte nur derartig stinken?

»Er hat alles verwüstet«, sagte Yngve und schüttelte langsam den Kopf.

»Was stinkt denn hier so ekelhaft?«, sagte ich. »Verfault hier irgendwo was?«

»Komm schon«, erwiderte er und ging zur Treppe. »Großmutter erwartet uns.«

Auf halbem Weg die Treppe hinauf standen leere Flaschen auf den Stufen, etwa fünf oder sechs auf jeder, aber je näher wir dem Treppenabsatz in der ersten Etage kamen, desto mehr wurden es. Der Absatz selbst war vor der Tür fast vollständig mit Flaschen und Tüten voller Flaschen zugestellt, und auf der Treppe, die in die zweite Etage hinaufführte, in der früher das Schlafzimmer meiner Großeltern gelegen hatte, war abgesehen von zehn Zentimetern in der Mitte, auf die man den Fuß setzen konnte, alles voll. Es handelte sich größtenteils um Eineinhalbliter-Bier- und Wodkaflaschen, aber es war auch die eine oder andere Weinflasche dabei.

Yngve öffnete die Tür, und wir gingen ins Wohnzimmer. Auf dem Klavier standen Flaschen, und unter ihm lagen mit Flaschen gefüllte Tüten. Die Tür zur Küche war offen. Dort saß sie eigentlich immer, so auch an diesem Tag, am Küchentisch, den Blick auf die Tischplatte gerichtet und eine qualmende Zigarette in der Hand.

»Hallo«, sagte Yngve.

Sie blickte auf. Anfangs deutete in ihren Augen

nichts darauf hin, dass sie uns erkannte, aber dann blitzte es in ihnen auf.

»*Ihr* seid das, Jungs! Ich habe doch gleich gedacht, dass da jemand an der Tür ist.«

Ich schluckte. Ihre Augen lagen tief in den Augenhöhlen, die Nase ragte vor und ähnelte in dem hageren Gesicht am ehesten einem Schnabel. Die Haut war weiß und faltig.

»Als wir gehört haben, was passiert ist, haben wir uns gleich auf den Weg gemacht«, erklärte Yngve.

»Ja, oh, es war furchtbar«, sagte Großmutter. »Aber jetzt seid ihr ja da. Das ist gut!«

Ihr Kleid war voller Flecken und hing lose um ihren schrecklich mageren Körper. Auf dem obersten Teil der Brust, den das Kleid eigentlich bedecken sollte, lagen die Rippen wie Stäbe unter der Haut. Schulterblätter und Hüftkämme stachen heraus. Ihre Arme waren nur noch Haut und Knochen. Über die Handrücken liefen die Adern wie kleine dunkelblaue Kabel.

Sie stank nach Urin.

»Wollt ihr eine Tasse Kaffee?«, sagte sie.

»Danke, gern«, antwortete Yngve. »Das wäre vielleicht gar keine schlechte Idee. Aber wir können ihn selbst aufsetzen. Wo ist der Kaffeekessel?«

»Wenn ich das nur wüsste«, sagte Großmutter und schaute sich um.

»Da drüben steht er«, sagte ich und zeigte auf den Tisch. Neben ihr lag ein Zettel, und ich neigte den Kopf ein wenig, um lesen zu können, was darauf stand. DIE JUNGS KOMMEN GEGEN ZWÖLF. ICH KOMME UM EINS. GUNNAR.

Yngve nahm den Kaffeekessel und ging zur Spüle, um den Kaffeesatz wegzuschütten. Stapel verdreckter Teller und Gläser standen darin. Auf der gesamten Arbeitsplatte lagen Verpackungen, vor allem für Mikrowellenfertiggerichte, und viele von ihnen waren noch voller Essensreste. Zwischen ihnen standen Flaschen, größtenteils die gleichen Eineinhalbliterflaschen aus Plastik, manche mit einem Rest am Boden, manche halb voll, manche ungeöffnet, aber auch Schnapsflaschen, der billigste Wodka aus dem Monopol, ein paar kleine Upper-Ten-Whiskyflaschen. Überall lagen eingetrockneter Kaffeesatz, Krümel, eingetrocknete Essensreste. Yngve schob einen der Verpackungsstapel zur Seite, hob ein paar Teller hoch und stellte sie auf die Arbeitsplatte, ehe er den Kaffeesatz aus dem Kessel ausspülte und ihn mit Wasser füllte.

Großmutter blieb sitzen, den Blick auf den Tisch vor sich gerichtet und die Zigarette, inzwischen erloschen, in der Hand.

»Wo verwahrst du den Kaffee?«, sagte Yngve. »Im Schrank?«

Sie schaute auf.

»Was?«, sagte sie.

»Wo verwahrst du den Kaffee?«, wiederholte Yngve.

»Ich weiß nicht, wo er ihn hingestellt hat«, sagte sie.

Er? War damit Vater gemeint?

Ich wandte mich um und ging ins Wohnzimmer. Solange ich denken konnte, war es nur an Feiertagen und zu besonderen Anlässen benutzt worden. Jetzt stand Vaters großer Fernsehapparat mitten im Zimmer auf dem Fußboden, und zwei der großen Ledersessel waren vor ihn gezogen worden. Ein kleiner Tisch voller Flaschen, Gläser, Tabakbeutel und überfüllter Aschenbecher stand zwischen ihnen. Ich ging daran vorbei und warf einen Blick in den hinteren Teil des Wohnzimmers.

Vor der Couchgarnitur an der Wand lagen Kleider. Zwei Hosen und eine Jacke, ein paar Unterhosen und Socken sah ich. Es roch fürchterlich. Außerdem lagen dort umgekippte Flaschen, Tabakbeutel, ein paar trockene Brötchen und anderer Müll. Langsam ging ich weiter. Auf der Couch war Kot, teils verschmiert und teils in Klumpen. Ich beugte mich über die Kleider. Sie waren ebenfalls voller Kot. Auf dem Fußboden war der Lack an manchen Stellen in großen, unregelmäßigen Flecken weggeätzt worden.

Von Pisse?

Ich hatte das Bedürfnis, etwas kaputtzuschlagen. Den Tisch hochzuheben und gegen das Fenster zu werfen. Das Regal herunterzureißen. Aber ich war so schwach, ich schaffte es gerade einmal, zum Fenster zu gehen. Ich lehnte die Stirn dagegen und sah in den Garten hinunter. Von den Gartenmöbeln, die dort umgekippt lagen, war der Lack fast vollständig abgeblättert. Es sah aus, als wüchsen sie aus der Erde.

»Karl Ove?«, sagte Yngve vom Türrahmen her.

Ich drehte mich um und ging zurück.

»Da drinnen sieht es zum Kotzen aus«, sagte ich leise, damit sie es nicht hörte.

Er nickte.

»Wir setzen uns ein bisschen zu ihr«, sagte er.

»Okay.«

Ich ging in die Küche, zog den Stuhl ihr gegenüber heraus und setzte mich. Ein Ticken war zu hören, das von einem thermostatähnlichen Schalter kam, der wahrscheinlich die Herdplatte automatisch abstellen sollte. Yngve setzte sich ans Kopfende und zog die Zigarettenschachtel aus der Jacke, die er aus irgendeinem Grund nicht ausgezogen hatte. Auch ich hatte meine Jacke noch an, stellte ich fest.

Ich wollte nicht rauchen, es erschien mir schmutzig, gleichzeitig brauchte ich eine Zigarette und wühlte die Schachtel heraus. Als wir uns setzten, spornte dies Großmutter an. Ein weiteres Mal blitzten ihre Augen auf.

»Seid ihr heute den ganzen Weg von Bergen gekommen?«, sagte sie.

»Von Stavanger«, antwortete Yngve. »Da wohne ich jetzt.«

»Aber ich wohne in Bergen«, warf ich ein.

Hinter uns knisterte der Kessel auf dem Herd.

»So ist das also«, sagte sie.

Es wurde still.

»Wollt ihr einen Kaffee, Jungs?«, sagte sie plötzlich.

Ich begegnete Yngves Blick.

»Ich habe schon welchen aufgesetzt«, erklärte Yngve. »Er ist gleich fertig.«

»Stimmt ja«, erwiderte Großmutter. Sie schaute wieder auf ihre Hand, und mit einer jähen Bewegung, als hätte sie erst jetzt die Zigarette darin entdeckt, griff sie nach dem Feuerzeug und zündete sie an.

»Seid ihr heute den ganzen weiten Weg von Bergen gefahren?«, sagte sie und zog ein paarmal an der Zigarette, ehe sie uns ansah.

»Von Stavanger«, antwortete Yngve. »Wir haben nur vier Stunden gebraucht.«

»Ja, die Straßen sind heutzutage wirklich gut«, meinte sie.

Dann seufzte sie.

»Ach ja. Das Leben ist ein Gampf, sagte die Alte, denn sie konnte das *K* nicht sprechen.«

Sie lachte kurz auf. Yngve lächelte.

»Ein Kaffee ist jetzt genau das Richtige«, sagte er. »Wir haben im Auto noch Schokolade. Ich geh sie holen.«

Ich hätte ihm am liebsten gesagt, dass er sie nicht

holen solle, aber das ging natürlich nicht. Als er zur Tür hinaus verschwand, stand ich stattdessen auf, legte die kaum gerauchte Zigarette auf dem Rand des Aschenbechers ab, ging zum Herd und presste den Kessel auf die Platte, damit das Wasser schneller kochte.

Großmutter war erneut in sich selbst versunken und starrte auf den Tisch. Sie saß gebeugt, mit hängenden Schultern, und wiegte sich sachte vor und zurück.

Woran mochte sie denken?

An nichts. Da waren keine Gedanken. Konnten keine sein. Nur etwas Kaltes und Dunkles.

Ich ließ den Kessel los und sah mich nach der Kaffeedose um. Nicht auf der Arbeitsfläche neben dem Kühlschrank, auch nicht auf der gegenüberliegenden Arbeitsplatte neben der Spüle. Vielleicht in einem der Schränke? Ach nein, Yngve hatte sie doch schon gefunden. Aber wo hatte er sie hingestellt?

Da, verdammt. Auf der Dunstabzugshaube, wo die alten Gewürzgläser standen, hatte er sie abgestellt. Ich hob sie herunter und zog den Kessel von der Platte, obwohl das Wasser noch nicht gekocht hatte, nahm den Deckel ab und streute ein paar Löffel Kaffeepulver hinein. Es war trocken und schien alt zu sein.

Als ich aufblickte, sah Großmutter mich an.

»Wo ist Yngve?«, sagte sie. »Er ist doch nicht wieder gefahren, oder?«

»Aber nein«, antwortete ich. »Er wollte nur kurz zum Auto.«

»Aha«, sagte sie.

Ich nahm eine Gabel aus der Schublade und rührte ein wenig im Kessel, klopfte mit ihm anschließend ein paarmal auf die Platte.

»Jetzt muss er nur noch kurz ziehen, dann ist er fertig«, sagte ich.

»Als ich am Morgen hochkam, saß er im Sessel«, sagte Großmutter. »Er saß ganz still. Ich habe versucht, ihn zu wecken, aber es ging nicht. Sein Gesicht war weiß.«

Mir wurde übel.

Auf der Treppe hörte man Yngves Schritte. Ich öffnete den Schrank, um nach einem Glas zu suchen, aber es gab keins. Der Gedanke, eines der Gläser in der Spüle zu benutzen, war mir unerträglich, so dass ich mich vorbeugte und aus dem Wasserhahn trank, als Yngve hereinkam.

Er hatte seine Jacke ausgezogen und hielt zwei Bountys und eine Schachtel Camel in der Hand. Setzte sich und riss die Folie des einen Schokoriegels auf.

»Möchtest du ein Stück?«, fragte er Großmutter.

Sie warf einen Blick auf die Schokolade.

»Nein, danke«, sagte sie. »Aber esst ruhig.«

»Ich kann nicht«, sagte ich. »Der Kaffee ist fertig.«

Ich stellte den Kessel auf den Tisch, öffnete erneut die Schranktür und holte drei Tassen heraus. Ich wusste, dass Großmutter Würfelzucker in den Kaffee tat, und öffnete den langen Schrank an der anderen Wand, in dem die Lebensmittel standen. Zwei halbe Brote, vor Schimmel fast vollkommen blau, eine Tüte mit verschimmelten Milchbrötchen, ein paar Tütensuppen, Erdnüsse, drei Fertiggerichte mit Spaghetti, die ins Gefrierfach gehört hätten, Schnapsflaschen, die gleiche Billigmarke.

Das lassen wir mal lieber, dachte ich und setzte mich wieder, hob den Kaffeekessel an und goss ein. Er hatte nicht lange genug gezogen, aus der Tülle ergoss sich ein hellbrauner Strahl voller kleiner Kaffeekörnchen. Ich hob den Deckel ab und goss ihn zurück.

»Es ist schön, dass ihr da seid«, sagte Großmutter.

Ich fing an zu weinen. Ich atmete tief, aber vorsichtig durch und legte den Kopf in die Hände, rieb ihn vor und zurück, als wäre ich müde und nicht, als würde ich weinen. Aber Großmutter merkte ohnehin nichts, sie war erneut in sich selbst versunken. Diesmal währte der Zustand ungefähr fünf Minuten. Yngve und ich sagten nichts, tranken Kaffee, starrten vor uns hin.

»Ach ja«, sagte sie dann. »Das Leben ist ein Gampf, sagte die Alte, denn sie konnte das *K* nicht sprechen.«

Sie griff nach der roten Zigarettendrehmaschine,

öffnete das Tabakpäckchen, Petterøes Menthol, presste flink Tabak in die Rinne, stülpte eine leere Hülse über das kleine Röhrchen am Ende, ließ den Deckel einrasten und schob ihn fest die Schiene entlang.

»Vielleicht sollten wir mal unser Gepäck holen«, sagte Yngve. Er sah Großmutter an. »Wo können wir übernachten?«

»Das große Schlafzimmer unten steht leer«, sagte sie. »Da könnt ihr schlafen.«

Wir standen auf.

»Dann gehen wir mal zum Auto«, sagte Yngve.

»Tut ihr das?«, erwiderte sie.

Ich blieb hinter der Tür stehen und drehte mich zu ihm um.

»Hast du da mal reingesehen?«, sagte ich.

Er nickte.

Auf dem Weg die Treppe hinunter wurde ich von Tränen übermannt, die ich diesmal nicht verbergen konnte. Die ganze Brust bebte und zitterte, ich konnte nicht atmen, tiefe Schluchzer schüttelten mich, und mein Gesicht verzerrte sich unkontrolliert.

»Oooooooo«, sagte ich. »Oooooo.«

Ich merkte, dass Yngve hinter mir stand, und zwang mich, die Treppe hinunter, durch den Flur und zum Auto hinaus zu gehen, wo ich auf den kleinen Hof weiterlief, der zwischen Großmutters Haus und dem Zaun zum Nachbarn lag. Ich hob den

Kopf und blickte gen Himmel, versuchte tief und regelmäßig zu atmen, und nach mehrmaligem Luftholen ließ das Zittern nach.

Als ich zurückkam, stand Yngve über den offenen Kofferraumdeckel gebeugt. Mein Koffer stand neben ihm auf der Erde. Ich nahm ihn, trug ihn die Eingangstreppe hinauf, setzte ihn im Flur ab. Yngve, mit einem Rucksack auf dem Rücken und einer Tasche in der Hand, war direkt hinter mir. Nach den Minuten an der frischen Luft nahm man den Gestank im Haus intensiver wahr. Ich ging dazu über, durch den Mund zu atmen.

»Da sollen wir schlafen?«, sagte ich und nickte zu der Tür des Schlafzimmers, das Großmutter und Großvater in den letzten Jahrzehnten benutzt hatten.

»Wir sollten uns mal ansehen, wie es da drinnen aussieht«, meinte Yngve.

Ich öffnete die Tür und sah hinein. Das Zimmer war verwüstet, überall, auf dem Fußboden, dem Bett und den Kommoden lagen Kleider, Schuhe, Gürtel, Taschen, Haarbürsten, Lockenwickler und Schminkutensilien herum, und alles war von Staub und Wollmäusen bedeckt, aber geschändet wie das Wohnzimmer oben war es nicht.

»Was meinst du?«, sagte ich.

»Ich weiß nicht«, antwortete er. »Was glaubst du, wo er geschlafen hat?«

Er öffnete die Nebentür, die zu dem Zimmer

führte, das früher Erlings gewesen war, und ging hinein. Ich folgte ihm.

Der Fußboden war mit Müll und Kleidern übersät. Ein Tisch, der offenbar zertrümmert worden war, lag unter dem Fenster. Stapelweise flogen Papiere und ungeöffnete Briefe herum. Etwas, vermutlich Erbrochenes, war zu einem unebenen, gelblich roten Feld auf dem Fußboden unter dem Bett eingetrocknet. Die Kleider waren voller Dreck und dunkler Flecken, die geronnenes Blut sein mussten. Eins der Kleidungsstücke war innen schwarz von Kot. Alles stank nach Urin.

Yngve trat zum Fenster und öffnete es.

»Hier sieht es aus, als hätten Junkies gehaust«, sagte ich. »Hier sieht es aus wie in einer verdammten Fixerbude.«

»Da hast du wohl Recht«, meinte Yngve.

Die Kommode an der Wand zwischen Bett und Tür war seltsam unangetastet geblieben. Dort standen die Fotografien von Vater und Erling mit ihren schwarzen Studentenmützen, die aufgenommen worden sein mussten, als sie sich an der Universität eingeschrieben hatten. Ohne Bart sah Vater Yngve auffällig ähnlich. Der gleiche Mund, die gleiche Partie über den Augen.

»Was zum Teufel sollen wir nur tun?«, sagte ich.

Yngve antwortete nicht, sah sich im Zimmer um.

»Wir werden aufräumen müssen«, sagte er.

Ich nickte und verließ das Zimmer. Öffnete die

Tür zur Waschküche, die parallel zur Treppe, an die Garage angrenzend, lag. Als ich die Luft dort einatmete, musste ich husten. Auf dem Fußboden lag ein Haufen Kleider, der so hoch war wie ich, fast bis zur Decke reichte. Der Fäulnisgeruch musste von ihm ausgehen. Ich schaltete das Licht an. Handtücher, Laken, Decken, Hosen, Pullover, Kleider, Unterwäsche, alles hatten sie hier abgeworfen. Die untersten Schichten waren nicht nur stockfleckig, sie waren verfault. Ich ging in die Hocke und steckte einen Finger hinein. Das Ganze war klebrig und feucht.

»Yngve!«, rief ich.

Er kam und stellte sich in den Türrahmen.

»Sieh mal«, sagte ich. »Hier kommt der Geruch her.«

Oben auf der Treppe hörte man Schritte. Ich richtete mich auf.

»Wir sollten rausgehen«, sagte ich. »Sonst denkt sie noch, dass wir herumschnüffeln.«

Als sie herunterkam, standen wir vor dem Gepäck mitten im Raum.

»Könnt ihr da schlafen?«, wollte sie wissen. »Man muss ein bisschen aufräumen, dann wird es schon gehen.«

»Wir haben uns gefragt, was mit dem Zimmer auf dem Dachboden ist«, sagte Yngve. »Was meinst du?«

»Das würde sicher auch gehen«, meinte sie.

»Aber da oben bin ich schon ewig nicht mehr gewesen.«

»Wir gehen mal hoch und schauen es uns an«, sagte Yngve.

Das Zimmer auf dem Dachboden, das früher einmal Großmutters und Großvaters Schlafzimmer gewesen war, aber solange wir zurückdenken konnten, als Gästezimmer gedient hatte, war der einzige Raum im Haus, wo er nicht gewesen war. In ihm war alles noch wie früher. Der Fußboden war staubig, und das Bettzeug roch möglicherweise ein wenig muffig, aber auch nicht schlimmer als in einem Sommerhaus, in dem man nicht mehr gewesen war, seit man es gegen Ende des letzten Sommers verlassen hatte, und nach dem Albtraum im Erdgeschoss war es eine Wohltat, es zu betreten. Wir stellten unser Gepäck ab, ich hängte meinen Anzug an einer Schranktür auf, Yngve stellte sich ans Fenster, stützte die Arme auf den Sims und schaute auf die Stadt hinaus.

»Wir können ja damit anfangen, alle Flaschen wegzuräumen«, sagte er. »Wir bringen sie weg und holen uns das Pfand. Auf die Art kommen wir auch ein bisschen raus.«

»Das machen wir«, erwiderte ich.

Als wir in die Küche hinunterkamen, hörte man in der Auffahrt ein Auto. Es war Gunnar. Wir blieben stehen und warteten, bis er hochkam.

»Da seid ihr ja!« sagte er. »Lange nicht gesehen.«

Sein Gesicht war braungebrannt, die Haare waren blond, der Körper sehnig stark. Er hielt sich gut.

»Ich finde es gut, dass die Jungen hier sind«, meinte er zu Großmutter. Dann drehte er sich wieder zu uns um.

»Was sich hier abgespielt hat, ist einfach furchtbar«, sagte er.

»Ja«, sagte ich.

»Habt ihr euch ein bisschen umgesehen? Habt ihr gesehen, was er hier angerichtet hat?«

»Ja«, sagte Yngve.

Gunnar schüttelte grimmig den Kopf.

»Ich weiß nicht, was ich sagen soll«, erklärte er. »Aber er war euer Vater. Es tut mir leid, dass es so weit mit ihm gekommen ist. Aber ihr wusstet ja sicher, worauf es hinauslaufen würde.«

»Wir werden das ganze Haus putzen«, sagte ich. »Ab jetzt kümmern wir uns hier um alles.«

»Das ist gut. Heute Morgen habe ich das Schlimmste aus der Küche geholt und etwas Müll weggebracht, aber es ist noch ein bisschen was übriggeblieben.«

Er lächelte kurz.

»Ich habe einen Anhänger dabei«, fuhr er fort. »Kannst du kurz rausfahren, Yngve? Dann können wir ihn neben der Garage auf den Hof stellen. Die Möbel können ja so nicht stehen bleiben. Und die

Kleider und alles. Wir fahren das ganze Zeug auf die Kippe. Ist das nicht das Beste?«

»Doch«, sagte ich.

»Die Jungs und Tove sind im Sommerhaus, ich bin nur in die Stadt gekommen, um euch guten Tag zu sagen. Und den Anhänger vorbeizubringen. Aber ich komme morgen Vormittag wieder vorbei. Dann bringen wir die Sachen weg. Es ist furchtbar. Aber so ist es nun mal. Ihr schafft das schon.«

»Ja, natürlich«, sagte Yngve. »Aber du hast doch sicher hinter meinem Wagen geparkt. Musst du dann nicht zuerst herausfahren?«

In den ersten Sekunden nach Gunnars Kommen hatte Großmutter uns angesehen und ihn angelächelt, aber dann verschwand sie wieder in sich selbst und starrte vor sich hin, als wäre sie allein.

Yngve ging die Treppe hinunter. Ich blieb stehen und überlegte, ob ich bei ihr bleiben sollte.

»Du solltest mitkommen, Karl Ove«, sagte Gunnar. »Wir müssen ihn hochschieben, und er ist ziemlich schwer.«

Ich folgte den beiden nach unten.

»Hat sie was gesagt?«, fragte er.

»Großmutter?«, sagte ich.

»Ja? Darüber, was passiert ist?«

»So gut wie nichts«, antwortete ich. »Nur, dass sie ihn im Sessel gefunden hat.«

»Bei ihr drehte sich immer alles um deinen Vater«, sagte er. »Sie steht unter Schock.«

»Was können wir tun?«, sagte ich.

»Tja, was könnt ihr schon tun? Die Zeit ist das Einzige, was hilft. Aber sobald die Beerdigung vorbei ist, kommt sie in ein Heim. Du siehst ja, wie sie aussieht. Sie muss betreut werden. Sobald die Beerdigung vorbei ist, kommt sie hier raus.«

Er wandte sich um, trat auf die Eingangstreppe und blinzelte in den hellen Himmel. Yngve saß bereits im Auto.

Gunnar drehte sich noch einmal zu mir um.

»Weißt du, wir hatten einen mobilen Pflegedienst für sie besorgt, die sind jeden Tag vorbeigekommen und haben sich um sie gekümmert. Dann kam dein Vater und hat sie hinausgeworfen. Machte die Tür zu und schloss sich mit ihr ein. Selbst ich durfte nicht mehr ins Haus. Aber einmal rief Mutter mich dann doch an, da hatte er sich das Bein gebrochen und lag im Wohnzimmer auf dem Boden. Er hatte sich in die Hose gemacht. Kannst du dir das vorstellen? Er hat auf dem Fußboden gelegen und getrunken. Und sie hat ihn bedient. So geht das nicht weiter, habe ich zu ihm gesagt, bevor der Krankenwagen kam. Das ist unter deiner Würde. Jetzt reiß dich mal zusammen. Und weißt du, was dein Vater gesagt hat? Musst du mich jetzt noch tiefer in die Scheiße drücken, Gunnar! Bist du deshalb gekommen, um mich noch tiefer in die Scheiße zu drücken?«

Gunnar schüttelte den Kopf.

»Verstehst du, das ist meine Mutter, die jetzt da oben sitzt und der wir all die Jahre zu helfen versucht haben. Er hat alles kaputt gemacht. Das Haus, sie, sich selbst. Alles. Alles.«

Er legte kurz die Hand auf meine Schulter.

»Aber ich weiß, dass ihr gute Jungs seid.«

Ich weinte, und er sah weg.

»Nun ja, jetzt müssen wir mal diesen Anhänger richtig hinstellen«, sagte er und ging zum Auto, setzte sich hinein und ließ es an, fuhr langsam rückwärts den Hang nach links hinunter und hupte, als der Weg frei war, woraufhin Yngve ihm folgte. Dann fuhr Gunnar hoch, stieg aus dem Auto und koppelte den Anhänger ab. Ich ging zu ihnen runter, packte den Griff und begann, ihn den Anstieg hinaufzuziehen, während Yngve und Gunnar von hinten schoben.

»Hier steht er gut«, meinte Gunnar, als wir ein Stück im Garten waren, und ich setzte die Anhängerkupplung ab.

Großmutter stand im ersten Stock am Fenster und schaute auf uns herunter.

Während wir die Flaschen einsammelten, sie in Plastiktüten verstauten und ins Auto trugen, saß Großmutter die ganze Zeit in der Küche. Sie sah mir zu, während ich Bier und Schnaps aus den halb vollen Flaschen in den Ausguss leerte, sagte aber nichts. Vielleicht war sie erleichtert, weil sie verschwanden, vielleicht nahm sie es gar nicht wahr.

Das Auto wurde voll, und Yngve ging zu ihr hinein, um ihr zu sagen, dass wir zum Supermarkt fahren würden. Sie stand auf und kam mit in den Flur, und wir nahmen an, dass sie hinter uns zumachen wollte, aber als sie aus dem Haus trat, ging sie schnurstracks die Treppe hinunter zum Auto, legte die Hand auf den Griff, öffnete die Autotür und wollte sich hineinsetzen.

»Großmutter?«, sagte Yngve.

Sie hielt inne.

»Wir wollten alleine fahren. Einer muss doch hierbleiben und auf das Haus aufpassen. Ich glaube, du bleibst besser hier.«

»Meinst du?«, sagte sie und trat einen Schritt zurück.

»Ja«, sagte Yngve.

»Ja, ja«, sagte sie. »Dann bleibe ich eben hier.«

Yngve setzte aus der Auffahrt zurück, und Großmutter ging wieder ins Haus.

»Verdammt«, sagte ich.

Yngve schaute an mir vorbei, blinkte dann links und fuhr langsam auf die Straße.

»Sie steht eindeutig unter Schock«, sagte ich. »Ich frage mich, ob ich vielleicht mal mit Tonjes Vater sprechen soll? Er könnte ihr mit Sicherheit etwas Beruhigendes verschreiben.«

»Sie nimmt doch schon Medikamente«, erwiderte Yngve. »Im Küchenregal liegt ein ganzes Brett voll.«

Er schaute noch einmal an mir vorbei, diesmal den Kuholmsveien hinauf, auf dem sich abwärts fahrend drei Autos näherten. Dann sah er mich an.

»Aber das kannst du Tonjes Vater ja sagen. Dann soll er entscheiden.«

»Wenn wir zurück sind, rufe ich ihn an«, sagte ich.

Das letzte Auto, einer dieser neuen, hässlichen Käfer, fuhr vorbei. Einzelne Regentropfen landeten auf der Windschutzscheibe, und mir fiel der Regen von vorhin ein, der eingesetzt, es sich dann aber anders überlegt und bei den wenigen Tropfen belassen hatte. Diesmal hörte es nicht auf zu regnen. Als Yngve im nächsten Moment blinkte und abwärts fuhr, tat er dies mit eingeschalteten Scheibenwischern.

Sommerregen.

Oh, die Tropfen, die auf den trockenen, heißen Asphalt fallen und zunächst verdampfen oder vom Staub absorbiert werden, aber dennoch ihren Teil des Jobs erledigen, denn wenn der nächste Tropfen fällt, ist der Asphalt kälter, der Staub feuchter, und so breiten sich dunkle Flecken aus, um sich anschließend zu vereinigen, und der Asphalt liegt nass und schwarz. Oh, die heiße Sommerluft, die sich jäh abkühlt, so dass der Regen, der einem aufs Gesicht fällt, wärmer ist als sie, und man legt den Kopf in den Nacken, um das ganz eigene Gefühl zu genießen, das so entsteht. Die Blätter an den Bäumen, die unter der leichten Berührung der Tropfen erzittern, das schwache, kaum zu hörende Geräusch des Regens, der in allen Höhenlagen auf die Erde fällt: auf den narbigen Fels am Straßenrand und die Grashalme im Graben darunter, auf das Hausdach auf der anderen Straßenseite und den Sitz des Fahrrads, das dort abgeschlossen am Zaun steht, auf die Hollywoodschaukel im Garten dahinter und die Verkehrsschilder, auf den Rinnstein und die Kühlerhauben und die Dächer der geparkten Autos.

Wir hielten an der Ampel, der Regen war stärker geworden, die Tropfen waren jetzt groß und schwer. Die ganze Gegend um die Kreuzung Rundingen hatte sich binnen weniger Sekunden verändert. Die Dunkelheit des Himmels ließ alle Lichter deutlicher hervortreten, während der Regen, der mittlerweile sogar von der Erde hochspritzte, sie verschleierte. Die Autos fuhren mit eingeschalteten Scheibenwischern, die Fußgänger liefen mit Zeitungen über dem Kopf oder hochgezogenen Kapuzen, um irgendwo Schutz zu finden, es sei denn, sie hatten einen Regenschirm mitgenommen und konnten ihren Weg somit fortsetzen, als wäre nichts passiert.

Dann bekamen wir Grün und fuhren zur Brücke, an dem alten Musikinstrumentengeschäft vorbei, das längst zugemacht hatte, und zu dem Jan Vidar und ich jeden Samstagvormittag getrabt waren, wenn wir in allen Musikgeschäften der Stadt vorbeischauten, und weiter über die Lunds-Brücke.

Meine allererste Kindheitserinnerung ging auf sie zurück. Ich war mit Großmutter über die Brücke gegangen und hatte auf ihr einen alten, sehr alten Mann mit einem weißen Bart und weißen Haaren gesehen, er ging am Stock, und sein Rücken war gekrümmt. Ich blieb stehen, um ihn mir anzusehen, Großmutter zog mich weiter. Unten im Büro meines Vaters hing ein Plakat, und als ich einmal zusammen mit Vater und dem Nachbarn Ola Jan, der in derselben Schule unterrichtete wie Vater, der Gesamtschule Roligheden, auch er im Fach Norwegisch, dort war, zeigte ich auf das Plakat und sagte, ich sei dem darauf abgebildeten Mann begegnet. Denn es war der gleiche weißhaarige, weißbärtige und gekrümmte Mann. Dass er auf einem Plakat im Büro meines Vaters hing, fand ich nicht weiter seltsam, ich war vier Jahre alt, und nichts in der Welt war unverständlich, alles hing mit allem zusammen. Vater und Ola Jan lachten jedoch. Sie lachten und erklärten, das sei unmöglich. Das ist Ibsen, sagten sie. Er ist seit fast hundert Jahren tot. Aber ich war mir sicher, es war derselbe Mann, und das sagte ich auch. Aber sie schüttelten nur den Kopf, und jetzt lachte Vater nicht mehr, als ich auf Ibsen zeigte und erklärte, ich hätte ihn gesehen, sondern scheuchte mich hinaus.

Das Wasser unter der Brücke war grau und von dem Regen, der auf die Oberfläche schlug, voller Ringe. Aber es gab auch einen Grünton in ihm, wie überall dort, wo das Flusswasser der Otra auf das Meerwasser traf. Wie oft hatte ich dort gestanden und die Strömungen unter mir beobachtet? Manchmal floss das Wasser abwärts wie ein Fluss, wallte dann jedoch auf und bildete kleine Wirbel. Ab und zu schäumte es rings um die Pfeiler weiß.

Jetzt war es allerdings still. Zwei Spitzkähne, beide mit geöffnetem Klappverdeck, tuckerten zur Mündung hinaus. Zwei rostige Kähne lagen auf der anderen Seite am Kai, dahinter ein glänzend weißes Segelboot.

Yngve hielt an der Ampel, die im selben Moment auf Grün umschlug, so dass wir links abbogen, wo das kleine Einkaufszentrum mit Parkplatz auf dem Dach lag. Die von einer Ampel regulierte Betonrampe aufs Dach hinauf, wo es zum Glück, da es ein Samstag in den Betriebsferien war, ganz hinten einen freien Parkplatz gab.

Wir stiegen aus, und ich legte den Kopf in den Nacken und ließ den warmen Regen auf mein Gesicht fallen. Yngve öffnete den Kofferraum, und wir griffen uns so viele Tüten, wie wir tragen konnten, und nahmen den Aufzug zum Supermarkt im Erdgeschoss. Wir hatten beschlossen, dass es sich nicht lohnen würde, das Pfand für die Schnapsflaschen zu kassieren, wir würden sie stattdessen zur Müllkippe bringen, so dass unsere Bürde in erster Linie aus Plastikflaschen bestand und nicht schwer, nur lästig war.

»Magst du schon mal anfangen, Flaschen einzuwerfen, dann gehe ich noch mehr holen?«, sagte Yngve, als wir vor dem Pfandautomaten stehen blieben.

Ich nickte. Legte eine Flasche nach der anderen auf das Band, zerknüllte die leeren Tüten und warf sie in die zu diesem Zweck aufgestellte Mülltonne. Dass man mich dort sehen und sich über die große Zahl von Bierflaschen wundern konnte, war mir egal. Mir war alles gleichgültig. Die Zone, die erstmals entstanden war, als wir das Beerdigungsinstitut verlassen hatten, und um mich herum alles tot oder bedeutungslos wirken ließ, war größer und stärker geworden. Das Geschäft, das mit all den glänzenden und bunten Waren in grelles Licht getaucht lag, nahm ich kaum wahr, ich hätte ebenso gut irgendwo in einem Sumpf stehen können. Normalerweise war mir stets bewusst, wie ich aussah und was andere womöglich davon hielten, was sie sahen, manchmal gut gelaunt und stolz, bei anderen Gelegenheiten deprimiert und voller Selbsthass, aber niemals gleichgültig, es war niemals vorgekommen, dass die Augen, die mich sahen, mir nichts bedeuteten oder dass die Umgebung, in der ich mich aufhielt, ausgelöscht war. Doch so war es jetzt, ich war gefühllos, und diese Gefühllosigkeit überdeckte alles. Um mich herum lag die Welt wie ein Schatten.

Yngve kam mit mehreren Tüten an.

»Soll ich dich ablösen?«, sagte er.

»Nein, schon gut«, antwortete ich. »Aber du könntest schon mal einkaufen gehen. Wir brauchen auf jeden Fall Putzmittel, Gummihandschuhe und schwarze Müllsäcke. Und was zu essen.«

»Es ist noch eine Fuhre im Wagen. Die gehe ich vorher noch holen«, erwiderte er.

»Okay«, sagte ich.

Als ich die letzte Flasche eingeworfen und den Pfandbeleg bekommen hatte, ging ich zu Yngve, der vor dem Regal mit Putzmitteln stand. Wir nahmen Viss-Badreiniger, Meister Proper, Ajax-Allzweckreiniger, Ajax-Fensterputzmittel, Klorix, Schmierseife, Mr Muscle für besonders hartnäckige Flecken, Ofenreiniger, Spezialreiniger für Polstermöbel, Stahlwolle, Putzschwämme, Küchenlappen und Wischlappen, zwei Eimer und einen Besen, ein paar frische Frikadellen von der Fleischtheke, Kartoffeln und einen Blumenkohl von der Gemüsetheke mit. Darüber hinaus Brotbelag, Milch, Kaffee, Obst, eine kleine Palette Joghurt, ein paar Kekspackungen. Während wir durch das Geschäft gingen, sehnte ich mich bereits danach, die Küche mit all diesen neuen, frischen, glänzend unberührten Dingen zu füllen.

Als wir auf das Dach hinauskamen, regnete es nicht mehr. Um die Hinterräder des Wagens, wo es eine Vertiefung im Beton gab, hatte sich eine Pfütze gebildet. Es roch frisch dort oben, nach Meer und Himmel und nicht nach Stadt.

»Was denkst du, was eigentlich passiert ist?«, sagte ich, als wir durch das dunkle Parkhaus auf dem Weg nach unten waren. »Sie sagt, sie hat ihn im Sessel gefunden. Meinst du, er ist dort einfach eingeschlafen?«

»Wahrscheinlich«, sagte Yngve.

»Du meinst, sein Herz hat einfach aufgehört zu schlagen?«

»Ja.«

»Tja. So wie er gelebt hat, braucht einen das wohl auch nicht zu wundern.«

»Nein.«

Auf der restlichen Strecke zum Haus blieben wir stumm. Wir schleppten die Waren in die Küche, und Großmutter, die durch das Fenster auf uns herabgeblickt hatte, als wir kamen, wollte wissen, wo wir gewesen waren.

»Im Supermarkt«, sagte Yngve. »Jetzt müssen wir was essen!«

Er fing an, die Sachen aus den Tüten zu holen. Ich ging mit einem Paar gelber Handschuhe und einer Rolle Mülltüten bewaffnet ins Erdgeschoss. Als Erstes musste der Berg verfaulter Wäsche in der Waschküche raus. Ich blies Luft in die Handschuhe, zog sie an und begann, die Kleidungsstücke in die Säcke zu stopfen, dabei die ganze Zeit durch den Mund atmend. Als die Säcke gefüllt waren, schleppte ich sie nach draußen und legte sie zu dem Müllhaufen vor den zwei grünen Kanistern am Garagentor. Ich hatte fast alles ins Freie geschafft, nur die untersten, breiigen Schichten standen noch aus, als Yngve rief, es gebe Essen.

Er hatte den Müll und die dreckigen Sachen von der Arbeitsplatte geräumt, und auf dem Tisch, auch er abgeräumt, standen ein Teller mit gebratenen Frikadellen, eine Schüssel mit Kartoffeln und eine zweite mit Blumenkohl sowie ein kleines Kännchen mit brauner Sauce. Er hatte mit Großmutters altem Sonntagsgeschirr gedeckt, das in den letzten Jahren unangetastet im Schrank gestanden haben dürfte.

Großmutter wollte nichts essen, aber Yngve tat ihr trotzdem eine halbe Frikadelle, eine Kartoffel und ein Blumenkohlröschen auf und schaffte es, sie zum Probieren zu bringen. Ich selbst war hungrig wie ein Wolf und aß vier.

»Hast du die Sauce mit Sahne gemacht?«, sagte ich.

»Mm. Und mit ein bisschen Molkenkäse.«

»Sie schmeckt gut«, sagte ich. »Das ist genau das, was ich jetzt gebraucht habe.«

Nach dem Essen gingen Yngve und ich auf die Veranda hinaus, rauchten eine Zigarette und tranken Kaffee. Er erinnerte mich daran, dass ich Tonjes Vater hatte anrufen wollen, was ich völlig vergessen hatte. Oder vielleicht auch verdrängt, denn ich freute mich nicht unbedingt darauf. Aber es musste sein, und so ging ich in unser Zimmer hinauf, holte mein Adressbuch aus dem Koffer und wählte am Telefon im Esszimmer seine Privatnummer, während Yngve in der Küche den Tisch abdeckte.

»Hallo, hier ist Karl Ove«, meldete ich mich, als er an den Apparat ging. »Ich wollte fragen, ob du mir bei etwas helfen könntest. Ich weiß nicht, ob du es schon von Tonje gehört hast, aber mein Vater ist gestern gestorben …«

»Ich weiß, sie hat angerufen und es mir erzählt«, erwiderte er. »Das tut mir leid, Karl Ove.«

»Ja«, sagte ich. »Jedenfalls bin ich jetzt hier unten in Kristiansand. Meine Großmutter hat ihn gefunden. Sie ist über achtzig und steht anscheinend irgendwie unter Schock. Sie spricht fast nicht, sitzt nur da. Und da habe ich überlegt, ob es vielleicht ein Beruhigungsmittel oder etwas anderes gibt, was ihr helfen könnte. Sie nimmt zwar schon Medikamente, und wahrscheinlich ist auch etwas Beruhigendes dabei, aber ich dachte … Na ja, du verstehst schon. Es geht ihr wirklich schlecht.«

»Weißt du, welche Medikamente sie nimmt?«

»Nein«, sagte ich, »aber ich kann versuchen, es herauszufinden. Warte mal kurz.«

Ich legte den Hörer auf dem Tisch ab und ging zum Regal in der Küche, auf dem ihre Medikamente lagen. Darunter, meinte ich mich erinnern zu können, hatte ich gelbe und weiße Zettel gesehen, die vermutlich Rezepte waren.

Da lag was, aber nur eins.

»Hast du die Tablettenschachteln gesehen?«, fragte ich Yngve. »Ich telefoniere gerade mit Tonjes Vater.«

»In dem Schrank neben dir stehen welche«, meinte Yngve.

»Wonach suchst du?«, sagte Großmutter von ihrem Platz aus.

Ich wollte sie nicht bevormunden, und ihr Blick in meinem Rücken war mir bei meiner Suche die ganze Zeit über bewusst, aber gleichzeitig konnte ich darauf keine Rücksicht nehmen.

»Ich spreche mit einem Arzt«, sagte ich ihr, als wäre damit alles erklärt. Seltsamerweise gab sie sich mit meiner Antwort zufrieden, und ich verließ, das Rezept und die Medikamente halb in den Händen verbergend, das Zimmer.

»Hallo?«, sagte ich.

»Ich bin noch dran«, meldete er sich.

»Ich hab jetzt ein paar Medikamente gefunden«, sagte ich und las ihm die Namen vor.

»Aha«, sagte er. »Sie nimmt tatsächlich etwas gegen Angstzustände, aber ich kann ihr trotzdem was verschreiben, das geht schon in Ordnung. Sobald wir aufgelegt haben, kümmere ich mich drum. Gibt es in deiner Nähe eine Apotheke?«

»Ja, es gibt eine in Lund. Das ist ein Stadtteil.«

»Alles klar. Kopf hoch.«

Ich legte auf und trat wieder auf die Veranda hinaus, blickte zur Mündung des Fjords, wo der Himmel noch bewölkt war, nun allerdings mit einem ganz anderen und leichteren Licht in der Wolkendecke. Tonjes Vater war ein guter Mensch und ein feiner Mann. Er würde niemals etwas Unanständiges tun oder in irgendeiner Form zu weit gehen, er war angesehen und kompetent, jedoch nicht steif oder formell, im Gegenteil, oft war er voller Eifer, wirkte jungenhaft, und wenn er nicht zu weit ging, lag dies nicht daran, dass er es nicht wollte oder konnte, sondern dass er es überhaupt nicht in seinem Repertoire hatte, es war ihm schlicht unmöglich, hatte ich überlegt, und das gefiel mir an ihm, es war seine Kompetenz, die mich seit jeher angezogen hatte, und wenn ich sie einmal irgendwo gefunden hatte, verweilte ich immer gerne in ihrer Nähe, obwohl ich gleichzeitig auch begriff, dass ich sie und ihn selbst so schätzte, weil mein Vater war, wie er war, und gewesen war, wie er gewesen war. Als ich mit fünfundzwanzig Jahren heiratete, tat ich es, weil ich das Bürgerliche, Stabile, Etablierte suchte, wobei diese Seite von mir natürlich durch die Tatsache konterkariert wurde, dass wir kein solches Leben führten, kein bürgerliches und stabiles und von regelmäßigen Abläufen geprägtes Leben, im Gegenteil, und von der Tatsache, dass kein Mensch mehr so früh heiratete, wodurch es vielleicht nicht unbedingt radikal, aber immerhin originell wurde.

Das hatte ich mir überlegt, und weil ich sie zudem liebte, war ich eines Abends, als wir in der Nähe von Maputo in Mosambik allein auf der Terrasse waren, unter einem pechschwarzen Himmel, die Luft erfüllt vom Geräusch zirpender Grillen und fernen Trommeln, die aus einem Dorf einen Kilometer landeinwärts kamen, auf die Knie gefallen und hatte sie gefragt, ob sie mich heiraten wolle. Sie antwortete etwas, das ich nicht verstand. Wie ein Ja hatte es allerdings nicht geklungen. Was hast du gesagt?, wollte ich wissen. Fragst du mich, ob ich dich heiraten möchte?, wiederholte sie. Tust du das wirklich? Fragst du mich das? Ja, sagte ich. Ja, sagte sie. Ich will dich heiraten. Wir umarmten uns und hatten beide Tränen in den Augen, und im selben Moment donnerte es tief und mächtig, und das Grollen rollte heran, und Tonje zitterte ein wenig, und dann regnete es in Strömen. Wir lachten, Tonje lief nach drinnen, um den Fotoapparat zu holen, und als sie wieder herauskam, legte sie einen Arm um mich, streckte den anderen aus, in dessen Hand sie den Apparat hielt, und fotografierte uns.

Zwei Kinder waren wir.

Durchs Fenster sah ich Yngve ins Wohnzimmer kommen. Er ging zu den beiden Sesseln, starrte sie an, ging dann weiter ins Zimmer hinein und verschwand.

Sogar hier draußen lagen Flaschen herum, einige waren gegen den Lattenzaun geweht worden, andere hingen in den beiden rostigen und verschossenen Liegestühlen fest, die dort mindestens seit dem Frühjahr gestanden haben mussten.

Yngve tauchte wieder auf, aber ich sah seine Gesichtszüge nicht, nur den Schatten, der durchs Zimmer huschte und in der Küche verschwand. Ich ging die Treppe in den Garten hinunter. Unterhalb des Grundstücks war kein Haus, dafür war der Hang zu steil, an seinem Fuß lagen jedoch der Jachthafen und jenseits davon das relativ schmale Hafenbecken. An der Ostseite grenzte der Garten dagegen an ein anderes Grundstück. Es war so gepflegt wie dieses früher, und verglichen mit all dem Hübschen und Gepflegten, das sich in den gestutzten Hecken, dem geschnittenen Gras und den farbenfrohen Blumenbeeten offenbarte, wirkte der Garten hier krank. Ich blieb ein paar Minuten stehen und weinte, ging dann zur Vorderseite des Hauses und setzte meine Arbeit in der Waschküche fort. Als ich das letzte Kleidungsstück hinausgetragen hatte, besprengte ich den Fußboden mit Klorix, brauchte die halbe Flasche auf und schrubbte anschließend, ehe ich das Ganze mit dem Schlauch in den Abfluss spülte. Danach verteilte ich Schmierseife und schrubbte den Fußboden nochmals, nun mit einem Wischlappen. Als ich ihn ein zweites Mal ausgespült hatte, dachte ich, dass dies reichen musste, und kehrte in die Küche zurück. Yngve war dabei, den Schrank innen auszuwischen. Die Spülmaschine lief. Die Arbeitsplatte war leergeräumt und gescheuert worden.

»Ich gönne mir eine Pause«, sagte ich. »Was ist mit dir?«

»Okay, ich will hier nur noch schnell fertig machen«, erwiderte Yngve. »Du könntest uns einen Kaffee aufsetzen.«

Das tat ich. Dann fiel mir auf einmal das Medikament für Großmutter ein. Das konnte nicht warten.

»Ich geh schnell zur Apotheke«, sagte ich. »Soll ich dir was mitbringen, zum Beispiel vom Kiosk?«

»Nein«, sagte er. »Oder doch, eine Cola.«

Als ich auf die Eingangstreppe hinaustrat, knöpfte ich meine Jacke zu. Der Haufen Mülltüten vor dem schönen, hölzernen Garagentor aus den fünfziger Jahren glänzte im grauen Sommerlicht schwarz. Die Kupplung des dunkelbraunen Anhängers ruhte auf der Erde, irgendwie demütig, dachte ich, ein Diener, der sich verneigte, als ich herauskam. Ich steckte die Hände in die Taschen und ging die Auffahrt hinunter und den Bürgersteig der Hauptstraße entlang, die inzwischen fast trocken war. An dem freigesprengten Felshang oberhalb waren hingegen noch viele Flächen nass, und die darauf wachsenden Grassoden setzten sich in einem satten Grün glänzend von allem Dunklen ab, ganz anders als sonst, wenn es trocken und staubig war und die Kontraste zwischen den Farben kleiner zu sein schienen und alles unter dem Himmel gleichgültig wirkte, widerspenstig, offen und gewaltig und leer. An wie vielen dieser leeren, offenen Tage war ich hier gegangen? Hatte ich die schwarzen Fenster der Häuser gesehen, den Wind gespürt, der durch die Landschaft strich, die Sonne, die sie erhellte, all das Blinde und Tote darin? Oh, so war es während der Zeit, die man in dieser Stadt vergötterte, der Sommerzeit, so war es während der Zeit, die man als ihre beste betrachtete, in der sie so richtig auflebte. Blauer Himmel, brennende Sonne, staubige Straßen. Ein Auto mit plärrender Stereoanlage und offenem Verdeck, zwei junge Männer auf den vorderen Sitzen, nur in Badehosen, mit Sonnenbrillen, sie wollen zum Strand … Eine alte Frau mit Hund, sie ist von Kopf bis Fuß in Kleider gehüllt, ihre Sonnenbrille ist groß, der Hund zerrt an der Leine, will zu einem Zaun. Ein Flugzeug mit einer langen Banderole hinter sich, am nächsten Tag findet im Stadion ein Spiel statt. Alles ist offen, alles ist leer, die Welt ist tot, und am Abend füllen sich die Straßencafés mit sonnengebräunten und fröhlichen Frauen und Männern in hellen Kleidern.

Ich hasste diese Stadt.

Hundert Meter den Kuholmsveien hinunter gelangte ich zur Kreuzung, die Apotheke lag hundert Meter weiter, mitten in dem kleinen Einkaufszentrum des Stadtteils. Dahinter lag ein grasbewachsener Anstieg, auf dessen Kuppe einige Mietshäuser aus den fünfziger und sechziger Jahren standen. Auf der anderen Seite der Straße, ein Stück den Hügel hinauf, lagen die Elevine-Gesellschaftsräume, die man mieten konnte. Sollten wir uns dort nach der Beerdigung versammeln?

Der Gedanke, dass er nicht nur für mich tot war, sondern auch für seine Mutter und seine Brüder, seine Onkel und Tanten, ließ mich erneut in Tränen ausbrechen. Dass dies auf einem Bürgersteig passierte, wo laufend Leute vorbeikamen, interessierte mich nicht, ich nahm sie kaum wahr, strich die Tränen aber dennoch mit der Hand fort, vor allem aus praktischen Erwägungen, um sehen zu können, wohin ich ging, während mir plötzlich ein Gedanke kam: den Kaffee nach der Beerdigung würden wir nicht im Elevine abhalten, sondern in Großmutters und Großvaters Haus, das er so verwüstet hatte.

Bei dem Gedanken war ich sofort Feuer und Flamme.

Wir würden jeden verdammten Zentimeter in jedem verdammten Zimmer putzen, alles wegwerfen, was er besudelt hatte, alles herausholen, was noch da war, das ganze Haus instandsetzen und anschließend alle dorthin einladen. Schon möglich, dass er alles verwüstet hatte, aber wir würden es wieder herrichten. Wir waren fleißige Menschen. Yngve würde sagen, dass es nicht ging, dass es keinen Sinn hatte, aber ich konnte darauf bestehen. Ich hatte das gleiche Recht wie er zu entscheiden, wie die Beerdigung abgehalten werden sollte. Zum Teufel, natürlich war es möglich. Man musste das Haus nur putzen. Putzen, putzen, putzen.

In der Apotheke war ich sofort an der Reihe, und nachdem ich mich ausgewiesen hatte, ging die weißgekleidete Verkäuferin zwischen die Regale und holte die Tabletten, druckte ein Etikett aus und klebte es auf, legte das Medikament in eine Tüte und schickte mich zum Bezahlen an die Kasse auf der anderen Seite.

Ein vages Gefühl, dass es hier etwas Gutes gab, vielleicht nur geweckt von der Luft, die sich einen Hauch kühler auf die Haut legte, ließ mich draußen auf der Treppe stehen bleiben.

Grauer, grauer Himmel, graue, graue Stadt.

Glänzende Karosserien. Leuchtende Fenster. Leitungen, die von Mast zu Mast liefen.

Nein. Hier war nichts.

Langsam ging ich zum Kiosk.

Vater hatte mehrmals von Selbstmord gesprochen, aber immer ganz allgemein, als Thema. Er meinte, die Selbstmordstatistik lüge, viele, möglicherweise fast alle Autounfälle mit einem einsamen Fahrer seien verdeckte Selbstmorde. Mehrfach erwähnte er, es sei üblich, mit dem Auto gegen eine Felswand oder einen entgegenkommenden Lkw zu fahren, um der Schande eines offenen Selbstmords zu entgehen. Das war zu der Zeit, als er und Unni in den Süden des Landes gezogen waren, nachdem sie lange in Nordnorwegen gelebt hatten, und noch zusammenlebten. Vater mit fast schwarzer Haut von dem vielen Sonnenlicht, das er absorbiert hatte, und kugelrund. Er lag in einem Liegestuhl im Garten hinter dem Haus und trank, er saß auf der Veranda vor dem Haus und trank, und abends war er betrunken und trieb gleichsam dahin, nur mit einer kurzen Hose bekleidet stand er in der Küche und briet Koteletts, es war das Einzige, was ich ihn essen sah, keine Kartoffeln, kein Gemüse, nur schwarzgebratene Koteletts. An einem dieser Abende sagte er, der Schriftsteller Jens Bjørneboe habe sich an den Füßen aufgehängt, so habe er sich das Leben genommen, kopfüber unter den Dachbalken hängend. Die Undurchführbarkeit dieser Methode, denn wie hätte er das in dem Haus in Veierland alleine bewerkstelligen sollen, fiel weder ihm noch mir auf. Die rücksichtsvollste Methode, erklärte er, bestehe darin, sich ein Hotelzimmer zu nehmen, dem Krankenhaus einen Brief zu schicken, in dem man mitteilte, wo man gefunden werden konnte, und danach Schnaps zu trinken und Tabletten zu nehmen, sich aufs Bett zu legen und einzuschlafen. Dass ich dieses Thema nie als Ausdruck für etwas anderes als Konversation deutete, war unglaublich, überlegte ich jetzt, während ich mich dem Kiosk hinter der Bushaltestelle näherte, aber so war es. Das Bild, das er von sich hatte, hatte sich mir so sehr eingeprägt, dass ich nie etwas anderes sah, selbst als der Mensch, zu dem er geworden war, grundlegend von dem abwich, der er früher gewesen war, sowohl physiognomisch als auch charakterlich, so dass Ähnlichkeiten kaum mehr erkennbar waren, reagierte ich doch weiterhin auf den Mann, der er einmal gewesen war.

Ich stieg die Holztreppe hinauf und öffnete die Tür zum Kiosk, der abgesehen von einem Verkäufer leer war, zupfte eine Zeitung aus dem Ständer vor der Kasse, schob die Glastür des Kühlschranks zur Seite, holte eine Cola heraus und legte alles auf den Tresen.

»Dagbladet und eine Cola«, sagte der Verkäufer, während er beides an den Strichcodeleser hob. »Sonst noch was?«

Er begegnete meinem Blick, als er das sagte, hatte mit Sicherheit gesehen, dass ich geweint hatte, als ich hereinkam.

»Nein«, antwortete ich. »Das war alles.«

Ich zog einen zusammengeknüllten Geldschein aus der Tasche und betrachtete ihn. Es war ein Fünfziger. Ich strich ihn ein wenig glatt, ehe ich ihn dem Verkäufer reichte.

»Danke«, sagte er. Seine Arme waren stark, aber blond behaart, er trug ein weißes Adidas-T-Shirt, eine blaue Trainingshose, mit Sicherheit auch von Adidas, und sah nicht aus wie jemand, der in einem Kiosk arbeitete, eher wie ein Kumpel, der für ein paar Minuten die Stellung hielt. Ich nahm meine

Sachen, drehte mich um und wollte gehen, gleichzeitig kamen zwei etwa zehnjährige Jungs herein, die das Geld schon abgezählt in den Händen hielten. Ihre Fahrräder lagen draußen gegen die Treppe geworfen. Eine Schlange von Autos aus beiden Fahrtrichtungen setzte sich in Bewegung. Am Abend würde ich Mutter anrufen müssen. Und Tonje. Ich ging den Bürgersteig hinunter, überquerte den schmalen Fußweg hinter dem Kiosk und gelangte erneut auf den Kuholmsveien. Natürlich würden wir die Trauerfeier im Haus abhalten. In … sechs Tagen. Dann würde alles fertig sein. Bis dahin mussten wir eine Todesanzeige in die Zeitung setzen, die Beerdigung planen, Gäste einladen, das ganze Haus herrichten, im Garten das Gröbste erledigen, Essen bestellen. Wenn wir früh aufstanden und spät ins Bett gingen und nichts anderes machten, konnte es gelingen. Es kam nur darauf an, Yngve zu überzeugen. Und Gunnar natürlich. Obwohl er nichts zu sagen hätte, was die eigentliche Beerdigung betraf, hatte er doch ein Wörtchen mitzureden, wenn es um das Haus ging. Ach was, das würde schon klappen. Er musste den Grund einfach verstehen.

Als ich in die Küche kam, scheuerte Yngve gerade den Herd mit Stahlwolle. Großmutter saß auf ihrem Stuhl. Ein Spritzer von etwas, das Urin sein musste, bedeckte den Fußboden unter ihm.

»Hier ist deine Cola«, sagte ich. »Ich stelle sie dir auf den Tisch.«

»Tu das«, sagte er.

»Was hast du da in der Tüte?«, erkundigte sich Großmutter und betrachtete die Apothekentüte.

»Das ist was für dich«, antwortete ich. »Mein Schwiegervater ist Arzt, und als ich ihm erzählt habe, was passiert ist, hat er dir etwas zur Beruhigung verschrieben. Ich denke, das kann nicht schaden. Nach dem, was du erlebt hast und so.«

Ich fischte die viereckige Pappschachtel aus der Tüte, öffnete sie und zog die Plastikdose heraus.

»Was steht drauf?«, sagte Großmutter.

»Morgens und abends jeweils eine Tablette«, erklärte ich. »Möchtest du eine nehmen?«

»Ja, wenn der Arzt es gesagt hat«, meinte Großmutter. Ich reichte ihr die Dose, und sie öffnete den Behälter, schüttelte eine Tablette heraus und sah sich auf dem Tisch um.

»Ich hole dir einen Schluck Wasser«, sagte ich.

»Nicht nötig«, erwiderte sie, legte die Tablette auf die Zunge, hob die Tasse mit kaltem Kaffee an den Mund, ruckte kurz mit dem Kopf und schluckte.

»Oh«, sagte sie.

Ich legte die Zeitung auf den Tisch, schaute zu Yngve hinüber, der wieder rieb.

»Es ist schön, dass ihr hier seid, Jungs«, sagte Großmutter. »Aber willst du nicht mal eine Pause machen, Yngve? Du sollst dich hier nicht totarbeiten.«

»Vielleicht hast du Recht«, meinte Yngve und zog

die Handschuhe aus, hängte sie über den Griff der Ofentür, rieb mit den Handflächen mehrmals über sein T-Shirt und setzte sich.

»Ich überlege, ob ich mit dem Bad unten anfangen soll«, sagte ich.

»Vielleicht sollten wir in derselben Etage bleiben«, sagte Yngve. »Dann bleiben wir ein bisschen in Kontakt.«

Ich begriff, dass er mit Großmutter nicht allein sein wollte, und nickte.

»Dann übernehme ich das Wohnzimmer«, erklärte ich.

»Was ihr arbeitet«, meldete sich Großmutter. »Das ist doch nicht nötig.«

Warum sagte sie das? Schämte sie sich dafür, wie es hier aussah und dass sie es nicht geschafft hatte, Ordnung zu halten? Oder wollte sie nur nicht, dass wir sie alleine ließen?

»Es schadet doch nicht, wenn wir ein bisschen putzen«, sagte ich.

»Nein, da hast du Recht«, erwiderte sie. Dann sah sie zu Yngve hinüber.

»Habt ihr euch schon mit dem Beerdigungsinstitut in Verbindung gesetzt?«

Mir lief ein Schauer über den Rücken.

War sie die ganze Zeit so klar im Kopf gewesen?

Yngve nickte.

»Wir waren heute Vormittag da. Sie kümmern sich um alles.«

»Das ist gut«, sagte sie. Saß für einen Moment ganz still und in sich versunken und sprach dann weiter.

»Als ich ihn sah, wusste ich nicht, ob er tot war oder nicht. Ich wollte ins Bett gehen und sagte gute Nacht, und er antwortete nicht. Er saß wie immer drinnen im Sessel. Und dann war er tot. Sein Gesicht war ganz weiß.«

Ich begegnete Yngves Blick.

»Du wolltest *ins Bett gehen*?«, sagte er.

»Ja, wir hatten den ganzen Abend ferngesehen«, antwortete sie. »Und dann rührte er sich nicht, als ich nach unten gehen wollte.«

»War es dunkel draußen? Erinnerst du dich?«, sagte Yngve.

»Ja, ich denke schon, oder?«, sagte sie.

Ich war kurz davor, mich zu übergeben.

»Aber als du Gunnar angerufen hast«, sagte Yngve. »Das war doch am Morgen. Erinnerst du dich?«

»Kann gut sein, dass es Morgen war«, meinte sie. »Jetzt, wo du es sagst. Doch, so war es. Ich kam hoch, und er saß in seinem Sessel. Da drinnen.«

Sie stand auf und verließ die Küche. Wir folgten ihr. Nach ein paar Schritten ins Wohnzimmer blieb sie stehen und zeigte auf den Sessel vor dem Fernseher.

»Da hat er gesessen«, erklärte sie. »Da ist er gestorben.«

Sie legte für einen kurzen Moment das Gesicht in die Hände. Dann kehrte sie rasch in die Küche zurück.

Dazu ließ sich durch nichts eine Brücke bauen. Es ließ sich niemals bewältigen. Ich konnte meinen Eimer mit Wasser füllen und putzen, ja, ich konnte das ganze gottverdammte Haus putzen, aber es würde nichts, gar nichts nützen, natürlich nicht, auch der Gedanke, das Haus in den Griff zu bekommen und die Trauerfeier in ihm abzuhalten, würde keine Hilfe sein, nichts, was in meiner Macht stand, würde helfen, es gab nichts, worin ich aufgehen konnte, dies konnte durch nichts gemildert werden.

»Wir müssen uns mal kurz unterhalten«, sagte Yngve. »Sollen wir auf die Veranda gehen?«

Ich nickte und folgte ihm in das zweite Zimmer hinunter und auf die Veranda. Es regte sich kein Lüftchen. Der Himmel war noch so grau wie zuvor, über der Stadt jedoch eine Spur heller. Das Geräusch eines Autos in einem niedrigen Gang schallte aus der engen Gasse unterhalb des Hauses zu uns herauf. Yngve stützte sich mit beiden Händen auf das Geländer und blickte zur Fjordmündung hinaus. Ich setzte mich in den ausgeblichenen Liegestuhl, stand im nächsten Moment wieder auf, sammelte alle Flaschen ein und stellte sie an die Wand, schaute mich nach einer Tüte um, konnte aber keine finden.

»Geht dir das Gleiche durch den Kopf wie mir?«, sagte Yngve schließlich und richtete sich auf.

»Ich denke schon«, sagte ich.

»Großmutter ist die Einzige, die ihn gesehen hat«, sagte er. »Sie ist die einzige Augenzeugin. Gunnar hat ihn nicht gesehen. Sie hat ihn am Morgen angerufen, und er hat einen Krankenwagen geholt. Aber gesehen hat er ihn nicht.«

»Nein«, sagte ich.

»Nach allem, was wir wissen, könnte er sogar noch am Leben sein. Wie soll Großmutter das begreifen? Sie findet ihn auf der Couch, er antwortet nicht, als sie ihn anspricht, sie ruft Gunnar an, und daraufhin kommt der Krankenwagen, das Haus ist voller Ärzte und Sanitäter, sie nehmen ihn auf einer Trage mit und verschwinden, und das war's. Aber was ist, wenn er gar nicht tot war? Was ist, wenn er nur besinnungslos betrunken war? Oder in einer Art Koma lag?«

»Ja«, sagte ich. »Als wir gekommen sind, hat sie gesagt, sie hätte ihn am Morgen gefunden. Jetzt meint sie, sie hätte ihn abends gefunden. Das allein schon.«

»Sie ist wirklich ein bisschen senil, sonst würde sie einen nicht die ganze Zeit das Gleiche fragen. Wie viel hat sie eigentlich mitbekommen, als das Haus voller Sanitäter war?«

»Und dann sind da noch die verdammten Medikamente, die sie nimmt«, erwiderte ich.

»Genau.«

»Wir müssen es unbedingt wissen«, sagte ich. »Mit Sicherheit, meine ich.«

»Großer Gott, stell dir vor, er lebt noch«, sagte Yngve.

Eine Angst, wie ich sie seit meiner Kindheit nicht mehr empfunden hatte, wallte in mir auf. Ich ging am Geländer auf und ab, blieb stehen und schaute zum Fenster hinein, um zu sehen, ob Großmutter da war, drehte mich zu Yngve um, der erneut, die Hände um das Geländer geschlossen, zum Horizont blickte. Oh, verdammt, verdammt. Die Fakten sprachen eine klare Sprache. Die Einzige, die Vater gesehen hatte, war Großmutter, ihre Zeugenaussage war alles, was wir hatten, und so verwirrt und mitgenommen, wie sie war, gab es keinen Grund anzunehmen, dass sie der Wahrheit entsprach. Als Gunnar eintraf, war alles schon vorbei gewesen, der Krankenwagen hatte ihn mitgenommen, und danach hatte keiner mit dem Krankenhaus oder dem Personal gesprochen, das hier gewesen war. Und im Beerdigungsinstitut hatten sie auch nichts gewusst. Etwas mehr als vierundzwanzig Stunden waren vergangen, seit sie ihn gefunden hatte. In dieser Zeit hätte er in einem Krankenhaus liegen können.

»Sollen wir Gunnar anrufen?«, sagte ich.

Yngve wandte sich zu mir um.

»Er weiß doch auch nicht mehr als wir.«

»Wir müssen noch einmal mit Großmutter reden«, sagte ich. »Und vielleicht den Bestatter anrufen. Der müsste das doch eigentlich herausfinden können.«

»Das Gleiche habe ich auch gerade gedacht«, meinte Yngve.

»Rufst du ihn an?«

»Kann ich machen.«

Wir gingen hinein. Ein plötzlicher Windstoß blies die Gardinen, die vor der Tür hingen, ins Wohnzimmer. Ich schloss die Tür und folgte Yngve ins Esszimmer und in die Küche. Unten wurde die Haustür zugeschlagen. Ich begegnete Yngves Blick. Was geschah jetzt?

»Wer mag das sein?«, sagte Großmutter.

War das Vater?

Kam er zurück?

Nie zuvor hatte ich eine solche Angst gehabt.

Man hörte Schritte auf der Treppe.

Das war Vater, ich wusste es.

Oh, verdammt, verdammt, jetzt kam er.

Ich drehte mich um und ging ins Wohnzimmer, bis zur Verandatür, und war bereit, aus dem Haus zu laufen, über den Hof zu rennen, die Stadt zu verlassen und nie wieder zurückzukehren.

Ich zwang mich, stehen zu bleiben. Hörte, wie das Geräusch der Schritte die Richtung änderte, als sie die Biegung der Treppe erreichten. Die letzten Stufen nach oben, dann ins Wohnzimmer.

Er würde außer sich vor Wut sein. Was zum Teufel trieben wir da, so in seinen Sachen zu wühlen, einfach herzukommen und in sein Leben zu trampeln?

Ich sah Gunnar in die Küche kommen.

Natürlich war es Gunnar.

»Wie ich sehe, habt ihr schon einiges getan«, sagte er.

Ich ging zu den beiden hinüber. Dumm kam ich mir nicht vor, ich empfand eher Erleichterung, denn wenn Gunnar hier war, falls Vater käme, würde es für uns einfacher werden.

Sie saßen am Küchentisch.

»Ich habe mir überlegt, dass ich heute Nachmittag schon mal eine Fuhre zur Müllkippe fahren könnte«, meinte Gunnar. »Sie liegt auf dem Weg zum Sommerhaus. Dann komme ich morgen Vormittag mit dem Anhänger zurück und helfe euch ein bisschen. Ich glaube fast, wenn wir den Müll vor der Garage aufladen, ist er schon voll.«

»Das denke ich auch«, sagte Yngve.

»Wir könnten noch ein paar Tüten füllen«, sagte Gunnar. »Mit Kleidern aus seinem Zimmer und so.«

Er stand auf.

»Dann wollen wir mal. Das geht schnell.«

Im Wohnzimmer blieb er stehen und schaute sich um.

»Die Kleider da könnten wir doch eigentlich gleich mitnehmen, oder? Dann müsst ihr sie nicht mehr sehen, während ihr hier seid… widerliches Zeug…«

»Das kann ich übernehmen«, sagte ich. »Ich denke, man sollte besser Handschuhe anziehen.«

Ich streifte mir die gelben Handschuhe über, während ich ins Zimmer ging, und stopfte alles, was auf der Couch lag, in einen schwarzen Müllsack. Schloss die Augen, als meine Hände nach dem getrockneten Kot griffen.

»Nimm die Kissen auch gleich mit«, sagte Gunnar. »Und den Teppich da. Der sieht nicht gut aus.«

Ich befolgte seine Anweisungen und trug den Teppich die Treppen hinunter und vors Haus, wo ich ihn auf den Anhänger warf. Yngve kam dazu, und wir begannen, die Säcke, die dort standen, aufzuladen. Gunnars Wagen war auf der anderen Straßenseite geparkt, deshalb hatten wir das Motorengeräusch nicht gehört. Als der Anhänger beladen war, wiederholten er und Yngve die Umparkprozedur, bis Gunnars Auto rückwärts in der Auffahrt stand und wir den Anhänger nur noch ankoppeln mussten. Als er weg war und Yngve wieder vor der Garage geparkt hatte, setzte ich mich auf die Treppe. Yngve lehnte sich an den Türrahmen. Auf seiner Stirn glänzte Schweiß.

»Ich habe wirklich geglaubt, Vater würde die Treppe hochkommen«, sagte er nach einer Weile.

»Ich auch«, erwiderte ich.

Eine Elster flog von dem Dach auf der anderen

Seite des Gartens und glitt über uns durch die Luft. Sie schlug zwei Mal mit den Flügeln, und das Geräusch, irgendwie ledrig, klang unwirklich.

»Er ist bestimmt tot«, sagte Yngve. »Aber wir müssen uns ganz sicher sein können. Ich werde anrufen.«

»Weiß der Henker«, sagte ich. »Alles, was wir haben, ist Großmutters Wort. Und bei so viel Suff und Elend, wie es in diesem Haus gegeben hat, ist es gut möglich, dass er bloß sturzbetrunken war. Das erscheint mir wirklich nicht abwegig. Das wäre typisch für ihn gewesen, nicht wahr? Nach Hause zu kommen, während wir in seinen Sachen herumschnüffeln? Und was sie da gesagt hat… wie ist es möglich, dass sie ihn erst am Morgen und dann am Abend gefunden haben will? Wie kann man sich denn bei so was nicht sicher sein?«

Yngve sah mich an.

»Vielleicht ist er ja am Abend gestorben, aber sie hat gedacht, er würde nur schlafen. Dann hat sie ihn am Morgen gefunden. Das ist eine Möglichkeit. Und jetzt quält es sie so, dass sie es nicht zugeben kann. Daraufhin hat sie sich zurechtgelegt, dass er am Morgen gestorben ist.«

»Ja«, sagte ich. »Kann sein.«

»Aber in der Hauptsache ändert sich dadurch nichts«, erklärte Yngve. »Ich gehe hoch und rufe an.«

»Ich komme mit«, sagte ich und folgte ihm in

die erste Etage. Während er in seiner Brieftasche nach der Visitenkarte des Bestatters suchte, schloss ich möglichst leise die Tür zur Küche, in der Großmutter saß, und ging in das zweite Zimmer. Yngve wählte die Nummer. Es war für mich schier unerträglich, dem Gespräch zu lauschen, andererseits gelang es mir aber auch nicht wegzuhören.

»Hallo, hier spricht Yngve Knausgård. Wir sind heute bei Ihnen gewesen, falls Sie sich erinnern …? … Ja, genau. Wir haben uns gefragt … nun ja, ob Sie wissen, wo unser Vater ist? Sehen Sie, die Umstände sind hier ein wenig unklar … Die Einzige, die hier war, als er abgeholt wurde, war unsere Großmutter. Und sie ist schon sehr alt und nicht immer völlig zurechnungsfähig. Deshalb wissen wir einfach nicht wirklich, was eigentlich passiert ist. Könnten Sie das vielleicht für uns ermitteln? … Ja … Ja … Ja. Großartig. Ich danke Ihnen … Vielen Dank. Ja … Tschüss.«

Als er auflegte, sah Yngve zu mir herüber.

»Er ist in seinem Sommerhaus. Aber er meint, dass er ein paar Leute anruft und es herausfindet. Er ruft mich dann später zurück.«

»Gut«, sagte ich.

Ich ging in die Küche, füllte einen Eimer mit heißem Wasser, gab etwas Schmierseife hinein, griff mir einen Wischlappen und ging ins Wohnzimmer, wo ich einen Moment stehen blieb, ohne recht zu wissen, wo ich anfangen sollte. Mir den Fußboden vorzunehmen, bevor wir die Möbel weggebracht hatten, die raus sollten, erschien mir sinnlos, und in den folgenden Tagen würde sowieso dauernd durch das Zimmer getrampelt werden. Fenster- und Türrahmen, Türen und Leisten, Regale, Stühle und Tische abzuwischen, war zu wenig und zu kleinteilig, ich wollte etwas tun, das auffiel. Am besten waren das Bad und die Toilette unten, dort musste jeder Zentimeter geschrubbt werden. Außerdem erschien es mir logisch, da ich ja bereits die Waschküche übernommen hatte, die dem Badezimmer gegenüberlag. Außerdem konnte ich dort allein sein.

Eine Bewegung zu meiner Linken ließ mich den Kopf drehen. Eine riesige Möwe stand vor dem Fenster und lugte herein. Sie pochte mit dem Schnabel gegen das Glas. Zweimal, blieb stehen.

»Hast du das gesehen?«, sagte ich laut zu Yngve in der Küche. »Hier hockt eine supergroße Möwe vor dem Fenster und klopft mit dem Schnabel gegen das Glas.«

Ich hörte Großmutter aufstehen.

»Wir müssen ihr was zu essen geben«, sagte sie.

Ich ging zur Türöffnung. Yngve war dabei, die Hängeschränke zu leeren, hatte Gläser und Teller auf der Arbeitsplatte darunter gestapelt. Großmutter stand daneben.

»Habt ihr die Möwe gesehen?«, sagte ich.

»Nein«, antwortete Yngve.

»Sie kommt regelmäßig vorbei«, erklärte Großmutter. »Sie möchte etwas zu essen haben. Deshalb kommt sie. Hier, das kann sie haben.«

Sie legte eine Frikadelle auf einen kleinen Teller, stand gekrümmt und hager, wobei ihr eine Locke ihrer schwarzen Haare in die Augen fiel, und schnitt die halb von geronnener Sauce überzogene Frikadelle mit schnellen Bewegungen in Stücke.

Ich folgte ihr ins Wohnzimmer.

»Sie kommt regelmäßig her?«, sagte ich.

»Ja«, antwortete sie. »Fast täglich. Das macht sie jetzt schon seit etwas mehr als einem Jahr. Und dann bekommt sie immer was, verstehst du. Das hat sie begriffen. Deshalb kommt sie vorbei.«

»Bist du sicher, dass es immer dieselbe ist?«

»Ja, natürlich. Den Vogel erkenne ich. Und er erkennt mich.«

Als sie die Verandatür öffnete, sprang die Möwe auf den Boden und watschelte ganz ohne Angst zu dem Teller, den Großmutter ihr hinstellte. Ich stand im Türrahmen und sah, wie sie sich die Stücke mit dem Schnabel schnappte und den Kopf nach hinten warf, sobald sie den Bissen fest gepackt hatte. Großmutter stand daneben und blickte auf die Stadt hinaus.

»Na, siehst du«, sagte sie.

Im Haus klingelte es. Ich wich einen Schritt zurück, so dass ich das Telefon sehen konnte, und vergewisserte mich, dass Yngve an den Apparat ging. Es war ein kurzes Gespräch. Als er auflegte, ging

Großmutter an mir vorbei, und die Möwe sprang auf das Geländer, wo sie einige Sekunden sitzen blieb, ehe sie ihre großen Schwingen ausbreitete und sich hinauswarf. Zwei Flügelschläge, und sie war hoch über dem Erdboden. Ich sah ihr hinterher, als sie zum Meer hinunterschwebte. Hinter mir blieb Yngve stehen. Ich schloss die Tür und drehte mich zu ihm um.

»Er ist auf jeden Fall tot«, sagte er. »Er liegt im Keller des Krankenhauses. Wenn wir wollen, können wir ihn Montagnachmittag sehen. Außerdem habe ich die Telefonnummer des Arztes bekommen, der hier gewesen ist.«

»Ich glaube es erst, wenn ich ihn sehe«, sagte ich.

»Das werden wir ja auch«, sagte er.

Zehn Minuten später stellte ich einen Eimer mit dampfend heißem Wasser, eine Flasche Klorix und eine Flasche Viss auf dem Fußboden vor dem Bad ab. Ich schüttelte den Müllsack, den ich mitgenommen hatte, um ihn zu öffnen, ehe ich anfing, das Bad leerzuräumen. Zuerst alles, was auf dem Fußboden lag; alte eingetrocknete Seifenstücke, klebrige Shampooflaschen, leere Toilettenrollen, eine braun gefleckte Toilettenbürste, Arzneiverpackungen aus Silberpapier und Plastik, ein paar lose Tabletten, die eine oder andere Socke, Lockenwickler. Als das erledigt war, leerte ich den Wandschrank bis auf zwei teuer aussehende Parfumflacons. Rasierklingen, Rasierer, Haarnadeln, mehrere Seifen, alte, eingetrocknete Cremes und Salben, ein Haarnetz, Aftershave, Deodorants, Eyeliner, Lippenstifte, ein paar spröde kleine Kissen, deren Verwendung mir unklar war, die aber wahrscheinlich zum Schminken benutzt wurden, und Haare, sowohl kurze, krause, als auch längere glatte, und eine Nagelschere, eine Rolle Pflaster, Zahnseide, Kämme. Als ich das alles aus dem Schrank geholt hatte, blieb auf den Ablagen ein gelbbrauner, relativ dicker Belag zurück, den ich als Letztes wegzuwischen beschloss. Denn die Fliesen neben dem Toilettensitz, wo der Toilettenrollenhalter hing, waren voller blassbrauner Flecken, der Fußboden darunter klebte, und das erschien mir am dringlichsten, so dass ich einen Strich Viss auf die Fliesen spritzte und anfing, sie systematisch zu schrubben, von oben unter der Decke bis zum Fußboden. Erst die rechte Wand, dann die Wand am Spiegel, dann die Wand entlang der Badewanne, und schließlich die Wand an der Tür. Ich schrubbte jede einzelne Fliese, was alles in allem etwa anderthalb Stunden dauerte. Ab und zu kam mir in den Sinn, dass Großvater hier sechs Jahre zuvor in einer Herbstnacht zusammengebrochen war und nach Großmutter gerufen hatte, die einen Krankenwagen holte und bei ihm saß und seine Hand hielt, bis die Ambulanz kam. Mir wurde zum ersten Mal bewusst, dass bis zu diesem Augenblick damals alles wie früher gewesen war. Als Großvater ins Krankenhaus kam, stellte sich heraus, dass er über einen längeren Zeitraum hinweg schwere innere Blutungen erlitten hatte. Nur ein oder zwei Tage später, und er wäre umgekommen, es war kaum noch Blut in ihm. Er muss gewusst haben, dass etwas nicht stimmte, hatte aber offenbar nicht zum Arzt gehen wollen. Dann kippte er auf dem Badezimmerfußboden um und war dem Tode nahe, und obwohl er rechtzeitig ins Krankenhaus kam und fürs Erste gerettet werden konnte, war er doch so geschwächt, dass er langsam dahinsiechte und schließlich starb.

Als Kind hatte ich mich vor dem Badezimmer hier unten gefürchtet. Der Spülkasten, der sicher aus den fünfziger Jahren stammte, war von der Sorte, die einen Metallhebel mit einer kleinen schwarzen Kugel an der Seite hatte, verhakte sich immer und rauschte noch lange, nachdem ihn jemand benutzt hatte, und dieses Rauschen, das aus der Dunkelheit der Etage kam, die keiner benutzte, die leer stand, mit ihrem blauen, sauberen Teppichboden, ihrem Kleiderschrank mit den ordentlich aufgehängten Mänteln und Anzügen, ihrer Hutablage mit Großmutters und Großvaters Hüten und ihrem Schuhregal mit Schuhen, die in meiner Fantasie Wesen verkörperten, was für mich damals alle Dinge taten, und ihrer gähnenden Treppe in die obere Etage, erschreckte mich jedes Mal mit solcher Macht, dass ich all meine Überredungskünste einsetzen musste, um meiner Furcht Herr zu werden und das Badezimmer zu betreten. Ich wusste, dass dort keiner war, ich wusste, dass dieses Rauschen nur Rauschen war, die Mäntel nur Mäntel waren, die Schuhe nur Schuhe, die Treppe nur eine Treppe war, aber wahrscheinlich verstärkte dieses Wissen meine Angst nur noch, denn ich wollte mit all dem nicht allein sein, davor fürchtete ich mich, und dieses Gefühl wurde von den toten Nicht-Wesen verstärkt. Ich spürte immer noch Reste dieser Art, die Welt zu erleben. Der Toilettensitz sah aus wie ein Wesen, genau wie das Waschbecken und die Badewanne und der Müllsack, dieser schwarze gierige Magen auf dem Fußboden.

An diesem speziellen Abend war mein Unbehagen jedoch wieder gegenwärtig, weil Großvater dort umgekippt und am Vortag Vater im Wohnzimmer gestorben war, so dass das Tote an diesen Wesen sich mit dem Toten an ihnen, meinem Vater und meinem Großvater, verband.

Und wie hielt man sich dieses Gefühl vom Leib?

Oh, man brauchte nur zu putzen. Scheuern und schrubben und reiben und wischen. Sehen, wie eine Fliese nach der anderen sauber wurde und glänzte. Denken, dass alles, was hier zugesaut worden war, wieder hergerichtet werden würde. Alles. Alles. Und dass ich nie, unter gar keinen Umständen, dort landen würde, wo er gelandet war.

Als ich Wände und Fußboden geputzt hatte, goss ich das Wasser in die Toilette und zog ab, schälte die gelben Handschuhe von meinen Händen und hängte sie über den Rand des leeren, roten Eimers, wobei ich überlegte, dass ich nicht vergessen durfte, möglichst bald eine neue Toilettenbürste zu kaufen. Falls es in der anderen Toilette keine gab. Ich öffnete die Tür zu ihr. Tatsächlich, da stand eine. Die mussten wir fürs Erste benutzen, egal, in welchem Zustand sie war, und am Montag dann eine neue kaufen. Auf dem Weg zur Treppe blieb ich stehen. Die Tür zu Großmutters Zimmer stand einen Spaltbreit offen, und aus irgendeinem Grund ging ich hin, schob sie auf und schaute hinein.

Oh nein.

In ihrem Bett lag kein Laken auf der Matratze, sie lag direkt auf der großen, von Urinflecken übersäten Oberfläche. Eine Art Toilettenstuhl stand mit einem Eimer darunter neben ihrem Bett. Überall lagen Kleider. Im Fenster standen vertrocknete Pflanzen. Der Gestank von Ammoniak stach einem in die Nase.

Was war das hier nur für eine Scheiße. Eine gottverdammte Megascheiße.

Ich stellte die Tür so, wie sie gewesen war, und stieg langsam die Treppe hinauf. Der Handlauf war an manchen Stellen fast schwarz von einem Belag. Ich legte die Hand darauf und fühlte, dass er klebrig war. Auf dem oberen Treppenabsatz hörte ich das Geräusch des Fernsehers. Als ich ins Wohnzimmer kam, saß Großmutter mitten im Zimmer und starrte auf den Bildschirm. Sie schaute die Nachrichten im zweiten Programm. Dann musste es zwischen halb sieben und sieben sein.

Wie konnte sie nur neben dem Sessel sitzen, in dem er gestorben war?

Mein Magen zog sich zusammen, und die Tränen, die ich fast eruptiv vergoss, und die Grimassen, derer ich nicht Herr wurde, waren unendlich weit vom Brechreiz entfernt, und das Gefühl von Ungleichgewicht und Asymmetrie überwältigte mich fast panikartig, so dass es mir vorkam, als würde ich zerrissen. Hätte ich gekonnt, ich wäre auf die Knie gefallen und hätte die Hände gefaltet und Gott angerufen, aber es ging nicht, es lag keine Gnade darin, das Schlimmste war bereits geschehen, es war vorbei.

Als ich in die Küche kam, war sie verwaist. Alle Schränke waren sauber, und obwohl noch viel zu tun blieb, Wände und Fußboden, Schubladen, Tisch und Stühle, wirkte der Raum nun freundlicher. Auf der Arbeitsplatte stand eine der Anderthalbliter-Plastikbierflaschen. Kleine Perlen Kondenswasser bedeckten das Etikett. Daneben standen ein Molkenkäse mit dem Käsehobel darauf und ein Stück Gouda und Margarine, in der schräg das Buttermesser steckte, der Griff ruhte leicht auf dem Rand. Das Schneidebrett war herausgezogen worden, und darauf lag, halb in einer rotweißen Papiertüte steckend, ein Vollkornbrot. Davor das Brotmesser, die Brotkruste, Krümel.

Ich holte eine Plastiktüte aus der untersten Schublade und leerte die beiden Aschenbecher auf dem Tisch darin aus, verknotete sie und legte sie in den schwarzen Müllsack, der halbvoll in der Ecke stand, besorgte mir einen Putzlappen und säuberte den Tisch von Tabakresten und Krümeln, platzierte die Tabakbeutel und ihre Zigarettendrehmaschine auf dem Karton mit Zigarettenhülsen am einen Ende des Tischs, direkt unter der Fensterbank, öffnete das Fenster und hakte es fest. Anschließend ging ich Yngve suchen. Wie ich mir bereits gedacht hatte, saß er auf der Veranda. Er hielt ein Glas Bier in der einen Hand, eine Zigarette in der anderen.

»Möchtest du ein Glas?«, sagte er, als ich hinauskam. »In der Küche steht eine Flasche.«

»Nein, danke«, erwiderte ich. »Nicht nach dem, was hier passiert ist. Ich werde nie wieder Bier aus Plastikflaschen trinken.«

Er sah mich an und grinste.

»Du bist so empfindlich«, sagte er. »Die Flasche war noch zu. Sie stand im Kühlschrank. Es ist ja nicht so, dass er aus ihr getrunken hat.«

Ich zündete mir eine Kippe an und lehnte mich mit dem Rücken ans Geländer.

»Was machen wir mit dem Garten?«, sagte ich.

Yngve zuckte mit den Schultern.

»Wir können hier nicht alles in Ordnung bringen.«

»Ich möchte das«, sagte ich.

»Aha?«

»Ja.«

Das war der richtige Moment, um ihm von meinem Plan zu erzählen. Aber ich konnte mich nicht überwinden. Ich wusste, dass Yngve Einwände erheben würde, und die dadurch auftauchende Uneinigkeit hatte etwas an sich, was ich weder sehen noch erleben wollte. Oh, es waren Kleinigkeiten, aber hatte mein Leben jemals aus etwas anderem bestanden? Als wir Kinder waren, bewunderte ich Yngve, wie alle kleinen Brüder ihre großen Brüder bewundern, von keinem war mir ein Lob so wichtig wie von ihm, und obwohl er ein bisschen zu alt dafür war, als dass unsere Wege sich gekreuzt hätten, wenn wir draußen unterwegs waren, hielten wir zu Hause zusammen. Natürlich waren wir nicht gleichgestellt, denn in der Regel bestimmte er, aber wir standen uns trotzdem nahe. Auch weil wir uns mit demselben Feind konfrontiert sahen, will sagen, Vater.

Mir waren nicht sonderlich viele konkrete Ereignisse aus meiner Kindheit in Erinnerung geblieben, aber die wenigen, derer ich mich entsann, waren bezeichnend. Dass wir uns oft über Nichtigkeiten totlachten wie damals, als wir in England zelteten, in jenem Sommer 1976, der so ungewöhnlich heiß war, und eines Abends einen Hügel in der Nähe des Campingplatzes hinaufgingen und ein Auto an uns vorbeifuhr und Yngve sagte, die beiden Insassen hätten sich geküsst, ich aber »gepisst« verstand und wir uns minutenlang vor Lachen krümmten, ein Lachen, das sich den ganzen restlichen Abend bei jeder kleinsten Gelegenheit von Neuem Bahn brach.

Wenn es etwas gab, was ich aus meiner Kindheit vermisste, dann wohl das, mit meinem Bruder aus irgendeinem nichtigen Grund hemmungslos lachen zu können. Wie wir auf dem Platz neben dem Zelt im selben Urlaub zusammen mit zwei englischen Jungen Fußball spielten, Yngve mit seiner Leeds-Kappe, ich mit meiner Liverpool-Kappe, die Sonne, die über dem Land unterging, die Dunkelheit, die ringsum wuchs, die leisen Stimmen aus den Zelten in der Nähe, ich, der ich kein Wort von dem verstand, was die beiden sagten, Yngve, der stolz übersetzte. Das Schwimmbecken, zu dem wir eines Morgens gingen, bevor wir weiterfuhren, und in dem ich, als Nichtschwimmer, dennoch ins tiefe Wasser geriet, in dem ich mich an einen Plastikball klammerte, der mir jedoch plötzlich entglitt, so dass ich unterging, und das in einem Becken, in dem wir allein waren, Yngve, der um Hilfe rief, der junge Mann, der hinrannte und mich herauszog, und nachdem ich etwas Chlorwasser ausgerülpst hatte, war mein erster Gedanke gewesen, dass meine Eltern nicht erfahren durften, was passiert war. Tage wie diese, mit solchen Ereignissen, gab es unzählige, und die Verbindung, die sie zwischen uns schufen, war untrennbar. Dass er mich häufig boshafter behandelte als alle anderen, änderte daran nichts, sondern gehörte dazu, und innerhalb des Zusammenhangs, in dem wir lebten, war der Hass auf ihn, den ich in solchen Momenten empfand, kaum mehr als ein Bach für ein Meer, eine Kerze für eine Nacht. Er wusste genau, was er sagen musste, um mich so wütend zu machen, dass ich vollkommen außer mich geriet. Er saß da, ganz ruhig, mit seinem spöttischen Lächeln, und hänselte mich, bis mich die Wut packte und ich buchstäblich nicht mehr klar sehen konnte, sondern schwarz sah und nicht mehr wusste, was ich tat. Ich warf die Tasse in meiner Hand mit voller Wucht nach ihm oder eine Brotscheibe, wenn ich die gerade in der Hand hielt, oder eine Orange, wenn ich mich denn nicht auf ihn stürzte und losschlug, geblendet von Tränen und schwarzem Zorn, während er das Ganze kontrollierte und meine Hände festhielt und *ist ja gut, ist ja gut, mein Kleiner, bist du jetzt wütend, du armes Ding* sagte. Er wusste zudem von all meinen Ängsten; wenn Mutter Spätschicht hatte und Vater in einer Sitzung des Gemeinderats saß und im Fernsehen die Wiederholung einer Folge der Science-Fiction-Serie *Der blinde Passagier* lief, die sonst immer spätabends ausgestrahlt wurde, damit Kinder in meinem Alter nicht zusahen, war es für ihn ein Leichtes, alle Lichter im Haus zu löschen, die Haustür abzuschließen, sich zu mir umzudrehen und zu sagen: *Ich bin nicht Yngve. Ich bin ein blinder Passagier*, während ich vor Angst aufschrie und bettelte und ihn anflehte zu sagen, dass er Yngve war, *sag es, sag es, du bist Yngve, ich weiß es, Yngve, Yngve, du bist kein blinder Passagier, du bist Yngve …* Darüber hinaus wusste er, dass ich mich vor dem Geräusch fürchtete, das in den Rohren entstand, wenn man das heiße Wasser aufdrehte, ein schneidender Laut, der bald in ein Hämmern überging, das mir keine andere Wahl ließ, als zu flüchten, so dass wir verabredeten, dass er, nachdem er sich morgens am Waschbecken gewaschen hatte, den Stopfen nicht ziehen, sondern das Wasser für mich stehen lassen würde. Für die Zeit von etwa einem halben Jahr wusch ich mir folglich das Gesicht und die Hände in Yngves Wasser.

Als er mit siebzehn Jahren zu Hause auszog, veränderte sich unsere Beziehung natürlich. Als das Alltägliche verschwand, wuchs mein Bild von ihm und seinem Dasein, vor allem von dem in Bergen, wohin er später zum Studieren zog. Wie er lebte, wollte auch ich leben.

Als ich in die erste Klasse des Gymnasiums ging, besuchte ich ihn dort im Herbst im Studentenwohnheim Alrek, wo er ein Zimmer hatte. Als ich im Stadtzentrum aus dem Flughafenbus stieg, ging ich als Erstes in einen Laden und kaufte mir eine Schachtel Prince Denmark und ein Feuerzeug. Ich hatte noch nie geraucht, aber seit langem geplant, es zu tun, und alleine in Bergen, hatte ich mir überlegt, würde sich die Chance dazu ergeben. Und so stand ich dort, unter der grünen Kirchturmspitze der Johannes-Kirche, den Platz und die Straße Torgallmeningen vor mir, voller Menschen, Autos und funkelndem Glas. Der Himmel war blau, der Rucksack stand neben mir auf dem Asphalt, die Zigarette hatte ich im Mundwinkel platziert, und als ich sie nun, das gelbe Feuerzeug mit der Hand vor dem Wind abschirmend, anzündete, tat ich es mit einem intensiven, fast überwältigenden Gefühl von Freiheit. Ich war allein, ich konnte tun, was ich wollte, das ganze Leben lag vor mir. Ich hustete ein wenig, der Rauch kratzte natürlich im Hals, aber unter den gegebenen Umständen klappte es gut, die Intensität des Freiheitsgefühls ließ nicht nach, und nachdem ich meine Zigarette geraucht hatte, steckte ich die rotweiße Schachtel in die Jackentasche, warf mir den Rucksack auf den Rücken und zog los, um mich mit Yngve zu treffen. Auf dem Gymnasium in Kristiansand hatte ich nichts, aber Yngve hatte ich. Was er besaß, das besaß auch ich, und deshalb war ich nicht nur froh, sondern auch stolz, als ich eine Stunde später in seinem Zimmer kniete, in das die Sonnenstrahlen durch das abgasmatte Fenster fielen, und in seiner Plattensammlung in den drei Weinkisten an der Wand stöberte. Am Abend gingen wir zusammen mit drei jungen Frauen aus, die er kannte, und ich lieh mir sein Deodorant, Old Spice, und sein Haargel, und bevor wir aufbrachen, schlug er, vor dem Spiegel im Flur, die Ärmel meines schwarz-weiß karierten Hemds hoch, das so ähnlich aussah wie eins, das The Edge von U2 damals oft auf Fotos trug, und rückte den Aufschlag meines Jacketts zurecht. Die Mädchen trafen wir in einer ihrer Wohnungen, und sie amüsierten sich sehr darüber, dass ich erst sechzehn war, und meinten, ich sollte mit einer von ihnen Händchen halten, wenn wir am Türsteher vorbeigingen, was ich auch tat, als ich zum ersten Mal ein Lokal betrat, in das man erst mit achtzehn durfte. Am nächsten Tag gingen wir ins Café Opera und ins Café Galleri, wo wir uns mit Mutter trafen. Sie wohnte in einer Wohnung bei ihrer Tante Johanna im Søndre Skogveien, die Yngve später übernahm und in der ich ihn die nächsten Male besuchte, wenn ich nach Bergen kam. Im Jahr darauf kam ich mit einem Tonbandgerät, um die amerikanische Band Wall of Voodoo zu interviewen, die am Abend im Hulen spielte. Ich hatte keinen Termin, kam mit meinem Presseausweis während des Soundchecks aber trotzdem hinein, und wir standen am Bühneneingang und warteten auf die Band, ich in einem weißen Hemd und einer schwarzen Cowboykrawatte mit einem großen, glänzenden Adler, schwarzer Hose und Boots. Als die Band schließlich kam, traute ich mich plötzlich jedoch nicht mehr, sie anzusprechen, sie sahen so furchteinflößend aus, eine Gang drogensüchtiger Dreißigjähriger aus Los Angeles, und es blieb Yngve überlassen, die Situation zu retten. *Hey, mister!*, rief er, und der Bassist wandte sich um und kam zu uns, und Yngve sagte, *This is my little brother, he has come all the way from Kristiansand down south to make an interview with Wall of Voodoo. Is that ok with you?*

Nice tie!, sagte der Bassist, dem ich im nächsten Moment errötend in die Garderobe der Band folgte. Er war ganz in Schwarz gekleidet, hatte große Tattoos auf den Armen, lange schwarze Haare, trug Cowboyboots und war überaus freundlich, gab mir ein Bier und beantwortete ausführlich jede meiner vorformulierten, schülerzeitungshaften Fragen. Ein anderes Mal interviewte ich Blaine Reiniger, der damals gerade Tuxedomoon verlassen hatte, in Bergen auf einer der weichen Ledercouches im Café Galleri. Dass ich nach dem Gymnasium hierher, in diese Metropole mit ihren Cafés, Konzerthallen und Plattengeschäften ziehen würde, bezweifelte ich keine Sekunde.

Nach dem Wall-of-Voodoo-Konzert saßen wir im Hulen und beschlossen, eine Band zu gründen, wenn ich nach Bergen zog; Yngves Kumpel Pål spielte Bass, Yngve Gitarre und ich Schlagzeug. Einen Sänger würden wir schon noch finden, wenn es so weit war. Yngve sollte die Stücke schreiben, ich die Texte, und eines Tages, sagten wir uns an jenem Abend, würden wir hier, im Hulen, spielen. Nach Bergen zu fahren, hieß für mich damals, in die Zukunft zu fahren. Ich verließ mein gegenwärtiges Leben und verbrachte einige Tage in meinem nächsten, ehe ich dann wieder zurückkehrte. In Kristiansand war ich allein und musste um alles kämpfen, in Bergen war ich mit Yngve zusammen, und was er hatte, das kam auch mir zugute. Nicht nur die Kneipen und Cafés, die Geschäfte und Parks, die Lese- und Hörsäle, sondern auch all seine Freunde, die nicht nur wussten, wer ich war, wenn ich ihnen begegnete, sondern auch, was ich so machte, zum Beispiel, dass ich eine eigene Musiksendung bei einem lokalen Radiosender hatte und in der Zeitung Fædrelandsvennen Platten und Konzerte besprach, und nach diesen Begegnungen erzählte Yngve mir immer, was man über mich gesagt hatte, vor allem die Mädchen hatten oft das Bedürfnis, etwas über mich zu sagen, dass ich gut aussah oder reif für mein Alter war und so weiter, aber auch die Jungen, insbesondere ein Kommentar ging mir dabei nahe, nämlich Arvids, dass ich dem Jungen in Viscontis *Der Tod in Venedig* so ähnlich sähe. Ich war für sie jemand, und das hatte ich Yngve zu verdanken. Er nahm mich in die Vindil-Skihütte mit, wo er sich jedes Jahr an Silvester mit seinen Freunden traf, und in einem Sommer, in dem ich in Arendal auf der Straße Musikkassetten verkaufte und im Geld schwamm, gingen wir fast jeden Abend aus, und eines Abends, entsinne ich mich, war Yngve überrascht, aber auch stolz, weil ich fünf Flaschen Wein trank und mich weiter halbwegs ordentlich benehmen konnte. Der Sommer endete damit, dass ich mit der Schwester von Yngves Freundin zusammenkam. Er machte damals mit seiner Nikon-Spiegelreflexkamera eine Menge Bilder von mir, alle in Schwarzweiß, alle ungeheuer gestellt, und einmal gingen wir auch gemeinsam zu einem Fotografen, weil unsere Großeltern Weihnachten ein Bild von uns geschenkt bekommen sollten, aber die Aufnahme landete auch in der Ausstellungsvitrine des Fotografen im Foyer des Kinos von Kristiansand, wo jeder, der wollte, uns in unseren Achtzigerjahreklamotten und -frisuren posieren sehen konnte. Yngve in einem hellblauen Hemd, ein Lederbändchen ums Handgelenk, lange Haare im Nacken, kurze auf dem Scheitel, ich in meinem schwarzweiß karierten Hemd, meinem schwarzen Jackett mit hochgeschlagenen Ärmeln, meinem Nietengürtel und meiner schwarzen Hose, die Haare im Nacken noch länger und auf dem Scheitel noch kürzer als Yngves, und darüber hinaus ein Kreuz, das an einem Ohr baumelte. Ich ging damals oft ins Kino, meistens mit Jan Vidar oder einem anderen aus Tveit, und wenn ich das Bild dort hängen sah, in der beleuchteten Vitrine, gelang es mir niemals ganz, es mit mir in Verbindung zu bringen, will sagen mit dem Leben, das ich in Kristiansand führte, dem eine gewisse äußerliche, objektive Qualität eigen war, weil es an bestimmte Räume anknüpfte wie die Schule, die Sporthalle, das Stadtzentrum, und an bestimmte Menschen, meine Freunde, die Klassenkameraden, die Mannschaftskameraden, während das Foto in ganz anderer Weise mit etwas Intimem und Verborgenem verbunden war, vor allem dem engeren Familienkreis, aber auch mit dem Menschen, zu dem ich eines Tages werden würde, wenn ich endlich fortkam. Während Yngve seinen Freunden von mir erzählte, erwähnte ich ihn meinen gegenüber nie.

Dass dieser innere Raum mitten im äußeren zur Betrachtung freigegeben hing, war sowohl verwirrend als auch unangenehm. Aber abgesehen von ein paar Bemerkungen interessierte sich keiner dafür, da ich niemand war, für den man sich interessierte.

Als ich 1987 endlich Abitur gemacht hatte, ging ich aus irgendeinem Grund dann doch nicht nach Bergen, sondern zog in eine kleine Ortschaft auf einer Insel in Nordnorwegen, wo ich ein Jahr als Aushilfslehrer arbeitete. Ich hatte den Plan, abends an meinem Roman zu schreiben und mit den Ersparnissen aus meinem Lehrerjob ein Jahr durch Europa zu reisen; ich kaufte ein Buch, in dem alle möglichen und unmöglichen Aushilfsjobs in europäischen Ländern beschrieben wurden, und genau so stellte ich mir das vor, von Stadt zu Stadt und Land zu Land zu reisen, ein bisschen zu arbeiten, ein bisschen zu schreiben und ein freies und unabhängiges Leben zu führen, aber dann bekam ich mit den Texten, die ich im Laufe dieses Jahres geschrieben hatte, einen Studienplatz an der neu gegründeten Akademie für Schreibkunst in Hordaland, und da es mir unendlich schmeichelte, dass man mich angenommen hatte, verwarf ich alle Pläne und nahm neunzehnjährig Kurs auf Bergen, wo ich trotz aller Träume und Fantasien von einem Vagabundenleben in der weiten Welt die nächsten neun Jahre blieb.

Und es begann gut. Als ich am Fischmarkt aus dem Flughafenbus stieg, schien die Sonne, und Yngve, der an den Wochenenden und in den Semesterferien als Portier im Hotel Orion arbeitete, war gut gelaunt, als ich zur Rezeption kam, er müsse noch eine halbe Stunde arbeiten, dann könnten wir uns Krabben und ein paar Flaschen Bier kaufen und den Beginn meines neuen Lebens feiern. Wir saßen auf der Treppe vor seiner Wohnung und tranken Bier, während die Musik der Undertones aus der Stereoanlage im Wohnzimmer zu uns herausschallte. Als es Abend wurde, waren wir bereits ein wenig angetrunken, riefen ein Taxi und fuhren zu Ola, einem unserer Freunde, und tranken noch etwas, ehe wir ins Café Opera gingen, wo wir, bis das Lokal schloss, an einem Tisch sitzen blieben, zu dem ständig Leute kamen. Das ist mein jüngerer Bruder Karl Ove, sagte Yngve jedes Mal, er ist nach Bergen gekommen, um an der Akademie für Schreibkunst zu studieren. Er will Schriftsteller werden. Yngve hatte mir draußen in Sandviken eine Bude besorgt, deren Bewohnerin für ein Jahr nach Südamerika gehen wollte, aber bis die Wohnung frei wurde, würde ich bei ihm auf der Couch schlafen können. Dort tadelte er mich wegen jeder Kleinigkeit, wie er es die wenigen Male, die wir länger als ein, zwei Tage zusammenwohnten, immer getan hatte, angefangen bei seiner Zeit in Alrek, wo er mit mir schimpfte, weil ich zu dicke Scheiben vom Molkenkäse abschnitt oder die Platten nicht dorthin zurückstellte, wo ich sie herausgezogen hatte, und seine Zurechtweisungen lagen auch jetzt auf dieser Ebene, ich wischte den Fußboden nach dem Duschen nicht gründlich genug trocken, ich krümelte beim Essen auf den Boden, ich war nicht vorsichtig genug, wenn ich die Nadel in die Schallplattenrille setzte, bis mir auf einmal der Kragen platzte, als wir neben seinem Auto standen und er mir vorhielt, ich hätte die Autotür beim letzten Mal zu fest zugeschlagen. Wutentbrannt schrie ich, er solle aufhören, mir zu sagen, was ich zu tun hätte. Und das tat er, von da an wies er mich nie mehr zurecht. Aber die Balance in unserer Beziehung blieb unverändert, ich hatte seine Welt betreten und war und blieb in ihr der jüngere Bruder. Mein Alltag an der Akademie für Schreibkunst war kompliziert, und Freunde fand ich dort keine, zum einen, weil alle älter waren als ich, zum anderen, weil ich einfach keine Berührungspunkte zwischen ihnen und mir ausmachen konnte, was dazu führte, dass ich meistens Yngve hinterhertrottete, ihn anrief und fragte, ob er für das Wochenende schon Pläne hätte, was natürlich der Fall war, ob ich mitkommen könne? Das konnte ich. Und nachdem ich einen ganzen Sonntag allein durch die Stadt gelaufen war oder zu Hause im Bett gelegen und gelesen hatte, war die Versuchung, abends bei ihm vorbeizuschauen, obwohl ich mir sagte, dass ich es nicht tun durfte, da ich alleine zurechtkommen musste, einfach zu groß, um ihr widerstehen zu können, weshalb ich an unzähligen Abenden auf der Couch vor seinem Fernseher landete.

Später zog er in eine Wohngemeinschaft, was für mich ungünstig war, denn dadurch wurde meine Abhängigkeit von ihm erst recht offenbar; es verging kaum ein Tag, an dem ich nicht an seiner Tür klingelte, und wenn er nicht zu Hause war, blieb ich in ihrem gemeinsamen Wohnzimmer sitzen, in pflichtschuldiger Gesellschaft eines Mitbewohners oder allein, in einem Musikmagazin oder einer Zeitung blätternd wie die verdammte Karikatur eines gescheiterten Menschen. Ich brauchte Yngve, Yngve brauchte mich nicht. So war es. Sicher, wenn er dabei war, konnte ich mich mit seinen Freunden unterhalten, dann gab es einen Zusammenhang, aber allein? Einen von ihnen alleine besuchen? Das wäre nun wirklich seltsam und gewollt und aufdringlich gewesen, das ging nicht. Außerdem war es so, dass mein Benehmen damals gelinde gesagt nicht immer vorbildlich war, ich betrank mich zu oft und ließ es mir nicht nehmen, andere zu verhöhnen, wenn mir der Sinn danach stand. Oft wegen ihres Aussehens oder kleiner, dummer Eigenheiten, die mir an ihnen aufgefallen waren.

Der Roman, an dem ich arbeitete, während ich die Akademie für Schreibkunst besuchte, wurde abgelehnt, ich schrieb mich an der Universität ein, studierte halbherzig Literaturwissenschaft, war nicht mehr fähig zu schreiben, und von meinem Leben als Schriftsteller war nur noch der Wunsch geblieben, es zu haben. Der war dafür allerdings umso größer, aber wie viele hingen im Universitätsmilieu solchen Wünschen nach? Wir spielten mit unserer Band *Die Kafkafilter* im Hulen, wir spielten im Garage, ein paar unserer Stücke wurden im Radio gesendet, wir bekamen ein paar gute Rezensionen in Musikzeitschriften, was toll war, aber gleichzeitig wusste ich natürlich, dass ich nur mitmachen durfte, weil ich Yngves Bruder war, denn ich war wirklich ein erbärmlicher Schlagzeuger. Im Alter von vierundzwanzig Jahren erkannte ich plötzlich, dass dies mein Leben war, dass es tatsächlich so aussah und wahrscheinlich immer so aussehen würde. Dass die Studienzeit, jene sagenumwobene und vielbesungene Phase im Leben, auf die man später stets mit Freude zurückblickte, für mich nichts anderes war als eine Reihe trostloser, einsamer und unvollkommener Tage. Dass ich das nicht früher einsah, lag an der Hoffnung, die immer ein Teil von mir gewesen war, an all diesen lächerlichen Träumen, die ein Zwanzigjähriger so häufig hegt, von Frauen und Liebe, von Freunden und Freude, von heimlicher Begabung und einem plötzlichen Durchbruch. Als ich vierundzwanzig war, sah ich jedoch, wie es war. Und es war okay, auch ich hatte meine kleinen Freuden, so war es nicht, und was an Einsamkeit und Erniedrigung auf mich zukommen würde, ließ sich aushalten, es gibt keinen Grund in mir, dachte ich manchmal, ich nehme das an, ich bin ein Brunnen, ich bin der Brunnen des Gescheiterten, des Erbärmlichen, Elenden, Jämmerlichen, Peinlichen, Freudlosen und Schmählichen. Kommt her damit! Pisst in mich hinein! Scheißt ruhig auch noch, wenn euch danach ist! Ich nehme das an! Ich stehe es durch! Ich bin das Stehvermögen persönlich! Dass es dies gewesen sein muss, was die Mädchen, denen ich mich zu nähern versuchte, in meinen Augen sahen, habe ich nie bezweifelt. Zu viel Wille, zu wenig Hoffnung. Während Yngve in dieser ganzen Zeit seine Freunde, sein Studium, seine Arbeit und seine Band, ganz zu schweigen von seinen Freundinnen, gehabt hatte und alles bekam, was er wollte.

Was hatte er, was ich nicht hatte? Wie kam es, dass sie mit ihm gingen, während die jungen Frauen, mit denen ich sprach, entweder entsetzt oder höhnisch zu reagieren schienen? Unabhängig davon, wie es sich damit verhielt, blieb ich in seiner Nähe. Der einzige gute Freund, den ich in diesen Jahren fand, war Espen, der ein Jahr nach mir die Akademie für Schreibkunst besucht hatte und den ich während des Grundstudiums der Literaturwissenschaft kennen lernte, als er mich bat, mir einige seiner Gedichte anzusehen. Ich verstand nichts von Lyrik, aber ich sah sie mir an und erzählte irgendein Wischiwaschi, das er nicht durchschaute, und von da an wurden wir nach und nach Freunde. Espen war der Typ Mensch, der schon auf dem Gymnasium Beckett las, Jazz hörte und Schach spielte, der die Haare lang trug und nervös und ängstlich veranlagt war. In Gruppen, die aus mehr als zwei Personen bestanden, war er verschlossen, intellektuell jedoch offen, und im zweiten Jahr unserer Freundschaft debütierte er mit einer Gedichtsammlung, was mich durchaus neidisch machte. Yngve und Espen verkörperten zwei Seiten meines Lebens und konnten bezeichnenderweise nichts miteinander anfangen.

Espen ahnte wahrscheinlich nichts davon, da ich immer so tat, als würde ich fast alles kennen, aber er war es, der mich in die Welt der hohen Literatur hinaufzog, in der man Essays über eine Zeile bei Dante schrieb, in denen nichts kompliziert genug sein konnte, in der die Kunst in Kontakt zum Höchsten stand, nicht im Sinne des Erhabenen, denn wir hielten uns an den Kanon der Moderne, sondern des Enigmatischen, am besten illustriert in Blanchots Beschreibung von Orpheus' Blick, der Nacht der Nacht, der Negation der Negationen, was zugegeben ein ganzes Stück über den trivialen und in vieler Hinsicht schäbigen Leben lag, die wir selber führten, aber damals lernte ich, dass auch unsere lächerlichen, kleinen Lebensläufe, in denen wir absolut nichts von dem bekommen konnten, was wir haben wollten, wirklich nichts, in denen alles außerhalb unserer Fähigkeiten und Macht stand, teil an dieser Welt hatte und damit auch am Höchsten, denn die Bücher existierten, man brauchte sie nur zu lesen, niemand außer mir selbst konnte mich von ihnen ausschließen. Es galt nur, sich zu ihnen aufzuschwingen.

Die Literatur der Moderne mit ihrer riesigen, brachliegenden Maschinerie war ein Werkzeug, eine Erkenntnisform, und wenn man sich in sie eingearbeitet hatte, konnten die Einsichten, die sie vermittelte, verworfen werden, ohne dass das Wesentliche an ihr verloren ging, die Form blieb bestehen und ließ sich daraufhin dem eigenen Leben zuwenden, den eigenen Faszinationen, die somit plötzlich in einem völlig neuen und bedeutsamen Licht erscheinen mochten. Espen schlug diesen Weg ein, und ich folgte ihm wie ein kleiner, dummer Hund, das ist richtig, aber ich folgte ihm. Ich blätterte ein wenig in Adorno, las ein paar Seiten Benjamin, saß ein paar Tage über Blanchot gebeugt, warf einen Blick in Derrida und Foucault, versuchte mich eine Weile an Kristeva, Lacan, Deleuze, während gleichzeitig Gedichte von Ekelöf, Björling, Pound, Mallarmé, Rilke, Trakl, Ashbery, Mandelstam, Lunden, Thomsen und Hauge herumlagen, denen ich nie mehr als ein paar Minuten widmete, ich las sie wie Prosa, wie ein Buch von MacLean oder Bagley, und lernte nichts, begriff nichts, aber allein schon in Kontakt mit ihnen zu stehen, Bücher von ihnen im Regal zu haben, führte zu einer Bewusstseinsverschiebung, nur zu wissen, dass es sie gab, war bereits eine Bereicherung, und obwohl sie mir keine Erkenntnisse eintrugen, bereicherten sie mich doch umso mehr um Ahnungen und Wahrnehmungen.

Nun war das natürlich nichts, womit man bei einer Prüfung oder in einer Diskussion hätte auftrumpfen können, aber andererseits war es auch nicht das, was ich, der König des Ungefähren, anstrebte – sondern die Bereicherung. Und was mich bereicherte, wenn ich beispielsweise Adorno las, lag nicht in dem, was ich las, sondern in der Vorstellung, die ich von mir selbst bekam, wenn ich las. Ich war ein Mensch, der Adorno las! Und in dieser schwierigen, komplexen, umständlichen, präzisen Sprache, die das Denken stetig höher schraubte und in der jeder Punkt gesetzt war wie der Kletterhaken eines Bergsteigers, gab es zudem etwas anderes, diese ganz bestimmte Annäherungsweise an die Stimmung der Wirklichkeit, diese Schatten der Sätze, die zuweilen eine vage Begierde in mir weckten, diese Sprache mit ihrer besonderen Stimmung auf etwas Wirkliches, etwas Lebendiges anzuwenden. Nicht auf ein Argument, sondern einen Luchs oder eine Amsel oder einen Zementmischer. Denn es war nicht so, dass die Sprache die Wirklichkeit in ihre Stimmungen hüllte, sondern umgekehrt, dass die Wirklichkeit aus ihnen hervortrat.

Artikuliert wurde das alles nicht, es existierte nicht in Form von Gedanken und kaum als Ahnung, eher als eine Art unklare Anziehungskraft. Diese Seite von mir hielt ich von Yngve fern, zunächst, weil er sich weder dafür interessierte, noch daran glaubte, denn er studierte Medienwissenschaften und war auf die Überzeugung dieses Fachs eingeschworen, dass es so etwas wie objektive Qualität nicht gab, alle Werturteile relativ waren und das Populäre selbstverständlich genauso gut war wie das weniger Populäre, aber mit der Zeit bedeutete mir dieser Unterschied und was ich für mich behielt, ihm also vorenthielt, viel mehr, auf einmal ging es um uns als Menschen und darum, dass der Abstand zwischen mir und Yngve im Grunde groß war, und das wollte ich nicht, auf gar keinen Fall, weshalb ich systematisch alles herunterspielte, was damit zusammenhing. Erlitt ich eine Niederlage, misslang mir etwas, hatte ich etwas gründlich missverstanden, zögerte ich nie, ihm davon zu erzählen, denn alles, was mich in seinen Augen herunterzog, war gut, während ich es, wenn ich etwas Bedeutsames erreicht hatte, oft unterließ, ihm etwas davon zu sagen.

Für sich genommen war das vielleicht halb so wild, aber als es anfing, sich in meinem Bewusstsein geltend zu machen, wurde die Sache schlimmer, denn daraufhin dachte ich daran, wenn wir zusammen waren, so dass ich mich nicht mehr natürlich und impulsiv verhielt, nicht mehr einfach plauderte, wie ich es in seiner Gesellschaft immer getan hatte, sondern anfing zu berechnen, zu kalkulieren, zu reflektieren. Bei Espen passierte das Gleiche, bloß unter umgekehrten Vorzeichen, bei ihm spielte ich das leichte, unterhaltsame Leben herunter. In dieser Zeit hatte ich eine Freundin, in die ich nie verliebt gewesen war, nicht wirklich, was sie natürlich nicht erfahren durfte. Vier Jahre waren wir zusammen. Da saß ich also, spielte Rollen und gab mich mal so, mal so. Als wäre das nicht genug, arbeitete ich außerdem noch in einer Anstalt für psychisch Behinderte und beschränkte mich nicht darauf, den anderen Angestellten, die ausgebildete Krankenpfleger waren, nach dem Mund zu reden, sondern begleitete sie darüber hinaus, wenn sie ausgingen, und zwar in einen Teil der Stadt, den Studenten mieden, in die volkstümlichen Kneipen mit Pianisten und gemeinsamem Gesang, um dort ihre Meinungen und Standpunkte und Vorstellungen zu übernehmen. Das bisschen Eigenes, was ich besaß, leugnete ich oder behielt es für mich. Meine Persönlichkeit hatte deshalb etwas Schleichendes und Fragwürdiges und nichts von der Festigkeit und Reinheit wie bei manchen anderen Menschen, denen ich damals begegnete und die ich dafür bewunderte. Yngve stand ich zu nahe, um ihn in dieser Weise zu taxieren, denn das Denken, so viel Gutes man auch darüber sagen mag, hat eine große Schwäche: Es ist von einem gewissen Abstand abhängig, um zu funktionieren. Alles innerhalb dieses Abstands ist den Gefühlen überlassen. Wegen meiner Gefühle für ihn ging ich dazu über, ihm Dinge vorzuenthalten. Ihm durfte nichts misslingen. Meiner Mutter durfte auch mal was misslingen, das machte mir nichts aus, und Gleiches galt für meinen Vater und meine Freunde und nicht zuletzt auch für mich selbst, es war mir völlig egal, aber Yngve durfte nicht scheitern, sich nicht blamieren, keine Schwäche zeigen. Wenn er dies doch tat und ich voller Scham zusah, war trotzdem nicht die Scham der springende Punkt, sondern dass er nichts von ihr merken durfte, er durfte nicht erfahren, dass ich solche Gefühle hegte, und mein ausweichender

Blick bei solchen Gelegenheiten, dessen Auftrag darin bestand, die Gefühle zu verbergen, statt sie auszudrücken, muss auffällig, allerdings auch schwer zu deuten gewesen sein. Sagte er etwas Blödes oder Banales, veränderte sich meine Haltung zu ihm ja nicht, ich bewertete ihn deshalb nicht anders, was in mir entstand, basierte ausschließlich darauf, dass *er* auf die Idee verfallen könnte, ich würde mich für ihn schämen.

Wie damals, als wir eines späten Abends im Garage saßen und die Zeitschrift diskutierten, deren Gründung wir seit langem geplant hatten. Wir waren umgeben von Leuten, die schrieben und Bilder machten und denen allen gemeinsam war, dass sie ebenso vertraut waren mit der Liverpooler Mannschaft in der Spielzeit 1982/83 wie mit den Mitgliedern der Frankfurter Schule, mit englischen Bands wie mit norwegischen Schriftstellern, mit deutschen expressionistischen Filmen und amerikanischen Fernsehserien. Ein journalistisch orientiertes Magazin zu gründen, das diese Bandbreite von Interessen ernst nahm, Fußball, Musik, Literatur, Film, Philosophie, Fotografie, Kunst, erschien uns lange als eine glänzende Idee. In jener Nacht saßen wir mit Ingar Myking zusammen, der Redakteur der Studentenzeitung *Studvest* war, sowie mit Hans Mjelva, der nicht nur der Sänger unserer Band, sondern auch Ingars Vorgänger als Redakteur gewesen war. Als Yngve anfing, über das Magazin zu sprechen, hörte ich seine Worte plötzlich mit den Ohren von Hans und Ingar. Sie klangen platt und banal, und ich blickte nach unten auf den Tisch. Yngve sah beim Sprechen mehrmals kurz zu mir hinüber. Sollte ich sagen, was ich dachte, ihn folglich korrigieren? Oder sollte ich es gut sein lassen, mich selbst verleugnen und ihn unterstützen? Dann würden Ingar und Hans glauben, dass ich mich in dieser Frage auf dem gleichen Level befand wie er. Das wollte ich nun auch wieder nicht. Deshalb entschied ich mich für einen Kompromiss und blieb in dem Versuch stumm, mit meinem Schweigen sowohl Yngve als auch das Urteil über seine Worte, das ich Ingar und Hans unterstellte, zu bekräftigen.

So feige war ich oft, denn ich wollte niemanden vor den Kopf stoßen und behielt für mich, was ich dachte, aber in dieser Situation herrschten verschärfte Umstände, weil es um Yngve ging, den ich über mir sehen wollte, wo er hingehörte, und weil Eitelkeit im Spiel war, will sagen Zuhörer, so dass ich ihm keinen Honig um den Mund schmieren konnte.

Wenn Yngve und ich etwas zusammen machten, geschah es meistens zu seinen Bedingungen, und was mich alleine betraf, etwa das Lesen und Schreiben, hielt ich größtenteils heraus. Manchmal begegneten sich diese beiden Welten jedoch, das ließ sich nicht vermeiden, denn auch Yngve interessierte sich für Literatur, obwohl es ihm dabei nicht um das

Gleiche ging wie mir. Zum Beispiel damals, als ich für ein Studentenmagazin den Schriftsteller Kjartan Fløgstad interviewen sollte und Yngve mir vorschlug, wir könnten das Gespräch gemeinsam führen, womit ich sofort einverstanden war. Fløgstad mit seiner Mischung aus Volkstümlichkeit und Intellektualität, seinen Theorien über das Hohe und das Niedrige, seiner undogmatischen und selbständigen, fast aristokratisch zu nennenden linken Gesinnung und nicht zuletzt mit seinen Wortspielen, war Yngves Lieblingsschriftsteller. Yngve war selbst berühmt-berüchtigt für seine Wortspiele und seinen Wortwitz, und sein akademischer Königsweg folgte dem Gedanken, dass der Wert eines Kunstwerks beim Zuschauer oder Leser erschaffen wurde und nicht an sich existierte, und der Ausdruck des Authentischen genauso eine Frage der Form war wie der des nicht Authentischen. Für mich war Fløgstad in erster Linie ein großer norwegischer Schriftsteller. Der Auftrag für das Interview kam von der kleinen, neu-norwegischen Studentenzeitschrift TAL, für die ich zuvor den Dichter Olav H. Hauge und die Prosaautorin Karin Moe interviewt hatte. Das Interview mit Hauge hatte ich zusammen mit Espen und Yngves Freund Asbjørn als Fotograf gemacht, so dass Yngves Beteiligung mir mehr als natürlich erschien. Das Interview mit Hauge war gut gelaufen, obwohl es zugegebenermaßen schlecht begann, weil ich versäumt hatte, ihm mitzuteilen, dass wir zu dritt kommen würden, so dass er nur *einen* erwartete, als das Auto auf seinen Hof bog, und er uns anfangs überhaupt nicht ins Haus lassen wollte. *Ihr seid ja ein ganzer Haufen*, sagte er im Türrahmen stehend, und konfrontiert mit seiner kurz angebundenen westnorwegischen Art fühlte ich mich plötzlich wie ein fröhlicher, leichtlebiger, dummer, übereifriger, impulsiver, rotbackiger Südnorweger. Hauge war ein Einheimischer des Geistes, er ließ sich durch nichts erschüttern, ich war ein Tourist des Geistes und hatte meine Bekannten mitgebracht, um das Phänomen näher in Augenschein zu nehmen. So empfand ich es und der grimmigen, fast feindseligen Miene Hauges nach zu urteilen er wahrscheinlich auch. Am Ende sagte er jedoch *Na, dann kommt mal rein* und trottete vor uns ins Wohnzimmer, wo wir unsere Taschen und Fototaschen abstellten. Asbjørn holte die Kamera heraus und hob sie ins Licht, Espen und ich zogen unsere Notizen hervor, Hauge saß auf einer Bank an der Wand und sah zu Boden. *Könnten Sie sich vielleicht vor das Fenster da stellen*, sagte Asbjørn, *da ist das Licht gut. Dann können wir ein paar Fotos machen.* Hauge sah zu ihm auf, die grauen Haare hingen ihm in die Stirn. *Hier werden verdammt nochmal keine Fotos gemacht*, beschied er. *Also nicht*, sagte Asbjørn. *Entschuldigen Sie bitte.* Er zog sich ein wenig zurück und legte die Kamera diskret in die Fototasche zurück. Espen setzte sich neben mich, blätterte in seinen Notizen, hielt in der anderen Hand einen Stift. Ich kannte ihn und wusste, dass es nicht Konzentration war, was ihn ausgerechnet jetzt veranlasste, sie zu lesen. Es verging eine längere Zeit, ohne dass igendjemand etwas sagte. Espen sah mich an. Sah Hauge an. *Ich habe eine Frage*, sagte er. *Ist es in Ordnung, wenn ich sie jetzt stelle?* Hauge nickte und strich die herabhängende Tolle mit einer Bewegung dorthin zurück, wo sie eigentlich liegen sollte, die überraschend locker und weiblich war im Vergleich zu seiner sonstigen männlichen Reglosigkeit und Stummheit. Espen setzte an, seine Frage zu stellen, und las sie ab, sie war lang und kompliziert und enthielt eine kurze Analyse eines Gedichts. Als er fertig war, sagte Hauge, ohne aufzublicken, er spreche nicht über seine Gedichte.

Ich hatte Espens Fragen gelesen, die ausnahmslos sehr direkt auf die Gedichte eingingen, und wenn Hauge wirklich nicht über seine Gedichte sprechen wollte, war jede einzelne von ihnen unbrauchbar.

Das nachfolgende Schweigen währte lange. Jetzt war Espen genauso mürrisch und verschlossen wie Hauge. Die beiden sind Dichter, dachte ich, so sind sie eben. Verglichen mit ihrer schweren Düsternis fühlte ich mich wie ein Leichtgewicht, ein Dilettant, der über keine Erkenntnisse zu nichts verfügte, nur an der Oberfläche trieb, Fußball guckte, die Namen einiger Philosophen kannte und für Popmusik der simpelsten Sorte schwärmte. Einer der Texte, die ich für unsere Band geschrieben hatte und der noch am ehesten an Lyrik heranreichte, hieß »Du wiegst dich so wundersam«. Doch jetzt musste ich trotzdem in die Bresche springen, denn es war klar, dass Espen nichts mehr sagen würde, und so stellte ich eine Frage über Jølster, wo meine Mutter wohnte, weil der Maler Astrup dorther stammte, für den sich Hauge interessierte, er hatte sogar ein Gedicht über ihn geschrieben. Der Künstler war offenbar ein Wahlverwandter. Darüber wollte er jedoch nicht sprechen. Stattdessen begann er, von einem Ausflug nach Jølster vor langer Zeit zu erzählen, es klang nach irgendwann in den sechziger Jahren, und alle Namen, die er erwähnte, während er zu Boden starrte, nannte er so beiläufig, als müsste jeder sie kennen. Wir hatten noch nie von ihnen gehört, und das Ganze erschien, wenn nicht kryptisch, so doch ohne einen wirklichen Sinn, der über das rein Private hinausginge. Ich stellte eine Frage zum Übersetzen, Asbjørn eine weitere, sie wurden in gleicher Weise beantwortet, mit enormer Beiläufigkeit, als säße er einfach bloß da und spräche mit sich selbst. Oder mit dem Fußboden. Als Interview war es eine Katastrophe. Aber dann, nach ungefähr einer Stunde in diesem Stil, tauchte ein neues Auto auf dem Hof auf. Es waren Leute vom Norwegischen Rundfunk Hordaland, die wollten, dass Hauge ein Gedicht las, und sie gingen an die Arbeit, hatten aber ein Kabel vergessen und mussten noch einmal zurückfahren und es holen, und als das passierte, schwenkte Hauge um, plötzlich behandelte er uns freundlich, scherzte und lächelte, denn jetzt hieß es, wir gegen den Rundfunk, und das Eis war gebrochen, denn als die Leute vom Rundfunk die Aufnahmen im Kasten hatten und abgezogen waren, hielt seine Freundlichkeit an, und er war in ganz anderer Weise präsent und offen. Seine Frau kam mit einem frisch gebackenen Apfelkuchen zu uns, und als wir gegessen hatten, führte er uns durchs Haus, nahm uns mit in seine Bibliothek in der ersten Etage, wo er auch schrieb, und ich sah, dass auf dem Schreibtisch ein Notizbuch lag, auf dessen Umschlag »Tagebuch« stand, und dort oben zog er Bücher heraus und sprach über sie, unter anderem eins von Julia Kristeva, erinnere ich mich, weil ich dachte, *das hast du bestimmt nicht gelesen*, denn Hauge hatte ja nie eine Universität besucht, *und wenn du es gelesen hast, dann hast du es jedenfalls nicht verstanden*, und dann, als wir die Treppe hinunterstiegen, sagte er etwas ungeheuer Elektrisierendes und Bedeutsames über den Tod, in einem resignierten und lakonischen Tonfall, aber nicht ohne Ironie, und ich dachte, das muss ich mir merken, das ist wichtig, das muss ich mir für den Rest meines Lebens merken, aber schon als wir im Auto saßen, auf dem Heimweg am Hardangerfjord entlang, hatte ich es vergessen. Ein paar Schritte hinter mir ging er in dem Moment, Espen und Asbjørn waren bereits draußen, es wurde Zeit, Fotos zu machen. Während Hauge ein Bein über das andere geschlagen auf der Steinbank saß und in die Ferne sah, und Asbjørn ihn, im einen Augenblick in der Hocke, im nächsten aufgerichtet, aus verschiedenen Blickwinkeln knipste, standen Espen und ich ein paar Meter entfernt und rauchten. Es war ein schöner Herbsttag, kalt und klar; als wir am Morgen in Bergen losgefahren waren, hatte Nebel über dem Fjord gehangen. Das Laub der Bäume an den Berghängen war gelb und rot, der Fjord unter uns spiegelglatt, die Wasserfälle weiß und groß. Ich war froh, das Interview war vorbei und gut gelaufen, aber es hatte mich auch aufgewühlt, denn irgendetwas an Hauge machte mich unruhig. Etwas, das nicht ruhen wollte, ohne dass ich gewusst hätte, woher es rührte. Er war ein alter Mann und trug die Kleider eines alten Mannes, Flanellhemd und Altherrenhose, Pantoffeln und Hut, und hatte den Gang eines alten Mannes, trotzdem war nichts Greisenhaftes an ihm, wie man es beipielsweise bei Großvater oder Alf, dem Onkel meines Vaters, erlebte, im Gegenteil, als er sich uns plötzlich öffnete und uns Dinge zeigen wollte, tat er dies treuherzig kindlich, unendlich freundlich, aber auch unendlich verletzlich, so wie ein Junge, der keine Freunde hatte, auftrat, wenn sich plötzlich jemand für ihn interessierte, könnte man sich beispielsweise vorstellen, undenkbar bei Großvater oder Alf, es war sicherlich mehr als sechzig Jahre her, dass sie sich auf diese Weise einem anderen Menschen geöffnet hatten, wenn sie es denn überhaupt jemals getan hatten. Oder nein, er hatte sich uns nicht geöffnet, es schien mir eher, als wäre das sein natürlicher Zustand gewesen, der hinter seiner abweisenden Haltung bei unserer Ankunft verborgen gelegen hatte. Ich hatte etwas gesehen, das ich nicht sehen wollte, weil der Mann, der es mir zeigte, nicht wusste, wie es aussah. Er war über achtzig Jahre alt, aber in ihm war nichts gestorben oder erstarrt, was das Leben im Grunde viel zu schmerzhaft macht, denke ich heute. Damals machte es mich nur unruhig.

»Können wir noch ein paar Fotos bei den Apfelbäumen machen?«, sagte Asbjørn.

Hauge nickte, stand auf und folgte Asbjørn zu den Bäumen. Ich bückte mich, drückte die Zigarettenkippe auf der Erde aus und sah mich nach einer Stelle um, an der ich sie ablegen konnte, fand aber keine geeignete und steckte sie deshalb in die Tasche.

Angesichts der Berge zu allen Seiten hatte man das Gefühl, in einem riesigen Gewölbe zu stehen. Es hing nach wie vor ein Hauch von etwas Sanfterem und Wärmerem in der Luft, wie es in Westnorwegen im Herbst so oft der Fall ist.

»Meinst du, wir können ihn fragen, ob er ein Gedicht für uns lesen will?«, sagte Espen.

»Wenn du dich traust«, sagte ich und sah Asbjørn weiter vorne lächeln. Hauge mochte für Espen ein Dichter sein, aber für Asbjørn war er eine Legende, und nun durfte er sich alle Zeit der Welt nehmen, um ihn zu fotografieren. Als sie fertig waren, gingen wir gemeinsam ins Wohnzimmer, um unsere Sachen zu holen. Ich zog ein Buch heraus, das ich unterwegs in einer Buchhandlung gekauft hatte, Hauges *Gesammelte Gedichte*, und fragte ihn, ob er es für meine Mutter signieren könne.

»Wie heißt sie?«, sagte er.

»Sissel«, antwortete ich.

»Und weiter?«

»Hatløy. Sissel Hatløy.«

Für Sissel Hatløy mit einem Gruß von Olav H Hauge schrieb er und gab es mir zurück.

»Danke«, sagte ich.

Als wir uns auf den Weg machten, begleitete er uns zur Tür. Espen bereitete mit dem Rücken zu ihm das Buch vor und drehte sich dann plötzlich mit einem Gesicht, das voller Verlegenheit und Hoffnung war, zu Hauge um.

»Könnten Sie vielleicht ein Gedicht für uns lesen?«

»Sicher, warum nicht?«, sagte Hauge. »Welches wollen Sie denn hören?«

»Vielleicht das mit der Katze?«, meinte Espen. »Auf dem Hof? Das passt hier doch eigentlich ganz gut, hehehe.«

»Dann will ich mal sehen«, sagte Hauge. »Hier haben wir es.«

Und er las.

Die Katze
sitzt im Vorhof,
wenn du kommst.
Sprich ein wenig mit der Katze.
Sie ist es, auf dem Hof die Gewahrsamste.

Alle lächelten, auch Hauge.

»Das war ja ein kurzes Gedicht«, meinte er. »Wollt ihr noch eins hören?«

»Gern!«, sagte Espen.

Er blätterte ein wenig, dann begann er wieder zu lesen.

Zeit, zu ernten

Diese milden Sonnentage im September.
Zeit, zu ernten. Noch gibt es Buckel
mit Kronsbeeren im Wald, Hagebutten röten sich
entlang der Steinwälle, Nüsse fallen
und schwarze Trauben von Brombeeren
glänzen im Gestrüpp,
die Drossel sucht nach den letzten
Johannisbeeren,
und die Wespe saugt die süßen Pflaumen aus.
Am Abend stell ich die Leiter weg und hänge

meinen Korb in den Schuppen. Magerer Firn
hat schon eine dünne Lage von Neuschnee.
Im Bett liegend höre ich das Tuckern der
Sprottenfischer,
sie fahren aus. Die ganze Nacht, weiß ich,
gleiten sie
mit starken Scheinwerfern suchend über den
Fjord.

Als wir auf dem Hof standen und zu Boden sahen, während er las, überlegte ich, dass dies ein großer und privilegierter Moment war, aber auch dieser Gedanke wurde von etwas anderem überlagert, denn der Augenblick, den das Gedicht, gelesen von seinem Autor am Ort seiner Entstehung, in Besitz nahm, war so viel größer als wir, er gehörte zum Unendlichen, und wie sollten wir, so jung und kaum klüger als drei Spatzen, ihn aufnehmen? Das konnten wir nicht, und zumindest ich wand mich ein wenig, während er las. Es war kaum auszuhalten. Ein Witz hätte gepasst, um dem Alltäglichen, in dem wir gefangen waren, wenigstens eine Form zu geben. Oh, die Schönheit, wie sollte man mit ihr umgehen? Wie sollte man ihr begegnen?

Als wir gingen, hob Hauge die Hand zu einem kurzen Gruß und war bereits im Haus verschwunden, als Asbjørn den Wagen anließ und auf die Straße fuhr. Ich fühlte mich wie nach einem ganzen Tag in der Sommersonne, erschöpft und schwer, obwohl man nichts anderes getan hatte, als irgendwo reglos und mit geschlossenen Augen auf einem Felsen zu liegen. Asbjørn fuhr ein Café an, um seine Freundin Kari abzuholen, die dort in der Zwischenzeit gewartet hatte. Nachdem wir ein paar Minuten darüber gesprochen hatten, wie es gewesen war, wurde es still im Wagen, wir schwiegen und sahen aus den Fenstern, betrachteten die Schatten, die sich draußen streckten, die Farben, die immer tiefer wurden, den Wind vom Fjord, der den Menschen die Haare zerzauste, die flatternden Zeitungswimpel vor den Kiosken, die Kinder auf ihren Fahrrädern, diese allgegenwärtigen Dorfkinder auf ihren Fahrrädern. Als ich nach Hause kam, fing ich sofort an, das Interview vom Tonband niederzuschreiben, da ich aus Erfahrung wusste, dass der Widerstand gegen die Stimmen und die Fragen und alles, was passiert war, mit der Zeit rasch größer werden würde; tat ich es dagegen sofort, solange ich dem Ganzen noch relativ nahe war, würde ich meine Zweifel und die Scham überwinden können. Das Problem, erkannte ich augenblicklich, bestand darin, dass alles Positive außerhalb der Reichweite unseres Tonbandgeräts geschehen war. Ich löste es, indem ich schrieb, wie es gewesen war, alles wiedergab, welchen Eindruck wir am Anfang von ihm gewonnen hatten, wie murmelnd und introvertiert er gewesen war, der Stimmungsumschwung, der Apfelkuchen, die Bibliothek. Espen schrieb eine Einführung in

Hauges Werk und fügte mehrere kleine, analysierende Passagen ein, die einen schönen Kontrast zu dem bildeten, was sich ansonsten ereignet hatte. Der Redakteur von TAL, der Philosophiestudent, Johannesen-Jünger und Neu-Norwegisch-Verfechter Hans Marius Hansteen, teilte uns mit, der Text habe Hauge gut gefallen; zu Georg Johannesen habe er gesagt, es sei eines der besten Interviews, die je mit ihm gemacht worden seien, was sicher nicht stimmte, wir waren zwanzig, und bei Hauges Urteilen über andere genoss die Höflichkeit stets Vorrang vor der Wahrhaftigkeit, aber was ihm gefallen und seine Frau dazu veranlasst hatte, anzurufen und um weitere Exemplare zu bitten, damit sie diese Freunden und Bekannten schenken konnten, war wohl, wie ich nach meiner späteren Lektüre seiner Tagebücher dachte, dass es ein Bild von ihm zeichnete, das nicht ausschließlich schmeichelhaft war. Das Feindselige und Greisenhafte war ihm natürlich bewusst, aber im Respekt, den die Leute vor ihm hatten, verschwand diese Seite seiner Persönlichkeit stets, was ihm, so wahrheitsliebend, wie er war, weit hinter allen Schichten von Höflichkeit und Anstand, nicht immer gefallen haben dürfte.

Ein halbes Jahr später war Kjartan Fløgstad an der Reihe. Das Interview mit Hauge habe er gelesen, sagte er, als ich ihn anrief, er sei gerne bereit, sich von TAL interviewen zu lassen. Wäre ich allein gewesen, hätte ich aus Nervosität und Respekt alle seine Bücher gelesen, penibel genügend Fragen für ein mehrstündiges Gespräch notiert und jedes Wort auf Band aufgenommen, denn selbst wenn meine Fragen möglicherweise dumm waren, würden seine Antworten es nicht sein, und hatte ich sie anschließend auf Band, würde sein Ton das ganze Interview tragen, egal, wie unzulänglich meine Stichworte gewesen waren. Aber da Yngve mich begleiten würde, war ich weniger nervös und verließ mich auf ihn, las nicht alle Bücher, notierte mir etwas allgemeinere Fragen, wobei ich auch Rücksicht auf die Beziehung zwischen Yngve und mir nahm, denn ich wollte nicht oberlehrerhaft wahrgenommen werden, wollte nicht, dass er dachte, ich würde glauben, ich könnte so etwas besser als er, und als wir nach Oslo fuhren und uns mit Fløgstad trafen, es war ein grauer Spätwintertag, Ende März oder Anfang April, vor einem Café im Stadtteil Bjølsen, war ich schlechter vorbereitet, als ich es in einer solchen Situation je zuvor gewesen war, sowohl früher als auch später, und zu allem Überfluss hatten Yngve und ich beschlossen, weder ein Diktier- noch ein Tonbandgerät zu benutzen und uns während des Interviews auch keine Notizen zu machen, denn das hätte es steif und formell gemacht, hatten wir uns überlegt, und wir strebten eher ein Gespräch an, impressionistisch, etwas, das im Vorbeigehen entstand. Mein Erinnerungsvermögen war nicht der Rede wert, aber Yngve hatte ein Elefantengedächtnis, und wenn wir, so unser Plan, unmittelbar danach niederschreiben würden, was gesagt worden war, würden wir unsere Gedächtnislücken gegenseitig füllen können und so, gemeinsam, die Gesamtheit erfassen. Fløgstad führte uns höflich ins Café, das vom schummrigen, kneipenhaften Schlage war, und wir setzten uns an einen runden Tisch, hängten unsere Jacken über die Stuhlrücken und holten die Blätter mit unseren Fragen heraus, und als wir sagten, dass wir beabsichtigten, das Interview ohne Notizen oder Tonbandgerät zu führen, meinte Fløgstad, er respektiere das. Er sei einmal von der schwedischen Tageszeitung *Dagens Nyheter* interviewt worden, von einem Journalisten, der sich keine Notizen gemacht habe, und sei tadellos wiedergegeben worden, was ihn beeindruckt habe. Während des Gesprächs war ich genauso konzentriert auf das, was Yngve sagte, wie auf Fløgstads Reaktionen, sowohl auf seine Antworten, den Tonfall seiner Stimme und die Körpersprache, als auch auf den Inhalt des Gesprächs. Meine eigenen Fragen zielten fast im gleichen Maße darauf ab, was an unserem Tisch geschah, wie auf das, was in Fløgstads Büchern geschah, und zwar so, dass sie eher gestellt wurden, um etwas an der Situation zu ergänzen oder zu kompensieren. Das Interview dauerte eine Stunde, und als wir ihm die Hand gegeben und für seine Gesprächsbereitschaft gedankt hatten und er sich in die Richtung entfernte, in der wir seine Wohnung vermuteten, waren wir aufgekratzt und guter Dinge, denn das war doch gut gelaufen, oder etwa nicht? Wir hatten mit Fløgstad gesprochen. So aufgekratzt waren wir, dass keiner von uns Lust hatte, sich hinzusetzen und ein Referat dessen aufzuzeichnen, was er gesagt hatte, das konnten wir am nächsten Tag erledigen, denn es war Samstag, bald würde das Totospiel im Fernsehen übertragen werden, wir konnten es uns in einer Kneipe ansehen und danach weiterziehen, immerhin kamen wir nicht so oft nach Oslo ... Am nächsten Tag ging unser Zug zurück, weshalb wir auch keine Zeit hatten, etwas schriftlich zu fixieren, und als wir nach Hause kamen, ging jeder zu sich. Und wenn wir schon drei Tage damit gewartet hatten, konnten wir dann nicht noch weitere drei warten? Und noch drei und noch drei? Als wir uns endlich zusammensetzten, gab es nicht mehr viel, woran wir uns erinnerten. Die Fragen hatten wir natürlich, sie waren uns eine große Hilfe, und ansonsten hatten wir eine vage Ahnung davon, was er zu bestimmten Themen gemeint hatte, teils basierend auf dem, woran wir uns tatsächlich erinnerten, teils auf dem, was er unserer Vermutung nach meinen konnte. Es war meine Aufgabe, das Ganze aufzuschreiben, ich hatte den Auftrag bekommen, und als ich ein paar Seiten zusammengeschustert hatte, begriff ich, so ging es nicht, es war zu vage und zu ungenau, so dass ich Yngve vorschlug, Fløgstad anzurufen und ihn zu fragen, ob wir ihm telefonisch einige ergänzende Fragen stellen dürften. Wir setzten uns an den Tisch in Yngves Zimmer in seiner Wohnung im Stadtteil Blekebakken und kritzelten ein paar neue Fragen aufs Papier. Mein Herz pochte, als ich Fløgstads Nummer wählte, und es wurde nicht besser, als seine reservierte Stimme sich am anderen Ende der Leitung meldete. Aber ich schaffte es, mein Anliegen zu formulieren, und er erklärte sich einverstanden, uns eine weitere halbe Stunde seiner Zeit zu schenken, obwohl ich aus seiner Stimme heraushörte, dass ihm der Zusammenhang schwante. Während ich die Fragen stellte und er antwortete, saß Yngve wie ein Geheimagent im Nebenzimmer am zweiten Apparat und hielt alles fest, was gesagt wurde. Damit hatten wir das. Zwischen all dem Ungefähren und Vagen fügte ich die neuen Sätze ein, die in ganz anderer Weise echt waren und auch den Sätzen in ihrem Umfeld ein Flair von Authentizität verliehen. Als ich darüber hinaus eine generelle Einführung in Fløgstads Werk sowie mehrere eher faktenorientierte oder analytische Einschübe verfasste, sah das Ganze gar nicht mal so übel aus. Tatsächlich sah es ziemlich gut aus. Fløgstad hatte darum gebeten, das Interview gegenlesen zu dürfen, ehe es in Druck ging, so dass ich es ihm mit ein paar freundlichen Worten schickte. Ob er immer forderte, seine Interviews vorab lesen zu dürfen, oder ob das nur für uns beide galt, die wir dummdreist genug gewesen waren, das Gespräch ohne Notizen zu führen, wusste ich nicht, aber da ich dem Text am Ende den richtigen Schwung gegeben hatte, machte mir das auch keine Sorgen. Ein vages Unbehagen angesichts der ungefähren Passagen war sicherlich vorhanden, aber ich tat es ab, denn meines Wissens war man nicht verpflichtet, den Interviewten wörtlich wiederzugeben. Als ein paar Tage später Fløgstads Antwortschreiben im Briefkasten steckte und ich es in der Hand hielt, ahnte ich folglich nichts Böses. Meine Handflächen waren trotzdem schwitzig, und mein Herz schlug schnell. Es war Frühling geworden, die Sonne wärmte, ich hatte Joggingschuhe, ein T-Shirt und eine Jeans an und war auf dem Weg zum Konservatorium, wo ein Freund meines Cousins Jon Olav mir Schlagzeugunterricht geben sollte. Am besten hätte ich den Brief ungeöffnet in die Wohnung gelegt, denn ich war spät dran, aber ich war zu neugierig und öffnete ihn, während ich langsam in Richtung Bushaltestelle schlenderte. Zog den Computerausdruck des Interviews heraus. Er war voller roter Striche und Randnotizen. »Das habe ich niemals gesagt«, las ich. »Ungenau«, las ich. »Nein, nein«, las ich. »???«, sah ich. »Wo habt ihr das denn her?«, las ich. Praktisch jeder Satz war in irgendeiner Weise markiert. Ich rührte mich nicht von der Stelle und starrte aufs Papier. Ich hatte das Gefühl zu fallen. Geradewegs in die Dunkelheit fiel ich. Das kurze Begleitschreiben las ich, sobald ich dazu in der Lage war, in einem fieberhaften Tempo, als wäre die Demütigung überstanden, sobald das letzte Wort gelesen war. »Ich denke, es wird das Beste sein, wenn dieser Text nirgendwo gedruckt wird«, hieß es abschließend. »Mit freundlichen Grüßen, Kjartan Fløgstad.« Als ich mich wieder in Bewegung setzte, mit schleppenden Schritten, denn ich sah seine roten Striche im Gehen immer wieder durch, war ich vollkommen durcheinander. Erhitzt vor Scham, den Tränen nahe, steckte ich den Brief in die hintere Hosentasche und blieb vor dem Bus stehen, der im selben Moment gekommen war, stieg ein und setzte mich ganz hinten auf einen Fensterplatz. Während der Bus im Schneckentempo bergaufwärts Richtung Haukelandområdet fuhr, schämte ich mich in Grund und Boden, und mir schossen pausenlos die immer gleichen Gedanken durch den Kopf. Ich war nicht gut genug, ich war kein Schriftsteller und würde niemals einer werden. Worüber wir uns so gefreut hatten, dass wir mit Fløgstad sprechen durften, war jetzt nur noch lächerlich und schmerzhaft. Als ich nach Hause kam, rief ich Yngve an, der die Sache zu meinem Erstaunen relativ gelassen nahm. Das ist natürlich schade, meinte er. Bist du dir sicher, dass du den Text nicht nachbessern und ihm eine neue Version schicken kannst? Als sich die schlimmste Verzweiflung gelegt hatte, las ich mir die Randnotizen und das Begleitschreiben noch einmal durch und sah, dass Fløgstad auch meine eigenen Kommentare kommentiert hatte, zum Beispiel das Adjektiv »Cortazar-haft«, und das konnte er doch eigentlich nicht machen, oder? Sich in das einzumischen, was ich über seine Bücher schrieb? Meine Urteile? Ich schrieb ihm in einem Brief, dass unser Interview an einigen Stellen gewiss von Ungenauigkeiten geprägt sei, aber manches habe er tatsächlich gesagt, das wisse ich, denn während des Telefoninterviews hätte ich mir Notizen gemacht, und außerdem habe er Einwände gegen meine Kommentare erhoben, also die des Journalisten, und damit seine Befugnisse überschritten. Wenn er dies wünsche, könnte ich von seinen Korrekturen und Anmerkungen ausgehend möglicherweise ein weiteres Telefoninterview mit ihm führen und ihm anschließend eine neue Version schicken? Ein paar Tage später antwortete er in einem höflichen, aber bestimmten Brief, in dem er mir darin Recht gab, dass einige seiner Kommentare sich auf meine Interpretationen bezogen hätten, dies ändere jedoch nichts an dem eigentlichen Punkt, dass dieses Interview nicht in den Druck gehen dürfe. Als es mir gelang, die Demütigung abzuschütteln, wofür ich ungefähr ein halbes Jahr brauchte, eine Phase, in der ich weder Fløgstads Gesicht noch seine Bücher oder Artikel sehen konnte, ohne mich zu Tode zu schämen, machte ich aus der Episode eine Anekdote, über die man lachen konnte. Dass dies auf unsere Kosten geschah, passte Yngve nicht, denn er sah nichts Komisches im Erniedrigenden, oder richtiger, er sah nichts Erniedrigendes. Die Fragen waren gut gewesen, das Gespräch mit Fløgstad sinnvoll, das war es, was er mitnehmen wollte.

Mein Leben in Bergen rührte sich vier Jahre lang praktisch nicht vom Fleck, es passierte nichts, ich wollte schreiben, aber es gelang mir nicht, und das war im Wesentlichen alles. Yngve machte an der Uni seine Scheine und führte das Leben, das er führen wollte, so wirkte es jedenfalls von außen, aber zu einem bestimmten Zeitpunkt stagnierte auch seins, er wurde mit seiner Diplomarbeit nicht fertig, arbeitete nicht besonders eifrig an ihr, vielleicht, weil er sich auf früheren Lorbeeren ausruhte, vielleicht weil in seinem Leben so viel anderes geschah. Nachdem er die Arbeit, in der es um das Starsystem im Film ging, schließlich doch abgegeben hatte, war er eine Zeit lang arbeitslos, während ich zur gleichen Zeit Zivildienstleistender beim Studentensender wurde und allmählich in ein anderes Milieu als seines eintauchte und vor allem Tonje kennenlernte, in die ich mich bis über beide Ohren verliebte, so dass wir im Winter ein Paar wurden. Mein Leben hatte eine radikale Wende genommen, ohne dass ich es selber begriff, denn ich klebte seit vielen Jahren an einem Bild von meinem Dasein, das ich in den ersten Jahren in Bergen entwickelt hatte, als Yngve abrupt die Stadt verließ, er hatte eine Stelle im Kulturamt der Kommune Balestrand bekommen, was vielleicht nicht das war, was er sich erträumt hatte, aber in der Verwaltung hatte er keinen direkten Vorgesetzten, so dass er praktisch Kulturamtsleiter war, und außerdem wurde dort ein Jazzfestival veranstaltet, das er organisieren musste, und etwas später folgte ihm sein Freund Arvid, ebenfalls mit einer Anstellung bei der Kommune. Er traf Kari Anne, die er flüchtig aus Bergen kannte und die dort als Lehrerin arbeitete, sie wurden ein Paar und bekamen ein Kind, Ylva, und zogen ein Jahr später nach Stavanger, wo Yngve sich also Hals über Kopf in einen ihm fremden Beruf, Graphik-Design, gestürzt hatte. Es gefiel mir, dass er dies tat, aber ich machte mir auch Sorgen, ein Plakat für das Hundvåg-Festival und ein Flyer für eine lokale Veranstaltung, reichte das?

Wenn wir uns trafen, berührten wir uns nie, gaben wir uns nicht einmal die Hand und sahen uns nur selten in die Augen.

All das existierte in mir, als wir uns an diesem lauen Sommerabend 1998 auf der Veranda vor Großmutters Haus befanden, ich mit dem Rücken zum Garten, er in einem Liegestuhl an der Wand. Ob er darüber nachdachte, was ich gerade gesagt hatte, dass ich mich um alles kümmern wollte, auch den Garten, oder ob ihm das egal war, ließ sich seinem Gesicht nicht ablesen.

Ich drehte mich um und löschte die Kippe an der Unterseite des schwarzen, schmiedeeisernen Geländers. Kleine Körnchen Asche und Glut rieselten auf den Beton hinab.

»Steht hier irgendwo ein Aschenbecher?«, sagte ich.

»Nicht, dass ich wüsste«, antwortete er. »Nimm die Flasche da.«

Ich befolgte seinen Rat und steckte die Kippe in den Hals der grünen Heineken-Flasche. Der Vorschlag, die Trauerfeier im Haus abzuhalten, den er mit ziemlicher Sicherheit absurd finden würde, hätte den Unterschied zwischen uns aufgedeckt, den ich nicht sichtbar werden lassen wollte. Er würde als realistisch und pragmatisch, ich dagegen als idealistisch und gefühlsbetont dastehen. Vater war unser beider Vater gewesen, aber auf unterschiedliche Art, und dass ich seine Beerdigung zu einer Art Wiedergutmachung nutzen wollte, konnte angesichts der Tatsache, dass ich ständig weinte, während Yngve noch keine Träne vergossen hatte, so verstanden werden, als wäre mein Verhältnis zu ihm inniger gewesen, und, wie ich zudem ahnte, als versteckte Kritik an Yngves Verhalten. Ich sah es nicht so, befürchtete nur, dass man es so sehen könnte. Gleichzeitig würde der Vorschlag zu einem Zusammenprall seines und meines Willens führen. Sicher, wegen einer Lappalie, aber in der momentanen Situation wollte ich, dass *nichts* zwischen uns stand.

Ein schmaler Streifen Rauch stieg wellenförmig

aus der Flasche an der Wand auf. Die Zigarette war anscheinend doch nicht ganz aus gewesen. Ich sah mich nach etwas um, das ich auf die Öffnung stellen konnte. Vielleicht der Dessertteller, den Großmutter für das Futter der Möwe benutzt hatte? Es lagen noch zwei Bissen Frikadelle und etwas eingetrocknete Sauce darauf, aber eigentlich müsste es gehen, überlegte ich und balancierte ihn vorsichtig auf den Flaschenhals.

»Was machst du denn da?«, sagte Yngve und sah mich an.

»Ich gestalte eine kleine Skulptur«, erwiderte ich. »Frikadelle und Bier im Garten, heißt sie. Oder von mir aus auch carbonade and beer in the garden.«

Ich richtete mich auf und trat einen Schritt zurück.

»Das Raffinierte an ihr ist der aufsteigende Rauch«, erklärte ich. »Er lässt sie gewissermaßen mit der Welt interagieren. Es handelt sich nicht nur um eine gewöhnliche Skulptur. Und die Essensreste stehen natürlich für Fäulnis. Auch das eine Interaktion, ein Prozess, etwas, das in Bewegung ist. Möglicherweise die Bewegung an sich ist. Im Kontrast zum Statischen. Und die Bierflasche ist leer, hat keine Funktion mehr, denn was ist schon ein Behälter, der nichts enthält? Er ist nichts. Aber das Nichts hat eine Form, verstehst du? Und diese Form habe ich hier zu zeigen versucht.«

»So, so«, sagte er.

Ich nahm mir eine neue Zigarette aus der Schachtel, die auf dem Geländer gelegen hatte, obwohl ich keine große Lust auf sie hatte, und zündete sie an.

»Du?«, sagte ich.

»Ja?«, sagte er.

»Ich habe da über etwas nachgedacht. Ziemlich viel sogar. Es geht darum, ob wir die Trauerfeier nicht hier abhalten sollen. Im Haus. Wenn wir uns reinhängen, schaffen wir es locker, es in einer Woche in Schuss zu bringen. Es geht mir irgendwie darum, dass er hier alles so verwüstet hat. Und wir uns damit nicht einfach abfinden können. Verstehst du, was ich meine?«

»Natürlich«, erwiderte Yngve. »Aber meinst du wirklich, das schaffen wir? Montagabend muss ich nach Stavanger zurück. Und vor Donnerstag kann ich nicht zurückkommen. Vielleicht auch schon Mittwoch, aber Donnerstag ist wahrscheinlicher.«

»Das geht«, sagte ich. »Bist du einverstanden?«

»Ja. Fragt sich nur, ob Gunnar so begeistert sein wird.«

»Das geht ihn nichts an. Es ist unser Vater.«

Wir rauchten wortlos zu Ende. Unter uns hatte der Abend begonnen, die Landschaft in sanfteres Licht zu tauchen; ihre scharfen Kanten, die auch das Wirken der Menschen einschlossen, wurden nach und nach abgeschwächt. Auf dem Fjord nahmen einige Boote Kurs aufs Land, und ich dachte an die

Gerüche an Bord, Plastik, Salz, Benzin, die ein so wichtiger Bestandteil meiner Kindheit gewesen waren. Ein Passagierflugzeug glitt so tief über die Stadt hinweg, dass ich das SAFE-Logo der Fluggesellschaft Braathens erkennen konnte. Es verschwand mit einem leisen Grollen aus meinem Blickfeld. Im Garten zwitscherten im Schutz der Laubkrone eines Apfelbaums ein paar Vögel.

Yngve leerte sein Glas und stand auf.

»Eine letzte Schicht«, sagte er. »Dann machen wir für heute Abend Schluss.«

Er sah mich an.

»Bist du unten gut vorangekommen?«

»Mit der Waschküche bin ich fertig und mit den Badezimmerwänden.«

»Gut«, sagte er.

Ich folgte ihm ins Haus. Als ich die lauten, aber komprimierten Geräusche des Fernsehers hörte, fiel mir ein, dass Großmutter davor saß. Ich konnte nichts für sie tun, das konnte niemand, aber ich dachte, dass es sie vielleicht ein bisschen erleichtern würde, wenn sie uns sah, und daran erinnert wurde, dass wir da waren, so dass ich zu ihr ging und mich neben ihren Sessel stellte.

»Brauchst du etwas?«, sagte ich.

Sie blickte schnell zu mir hoch.

»Du bist das?«, sagte sie. »Wo ist Yngve?«

»Er ist in der Küche.«

»Aha«, sagte sie und wandte den Blick erneut

dem Fernseher zu. Sie war immer noch lebhaft, aber es wurde auf andere Weise sichtbar, war nur noch verbunden mit ihren Bewegungen und nicht mehr wie sonst mit ihrem Charakter. Früher war sie lebhaft, fröhlich, gesellig, schlagfertig gewesen, hatte einem oft zugezwinkert, um die Ironie in ihren Worten sichtbar zu machen. Jetzt herrschte Dunkelheit in ihr. Ihre Seele war dunkel. Das sah ich, es stach einem ins Auge. Aber war die Finsternis vielleicht schon immer da gewesen? War sie seit jeher von ihr erfüllt gewesen?

Ihre Arme lagen auf den Lehnen, und ihre Hände umklammerten deren Enden, als führe sie mit hohem Tempo.

»Ich gehe dann mal runter, das Badezimmer putzen«, sagte ich.

Sie wandte sich zu mir um.

»Du bist das?«, sagte sie.

»Ja«, erwiderte ich. »Ich gehe runter und putze das Badezimmer. Brauchst du etwas?«

»Nein, danke«, sagte sie.

»Okay«, sagte ich, drehte mich um, zum Gehen bereit.

»Genehmigt ihr zwei euch abends auch schon mal ein Gläschen?«, sagte sie. »Du und Yngve?«

Bildete sie sich etwa ein, dass wir auch tranken? Dass nicht nur Vater sein Leben zerstörte, sondern auch seine Söhne?

»Nein«, sagte ich. »Bestimmt nicht.«

Großmutter schien nichts mehr sagen zu wollen, und ich ging die Treppe ins Kellergeschoss hinunter, wo es immer noch bestialisch stank, obwohl ich die Quelle des Geruchs entfernt hatte, spülte den roten Eimer aus, füllte ihn mit neuem, kochend heißem Wasser und fuhr fort, das Bad zu putzen. Zunächst den Spiegel, von dem sich der gelblich braune Belag kaum entfernen ließ. Er ging erst ab, als ich ein Messer, das ich mir oben in der Küche holte, und einen groben Scheuerlappen benutzte, danach das Waschbecken, dann die Badewanne, dann den Fenstersims über ihr, dann die unebene, länglich schmale Fensterscheibe, dann den Toilettensitz, dann Tür, Türschwelle und Türrahmen, ehe ich schließlich den Fußboden schrubbte, das dunkelgraue Putzwasser in die Toilette goss und die Mülltüte auf die Eingangstreppe hinaustrug, wo ich einige Minuten stehen blieb und in die trübe Sommerdunkelheit schaute, die keine Dunkelheit war, sondern eher wie ein defektes Licht wirkte.

Die erhobenen Stimmen, die in einiger Entfernung auf der Hauptstraße lauter und leiser wurden, weil vermutlich eine Clique auf dem Weg in die Stadt war, riefen mir in Erinnerung, dass es Samstagabend war.

Warum hatte sie uns gefragt, ob wir trinken würden? Lag es nur an Vaters Schicksal oder an etwas anderem?

Ich dachte an die Zeit zurück, als ich zehn Jahre

zuvor in dieser Stadt als Abiturient gelebt hatte, und daran, wie betrunken ich damals bei der Parade gewesen war, Großmutter und Großvater, die in der Menschenmenge am Straßenrand standen und mich zu sich gerufen hatten, ihre angestrengten Mienen, als sie begriffen, in welcher Verfassung ich war. Seit ich Ostern mit der Fußballmannschaft zu einem Trainingslager in der Schweiz gewesen war, trank ich das ganze Frühjahr über regelmäßig, es gab immer einen Anlass, immer eine Fete, immer jemanden, der mit einem trank, und im traditionellen Abiturientenanzug war alles erlaubt und wurde alles verziehen. Für mich war es das Paradies, aber für Mutter, die mit mir zusammenwohnte, sah die Sache anders aus, und dann warf sie mich hinaus, was mir jedoch egal war, denn nichts war einfacher, als einen Platz zum Schlafen zu finden, entweder auf einer Couch im Partykeller bei einem Schulkameraden oder im Festbus der Abiturienten oder unter einem Strauch im Park. Großmutter und Großvater betrachteten die Zeit nach dem Abitur als Übergangsphase zum akademischen Leben, denn so war es für Großvater gewesen und später auch für seine Söhne, es war eine Festzeit, die ich in den Schmutz zog, weil ich so sturzbetrunken und high war und weil ich als Redakteur der Abiturzeitung den scherzhaften Artikel auf der Titelseite über eine Deportation der Insel Flekkerøya vor Kristiansand mit einem Bild von Juden illustrierte, die aus den Ghettos in die Vernichtungslager deportiert wurden. Auch das war eine Frage der Tradition; mein Vater war zu seiner Zeit ebenfalls Redakteur der Abiturzeitung gewesen. So zog ich alles in den Dreck.

Daran verschwendete ich damals jedoch keinen Gedanken, wie sich dem Tagebuch, das ich damals führte, eindeutig entnehmen ließ, das Einzige, was in ihm herausstach, war das Glücksgefühl.

Mittlerweile hatte ich alle Tagebücher und Notizen verbrannt; von dem Menschen, der ich bis zu meinem fünfundzwanzigsten Geburtstag gewesen war, gab es kaum noch eine Spur und das aus gutem Grund; von dort kam nichts Gutes.

Die Luft war einen Hauch kühler geworden, und da meine Haut nach der Arbeit so erhitzt war, wurde mir bewusst, wie sie mich umschloss, sich gegen meine Haut presste und in den Mund strömte, wenn ich ihn öffnete. Wie sie die Bäume vor mir umschloss, die Häuser, die Autos, die Berghänge. Wie sie an eine Stelle strömte, sobald die Temperatur fiel, diese fortwährenden Lawinen am Himmel, die wir nicht sehen konnten, und dass riesige Wellen auf uns zutrieben, immer in Bewegung, langsam fallend, rasch wirbelnd, in all diese Lungen hinein und wieder hinaus, gegen all diese Wände und Ecken schlagend, immer unsichtbar, immer gegenwärtig.

Doch Vater atmete nicht mehr. Das war ihm

widerfahren, die Verbindung zur Luft war gekappt worden, jetzt presste sie sich nur noch gegen ihn wie gegen irgendein Ding, einen Holzstock, einen Benzinkanister, eine Couch. Er drang nicht mehr in die Luft ein, denn das tut man, wenn man atmet, man tritt in sie ein, immer und immer wieder tritt man in die Welt ein.

An irgendeinem Ort in dieser Stadt lag er jetzt.

Ich wandte mich um und ging hinein, gleichzeitig öffnete jemand auf der anderen Straßenseite ein Fenster, und Musik und laute Stimmen schallten heraus.

Obwohl die zweite Toilette kleiner und nicht ganz so verdreckt war, brauchte ich genauso lange, um sie zu putzen. Als ich fertig war, nahm ich Putzmittel, Lappen, Handschuhe und Eimer und ging in die erste Etage hinauf. Yngve und Großmutter saßen am Küchentisch. Auf der Wanduhr hinter ihnen war es halb zehn.

»Jetzt müsst ihr aber wirklich fertig sein mit Putzen!«, sagte Großmutter.

»Allerdings«, sagte ich. »Jetzt sind wir für heute Abend fertig.«

Ich sah Yngve an.

»Hast du heute mit Mama gesprochen?«

Er schüttelte den Kopf.

»Habe ich gestern gemacht.«

»Ich hatte versprochen, sie heute anzurufen.

Aber ich glaube, das packe ich jetzt nicht mehr. Es ist vielleicht auch schon ein bisschen spät.«

»Ruf sie morgen an«, meinte Yngve.

»Aber mit Tonje muss ich noch sprechen. Ich mach das mal.«

Ich ging ins Esszimmer und schloss die Tür zur Küche hinter mir. Saß eine Weile auf dem Stuhl, um mich zu sammeln, wählte dann unsere Telefonnummer. Sie meldete sich sofort, als hätte sie am Telefon gewartet. Ich kannte alle Nuancen ihrer Stimme und nahm sie auf und nicht das, was sie sagte. Zunächst Wärme, Mitgefühl und Sehnsucht, wonach sie sich zusammenkauerte und klein machte, als wollte sie mir ganz nahe kommen. Meine Stimme war distanziert. Sie kam mir nahe, und das brauchte ich, aber ich kam ihr nicht nahe, das konnte ich nicht. Ich beschrieb kurz, was im Haus geschehen war, ging nicht in die Details, sagte nur, dass es furchtbar war und ich ständig weinen musste. Dann unterhielten wir uns ein bisschen darüber, was sie getan hatte, obwohl sie das anfangs nicht wollte, und anschließend sprachen wir kurz darüber, wann sie kommen sollte. Als wir aufgelegt hatten, ging ich in die verwaiste Küche und trank ein Glas Wasser. Großmutter saß wieder im Fernsehsessel, ich ging zu ihr.

»Weißt du, wo Yngve ist?«

»Nein«, sagte sie. »Ist er nicht in der Küche?«

»Nein«, erwiderte ich.

Uringeruch stach mir in die Nase.

Ich blieb stehen, ohne zu wissen, was ich tun sollte. Für Kot und Urin gab es eine einfache Erklärung. Er war so betrunken gewesen, dass er die Kontrolle über seine Körperfunktionen verloren hatte.

Aber wo war sie gewesen? Was hatte sie getan?

Ich hatte große Lust, zum Fernseher zu gehen und den Bildschirm einzutreten.

»Yngve und du, ihr trinkt doch nicht, oder?«, sagte sie plötzlich, aber ohne mich anzusehen.

Ich schüttelte den Kopf.

»Nein. Oder sagen wir, es kann schon mal vorkommen, aber wenn, dann nur ein bisschen. Nie viel.«

»Aber heute Abend nicht?«

»Nein, bist du verrückt!«, sagte ich. »Nein, das käme mir nie in den Sinn. Und Yngve auch nicht.«

»Was käme mir nie in den Sinn?«, sagte Yngve hinter mir. Ich drehte mich um. Er kam die zwei Stufen herauf, die das untere vom oberen Zimmer trennten.

»Großmutter fragt, ob wir trinken.«

»Das kommt schon mal vor«, erklärte Yngve. »Aber nicht oft. Weißt du, ich habe ja jetzt auch zwei kleine Kinder.«

»Du hast *zwei*?«, sagte Großmutter.

Yngve lächelte. Ich lächelte auch.

»Ja«, antwortete er. »Ylva und Torje. Ylva hast du

ja schon gesehen. Torje kommt dann zur Beerdigung mit.«

Der Anflug von Leben, der in Großmutters Gesicht aufgeflackert war, erstarb wieder. Ich begegnete Yngves Blick.

»Es war ein langer Tag«, sagte ich. »Sollen wir ins Bett gehen?«

»Ich gehe nur nochmal kurz auf die Veranda«, sagte er. »Kommst du mit?«

Ich nickte. Er verschwand.

»Bleibst du abends oft lange auf?«

»Was?«

»Wir überlegen, bald schlafen zu gehen«, sagte ich. »Bleibst du noch auf?«

»Nein. Oh nein. Ich gehe auch ins Bett.«

Sie sah zu mir auf.

»Schlaft ihr unten, in unserem alten Schlafzimmer? Es steht leer.«

Ich schüttelte den Kopf und hob entschuldigend die Augenbrauen.

»Wir dachten, wir schlafen oben«, sagte ich. »Auf dem Dachboden. Wir haben schon unsere Sachen ausgepackt.«

»Ja, das geht natürlich auch«, meinte sie.

»Kommst du?«, sagte Yngve, er stand mit einem Glas Bier in der Hand im unteren Zimmer.

Als ich auf die Veranda hinaustrat, saß er auf einem hölzernen Gartenstuhl an einem dazugehörigen Tisch.

»Wo hast du die denn aufgetrieben?«, sagte ich.

»Im Schuppen unter der Veranda«, antwortete er. »Ich meinte mich erinnern zu können, die Möbel da mal gesehen zu haben.«

Ich lehnte mich ans Geländer. Weit draußen funkelte die Dänemark-Fähre. Sie hielt Kurs aufs offene Meer. Die wenigen kleinen Boote, die ich sehen konnte, hatten alle ihre Laternen eingeschaltet.

»Wir müssen uns eine von diesen elektrischen Sensen besorgen«, sagte ich. »Oder wie die heißen. Mit einem normalen Rasenmäher kommen wir hier nicht weit.«

»Wir suchen am Montag im Branchenbuch nach einer Verleihfirma«, sagte er.

Sah mich an.

»Hast du mit Tonje gesprochen?«

Ich nickte.

»Tja, viele werden wir nicht sein«, sagte Yngve. »Wir zwei, Gunnar, Erling, Alf und Großmutter. Sechzehn, wenn man die Kinder mitzählt.«

»Tja, ein Staatsbegräbnis bekommt er nicht gerade.«

Yngve stellte das Glas ab und lehnte sich auf dem Stuhl zurück. Hoch über den Bäumen, vor dem grau verschleierten Himmel, flatterte eine Fledermaus.

»Hast du dir schon Gedanken darüber gemacht, wie wir sie gestalten sollen?«, sagte er.

»Die Beerdigung?«

»Ja.«

»Nein, nicht wirklich. Aber ich will auf keinen Fall eine von diesen humanistischen Beerdigungen. So viel steht fest.«

»Genau. Also eine kirchliche.«

»Ja, eine andere Alternative gibt es doch nicht, oder? Andererseits war er nicht in der Kirche.«

»War er nicht?«, sagte Yngve. »Ich wusste, dass er nicht gläubig war, aber nicht, dass er ausgetreten ist.«

»Doch. Das hat er mir mal erzählt. Als ich sechzehn wurde, bin ich noch am selben Tag ausgetreten und habe ihm bei irgendeinem Abendessen, zu dem ich in die Elvegaten eingeladen war, davon erzählt. Er wurde wütend. Woraufhin Unni meinte, *er* sei doch ausgetreten und könne folglich nicht wütend sein, weil ich das Gleiche getan hätte.«

»Es hätte ihm nicht gefallen«, sagte Yngve. »Er wollte mit der Kirche nichts zu tun haben.«

»Aber jetzt ist er tot«, entgegnete ich. »Und ich will es so. Ich will da nicht mit so einem ausgedachten Pseudoritual stehen und irgendein dämliches Gedicht vorlesen. Ich will, dass er ordentlich bestattet wird. Mit Würde.«

»Ich bin ganz deiner Meinung«, sagte Yngve.

Ich wandte mich wieder um und blickte auf die Stadt hinunter, von der gleichmäßiges Rauschen aufstieg, gelegentlich in den Hintergrund gedrängt von einem plötzlich aufheulenden Motor, häufig von der Brücke her, wo die Jugendlichen sich um diese Uhrzeit damit amüsierten, schnell zu beschleunigen, aber auch von der langen, schnurgeraden Dronningens gate.

»Ich gehe ins Bett«, sagte Yngve. Er ging ins Wohnzimmer, ohne die Tür hinter sich zuzumachen. Ich drückte meine Zigarette auf dem Boden aus und folgte ihm. Als Großmutter begriff, dass wir schlafen gehen würden, rappelte sie sich auf und wollte uns Bettwäsche holen.

»Wir machen das schon«, sagte Yngve. »Kein Problem. Leg du dich ruhig hin!«

»Bist du sicher?«, sagte sie, klein und gebeugt stand sie in der Türöffnung zum Treppenhaus und schaute zu ihm hoch.

»Aber ja«, sagte Yngve. »Wir machen das schon.«

»Ja, ja«, meinte sie. »Na dann, gute Nacht.«

Und damit ging sie langsam, ohne sich umzudrehen, die Treppe hinunter.

Mir schauderte vor Unbehagen.

In der obersten Etage gab es kein fließend Wasser, so dass wir hoch gingen und unsere Zahnbürsten holten, uns an der Spüle in der Küche die Zähne putzten, uns nacheinander zum Wasserhahn vorbeugten und den Mund ausspülten, als wären wir wieder Kinder. In den Sommerferien.

Ich wischte den Zahncremeschaum auf meinen Lippen mit der Hand ab, rieb mit dieser wiederum über das Hosenbein. Es war zwanzig vor elf.

So früh war ich seit Jahren nicht mehr ins Bett gegangen. Aber es war ein langer Tag gewesen. Vor Erschöpfung war mein Körper wie taub, und vom vielen Weinen hatte ich Kopfschmerzen. Nun waren die Tränen jedoch weit weg. Vielleicht war ich immun geworden. Weil ich mich bereits an alles gewöhnt hatte.

Als wir oben waren, öffnete Yngve das Fenster, hakte es fest und schaltete die Wandlampe über dem Kopfende des Bettes ein. Ich folgte seinem Beispiel auf meiner Seite und löschte die Deckenlampe. Es roch muffig, was nicht an der Luft lag, sondern an den Möbeln und Teppichen, die seit zwei Jahren, vielleicht auch länger, unbenutzt eingestaubt waren.

Yngve setzte sich auf seine Seite des Doppelbetts und zog sich aus. Ich tat auf meiner Seite das Gleiche. Es war ein bisschen zu intim, im selben Bett zu schlafen, so etwas hatten wir seit unserer Kindheit nicht mehr getan. Aber wir hatten immerhin jeder eine eigene Decke.

»Hast du mal daran gedacht, dass Vater nicht mehr dazu gekommen ist, deinen Roman zu lesen?«, sagte Yngve und wandte sich mir zu.

»Nein«, sage ich. »An den Roman habe ich noch keinen Gedanken verschwendet.«

Yngve hatte das Manuskript bekommen, als es Anfang Juni fertig gewesen war. Sein erster Kommentar nach der Lektüre lautete, Vater werde mich verklagen. Das waren seine Worte. Ich stand in einer Telefonzelle auf dem Flughafen, wollte mit Tonje in der Türkei Urlaub machen, wusste nicht, ob er wütend sein oder mich unterstützen würde, hatte keine Ahnung, welchen Eindruck das, was ich geschrieben hatte, auf mir nahestehende Menschen machen mochte. »Ich weiß nicht, ob das Buch gut oder schlecht ist«, hatte er gesagt. »Aber Vater wird dich verklagen. Da bin ich mir sicher.«

»Aber es gibt in dem Buch einen Satz, der mehrfach wiederholt wird«, sagte ich jetzt. »›Mein Vater ist tot.‹ Erinnerst du dich?«

Yngve zog die Decke zur Seite, schwang die Beine aufs Bett und legte sich hin. Richtete sich halb auf und rückte das Kissen zurecht.

»Vage«, sagte er und legte sich wieder hin.

»Als Henrik aus dem Ort flieht, braucht er eine Entschuldigung, und das ist das Einzige, was ihm einfällt. ›Mein Vater ist tot.‹«

»Stimmt«, sagte Yngve.

Ich streifte Hose und Socken ab und legte mich hin. Erst auf den Rücken, die Hände auf dem Bauch gefaltet, bis ich erkannte, dass ich dalag wie ein Toter, und mich entsetzt auf die Seite drehte, so dass ich direkt auf meine Kleider sah, die in einem Haufen auf dem Fußboden lagen. Verdammt, so lasse ich die nicht liegen, dachte ich und setzte die Füße erneut auf den Boden, faltete Hose und T-Shirt zusammen und legte sie auf den Stuhl daneben, die Socken darauf.

Yngve schaltete auf seiner Seite das Licht aus.

»Willst du noch lesen?«, sagte er.

»Nein, bestimmt nicht«, antwortete ich und tastete an dem Kabel nach einem Schalter. Soweit ich es erfühlen konnte, gab es jedoch keinen. Vielleicht an der Lampe? Ja, da war er.

Ich drückte fest darauf, denn der alte Mechanismus widersetzte sich. Die Lampen stammten sicher noch aus den fünfziger Jahren. Aus der Zeit, in der sie hierhergezogen waren.

»Dann gute Nacht«, sagte Yngve.

»Gute Nacht«, erwiderte ich.

Oh, ich war froh, dass er da war. Alleine hätte sich mein Kopf mit Bildern von Vater als Leiche gefüllt, ich hätte an nichts anderes gedacht als an die körperliche Seite des Todes, an seinen Leib, die Finger und Beine, die blinden Augen, die Haare und Nägel, die weiterwuchsen. An den Raum, in dem er lag, womöglich in einem dieser schubladenartigen Dinger, die es immer in den Leichenhäusern in amerikanischen Filmen gab. So aber schenkten Yngves Atemzüge und die Geräusche seiner vielen kleinen Bewegungen mir Ruhe. Ich brauchte nur die Augen zu schließen und den Schlaf zu mir kommen zu lassen.

Zwei Stunden später wurde ich davon geweckt, dass Yngve mitten im Zimmer stand. Erst schaute er sich ein wenig zaudernd um, dann griff er nach seiner

Decke, rollte sie zusammen und trug sie in den Armen durchs Zimmer und zur Tür hinaus, wandte sich um und kehrte zurück. Als er dasselbe nochmal tun wollte, sagte ich:

»Du schlafwandelst, Yngve. Leg dich wieder hin.«

Er sah mich an.

»Ich bin kein Schlafwandler«, entgegnete er. »Die Decke muss dreimal über die Türschwelle getragen werden.«

»Okay«, sagte ich. »Wenn du meinst.«

Er ging weitere zwei Male im Zimmer hin und her. Dann legte er sich ins Bett und deckte sich zu. Warf den Kopf mehrfach hin und her und murmelte etwas.

Es war nicht das erste Mal, dass er schlafwandelte. In unserer Kindheit war Yngve ein notorischer Schlafwandler gewesen. Einmal hatte Mutter ihn in der Badewanne gefunden, nackt hatte er darin gesessen und Wasser eingelassen, ein anderes Mal hatte sie ihn auf der Straße vor dem Haus gerade noch zu packen bekommen, als er zu dem Haus wollte, in dem Rolf wohnte, um ihn zu fragen, ob er Fußball spielen wolle. Unvermittelt hatte er seine Decke von sich geworfen und für den Rest der Nacht fürchterlich gefroren. Auch Vater war Schlafwandler. So war er mitten in der Nacht in mein Zimmer gekommen, hatte nur in Unterhose beispielsweise einen Schrank geöffnet und hineingesehen oder ohne Anzeichen eines Wiedererkennens in den Augen zu mir herübergeschaut. Gelegentlich hörte ich ihn im Wohnzimmer poltern, dann stellte er die Möbel um. Einmal hatte er sich unter den Couchtisch gelegt und den Kopf so hart gestoßen, dass er blutete. Wenn er nicht schlafwandelte, redete oder schrie er im Schlaf, und wenn er das nicht tat, knirschte er mit den Zähnen. Mutter sagte immer, es sei, als wäre man mit einem Seemann im Krieg verheiratet. Ich selbst hatte eines Nachts in den Schrank gepinkelt, ansonsten jedoch nur im Schlaf geredet, bis ich in die Pubertät kam und phasenweise sehr aktiv wurde. In jenem Sommer, in dem ich in Arendal auf der Straße Musikkassetten verkaufte und in Yngves Bude wohnte, hatte ich mir sein Federmäppchen genommen und war nackt auf den Hof hinausgegangen, hatte mich vor jedes einzelne Fenster gestellt und hineingeschaut, bis es Yngve schließlich gelang, Kontakt mit mir aufzunehmen. Ich leugnete, schlafgewandelt zu sein, der Beweis war das Mäppchen, ich hatte einkaufen gehen wollen. Unzählige Male hatte ich am Fenster gestanden und die Erde verschwinden oder sich erheben, Wände herabfallen oder Wasser aufsteigen sehen. Einmal hatte ich im Zimmer gestanden, die Wand hochgehalten und Tonje zugerufen, sie solle hinausrennen, das Haus stürze ein. Ein anderes Mal hatte ich mir eingebildet, dass sie im Schrank lag, und hatte alle Kleider hinausgeworfen, um sie zu finden. Wenn ich irgendwo mit anderen Personen als ihr in einem Raum übernachten sollte, warnte ich die Leute immer für den Fall, dass etwas vorfallen sollte, und auf einer Reise mit meinem Freund Tore zwei Jahre zuvor, wir hatten eine sogenannte Autorenwohnung in einem großen Gutshof nahe Kristiansand gemietet, um ein Filmdrehbuch zu schreiben, rettete diese Vorsichtsmaßnahme die Situation, denn wir schliefen im selben Zimmer, und ich war mitten in der Nacht aufgestanden und zu ihm gegangen, hatte ihm die Decke weggerissen, seine Fußgelenke gepackt und zu ihm, der zu Tode erschreckt zu mir aufblickte, gesagt: *Du bist nur eine Puppe*. Die am häufigsten wiederkehrende Zwangsvorstellung bestand jedoch darin, dass ein Otter oder ein Fuchs in meine Decke geraten war, die ich daraufhin auf die Erde warf, um auf ihr herumzutrampeln, bis ich sicher sein konnte, dass das Tier tot war. Manchmal verstrich ein Jahr ohne nächtliche Vorfälle, dann begannen plötzlich Phasen, in denen keine Nacht mehr verging, ohne dass ich schlafwandelte. Ich erwachte auf Dachböden, in Fluren, auf Höfen, stets mit irgendeiner Betätigung beschäftigt, die mir in dem Moment vollkommen sinnvoll erschien, die sich nach dem Aufwachen jedoch ausnahmslos als vollkommen sinnlos herausstellte.

Seltsam an Yngves nächtlichem Treiben war, dass er im Schlaf manchmal den ostnorwegischen Dialekt sprach. Er war mit vier Jahren aus Oslo weggezogen und hatte den dortigen Dialekt folglich seit beinahe dreißig Jahren nicht mehr gesprochen. Trotzdem kam er ihm im Schlaf manchmal über die Lippen. Das war irgendwie unheimlich.

Ich sah ihn an. Er lag auf dem Rücken, ein Bein war nicht zugedeckt. Man hatte uns immer gesagt, wir sähen uns ähnlich, aber wenn das stimmte, musste es sich auf den Gesamteindruck beziehen, den wir vermittelten, denn ging man Teil für Teil durch, bestand keine große Ähnlichkeit, möglicherweise mit Ausnahme der Augenpartie, die wir beide von Mutter geerbt hatten. Als ich jedoch nach Bergen zog und eher flüchtigen Bekannten von Yngve begegnete, fragten sie gelegentlich: »Bist du Yngve?« Dass ich nicht Yngve war, schwang schon in der Frage mit, denn hätten sie es wirklich geglaubt, hätten sie mich natürlich nicht gefragt. Sie stellten die Frage, weil sie die Ähnlichkeit frappierend fanden.

Er drehte den Kopf auf dem Kissen zur Seite, als würde er ahnen, dass er gemustert wurde, und wollte sich dem widersetzen. Ich schloss die Augen. Er hatte häufig erklärt, Vater habe bei einigen Gelegenheiten sein Selbstwertgefühl völlig zerstört, ihn gedemütigt, wie nur Vater dies konnte, und dass diese Phasen seinem Leben einen Stempel aufgedrückt hatten, in denen er sich einbildete, nichts zu können, nichts wert zu sein. Und dann die anderen Phasen, in denen alles klappte, alles lief, keine

Zweifel existierten. Als Außenstehender sah man nur Letzteres.

Auch mein Selbstbild hatte Vater natürlich geprägt, aber vielleicht anders, jedenfalls hatte ich niemals Phasen voller Selbstzweifel, gefolgt von Phasen voller Glauben an mich gehabt, bei mir ging das alles ständig durcheinander, und die Zweifel, die so typisch für einen Großteil meiner Gedankenwelt waren, richteten sich nie auf das Große, sondern immer nur auf das Kleine, auf Dinge, die mit meiner nächsten Umgebung zu tun hatten, Freunde, Bekannte, Mädchen, die, davon war ich fest überzeugt, herzlich wenig von mir hielten, einen Idioten in mir sahen, was in mir brannte, täglich in mir brannte, aber wenn es um Großes ging, bezweifelte ich nie, dass ich so weit kommen könnte, wie ich wollte, ich wusste, dass es in mir steckte, denn mein Streben war so mächtig und gab niemals Ruhe. Wie sollte es Ruhe geben können? Wie sollte ich sonst über alle triumphieren können?

Als ich das nächste Mal wach wurde, stand Yngve am Fenster und knöpfte sein Hemd zu.

»Wie viel Uhr ist es?«, sagte ich.

Er drehte sich um.

»Halb sieben. Reichlich früh für dich?«

»Ja, das kann man wohl sagen.«

Er trug eine dünne, khakifarbene Hose dieser halblangen Sorte, die bis unter die Knie reichte, und ein grau gestreiftes Hemd, das über die Hose hing.

»Ich gehe schon mal runter«, sagte er. »Kommst du nach?«

»Ja, klar«, sagte ich.

»Du schläfst nicht wieder ein?«

»Nein.«

Als seine Schritte auf der Treppe verhallten, schwang ich die Füße auf den Boden und nahm meine Kleider vom Stuhl. Unzufrieden blickte ich auf meinen Bauch, wo die beiden Rettungsringe sich inzwischen bis zu den Seiten erstreckten. Tastete mit der Hand den Rücken ab, aber dort gab es zum Glück noch nichts, in das man hineingreifen konnte. Trotzdem musste ich wieder laufen gehen, wenn ich nach Bergen zurückkam, so viel war sicher. Und jeden Morgen Sit-ups machen.

Ich hielt das T-Shirt unter mein Gesicht und roch daran.

Nun ja, das ging wohl nicht mehr.

Ich öffnete den Koffer und suchte ein weißes Boo-Radleys-T-Shirt heraus, das ich gekauft hatte, als sie zwei Jahre zuvor in Bergen gespielt hatten, sowie eine dunkelblaue Hose mit abgeschnittenen Beinen. Obwohl die Sonne nicht schien, war die Luft warm und lau.

Unten hatte Yngve Kaffee aufgesetzt und Brot und Aufstrich aus dem Kühlschrank geholt. Großmutter saß im selben Kleid wie am Vortag am Tisch und rauchte. Ich hatte keinen Hunger und begnügte mich mit einer Tasse Kaffee und einer Zigarette auf der Veranda, ehe ich Eimer, Putzlappen und Putzmittel ins Erdgeschoss mitnahm, um mit der Arbeit zu beginnen. Als Erstes ging ich ins Badezimmer, um mir anzusehen, was ich am Vortag getan hatte. Abgesehen von dem fleckigen und klebrigen Duschvorhang, den ich aus irgendeinem Grund hängen gelassen hatte, sah alles ziemlich gut aus. Verwohnt natürlich, aber sauber.

Ich nahm die Stange ab, die über der Badewanne von Wand zu Wand reichte, zog den Vorhang herunter und warf ihn in einen Mülleimer, wischte die Stange und die beiden Halterungen ab und hängte sie wieder auf. Anschließend stellte sich die Frage, was ich mir als Nächstes vornehmen sollte. Die Waschküche und die beiden Badezimmer waren fertig. Hier unten standen folglich noch Großmutters Zimmer, der Eingangsflur, der hintere Flur, Vaters Zimmer und das große Schlafzimmer aus. Großmutters Zimmer wollte ich nicht putzen, es wäre mir ihr gegenüber wie ein Übergriff vorgekommen, zum einen, weil ihr dann bewusst werden würde, dass wir wussten, wie es bei ihr aussah, und zum anderen, weil es etwas Entmündigendes gehabt hätte: der Enkel, der das Schlafzimmer seiner Großmutter putzt. Ebenso wenig konnte ich mich zu Vaters Zimmer durchringen, auch weil es dort Papiere und anderes gab, was wir zuerst sortieren mussten.

Der Flur mit seinem Teppichboden musste warten, bis wir uns einen Teppichreiniger besorgt hatten. Dann eben die Treppen.

Ich füllte den Eimer mit Wasser, nahm eine Flasche Klorix, eine Flasche Schmierseife und eine Flasche Viss-Scheuermilch mit und bearbeitete als Erstes das Treppengeländer, das offensichtlich seit mindestens fünf Jahren nicht mehr geputzt worden war. Aller möglicher Dreck lag unten zwischen den Sprossen, zerkrümelte Blätter, kleine Steinchen, vertrocknete Insekten, alte Spinnweben. Der Handlauf war dunkel, an manchen Stellen fast schwarz und stellenweise klebrig. Ich sprühte Viss darauf, wrang den Lappen aus und wischte gründlich jeden Zentimeter. Wenn ein Abschnitt auf die Art gesäubert war und zumindest annähernd seine alte, dunkelgoldene Farbe zurückbekommen hatte, bespritzte ich einen zweiten Lappen mit Klorix und scheuerte damit weiter. Der Geruch von Klorix und das Design der blauen Flasche ließen mich an die siebziger Jahre zurückdenken, genauer gesagt an den Unterschrank der Spüle in der Küche, wo die Putzmittel standen. Viss hatte es damals noch nicht gegeben. Aber Waschpulver von Ajax stand dort in einer Art Pappbehälter; rot, weiß und blau. Schmierseife stand dort. Klorix stand dort; das Aussehen der blauen Plastikflasche mit ihrem geriffelten Verschluss mit Kindersicherung war seit damals unverändert geblieben. Eine andere Marke hieß OMO. Und dann gab es da noch einen Karton mit Waschpulver, auf dem ein Kind abgebildet war, das den gleichen Karton in den Händen hielt und auf dem man natürlich ein Bild desselben Jungen mit dem gleichen Karton in den Händen sah, und so weiter und so weiter. War das vielleicht Blenda gewesen? Jedenfalls zerbrach ich mir oftmals den Kopf über diese Regression, die im Prinzip endlos weiterging und auch andernorts existierte, beispielsweise im Badezimmerspiegel, vor dem man sich so einen Spiegel hinter den Kopf halten konnte, dass die Spiegelbilder hin und her geworfen wurden, während sie gleichzeitig immer weiter nach innen gingen und immer kleiner wurden, so weit das Auge reichte. Doch was passierte hinter dem, was das Auge sah? Ging die Verkleinerung dort weiter? Eine ganze Welt befand sich zwischen den Marken von damals und heute, und als ich an sie dachte, tauchte sie mit ihren Geräuschen und Gerüchen und Aromen auf, ganz und gar unwiderstehlich, wie es alles Verlorene, alles Verschwundene immer an sich hat. Der Geruch von kurzgeschnittenem, frisch gesprengtem Gras, wenn man an einem Sommernachmittag nach dem Training auf einem Fußballplatz sitzt, die langen Schatten der reglosen Bäume, das Kreischen und Lachen von Kindern, die in dem kleinen See auf der anderen Straßenseite badeten, der beißende, süßliche Geschmack von XL-1. Oder der Geschmack von Salz, der unweigerlich in den Mund dringt, wenn man ins Meer springt, obwohl man die Lippen zusammenpresst, sobald der Kopf unter die Oberfläche sinkt, das Chaos aus Strömungen und rauschendem Wasser, aber auch das Licht auf Tang und Seegras und der nackte Fels, die Miesmuscheltrauben und Meereichelfelder, wie alles mild und ruhig glüht, denn es ist ein wolkenloser Hochsommertag, und die Sonne brennt am blauen und hohen Meereshimmel. Das Wasser, das vom Körper tropft, wenn man sich Halt suchend in einer Vertiefung im Fels hochzieht, die Tropfen, die in den kurzen Sekunden, bis die Wärme sie verdampfen lässt, zwischen den Schulterblättern liegen bleiben, während das Wasser in der Badehose hingegen noch lange weitertropft, nachdem man sich auf sein Handtuch gelegt hat. Das Speedboot, das unbändig und arrhythmisch auf den Wellen dahinschießt, ein ums andere Mal schlägt der Bug auf, und ein kurzes Pochen dringt durch den Motorenlärm, wie unwirklich es ist, weil die Umgebung zu groß und offen ist, als dass es seiner Gegenwart wirklich gelingen würde, sich einzuprägen.

Das alles gab es ja noch. Die flachen Felsen waren unverändert, das Meer, das sie überspülte, tat dies wie immer, und auch die Unterwasserlandschaft mit ihren kleinen Tälern und Buchten und jähen Abgründen und Hängen, übersät mit Seesternen und Seeigeln, Krabben und Fischen, war gleich geblieben. Slazenger-Tennisschläger konnte man noch kaufen, genau wie Tretorn-Bälle und Rossignol-Skier, Tyroka-Bindungen und Koflach-Stiefel. Die Häuser, in denen wir wohnten, standen alle noch. Der einzige Unterschied, der gleichzeitig den Unterschied zwischen der Wirklichkeit von Kindern und der von Erwachsenen markierte, bestand darin, dass die Dinge nicht mehr so bedeutungsschwer waren. Ein Paar Le-Coque-Fußballschuhe war bloß ein Paar Fußballschuhe. Fühlte ich etwas, wenn ich heute ein solches Paar in der Hand hielt, war es bloß ein Nachhall aus der Kindheit, sonst nichts, nichts an sich. Gleiches galt für das Meer, für die Felsplatten und den salzigen Geschmack, der während des Sommerhalbjahres so durchdringend die Tage füllte, heute schmeckte es dagegen nur noch salzig, end of story. Die Welt war die gleiche, aber trotzdem eine andere, denn der Sinn in ihr hatte sich verschoben und verschob sich weiter, näher, immer näher zum Sinnlosen hin.

Ich wrang den Putzlappen aus, hängte ihn über den Rand des Eimers und musterte das Ergebnis meiner Arbeit. Das Glänzen im Lack war sichtbar geworden, auch wenn es an manchen Stellen noch dunkle Dreckflecken gab, die sich gleichsam ins Holz eingeätzt hatten. Ich hatte ungefähr ein Drittel des Geländers in der ersten Etage geputzt. Hinzu kam außerdem noch das Geländer in den zweiten Stock.

Im Flur über mir ertönten Yngves Schritte.

Er tauchte mit einem Eimer in der Hand und einer Rolle Müllsäcke unter dem Arm auf.

»Bist du da unten fertig?«, sagte er, als er mich sah.

»Nein, bist du verrückt? Ich bin nur mit Badezimmer und Waschküche fertig. Mit den anderen Zimmern wollte ich noch warten.«

»Ich fange jetzt mit Vaters Zimmer an«, sagte er. »Das dürfte die meiste Arbeit machen.«

»Ist die Küche fertig?«

»Ja. Jedenfalls so gut wie, ich muss noch einen Schrank ausräumen. Aber ansonsten sieht es da gut aus.«

»Okay«, sagte ich. »Ich mache kurz Pause. Ich denke, ich werde was essen. Ist Großmutter in der Küche?«

Er nickte und ging an mir vorbei. Ich strich meine Hände, die von der Feuchtigkeit weich und runzlig waren, an den Oberschenkeln der Shorts trocken, warf einen letzten Blick auf das Geländer und ging in die Küche hinauf.

Großmutter brütete auf ihrem Stuhl. Als ich hereinkam, blickte sie nicht einmal auf. Mir fiel das Medikament ein. Hatte sie es genommen? Mit Sicherheit nicht.

Ich öffnete den Schrank und holte es heraus.

»Hast du das hier heute schon genommen?«, sagte ich und hielt die Packung hoch.

»Was ist das?«, sagte sie. »Eine Arznei?«

»Ja, die, die du gestern bekommen hast.«

»Nein, die habe ich nicht genommen.«

Ich holte ein Glas aus dem Schrank, füllte es mit Wasser und reichte es ihr zusammen mit einer Tablette. Großmutter legte sie auf ihre Zunge und spülte sie hinunter. Sie schien nichts mehr sagen zu wollen, und um nicht von einem bedrückenden Ringen um Worte gefangen zu werden, nahm ich statt der Brote, die ich mir ursprünglich vorgestellt hatte, zwei Äpfel sowie ein Glas Wasser und eine Tasse Kaffee mit nach draußen. Der Tag war wie der vorherige mild und grau. Vom Meer kommend wehte ein leichter Wind, Möwen schrien über dem Hafenbecken, irgendwo in der Nähe ertönten metallische Schläge. Unten in der Stadt rauschte gleichmäßig der Verkehr. Über den Dächern zweier Häuserblocks vor dem Kai ragte steil und schmächtig ein Baukran in die Höhe. Er war gelb, und an seinem oberen Ende befand sich eine weiße Kajüte oder wie diese Kabine auch hieß, in welcher der Kranführer saß. Seltsam, dass er mir nicht schon früher aufgefallen war. In meinen Augen waren nur wenige Dinge schöner als Turmkräne, das Skelettartige ihrer Konstruktion, die Drahtseile, die an der Ober- und Unterseite des waagerecht abstehenden Auslegers verliefen, der riesige Haken, die Art, in der die schweren Gegenstände träge baumelten, wenn sie durch die Luft transportiert wurden, der Himmel, vor dem man dieses mechanische Provisorium sah.

Ich hatte gerade den ersten Apfel mit Stumpf und Stiel und allem verspeist und wollte mich an den zweiten machen, als Yngve durch den Garten näher kam. Er hielt ein dickes Konvolut in der Hand.

»Sieh mal, was ich gefunden habe«, sagte er und reichte es mir.

Ich faltete es auf und schaute darauf. Es war voller Tausender.

»Es sind ungefähr zweihunderttausend«, erklärte er.

»Mannomann«, sagte ich. »Wo lag es?«

»Unter dem Bett. Es muss das Geld sein, das er für das Haus in der Elvegaten bekommen hat.«

»Oh, verdammt«, sagte ich. »Dann ist das alles, was noch übrig ist?«

»Wahrscheinlich. Er hat das Geld nicht mal zur Bank gebracht, es lag einfach unter seinem Bett. Und dann hat er es schlichtweg vertrunken. Tausender für Tausender.«

»Das Geld ist mir scheißegal«, sagte ich. »Es ist nur ein so verdammt tristes Leben gewesen, das er hier geführt hat.«

»Das kann man wohl sagen«, stimmte Yngve mir zu.

Er setzte sich. Ich legte das Päckchen auf den Tisch.

»Was sollen wir damit machen?«, sagte er.

»Keine Ahnung«, erwiderte ich. »Es teilen, nehme ich an?«

»Ich dachte eher an die Erbschaftssteuer und so.« Ich zuckte mit den Schultern.

»Wir fragen jemanden«, sagte ich. »Jon Olav, zum Beispiel. Er ist doch Anwalt.«

Das Motorengeräusch eines Autos dröhnte aus der schmalen Straße unterhalb des Hauses herauf. Obwohl ich den Wagen nicht sehen konnte, erkannte ich an der Art zu halten, zurückzusetzen und wieder vorwärts anzufahren, dass er zu uns wollte.

»Wer mag das sein?«, sagte ich.

Yngve stand auf und griff nach dem Konvolut.

»Wer soll es aufbewahren?«, sagte er.

»Übernimm du das«, antwortete ich.

»Jetzt ist zumindest das Problem der Beerdigungskosten gelöst«, meinte er und ging an mir vorbei. Ich folgte ihm ins Haus. Im Flur des Erdgeschosses hörte man Stimmen. Es waren Gunnar und Tove. Wir standen zwischen der Tür zum Flur und der Tür zur Küche, als sie heraufkamen, und fühlten uns nicht ganz wohl in unserer Haut, so als wären wir noch Kinder. Yngve hielt den Umschlag mit dem Geld in der Hand.

Tove war genauso braun und hatte sich ebenso gut gehalten wie Gunnar.

»Hallo, ihr zwei!«, begrüßte sie uns und lächelte.

»Hallo«, sagte ich. »Lange nicht gesehen.«

»Allerdings«, sagte sie. »Schade, dass wir uns unter so traurigen Umständen wiedersehen müssen.«

»Ja«, sagte ich.

Wie alt waren die beiden eigentlich? Ende vierzig?

Großmutter stand in der Küche auf.

»Ihr seid das?«, sagte sie.

»Setz dich, Mutter«, sagte Gunnar. »Wir dachten nur, dass wir Yngve und Karl Ove ein bisschen beim Aufräumen helfen sollten.«

Er zwinkerte uns zu.

»Eine Tasse Kaffee könnt ihr aber doch trinken, oder?«, sagte Großmutter.

»Für uns bitte keinen«, wehrte Gunnar ab. »Wir wollen gleich weiter. Die Jungen sind alleine im Sommerhaus.«

»Ja, ja«, sagte Großmutter.

Gunnar machte einen Schritt in die Küche.

»Ihr habt ja schon einiges geschafft«, sagte er. »Ich bin beeindruckt.«

»Wir wollten das Traueressen nach der Beerdigung hier abhalten«, sagte ich.

Er sah mich an.

»Aber das geht doch nicht«, sagte er.

»Das wird schon gehen«, widersprach ich. »Wir haben noch fünf Tage. Das geht.«

Er sah weg. Vielleicht wegen der Tränen in meinen Augen.

»Das entscheidet ihr natürlich«, sagte er. »Wenn ihr denkt, dass sich das machen lässt, dann wird es eben so gemacht. Aber dann sollten wir zusehen, dass wir in die Gänge kommen!«

Er wandte sich um und ging ins Wohnzimmer. Ich folgte ihm.

»Wir müssen alles wegwerfen, was hier steht. Es hat keinen Sinn, etwas aufzubewahren. Die Couchen, wie sehen die aus?«

»Die eine ist okay«, sagte ich. »Die kriegen wir sauber. Die andere, denke ich …«

»Dann nehmen wir die mit«, entschied er.

Er stellte sich an das eine Ende der großen, schwarzen, dreisitzigen Ledercouch. Ich ging zum anderen, bückte mich und packte unten an.

»Wir tragen sie durch die Verandatür«, meinte Gunnar. »Kannst du uns bitte aufmachen, Tove?«

Als wir sie durchs Wohnzimmer schleppten, stand Großmutter in der Küchentür.

»Was macht ihr denn mit der Couch?«, sagte sie.

»Wir werfen sie weg«, antwortete Gunnar.

»Seid ihr verrückt geworden!«, sagte sie. »Warum wollt ihr sie wegwerfen? Ihr könnt doch nicht einfach meine Couch wegwerfen!«

»Die ist hin«, sagte Gunnar.

»Das geht euch nichts an!«, rief sie. »Das ist meine Couch!«

Ich blieb stehen. Gunnar sah mich an.

»Wir müssen das tun, verstehst du?«, sagte er zu ihr. »Jetzt komm schon, Karl Ove, raus mit dem Ding.«

Großmutter machte einen Schritt auf uns zu.

»Das könnt ihr nicht tun!«, sagte sie. »Das hier ist mein Haus!«

»Doch, das können wir«, entgegnete Gunnar.

Wir waren zu der kleinen Treppe zum Esszimmer gekommen. Ich machte seitlich ein paar Schritte, ohne Großmutter anzusehen, die sich neben das Klavier gestellt hatte. Ich spürte ihren eisernen Willen. Gunnar nahm ihn nicht wahr. Oder vielleicht doch? Kämpfte er auch mit ihm? Sie war seine Mutter.

Er ging die beiden Treppenstufen rückwärts und bewegte sich sachte durchs Zimmer.

»Das könnt ihr doch nicht machen!«, sagte Großmutter. Im Laufe der letzten Minuten hatte sie sich völlig verändert. Ihre Augen funkelten. Ihr Körper, der zuvor so passiv und in sich selbst verkapselt gewesen war, agierte nun nach außen. Sie hatte die Arme in die Hüften gestemmt und fauchte.

»Oohh!«

Dann drehte sie sich um.

»Nein, das sehe ich mir nicht länger an«, erklärte sie und kehrte in die Küche zurück.

Gunnar lächelte mir zu. Ich stieg die beiden Stufen hinab, trat auf den Fußboden und machte ein paar seitliche Schritte, um zur Tür zu gelangen. Es zog, ich spürte den Wind auf meiner nackten Haut an Beinen und Armen. Die Gardinen bauschten sich.

»Geht's?«, sagte Gunnar.

»Denke schon«, erwiderte ich.

Auf der Veranda setzten wir die Couch ab und ruhten uns einige Sekunden aus, ehe wir sie das letzte Stück die Treppe hinunter, durch den Garten und zum Anhänger vor dem Garagentor trugen. Als wir das erledigt hatten und sie an Ort und Stelle stand, wobei das eine Ende etwa einen Meter über den Rand hinausragte, holte Gunnar ein blaues Seil aus dem Kofferraum und machte sich daran, sie festzuzurren. Ich wusste nicht so recht, was ich tun sollte, stand daneben und sah ihm zu, falls er Hilfe benötigen sollte.

»Mach dir wegen ihr keine Gedanken«, sagte er, ohne aufzublicken. »Sie weiß im Moment nicht, was das Beste für sie ist.«

»Ja«, sagte ich.

»Du hast bestimmt einen besseren Überblick als ich. Was müssen wir noch wegwerfen?«

»Einiges aus seinem Zimmer. Und aus ihrem. Und aus dem Wohnzimmer. Aber nichts Großes. Nichts wie die Couch.«

»Ihre Matratze vielleicht?«, sagte er.

»Ja«, antwortete ich. »Und seine. Aber wenn wir ihre wegwerfen, müssen wir erst eine neue beschaffen.«

»Wir könnten eine aus ihrem alten Schlafzimmer nehmen«, meinte er.

»Das können wir machen«, sagte ich.

»Falls sie protestiert, wenn ihr hier alleine seid, dann schert euch nicht weiter darum. Tut einfach, was ihr tun müsst. Es ist zu ihrem eigenen Besten.«

»Ja«, sagte ich.

Er sammelte das restliche Seil in einer Schleife und band es am Anhänger fest.

»Das müsste halten«, sagte er, richtete sich auf und sah mich an. »Übrigens, habt ihr mal einen Blick in die Garage geworfen?«

»Nein?«, erwiderte ich fragend.

»Da stehen seine Sachen. Die ganze Fuhre. Das Zeug müsst ihr mitnehmen. Aber am besten seht ihr es vorher durch. Vieles kann man bestimmt schon hier wegwerfen.«

»Machen wir«, sagte ich.

»Viel mehr bekommen wir nicht mehr auf den Anhänger. Wir bringen es schon mal zur Kippe. Ihr tragt in der Zwischenzeit weiter Sachen raus, und wir fahren dann noch mal. Ich denke, das dürfte reichen. Sollte es noch mehr sein, kann ich Anfang der Woche eventuell wieder vorbeischauen.«

»Vielen Dank«, sagte ich.

»Das ist nicht leicht für euch«, sagte er. »Das verstehe ich.«

Als ich seinem Blick begegnete, sahen wir uns einige Sekunden in die Augen, ehe er wegschaute. In seinem sonnengebräunten Gesicht wirkten die Augen fast so klar und blau wie Vaters.

Da war so viel, was er nicht haben wollte. All das, wovon ich überlief, zum Beispiel.

Er legte die Hand auf meine Schulter.

In mir zerriss etwas. Ich schluchzte.

»Ihr seid gute Jungen«, sagte er.

Ich musste mich abwenden, beugte mich vor, legte das Gesicht in die Hände. Mein Körper zitterte. Dann ging es vorbei, und ich richtete mich auf und atmete tief durch.

»Weißt du, wo man sich hier Gerätschaften ausleihen kann? Du weißt schon, Bodenschleifgeräte und größere Rasenmäher und so?«

»Wollt ihr das Parkett abschleifen?«

»Nein, nein, das war nur ein Beispiel. Aber ich dachte, ich nehm mir mal den Rasen vor. Und mit einem normalen Rasenmäher werde ich wohl nicht weit kommen.«

»Ist das nicht ein bisschen überambitioniert? Wäre es nicht besser, sich auf das Haus zu konzentrieren?«

»Doch, mag sein. Aber falls wir noch Zeit dafür haben sollten.«

Er senkte den Kopf ein wenig und kratzte sich mit einem Finger im Haar.

»Es gibt einen Verleih in Grim. Die müssten so was haben. Am besten guckt ihr mal ins Branchenbuch.«

Neben uns leuchtete plötzlich die weiße Grundmauer des Hauses auf. Ich blickte hoch. Die Wolkendecke hatte einen Riss bekommen, durch den die Sonne schien. Gunnar ging die Treppe hinauf ins Haus. Ich folgte ihm. Auf dem Fußboden im Flur vor Vaters Zimmer lagen zwei Müllsäcke voller Kleider und Gerümpel. Neben ihnen lag der verdreckte Stuhl. Im Zimmer stand Yngve und sah zu uns her. Er trug gelbe Putzhandschuhe.

»Die Matratze sollten wir wohl wegwerfen«, sagte er. »Ist noch Platz für sie?«

»Jetzt nicht«, erklärte Gunnar. »Wir nehmen sie beim nächsten Mal mit.«

»Das hier haben wir übrigens unter dem Bett gefunden«, sagte Yngve und griff nach dem Konvolut, das er auf die Konsole an der Wand gelegt hatte, und reichte es Gunnar.

Gunnar zog die Enden zur Seite und sah hinein.

»Wie viel ist es?«, sagte er.

»Ungefähr zweihunderttausend«, antwortete Yngve.

»Tja, das gehört jetzt euch«, sagte er. »Aber vergesst ja nicht eure Schwester, wenn ihr es aufteilt.«

»Natürlich nicht«, sagte Yngve.

Hatte er daran gedacht?

Ich nicht.

»Anschließend müsst ihr selbst entscheiden, ob ihr das Geld angeben wollt oder nicht«, sagte Gunnar.

Als Gunnar eine Viertelstunde später mit dem vollen Anhänger losfuhr, blieb Tove da und half uns beim Putzen. Alle Türen und Fenster im Haus standen offen, und dass die Luft in den Räumen in Bewegung kam und Sonnenlicht auf die Böden fiel und es nach Putzmitteln roch, was zumindest in der ersten Etage der dominierende Geruch war, führte dazu, dass sich das Haus öffnete und zu einem Ort wurde, den die Welt durchströmte, was ich tief drinnen in meiner düsteren Gefühlslage spürte und als wohltuend empfand. Ich machte mit den Treppen und Yngve mit Vaters Zimmer weiter, während Tove sich das Zimmer vornahm, in dem er gefunden worden war. Die Fensterbänke, die Wandleisten, die Türen, die Regale. Nach einer Weile ging ich in die Küche, um mir frisches Wasser zu holen. Großmutter sah auf, als ich das alte Wasser ausschüttete, aber ihr Blick war leer und desinteressiert und wandte sich schon bald wieder der Tischplatte zu. Das Wasser wirbelte in der Spüle langsam im Kreis, stetig weniger werdend, graubraun und trüb, bis die letzten, weiß schäumenden Reste verschwanden und auf dem glänzenden Metall eine matte Schicht aus Sand, Haaren und unterschiedlichem Müll zurückblieb. Ich öffnete den Wasserhahn und ließ den Strahl eine Weile über die Ränder des Eimers laufen, bis aller Dreck fort war und ich ihn mit neuem, siedend heißem Wasser füllen konnte. Als ich kurz darauf ins Wohnzimmer kam, drehte Tove sich zu mir um und lächelte.

»Hier sieht es vielleicht aus!«, sagte sie.

Ich blieb stehen.

»Es geht jedenfalls voran«, sagte ich.

Sie legte den Putzlappen auf das Regal, strich sich flüchtig mit der Hand durchs Haar.

»Putzen ist noch nie ihre Stärke gewesen«, erklärte sie.

»Es sah hier doch eigentlich immer ganz gut aus, oder nicht?«, sagte ich.

Sie lächelte kurz und schüttelte den Kopf.

»Oh, nein. So mag es vielleicht ausgesehen haben, aber im Grunde … Seit ich in diesem Haus ein- und ausgehe, ist es immer schmutzig gewesen. Na ja, nicht überall, aber in den Ecken. Unter den Möbeln. Unter den Teppichen. Du weißt schon, wo man es nicht so sieht.«

»Tatsächlich?«, sagte ich.

»Oh, ja. So gesehen ist sie nie eine richtige Hausfrau gewesen.«

»Mag sein«, erwiderte ich.

»Aber sie hätte etwas Besseres verdient gehabt als das hier. Wir haben geglaubt, dass ihr nach Großvaters Tod noch ein paar schöne Jahre beschert sein würden. Weißt du, wir hatten ihr eine Haushaltshilfe besorgt, die sich um das ganze Haus gekümmert hat.«

Ich nickte.

»Das habe ich gehört«, sagte ich.

»Für uns war das natürlich auch eine Stütze. Denn wir haben ihr ja immer geholfen. Bei allem Möglichen. Sie sind ja schon lange alt gewesen. Und weil dein Vater war, wie er nun einmal war, und Erling in Trondheim lebt, blieb alles an uns hängen.«

»Ich weiß«, sagte ich, breitete die Arme halb aus und hob gleichzeitig die Augenbrauen, um ihr mit dieser Geste zu zeigen, dass ich mit ihr sympathisierte, aber selbst nichts hatte tun können.

»Aber jetzt muss sie in ein Heim und betreut werden. Sie so zu sehen ist furchtbar.«

»Ja«, sagte ich.

Sie lächelte erneut.

»Wie geht es Sissel?«

»Gut«, sagte ich. »Sie wohnt in Jølster, ich glaube, es gefällt ihr dort. Sie arbeitet in der Krankenpflegeschule in Førde.«

»Grüß sie von mir, wenn du mit ihr sprichst«, sagte Tove.

»Das mache ich gern«, sagte ich und erwiderte ihr Lächeln. Tove griff erneut nach dem Lappen, und ich ging die Treppe hinunter, die ich ungefähr halb fertig hatte, setzte den Eimer ab, wrang den Lappen aus und spritzte einen Striemen Viss auf den Handlauf.

»Karl Ove?«, rief Yngve.

»Ja?«, sagte ich.

»Komm mal kurz.«

Er stand vor dem Spiegel im Flur. Neben ihm auf dem Ölofen lag ein dicker Stapel Papier. Seine Augen glänzten.

»Sieh mal«, sagte er und reichte mir einen Umschlag, der an Ylva Knausgård, Stavanger, adressiert war und in dem sich ein Blatt Papier befand, auf dem *Liebe Ylva!* stand, ansonsten jedoch nichts.

»Er hat ihr geschrieben? Von hier aus?«, sagte ich.

»Sieht ganz so aus«, meinte Yngve. »Vermutlich zu ihrem Geburtstag oder so. Aber dann hat er aufgegeben. Schau hier, er hatte unsere Adresse nicht.«

»Ich dachte, er wüsste im Grunde gar nicht, dass sie existiert«, sagte ich.

»Das wusste er offenbar«, sagte Yngve. »Er muss sogar an sie gedacht haben.«

»Sie ist immerhin sein erstes Enkelkind«, sagte ich.

»Stimmt«, erwiderte Yngve. »Aber wir reden hier trotz allem von Vater. Das heißt noch gar nichts.«

»Verdammt«, sagte ich. »Wie traurig das alles ist.«

»Ich habe noch was gefunden«, meinte Yngve. »Sieh mal.«

Diesmal reichte er mir einen maschinengeschriebenen, offiziell aussehenden Brief. Er stammte von der Staatlichen Darlehenskasse für Ausbildung. Vater wurde darin mitgeteilt, dass er sein Studiendarlehen endgültig zurückgezahlt hatte.

»Wirf mal einen Blick auf das Datum«, sagte Yngve.

Ich las. 29. Juni.

»Zwei Wochen vor seinem Tod«, sagte ich und begegnete Yngves Blick. Wir mussten lachen.

»Hehehe«, lachte er.

»Hehehe«, lachte ich. »So viel zum Thema Freiheit. Hehehe!«

»Hehehe!«

Als Gunnar und Tove eine Stunde später wegfuhren, herrschte im Haus wieder eine andere Stimmung. Nur von uns und Großmutter bevölkert, schienen sich die Zimmer wieder um das zu schließen, was geschehen war, als wären wir zu schwach, um sie zu öffnen. Vielleicht waren wir dem, was vorgefallen war, aber auch zu nahe und in einem weitaus größeren Maße ein Teil davon, als Gunnar und Tove es waren. Jedenfalls erstarrte der Strom aus Leben und Bewegung, und jedes Objekt dort, der Fernseher, die Sessel, die Couch, die Schiebetür zwischen den Zimmern im ersten Stock, das schwarze Klavier, die zwei Barockgemälde, die darüber an der Wand hingen, zeigten sich als das, was sie waren, schwer, unverrückbar, erfüllt von Vergangenheit. Die Wolkendecke hatte sich wieder geschlossen. Die gräulich weiße Schicht am Himmel dämpfte alle Farben der Landschaft. Yngve sortierte Papiere, ich putzte die Treppe, Großmutter saß in der Küche in ihre Finsternis versunken. Gegen vier fuhr Yngve los, um etwas fürs Abendessen zu besorgen, und ich, der ich mir des ganzen Hauses ringsum bewusst war, hoffte inständig, dass Großmutter nicht zu einer ihrer wenigen Wanderungen aufbrechen und zu mir kommen würde, denn ich hatte das Gefühl, dass meine

Seele, oder was immer es sein mochte, worin andere Menschen derart leicht Spuren hinterließen, so zerbrechlich und empfindsam war, dass ich den Druck nicht ertrüge, den ihre so von Düsternis und Trauer zerrissene Gegenwart mit sich bringen würde. Doch meine Hoffnung war vergeblich, denn nach einer Weile hörte ich oben die Tischbeine scharren und kurz darauf ihre Schritte, erst im Wohnzimmer, danach im Treppenhaus.

Sie hielt sich am Geländer fest wie vor dem Rand eines Abgrunds.

»Da bist du«, sagte sie.

»Ja«, sagte ich. »Aber ich bin bald fertig.«

»Und wo ist Yngve?«

»Er ist einkaufen«, antwortete ich.

»Ach ja, stimmt ja«, sagte sie, blieb lange stehen und betrachtete meine Hand, die mit dem Lappen zwischen den Fingern auf dem Handlauf auf- und abglitt. Dann schaute sie auf mein Gesicht. Ich begegnete ihrem Blick, und ein kalter Schauer lief mir den Rücken hinab. Sie sah aus, als würde sie mich hassen.

Sie seufzte und zog die Locke, die ihr immer wieder ins Gesicht fiel, zur Seite.

»Du bist fleißig«, erklärte sie. »Du bist wirklich fleißig.«

»Na ja«, sagte ich. »Aber es ist doch gut, was zu tun, wenn wir schon mal damit angefangen haben, nicht?«

Aus dem Freien drang das Geräusch eines Automotors ins Haus.

»Da ist er ja«, sagte ich.

»Wer?«, sagte sie. »Gunnar?«

»Yngve«, antwortete ich.

»Ist er denn nicht hier?«

Ich antwortete nicht.

»Ach ja, stimmt ja«, sagte sie. »Ich werde langsam ein bisschen schusselig!«

Ich lächelte, ließ den Lappen in das trübe Wasser fallen, packte den Eimer am Henkel.

»Dann wollen wir mal was kochen«, sagte ich.

In der Küche goss ich das Wasser weg, wrang den Lappen aus und hängte ihn über den Rand des Eimers, während Großmutter sich auf ihren Platz setzte. Als ich den Aschenbecher vom Tisch nahm, zog sie den untersten Teil der Gardine zur Seite und schaute nach draußen. Ich spülte den Aschenbecher aus, ging zurück und nahm die Tassen, legte sie ins Spülbecken, machte den Küchenlappen feucht, sprühte etwas Reinigungsspray auf den Tisch und wischte ihn ab, als Yngve mit einer Tüte in jeder Hand hereinkam. Er setzte sie ab und begann, sie auszuräumen. Als Erstes legte er die Sachen, die wir zu Abend essen wollten, auf die Arbeitsplatte, vier vakuumverpackte Lachsfilets, einen Plastikbeutel mit erdigen Kartoffeln, einen Blumenkohl und ein Paket Tiefkühlbohnen, danach alle anderen Waren, die er teils in den Kühlschrank, teils in den daneben stehenden Schrank räumte. Eine 1,5-Liter-Flasche Sprite, eine 1,5-Liter-Flasche CB-Bier, eine Tüte Orangen, einen Milchkarton, einen Karton Orangensaft, ein Brot. Ich stellte den Herd an und zog eine Bratpfanne aus dem Schrank unter der Arbeitsplatte, holte die Margarine aus dem Kühlschrank, schnitt ein Stück ab und gab es in die Pfanne, füllte einen großen Topf mit Wasser und stellte ihn auf die hintere Platte, löste den Knoten der Plastiktüte und kippte die Kartoffeln ins Spülbecken, ließ Wasser laufen und begann sie zu putzen, während der Margarineklecks auf dem schwarzen Boden der Bratpfanne langsam nach außen segelte. Nochmals fiel mir auf, wie rein und deshalb ermutigend die Gegenwart der Waren war, ihre klaren Farben, etwa das grünweiße Plastik, in dem die Bohnen lagen, mit der roten Schrift und dem roten Logo, oder die weiße Papiertüte, die das Brot bis auf das Endstück umschloss, wo die abgerundete, dunkle Kruste herauslugte wie ein schneckenartiges Tier aus seinem Haus, oder, schoss es mir durch den Kopf, wie ein Mönch aus seiner Mönchskutte. Die Apfelsinen, die orange das Plastik ausbeulten. Wie sie als Menge, bei der die Kugelform jeder einzelnen zwischen den anderen verdeckt wurde, fast dem Lehrbuchmodell eines Moleküls ähnelten. Wie der Geruch, der sich im Raum verbreitete, sobald sie geschält oder aufgeschnitten wurden, mich stets an Vater erinnerte.

Das waren die Zimmer, in denen er sich aufgehalten hatte, und der Geruch: Zigarettenrauch und Apfelsine. Betrat ich mein eigenes Büro und nahm diesen Geruch darin wahr, erfüllte mich dies unweigerlich mit positiven Gefühlen.

Aber warum? Worin bestand das Positive?

Yngve knüllte die beiden leeren Plastiktüten zusammen und legte sie in die unterste Schublade. Die Magarine in der Pfanne zischte ein wenig. Der Wasserstrahl aus dem Hahn wurde von den Kartoffeln unterbrochen, die ich darunter hielt, und das Wasser, das an den Rändern des Spülbeckens herablief, hatte nicht genug Kraft, die ganze Erde an den Kartoffeln fortzuschwemmen, wie eine Schlammschicht legte sie sich um die Löcher im Abfluss, bis die Kartoffeln sauber waren und ich sie aus dem Strahl nahm, der binnen einer knappen Sekunde alles mit sich riss, woraufhin das Metall der Spüle wieder sauber und klar glänzte.

»Ja, ja«, sagte Großmutter am Tisch.

Ihre tief liegenden Augenhöhlen, die Dunkelheit in den sonst so hellen Augen, die Knochen, die überall an ihrem Körper hervortraten.

Yngve stand im Zimmer und trank Cola aus einem Glas.

»Kann ich dir bei etwas helfen?«, erkundigte er sich.

Er setzte das leere Glas auf der Spüle ab und deutete ein Rülpsen an.

»Nein, ich mach das schon«, sagte ich.

»Dann gehe ich was raus«, erklärte er.

»Tu das«, sagte ich.

Ich legte die Kartoffeln ins Wasser, das von der Hitze bereits in Wallung gebracht worden war, kleine Blasen stiegen in ihm auf. Ich holte das Salz, das auf der Dunstabzugshaube in dem kleinen, silbernen Wikingerschiff stand, dessen Ruder Löffel waren, träufelte ein wenig ins Wasser und schnitt den Blumenkohl klein, füllte einen weiteren Topf mit Wasser und setzte ihn auf, ehe ich die Lachspackung mit einem Messer öffnete und die vier Filets herausnahm, salzte und auf einen Teller legte.

»Heute Abend gibt es Fisch«, sagte ich. »Lachs.«

»Aha«, sagte Großmutter. »Das wird sicher lecker.«

Sie musste baden und sich die Haare waschen. Saubere Kleider anziehen. Ich sehnte mich fast danach. Doch wer sollte dafür sorgen? Aus eigenem Antrieb schien sie es jedenfalls nicht zu tun. Wir konnten sie nicht darum bitten, das ging einfach nicht. Was sollten wir tun, wenn sie nicht wollte? Zwingen konnten wir sie auch nicht.

Wir mussten Tove fragen. Wenn es jemand vom selben Geschlecht machte, war es wenigstens nicht ganz so demütigend. Und jemand, der ihr eine Generation näher stand als wir.

Ich legte die Fischstücke in die Pfanne und schaltete die Dunstabzugshaube ein. Binnen weniger Sekunden wurden die Unterseiten heller, anfangs tief, fast schon rötlich rosa, wurden sie nach und nach blassrosa, und ich sah, wie diese neue Farbe im Fischfleisch allmählich höher stieg. Ich stellte die brodelnd kochenden Kartoffeln kleiner.

»Ohh«, sagte Großmutter.

Ich sah sie an. Sie saß genau wie vorher, und es schien ihr nicht bewusst zu sein, dass ihr soeben ein Stöhnen entfahren war.

Er war ihr erstes Kind gewesen.

Es war nicht vorgesehen, dass Kinder vor ihren Eltern starben, das war nicht vorgesehen. Nicht vorgesehen.

Und ich, wer war Vater für mich gewesen?

Jemand, dessen Tod ich wünschte.

Warum dann all diese Tränen?

Ich schnitt den Beutel mit den Bohnen auf. Sie waren von einer dünnen Schicht flaumigen Reifs bedeckt und sahen fast grau aus. Mittlerweile kochte auch der Blumenkohl. Ich stellte die Platte kleiner und sah auf die Uhr an der Wand. Zwölf nach halb fünf. Vier Minuten noch, dann war der Blumenkohl gar. Oder sechs. Die Kartoffeln würden noch fünfzehn Minuten brauchen. Ich hätte sie hälfteln sollen. Es würde ja ohnehin kein Festmahl werden.

Großmutter sah mich an.

»Trinkt ihr auch schon mal ein Bier zum Essen?«, sagte sie. »Ich habe gesehen, dass Yngve eine Flasche gekauft hat.«

Das hatte sie gesehen?

Ich schüttelte den Kopf.

»Manchmal«, sagte ich. »Aber eher selten. Ehrlich gesagt, sehr selten.«

Ich wendete die Lachsfilets. Bräunlich schwarze Streifen verliefen hier und da auf dem hellen Fleisch. Aber sie waren nicht angebrannt.

Ich schüttete die Bohnen in den Topf, gab Salz hinein und goss überschüssiges Wasser ab. Großmutter lehnte sich vor und sah aus dem Fenster. Ich zog die Bratpfanne ein wenig zur Seite, drehte die Platte herunter und ging zu Yngve auf die Veranda hinaus. Er saß auf dem Stuhl und sah in die Ferne.

»Gleich gibt's Essen«, sagte ich. »In fünf Minuten.«

»Gut«, sagte er.

»Das Bier, das du gekauft hast«, sagte ich. »Wolltest du es zum Essen trinken?«

Er nickte und warf mir einen flüchtigen Blick zu.

»Warum?«

»Es ist nur wegen Großmutter«, erläuterte ich. »Sie hat mich gefragt, ob wir oft Bier zum Essen trinken würden. Ich dachte nur, dass es vielleicht nicht sein muss, wenn sie dabei ist. In diesem Haus ist so viel getrunken worden. Wir sollten es ihr ersparen, noch mehr in der Art zu sehen. Auch wenn es nur um ein Glas zum Essen geht. Verstehst du, was ich meine?«

»Natürlich. Aber du übertreibst.«

»Ja, mag sein. Aber wir reden hier ja nicht gerade über ein großes Opfer.«

»Nein, nein«, sagte Yngve.

»Und, sind wir uns einig?«

»Ja!«, sagte er.

Der gereizte Ton in seiner Stimme war unüberhörbar. Ich wollte nicht gehen, solange er in der Luft hing. Gleichzeitig fiel mir nichts Versöhnliches ein. Nach einigen unschlüssigen Sekunden, mit hilflos herabhängenden Armen und Tränen im Hals, kehrte ich deshalb in die Küche zurück, deckte den Tisch, goss die Kartoffeln ab und ließ sie ausdampfen, hob die Lachsstücke mit dem Bratenwender auf eine Platte, zerteilte den Blumenkohl und gab ihn und die Bohnen in dieselbe Schüssel, holte anschließend eine weitere heraus, in die ich die Kartoffeln schüttete, und stellte alles auf den Tisch, hellrot, hellgrün, weiß, dunkelgrün, goldbraun. Ich füllte eine Karaffe mit Wasser und setzte sie zusammen mit drei Gläsern genau in dem Moment auf den Tisch, in dem Yngve von der Veranda hereinkam.

»Das sieht gut aus«, meinte er und setzte sich. »Aber Messer und Gabel wären vielleicht nicht verkehrt, oder?«

Ich holte Besteck aus der Schublade, reichte es beiden, setzte mich und fing an, eine Kartoffel zu pellen. Die heiße Schale brannte an den Fingerspitzen.

»Du pellst sie?«, sagte Yngve. »Aber das sind doch neue Kartoffeln.«

»Da hast du Recht«, sagte ich. Ich spießte mit der Gabel eine neue Kartoffel auf und legte sie auf den Teller. Sie riss zerkrümelnd, als ich das Messer hindurchpresste. Yngve hob einen Bissen Lachs zum Mund. Großmutter zerteilte ihren Fisch in kleine Stücke. Ich stand noch einmal auf und holte die Margarine aus dem Kühlschrank, platzierte eine Flocke auf den Kartoffeln. Aus alter Gewohnheit atmete ich durch den Mund, als ich den ersten Bissen Lachs kaute. Yngve schien ein normaleres und erwachseneres Verhältnis zu Fisch entwickelt zu haben. Er aß inzwischen sogar gelaugten Stockfisch, was früher das Schlimmste vom Schlimmsten gewesen war. *Mit Speck und allem, was sonst noch dazugehört, schmeckt er richtig gut*, hörte ich ihn innerlich sagen, während er neben mir saß und schweigend aß. Stockfischessen mit Freunden, das war nun wirklich eine Welt, zu der ich keinen Zugang hatte. Nicht, weil ich es nicht über mich gebracht hätte, ihn zu essen, sondern weil ich niemals zu solchen geselligen Anlässen eingeladen wurde. Ich hatte keine Ahnung, warum. Es machte mir nichts mehr aus. Früher hatte es mir jedoch etwas ausgemacht, früher hatte ich mich ausgeschlossen gefühlt und darunter gelitten. Heute fühlte ich mich nur noch ausgeschlossen.

»Gunnar meinte, dass es in Grim einen Verleih

gibt«, sagte ich. »Sollen wir morgen nach dem Beerdigungsinstitut hinfahren? Es wäre schön, es zu erledigen, bevor du fährst. Solange wir noch das Auto haben, meine ich.«

»Können wir machen«, sagte Yngve.

Auch Großmutter aß jetzt. Sie bekam dabei etwas Spitzes und Nagetierhaftes. Wenn sie sich bewegte, stieg mir jedesmal der Urindunst in die Nase. Oh, wir mussten dafür sorgen, dass sie in eine Badewanne kam. Saubere Kleider anzog. Etwas aß. Viel aß. Grütze, Milch, Butter.

Ich hob das Glas an die Lippen und trank. Das Wasser, so kühl in der Mundhöhle, schmeckte schwach metallisch. Yngves Besteck klirrte auf dem Teller. Eine Wespe oder Hummel summte hinter der halboffenen Tür irgendwo im Esszimmer. Großmutter seufzte. Gleichzeitig drehte sie sich auf ihrem Stuhl zur Seite, als passierte der Gedanke, der ihr gekommen war, nicht nur durch ihr Bewusstsein, sondern durchliefe auch ihren Körper.

In diesem Haus hatten sie sogar an Heiligabend Fisch gegessen. Als ich klein war, erschien mir dies ungeheuerlich. Fisch an Heiligabend! Aber Kristiansand war eine Küstenstadt, es war eine alte Tradition, und die Dorsche, die in den Tagen vor Weihnachten in der Fischhalle angeboten wurden, waren stets sorgsam ausgewählt worden. Einmal war ich mit Großmutter dort gewesen, und ich entsann mich der Atmosphäre, die uns in der Halle entgegenschlug, die nach dem grellen Sonnenlicht im Schnee draußen dunkel wirkte, die großen Dorsche, die ruhig in ihren Wassertanks schwammen, ihre braune Haut, die an manchen Stellen gelblich, an anderen grünlich war, das Maul, das sich so bedächtig öffnete und schloss, der Bart unter dem blassweißen Kinn, die gelben, starren Augen. Die Männer, die dort arbeiteten, trugen weiße Schürzen und Gummistiefel. Einer von ihnen schnitt einem Dorsch mit einem großen, fast viereckigen Messer den Kopf ab. Im nächsten Augenblick, nachdem er den schweren Kopf zur Seite geschoben hatte, schlitzte er den Bauch auf. Die Eingeweide rutschten zwischen seinen Fingern hindurch heraus. Sie waren bleich und ein Gewirr und wurden in einen großen Mülleimer neben ihm geworfen. Warum waren sie so bleich? Ein anderer Mann hatte gerade einen Fisch in Papier eingeschlagen und tippte nun etwas mit einem Finger in die Kasse ein. Mir war damals aufgefallen, erinnerte ich mich, dass er die Tasten ganz anders bediente, als man es in anderen Geschäften tat, als würden zwei verschiedene Welten, eine aparte und eine grobe, eine drinnen und eine draußen, hier, in den brüsken, aber dennoch ungeübten Fingerbewegungen des Fischverkäufers zusammengeführt. Es roch nach Salz. In den Theken lagen Fische und Garnelen auf Eis. Großmutter, die eine Pelzmütze und einen dunklen, knöchellangen Mantel trug, stellte sich vor einer der Auslagen in die Schlange, während ich zu einer mit lebenden Krabben gefüllten Holzkiste ging. Die Oberseiten der Tiere waren dunkelbraun wie vermoderte Blätter, die Unterseiten gelblich weiß wie Knochen. Ihre schwarzen, stecknadelkopfähnlichen Augen, die Antennen, die Scheren, die klackerten, wenn sie übereinander kletterten. Die Krabben waren eine Art Behälter, dachte ich, Behälter voller Fleisch. Dass sie aus der Tiefe kamen und zu uns hochgehievt worden waren, genau wie die vielen lebenden Fische, war abenteuerlich. Ein Mann spritzte den Betonboden ab, Wasser lief schäumend zum Abflussgitter. Großmutter lehnte sich vor und zeigte auf einen ganz platten Fisch, der grünlich mit rostroten Punkten war, und der Verkäufer hob ihn von seinem Eislager, legte ihn auf eine Waage und anschließend auf Papier, in das er ihn einschlug. Das Päckchen steckte er in eine Tüte, die er Großmutter reichte, die ihm wiederum einen Geldschein aus ihrem kleinen Portemonnaie gab. Doch all das Abenteuerliche, das den Fischen dort zu eigen war und sie umgab, verschwand, wenn sie weiß, schwabbelig, salzig und voller Gräten auf meinem Teller lagen, so wie auch die Fische, die Vater und wir im Meer vor der Tromøya oder im Sund zum Festland mit Pilke, Schleppangel oder Angelrute fingen, nichts Abenteuerliches mehr hatten, sobald sie zubereitet worden waren und in den siebziger Jahren auf einem der großen braunen Teller in unserem Haus in Tybakken lagen.

Wann mochte ich mit Großmutter in der Fischhalle gewesen sein?

Ich hatte mich in meiner Kindheit nur selten wochentags bei meinen Großeltern aufgehalten. Also war es vermutlich in den Winterferien gewesen, die Yngve und ich einmal bei ihnen verbracht hatten. Als wir alleine den Bus nach Kristiansand nahmen. Das bedeutete, dass auch Yngve an jenem Tag dabei gewesen sein musste. In meiner Erinnerung tauchte er allerdings nicht auf. Und die Krabben, die konnten dort nicht gewesen sein; die Winterferien waren immer im Februar, und um die Zeit gab es keine lebenden Krabben zu kaufen. Hätte es sie doch gegeben, hätten sie sich nicht in einer Holzkiste befunden. Woher kam also dieses so deutliche und detaillierte Bild von ihnen?

Irgendwoher. Wenn es etwas gab, was in meiner Kindheit allgegenwärtig gewesen war, dann waren dies Fische und Krabben, Garnelen und Hummer. Unzählige Male hatte ich Vater kalte Fischreste aus dem Kühlschrank holen sehen, die er abends im Stehen in der Küche aß oder in den Ferien auch morgens. Am besten schmeckten ihm gleichwohl die Krabben; wenn es Spätsommer war, fuhr er nach der Schule oft zum Fischerhafen in Arendal und kaufte ein paar, wenn er sie nicht ausnahmsweise selbst fing, abends und nachts, auf einem der Felseilande in den Schären oder entlang der flachen Felsen auf der Meerseite der Insel. Manchmal begleiteten wir ihn, und mir ist vor allem eine Tour in Erinnerung geblieben, eine Nacht draußen auf Torungen fyr unter einem blauschwarzen Augusthimmel, als uns die Möwen angriffen, sobald wir aus dem Boot stiegen und über die Insel gingen, und wir nachher, mit zwei Eimern voller Krabben, in einer Senke ein Lagerfeuer machten. Die Flammen züngelten gen Himmel. Das Meer lag schwer ringsumher. Vaters Gesicht leuchtete.

Ich setzte das Glas ab, schnitt mir einen Bissen Fisch ab und spießte ihn mit der Gabel auf. Das dunkelgraue, fette Fleisch, rund um die drei Sporne zerfasert, war so mürbe, dass ich es mit der Zunge am Gaumen zerdrücken konnte.

Nach dem Essen putzten wir weiter. Die Treppe war fertig, so dass ich dort weitermachte, wo Tove aufgehört hatte, während Yngve sich das Esszimmer vornahm. Draußen regnete es. Eine feine Schicht aus Sprühregen legte sich auf die Fenster, die Mauer auf der Terrasse wurde ein wenig dunkler, und über dem Meer, wo es vermutlich heftiger regnete, waren die Wolken am Horizont von Regen gestreift. Ich befreite die zahlreichen kleinen Schmuckgegenstände, Lampen, Bilder und Souvenirs, die in den Regalen standen, vom Staub, und stellte sie nach und nach auf den Fußboden, um zuletzt die Regalbretter abzuwischen. Eine Öllampe, die aussah, als stammte sie aus *Tausendundeine Nacht*, zugleich billig und kostbar, mit schnörkeligen Ornamenten und goldähnlichen Verzierungen; eine Gondel aus Venedig, die wie eine Lampe leuchtete; ein Bild Großmutters und Großvaters vor einer Pyramide in Ägypten. Während ich es betrachtete, hörte ich Großmutter in der Küche aufstehen. Ich wischte Glas und Rahmen ab und stellte es weg, griff nach dem kleinen Ständer mit altertümlichen Singles. Großmutter stand mit den Händen auf dem Rücken vor mir und sah mich an.

»Nein, *das* brauchst du doch nun wirklich nicht tun«, sagte sie. »*So* gründlich musst du nun wirklich nicht sein.«

»Das ist schnell gemacht«, erwiderte ich. »Wenn ich schon mal dabei bin, kann ich das genauso gut erledigen.«

»Ja, ja«, sagte sie. »Hübsch wird es schon.«

Als ich den Ständer abgestaubt hatte, stellte ich ihn auf den Fußboden, legte die Platten daneben, öffnete den Schrank und hob die alte Stereoanlage heraus, die darin stand.

»Ihr nehmt abends nicht auch mal einen kleinen Drink, oder?«, sagte sie.

»Nein«, antwortete ich. »Jedenfalls nicht unter der Woche.«

»Das habe ich mir gedacht«, sagte sie.

In der Stadt auf der anderen Seite des Flusses leuchteten die Lampen jetzt klarer. Wie viel Uhr war es wohl? Halb sechs? Sechs?

Ich putzte die Regale und stellte die Stereoanlage an ihren Platz zurück. Großmutter, die wohl verstand, dass für sie hier nichts mehr zu holen war, wandte sich mit einem leisen *ja, ja* um und ging in das andere Zimmer hinunter. Kurz darauf hörte ich ihre Stimme, gefolgt von Yngves. Als ich in die Küche ging, um mir das Fensterputzmittel und etwas Zeitungspapier zu holen, sah ich durch die halb offene Tür, dass sie sich an den Esstisch gesetzt hatte, um sich mit ihm zu unterhalten, während er weiterarbeitete.

Die Trinkerei ist ihr wirklich sehr nahe gegangen, dachte ich, nahm die Sprühflasche aus dem Schrank, riss ein paar Seiten aus der Zeitung, die auf dem Stuhl unter der Wanduhr lag, und kehrte ins Wohnzimmer zurück. Wen wunderte es. Er hatte sich systematisch zu Tode getrunken, anders ließ sich das nicht erklären, und sie war hier gewesen und hatte es mit angesehen. Jeden Morgen, jeden Vormittag, jeden Nachmittag, jeden Abend. Wie lange? Zwei Jahre? Drei Jahre? Nur sie und er. Mutter und Sohn.

Ich sprühte etwas Putzmittel auf die Glastür im Regal, zerknüllte das Zeitungspapier und rieb damit mehrfach über die herablaufende Seife, bis das Glas trocken war und glänzte. Blickte mich nach weiteren Glasflächen um, die ich bei der Gelegenheit auch gleich abhaken konnte, sah aber nur die Fenster, die ich mir für später aufheben wollte. Stattdessen machte ich mit dem Regal weiter, stellte die Gegenstände an ihren Platz zurück und ging zu dem über, was in den Schränken stand.

Mittlerweile war die Luft im Hafenbecken von Regen gestreift. Im nächsten Moment schlug er direkt vor mir gegen das Fenster. Große, schwere Tropfen, die sofort abwärts liefen und überall auf der Scheibe zitternde Muster bildeten. Hinter mir ging Großmutter vorbei. Ich drehte mich nicht um, aber ihre Bewegungen drangen dennoch in mein Bewusstsein, als sie stehen blieb, nach der Fernbedienung griff, darauf drückte und sich in den Sessel setzte. Ich legte das Staubtuch ins Regal und ging zu Yngve.

»Hier steht auch alles voller Flaschen«, meinte er und nickte in Richtung Sideboard, das die ganze Wand einnahm. »Aber das Geschirr und so ist völlig in Ordnung.«

»Hat sie dich auch gefragt, ob wir oft trinken?«, sagte ich. »Mich hat sie das jedenfalls schon mindestens zehn Mal gefragt, seit wir hier sind.«

»Ja, hat sie«, sagte er. »Die Frage ist, ob wir ihr nicht was geben sollten. Sie braucht unsere Erlaubnis ja eigentlich nicht, aber sie bittet uns darum. Also … Was meinst du?«

»Was sagst du da?«

»Hast du das nicht kapiert?«, sagte er und blickte wieder auf. Ein schwaches, freudloses Lächeln spielte um seine Lippen.

»Was kapiert?«, sagte ich.

»Sie will was trinken. Sie ist verzweifelt.«

»Großmutter?«

»Ja. Was meinst du, sollen wir ihr was geben?«

»Bist du sicher, dass es ihr darum geht? Ich habe gedacht, das Gegenteil wäre der Fall.«

»Das habe ich auch erst gedacht. Aber wenn man ein bisschen darüber nachdenkt, liegt es eigentlich auf der Hand. Er hat hier lange gewohnt. Wie hätte sie es sonst ertragen sollen?«

»Sie ist *Alkoholikerin*?«

Yngve zuckte mit den Schultern.

»Die Sache ist die, dass sie jetzt einen Drink will. Und dazu unsere Erlaubnis benötigt.«

»Verdammt«, sagte ich. »Was ist das hier nur für eine Hölle.«

»Ja. Aber es spielt doch eigentlich keine Rolle, wenn sie jetzt was trinkt, oder? Immerhin steht sie unter einer Art Schock.«

»Und was sollen wir tun?«, sagte ich.

»Na ja, wir fragen sie einfach, ob sie einen Drink haben will. Und dann genehmigen wir uns einen mit ihr. Was meinst du?«

»Okay. Aber nicht jetzt gleich, oder?«

»Wenn wir für heute Schluss machen, fragen wir sie. Als wäre nichts dabei.«

Eine halbe Stunde später war ich mit dem Regal fertig und ging auf die Terrasse hinaus. Es regnete nicht mehr, und die Luft war voller frischer Gerüche aus dem Garten. Der Tisch war von einer Wasserschicht bedeckt, die Bezüge der Stühle von der Nässe dunkel. Die Plastikflaschen auf dem Zementboden waren auf der Oberseite voller Tropfen. Ihre Hälse erinnerten an Mündungen, so als wären sie kleine Kanonen, deren Läufe in alle Richtungen zielten. An der Unterseite des schmiedeeisernen Zauns hingen in Trauben die Tropfen. In unregelmäßigen Abständen löste sich einer und fiel mit einem kaum hörbaren Klatschen auf den Steinboden herab. Dass Vater sich hier noch vor drei Tagen aufgehalten hatte, war kaum zu glauben. Dass er vor gerade einmal drei Tagen dieselbe Aussicht gesehen hatte, durch dasselbe Haus gegangen war, Großmutter gesehen hatte, wie wir sie sahen, seinen Gedanken nachgehangen hatte, war unfassbar. Obwohl, dass er vor Kurzem hier gewesen war, konnte ich sogar noch verstehen. Nicht aber, dass er dies alles nicht mehr sehen konnte. Die Veranda, die Plastiktüten, das Licht in den Fenstern des Nachbarhauses. Das abgeblätterte Stück gelbe Farbe, das nun auf dem rot gestrichenen Terrassenpflaster lag, direkt neben dem rostigen Tischbein. Die Dachrinne und das Wasser, das immer noch aus dem Fallrohr ins Gras lief. Dass er hiervon nie mehr etwas sehen würde, blieb für mich unfassbar, so sehr ich es auch zu verstehen versuchte. Dass er mich und Yngve nicht mehr sehen würde, begriff ich, es war mit dem Gefühlsleben verbunden, in das der Tod in ganz anderer Weise verwoben war als die objektive, konkrete Wirklichkeit, die mich umgab.

Nichts, einfach nichts. Nicht einmal Dunkelheit.

Ich zündete mir eine Zigarette an, strich mit der Hand ein paarmal über die nasse Sitzfläche und setzte mich auf den Stuhl. Es waren nur zwei Zigaretten übrig. Ich musste also noch einmal zum Kiosk, bevor er zumachte.

Am anderen Ende des Hofs schlich eine Katze am Zaun entlang. Sie war grau getüpfelt und schien schon etwas älter zu sein. Sie blieb mit angehobener Pfote stehen, starrte einen Moment ins Gras, lief dann weiter. Ich dachte an unsere Katze, Nansen, die Tonje über alle Maßen liebte. Sie war erst ein paar Monate alt und schlief unter derselben Decke wie sie, nur der Kopf lugte heraus.

Ich hatte im Laufe des Tages kein einziges Mal an Tonje gedacht. Nicht ein Mal. Was hatte das zu bedeuten? Sie anrufen wollte ich nicht, denn ich hatte ihr nichts zu sagen, aber ich musste, ihr zuliebe. Auch wenn ich nicht an sie gedacht hatte, so hatte sie doch an mich gedacht, das wusste ich.

Am Himmel über dem Hafen näherte sich im Gleitflug eine Möwe. Sie nahm direkten Kurs auf die Veranda, und ich merkte, dass ich grinsen musste, denn es war Großmutters Möwe, die kam, um etwas Essbares zu bekommen. Aber weil ich dort saß, wagte sie sich nicht herunter und landete stattdessen auf dem Dach, wo sie auf der Stelle den Kopf in den Nacken warf und ihren Möwenschrei ausstieß.

Ein bisschen Lachs konnten wir ihr doch geben?

Ich drückte die Zigarette auf dem Boden aus, stand auf und ging zu Großmutter hinein, die fernsah.

»Deine Möwe ist wieder da«, sagte ich. »Soll ich ihr ein bisschen Lachs geben?«

»Was?«, sagte sie und wandte den Kopf in meine Richtung.

»Die Möwe ist hier«, sagte ich. »Soll ich ihr was Lachs geben?«

»Oh«, sagte sie. »Weißt du was, das kann ich doch machen.«

Sie kam auf die Beine und ging gebeugt in die Küche. Ich griff nach der Fernbedienung und stellte den Ton ab, ging anschließend in das verwaiste Esszimmer und setzte mich ans Telefon. Wählte unsere Nummer.

»Hallo, hier spricht Tonje?«

»Hallo, ich bin's, Karl Ove.«

»Oh, *hallo* …«

»Hallo.«

»Wie geht es dir?«

»Nicht besonders«, antwortete ich. »Es ist hart, hier zu sein. Ich weine fast die ganze Zeit. Aber ich weiß im Grunde nicht, warum ich weine. Weil Vater gestorben ist, natürlich. Aber das ist nicht alles …«

»Ich sollte bei dir sein«, sagte sie. »Ich sehne mich nach dir.«

»Das ist ein Totenhaus«, sagte ich. »Wir laufen hier herum und waten in seinem Tod. Er ist in dem Sessel direkt hinter mir gestorben, er steht noch da. Und dann hängt hier alles Mögliche in der Luft, was hier passiert ist, ich meine, früher, als ich ein Kind war, das schwingt auch noch alles mit und kommt hoch. Verstehst du? Ich bin dem Ganzen irgendwie ganz nahe. Dem Menschen, der ich als Kind war. Dem Menschen, der Vater damals war. Alle Gefühle von damals kommen wieder hoch.«

»Du Ärmster«, sagte sie.

Durch die Tür vor mir trat Großmutter mit einem Stück Lachs auf einem Teller in den Händen. Sie sah mich nicht. Ich hielt inne, bis sie im anderen Zimmer war.

»Nein, ich brauche dir nicht leidzutun«, sagte ich. »Er muss einem leidtun. Sein Leben war am Ende so grauenvoll, du würdest es nicht glauben.«

»Und wie kommt deine Großmutter damit zurecht?«

»Ich weiß nicht. Sie steht irgendwie unter Schock. Wirkt fast senil. Außerdem ist sie verdammt dürr. Sie haben hier nur herumgesessen und getrunken. Beide.«

»Sie auch? Deine Großmutter auch?«

»Ja, sicher. Es ist nicht zu fassen. Aber wir haben beschlossen, alles in Schuss zu bringen und die Trauerfeier hier abzuhalten.«

Durch die verglaste Verandatür sah ich Großmutter den Teller abstellen. Sie trat ein, zwei Schritte zurück und schaute sich um.

»Klingt gut«, meinte Tonje.

»Ich weiß nicht«, sagte ich. »Jedenfalls ist es das, was wir tun werden. Dieses ganze verdammte Haus putzen und anschließend schmücken. Decken und Blumen kaufen und …«

Yngve steckte den Kopf zur Tür herein. Als er sah, dass ich telefonierte, hob er die Augenbrauen leicht an und zog sich wieder zurück, und im selben Moment kam Großmutter von der Veranda herein. Sie stellte sich ans Fenster und sah hinaus.

»Ich komme einen Tag früher«, sagte Tonje. »Dann kann ich dir helfen.«

»Die Beerdigung ist am Freitag«, sagte ich. »Nimmst du dir einen Tag frei?«

»Ja. Dann komme ich am Vormittag. Ich vermisse dich so.«

»Und was hast du heute so gemacht?«

»Ach, nichts Besonderes. Ich war bei Mutter und Hans und habe bei ihnen gegessen. Ich soll dich von ihnen grüßen, sie denken an dich.«

»Das ist nett von ihnen«, sagte ich. »Was habt ihr denn gegessen?«

Tonjes Mutter war eine fantastische Köchin; bei ihr zu essen war ein Erlebnis, wenn man eine Ader für gutes Essen hatte. Die hatte ich nicht, Essen war mir völlig egal, ich konnte genauso gut Fischstäbchen wie gebackenen Heilbutt, Würstchen wie Filet à la Wellington essen, aber Tonje interessierte sich dafür, ihre Augen leuchteten, wenn sie anfing, über Essen zu reden, und sie war selbst eine talentierte Köchin, die es genoss, in der Küche zu arbeiten; selbst wenn sie nur Pizza machte, war sie mit ganzem Herzen bei der Sache. Sie war der sinnlichste Mensch, dem ich jemals begegnet war. Und nun war sie mit einem Menschen liiert, für den Mahlzeiten, Gemütlichkeit und Nähe bloß notwendige Übel waren.

»Scholle. Es war also schon ganz gut, dass du nicht da warst.«

Ich hörte, dass sie grinste.

»Aber sie hat fantastisch geschmeckt.«

»Daran zweifle ich nicht«, sagte ich. »Waren Kjetil und Karin auch da?«

»Ja. Und Atle.«

In ihrer Familie war wie in allen Familien viel passiert, aber darüber sprachen sie nicht, wenn die Ereignisse folglich irgendwo manifest wurden, dann in jedem Einzelnen von ihnen und in den Stimmungen, die sie gemeinsam schufen. Zu den Eigenschaften, die Tonje an mir am liebsten mochte, ahnte ich, gehörte die Tatsache, dass ich mich gerade damit so intensiv beschäftigte, mit allem, was es in Beziehungen an Zusammenhängen oder Möglichkeiten gab, etwas, was sie selbst nicht gewohnt war, sie dachte nie in diesen Bahnen, und wenn ich sie sehen ließ, was ich sah, war sie immer ausgesprochen interessiert. Das hatte ich von meiner Mutter, schon in meiner Gesamtschulzeit hatte ich mit ihr lange Gespräche über Menschen geführt, denen wir begegnet waren oder die wir kannten, was sie gesagt hatten, warum sie dieses oder jenes möglicherweise gesagt hatten, woher sie kamen, wer ihre Eltern waren, in welcher Art von Häusern sie wohnten, alles eingeflochten in Fragen, die mit Politik, Ethik, Moral, Psychologie und Philosophie zusammenhingen, und diese Gespräche, die heute noch genauso geführt wurden, hatten meinem Blick eine bestimmte Richtung gegeben, ich achtete immer darauf, was zwischen Menschen entstand, und versuchte es zu erklären, und lange Zeit glaubte ich, gut darin zu sein, andere Menschen zu sehen, aber das stimmte nicht, denn wohin ich mich auch wandte, sah ich immer nur mich selbst, aber das war es vielleicht gar nicht, worum es in unseren Gesprächen in erster Linie ging, sondern um Mutter und mich, in der Sprache und der Reflexion kamen wir einander nahe, darin waren wir miteinander verbunden, und darin suchte ich auch eine Verbindung zu Tonje. Und das war gut, denn sie brauchte das, so wie ich ihre robuste Sinnlichkeit brauchte.

»Ich vermisse dich«, sagte ich. »Aber ich bin froh, dass du nicht hier bist.«

»Du musst mir versprechen, mich nicht auszuschließen von dem, was jetzt mit dir geschieht«, sagte sie.

»Das werde ich nicht«, beteuerte ich.

»Ich liebe dich«, sagte sie.

»Ich liebe dich auch«, erwiderte ich.

Wie immer, wenn ich diese Worte ausgesprochen hatte, fragte ich mich, ob sie auch wirklich der Wahrheit entsprachen. Dann verflog das Gefühl wieder. Natürlich tat ich das, natürlich liebte ich sie.

»Rufst du mich morgen an?«

»Klar. Mach's gut.«

»Mach's gut. Und grüß Yngve.«

Ich legte auf und ging in die Küche, wo Yngve an der Arbeitsplatte lehnte.

»Das war Tonje«, sagte ich. »Ich soll dich grüßen.«

»Danke«, sagte er. »Bestell ihr auch schöne Grüße.«

Ich setzte mich auf den Rand eines Stuhls.

»Sollen wir es für heute Abend gut sein lassen?«

»Ja, ich habe jedenfalls keine Lust mehr, noch was zu tun.«

»Ich will nur kurz zum Kiosk. Dann können wir … ja, du weißt schon. Soll ich dir was mitbringen?«

»Kannst du mir einen Beutel Tabak kaufen? Und vielleicht ein paar Chips oder so?«

Ich nickte und stand auf, ging die Treppe hinunter, zog die Jacke an, die ich an die Garderobe gehängt hatte, überprüfte, ob meine Bankkarte in der Tasche lag, und musterte mich flüchtig im Spiegel, bevor ich hinausging. Ich sah abgekämpft aus. Und obwohl es Stunden her war, dass ich geweint hatte, sah man meinen Augen die Tränen an. Gerötet waren sie nicht, sie wirkten eher etwas verschwommen und wässrig.

Ich blieb für einen Moment auf der Eingangstreppe stehen. Mir wurde bewusst, dass wir Großmutter viele Fragen stellen mussten und bis jetzt zu behutsam vorgegangen waren. Wann war zum Beispiel der Krankenwagen gekommen? Wie schnell? Stand sein Leben noch auf der Kippe, als er eintraf, war es ein solcher Einsatz gewesen?

Diese Einfahrt mussten sie mit Blaulicht und Sirene hochgefahren sein. Fahrer und Arzt waren ausgestiegen, hatten sich die Ausrüstung gegriffen und waren die Treppe zur Tür hochgelaufen, die abgeschlossen war? Diese Tür war immer abgeschlossen, oder war Großmutter geistesgegenwärtig genug gewesen, hinunterzugehen und ihnen aufzuschließen, bevor sie kamen? Oder hatten sie geklingelt? Was hatte sie ihnen gesagt, als sie hereinkamen? *Er liegt da drinnen?* Um sie anschließend ins Wohnzimmer zu führen? Saß er im Sessel? Lag er auf dem Boden? Hatten sie Wiederbelebungsversuche unternommen? Herzmassage, Sauerstoff, Mund-zu-Mund-Beatmung? Oder hatten sie sofort festgestellt, dass er tot war, außer Reichweite des Lebens, und ihn nur auf die Bahre gelegt und abtransportiert, nachdem sie ein paar Worte mit ihr gewechselt hatten? Wie viel hatte sie verstanden? Was hatte sie gesagt? Und wann war das alles geschehen, am Morgen, mitten am Tag oder am Abend?

Wir konnten erst wieder wegfahren, wenn wir wussten, unter welchen Umständen er gestorben war, oder etwa nicht?

Ich seufzte und ging los. Über mir hatte sich der Raum geöffnet. Was wenige Stunden zuvor eine einfache, aber kompakte Wolkendecke gewesen war, hing jetzt in landschaftsähnlichen Formationen landeinwärts in einem Abgrund mit langgestreckten Hängen, steilen Wänden und jähen Zacken, an manchen Stellen weiß und üppig wie Schnee, andernorts grau und hart wie Fels, während die großen Flächen, die von der untergehenden Sonne beschienen wurden, nicht leuchteten oder strahlten oder rötlich glühten, wie sie es sonst oft taten, sondern eher wirkten, als wären sie in eine Flüssigkeit getaucht worden. Mattrot, dunkelrosa hingen sie, umgeben von allen erdenklichen Nuancen von Grau, über der Stadt. Die Kulisse war wild und schön. Im Grunde müssten alle Menschen auf die Straßen strömen, dachte ich, müssten die Autos anhalten, die Türen geöffnet werden und die Fahrer und Fahrgäste mit erhobenen Köpfen und vor Neugierde und Sehnsucht funkelnden Augen aussteigen, denn was spielte sich da eigentlich direkt über unseren Köpfen ab?

Stattdessen wurde höchstens ein Blick in diese Richtung geworfen, möglicherweise gefolgt von einzelnen Kommentaren darüber, dass der Himmel heute Abend schön war, denn ein solcher Anblick war ja nicht einzigartig, im Gegenteil, es verging fast kein Tag, ohne dass der Himmel voller fantastischer Wolkenformationen war, jede einzelne in einmaliger, sich niemals wiederholender Weise beleuchtet, und weil das, was man immer sieht, etwas ist, was man nie sieht, lebten wir unter diesem sich stetig verändernden Himmel, ohne ihn eines Gedankens oder eines Blickes zu würdigen. Warum sollten wir auch? Hätten die unterschiedlichen Formationen einen *Sinn* gehabt, hätten sich beispielsweise Zeichen und Nachrichten für uns in ihnen verborgen, die es korrekt zu entschlüsseln gälte, wäre eine kontinuierliche Aufmerksamkeit für diese Vorgänge unumgänglich und verständlich gewesen. Aber so war es nun einmal nicht, die Formen und das Licht der verschiedenen Wolken bedeuteten *nichts*, wie sie zu bestimmten Zeiten aussahen, ergab sich ausschließlich aus Zufällen, wenn die Wolken also ein Zeichen für irgendetwas waren, dann für die Sinnlosigkeit in ihrer reinsten und vollendetsten Form.

Ich gelangte auf die größere Straße, die ohne Menschen oder Autos vor mir lag, und folgte ihr bis zur Kreuzung, an der ebenfalls Sonntagsstimmung herrschte. Ein älteres Ehepaar ging auf der anderen Straßenseite spazieren, ein paar Autos, die langsam zur Brücke hinunterfuhren, die Ampel, die kurz darauf für niemanden auf Rot umschlug. An der Bushaltestelle neben dem Kiosk hielt ein schwarzer Golf, und der Fahrer, ein junger Mann in Shorts, stieg mit einem Portemonnaie in der Hand aus und eilte zum Kiosk, während der Wagen im Leerlauf lief. Ich begegnete ihm in der Tür, als er den Laden, nun mit einem Eis in der Hand, wieder verließ. War das nicht ein bisschen sehr infantil? Das Auto im Leerlauf anzulassen, um sich ein *Eis* zu kaufen?

Der Verkäufer im Trainingsanzug vom Vortag war durch eine junge Frau Anfang zwanzig ersetzt worden. Sie war stämmig und hatte schwarze Haare, und wegen ihrer Gesichtszüge, die etwas Persisches hatten, vermutete ich den Iran oder Irak als Herkunftsland. Trotz ihrer runden Wangen und des üppigen Körpers war sie schön. Mich würdigte sie keines Blickes. Ihre Aufmerksamkeit war auf eine Zeitung gerichtet, die aufgeschlagen auf dem Tresen vor ihr lag. Ich zog die Schiebetür des Kühlschranks auf und holte drei Halbliterflaschen Sprite heraus, suchte die Regale nach Chips ab, fand sie, nahm zwei Tüten, legte sie auf den Tresen.

»Und noch einen Beutel Tiedemanns Gelb mit Blättchen«, sagte ich.

Sie drehte sich um und holte den Tabak aus dem Regal hinter ihr.

»Rizla?«, sagte sie, weiterhin ohne meinem Blick zu begegnen.

»Ja, genau«, antwortete ich.

Sie steckte das orange Zigarettenpapier unter die Ecke des gelben Tabakbeutels und legte ihn auf den Tresen, während sie mit der anderen Hand die Preise in die Kasse eintippte.

»Hundertsiebenundfünfzigfünfzig«, sagte sie im breiten Kristiansander Dialekt. Ich gab ihr zwei Hunderter. Sie tippte den Betrag ein und suchte aus der aufgleitenden Kassenschublade das Wechselgeld heraus. Obwohl ich mit ausgestreckter Hand vor ihr stand, legte sie es auf den Tresen.

Warum tat sie das? War was mit mir, hatte sie etwas gesehen, das ihr nicht gefiel? Oder war sie nur unaufmerksam? War es nicht üblich, dass die Verkäuferin dem Blick des Kunden im Laufe der Transaktion das eine oder andere Mal begegnete? Und war es nicht fast schon eine Beleidigung, das Geld woanders hinzulegen, wenn man ihr die Hand hinhielt? Zumindest demonstrativ?

Ich sah sie an.

»Könnte ich bitte eine Tüte bekommen?«

»Natürlich«, antwortete sie, ging ein wenig in die Knie und zog unter dem Tresen eine weiße Plastiktüte hervor.

»Bitte sehr.«

»Danke«, sagte ich, füllte sie mit meinen Einkäufen und ging. Die Lust, mit ihr zu schlafen, die sich eher in einer Art körperlicher Offenheit und Weichheit als in den gängigeren Formen des Begehrens manifestierte, die ja härter, akuter sind, aus einer Art Einengung der Sinne bestehen, hielt auf dem ganzen Weg bis zum Haus an, beherrschte aber nicht alles, da sie beständig von der Trauer mit ihrem grauen und diffusen Himmel umgeben war, die mich, wie ich ahnte, jeden Moment erneut völlig ausfüllen konnte.

Sie saßen im Wohnzimmer und sahen fern. Yngve saß in Vaters Sessel. Als ich hereinkam, drehte er den Kopf und stand auf.

»Wir dachten, wir könnten uns heute Abend einen kleinen Drink genehmigen«, sagte er zu Großmutter. »Immerhin haben wir den ganzen Tag geackert. Möchtest du auch einen?«

»Das wäre nett«, meinte Großmutter.

»Ich mixe dir einen«, sagte Yngve. »Sollen wir uns vielleicht in die Küche setzen?«

»Von mir aus«, sagte Großmutter.

Ging sie etwa eine Spur schneller als vorher? War in ihren sonst so dunklen Augen etwa ein kleines Licht entzündet worden?

Ja, so war es.

Ich legte eine der Chipstüten auf die Arbeitsplatte und schüttete den Inhalt der anderen in eine Schüssel, die ich auf den Tisch stellte, während Yngve eine Flasche Absolut Wodka aus dem Schrank holte, die zwischen den Lebensmitteln gestanden hatte und uns entgangen war, als wir alle alkoholischen Getränke weggegossen hatten, die wir finden konnten, drei Gläser aus dem Regal über der Platte, einen Karton Orangensaft aus dem Kühlschrank nahm, und begann, Drinks zu mixen. Großmutter setzte sich auf ihren Platz und sah ihn an.

»Also gönnt ihr euch abends doch schon mal ein stärkendes Getränk«, sagte sie.

»Aber ja«, erwiderte Yngve. »Immerhin haben wir uns den ganzen Tag ins Zeug gelegt. Wir müssen uns doch auch mal ein bisschen entspannen!«

Er lächelte und reichte ihr ein Glas. Dann saßen wir zu dritt um den Tisch und tranken. Es war fast zehn. Draußen wurde es allmählich dunkel. Der Alkohol tat Großmutter unübersehbar gut. Die Augen bekamen rasch ihren früheren Glanz zurück, es kam Farbe in die blassen, matten Wangen, ihre Bewegungen wurden weicher, und als sie das erste Glas geleert hatte und Yngve ihr ein zweites einschenkte, schien sich auch ihre Stimmung zu bessern, denn schon bald redete und lachte sie wie in alten Zeiten. Die erste halbe Stunde saß ich wie versteinert, vor Unbehagen erstarrt, denn sie war wie ein Vampir, der endlich frisches Blut bekommen hatte, ich sah es, genauso war es: Das Leben kehrte in sie zurück, füllte sie Glied um Glied. Es war furchtbar, furchtbar. Dann aber spürte ich selbst die Wirkung des Alkohols, die Gedanken wurden sanfter, das Bewusstsein offener, und dass sie zwei Tage, nachdem sie ihren Sohn tot im Wohnzimmer gefunden hatte, bei uns saß und trank und lachte, erschien mir nicht länger schauerlich, so schlimm war das doch gar nicht, sie brauchte es offenbar; nachdem sie den ganzen Tag regungslos auf ihrem Stuhl in der Küche gesessen hatte, einzig unterbrochen von ihren rastlosen und verwirrten Streifzügen durchs Haus, dauerhaft verstummt, tat es gut, sie aufleben zu sehen. Und wir, wir brauchten es auch. Und so saßen wir also zusammen, Großmutter erzählte Geschichten, wir lachten, Yngve folgte ihrem Beispiel, wir lachten wieder. Die beiden hatten sich immer schon in ihrem Sinn für Wortspiele gefunden, aber nie mehr als an diesem Abend. Auf einmal lachte sie Tränen und wischte sich diese aus den Augen, auf einmal begegnete ich Yngves Blick, und die Freude, die ich darin sah, der anfangs noch etwas Verschämtes anhaftete, blieb kurze Zeit später alleine zurück. Wir labten uns an einem Zaubertrank. Die glänzende Flüssigkeit, die so scharf schmeckte, obwohl sie mit Orangensaft verdünnt war, veränderte die Bedingungen für unsere Gegenwart dort, indem sie all das, was vor Kurzem geschehen war, aus dem Bewusstsein verdrängte, um so den Weg für die Menschen frei zu machen, die wir sonst waren, für das, was wir sonst dachten, denn was wir waren und was wir dachten, schimmerte plötzlich mit Glanz und Wärme, und uns stand nichts mehr im Weg. Großmutter roch weiter nach Urin, ihre Kleider waren nach wie vor voller Fett- und Essensflecken, sie war weiterhin schrecklich mager und hatte in den letzten Monaten mit ihrem Sohn in einem Rattenloch gelebt, unserem Vater, der hier immer noch an seiner Alkoholsucht gestorben und kaum kalt war. Aber ihre Augen, sie leuchteten. Ihr Mund, er lächelte. Und die Hände, die bisher die meiste Zeit regungslos in ihrem Schoß gelegen hatten, wenn sie denn nicht mit den zahlreichen Zigaretten beschäftigt gewesen waren, begannen nun zu gestikulieren. Vor unseren Augen verwandelte sie sich in die Frau, die sie einmal gewesen war, unbeschwert, rege, jederzeit zu einem Lächeln oder Lachen aufgelegt. Ihre Geschichten hatten wir alle früher schon einmal gehört, aber genau das war, jedenfalls für mich, der springende Punkt, denn damit kehrten Großmutter, wie sie gewesen war, und das Leben, wie es hier geführt worden war, zurück. Keine der Anekdoten war für sich genommen amüsant, alles hing von Großmutters Art ab, sie zu erzählen, davon, dass sie zu Geschichten erhoben wurden, die sie selber amüsant fand. Sie hatte schon immer einen Blick für das Komische im Alltag gehabt und musste immer wieder darüber lachen. Ihre Söhne waren genauso, was bedeutete, dass sie ihr fortwährend kleine Geschichten aus ihrem Alltag erzählten, über die sie lachte, und wenn sie so richtig nach ihrem Herzen waren, griff sie die Anekdoten auf und machte sie zu einem Teil ihres Repertoires. Ihre Söhne, vor allem Erling und Gunnar, hatten wie sie selbst einen ausgesprochenen Sinn für Wortspiele. War es nicht Gunnar gewesen, den sie zum Geschäft geschickt hatten, um ein Trollknäuel zu kaufen? Und einen Kurzschluss? Hatten sie Yngve nicht eingeredet, dass »Auspufftopf« und »Vergaser« die schlimmsten Worte waren, die es überhaupt gab, und ihn schwören lassen, sie niemals in den Mund zu nehmen? Vater konnte auch in diesen Jargon einstimmen, aber ich verband ihn niemals damit; wenn er es tat, betrachtete ich ihn eher staunend. Sich einer Erzählung hinzugeben und so über sie zu lachen wie Großmutter, war für ihn undenkbar gewesen.

Obwohl sie eine Geschichte schon hundert Mal erzählt hatte, kam sie dem Erzählten trotzdem so nahe, dass man den Eindruck gewann, es geschähe zum ersten Mal. Ihr Lachen hinterher war deshalb ungeheuer befreiend: Es hatte absolut nichts Berechnendes. Und als wir einiges getrunken hatten und der Alkohol alles erleuchtete, was es an Düsternis in uns gab, und er darüber hinaus den beobachtenden Blick ausgelöscht hatte, machte es uns keine Mühe, ihr zu folgen. Eine Lachsalve nach der anderen rollte über den Tisch. Großmutter schöpfte aus ihrem reichen, im Laufe ihres fünfundachtzigjährigen Lebens gesammelten Anekdotenschatz, beließ es aber nicht dabei, denn je betrunkener sie wurde, desto schwächer wurden die Verteidigungsmechanismen, bis sie einige der altbekannten Geschichten weiterführte und mehr von dem erzählte, was passiert war, und zwar so, dass sich die Pointe veränderte. So wussten wir zum Beispiel sehr wohl, dass sie Anfang der dreißiger Jahre in Oslo als Privatchauffeurin gearbeitet hatte, denn dies war Teil der Familienmythologie, da es damals nur wenige Frauen gab, die einen Führerschein besaßen oder als Chauffeur arbeiteten. Sie hatte auf eine Annonce geantwortet, erzählte sie, daheim in Åsgårdstrand Aftenposten gelesen und die Stellenanzeige gesehen, einen Brief geschrieben, die Stelle bekommen und war nach Oslo gezogen. Sie arbeitete für eine ältere exzentrische und reiche Dame. Großmutter, Anfang zwanzig, wohnte in einem Zimmer in deren großer Villa und fuhr sie, wohin sie wollte. Die Frau hatte einen Hund, der den Kopf aus dem Fenster zu stecken und alle Passanten anzubellen pflegte, und Großmutter lachte, als sie uns erzählte, wie peinlich ihr das gewesen war. Aber sie erwähnte darüber hinaus stets noch etwas anderes, um zu verdeutlichen, wie exzentrisch und vermutlich auch senil die ältere Dame gewesen war. Sie verwahrte ihr Geld nämlich überall im Haus. Banknotenbündel lagen im Küchenschrank, in Töpfen und Teekannen, unter den Teppichen, unter den Kissen im Schlafzimmer. Großmutter lachte und schüttelte immer den Kopf, wenn sie davon erzählte, denn wir durften nicht vergessen, dass sie gerade erst von zu Hause ausgezogen war und aus einer kleinen Stadt stammte und dies ihre erste Begegnung nicht nur mit der weiten, sondern auch mit der vornehmen weiten Welt war. Diesmal, als wir um den hell erleuchteten Tisch in ihrer Küche zusammensaßen, die Schatten unserer Gesichter auf die dunkler werdenden Fenster fielen und eine Flasche Absolut Wodka zwischen uns stand, fragte sie plötzlich rhetorisch:

»Was sollte ich denn machen? Wisst ihr, sie war doch steinreich. Und das Geld lag wirklich überall herum. Sie merkte nicht, ob etwas davon verschwand. Was spielte es da schon für eine Rolle, wenn ich mir ein bisschen nahm?«

»Du hast das Geld *genommen*?«, sagte ich.

»Ja, natürlich habe ich das. Es war nicht viel, für sie war es nichts. Und wenn sie es nicht merkte, spielte es doch auch keine Rolle, oder? Außerdem bezahlte sie mich schlecht! Oh ja, das tat sie, ich bekam einen Hungerlohn. Denn ich fuhr ja nicht nur den Wagen, ich erledigte auch sonst alles Mögliche für sie, so dass es nur recht und billig war, dass ich etwas besser bezahlt wurde!«

Sie schlug mit der flachen Hand auf die Tischplatte. Dann lachte sie.

»Aber dieser Hund! Wir waren schon ein Anblick, wenn wir durch Oslo fuhren. Zu der Zeit gab es ja noch nicht viele Autos. Also fielen wir den Leuten auf. Oh ja, das taten wir.«

Sie lachte kurz. Dann seufzte sie.

»Ach ja«, sagte sie. »Das Leben ist ein Gampf, sagte die Alte, denn sie konnte das *K* nicht sprechen. Hehehe.«

Sie hob das Glas an die Lippen und trank. Ich auch. Griff nach der Flasche und goss etwas in mein leeres Glas, schaute Yngve an, der nickte, goss etwas in seins.

»Möchtest du auch noch was?«, sagte ich und sah Großmutter an.

»Ja, danke«, sagte sie. »Ein Schlückchen nehme ich noch.«

Als ich ihr auch etwas eingeschenkt hatte, wollte Yngve das Glas mit Saft auffüllen, aber es reichte nur noch für ein knappes halbes Glas, und er schüttelte den Karton.

»Er ist leer«, sagte er und sah mich an. »Hast du nicht vorhin Sprite gekauft?«

»Doch«, erwiderte ich. »Ich hole die Flasche.«

Ich stand auf und ging zum Kühlschrank. Außer meinen drei Halbliterflaschen stand dort auch noch die Eineinhalbliterflasche, die Yngve früher am Tag gekauft hatte.

»Hattest du die vergessen?«, sagte ich und hielt sie hoch.

»Stimmt«, sagte Yngve.

Ich stellte sie auf den Tisch und ging aus dem Zimmer und die Treppe zur Toilette hinunter. Die verdunkelten Räume umgaben mich groß und leer.

Da jedoch die Flamme des Alkohols in meinem Gehirn brannte, nahm ich nichts von dem wahr, was sonst möglicherweise Stimmungen geweckt hätte, denn wenn ich auch nicht wirklich froh war, so war ich doch aufgekratzt, aufgeheitert, getrieben von der Lust, mit dem weiterzumachen, was nicht einmal der direkte Gedanke an Vaters Tod ins Wanken bringen konnte, der nur ein bleicher Schatten war, gegenwärtig, aber ohne Konsequenzen, denn an seine Stelle war das Leben getreten, all diese Bilder und Stimmen und Geschehnisse, die der Rausch so schnell aufgescheucht hatte, dass die Illusion erweckt wurde, ich würde mich an einem Ort mit vielen Menschen und großer Freude befinden. Ich wusste, es war nicht so, aber ich empfand es so, und dieses Gefühl lenkte mich auch, als ich den fleckigen Teppichboden im Erdgeschoss betrat, der nur von dem schwachen Licht erhellt wurde, das durch das Glas der Haustür hereinfiel, und die Toilette betrat, in der es so rauschte und säuselte wie seit mindestens dreißig Jahren. Als ich wieder herauskam, hörte ich ihre Stimmen in der oberen Etage und eilte die Treppe hinauf. Im Wohnzimmer machte ich ein, zwei Schritte in den Raum hinein, um in einer anderen, gleichgültigeren Gemütsverfassung den Ort zu sehen, an dem er gestorben war. Daraufhin überkam mich plötzlich ein Gespür dafür, wer er dort gewesen war. Ich sah ihn nicht vor mir, darum ging es nicht, aber ich spürte *ihn*, sein ganzes Wesen und wie er in der letzten Zeit in diesen Räumen gewesen war. Oh, es war seltsam. Verweilen wollte ich darin jedoch nicht und konnte es vielleicht auch gar nicht, denn dieses Gespür währte nur einen Moment, dann schlugen die Gedanken ihre Krallen hinein, und ich ging in die Küche, wo alles noch so war, wie ich es verlassen hatte, wenn man einmal von der Farbe der Drinks absah, die nun farblos und voller kleiner, grauweißer Bläschen waren.

Großmutter erzählte mehr aus ihrer Zeit in Oslo. Auch diese Geschichte gehörte zur Familienmythologie, und auch dieser gab sie am Ende eine unerwartete und für uns unerhörte Wendung. Soweit ich wusste, war Großmutter zunächst mit Großvaters älterem Bruder Alf zusammen gewesen. Diese beiden waren anfangs ein Paar gewesen. Die Brüder studierten damals beide in Oslo, Alf Naturwissenschaften und Großvater Wirtschaftswissenschaften. Nach dem Ende ihrer Beziehung zu Alf hatte Großmutter Großvater geheiratet und war nach Kristiansand gezogen, was auch Alf getan hatte, inzwischen jedoch verheiratet mit Sølvi. Sie hatte in ihrer Jugend an Tuberkulose gelitten und war ihr Leben lang kränklich geblieben, die beiden hatten keine Kinder bekommen können, so dass sie in einem relativ hohen Alter ein Mädchen aus Asien adoptierten. Alf mit Familie und Großmutter und Großvater mit Familie waren die Menschen, zu denen ich als Kind den meisten Kontakt hatte und die uns besuchten, und dass Alf und Großmutter einmal zusammen gewesen waren, wurde oft erwähnt, es war kein Geheimnis, und als Großvater und Sølvi tot waren, trafen sich Großmutter und Alf einmal in der Woche, jeden Samstagvormittag ging sie ihn in seinem Haus in Grim besuchen, was keiner merkwürdig fand, worüber manch einer jedoch gutmütig schmunzelte: Wären die beiden vielleicht doch eigentlich füreinander bestimmt gewesen?

Nun erzählte Großmutter von ihrer ersten Begegnung mit den beiden Brüdern. Alf war extrovertierter, Großvater eher introvertiert gewesen, aber beide hatten sich unübersehbar für das Mädchen aus Åsgårdstrand interessiert, denn als Großvater sah, worauf es bei seinem Bruder hinauslief, der sie mit seinem Humor und Witz becircte, sagte er leise zu ihr: *Er hat den Ring in der Tasche!*

Großmutter lachte, als sie es erzählte:

»›Was hast du gesagt?‹, fragte ich, obwohl ich ihn durchaus verstanden hatte. *Er hat den Ring in der Tasche!*, sagte er noch einmal. ›Was für einen Ring?‹, wollte ich wissen. *Den Verlobungsring!*, antwortete er daraufhin, wisst ihr. Er dachte, ich hätte es nicht kapiert!«

»War Alf denn damals schon mit Sølvi verlobt?«, sagte Yngve.

»Ja, sicher. Aber wisst ihr, sie wohnte doch in

Arendal und war so kränklich. Er rechnete nicht damit, dass es auf Dauer sein würde. Aber dann wurden sie am Ende doch noch ein Paar!«

Sie nahm einen neuerlichen Schluck aus dem Glas. Leckte sich hinterher die Lippen. Es entstand eine Pause, und sie fiel in sich zusammen, wie sie es in den letzten beiden Tagen so oft getan hatte. Die Hände übereinandergelegt stierte sie vor sich hin. Ich leerte mein Glas und goss mir einen neuen Drink ein, zog ein Zigarettenblättchen heraus, legte einen Streifen Tabak hinein, zupfte ein wenig daran, um einen möglichst guten Zug zu bekommen, rollte das Papier mehrmals, presste dann das eine Ende herunter und schloss es, leckte am Kleber, riss die Tabakfäden ab, legte sie in den Beutel zurück, steckte mir die leicht krumme Selbstgedrehte in den Mund und zündete sie mit Yngves grünem, halb durchsichtigem Feuerzeug an.

»In dem Winter, in dem Großvater gestorben ist, wollten wir in den Süden«, sagte Großmutter. »Wir hatten schon gebucht und alles.«

Ich sah sie an, während ich den Rauch ausblies.

»Wisst ihr, in jener Nacht, in der er im Badezimmer umgekippt ist … Ich hörte nur ein Poltern und stand auf, und dann lag er da auf dem Fußboden und sagte, ich müsse einen Krankenwagen rufen. Nachdem ich das getan hatte, hielt ich seine Hand, während wir darauf warteten, dass der Krankenwagen kam. Da sagte er, *Wir reisen trotzdem in den Süden.* Und ich dachte, *Du kommst bestimmt in einen anderen Süden!«*

Sie lachte, sah dabei aber nach unten.

»*Du* kommst bestimmt in einen anderen Süden!«, wiederholte sie.

Es blieb lange still.

»Ohh«, sagte sie dann. »Das Leben ist ein Gampf, sagte die Alte, denn sie konnte das *K* nicht sprechen.«

Wir grinsten. Yngve verschob sein Glas ein wenig, schaute auf den Tisch hinunter. Ich wollte nicht, dass sie an Großvater oder Vaters Tod dachte und versuchte dem Gespräch eine andere Richtung zu geben, indem ich daran anknüpfte, worüber sie vorher gesprochen hatte.

»Aber ihr seid nicht direkt hierhergezogen, als ihr nach Kristiansand gegangen seid?«, fragte ich.

»Oh, nein«, sagte sie. »Wir wohnten weiter draußen am Kuholmsveien. Das Haus hier haben wir erst nach dem Krieg gekauft. Na ja, im Grunde haben wir nur das Grundstück gekauft. Es war ein schönes Grundstück, eins der besten im Stadtteil Lund, denn wir hatten ja eine Aussicht, wisst ihr. Auf das Meer und die Stadt. Und es lag so hoch, dass es vor Blicken geschützt war. Als wir es kauften, stand hier ein anderes Haus. Es ein Haus zu nennen, ist allerdings wirklich übertrieben. Hehehe. Es war eine richtige Bruchbude. Die Leute, die hier wohnten, soweit ich mich erinnere, waren es zwei Männer, ja, das kommt hin … die tranken jedenfalls. Und als wir das erste Mal hier waren, um uns das Haus anzusehen, ich erinnere mich noch gut, da standen überall Flaschen! Im Flur, als wir hineinkamen, auf den Treppen, im Wohnzimmer, in der Küche. Überall! An manchen Stellen standen sie so dicht, dass man nicht treten konnte. Deshalb bekamen wir es ziemlich billig. Das Haus rissen wir ab und bauten anschließend das hier. Einen Garten gab es natürlich auch nicht, nur Felsen, eine Bruchbude auf einem Felsen, das war es, was wir damals kauften.«

»Hast du viel Arbeit in den Garten gesteckt?«, sagte ich.

»Oh ja, das kannst du wohl glauben. Oh ja, ja. Wisst ihr, die Pflaumenbäume da draußen, die habe ich von meinem Elternhaus in Åsgårdstrand mitgebracht. Die sind wirklich alt. Die Art sieht man heute kaum noch.«

»Ich weiß noch, dass wir immer tütenweise Pflaumen mitbekommen haben«, sagte Yngve.

»Ich auch«, sagte ich.

»Tragen sie immer noch Früchte?«, erkundigte sich Yngve.

»Ja, ich denke schon«, sagte Großmutter. »Vielleicht nicht mehr so viele wie früher, aber …«

Ich griff nach der Flasche, die mittlerweile fast halb leer war, und schenkte mir noch einmal nach. Es war vielleicht gar nicht so seltsam, überlegte ich, wenn es Großmutter nicht auffiel, dass sich angesichts dessen, was hier vorgefallen war, ein Kreis geschlossen hatte. Ich strich einen Tropfen unter der Öffnung fort und leckte ihn auf, während Großmutter auf der anderen Seite des Tischs den Tabakbeutel öffnete und eine Prise in die Drehmaschine legte. Denn unabhängig davon, wie das Leben in den letzten Jahren für sie gewesen war, bildete dies doch nur einen verschwindend kleinen Teil von allem, was sie erlebt hatte. Wenn sie Vater betrachtete, sah sie den Menschen, der er als Säugling, Kind, Jugendlicher, erwachsener Mann gewesen war, sein ganzer Charakter und seine Eigenschaften lagen in diesem Blick, und wenn er dann so voll war, dass er sich in die Hose machte, war der Augenblick dennoch so kurz und sie so alt, dass er gegenüber der überwältigenden Ansammlung von Zeit mit ihm, die sie in sich gespeichert hatte, nicht genügend Gewicht bekam, um zum geltenden Bild werden zu können. Für das Haus galt das Gleiche, vermutete ich. Das erste Haus voller Flaschen wurde zu dem »Haus voller Flaschen«, während dieses Haus ihr Zuhause war, der Ort, an dem sie die letzten vierzig Jahre verbracht hatte, und dass hier überall Flaschen gestanden hatten, würde niemals eine Rolle spielen.

Oder war sie nur so betrunken, dass sie nicht mehr klar denken konnte? Wenn es so war, überspielte sie es jedenfalls gut, denn abgesehen davon, dass sie so aufgeblüht war, zeigte ihr Verhalten wenige Anzeichen eines Rauschs. Andererseits war ich nicht die richtige Person, um dies einzuschätzen. Angespornt vom stetig heller scheinenden Licht des Alkohols, der meine Gedanken immer mehr auflöste, war ich dazu übergegangen, mir die Drinks fast wie Saft hinter die Binde zu kippen. Und dann gab es kein Halten mehr.

Nachdem ich das Glas mit Sprite gefüllt hatte, griff ich nach der Wodkaflasche, die mir den Blick auf Großmutter versperrte, und stellte sie auf die Fensterbank.

»Was tust du denn da!«, sagte Yngve.

»Stellst du die Flasche ins Fenster?«, sagte Großmutter.

Rot und verwirrt schnappte ich mir die Flasche und platzierte sie wieder auf dem Tisch.

Großmutter begann zu lachen.

»Er hat die Schnapsflasche ins Fenster gestellt!«

Yngve lachte auch.

»Ja klar, die Nachbarn sollen ruhig sehen, dass wir hier sitzen und trinken!«, meinte er.

»Ja, ja«, sagte ich. »Ich habe nicht darüber nachgedacht.«

»Nein, da hast du wohl Recht!«, meinte Großmutter und wischte sich die Tränen aus den Augen. »Hehehe!«

In diesem Haus, in dem man stets darauf bedacht gewesen war, anderen Einblicke zu verwehren, immer sorgsam darauf geachtet hatte, in allem Sichtbaren untadelig zu sein, von der Kleidung bis zum Garten, von der Hausfassade bis zum Auto und dem Benehmen der Kinder, kam man damit, eine Flasche Schnaps ins Fenster zu stellen, in ein hell erleuchtetes Fenster, dem völlig Undenkbaren so nahe, wie es nur ging. Deshalb mussten die beiden, und dann auch ich, so lachen.

Das Licht am Himmel über der Bergkuppe jenseits der Straße, das sich durch den Widerschein der Küche hindurch, in dem wir drei submarinen Geschöpfen ähnelten, nur mit Mühe erahnen ließ, war graublau. Dunkler würde die Nacht nicht werden. Yngve sprach mittlerweile eine Spur undeutlicher. Wer ihn nicht kannte, hätte es nicht bemerkt. Aber mir fiel es auf, denn es war immer das Gleiche, wenn er trank; erst sprach er ein bisschen undeutlich, dann immer nuschelnder, bis er gegen Ende seines Rauschs, unmittelbar bevor bei ihm die Lichter ausgingen, kaum noch zu verstehen war. Bei mir war die Unklarheit, die mit dem Rausch einherging, vor allem ein inneres Phänomen, sie artikulierte sich fast nur dort, was ein Problem war, denn wenn man mir nicht ansah, wie grenzenlos betrunken ich war, da ich fast redete wie immer, gab es später auch keine Entschuldigung für alles, was mir an Worten und Handlungen so herausrutschte. Außerdem nahm das Wilde dadurch an Fahrt auf, da der Vollrausch nicht von Schlaf oder Koordinationsproblemen gestoppt wurde, sondern einfach weiterging ins Nackte, Leere, Primitive hinein. Ich liebte das, ich liebte das Gefühl, es war mein bestes Gefühl, aber es führte nie zu etwas Gutem, und am nächsten Tag, oder an den nächsten Tagen, war es genauso eng mit Distanzlosigkeit wie mit Dummheit verbunden, was ich inständig hasste. Solange ich dort war, gab es jedoch weder Zukunft noch Vergangenheit, nur den Augenblick, und gerade deshalb wollte ich so gerne dort sein, denn in ihrer ganzen unerträglichen Banalität strahlte meine Welt.

Ich drehte mich um und warf einen Blick auf die Wanduhr. Es war fünf Minuten nach halb zwölf. Dann sah ich Yngve an. Er sah müde aus. Die Augen waren schmal und an den Rändern ein wenig gerötet. Sein Glas war leer. Hoffentlich wollte er nicht ins Bett gehen! Alleine konnte ich nicht mit Großmutter zusammensitzen.

»Willst du noch was?«, sagte ich und nickte in Richtung der Flasche auf dem Tisch.

»Weiß nicht, vielleicht noch ein Glas«, sagte er. »Aber das soll dann auch das letzte sein. Wir müssen morgen früh raus.«

»Aha?«, sagte ich. »Und warum?«

»Erinnerst du dich nicht mehr, dass wir um neun einen Termin haben?«

Ich schlug mir an die Stirn, eine Geste, die ich sicher seit dem Gymnasium nicht mehr gemacht hatte.

»Das wird schon gehen«, erklärte ich. »Wir müssen ja nur da sein.«

Großmutter sah uns an.

Hoffentlich fragt sie jetzt nicht, wohin wir wollen, dachte ich. Das Wort Bestatter würde den Zauber mit Sicherheit brechen. Und dann säßen wir hier wieder als eine Mutter, die ihren Sohn, und als zwei Kinder, die ihren Vater verloren hatten.

Sie zu fragen, ob sie noch etwas trinken wollte, wagte ich allerdings nicht. Es gab eine Grenze, die mit Anstand zu tun hatte und längst überschritten worden war. Ich nahm die Flasche und schenkte erst Yngve und anschließend mir selbst ein. Als ich das getan hatte, begegnete ich jedoch ihrem Blick.

»Möchtest du auch noch ein Glas?«, hörte ich mich sagen.

»Ein kleines, vielleicht«, antwortete sie. »Es ist ja schon spät.«

»Ja, es ist spät auf Erden«, sagte ich.

»Was hast du gesagt?«, wollte sie wissen.

»Er hat gesagt, dass es spät auf Erden ist«, sagte Yngve. »Das ist ein bekanntes Zitat.«

Warum sagte er das so? Wollte er mich zurechtweisen? Ach, egal, es war ja auch wirklich idiotisch, so etwas zu sagen. »Spät auf Erden …«

»Karl Ove wird bald ein Buch veröffentlichen«, sagte Yngve.

»Wirklich?«, sagte Großmutter.

Ich nickte.

»Jetzt, wo du es sagst, habe ich wohl schon davon gehört. Was meinst du, hat Gunnar mir davon erzählt? Du und du. Ein Buch, du.«

Sie hob das Glas an den Mund und trank. Ich auch. War es Einbildung, oder hatten sich ihre Augen wieder verfinstert?

»Dann habt ihr im Krieg also nicht hier gewohnt?«, sagte ich und trank noch einen Schluck.

»Nein, erst nach dem Krieg, ein, zwei Jahre später sind wir hierhergezogen. Im Krieg wohnten wir da draußen«, sagte sie und zeigte hinter sich.

»Wie war es eigentlich?«, sagte ich. »Im Krieg, meine ich?«

»Ach, weißt du, es war fast so wie sonst auch. Es war ein bisschen schwieriger, Essen zu beschaffen, aber ansonsten gab es keine großen Unterschiede. Die Deutschen waren ganz normale Menschen wie wir. Ein paar von ihnen haben wir kennen gelernt. Nach dem Krieg sind wir runtergefahren und haben sie besucht.«

»In Deutschland?«

»Ja, ja. Und als sie im Mai '45 abziehen mussten, riefen sie uns an und meinten, wenn wir wollten, könnten wir kommen und uns einige Dinge holen, die sie zurücklassen würden. Die edelsten Tropfen haben sie uns geschenkt. Und ein Radio. Und noch viel mehr.«

Dass sie von den Deutschen vor der Kapitulation Geschenke bekommen hatten, war mir nicht neu.

Aber es hatte immer geheißen, die Deutschen seien zu ihnen gekommen.

»Sie ließen die Sachen zurück?«, sagte ich. »Wo denn?«

»Auf einer Geröllhalde irgendwo«, sagte Großmutter. »Sie riefen an und erklärten uns genau, wo wir sie finden konnten. Wir sind dann am Abend hin, und das Ganze lag genau an der Stelle, die sie uns beschrieben hatten. Sie waren freundlich, so viel ist sicher.«

Waren Großvater und Großmutter an einem Abend im Mai 1945 auf der Suche nach den Getränkevorräten der Deutschen auf einer Geröllhalde herumgeklettert?

Das Licht von zwei Scheinwerfern huschte durch den Garten und schlug für wenige Sekunden gegen die Wand unter dem Fenster, bis der Wagen aus der Kurve kam und in der Gasse unter uns langsam davonglitt.

»Wer kann das um diese Uhrzeit sein?«, sagte sie.

Sie seufzte und lehnte sich, die Hände im Schoß, auf dem Stuhl zurück. Sah uns an.

»Es ist gut, dass ihr hier seid, Jungs«, sagte sie.

Es entstand eine Pause. Großmutter trank noch einen Schluck.

»Weißt du noch, als du hier gewohnt hast?«, sagte sie plötzlich und sah Yngve mit Wärme in den Augen an. »Als euer Vater kam, um dich zu holen, hatte er sich einen Bart stehen lassen, und du bist die Treppen hochgerannt und hast gerufen, ›Das ist nicht Papa!‹. Hehehe! ›Das ist nicht Papa!‹ … Wir hatten so viel Spaß mit dir, das kannst du mir glauben.«

»Daran erinnere ich mich noch gut«, sagte Yngve.

»Und einmal hörten wir hier die Nachrichten, und sie sprachen mit dem Besitzer von Norwegens ältestem Pferd. Erinnerst du dich? ›Papa, du bist genauso alt wie Norwegens ältestes Pferd!‹, hast du danach gesagt.«

Sie senkte den Kopf beim Lachen und rieb sich die Augen mit den Knöcheln der Zeigefinger.

»Und du«, sagte sie und sah mich an. »Weißt du noch, als du mit uns alleine im Sommerhaus warst?«

Ich nickte.

»Eines Morgens fanden wir dich auf der Treppe, du hast geweint, und als wir dich gefragt haben, warum du weinst, hast du gesagt, ›ich bin so einsam‹. Damals warst du acht!«

Es war der Sommer, in dem meine Eltern in Deutschland Urlaub machten. Yngve hatte die Zeit bei den Großeltern in Sørbøvåg verbracht, und ich war in Kristiansand gewesen. Was war mir davon in Erinnerung geblieben? Dass der Abstand zu Großmutter und Großvater zu groß gewesen war. Plötzlich lief ich nur noch in ihrem Alltag mit. Sie waren mir fremder als sonst, weil es nichts und niemanden gab, der zwischen uns vermitteln konnte.

Eines Morgens war in meiner Milch ein Insekt gewesen, und ich wollte sie nicht trinken. Großmutter meinte, ich solle mich nicht so anstellen, man brauche das Tier nur herauszufischen, so sei das nun mal in der Natur. Ihre Stimme war schneidend gewesen. Und ich trank die Milch voller Ekel. Warum war ausgerechnet diese Erinnerung haften geblieben? Und keine andere? Es musste doch auch noch andere geben? Ja: Mutter und Vater schickten mir eine Postkarte mit einem Bild der Mannschaft von Bayern München. Was hatte ich mich danach gesehnt, und wie freute ich mich, als sie endlich ankam! Und die Geschenke, als sie schließlich heimkehrten: ein gelbroter Fußball für Yngve, ein grünroter für mich. Die Farben … Oh, das Glücksgefühl, das sie auslösten …

»Ein anderes Mal hast du hier auf der Treppe gestanden und nach mir gerufen«, sagte Großmutter und sah Yngve an. »›Großmutter, bist du oben oder unten?‹ Ich antwortete, ›unten‹, und du riefst, ›warum bist du nicht oben?‹.«

Sie lachte.

»Ja, wir hatten viel Spaß. Als ihr nach Tybakken gezogen seid, hast du bei den Nachbarn einfach an die Tür geklopft und gefragt, ob dort Kinder wohnten. ›Wohnen hier Kinder?‹, hast du gesagt. Hehehe!«

Als ihr Lachen erstarb, summte sie ein wenig, während sie sich eine neue Zigarette drehte. Das vorderste Stück der Hülse war leer und flammte auf, als sie die Zigarette mit dem Feuerzeug anzündete. Asche segelte zu Boden. Dann erreichte das Feuer den Tabak und schloss sich zu einer Glut, die mit jedem Zug am Filter stärker leuchtete.

»Aber jetzt seid ihr erwachsen«, sagte sie. »Und das ist so seltsam. Es kommt mir vor, als wäre es erst gestern gewesen, dass ihr Kinder wart …«

Eine halbe Stunde später gingen wir ins Bett. Yngve und ich räumten den Tisch ab, deponierten die Schnapsflasche im Schrank unter der Spüle, leerten den Aschenbecher und stellten die Gläser in die Spülmaschine, während Großmutter zusah. Als wir fertig waren, stand auch sie auf. Ein wenig Urin lief von ihrem Stuhl herunter, ohne dass sie es bemerkte. Als sie hinausgehen wollte, stützte sie sich am Türrahmen ab, erst an dem in der Küche, dann an dem im Flur.

»Also dann, gute Nacht!«, sagte ich.

»Gute Nacht, ihr zwei«, sagte sie und lächelte. Ich behielt sie im Auge und sah, dass ihr Lächeln augenblicklich verschwand, als sie sich von uns abwandte und die Treppe hinunterging.

»Ja, ja«, sagte ich, als wir eine Minute später oben im Zimmer standen. »Das war das.«

»Ja«, sagte Yngve. Er streifte den Sweater ab, legte ihn über den Stuhlrücken, zog die Hose aus. Erfüllt von der Wärme des Alkohols hatte ich Lust, etwas

Nettes zu ihm zu sagen. Alle Meinungsverschiedenheiten waren ausgeräumt, es gab keine Probleme mehr, alles war einfach.

»Was für ein Tag«, sagte er.

»Ja, das kann man wohl sagen«, erwiderte ich.

Er legte sich ins Bett und deckte sich zu.

»Na dann, gute Nacht«, sagte er und schloss die Augen.

»Gute Nacht«, sagte ich. »Schlaf gut.«

Ich ging zum Lichtschalter an der Tür und schaltete die Deckenlampe aus. Setzte mich aufs Bett. Eigentlich wollte ich nicht schlafen. Für eine unbändige Sekunde schoss mir durch den Kopf, dass ich ausgehen könnte. Die Lokale würden erst in zwei Stunden schließen. Außerdem war Sommer, in der Stadt wimmelte es vor Menschen, wahrscheinlich auch von Leuten, die ich kannte.

Dann übermannte mich die Müdigkeit. Plötzlich wollte ich nur noch schlafen. Plötzlich schaffte ich es kaum mehr, den Arm zu heben. Der Gedanke, dass ich mich ausziehen musste, ließ sich nicht mehr in die Tat umsetzen, so dass ich mich angezogen zurückfallen ließ, die Augen schloss und in das sanfte, innere Licht fiel. Bei jeder winzigsten Bewegung, selbst wenn ich nur den kleinen Finger kurz berührte, kitzelte es in meinem Magen, und als ich im nächsten Moment einschlief, tat ich es mit einem Lächeln auf den Lippen.

Tief im Schlaf wusste ich bereits, dass mich außerhalb etwas Schreckliches erwarten würde. Als ich in den fast-bewussten Zustand gelangte, versuchte ich deshalb, kehrtzumachen und in den Schlaf zurückzukehren, was mir sicher auch gelungen wäre, wenn es da nicht diese Beharrlichkeit in Yngves Stimme und die Gewissheit gegeben hätte, dass wir an diesem Morgen zu einem wichtigen Termin mussten.

Ich öffnete die Augen.

»Wie viel Uhr ist es?«, sagte ich.

Yngve stand fertig angezogen im Türrahmen. Schwarze Hose, weißes Hemd, schwarzes Jackett. Sein Gesicht wirkte verquollen, die Augen waren schmal, die Haare verfilzt.

»Zwanzig vor neun«, antwortete er. »Jetzt heißt es aufstehen und los.«

»Oh, verdammt«, sagte ich.

Ich setzte mich auf und spürte, dass die Wirkung des Alkohols mir noch in den Knochen steckte.

»Ich gehe schon mal runter«, sagte er. »Beeil dich.«

Dass ich die Kleider vom Vortag noch anhatte, fand ich äußerst unangenehm, ein Gefühl, das sich noch verstärkte, als der Gedanke daran, was wir getan hatten, hochkam. Ich schälte mich aus ihnen. Meinen Bewegungen haftete eine Schwere an, mich aufzurichten und frei im Raum zu stehen, kostete schon Kraft, ganz zu schweigen davon, was es hieß, den Arm zu heben und nach dem Hemd zu greifen, das an der Schrankwand auf einem Bügel hing. Aber es ging nicht anders, ich musste es einfach tun. Den rechten Arm hineinschieben, den linken Arm hineinschieben, erst die Knöpfe an den Ärmeln schließen, dann vorne. Warum zum Teufel hatten wir das getan? Wie konnten wir nur so bescheuert sein? Ich wollte das doch gar nicht, in Wahrheit war es das Letzte, was ich wollte, hier zu sitzen, ausgerechnet hier, und mit ihr zu trinken. Trotzdem hatte ich es getan. Wie war das nur möglich? Wie zum Henker war das möglich?

Es war beschämend.

Ich ging vor dem Koffer auf die Knie und blätterte mich durch die Kleiderschichten, bis ich die schwarze Hose fand, die ich auf dem Bett sitzend anzog. Was tat es doch gut zu sitzen! Aber ich musste wieder aufstehen, um die Hose ganz hochzuziehen, um das Jackett herauszuholen und anzuziehen, um in die Küche hinunterzugehen.

Als ich ein Glas mit Wasser füllte und es trank, war meine Stirn schweißnass. Ich senkte den Kopf und bespritzte ihn mit dem Wasser, das aus dem Hahn kam. Zum einen kühlte mich das ab, zum anderen ließ es meine Haare, die zwar kurz waren, aber trotzdem unschön lagen, besser aussehen.

Wasser tropfte mir vom Kinn, und mein Körper war schwer wie Blei, als ich den Flur entlang und auf die Eingangstreppe zuging, wo Yngve mit Großmutter wartete. Er ließ die Autoschlüssel in seiner Hand klirren.

»Hast du einen Kaugummi oder so?«, sagte ich. »Ich bin nicht dazu gekommen, mir die Zähne zu putzen.«

»Heute kannst du es dir wirklich nicht einfach so sparen, dir die Zähne zu putzen«, sagte Yngve. »Wenn du dich beeilst, schaffst du es noch.«

Er hatte Recht. Ich hatte wahrscheinlich eine Fahne, und so sollte man in einem Beerdigungsinstitut nicht riechen. Mich beeilen konnte ich andererseits auch nicht. Auf der Treppe in die erste Etage musste ich eine Pause einlegen und hing über dem Geländer, auch mein Wille schien erschöpft zu sein. Nachdem ich Zahnbürste und Zahncreme vom Nachttisch geholt hatte, putzte ich mir die Zähne auf die Schnelle am Waschbecken in der Küche. Ich hätte Bürste und Creme einfach liegen lassen und nach unten stürzen sollen, aber irgendetwas in mir sagte, dass dies nicht ging, die Zahncremetube und die Zahnbürste konnten in der Küche nicht liegen bleiben, sie mussten wieder ins Schlafzimmer, wodurch weitere zwei Minuten vergingen. Als ich zum zweiten Mal auf die Treppe vor dem Haus hinaustrat, war es vier Minuten vor neun.

»Dann wollen wir mal«, sagte Yngve und drehte sich zu Großmutter um. »Es dauert nicht lange. Wir sind bald zurück.«

»Das ist schön«, sagte sie.

Ich setzte mich ins Auto, legte den Sicherheitsgurt an. Yngve ließ sich neben mir auf den Sitz fallen, steckte den Schlüssel ins Zündschloss, drehte ihn, schaute über seine Schulter und setzte die kurze Auffahrt abwärts zurück. Großmutter blieb am Kopfende der Treppe stehen. Ich winkte ihr zu, sie winkte zurück. Als wir in die Gasse zurückgesetzt hatten und sie nicht mehr sehen konnten, fragte ich mich, ob sie stehen bleiben würde, wie sie es früher immer getan hatte, denn wenn wir wieder vorwärtsfuhren, gelangten wir erneut in ihr Blickfeld und konnten den Abschied mit einem letzten Winken abschließen, ehe sie sich abwandte und ins Haus ging und wir davonfuhren.

Da stand sie. Ich winkte, sie winkte, und anschließend ging sie hinein.

»Wollte sie heute auch wieder mitkommen?«, sagte ich.

Yngve nickte.

»Wir sollten uns daran halten, was wir ihr gesagt haben, und nicht zu lange wegbleiben. Obwohl ich mir gut vorstellen könnte, mich eine Weile in ein Café zu setzen. Oder in ein paar Plattenläden zu gehen.«

Er drückte den Blinkschalter mit dem linken Zeigefinger herab, schaltete gleichzeitig und schaute nach rechts. Die Straße war frei.

»Wie ist das werte Befinden?«, fragte ich.

»Ganz okay«, sagte Yngve. »Und deins?«

»Etwas mitgenommen«, antwortete ich. »Ehrlich gesagt bin ich immer noch ein bisschen blau.«

Er sah zu mir herüber, als er auf die Straße fuhr.

»Ja, mein Gott«, sagte er.

»Nein, das war keine so gute Idee«, sagte ich.

Er lächelte flüchtig, schaltete wieder herunter, blieb kurz vor der weißen Linie stehen. Ein älterer, weißhaariger, ziemlich klapperdürrer Mann mit einer großen Nase überquerte vor uns den Fußgängerüberweg. Seine Mundwinkel hingen herab. Seine Lippen waren dunkelrot. Er blickte zunächst zu den Hügeln zu meiner Rechten und danach zu der Reihe von Geschäften auf der anderen Straßenseite hinauf, ehe er den Blick wieder auf den Boden richtete, wahrscheinlich, um sich zu vergewissern, wo sich vor ihm die Bordsteinkante befand. Er tat das alles, als wäre er vollkommen allein. Als schenkte er dem Blick anderer niemals Beachtung. So hatte Giotto die Menschen gemalt. Auch sie schienen sich nie bewusst zu sein, dass sie gesehen wurden. Kein anderer hatte die Aura des Schutzlosen so abgebildet wie er. Wahrscheinlich war es eine Frage der Zeit, denn die nächsten Generationen italienischer Maler, die großen Generationen, hatten das Bewusstsein des Blicks immer in ihre Bilder eingearbeitet. Das machte sie weniger naiv, aber sie offenbarten auch weniger.

Auf der anderen Straßenseite hastete eine junge rothaarige Frau mit einem Kinderwagen dahin. Die

Fußgängerampel schaltete auf Rot um, aber sie warf einen Blick zur Verkehrsampel hinauf, die Autos hatten noch Rot, wagte sich auf die Straße und eilte im nächsten Moment im Laufschritt an uns vorbei. Ihr Kind, ungefähr ein Jahr alt, mit fleischigen Wangen und einem kleinen Mund, saß aufgerichtet im Wagen und schaute sich ein wenig desorientiert um, als sie an uns vorbeikamen.

Yngve ließ die Kupplung kommen und gab vorsichtig Gas.

»Es ist schon zwei Minuten nach«, sagte ich.

»Ich weiß«, erwiderte er. »Aber wenn wir schnell einen Parkplatz finden, ist es halb so wild.«

Als wir auf die Brücke kamen, blickte ich zum Himmel über dem Meer auf. Er war bedeckt, an manchen Stellen jedoch so leicht, dass in dem Weiß ein Hauch von Blau lag, als wäre dort oben eine halb durchsichtige Membran aufgespannt, an anderen Stellen hingen die Wolken schwerer und dunkler in grauen Feldern, deren äußere Ränder wie Rauch über das Weiß trieben. Wo die Sonne stand, war die Wolkendecke gelblich, allerdings nur so, dass das Licht unter dem Himmel gedämpft war und aus allen Richtungen zu kommen schien. Es war einer dieser Tage, an denen nichts Schatten wirft, an denen alles an sich selbst festhält.

»Du fährst heute Abend?«, sagte ich.

Yngve nickte.

»Ah, da ist einer!«, sagte er.

Im nächsten Moment schwenkte er zum Bürgersteig, schaltete den Motor aus und zog die Handbremse an. Das Beerdigungsinstitut lag auf der anderen Straßenseite. Mir wäre ein langsamerer Übergang lieber gewesen, um mich auf das Kommende vorbereiten zu können, aber es ließ sich nicht ändern, jetzt gab es kein Zurück mehr.

Ich stieg aus, schloss die Tür und folgte Yngve über die Straße. Im Wartezimmer lächelte uns die Dame hinter dem Tresen an und meinte, wir könnten gleich hineingehen.

Die Tür stand offen. Als er uns sah, stand der übergewichtige Bestatter von seinem Stuhl hinter dem Schreibtisch auf, kam uns entgegen und gab uns mit einem höflichen, aber den Umständen entsprechend nicht allzu herzlichen Lächeln auf den Lippen die Hand.

»Da sind wir also wieder«, sagte er und deutete mit der Hand auf die beiden Stühle. »Nehmen Sie Platz!«

»Danke«, sagte ich.

»Sie haben sich am Wochenende sicherlich Gedanken über die Beerdigung gemacht«, meinte er und setzte sich, griff nach einem dünnen Stapel Papier, der vor ihm auf dem Schreibtisch lag, und blätterte darin.

»Das haben wir«, sagte Yngve. »Wir hätten gerne eine kirchliche Beisetzung.«

»In Ordnung«, erwiderte der Bestatter. »Dann

werde ich Ihnen die Telefonnummer des Pfarrbüros geben. Wir kümmern uns um alle praktischen Dinge, aber es könnte trotzdem von Vorteil sein, ein paar Worte mit dem Pfarrer persönlich zu wechseln. Immerhin soll er etwas über Ihren Vater sagen, und da kann es nicht schaden, wenn Sie ihm ein wenig von ihm erzählen.«

Er sah zu uns auf. Die Hautfalten am Hals hingen echsenartig auf seinen Hemdkragen herab. Wir nickten.

»Die Beerdigung lässt sich natürlich ganz unterschiedlich gestalten«, fuhr er fort. »Ich habe hier eine Liste mit verschiedenen Möglichkeiten. Es geht um solche Dinge wie zum Beispiel, ob Sie Musik zu hören wünschen, und wenn ja, in welcher Form. Manche wollen Livemusik haben, andere ziehen Musik vom Band vor. Aber wir haben hier einen Kirchensänger, den wir oft einsetzen, er spielt darüber hinaus mehrere Instrumente ... Livemusik sorgt doch für eine ganz eigene Stimmung, eine Würde oder Ehrfurcht ... Ich weiß nicht, haben Sie sich überlegt, welche Wünsche Sie diesbezüglich haben?«

Ich begegnete Yngves Blick.

»Das könnte vielleicht ganz schön sein, oder?«, sagte ich.

»Ja, natürlich«, erwiderte Yngve.

»Sollen wir es so machen?«

»In Ordnung.«

»Dann wäre das geklärt?«, fragte der Bestatter.

Wir nickten.

Er streckte die Hand über den Tisch und reichte Yngve ein Blatt.

»Hier haben wir eine Musikauswahl. Wenn Sie darüber hinaus etwas ganz Bestimmtes hören wollen, ist das auch kein Problem, solange wir es ein paar Tage im Voraus wissen.«

Ich lehnte mich zur Seite, und Yngve hielt mir das Blatt so hin, dass ich es auch lesen konnte.

»Könnte Bach vielleicht was sein?«, sagte Yngve.

»Ja, Bach hat er doch gern gehört«, meinte ich.

Zum ersten Mal seit fast vierundzwanzig Stunden fing ich wieder an zu weinen.

Ich werde verdammt nochmal keines seiner Kleenex-Tücher benutzen, dachte ich und rieb mir mit der Armbeuge mehrmals über die Augen, atmete tief ein, ließ die Luft langsam wieder entweichen. Merkte, dass Yngve mir einen kurzen Blick zuwarf.

Fand er es bedrückend, dass ich weinte?

Nein, unmöglich.

Nein.

»Schon gut«, sagte ich. »Wo waren wir?«

»Bach könnte schön sein«, erklärte Yngve und sah den Bestatter an. »Diese Cellosonate zum Beispiel …«

Er sah mich an.

»Bist du einverstanden?«

Ich nickte.

»Dann nehmen wir die«, sagte der Bestatter. »Normalerweise werden drei Musikstücke gespielt. Und dazu noch ein oder zwei Kirchenlieder, die alle gemeinsam singen.«

»Schönster Herr Jesu«, sagte ich. »Könnten wir das nehmen?«

»Natürlich«, sagte er.

Ooohhh. Ooohhh. Ooohhh.

»Alles in Ordnung, Karl Ove?«, sagte Yngve.

Ich nickte.

Wir einigten uns auf zwei Lieder, die der Kirchendiener singen sollte, und ein weiteres Kirchenlied, das alle gemeinsam singen würden, hinzu kamen das Stück auf dem Cello und »Schönster Herr Jesu«. Wir beschlossen auch, dass am Sarg niemand sprechen sollte, und damit war die Beerdigung geplant, denn die anderen Bestandteile gehörten ja zur Liturgie und waren festgelegt.

»Möchten Sie Blumen? Zusätzlich zu Kränzen und so? Viele finden das ziemlich stimmungsvoll. Ich habe hier einige Beispiele, wenn Sie mal schauen mögen …«

Er gab Yngve ein neues Blatt. Yngve zeigt auf eins der Beispiele, sah mich an und ich nickte.

»Dann hätten wir das«, sagte der Bestatter. »Bliebe nur noch der Sarg … Wir haben hier verschiedene Bilder …«

Ein neues Blatt kam auf den Tisch.

»Weiß«, sagte ich. »Ist das okay für dich? Der da.«

»Ja, den können wir nehmen«, erklärte Yngve.

Der Bestatter nahm das Blatt zurück und machte sich Notizen. Dann blickte er zu uns auf.

»Wenn ich recht verstanden habe, wünschen Sie heute eine Besichtigung?«

»Ja«, sagte Yngve. »Am liebsten heute Nachmittag, wenn sich das einrichten lässt.«

»Natürlich. Aber… Nun ja, Sie wissen, unter welchen Umständen er gestorben ist? Dass es… mit Alkohol zu tun hatte?«

Wir nickten.

»Gut«, sagte er. »Es kann gelegentlich nicht schaden, darauf vorbereitet zu sein, was einen in solchen Situationen erwartet.« Er sammelte die Blätter ein und klopfte mit ihnen einmal auf den Tisch.

»Es ist mir leider nicht möglich, Sie heute Nachmittag selbst in Empfang zu nehmen. Aber mein Kollege wird Sie erwarten. Bei der Kapelle an der Oddernes-Kirche, wissen Sie, wo die ist?«

»Ich denke schon«, sagte ich.

»Passt Ihnen vier Uhr?«

»Das klingt gut.«

»Dann also um vier Uhr bei der Kapelle an der Odderne-Kirche. Wenn Ihnen noch etwas einfällt oder Sie sich irgendetwas anders überlegen, brauchen Sie mich nur anzurufen. Meine Nummer haben Sie bekommen?«

»Ja«, antwortete Yngve.

»Schön. Ach ja, da ist noch etwas. Möchten Sie eine Anzeige in die Zeitung setzen?«

»Das machen wir, oder?«, sagte ich und sah Yngve an.

»Ja«, erwiderte er. »Das muss sein.«

»Aber dafür sollten wir uns ein bisschen Zeit nehmen«, sagte ich. »Um zu entscheiden, wie der Text aussehen soll und welche Namen genannt werden und so …«

»Kein Problem«, sagte der Bestatter. »Schauen Sie einfach kurz vorbei, oder rufen Sie mich an, wenn Sie darüber nachgedacht haben. Aber warten Sie nicht zu lange, bei der Zeitung gibt es manchmal einen Tag Wartezeit.«

»Ich könnte Sie morgen anrufen«, sagte ich. »Reicht Ihnen das?«

»Ausgezeichnet«, sagte er und stand mit einem neuen Blatt in der Hand auf. »Hier haben Sie Telefonnummer und Adresse des Pfarrbüros. Wer von Ihnen möchte das an sich nehmen?«

»Das können Sie mir geben«, sagte ich.

Als wir hinaustraten und neben dem Auto auf dem Bürgersteig stehen blieben, fischte Yngve eine Schachtel Zigaretten heraus und bot mir eine an. Ich nickte und nahm sie. Im Grunde widerstrebte mir der Gedanke zu rauchen – wie immer an dem Tag, nach dem ich getrunken hatte, weil der Rauch, und nicht so sehr der Geschmack oder Geruch, für den er stand, eine Verbindung zwischen diesem Tag und dem Vortag schuf, eine Art Wahrnehmungsbrücke, über die daraufhin alle möglichen Bilder strömten, so dass alles, was mich umgab, der grauschwarze Asphalt, die hellgrauen Zementsteine entlang der Bordsteinkante, der graue Himmel, die Vögel, die an ihm flogen, die schwarzen Fenster der Gebäudereihen, das rote Auto, neben dem wir standen, Yngves geistesabwesende Gestalt, von erschreckenden inneren Bildern durchdrungen wurde – aber gleichzeitig gab es da etwas an dem Gefühl von Zerstörung und Zersetzung, das der Rauch mir einflößte, was ich brauchte oder haben wollte.

»Das ist doch ganz gut gelaufen«, sagte ich.

»Ein paar Sachen müssen wir noch erledigen«, meinte er. »Das heißt, du musst sie erledigen. Zum Beispiel das mit der Todesanzeige. Aber du kannst mich ja zwischendurch anrufen.«

»Mm«, sagte ich.

»Ist dir übrigens das Wort aufgefallen, das er benutzt hat?«, sagte Yngve. »Besichtigung?«

Ich grinste.

»Ja. Aber diese Branche hat auch was vom Immobilienhandel. Ihr Job ist es, jemanden möglichst gut aussehen zu lassen und möglichst viel Geld dafür zu kassieren. Hast du gesehen, was die Särge kosten?«

Yngve nickte.

»Ja, aber wenn man einmal da sitzt, will man auch nicht unbedingt geizig wirken«, erwiderte er.

»Es ist ein bisschen, als würde man in einem Restaurant Wein bestellen«, sagte ich. »Wenn man sich nicht auskennt, meine ich. Hat man Geld, nimmt man den zweitteuersten. Hat man kein Geld, nimmt man den zweitbilligsten. Niemals den teuersten oder billigsten. So ist das mit seinen Särgen bestimmt auch.«

»Du warst ja übrigens sehr entschieden«, sagte Yngve. »Also damit, dass er weiß sein soll.«

Ich zuckte mit den Schultern, warf die glühende Zigarette auf die Straße.

»Reinheit«, sagte ich. »Ich denke, etwas in der Art hat mir vorgeschwebt.«

Yngve ließ seine Zigarette auf die Erde fallen und trat sie aus, öffnete die Autotür und setzte sich hinein. Ich folgte seinem Beispiel.

»Es graut mir davor, ihn zu sehen«, sagte Yngve. Er legte sich mit einer Hand den Sicherheitsgurt an, während er mit der anderen den Zündschlüssel ins Schloss steckte und ihn drehte. »Dir auch?«

»Ja. Aber es muss sein. Wenn ich ihn nicht sehe, werde ich nie verstehen, dass er tatsächlich tot ist.«

»Geht mir genauso«, erklärte Yngve und warf einen Blick in den Rückspiegel. Dann blinkte er und setzte den Wagen in Bewegung.

»Und, fahren wir jetzt zurück?«, sagte er.

»Da ist noch die Sache mit den Maschinen«,

sagte ich. »Teppichreiniger und Rasenmäher. Es wäre gut, wenn wir das regeln könnten, bevor du abhaust.«

»Weißt du denn, wo der Laden ist?«

»Nein, das ist das Problem«, erwiderte ich. »Gunnar meinte, es gäbe einen Verleih in Grim, aber die genaue Adresse habe ich nicht.«

»Okay«, sagte Yngve. »Wir müssen ein Telefonbuch finden und in den Gelben Seiten nachschlagen. Weißt du, ob es hier irgendwo eine Telefonzelle gibt?

Ich schüttelte den Kopf.

»Aber am Ende der Elvegaten liegt eine Tankstelle, da könnten wir es versuchen.«

»Das trifft sich gut«, sagte Yngve. »Bevor ich heute Abend fahre, muss ich sowieso noch tanken.«

Eine Minute später fuhren wir unter das Dach der Tankstelle. Yngve parkte neben der Zapfsäule, und während er tankte, ging ich in den Laden. Es gab ein Telefon an der Wand, unter dem drei Schuber mit Telefonbüchern hingen. Nachdem ich die Adresse des Verleihs gefunden und sie mir gemerkt hatte, ging ich zur Kasse, um ein Päckchen Tabak zu kaufen. Als ich näher kam, drehte sich der Mann, der vor mir in der Schlange stand, zu mir um.

»Karl *Ove*?«, sagte er. »Du bist hier?«

Ich erkannte ihn. Wir waren zusammen auf dem Gymnasium gewesen. Sein Name fiel mir jedoch nicht mehr ein.

»Hallo, lange nicht gesehen«, sagte ich. »Wie geht's?«

»Gut!«, antwortete er. »Und dir?«

Der herzliche Ton überraschte mich. In der Zeit nach dem Abitur hatte ich zu Hause eine Fete gegeben, auf der er aggressiv geworden war und ein Loch in unsere Badezimmertür getreten hatte. Hinterher hatte er sich geweigert, für den Schaden aufzukommen, und ich konnte nichts dagegen tun. Ein anderes Mal war er der Fahrer eines Abiturientenbusses gewesen, auf dessen Dach ich saß, zusammen mit Björn, glaube ich, wir wollten zum Sport- und Vergnügungscenter, und plötzlich, auf dem Hügel hinter der Timenes-Kreuzung, beschleunigte er, so dass wir uns hinlegen und an den Dachstangen festhalten mussten, denn er fuhr mindestens siebzig, vielleicht auch achtzig, und lachte nur, als wir ankamen, selbst als wir ihn beschimpften.

Warum war er jetzt also so freundlich?

Ich begegnete seinem Blick. Das Gesicht war möglicherweise ein bisschen fleischiger geworden, ansonsten sah er aus wie früher. Seine Züge hatten jedoch etwas Erstarrtes, eine Art Unbeweglichkeit, die sein Lächeln eher verstärkte als lockerte.

»Was machst du denn so?«, sagte ich.

»Arbeite auf der Nordsee.«

»Oh«, sagte ich. »Dann verdienst du also gut!«

»Allerdings. Und ich habe viel Freizeit. Das gefällt mir. Und du?«

Während er mit mir redete, sah er den Verkäufer an, zeigte auf den Würstchengrill und hob einen Finger.

»Ich studiere noch«, erklärte ich.

»Und was?«

»Literatur.«

»Stimmt, das war ja dein Ding«, erwiderte er.

»Ja«, sagte ich. »Siehst du Espen noch manchmal? Und Trond? Und Gisle?«

Er zuckte mit den Schultern.

»Trond wohnt ja hier, den sehe ich manchmal. Espen, wenn er Weihnachten nach Hause kommt. Und du? Hast du noch Kontakt zu einem von den alten Kumpels?«

»Nur zu Bassen.«

Der Verkäufer legte die Wurst ins Brot, schob es in eine Serviette.

»Ketchup oder Senf?«, sagte er.

»Ja, bitte, beides. Und Zwiebeln.«

»Rohe oder geschmorte?«

»Geschmorte. Nein, rohe.«

»Rohe?«

»Ja.«

Als die Bestellung damit abgeschlossen war und er seine Wurst in der Hand hielt, wandte er sich wieder mir zu.

»Es war nett, dich zu sehen, Karl Ove«, sagte er. »Du hast dich nicht verändert!«

»Du auch nicht«, erwiderte ich.

Er öffnete den Mund, biss ein Stück von der Wurst ab und gab dem Verkäufer einen Fünfziger. Es entstand ein etwas peinlicher Moment, während er auf sein Wechselgeld wartete, denn wir hatten unser Gespräch ja bereits beendet. Er lächelte schwach.

»Ja, ja«, sagte er, als er die Hand um die Münzen schloss, die er bekam. »Vielleicht sehen wir uns ja mal wieder!«

»Bestimmt«, sagte ich. Kaufte den Tabak und stand für einige Sekunden vor dem Ständer mit Zeitschriften und gab mich interessiert, weil ich ihm draußen nicht noch einmal begegnen wollte, als Yngve hereinkam, um zu bezahlen. Er tat es mit einem Tausender. Ich sah weg, als er ihn aus dem Portemonnaie zog, denn ich wollte ihm nicht zeigen, dass ich begriff, er stammte aus Vaters Nachlass, und murmelte stattdessen, dass ich schon mal hinausgehen würde, und schlenderte zur Tür.

Der Geruch von Benzin und Beton, im Zwielicht unter einem Tankstellendach, gibt es etwas, das mehr Assoziationen auslöst? Motoren, Tempo, Zukunft.

Aber auch Würstchen und CDs von Celine Dion und Eric Clapton.

Ich öffnete die Autotür und setzte mich hinein. Yngve kam kurz nach mir, ließ den Motor an, und wir fuhren wortlos weiter.

Ich ging durch den Garten und mähte das Gras. Die Maschine, die wir gemietet hatten, bestand aus einem Apparat, den man sich auf den Rücken schnallte, und einem Stab mit einer rotierenden Klinge am unteren Ende. Ich fühlte mich wie eine Art Roboter, als ich dort mit großen, gelben Ohrenschützern auf und ab ging, sozusagen in eine dröhnende und vibrierende Maschinerie gespannt, und systematisch alle Baumschösslinge, alle Blumen und alles Gras schnitt, die mir in den Weg kamen. Ich weinte die ganze Zeit. Schluchzer auf Schluchzer durchzuckte mich beim Sensen, und ich kämpfte nicht mehr dagegen an, es durfte kommen, was kommen wollte. Gegen zwölf rief Yngve von der Veranda aus nach mir, und ich ging ins Haus, um mit ihnen zu essen, er hatte Tee und Brötchen auf den Tisch gestellt, was Großmutter uns immer serviert hatte, aufgewärmt auf einem Rost über der Herdplatte, so dass die eigentlich weiche Kruste knusprig wurde und beim Hineinbeißen in großen Stücken abbröckelte, aber ich hatte keinen Hunger und ging schon bald wieder hinaus, um weiterzuarbeiten. Es war eine Befreiung, alleine im Garten zu sein, und noch dazu befriedigend, weil man so schnell Ergebnisse sah. Der Himmel hatte sich zugezogen, die grauweißen Wolken hingen wie ein Deckel darunter, wodurch sich das Dunkel der Meeresfläche mit größerer Schärfe abzeichnete, und die Stadt, die unter einem offenen Himmel wie ein kleiner, unbedeutender Häuserhaufen erschien, ein Fliegenschiss, ein größeres Gewicht und Solidität bekam. Das war der Ort, an dem ich mich aufhielt, das war, was ich sah. Die meiste Zeit war mein Blick auf die rotierende Klinge und die Halme gerichtet, die wie niedergemähte Soldaten fielen, eher gelb und grau als grün, vermischt mit den leuchtend roten Blüten des Fingerhuts und den gelben des Sonnenhuts, aber gelegentlich hob ich ihn auch zum massiven, hellgrauen Dach des Himmels und zum massiven dunkelgrauen Meeresboden, zum Gewirr aus Klappverdecken und Rümpfen, Masten und Bugen, Containern und braunrostigem Schrott auf dem Kai, und zur Stadt hin, die mit ihren Farben und Bewegungen maschinenhaft vibrierte, während mir unablässig Tränen die Wangen hinabliefen, denn Vater, der hier seine Kindheit verbracht hatte, war tot. Vielleicht weinte ich aber auch gar nicht deshalb, sondern aus ganz anderen Gründen, vielleicht kam jetzt alles, was sich in den letzten fünfzehn Jahren an Trauer und Elend in mir angehäuft hatte, heraus. Das spielte keine Rolle, nichts spielte eine Rolle, ich ging nur durch den Garten und schlug das Gras, es war zu hoch geworden.

Viertel nach drei schaltete ich die Höllenmaschine ab, stellte sie in den Verschlag unter der Veranda und ging hinein, um zu duschen, bevor wir fuhren. Holte Kleider, Handtuch und Shampoo vom Dachboden, legte alles auf den Toilettendeckel, schloss die Tür ab, zog mich aus, stieg in die Badewanne, richtete den Duschkopf fort von mir und drehte das Wasser auf. Als es heiß geworden war, drehte ich den Duschkopf wieder in meine Richtung, und das heiße Wasser floss an mir herunter. Normalerweise war dies mit einem wohligen Gefühl verbunden, an diesem Tag jedoch nicht, nicht hier, und nachdem ich mir in Windeseile die Haare gewaschen und ausgespült hatte, drehte ich das Wasser deshalb wieder ab und stieg nach draußen, trocknete mich ab und zog mich an. Rauchte eine Zigarette auf der Eingangstreppe, während ich darauf wartete, dass Yngve herunterkam. Mir graute es, und als er die Autotür aufschloss, sah ich seinem Gesicht über dem Dach des Wagens an, dass es ihm genauso ging.

Die Kapelle lag jenseits des Gymnasiums, das ich besucht hatte, schräg hinter der großen Sporthalle, und den Weg, den wir dorthin nahmen, war ich das halbe Jahr über gegangen, das ich in der Wohnung meiner Großeltern in der Elvegaten verbracht hatte, aber der Anblick der vertrauten Orte weckte nichts in mir, und vielleicht sah ich sie zum ersten Mal, wie sie wirklich waren, sinnentleert, ohne Atmosphäre. Hier ein Drahtzaun, dort ein weiß gestrichenes Haus aus dem 19. Jahrhundert, ein paar Bäume, ein paar Sträucher, etwas Rasen, eine Schranke, ein Schild. Die gesetzmäßigen Bewegungen der Wolken am Himmel. Die gesetzmäßigen Bewegungen der Menschen auf der Erde. Der Wind, der die Äste anhob und die tausenden Blätter in ebenso unvorhersehbaren wie unfreiwilligen Mustern erzittern ließ.

»Du kannst hier reinfahren«, sagte ich, als wir am Gymnasium vorbei waren und die Kirche hinter der Einfriedungsmauer vor uns stehen sahen. »Es ist da drüben.«

»Ich bin hier schon mal gewesen«, meinte Yngve.

»Ach ja?«, sagte ich.

»Irgendeine Konfirmation. Du warst auch dabei, oder nicht?«

»Daran kann ich mich nicht erinnern«, erklärte ich.

»Ich schon«, sagte Yngve und lehnte sich ein wenig vor, um besser sehen zu können.

»Ist der Parkplatz dahinter?«

»Müsste er eigentlich sein«, sagte ich.

»Wir sind zu früh«, sagte Yngve. »Es ist erst Viertel vor.«

Ich stieg aus dem Wagen und schloss die Tür. Hinter der Feldsteinmauer näherte sich uns ein Rasenmäher, der von einem Mann mit nacktem Oberkörper gelenkt wurde. Als das Gefährt kaum mehr als fünf Meter entfernt an uns vorbeifuhr, sah ich, dass er eine Silberkette um den Hals trug, an der etwas hing, das wie eine Rasierklinge aussah. Im Osten, über der Kirche, hatte sich der Himmel verdunkelt. Yngve zündete sich eine Zigarette an und machte einen Schritt auf den Platz.

»Ja, ja«, sagte er. »Da wären wir also.«

Ich schaute zur Kapelle. Über der Eingangstür brannte, im Tageslicht fast unsichtbar, eine Lampe. Daneben parkte ein rotes Auto.

Mein Herz schlug schneller.

»Ja«, sagte ich.

Am weiterhin hellgrauen Himmel kreisten hoch über uns einige Vögel. Der niederländische Maler Ruisdael malte an seine Himmel stets Vögel in großer Höhe, um die Tiefe herauszuarbeiten, es war fast schon sein Markenzeichen, jedenfalls hatte ich die in dem Buch über ihn, das ich besaß, in all seinen Bildern gesehen.

Die Unterseiten der Bäume hinter uns waren fast vollkommen schwarz.

»Wie viel Uhr ist es?«, sagte ich.

Yngve warf irgendwie den Arm nach vorn, so dass der Jackenärmel zurückglitt und er auf das Zifferblatt schauen konnte.

»Fünf vor. Sollen wir reingehen?«

Ich nickte.

Als wir noch zehn Meter von der Kapelle entfernt waren, ging die Tür auf. Ein junger Mann in einem dunklen Anzug sah uns an. Sein Gesicht war braun gebrannt, die Haare blond.

»Knausgård?«, sagte er.

Wir nickten.

Er gab uns beiden die Hand. Die Haut an seinen Nasenflügeln war gerötet und wirkte gereizt. Die blauen Augen waren abwesend.

»Sollen wir reingehen?«, sagte er.

Wir nickten erneut. Gelangten zunächst in einen Flur, wo er stehen blieb.

»Es ist hier drinnen«, sagte er. »Aber bevor wir hineingehen, sollte ich Sie wohl besser ein wenig vorbereiten. Es ist kein besonders schöner Anblick, da war ja so viel Blut, wissen Sie, so dass … nun ja, wir haben getan, was wir konnten, aber man sieht es immer noch.«

Blut?

Er sah uns an.

Mich schauderte es.

»Sind Sie bereit?«

»Ja«, sagte Yngve.

Ich stellte mich neben Yngve, direkt vor Vater. Seine Wangen waren rötlich, gesättigt mit Blut. Es musste in den Poren zurückgeblieben sein, als sie es abzuwischen versuchten. Und seine Nase, sie war gebrochen. Aber obwohl ich dies sehen konnte, sah ich es trotzdem nicht, denn alle Details an ihm verschwanden in etwas Anderem und Größerem, sowohl in dem, was er ausstrahlte, dem Tod, dem ich nie zuvor so nahe gewesen war, als auch in dem, was er für mich war, ein Vater und allem, was an Leben darin lag.

Erst als ich zu Großmutters Haus zurückging, nachdem ich Yngve nach Stavanger verabschiedet hatte, fiel mir das mit dem Blut wieder ein. Wie mochte es dorthin gekommen sein? Großmutter hatte behauptet, sie habe ihn tot im Sessel gefunden, und angesichts dieser Information war es uns als das Naheliegendste erschienen, dass sein Herz versagt hatte, wahrscheinlich im Schlaf. Der Bestatter hatte dagegen nicht bloß von Blut, sondern von viel Blut gesprochen. Und seine Nase war gebrochen gewesen. Musste es nicht folglich irgendeine Form von Todeskampf gegeben haben? War er aufgestanden, unter Schmerzen, und gegen die Kaminmauer gefallen? Auf den Fußboden? Aber wenn es so gewesen war, warum gab es dann kein Blut auf dem Stein oder auf dem Fußboden? Und wieso hatte Großmutter nichts von dem Blut gesagt? Denn *irgendetwas* musste doch passiert sein, er *konnte* nicht still und ruhig eingeschlafen sein, nicht bei all dem Blut. Hatte sie es abgewaschen und anschließend vergessen? Warum sollte sie das getan haben? Nichts anderes hatte sie gewaschen oder verborgen, sie schien kein Bedürfnis danach verspürt zu haben. Ebenso merkwürdig war, dass ich es so schnell vergessen hatte. Vielleicht war das andererseits aber auch gar nicht so merkwürdig, denn es hatte so viel anderes gegeben, womit man sich auseinandersetzen musste. Wenn ich wieder bei Großmutter war, würde ich jedenfalls sofort Yngve anrufen. Wir mussten mit diesem Arzt sprechen, der Vater abgeholt hatte. Er würde uns erklären können, was passiert war.

Ich ging so schnell ich konnte den sanften Anstieg hinauf, an einem grünen Maschendrahtzaun mit einer dichten Hecke dahinter vorbei, als liefe ich Gefahr, zu spät zu kommen, während gleichzeitig ein anderer Impuls in mir arbeitete, nämlich die Zeit, die ich für mich alleine hatte, tunlichst in die Länge zu ziehen, vielleicht sogar ein Café zu suchen und dort eine Zeitung oder etwas anderes zu lesen. Denn es war eine Sache, mit Yngve zusammen bei Großmutter zu sein, etwas ganz anderes jedoch, mit ihr allein zu sein. Yngve wusste einfach, wie er sie zu nehmen hatte. Doch dieser leichte, scherzhafte Ton, den auch Erling und Gunnar stets anschlugen, hatte mir gelinde gesagt nie gelegen, und in jenem Jahr auf dem Gymnasium, in dem ich viel Zeit bei ihnen verbracht hatte, weil ich ganz in ihrer Nähe wohnte, hatte es den Anschein, dass ihnen meine Art unangenehm war und ich etwas an mir hatte, von dem sie nichts wissen wollten, ein Gefühl, das sich nach einigen Monaten in gewisser Weise bestätigte, als Mutter mir eines Abends erzählte, Großmutter habe angerufen und gesagt, ich solle nicht mehr so oft zu ihnen kommen. Die meisten Zurückweisungen konnte ich verkraften, diese jedoch nicht, sie waren meine Großeltern, und dass selbst sie nichts von mir wissen wollten, war so erschütternd, dass ich die Beherrschung verlor und vor Mutters Augen in Tränen ausbrach. Sie wiederum war außer sich vor Wut, aber was konnte sie schon tun? Während ich es damals nicht verstand und glaubte, sie würden mich einfach nicht mögen, ahnte ich inzwischen, was ihr Unbehagen ausgelöst hatte. Ich war unfähig, mich zu verstellen, unfähig, in eine Rolle zu schlüpfen, und der gymnasiale Ernst, den ich in ihr Haus trug, ließ sich auf Dauer unmöglich auf Distanz halten, früher oder später mussten auch sie sich mit ihm auseinandersetzen, und das daraus resultierende Ungleichgewicht, da ihr Jargon mich zu absolut nichts zwang, musste schließlich dazu geführt haben, dass sie meine Mutter anriefen. Meine Anwesenheit forderte immer etwas von ihnen, entweder ganz konkret, zum Beispiel Essen, denn wenn ich nach der Schule und vor dem Training zu ihnen kam, hätte ich ansonsten bis acht, neun Uhr abends keine Mahlzeit zu mir genommen, oder Geld, denn Schüler durften die Busse nur nachmittags unentgeltlich benutzen, und mir fehlte des Öfteren das nötige Kleingeld, um die Fahrkarte selbst zu bezahlen. Im Grunde hatten sie nichts dagegen, mich mit Geld und Essen zu versorgen, aber es provozierte sie wahrscheinlich, dass ich diese Dinge tatsächlich brauchte und sie folglich keine Wahl hatten: Das Essen und das Geld für den Bus waren keine freiwilligen Gaben mehr, sondern etwas anderes, und dieses andere hatte Folgen für unsere Beziehung, knüpfte ein Band zwischen uns, das sie nicht guthießen. Damals verstand ich das nicht, heute schon. Mein Wesen, durch das ich ihnen mit meinem Leben und meinen Gedanken ganz nahe kam, war ein Teil desselben Musters. Auch diese Nähe konnten und wollten sie mir vermutlich nicht geben, auch das war etwas, was ich mir von ihnen nahm. Ironischerweise dachte ich während all meiner Besuche immer an sie und sagte stets, was sie, wie ich glaubte, hören wollten, selbst wenn ich besonders persönlich wurde, sagte ich es, weil ich dachte, es wäre gut für sie, es zu hören, und nicht, weil ich es sagen musste.

Aber das Schlimmste daran, überlegte ich, als ich die Allee Richtung Lund hinunterging, parallel zur nachmittäglichen Autoschlange, vorbei an allen Bäumen, deren Stämme dunkel waren vom Staub des Asphalts und Abgasen, so schwer und steinähnlich im Vergleich zu dem Gewimmel grüner, leichter Blätter in den Kronen über ihnen, war trotz allem, dass ich mich damals für einen Menschenkenner hielt. Das konnte ich, hatte ich mir damals eingebildet, darin war ich gut: andere zu verstehen. Während ich mir selbst eher ein Rätsel war.

Oh, wie dumm!

Ich lachte. Unverzüglich blickte ich auf, um zu überprüfen, ob mich jemand in den Autos auf der Straße neben mir beobachtet haben könnte. Aber nein. Alle waren in sich selbst versunken.

Im Laufe der letzten zwölf Jahre war ich möglicherweise klüger geworden, aber verstellen konnte ich mich immer noch nicht. Weder lügen noch spielen. Deshalb hatte ich den Kontakt zu Großmutter nur zu gerne Yngve überlassen. Jetzt konnte ich mich allerdings nicht mehr drücken.

Ich blieb stehen und zündete mir eine Zigarette an. Als ich weiterging, war ich aus irgendeinem Grund heiter gestimmt. Waren dafür die ursprünglich weißen, aber von Abgasen dunkel verfärbten Häuserfassaden zu meiner Linken verantwortlich? Oder die Bäume der Allee? Diese reglosen, laubbekleideten, luftbadenden Wesen mit ihren zahllosen Blättern? Denn wenn sie mir erst einmal ins Auge fielen, erfüllten sie mich unweigerlich mit Freude.

Ich inhalierte besonders tief und tippte beim Weitergehen die silbergraue Aschesäule von der Zigarette. Die Erinnerungen, die meine Umgebung in mir wachriefen, als ich mit Yngve zur Kapelle gefahren war, aber nicht an mich herangelassen hatte, holten mich nun mit aller Macht ein. Ich kannte diese Gegend aus zwei Phasen; erstens aus der Zeit, in der ich als Kind bei Großmutter und Großvater in Kristiansand zu Besuch gewesen und mir jedes kleine Detail im Stadtbild abenteuerlich vorgekommen war, und später, als ich als Teenager dort wohnte. Mittlerweile war es Jahre her, dass ich mich dort aufgehalten hatte, und seit meiner Ankunft hatte ich gespürt, dass die Flut aus Eindrücken, die mir dieser Ort vermittelte, teils an die eine Welt aus Erinnerungen, teils an die andere anknüpfte und er folglich in drei getrennten Zeiten gleichzeitig existierte. Ich sah die Apotheke und erinnerte mich, dass Yngve und ich dort einmal mit Großmutter gewesen waren; draußen hatten hohe Schneewälle gelegen, es schneite, sie trug einen Mantel und eine Pelzmütze, stand in der Schlange vor der Ladentheke, in dem angrenzenden Raum dahinter liefen Apotheker in weißen Kitteln hin und her. Ab und zu drehte sie den Kopf, um zu schauen, was wir machten. Nach dem ersten Moment des Suchens, in dem ihr Blick zwar nicht kalt, aber doch zumindest neutral war, lächelte sie, und in ihre Augen trat wie von Zauberhand Wärme. Ich sah den Anstieg zur Lunds-Brücke und erinnerte mich, dass Großvater nachmittags immer aus dieser Richtung mit dem Fahrrad kam. Wie anders er im Freien wirkte. Als hätte das leichte Schwanken, das dem Anstieg geschuldet war, nicht nur für das Fahrrad gegolten, auf dem er saß, sondern auch dafür, wer er war: in einem Augenblick irgendein älterer Einwohner Kristiansands im Mantel und mit einem Sixpence auf dem Kopf, im nächsten Augenblick Großvater. Ich sah die Häuserdächer des Wohnviertels, das sich unterhalb der Straße erstreckte, und dachte an die Zeit zurück, in der ich als Sechzehnjähriger nachts des Öfteren im Überschwang meiner Gefühle zwischen ihnen umhergelaufen war. Als alles, was ich sah, sogar ein rostiger, windschiefer Wäscheständer in einem Garten, sogar verfaulte Äpfel auf der Erde unter einem Baum, sogar ein in eine Persenning gepacktes Boot, vor Schönheit brannte. Ich sah die Grasböschung hinter den Gebäuden auf der anderen Seite und entsann mich eines blauen und kalten Wintertags, an dem wir dort mit Großmutter Schlitten gefahren waren. Es gab einen solchen funkelnden Widerschein von Sonnenstrahlen im Schnee, dass die Helligkeit den Lichtverhältnissen im Hochgebirge ähnelte und die Stadt unter uns deshalb so wundersam offen wirkte, dass alles, was geschah, die Menschen und die Autos, die in den Straßen unter uns vorbeikamen, der Mann, der die Auffahrt vor dem Vereinsheim auf der anderen Straßenseite vom Schnee befreite, die anderen Schlitten fahrenden Kinder, nirgendwo verankert zu sein schienen, sondern einfach unter dem Himmel schwebten. All das lebte in mir, als ich die Straße hinunterging, all das ließ mich die Umgebung sehen und bedenken, allerdings nur oberflächlich, nur in der äußersten Schicht meines Bewusstseins, denn Vater war tot, und die dadurch in mir entstandene Trauer strahlte in alle Gedanken und Gefühle aus und rief sie zurück. Er existierte auch in den Erinnerungen, war dort seltsamerweise jedoch unwichtig, der Gedanke an ihn löste dort nichts aus. Vater, der irgendwann Anfang der siebziger Jahre einen Meter vor mir auf dem Bürgersteig ging, wir waren im Kiosk gewesen und hatten Pfeifenreiniger gekauft und wollten zu Großvater und Großmutter, wie er das Kinn hob und dabei den Kopf irgendwie hochschob, wobei er in sich hineinlächelte, die Freude, die ich dabei empfand, oder Vater in der Bank, wo er das Portemonnaie in der einen Hand hielt, sich mit der anderen durchs Haar strich, sein Spiegelbild in der Glasscheibe vor der Kasse betrachtete, oder Vater im Auto auf dem Weg aus der Stadt: in keiner einzigen dieser Erinnerungen nahm ich ihn als eine wichtige Person wahr. Will sagen, als ich es damals erlebte schon, aber nicht jetzt, wenn ich zurückdachte. Mit dem Gedanken, dass er tot war, verhielt es sich anders. Darin war er natürlich alles, aber dieser war auch alles, denn als ich durch den leichten, nieseligen Regen ging, hatte ich das Gefühl, mich in einer Zone zu befinden. Was außerhalb ihrer lag, war belanglos. Ich sah, ich dachte, und daraufhin wurde, was ich sah und dachte, zurückgezogen: Es zählte nicht. Nichts zählte. Nur Vater, dass er tot war, zählte.

Während ich dort ging, war ich mir darüber hinaus des braunen Umschlags bewusst, der die Sachen enthielt, die er bei seinem Tod bei sich gehabt hatte. Vor dem Lebensmittelgeschäft gegenüber der Apotheke blieb ich stehen, drehte mich zur Wand und holte ihn heraus. Ich betrachtete den Namen meines Vaters. Er wirkte fremd. Ich hatte Knausgård erwartet. Aber es war natürlich korrekt, diesen lächerlichen und pompösen Namen hatte er bei seinem Tod getragen.

Eine ältere Frau mit einem Einkaufswagen in der einen Hand und einem kleinen weißen Hund an der anderen sah mich an, als sie aus der Tür kam. Ich trat einen Schritt näher zur Wand und schüttelte den Inhalt in meine Hand. Sein Ring, ein Halsschmuck, ein paar Münzen, eine Nadel. Das war alles. An sich so alltäglich, wie Gegenstände nur sein können. Die Tatsache jedoch, dass er sie getragen, dass der Ring an seinem Finger gesteckt, der Schmuck bei seinem Tod um seinen Hals gehangen hatte, verlieh ihnen eine ganz eigene Aura. Tod und Gold. Ich drehte sie einzeln in der Hand, und sie erfüllten mich mit Unbehagen. Ich stand da und ängstigte mich vor dem Tod wie damals als Kind. Nicht davor, dass ich sterben würde, sondern vor den Toten.

Ich legte die Dinge in den Umschlag zurück, steckte ihn wieder in die Tasche, lief in der Lücke zwischen zwei Autos über die Straße, betrat den Kiosk und kaufte eine Zeitung und einen Lion-Schokoriegel, den ich aß, während ich die letzten zweihundert Meter zum Haus hinaufging.

Selbst nach all den Dingen, die dort vorgefallen waren, hingen noch Reminiszenzen des Geruchs in der Luft, an den ich mich aus meiner Kindheit entsann. Schon damals grübelte ich über das Phänomen nach, dass jedes der Häuser, in die ich kam, aller Nachbarn und Verwandten, seinen ganz eigenen, spezifischen Geruch besaß, der sich niemals veränderte. Alle, außer unserem eigenen Haus. Es hatte keinen eigenen, spezifischen Geruch. Es roch nicht. Wenn meine Großeltern uns besuchten, brachten sie den Geruch ihres Hauses mit; mir war insbesondere ein Überraschungsbesuch Großmutters im Gedächtnis geblieben, von dem ich nichts gewusst hatte, und als ich nach der Schule heimkehrte und den Geruch im Flur wahrnahm, glaubte ich deshalb, ich würde ihn mir einbilden, weil keine anderen Anzeichen ihn stützten. Kein Auto in der Einfahrt, keine Kleider oder Schuhe im Flur. Nur der Geruch. Aber es war keine Einbildung: Als ich hochkam, saß Großmutter in voller Montur in der Küche, sie hatte den Bus genommen, uns überraschen wollen; das sah ihr ganz und gar nicht ähnlich. Dass der Geruch in ihrem Haus heute, zwanzig Jahre später, noch der gleiche sein sollte, nachdem sich so viel darin verändert hatte, war eigenartig. Es war vorstellbar, dass er mit Gewohnheiten zusammenhing, damit dass man die gleichen Seifen, Putzmittel, Parfüms und Aftershaves benutzte, die immer gleichen Gerichte auf die immer gleiche Art zubereitete, täglich von der gleichen Arbeit heimkehrte und sich nachmittags und abends mit den gleichen Dingen beschäftigte: wurde an Autos herumgeschraubt, nun ja, dann hingen eben Elemente von Öl und Terpentinersatz, Metall und Abgasen in der Luft, wurden alte Bücher gesammelt, tja, dann hingen Elemente von vergilbtem Papier und altem Leder darin. Aber in einem Haus, in dem alle früheren Gewohnheiten ein Ende gefunden hatten, in dem Menschen gestorben und die Zurückgebliebenen zu alt waren, um noch zu tun, was sie sonst immer getan hatten, was war mit dem Geruch in diesen Häusern, wie konnte er unverändert sein? Steckten vierzig Jahre Leben in den Wänden, war es das, was ich beim Eintreten jedesmal spürte?

Statt sofort zu Großmutter hinaufzugehen, öffnete ich die Kellertür und stieg ein paar Schritte die schmale Stiege hinunter. Die kalte, dunkle Luft, die sich um mich legte, war wie ein Konzentrat der Luft im restlichen Haus, exakt so, wie ich sie in Erinnerung hatte. Dort unten hatten sie im Herbst die Kisten voller Äpfel, Birnen und Pflaumen gelagert, und zusammen mit dem Dunst alten Gemäuers und von Erde hing unterschwellig auch deren Geruch im Raum. Ich war nur drei oder vier Mal dort unten gewesen; genau wie die Zimmer auf dem Dachboden war auch der Keller für uns verbotenes Terrain gewesen. Aber wie oft hatte ich nicht im Flur gestanden und Großmutter von unten mit einer Tüte gelber, saftiger Pflaumen oder roter, leicht runzeliger und wunderbar aromatischer Äpfel für uns hochkommen sehen?

Licht fiel lediglich durch ein kleines, bullaugenähnliches Fenster an der Wand herein. Da der Garten tiefer lag als der Eingangsbereich des Hauses, blickte man direkt hinein. Die Perspektive war verwirrend, die Wahrnehmung räumlicher Zusammenhänge löste sich auf, und für einen kurzen Moment war es, als verschwände der Boden unter mir. Dann, als ich mit der Hand das Geländer packte, stand mir alles wieder deutlich vor Augen: Ich war hier, das Fenster dort, der Garten dort, der Eingang zum Haus dort.

Ich blieb eine Weile stehen und starrte aus dem Fenster, ohne dass etwas haften blieb und ich an etwas Bestimmtes gedacht hätte. Dann wandte ich mich um und ging in den Flur hinauf, hängte die Jacke an der Garderobe auf einen Kleiderbügel, warf in dem Spiegel, der neben der Treppe an der Wand hing, einen Blick auf mich. Die Mattigkeit überzog meine Augen mit einer Membran. Als ich schließlich die Treppe hinaufstieg, tat ich es mit schweren Schritten, damit Großmutter hörte, dass ich kam.

Sie saß noch am Küchentisch, wie wir sie Stunden zuvor verlassen hatten. Vor ihr standen eine Tasse Kaffee, ein Aschenbecher und ein Teller voller Krümel von dem Brötchen, das sie gegessen hatte.

Als ich zur Tür hereinkam, schaute sie in ihrer flinken, vogelähnlichen Art auf.

»Ach, du bist es«, sagte sie. »Ist es gutgegangen?«

Wahrscheinlich hatte sie vergessen, wo ich gewesen war, sicher konnte ich mir allerdings nicht sein, weshalb ich ihr mit dem in dieser Situation erforderlichen Ernst in der Stimme antwortete.

»Ja«, sagte ich und nickte. »Es ist gut gelaufen.«

»Schön«, sagte sie und drehte den Kopf zurück. Ich machte einen Schritt in den Raum hinein und legte die Zeitung auf den Tisch.

»Möchtest du keinen Kaffee?«, sagte sie.

»Doch, gern«, antwortete ich.

»Der Kaffeekessel steht auf dem Herd.«

Etwas an ihrem Tonfall veranlasste mich, sie anzusehen. In diesem Ton hatte sie noch nie mit mir gesprochen. Seltsamerweise veränderte dies eher mich als sie. So musste sie in der letzten Zeit mit Vater gesprochen haben. Sie hatte sich an ihn und nicht an mich gewandt. Und so hätte sie sich niemals an Vater gewandt, wenn Großvater noch gelebt hätte. Es war der Ton zwischen einer Mutter und ihrem Sohn, wenn sonst niemand dabei war.

Ich glaubte nicht, dass sie mich für Vater hielt, nur, dass sie aus reiner Gewohnheit so gesprochen hatte, wie ein Schiff noch weitergleitet, nachdem der Motor längst ausgeschaltet worden ist. Trotzdem wurde mir eisig kalt. Aber ich durfte mir nichts anmerken lassen, weshalb ich eine Tasse aus dem Schrank nahm, zum Herd ging und prüfend einen Finger auf den Kessel legte. Er war schon seit längerem nicht mehr heiß.

Großmutter pfiff ein wenig und trommelte mit den Fingern auf dem Tisch. Das hatte sie getan, so lange ich denken konnte. Es tat gut, dies zu sehen, da sich ansonsten an ihr so viel verändert hatte.

Ich hatte Anfang der dreißiger Jahre entstandene Fotos von ihr gesehen, und sie war schön gewesen, nicht atemberaubend, aber doch so, dass sie auffiel, und zwar in der für die damalige Zeit typischen Art: dunkle, kurze Haare, dramatische Augenpartie, ein kleiner Mund. Als sie Ende der fünfziger Jahre, eine Frau mittleren Alters und Mutter von drei Kindern, auf Reisen vor Sehenswürdigkeiten posierte, war alles, was sie ausgezeichnet hatte, noch da, wenn auch weicher, weniger klar, aber dennoch nicht undeutlich, nach wie vor konnte man sie schön nennen. Als ich aufwuchs und sie Ende sechzig und Anfang siebzig war, sah ich natürlich nichts in der Art, sie war einfach »Großmutter«, was für sie typisch war und etwas darüber aussagte, wer sie war, nahm ich nicht wahr. Eine ältere Frau aus dem Bürgertum, die sich gut hielt und gut kleidete, das muss der Eindruck gewesen sein, den sie damals, Ende der siebziger Jahre vermittelte, als sie etwas so Ungewöhnliches tat, wie den Bus zu uns zu nehmen und plötzlich in unserer Küche in Tybakken zu sitzen. Lebhaft, geistesgegenwärtig, kerngesund. Vor zwei Jahren war sie noch so gewesen. Dann war etwas mit ihr passiert, aber es war nicht das Alter gewesen, das sie gepackt hatte, auch keine Krankheit, sondern etwas anderes. Ihre Abwesenheit hatte nichts von der milden Weltabgewandtheit oder Lebenszufriedenheit alter Menschen, sie war vielmehr hart und so mager wie der Körper, in dem sie sich eingenistet hatte.

Ich sah es, konnte aber nichts dagegen tun, keine Brücke bauen, ihr weder helfen, noch sie trösten, es nur sehen, so dass ich jede Minute, die ich mit ihr verbrachte, angespannt war. In Bewegung zu bleiben, war das Einzige, was mir half, nichts von all dem, was es im Haus oder in ihr gab, an mich heranzulassen.

Sie pflückte mit der Hand einen Tabakkrümel von der Lippe. Sah zu mir herüber.

»Möchtest du auch noch einen?«, sagte ich.

»Stimmte mit dem Kaffee was nicht?«, wollte sie wissen.

»Er war nicht mehr richtig heiß«, antwortete ich und ging mit dem Kessel zur Spüle. »Ich setze neuen auf.«

»Er war also nicht mehr so heiß, du.«

Wollte sie mich zurechtweisen?

Nein. Denn dann lachte sie und bürstete einen Krümel von ihrem Schoß.

»Ich werde wohl langsam ein bisschen schusselig«, erklärte sie. »Ich war mir sicher, ich hätte ihn gerade erst gekocht.«

»Er war jetzt nicht *so* kalt«, sagte ich und drehte den Wasserhahn auf. »Aber ich trinke ihn nun mal am liebsten brühend heiß.«

Ich spülte den Kaffeesatz heraus und ließ den

Wasserstrahl auf den Boden der Spüle spritzen, bis alles im Ausguss verschwunden war. Dann füllte ich den Kessel, der innen ganz schwarz und außen von fettigen Fingerabdrücken übersät war, mit neuem Wasser.

»Schusselig« war der in unserer Familie gängige Euphemismus für Senilität. Großvaters Bruder Leif hatte sich »schusselig« verhalten, als er wiederholt das Altersheim verließ und zu seinem Elternhaus ging, in dem er seit sechzig Jahren nicht mehr gewohnt hatte, um dort abends und nachts vor der Tür zu stehen und anzuklopfen und zu schreien. Sein zweiter Bruder Alf war in den letzten Lebensjahren ebenfalls schusselig geworden; bei ihm hatte sich dies vor allem darin bemerkbar gemacht, dass Vergangenheit und Gegenwart ineinandergeglitten waren. Und auch Großvater hatte sich gegen Ende seines Lebens schusselig benommen, wenn er nachts wach blieb und mit einer riesigen Schlüsselsammlung hantierte, von der kein Mensch gewusst hatte, dass er sie besaß, geschweige denn, wozu. Es lag in der Familie: Wenn man dem Glauben schenken wollte, was mein Vater erzählt hatte, war ihre Mutter am Ende ziemlich schusselig gewesen. Ihre letzte Handlung hatte darin bestanden, beim Heulen einer Sirene auf den Dachboden zu steigen, statt in den Keller zu gehen; laut Vater war sie in ihrem Haus die steile Speichertreppe hinuntergefallen und gestorben. Ob das so zutraf, wusste ich nicht, denn Vater tischte zu allem Lügen auf. Meine Intuition sagte mir zwar, dass es nicht der Wahrheit entsprach, aber es gab keine Möglichkeit, es herauszufinden.

Ich trug den Kessel zum Herd und stellte ihn auf die Platte. Das Ticken des Zeitschalters erfüllte die Küche. Unmittelbar darauf begann die feuchte Unterseite des Kessels zu knistern. Ich hatte die Arme verschränkt und betrachtete die Kuppe des jäh aufsteigenden Hügels vor dem Fenster, das weiße Haus, das dort oben thronte. Mir schoss durch den Kopf, dass ich mein Leben lang zu diesem Haus hinaufgeschaut hatte, ohne jemals einen Menschen in ihm oder in seiner Nähe gesehen zu haben.

»Wo bleibt denn Yngve?«, sagte Großmutter.

»Er wollte doch heute nach Stavanger«, sagte ich und drehte mich zu ihr um. »Zu seiner Familie. Er kommt dann zur Be… am Freitag zurück.«

»Stimmt, so war das ja«, sagte sie und nickte für sich. »Er wollte nach Stavanger.«

Während sie nach dem Tabakbeutel und der kleinen, rotschwarzen Drehmaschine griff, sagte sie, ohne aufzublicken:

»Aber du bleibst hier?«

»Ja«, sagte ich. »Ich werde die ganze Zeit hier sein.«

Es freute mich, dass sie mich eindeutig bei sich haben wollte, obwohl mir bewusst war, dass sie nicht unbedingt mich, nur irgendwen, um sich haben wollte.

Sie schob den Griff der Maschine verblüffend schwungvoll nach vorn, zupfte die frisch gefüllte Hülse heraus und zündete sie an, fegte erneut Krümel von ihrem Schoß, saß da und stierte vor sich hin.

»Ich habe mir überlegt, dass ich noch etwas putze«, sagte ich. »Später am Abend muss ich dann ein bisschen arbeiten und telefonieren.«

»In Ordnung«, erwiderte sie und sah zu mir auf. »Aber so eilig hast du es doch nicht, dass du nicht einen Moment bei mir sitzen bleiben kannst?«

»Nein, natürlich nicht«, sagte ich.

Aus dem Kessel stieg ein Rauschen auf. Ich presste ihn fester auf die Platte, das Rauschen schwoll an, und nahm ihn dann vom Herd, streute etwas Kaffeepulver hinein, rührte mit einer Gabel um, klopfte einmal fest auf die Platte und stellte ihn auf den Untersetzer auf dem Tisch.

»So«, sagte ich. »Jetzt muss er nur noch ein bisschen ziehen.«

Die Fingerabdrücke auf dem Kessel, den wir nicht gespült hatten, stammten mit Sicherheit auch von Vater. Ich sah seine nikotinverfärbten Finger vor mir. Es war etwas Entwürdigendes an ihnen gewesen. Das triviale Leben, von dem sie zeugten, passte nicht zu der feierlichen Stimmung, die der Tod entstehen ließ.

Oder von der ich mir wünschte, dass er sie entstehen ließe.

Großmutter seufzte.

»Ach, ja«, sagte sie. »Das Leben ist ein Gampf, sagte die Alte, denn sie konnte das *K* nicht sprechen.«

Ich grinste. Großmutter grinste auch. Dann wurde ihr Blick erneut abwesend. Ich suchte in Gedanken nach einem Gesprächsthema, fand nichts, goss Kaffee in meine Tasse, obwohl er eher golden als schwarz war und noch Kaffeekörnchen an die Oberfläche wirbelten.

»Möchtest du auch einen?«, sagte ich. »Er ist zwar ein bisschen dünn, aber …«

»Ja, bitte«, sagte sie und schob ihre Tasse ein paar Zentimeter über die Tischplatte.

»Danke«, sagte sie, als die Tasse halb voll war, griff nach dem gelben Behälter mit Kondensmilch und goss sich etwas dazu.

»Wo bleibt denn Yngve?«, sagte sie.

»Er ist nach Stavanger«, antwortete ich. »Zu seiner Familie.«

»Stimmt ja. Das hatte er vor. Wann kommt er zurück?«

»Am Freitag, glaube ich«, sagte ich.

Ich spülte den Eimer im Ausguss sauber, ließ neues Wasser einlaufen, gab etwas Schmierseife hinein, zog die Spülhandschuhe an, griff mit einer Hand nach dem Lappen, der auf der Spüle lag, hob den Eimer mit der anderen an und ging in den hintersten Teil des Wohnzimmers. Draußen hatte gerade die Dämmerung eingesetzt. Ein schwacher bläulicher Schimmer ließ sich in Bodennähe im Tageslicht erahnen, rings um die Laubkronen der Bäume, ihre Stämme, die Sträucher am Zaun zum Nachbargrundstück. Er war so schwach, dass die Farben nicht gedämpft wurden, wie es im Laufe des Abends geschehen würde, sondern im Gegenteil intensiver wurden, da das Licht nicht mehr blendete und diese Zurücknahme ihrer Fülle eine Art Hintergrund bot, vor dem sie hervortraten. Im Südwesten, wo man mit etwas Mühe den Leuchtturm an der Fjordmündung erkennen konnte, war das Tageslicht jedoch weiter unbegrenzt. Einige Wolken glühten dort rötlich, wie aus eigener Kraft, denn die Sonne selbst war verborgen.

Nach einer Weile kam Großmutter herein. Sie schaltete den Fernseher ein und setzte sich in den Sessel. Die Geräusche der Reklame, die stets lauter waren als die Programme, füllten nicht nur das ganze Wohnzimmer, sondern hallten auch leise gegen die Wände.

»Kommen jetzt Nachrichten?«, sagte ich.

»Ich denke schon«, erwiderte sie. »Möchtest du mitgucken?«

»Ja«, sagte ich. »Ich will das hier nur noch fertig machen.«

Als ich sämtliche Holzpaneele an der Wand geputzt hatte, wrang ich den Lappen aus und ging in die Küche, wo der Widerschein meiner Gestalt nun andeutungsweise, in Gestalt von vagen, helleren und dunkleren Feldern, im Fenster sichtbar wurde, goss das Wasser in den Ausguss, legte den Lappen über den Eimer, blieb für einen Moment regungslos stehen, öffnete dann den Schrank, schob die Küchenpapierrollen zur Seite und holte die Wodkaflasche heraus. Ich griff zwei Gläser aus dem Schrank über der Spüle, öffnete den Kühlschrank und holte eine Flasche Sprite heraus, füllte ein Glas mit Limonade, mischte diese in dem anderen mit Alkohol, und kehrte mit beiden ins Wohnzimmer zurück.

»Ich habe mir gedacht, dass wir uns einen kleinen Drink genehmigen könnten«, sagte ich und lächelte.

»Das ist aber nett«, sagte sie und erwiderte mein Lächeln. »Das können wir.«

Ich reichte ihr den Drink mit Wodka, nahm selbst das Glas Limonade und setzte mich auf den Sessel neben ihr. Furchtbar, es war furchtbar. Es zerriss mich. Aber ich konnte nichts dagegen tun. Sie brauchte das. So war es nun einmal.

Wenn es wenigstens Cognac oder Portwein gewesen wäre!

Dann hätte ich ihn mit einer Tasse Kaffee auf einem Tablett servieren können, was zwar nicht unbedingt ganz normal, aber vielleicht doch nicht so auffällig gewirkt hätte wie der durchsichtige Sprite-mit-Wodka-Drink.

Ich sah sie ihren alten Mund öffnen und schlucken. Ich hatte mir vorgenommen, dass es nicht nochmal passieren durfte. Trotzdem hielt sie jetzt ein Glas Schnaps in der Hand. Es zerriss mir das Herz. Glücklicherweise bat sie nicht um ein zweites.

Ich stand auf.

»Ich geh mal was telefonieren«, sagte ich.

Sie wandte sich mir zu.

»Wen willst du denn um diese Uhrzeit noch anrufen?«, sagte sie.

Wieder kam es mir vor, als würde sie sich an einen anderen wenden.

»Es ist erst acht«, antwortete ich.

»Ist es noch so früh?«

»Ja. Ich wollte Yngve anrufen. Und danach Tonje.«

»Yngve?«

»Ja.«

»Ist er nicht hier? Nein, er ist ja weg«, sagte sie. Dann wandte sie ihre Aufmerksamkeit erneut dem Fernseher zu, als hätte ich das Zimmer bereits verlassen.

Ich zog einen der Esszimmerstühle heraus, setzte mich und wählte Yngves Nummer. Er war eben erst zur Tür hereingekommen, es hatte keine Probleme gegeben. Im Hintergrund hörte ich Torje schreien, Kari Anne versuchte ihn zu beruhigen.

»Ich habe über die Sache mit dem Blut nachgedacht«, sagte ich.

»Ja, was ist da gewesen?«, sagte er. »Es muss mehr passiert sein, als Großmutter uns erzählt hat.«

»Er muss gefallen sein oder so«, sagte ich. »Auf etwas Hartes. Hast du gesehen, dass seine Nase gebrochen war?«

»Natürlich.«

»Wir sollten mit jemandem reden, der hier gewesen ist. Am besten mit dem Arzt.«

»Das Beerdigungsinstitut kann uns bestimmt seinen Namen geben«, meinte Yngve. »Willst du, dass ich dort anrufe?«

»Ja, könntest du das übernehmen?«

»Ich rufe morgen an. Jetzt ist es schon ein bisschen spät. Wir sprechen dann später darüber.«

Eigentlich hatte ich vorgehabt, ein bisschen länger über all das zu reden, was hier geschah, aber aus seiner Stimme hörte ich eine gewisse Ungeduld heraus, was nicht weiter verwunderlich erschien, denn seine zweijährige Tochter Ylva hatte auf ihn gewartet. Außerdem war es trotz allem erst ein paar Stunden her, dass wir uns gesehen hatten. Dennoch machte er keine Anstalten, das Gespräch zu beenden, so dass ich das in die Hand nehmen musste. Als ich aufgelegt hatte, wählte ich Tonjes Nummer. Ich hörte ihrer Stimme an, dass sie auf meinen Anruf gewartet hatte. Ich sagte ihr, ich sei ziemlich kaputt und dass wir am nächsten Tag länger reden könnten und sie ja auch schon in ein paar Tagen herkommen würde. Das Gespräch dauerte nur wenige Minuten, dennoch fühlte ich mich hinterher besser. Ich fischte die Zigaretten und ein Feuerzeug vom Küchentisch und ging auf die Veranda hinaus. Auch an diesem Abend war die Bucht voller Boote, die sich dem Hafen näherten. In der milden Luft hing wie immer, wenn der Wind aus Norden kam, der für diese Stadt typische Geruch von Bauholz, der Duft der Pflanzen im Garten unter mir und schwach, kaum wahrnehmbar, das Aroma des Meers. Im Zimmer hinter mir flackerte das Licht des Fernsehapparats. Ich stellte mich an das schwarze, schmiedeeiserne Geländer und rauchte. Als ich fertig war, presste ich meine Zigarette gegen die Außenseite der Mauer, und die Glut fiel wie kleine Sterne in den Garten unter mir. Wieder im Haus vergewisserte ich mich als Erstes, dass Großmutter noch im Wohnzimmer saß, bevor ich die Treppe zum Schlafzimmer auf dem Dachboden hinaufstieg. Mein Koffer lag offen neben dem Bett. Ich holte den Pappkarton mit dem Manuskript heraus, setzte mich auf die Bettkante und riss das Klebeband ab. Der Gedanke, dass daraus tatsächlich ein Buch geworden war, das erscheinen würde, traf mich mit voller Wucht, als ich die Titelseite sah, die in der Korrekturfahne so anders gesetzt war als in der Version, an die ich mich gewöhnt hatte. Ich legte sie unverzüglich ganz nach unten, darüber konnte ich mir hier keine Gedanken machen, zog einen Bleistift aus der Tasche im Koffer, griff nach dem Blatt mit der Übersicht zu den Korrekturzeichen, setzte mich so aufs Bett, dass mein Rücken am Kopfende lehnte, und legte mir den Manuskriptstapel in den Schoß. Die Sache eilte, weshalb ich mir vorgenommen hatte, an den Abenden möglichst viele Seiten durchzuarbeiten. Bis jetzt war dazu jedoch keine Zeit gewesen. Aber ohne Yngve und da es kaum später war als acht, lagen immerhin vier Stunden möglicher Arbeitszeit vor mir, wenn nicht noch mehr.

Ich begann zu lesen.

Die beiden schwarzen Anzüge, die an den halb geöffneten Schranktüren über dem Bett hingen, störten meine Konzentration, denn während ich las, ahnte ich ihre Anwesenheit ständig, und obwohl ich wusste, dass es nur zwei Anzüge waren, warf die Vorstellung, dass es sich um wirkliche Körper handeln könnte, Schatten auf mein Bewusstsein. Wenige Minuten später stand ich auf, um sie zu entfernen. Hielt in jeder Hand einen Anzug und sah mich nach einer Stelle um, an der ich sie aufhängen konnte. An die Gardinenstange über dem Fenster? Dort würden sie noch besser zu sehen sein als vorher. An den Türrahmen? Nein, darunter ging ich doch ein und aus. Schließlich verließ ich das Zimmer und ging in den benachbarten Trockenspeicher, wo ich sie an die Leinen hängte. Dort, frei schwebend, sahen sie mehr denn je wie Gestalten aus, aber wenn ich die Tür schloss, taten sie es immerhin außer Sichtweite.

Zurück im Zimmer setzte ich mich aufs Bett und machte weiter. In den fernen Straßen beschleunigte ein Auto. Aus der Etage unter mir schallte der Ton des Fernsehers zu mir herauf. In dem ansonsten leeren und stillen Haus hörte sich das völlig verrückt an, ein Irrsinn in den Zimmern.

Ich blickte auf.

Ich hatte dieses Buch für Vater geschrieben. Das hatte ich nicht gewusst, aber es stimmte. Ich hatte es für ihn geschrieben.

Ich legte das Manuskript zur Seite, stand auf und ging zum Fenster.

Bedeutete er mir wirklich so viel?

Oh ja, das tat er.

Ich wollte, dass er mich sah.

Zum ersten Mal verstanden, dass mein Text wirklich gut war und ich nicht nur hoffte, dass er gut war oder so tat, als wäre er es, hatte ich, als ich eine Passage über Vater schrieb und dabei in Tränen ausbrach. Das war mir noch nie, nicht einmal ansatzweise passiert. Ich schrieb über Vater, und Tränen liefen mir die Wangen hinunter, ich konnte Tastatur und Bildschirm kaum sehen, tippte einfach weiter. Von der Existenz der Trauer, die in mir freigesetzt wurde, hatte ich nichts geahnt, nichts gewusst. Mein Vater war ein Idiot, ein Mensch, mit dem ich nichts zu tun haben wollte, und es machte mir nichts aus, mich von ihm fernzuhalten. Es ging nicht darum, etwas fernzuhalten, es ging darum, dass es da nichts gab, nichts an ihm berührte mich. So war es gewesen, aber dann hatte ich geschrieben, und mir waren die Tränen gekommen.

Ich setzte mich erneut aufs Bett und legte mir das Manuskript in den Schoß.

Aber das war nicht alles.

Ich hatte ihm auch zeigen wollen, dass ich besser war als er. Dass ich größer war als er. Oder wollte ich einfach nur, dass er stolz auf mich sein, mich anerkennen würde?

Er hatte nicht einmal gewusst, dass ich ein Buch veröffentlichen würde. Als wir uns das letzte Mal unter vier Augen sprachen, vor eineinhalb Jahren, hatte er sich durchaus danach erkundigt, was ich denn so machte, und ich hatte geantwortet, ich sei dabei, einen Roman zu schreiben. Wir waren die Dronningens gate hinaufgegangen, wollten essen gehen, ihm lief der Schweiß über das Gesicht, obwohl es kalt war, und er fragte, ohne mich dabei anzusehen, eindeutig Konversation machend, ob daraus denn etwas werden würde. Ich hatte genickt und erklärt, ein Verlag sei interessiert. Daraufhin hatte er mir im Gehen einen kurzen Blick zugeworfen, wie von einem Ort aus, an dem er immer noch der Mensch war, der er einmal gewesen war und eventuell wieder werden konnte.

»Es freut mich, dass es bei dir so gut läuft, Karl Ove«, hatte er gesagt.

Warum erinnerte ich mich daran so gut? Normalerweise vergaß ich praktisch alles, was die Leute, ganz gleich, wie nahe sie mir standen, zu mir sagten, und nichts an der Situation damals deutete darauf hin, dass es eine unserer allerletzten Begegnungen sein würde. Vielleicht erinnerte ich mich, weil er meinen Namen aussprach, es war sicherlich vier Jahre her gewesen, dass er ihn zuletzt in den Mund genommen hatte, und seine Worte wurden aus diesem Grund unerwartet intim. Vielleicht erinnerte ich mich, weil ich nur wenige Tage vorher über ihn geschrieben hatte, und das mit Gefühlen, die das genaue Gegenteil von denen waren, die er nun durch seine Freundlichkeit in mir auslöste. Vielleicht erinnerte ich mich aber auch, weil ich es hasste, wie sehr er mich im Griff hatte, was dadurch offensichtlich wurde, dass ich mich über so wenig so sehr freute. Um nichts in der Welt wollte ich etwas seinetwegen tun, seinetwegen zu etwas getrieben werden, weder in einem positiven noch in einem negativen Sinn.

Nun war dieses Wollen nichts wert.

Ich legte den Blätterstapel vor mir aufs Bett, steckte den Stift in die Tasche im Koffer zurück, beugte mich vor und hob den Pappkarton vom Fußboden auf, versuchte das Manuskript wieder hineinzustecken, was mir jedoch nicht gelingen wollte, weshalb ich es, so wie es war, in den Koffer legte, zuunterst, sorgsam mit Kleidern bedeckt. Der Pappkarton auf dem Bett, den ich lange anstarrte, würde mich jedesmal, wenn ich ihn sah, an den Roman denken lassen. Ihn mitnehmen und in der Küche in den Müll werfen, wie mein erster Gedanke gewesen war, wollte ich nun doch nicht. Er durfte nicht in dieser Weise zu einem Teil des Hauses werden. Also hob ich die Klamotten im Koffer wieder zur Seite und legte ihn neben das Manuskript, bedeckte beides mit Kleidern, klappte den Deckel herab und zog den Reißverschluss zu, ehe ich den Raum verließ.

Großmutter saß im Wohnzimmer und sah fern. Es lief eine Diskussionssendung. Für sie spielt das vermutlich keine Rolle, überlegte ich. Sie sah ebenso gern das nachmittägliche Kinderprogramm in TV 2 und TVNorge wie abendliche Dokumentationen. Ich hatte nie begriffen, was diese schwachsinnige Jugendwirklichkeit mit ihrer unendlichen Begierde, von der auch die Nachrichten- und Diskussionssendungen so voll waren, ihr sagen sollte. Ihr, die vor dem Ersten Weltkrieg geboren war und folglich aus dem wirklich alten Europa stammte, zwar von seinem äußersten Rand, aber trotzdem? Ihr, deren Kindheit in das zweite Jahrzehnt des 20. Jahrhunderts, deren Jugend in die zwanziger Jahre fiel, die in den Dreißigern erwachsen und in den Vierzigern und Fünfzigern Mutter geworden und 1968 bereits eine ältere Frau gewesen war?

Irgendetwas musste es sein, denn Abend für Abend saß sie dort und sah fern.

Direkt unter ihr war eine kleine gelbbraune Pfütze. Eine dunklere Fläche an der Sesselseite zeigte, woher sie kam.

»Ich soll dich von Yngve grüßen«, sagte ich. »Er ist gut angekommen.«

Sie warf mir einen kurzen Blick zu.

»Schön«, sagte sie.

»Brauchst du etwas?«, erkundigte ich mich.

»Brauchen?«, sagte sie.

»Ja, etwas zu essen oder so. Ich kann dir gerne etwas kochen, wenn du willst.«

»Nein, danke«, sagte sie. »Aber nimm dir ruhig etwas.«

Durch den Anblick von Vaters Leiche war bereits der bloße Gedanke an Essen ekelerregend geworden. Aber eine Tasse Tee konnte ich ja wohl kaum mit dem Tod in Verbindung bringen? Ich erhitzte Wasser in einem Topf auf dem Herd, goss es dampfend auf den Teebeutel in der Tasse. Beobachtete einen Moment, wie sich die Farbe daraus löste und in bedächtigen Spiralen in das Wasser floss, bis es überall golden war, nahm die Tasse und trug sie auf die Veranda hinaus. Weit draußen, an der Mündung des Fjords, näherte sich die Dänemarkfähre. Über ihr hatte es vollständig aufgeklart. Es gab immer noch Spuren von Blau in der Dunkelheit am Himmel, was ihm ein stoffliches Aussehen verlieh, als wäre er in Wahrheit ein riesiges Tuch, und als stammten die Sterne, die ich sah, von dem Licht dahinter, das durch tausende winziger Löcher hindurchschien.

Ich trank einen Schluck, stellte die Tasse auf der Fensterbank ab. Von jenem Abend mit Vater war mir noch mehr in Erinnerung geblieben. Der Bürgersteig war von einer buckeligen Eisschicht bedeckt gewesen, Ostwind war durch die fast menschenleeren Straßen gefegt. Wir waren in ein Hotelrestaurant gegangen, hatten die Mäntel abgelegt und uns an einen Tisch gesetzt. Vater atmete schwer, strich sich mit der Hand über die Stirn, griff nach der Speisekarte, ließ den Blick nach unten schweifen. Begann oben von vorn.

»Es sieht ganz so aus, als würden sie hier keinen Wein ausschenken«, erklärte er, stand auf und ging zum Kellner. Er sagte etwas zu dem Mann. Als dieser den Kopf schüttelte, machte Vater abrupt kehrt und kam zurück, riss seine Jacke beinahe vom Stuhl und zog sie an, während wir zum Ausgang gingen. Ich eilte ihm hinterher.

»Was war los?«, sagte ich, als wir wieder auf dem Bürgersteig standen.

»Sie schenken keinen Alkohol aus«, antwortete er. »Großer Gott, das war ein Abstinenzlerhotel.«

Dann sah er mich an und lächelte.

»Zum Essen müssen wir doch Wein trinken, nicht? Aber das ist kein Problem. Hier drüben gibt es noch ein anderes Restaurant.«

Wir landeten im Caledonien, saßen an einem Fenstertisch und aßen Steaks. Das heißt, ich aß; als ich aufgegessen hatte, lag Vaters noch praktisch unangetastet auf dem Teller. Er zündete sich eine Zigarette an, trank den letzten Schluck Rotwein, lehnte sich auf seinem Stuhl zurück und meinte, er beabsichtige, als Lastwagenfahrer zu arbeiten. Ich wusste nicht, wie ich darauf reagieren sollte, nickte nur stumm. Lastwagenfahrer hätten es gut, meinte er. Er sei immer gerne Auto gefahren, immer gerne gereist, und wenn man das tun könne und noch dazu dafür bezahlt werde, worauf warte man dann eigentlich noch? Deutschland, Italien, Frankreich, Belgien, Holland, Spanien, Portugal, sagte er. Ja, das ist ein toller Beruf, sagte ich. Aber jetzt wird es langsam Zeit aufzubrechen, sagte er. Ich bezahle. Geh du ruhig schon mal. Du hast sicher viel zu tun. Es war schön, dich zu sehen. Und ich ging auf seinen Vorschlag ein, stand auf, nahm meine Jacke, sagte Tschüss und schlenderte ins Hotelfoyer und auf die Straße hinaus, überlegte einen Moment, ob ich ein Taxi nehmen sollte oder nicht, und machte mich anschließend auf den Weg zum Busbahnhof. Durch das Fenster sah ich ihn noch einmal, er ging durch das Restaurant zu einer Tür am hinteren Ende des Raums, die zu den Bars führte, und einmal mehr waren seine Bewegungen trotz des großen und massigen Körpers ungeduldig und schnell.

Es war das letzte Mal, dass ich ihn lebend sah.

Es war mir die ganze Zeit so vorgekommen, als hätte er sich zusammengerissen und in diesen zwei Stunden all seine Kräfte mobilisiert, um bei klarem Verstand und präsent zu sein, um so zu sein, wie er einmal gewesen war.

Der Gedanke schmerzte mich, als ich auf der Veranda hin und her ging und mal auf die Stadt, mal aufs Meer starrte. Ich erwog loszuziehen, in die Stadt zu gehen oder vielleicht auch stadtauswärts zum Stadion, konnte Großmutter aber nicht alleine lassen und verspürte außerdem auch gar keinen Drang zu gehen. Morgen würde im Übrigen alles anders aussehen. Der Tag kam immer mit mehr als bloßem Licht. So niedergeschlagen man auch sein mochte, es war unmöglich, völlig unbeeindruckt davon zu bleiben, was er an Anfängen brachte. Und so nahm ich meine Tasse mit hinein, stellte sie in die Spülmaschine, tat das Gleiche mit den herumstehenden Tassen und Gläsern, kleinen und großen Tellern, schüttete Spülmaschinenpulver hinein und stellte sie an, wischte den Tisch mit einem Lappen ab, wrang ihn aus und hängte ihn über den Wasserhahn, obwohl die Begegnung des feuchten, gewellten Stoffs mit dem glänzenden Chrom des Krans etwas Obszönes hatte, ging ins Wohnzimmer und blieb neben dem Sessel stehen, in dem Großmutter saß.

»Ich glaube, ich gehe ins Bett«, sagte ich. »Es war ein langer Tag.«

»Ist es schon so spät?«, sagte sie. »Nun ja, ich lege mich auch bald hin.«

»Gute Nacht«, sagte ich.

»Gute Nacht.«

Ich drehte mich um und wollte gehen.

»Du?«, sagte sie.

Ich wandte mich wieder zu ihr um.

»Du willst diese Nacht doch wohl nicht wieder da oben schlafen? Es ist viel besser für dich, unten zu liegen. Du weißt schon, in unserem alten Schlafzimmer. Da hast du das Bad direkt nebenan.«

»Das stimmt«, erwiderte ich. »Aber ich glaube, ich schlafe trotzdem oben. Da haben wir uns jetzt eingerichtet.«

»Ja, ja«, sagte sie. »Mach, was du willst. Dann gute Nacht.«

»Gute Nacht.«

Erst als ich ins Schlafzimmer gekommen und schon dabei war, mich auszuziehen, begriff ich, dass sie den Vorschlag, unten zu schlafen, nicht meinetwegen, sondern ihretwegen gemacht hatte. Augenblicklich zog ich mein T-Shirt wieder an, zog das Laken ab, rollte die Decke zu einem Bündel zusammen, klemmte sie mir unter den Arm, packte mit der anderen Hand den Koffer und ging hinunter. Am Treppenabsatz zum zweiten Stock begegnete ich ihr.

»Ich habe es mir anders überlegt«, sagte ich. »Du hast Recht, es ist besser, unten zu liegen.«

»Ja, nicht wahr?«, sagte sie.

Ich ging hinter ihr die Treppe hinab. Im Flur drehte sie sich zu mir um.

»Und, hast du jetzt alles, was du brauchst?«

»Alles bestens«, sagte ich.

Dann öffnete sie die Tür zu ihrem kleinen Zimmer und verschwand.

Das Zimmer, in dem ich schlafen würde, gehörte zu den Räumen, die wir uns bisher nicht vorgenommen hatten, aber darauf, dass ihre Sachen wie Haarbürsten, Lockenwickler, Schmuckstücke und Schmuckkästchen, Kleiderbügel, Nachthemden, Blusen, Unterwäsche, Handtücher, Necessaires, Schminkutensilien auf den Nachttischen, der Matratze, den Einlegeböden der offenen Schränke, auf dem Fußboden, den Fensterbänken verstreut lagen, konnte ich keine Rücksicht nehmen, räumte nur das Bett mit einigen Handbewegungen frei, ehe ich Laken und Decke darauf legte, mich auszog, das Licht löschte und zu Bett ging.

Offenbar schlief ich sofort ein, denn als Nächstes erinnere ich mich, dass ich wach wurde und die Nachttischlampe einschaltete, um auf die Uhr zu sehen, es war zwei. Von der Treppe hinter der Tür drang das Geräusch von Schritten zu mir herein. Mein erster, noch schlaftrunkener und mit irgendetwas in meinem Traum verbundener Gedanke lautete, dass Vater zurückgekehrt war. Nicht als Wiedergänger, sondern als lebendiger Mensch. Nichts in meinem Inneren widersprach dieser Idee, und ich bekam Angst. Doch dann, nicht abrupt, sondern diese Vorstellung irgendwie weiterverfolgend, erkannte ich, dass sie lächerlich war, und trat in den Flur hinaus. Die Tür zu Großmutters Zimmer stand einen Spaltbreit offen. Ich lugte hinein. Ihr Bett war leer. Ich stieg die Treppe hinauf. Wahrscheinlich wollte sie nur ein Glas Wasser trinken, vielleicht hatte sie auch keinen Schlaf gefunden und war aufgestanden, um fernzusehen, aber ich wollte sicherheitshalber trotzdem nachsehen. Erst die Küche. Dort war sie nicht. Danach das Esszimmer. Dort war sie auch nicht. Dann musste sie ins Wohnzimmer gegangen sein.

Ja, da stand sie am Fenster.

Aus irgendeinem Grund machte ich mich nicht bemerkbar. Blieb im Schatten der dunklen Schiebetür stehen und betrachtete sie.

Sie schien in Trance gefallen zu sein. Ganz still stand sie dort und starrte in den Garten hinaus. Von Zeit zu Zeit bewegten sich ihre Lippen, als flüsterte sie vor sich hin. Aber es kam kein Ton heraus.

Ohne Vorwarnung drehte sie sich um und ging auf mich zu. Ich konnte nicht mehr reagieren, stand einfach nur da und sah sie kommen. Einen halben Meter vor mir lief sie vorbei, aber obwohl ihr Blick mein Gesicht streifte, entdeckte sie mich nicht. Sie passierte mich, als wäre ich ein Möbel unter anderen Möbeln.

Ich wartete, bis ich unten die Tür zugehen hörte, dann folgte ich ihr.

Als ich ins Schlafzimmer zurückkehrte, hatte ich Angst. Der Tod war überall. Der Tod war in der Jacke im Flur, in der sich der Umschlag mit Vaters Sachen befand, der Tod war in dem Sessel im Wohnzimmer, wo sie ihn gefunden hatte, der Tod war auf der Treppe, die sie ihn hinuntergetragen hatten, der Tod war im Badezimmer, wo Großvater mit dem Bauch voller Blut umgekippt war. Schloss ich die Augen, gab es kein Entrinnen mehr vor dem Gedanken, dass die Toten kommen könnten, genau wie damals in meiner Kindheit. Die Augen schließen musste ich jedoch. Gelang es mir, diese kindischen Vorstellungen abzutun, kam ich plötzlich nicht am Bild von Vaters Leichnam vorbei. Die verflochtenen Finger mit den weißen Nägeln, die gelblich gewordene Haut, die eingefallenen Wangen. Bis weit in einen leichten Schlaf hinein begleiteten mich diese Bilder so, dass sich unmöglich sagen ließ, ob sie zur Welt der Wirklichkeit oder des Traums gehörten. Als sich mein Bewusstsein einmal in dieser Weise öffnete, war ich mir auf einmal sicher, dass sich seine Leiche im Schrank befand, woraufhin ich diesen öffnete, mich durch alle Kleider wühlte, die darin hingen, den nächsten und wieder nächsten öffnete, und mich, als ich das getan hatte, ins Bett zurücklegte und weiterschlief. In meinen Träumen war er mal tot, mal lebendig, mal in der Gegenwart, mal in der Vergangenheit. Als hätte er vollkommen die Kontrolle über mich übernommen, als steuerte er alles in mir, und als ich endlich gegen acht Uhr aufwachte, war mein erster Gedanke, dass er mich in dieser Nacht heimgesucht hatte, der zweite, dass ich ihn noch einmal sehen musste.

Zwei Stunden später schloss ich die Tür zur Küche, in der Großmutter saß, ging zum Telefon und wählte die Nummer des Beerdigungsinstituts.

»Beerdigungsinstitut Andenæs?«

»Ja, hallo, hier spricht Karl Ove Knausgård. Ich war vorgestern mit meinem Bruder bei Ihnen. Es ging um meinen Vater. Er ist vor vier Tagen gestorben …«

»Ja, hallo.«

»Wir haben ihn gestern gesehen … Ich wollte fragen, ob es unter Umständen möglich wäre, ihn noch einmal zu sehen? Ein letztes Mal, wenn Sie verstehen …«

»Natürlich können Sie ihn noch einmal sehen. Wann würde es Ihnen passen?

»Tja-a«, sagte ich. »Irgendwann heute Nachmittag? Drei? Vier?«

»Sollen wir sagen, um drei?«

»Ja.«

»Vor der Kapelle.«

»Ja.«

»Dann halten wir das so fest. Schön.«

»Vielen Dank.«

»Gern geschehen.«

Erleichtert über den unproblematischen Verlauf des Gesprächs, ging ich in den Garten und mähte weiter den Rasen. Der Himmel war bedeckt, das Licht sanft, die Luft warm. Gegen zwei war ich fertig. Daraufhin ging ich zu Großmutter hinein und sagte ihr, dass ich mich mit einem Freund treffen wolle, zog mich um und machte mich auf den Weg zur Kapelle. Dort stand dasselbe Auto vor der Tür, derselbe Mann öffnete mir, als ich anklopfte. Er nickte mir zu, öffnete die Tür zu dem Raum, in dem wir am Vortag gewesen waren, ohne jedoch selbst hineinzugehen, und ich stand erneut vor Vater. Diesmal war ich darauf vorbereitet, was mich erwartete, und sein Körper, dessen Haut sich im Laufe der letzten vierundzwanzig Stunden offenkundig noch dunkler verfärbt hatte, weckte keines der Gefühle, die mich am Vortag innerlich zerrissen hatten. Nun sah ich das Leblose. Dass es keinen Unterschied mehr zwischen dem gab, was einmal mein Vater gewesen war, und dem Tisch, auf dem er lag, oder dem Fußboden, auf dem der Tisch stand, oder der Steckdose in der Wand unter dem Fenster, oder dem Kabel, das zu der Wandleuchte daneben führte. Denn der Mensch ist nur eine Form unter anderen Formen, die von der Welt immer und immer wieder hervorgebracht werden, nicht nur in allem, was lebt, sondern auch in dem, was, gezeichnet in Sand, Stein, Wasser, nicht lebt. Und der Tod, den ich stets als die wichtigste Größe im Leben betrachtet hatte, dunkel, anziehend, war nicht mehr als ein Rohr, das platzt, ein Ast, der im Wind bricht, eine Jacke, die von einem Kleiderbügel rutscht und zu Boden fällt.

Die Originalausgabe erschien 2009 unter dem Titel
»Min Kamp« im Verlag Oktober, Oslo

Sollte diese Publikation Links auf Webseiten Dritter enthalten,
so übernehmen wir für deren Inhalte keine Haftung,
da wir uns diese nicht zu eigen machen, sondern lediglich auf
deren Stand zum Zeitpunkt der Erstveröffentlichung verweisen.

FSC
www.fsc.org
100%
Aus vorbildlich
bewirtschafteten Wäldern
FSC® C164814

Penguin Random House Verlagsgruppe FSC® N001967

4. Auflage
Taschenbuch-Sonderausgabe September 2015
btb Verlag in der Penguin Random House Verlagsgruppe GmbH,
Neumarkter Str. 28, 81673 München
Copyright © der deutschsprachigen Ausgabe 2011
by Luchterhand Literaturverlag in der
Penguin Random House Verlagsgruppe GmbH, München
Umschlaggestaltung: semper smile, München
Umschlagfoto: Christina Ottoson
Satz: Uhl + Massopust, Aalen
Druck und Einband: Elma Basim
Lektorat: Regina Kammerer
RK · Herstellung: BB
Printed in Türkiye
ISBN 978-3-442-74957-7

www.btb-verlag.de

Fabio Geda

Im Meer schwimmen Krokodile

Roman

Geschenkformat, 224 Seiten
btb 74958
Aus dem Italienischen von Christiane Burkhardt

»Ein Fänger im Roggen, jedoch aus dem Haus des Islam. Ein atemberaubendes Buch, tief und ungeheuer reich.«

Die Welt

Der Überraschungsbestseller aus Italien!

btb

Michaela Karl

»Noch ein Martini und ich lieg unterm Gastgeber«

DOROTHY PARKER

Eine Biografie

Geschenkformat, 480 Seiten
btb 74872

Sie stritt mit Hemingway, schlief mit Fitzgerald und soff mit Capote.

Das unkonventionelle Leben der Dorothy Parker.

btb

Hakan Nesser

Elf Tage in Berlin

Roman

Geschenkformat, 480 Seiten
btb 71708

Der Schwede Arne Murberg ist jung und naiv, aber er hat eine ganz besondere Gabe: Er vertraut den Menschen – und damit macht er sich schon bald selbst das größte Geschenk.

»Nesser überrascht mit seinem neuen Roman ›Elf Tage in Berlin‹ – er bringt zum Lachen, rührt zu Tränen und begeistert.«

NDR Kultur

btb